REBECCA WELLS

BOSKIE SEKRETY SIOSTRZANEGO STOWARZYSZENIA YA-YA

Przełożyła
Aldona Możdżyńska

ZYSK I S-KA
WYDAWNICTWO

Tytuł oryginału
THE DIVINE SECRETS OF THE YA-YA SISTERHOOD

Projekt graficzny okładki
Agnieszka Herman

Powieść jest fikcją literacką. Jakiekolwiek odwołania do historycznych zdarzeń, do prawdziwych osób—żyjących lub zmarłych — lub do rzeczywistych miejsc pojawiają się jedynie po to, by nadać fikcji pozory rzeczywistości i autentyczności. Nazwiska, postaci, miejsca i zdarzenia są tworem fantazji autorki albo są użyte fikcyjnie i jakiekolwiek podobieństwo do elementów świata rzeczywistego jest zupełnie przypadkowe.

Wydanie I w tej edycji

ISBN 978-83-7506-749-1

Książkę tę dedykuję

Tomowi Schworerowi, mojemu mężowi, pomocnikowi
i najlepszemu przyjacielowi

Mary Helen Ciarkę, położnej, która odebrała tę książkę,
i wiernej kumpelce

Jonathanowi Dolgerowi, mojemu agentowi, który
podtrzymywał we mnie wiarę

I siostrzanemu stowarzyszeniu Ya-Ya w jego wszystkich
wcieleniach

Nie rodzimy się w całości, lecz po kawałku. Najpierw ciało, potem duch. (...) Nasze matki rozdziera ból fizycznych narodzin; my sami znosimy dłuższe mąki duchowego rozwoju.

MARY ANTIN

Przebaczenie to imię miłości używane przez ludzi, którzy kochają ubogo. Trudna prawda jest taka, że wszyscy ubogo kochamy. Powinniśmy przebaczać i otrzymywać przebaczenie każdego dnia, każdej godziny — bezustannie. To ciężka praca, jaką jest miłość wśród słabych, tworzy ludzką rodzinę.

HENRI J.M. NOUWEN

Penetrując tyle tajemnic, przestajemy wierzyć w to, co nieznane. A ono sobie siedzi, liżąc rany.

H.L. MENCKEN

Prolog

Sidda znowu jest dziewczynką i mieszka w samym sercu Luizjany, w świecie nad zatoką, należącym do świętych katolickich i królowych wudu. Jest Święto Pracy w roku 1959 na plantacji Pecan Grove, dzień corocznego polowania na gołębie jej dziadka. Podczas gdy mężczyźni pocą się i strzelają, Vivi, wspaniała matka Siddy, i paczka jej przyjaciółek Ya-Ya siedzą w domu z klimatyzacją i grają z dziadkiem w *bourreé*, luizjańską odmianę pokera. Na tablicy w kuchni jest nagryzmolone: PIJEMY, PALIMY, NIE MYŚLIMY — cytat zapożyczony od Billie Holiday. W przerwach panie raczą Petites Ya-Ya (tak nazywają swoje potomstwo) słodkimi do obrzydliwości wiśniami w likierze maraskino, które wyciągają z lodówki.

Tego wieczoru po zupie z gołębi (maleńkie ptasie kosteczki pływające w porcelanowych miseczkach z Haviland) Sidda idzie spać. Kilka godzin później budzi się z jękiem z nocnego koszmaru. Na palcach zbliża się do łóżka mamy, ale nie może obudzić Vivi z przesiąkniętego burbonem snu.

Wychodzi boso w wilgotną noc, światło księżyca pada na jej piegowate ramionka. Staje obok ogromnego dębu rosnącego na skraju pól bawełnianych ojca i spogląda w niebo. Na sierpie księżyca siedzi Przenajświętsza Panienka o silnych mięśniach i miłosiernym sercu. Majta nogami, jakby księżyc był huśtawką, a niebo — werandą przed domem. Macha do Siddy, tak jakby zobaczyła swoją koleżankę.

Sidda stoi w promieniach księżyca i czuje miłość Błogosławionej Matki, która dotyka każdego włoska na jej sześcioletniej głowie. Z księżyca i z całej ziemi spływa fala czułości. Przez jedną ulotną, pełną światłości chwilkę Sidda Walker wie, że w całym swym życiu ani razu nie była niekochana.

1

„Nauczycielka stepu maltretowała swoje dzieci". Tak ocenił Vivi „The Sunday New York Times" z 8 marca 1993 roku. Strony działu kulturalnego sprzed tygodnia leżą rozrzucone na podłodze koło Siddy, która zwinęła się w kłębek na łóżku, ciasno otuliła się kołdrą, a obok głowy położyła telefon bezprzewodowy.

Nie pojawiły się żadne sygnały, że krytyk teatralny okaże się tak żądny krwi. Podczas wywiadu Roberta Lydell była tak przyjaźnie usposobiona, tak siostrzana, że Siddzie wydawało się, że zyskała nową przyjaciółkę. W końcu już w swej poprzedniej recenzji Roberta uznała sztukę *Kobiety na krawędzi*, którą Sidda reżyserowała w Lincoln Center, za „graniczące z cudem zjawisko w amerykańskim teatrze". Z subtelną finezją dziennikarka wywołała u Siddy sztuczne wrażenie intymności, wysysając z niej osobiste zwierzenia.

Kiedy Sidda tak leżała w łóżku, cocker-spanielka, Hueylene, umościła się w zgięciu jej kolan. Przez ostatni tydzień spanielka była jedynym towarzystwem, jakiego życzyła sobie Sidda. Nie Connor McGill, jej narzeczony. Nie przyjaciele, koledzy. Tylko suczka, którą nazwała ku czci Huey Long.

Gapiła się na telefon. Jej kontakty z matką jeszcze nigdy nie układały się tak dobrze, ale to ostatnie wydarzenie okazało się katastrofalne. Bóg jeden wie, ile razy w tym tygodniu Sidda wykręcała numer telefonu do domu swoich rodziców w Pecan Grove. Po raz pierwszy dzwoniła do oporu.

Na dźwięk głosu Vivi żołądek podskoczył jej do gardła.

— Mama? To ja.

Vivi bez wahania odłożyła słuchawkę. Sidda wcisnęła przycisk automatycznego wybierania numeru. Vivi znowu podniosła słuchawkę, ale się nie odezwała.

— Mamo, wiem, że tam jesteś. Proszę, nie rozłączaj się. Tak mi przykro, że to się stało. Naprawdę, bardzo cię przepraszam. Ja...

— Nigdy ci nie wybaczę — powiedziała Vivi. — Dla mnie umarłaś. Zabiłaś mnie. Teraz ja zabijam ciebie.

Sidda usiadła na łóżku, próbując złapać oddech.

— Mamo, ja tego nie chciałam. Ta kobieta, która ze mną przeprowadziła wywiad...

— Usunęłam cię z mojego testamentu. Nie zdziw się, jeżeli oskarżę cię o zniesławienie. Ze ścian zdjęłam wszystkie twoje zdjęcia. Nie...

Sidda zobaczyła twarz matki czerwoną od gniewu. Widziała fioletowe żyły prześwitujące przez jej jasną skórę.

— Mamo, proszę. Nie mogę kontrolować „The New York Timesa". Przeczytałaś całość? Powiedziałam: „Moja matka, Vivi Abbott Walker, to jedna z najbardziej czarujących osób na świecie".

— „Czarujących i zranionych". Powiedziałaś: „Moja matka to jedna z najbardziej czarujących i zranionych osób na świecie. A także najbardziej niebezpiecznych". Mam to czarno na białym, Siddalee.

— A przeczytałaś fragment, w którym mówiłam, że tobie zawdzięczam swoją kreatywność? Gdzie powiedziałam: „Moja kreatywność pochodzi w prostej linii od mojej matki, tak jak tabasco, którym doprawiała nasze butelki z mlekiem". Mamo, oni aż się ślinili z zachwytu, kiedy opowiadałam, jak wkładałaś buty do stepu i tańczyłaś, karmiąc nas. Okropnie im się to podobało.

— Ty kłamliwa dziwko. Podobało im się, kiedy powiedziałaś: „Moja matka wyznaje starą, południową

10

szkołę wychowywania dzieci, która głosi, że posłuch można zyskać tylko przez lanie na goły tyłek".

Sidda wciągnęła powietrze.

— Podobało im się — ciągnęła Vivi — kiedy przeczytali: „Siddalee Walker, elokwentnej, błyskotliwej reżyser przebojowej sztuki *Kobiety na krawędzi* nieobca jest przemoc w rodzinie. Jako maltretowane dziecko tancerki stepu, osoby stosującej przemoc wobec dzieci, wprowadza w swą reżyserię rzadką i wzruszającą równowagę między osobistym zaangażowaniem i profesjonalnym dystansem, która stanowi oznakę teatralnego geniuszu". „Maltretowane dziecko"! Co za bzdury! Co za stek kłamliwych bzdur w wykonaniu najpaskudniejszego dziecka na świecie!

Sidda nie mogła oddychać. Podniosła kciuk do ust i zaczęła ogryzać skórkę wokół paznokcia, czego nie robiła od dziesiątego roku życia. Zastanawiała się, gdzie położyła Xanax.

— Mamo, nie chciałam cię zranić. Wielu z tych rzeczy w ogóle nie powiedziałam tej przeklętej dziennikarce. Przysięgam, że...

— Ty cholerna, egoistyczna oszustko! Cholera, nic dziwnego, że wszystkie twoje związki się rozpadają. Ty nic nie wiesz o miłości. Masz okrutną duszę. Boże, dopomóż Connorowi McGillowi. Musiał zwariować, że się z tobą związał.

Sidda wstała z łóżka cała roztrzęsiona. Podeszła do okna w swoim mieszkaniu na dwudziestym drugim piętrze w Manhattan Plaza. Z miejsca, gdzie stanęła, widziała rzekę Hudson. Przypomniała jej ona o rzece Garnet w środkowej Luizjanie i o jej czerwonej wodzie. „Mamo, ty dziwko" — pomyślała. „Ty krwiożercza, melodramatyczna dziwko". Kiedy się odezwała, jej głos był twardy jak stal, opanowany.

11

— To, co powiedziałam, nie do końca było kłamstwem, mamo. Czy już zapomniałaś dotyk pasa w dłoni? Sidda usłyszała, jak Vivi gwałtownie wciąga powietrze. Kiedy przemówiła, jej głos obniżył się o jeden ton.

— Moja miłość była przywilejem, którego nadużyłaś. Teraz cofam ten przywilej. Wyrzuciłam cię ze swego serca. Zostajesz wygnana na najdalsze rubieże. Życzę ci nieustających wyrzutów sumienia.

Sidda usłyszała ciągły sygnał. Wiedziała, że matka przerwała połączenie, nie mogła jednak oderwać słuchawki od ucha. Stała w miejscu jak słup soli, otaczały ją odgłosy centrum Manhattanu i gasnące światło zimnego marcowego dnia.

Po latach reżyserowania sztuk w teatrach regionalnych od Alaski po Florydę, po licznych przedstawieniach na off-off-Broadway, Sidda była gotowa na sukces, jakim były *Kobiety na krawędzi*. Kiedy wreszcie w lutym tego roku odbyła się premiera w Lincoln Center, miała otrzymać jednomyślnie entuzjastyczne recenzje. W wieku czterdziestu lat pragnęła pławić się w blasku sławy. Pracowała nad tą sztuką z jej autorką, May Sorenson, od pierwszego czytania w Seattle Rep, rodzinnej dziurze May. Wyreżyserowała nie tylko premierę w Seattle, ale również przedstawienia w San Francisco i Waszyngtonie. Connor opracował scenografię, a jeden z jej najlepszych kumpli, Wade Coenen, zaprojektował kostiumy. Cała czwórka od lat tworzyła zespół, więc Sidda z podnieceniem oczekiwała, kiedy będzie mogła usiąść z kolegami i napawać się chwałą.

Roberta Lydell we wstępnej recenzji sztuki tak kadziła Siddzie:

„Siddalee Walker z nerwem, ale i współczuciem wyreżyserowała *tour de force* May Sorenson o matkach i córkach. W rękach Walker to, co mogło się okazać sentymentalne i po prostu śmieszne, jest oszałamiające, wzruszające i bardzo zabawne. Walker dosłyszała najczystsze nuty tej dowcipnej, złożonej, smutnej i mądrej sztuki Sorenson i przekształciła je w przedstawienie, które bardziej przypomina siłę natury niż sztukę teatralną. Rodzina — jej tajemnice, zbrodnie i cudowny optymizm — żyje i ma się dobrze w Lincoln Center. Teatr amerykański powinien podziękować za to zarówno May Sorenson, jak i Siddalee Walker".

Skąd miesiąc później Sidda miała wiedzieć, że Roberta Lydell zakradnie się w jej psychikę i wydobędzie informacje, którymi Sidda dzieliła się tylko ze swym terapeutą i najbliższymi przyjaciółmi?

Po tym obraźliwym portrecie Vivi i Shep, ojciec Siddy, oraz reszta rodziny zwrócili swoje bilety na sztukę. Sidda odwołała wyszukane plany, jakie poczyniła z okazji ich wizyty. Często śniło jej się, że Vivi płacze. Sama z tych snów budziła się z płaczem. Nie miała żadnych wiadomości od brata Małego Shepa czy siostry Lulu. Nie odezwał się również ojciec.

Jedynym krewnym, który się z nią skontaktował, był jej młodszy brat Baylor.

— Ale bomba, Sidd-o — powiedział. — Vivi Kochana zawsze chciała się znaleźć w „The New York Timesie", ale nie to miała na myśli. Mogłabyś jej oddać krew, a ona i tak by ci nie wybaczyła. Poza tym, to ty jesteś gwiazdą, a nie ona. A to dla niej gwóźdź do trumny.

— A tatuś? — spytała Sidda. — Dlaczego nie zadzwonił?

— Chyba żartujesz? Jest pantoflarzem. Spytałem go, dlaczego nie przysłał ci chociaż liściku. Powiedział: „Bo to ja muszę żyć z Vivi Walker".

Po tych słowach Sidda nie chciała się rozłączyć. Pragnęła, by ktoś wyleczył ją z tego uczucia osierocenia. Napisała do Vivi:

13

18 kwietnia 1993

Kochana Mamo,

wybacz mi, proszę. Nie chciałam sprawić Ci bólu. Ale to moje życie, Mamo. Chciałabym o tym porozmawiać.

Tęsknię za Tobą. Tęsknię za Twoim głosem, Twoim zwariowanym poczuciem humoru. Tęsknię za Twoją miłością. Serce mi się kraje na myśl, że się ze mną rozstałaś. Proszę, spróbuj zrozumieć, że nie mogę kontrolować tego, co piszą inni ludzie. Wiedz, że Cię kocham. Nie proszę, żebyś przestała się na mnie gniewać. Proszę tylko, żebyś mnie nie wyrzucała ze swego serca.

Sidda

Popularność Siddy po opublikowaniu wywiadu zwiększyła liczbę sprzedanych biletów. *Kobiety na krawędzi* stały się jeszcze większym przebojem. Sidda znalazła się w magazynie „Time" w artykule o kobietach w teatrze. American Playhouse zatrudnił ją do wyreżyserowania adaptacji telewizyjnej, a z CBS dzwonili do jej agenta z ofertą pracy nad serialem. Teatry w całym kraju, które od lat ją odrzucały, teraz ubiegały się o to, by reżyserowała dla nich sztuki.

W samym środku tego wszystkiego May nabyła prawa autorskie do *Kobiet* Clare Boothe Luce i przerobiła tę sztukę na musical. The Seattle Rep dostał znaczną pożyczkę przeznaczoną na zatrudnienie May, Siddy, Connora i Wade'a w warsztatach teatralnych.

W miarę jak zbliżała się data ich tymczasowej przeprowadzki do Seattle, Sidda odczuwała nieustanne bóle karku. Zdawało jej się, że wszystkie nerwy ma na wierzchu. Nie była pewna, co bolało ją bardziej: napięcie w karku czy smutek, który ją ogarniał, kiedy

14

Connor ją masował. Prowadziła taki tryb życia, o jakim zawsze marzyła: była wziętym reżyserem i zaręczyła się z mężczyzną, którego uwielbiała. Pragnęła jednak tylko leżeć w łóżku, jeść makaron z serem i chować się przed aligatorami. Tuż przed wyjazdem do Seattle postanowiła zastosować inne podejście do Vivi. Napisała:

30 czerwca 1993

Kochana Mamo,

wiem, że nadal jesteś na mnie wściekła, ale potrzebuję Twojej pomocy. Będę reżyserowała musicalową wersję „Kobiet" Clare Boothe Luce w Seattle i nie mam pojęcia, jak zacząć. Ty wiesz wszystko o przyjaźni między kobietami. Razem z Caro, Necie i Teensy byłyście prawdziwymi kumpelkami przez ponad pięćdziesiąt lat. Jesteś ekspertem. Twoje poczucie dramatyzmu jest niezaprzeczalne. Wyświadczyłabyś mi ogromną przysługę, gdybyś podrzuciła mi parę pomysłów, wspomnień — cokolwiek o swoich przeżyciach z Ya-Ya. Jeżeli nie chcesz zrobić tego dla mnie, zrób to dla teatru amerykańskiego. Proszę.

Całuję,
Sidda

Sidda i Connor wyjechali do Seattle w połowie lipca. Kiedy Sidda wchodziła do samolotu, powiedziała sobie w duchu: „Moje życie jest wspaniałe. Osiemnastego grudnia wychodzę za mężczyznę, którego kocham. Moja kariera się rozwija. Odniosłam sukces. Mam przyjaciół, którzy cieszą się nim razem ze mną. Wszystko jest super, naprawdę".

W środku nocy 8 sierpnia 1993 roku, kiedy księżyc za jej oknem rzucał światło na lustrzaną taflę jeziora Waszyngton, Siddalee Walker westchnęła i obudziła się zlana potem, z mokrymi oczami, suchymi jak piasek ustami i swędzącą skórą. Była pewna, że Connor, jej ukochany, umarł we śnie obok niej. „Ja to wiem" — pomyślała. „Opuścił mnie. Odszedł. Na zawsze".

Każdy atom spiętego ciała Siddy pragnął się przekonać, czy Connor jeszcze oddycha. Łzy popłynęły po jej twarzy gorącymi, cichymi strumieniami, a szaleńcze dudnienie serca zagłuszało wszystkie inne dźwięki. Przycisnęła twarz do ciała kochanka. Kiedy jej łzy kapnęły mu na brodę, obudził się. Pierwsze, co zrobił, to pocałował ją.

— Kocham cię, Sidd-o — wymruczał, wciąż na wpół śpiąc. — Kocham cię, moje ty słodkości.

Taki nagły przejaw życia przestraszył ją. Aż podskoczyła.

— Sidd-o — szepnął Connor. — Co jest? — Usiadł, przyciągnął ją do piersi i otoczył ramionami.

— Wszystko w porządku, Siddo. Wszystko w porządku.

Pozwoliła się przytulić, ale nie uwierzyła, że wszystko jest w porządku. Po chwili położyła się koło niego, udając, że śpi. Leżała tak przez trzy godziny, modląc się.

— Najświętsza Mario Panno — wyszeptała cicho. — Pocieszycielko strapionych, módl się za mnie. Pomóż mi.

Kiedy słońce wzeszło nad Górami Kaskadowymi, a wściekłe wrony rozpoczęły głośny spór w daglezjach, Sidda wyszła z Hueylene na pomost. Był zimny, szary sierpniowy poranek w Seattle.

Kiedy wróciła ze spanielką do środka, uklękła i podrapała suczkę po brzuszku. „Może jestem kobietą, która potrafi obdarzać miłością tylko psy" — pomyślała. Weszła do sypialni i pocałowała Connora w czoło. Otworzył oczy i uśmiechnął się. Spojrzała w jego niebieskie oczy i pomyślała, że dawniej, zawsze kiedy się budził, były ciemniejsze.

— Muszę przełożyć ślub, Connor. Connor, wysłuchaj mnie, proszę — powiedziała. Serce jej się ścisnęło na widok jego miny. — Nie wiem, czy dam sobie z tym radę.

— Z czym?

— Z faktem, że umrzesz i zostawisz mnie samą.

— Umrę?

— Tak, umrzesz. Kiedyś. Nie wiem kiedy i nie wiem jak. Ale to się stanie. I nie wiem, czy potrafię sobie z tym poradzić. Zeszłej nocy przestałeś oddychać. Tak mi się przynajmniej wydawało.

Connor gapił się na nią. Sidda Walker miała słabe nerwy. Wiedział o tym i uwielbiał to.

— Boże, Sidda. Jestem absolutnie zdrowy. Zeszłej nocy wcale nie przestałem oddychać, po prostu spałem. Wiesz, jak twardo śpię.

Sidda odwróciła się i spojrzała na niego.

— Obudziłam się przekonana, że umarłeś.

Podniósł rękę do jej policzka. Odwróciła się. Connor wciąż wpatrywał się w jej dłonie zaciśnięte na kolanach.

— Drugi raz nie zniosę tego uczucia, które miałam zeszłej nocy. Nie chcę zostać sama.

— O co w tym wszystkim chodzi, Sidda?

Connor odrzucił kołdrę i wstał z łóżka. Na jego pociągłym, chudym ciele rysowały się bruzdy od snu. Pachniał bawełną i snami. Miał czterdzieści pięć lat, był wysportowany, zwinny i poruszał się z lekkością.

Hueylene młóciła ogonem o podłogę. Connor schylił

17

się i pogłaskał ją. Potem ukląkł na podłodze przed Siddą i ujął jej ręce w swoje.

— Sidda, to żadna rewelacja, że kiedyś umrę. Ty też umrzesz. To żadna rewelacja, słoneczko.

Sidda spróbowała wziąć głęboki oddech.

— Dla mnie to rewelacja — powiedziała.

— Masz cykora, prawda?

Sidda kiwnęła głową.

— Chodzi o twoją matkę?

— Nie. To nie ma nic wspólnego z moją matką.

— Wiesz — powiedział — ja też muszę sobie jakoś poradzić z faktem, że kiedyś odwalisz kitę, Sidda. To znaczy, możesz umrzeć przede mną. Może to ja zostanę sam.

— Nie, stanie się tak, jak ja mówię.

Connor podniósł się. Zdjął z fotela na biegunach zielony flanelowy szlafrok i owinął się nim. Sidda śledziła każdy jego ruch.

— Chcesz wszystko odwołać? — spytał cicho. — Czy w Luizjanie w ten sposób daje się do zrozumienia, że to już koniec?

Wstała z łóżka, podeszła do niego i otoczyła go w pasie rękami, kładąc mu głowę na piersi. Czubek jej głowy znajdował się akurat pod jego brodą.

— Nie — szepnęła. — Nie chcę, żebyśmy się rozstali. Kocham cię. Zawsze będę cię kochać. Przepraszam za to wszystko.

Connor pochylił ku niej głowę. Sidda czuła bicie jego serca.

— Jak długo już rozmawiamy?

— Nie wiem. Niedługo. Nie wiem.

Odsunął się od niej i podszedł do okna.

Sidda została w miejscu, przerażona, że może posunęła się za daleko.

— Nie chciałbym trwać w nieskończoność zawieszony w próżni — powiedział, wpatrzony w Góry Kaskadowe. — Nie pogrywaj ze mną, Sidda. Nie jestem masochistą.

„Boże, proszę" — zaczęła się modlić. „Nie pozwól mi stracić Connora".

— Dobrze — powiedział, odwracając się do niej. — W porządku. Nie podoba mi się to, ale niech będzie.

Weszli z powrotem do łóżka i Sidda zwinęła się w kłębek koło Connora. Leżeli tak dość długo, nie rozmawiając. Musiały minąć cztery lata przyjaźni, cztery lata wspólnej pracy w teatrze, zanim przyznała się, że pokochała go w dniu, kiedy się poznali. Reżyserowała wtedy sztukę w Goodman Theater w Chicago, a Connor był scenografem. Miała ochotę go pocałować, gdy tylko zobaczyła go po raz pierwszy. Coś było w jego leniwym uśmiechu, w kształcie szczęki, w tym podłużnym, smukłym ciele. Jakaś prężność i jednocześnie luz w sposobie poruszania się, coś niespiesznego w całej postawie.

Teraz, tuląc się do niego, z pyszczkiem Hueylene wspartym na krawędzi łóżka i miłośnie w nich wpatrzonym, Sidda westchnęła.

— Pomyślałam, że może wyjadę na jakiś czas. Kiedy przyjechaliśmy do Seattle, May zaproponowała, że udostępni mi domek swojej rodziny nad jeziorem Quinault, na półwyspie Olympic.

— Jak to daleko od Seattle?

— Myślę, że jakieś trzy godziny.

Connor wpatrywał się w jej twarz.

— Dobrze — powiedział. Wyciągnął rękę, by podrapać Hueylene za uszami. — Bierzesz ze sobą guwernantkę czy może zostać ze mną?

— Wolałabym ją wziąć.

Connor przycisnął usta do ust Siddy. Całował ją

19

długo i powoli. Czuła, jak wciąga ją jakieś ciepłe, wilgotne miejsce. „Seks leczy" — powiedziała sobie w duchu. „A niepokój zabija". Z wysiłkiem poddała się takiej przyjemności, takiej uldze.

Cztery miesiące przed datą ślubu z Connorem Sidda poczuła w piersiach jakiś ciężki, czarny kamień gaszący całą jasność. Kończyny miała spięte, jakby wciąż czuwała. Jakby przechodziła niekończący się Wielki Post, czekając, aż z wejścia do jaskini zostanie usunięty głaz.

2

Vivi Walker przeszła obrośniętym po obu stronach podjazdem, żeby odebrać pocztę. Leżała na kanapce pod oknem w swoim pokoju, czytając powieść i słuchając Barbry Streisand, kiedy usłyszała podjeżdżającą furgonetkę pocztową. W wieku sześćdziesięciu siedmiu lat, dzięki grze w tenisa, wciąż miała świetną kondycję. Odkąd próbowała rzucić palenie, utyła pięć funtów, ale nadal mogła uchodzić za dużo młodszą kobietę. Jej nogi, choć nieopalone, były umięśnione i silne. Włosy subtelnie ufarbowane na popielaty blond miała obcięte na francuskiego pazia. Na głowie nosiła drogi, czarny, słomkowy kapelusz z najlepszego splotu, który kupiła przed trzydziestoma pięcioma laty. Ubrana była w lniane szorty, świeżą białą bluzkę i tenisówki. Jej biżuteria składała się z jednej bransoletki z dwudziestoczterokaratowego złota, obrączki i pary maleńkich diamentowych kolczyków. Był to jej letni strój, który nie zmienił się, odkąd pamiętali mieszkańcy Cenla.

Skrzynka na listy była wypełniona katalogami ze

wszystkich wysyłkowych domów sprzedaży w całym kraju. Shep Walker, jej mąż, ciągle zachwycał się możliwością składania zamówień pocztowych. W skrzynce był też rachunek od Whalena z Thornton, gdzie Vivi niedawno zamówiła wspaniałe spodnium z białego jedwabiu. Leżała tam też szara koperta z ładnego papieru ze stemplem z Seattle. Kiedy Vivi zobaczyła charakter pisma swej najstarszej córki, żołądek jej się ścisnął. Jeżeli Sidda znowu prosiła o *Ya-Ya-rabilia,* odpowiedź brzmiała „nie". Nie zamierza niczego dać temu dziecku, nie po tym, jak została zraniona. Stojąc na podjeździe, rozcięła paznokciem kciuka kopertę, wzięła głęboki oddech i zaczęła czytać.

10 sierpnia 1993
Kochani Mamo i Tato,

postanowiłam przełożyć swój ślub z Connorem. Chciałam Was o tym powiadomić, zanim dowiedzielibyście się od kogoś innego. Wiem, jak plotki się rozchodzą po Thornton.
Mój problem polega na tym, że po prostu nie wiem, co robię. Nie umiem kochać.
No i takie to wiadomości.

Całuję,
Sidda

„Cholera" — pomyślała Vivi. „Cholera, cholera, cholera".

W kuchni przyciągnęła stołek i weszła na niego, żeby dostać się do sekretnego barku, gdzie schowała paczkę papierosów. Powstrzymała się jednak i ostrożnie zeszła na podłogę. Sięgnęła na półkę z książkami kucharskimi i otworzyła na stronie 103 poplamiony zasmażką egzemplarz *Przepisów River Roads*. Obok przepisu pani Hansen Scobee na raki *étouffée* leżało zdjęcie Siddy i Connora, które Sidda przysłała im po ogłoszeniu zaręczyn. Było to jedyne zdjęcie, którego Vivi nie zniszczyła. Przez chwilę oglądała je, po czym włożyła do ust kawałek gumy Nicorette i sięgnęła po telefon.

Pół godziny później wyjęła z odtwarzacza CD płytę Barbry Streisand, zapięła torebkę, wsiadła do swego granatowego jeepa cherokee i popędziła długim podjazdem prowadzącym z Pecan Grove w dziki świat.

Necie i Caro były już w domu Teensy, kiedy podjechała Vivi. Służąca Teensy, Shirley, przygotowała kilka kanapek i dwa termosy Krwawej Mary. Wgramoliły się do czerwonego kabrioletu saaba i zajęły takie same miejsca, jakie zajmowały od 1941 roku w kabrioletach Teensy: Teensy za kierownicą, Vivi obok niej, Necie za kierowcą, a Caro na tylnym siedzeniu za Vivi. Caro nie położyła tak jak kiedyś nóg na oparciu fotela przed sobą. Nie dlatego, żeby uważała to za niewłaściwe, ale ostatnio nie ruszała się z domu bez podręcznej butli tlenowej. Nie musiała jej używać cały czas, ale wolała ją trzymać pod ręką, tak na wszelki wypadek.

Teensy nastawiła klimatyzację na maksimum i Ya--Ya zaczęły po kolei czytać list od Siddy. Kiedy skończyły, Teensy opuściła dach, a Vivi włożyła do odtwarzacza płytę Barbry Streisand. Wszystkie miały na sobie kapelusze, apaszki i okulary przeciwsłoneczne. Pomknęły w kierunku Spring Creek.

— No i tak — powiedziała Vivi. — Stałam koło skrzynki i zaczęłam układać modlitwę, „ultimatulę", jak Sidda mówiła na ultimatum. Powiedziałam: „Słuchaj, Stary". Nie: „Proszę, wysłuchaj mnie". Po prostu: „Słuchaj".

— Myślałam, że modlisz się tylko do Miłosiernej Matki, *cher* — powiedziała Teensy. — Nie wypięłaś się na tego Starego Pryka?

— Błagam, Teensy — odezwała się Necie. — Przestań. Robisz to tylko po to, żeby mnie zaszokować.

— No, to prawda — wyjaśniła Vivi. — Machnęłam ręką na Boga Ojca. Starego, jak go nazywa Shep. Ale pomyślałam sobie, że w tym przypadku lepiej się ubezpieczyć.

— Nigdy nie zaszkodzi — przytaknęła Caro.

— Chciałam tylko powiedzieć, że nie zaszkodzi modlić się do nich wszystkich — powiedziała Necie, która jako jedyna z nich nadal uważała, że papież nie jest stetryczały. — Ponieważ Trójca Święta i tak istnieje, chociaż wy przerobiłyście religię katolicką na swoją modłę.

— Daj spokój, Necie — żachnęła się Teensy. — Nie praw nam kazań. Wiesz, żc wszystkic jcstcśmy kato liczkami *au coeur*.

— Myślę tylko, że to trochę *gauche* nazywać Boga Wszechmogącego „Starym Prykiem", i to wszystko — powiedziała Necie.

— *Bien, bien* — uspokoiła ją Teensy. — Nie szalej, święta Denise.

Vivi otworzyła termos i nalała Krwawej Mary do plastikowych kubeczków.

— Caro, kochana — powiedziała, sięgając za siebie i podając jej kubeczek. — Teensy, pojedźmy starą szosą, a nie międzystanową, co ty na to? — zaproponowała.

— Jasne, *Bébé* — zgodziła się Teensy.

Stara szosa była jednopasmową drogą stanową, która biegła przez ziemię uprawną i częściowo nad zatoką Ovelier. Było na niej ciszej niż na międzystanowej, a także chłodniej. Po obu stronach rosły drzewa.

— Uważam, że Bóg winien mi jest dodatkowe łaski, jeżeli chodzi o Siddę, skoro zabrał jej brata bliźniaka — powiedziała Vivi. — Może mi się nie należy zniżka, co?

— Należy ci się — przytaknęła Necie. — Sidda dostaje wszystkie łaski, które Bóg zesłałby jej bratu.

— Widzicie? — odezwała się Caro. — Siostra Mary Necie Wszystko Wam Wytłumaczy.

— Teensy, czy twój stan wskazuje na spożycie? — spytała Vivi.

— Cholera, nie — zaprzeczyła Teensy.

— Mogliby nas zamknąć za to u Betty* — powiedziała Vivi, nalewając drinka dla Teensy i ostrożnie podając jej kubeczek.

— Mogliby nas zamknąć u Betty za wiele rzeczy — zauważyła Teensy, uspokajając kierownicę. Teensy wiele lat temu ochrzciła Centrum Betty Ford jako Betty, co weszło do słownictwa Ya-Ya.

— Necie? — spytała Vivi, wznosząc kubeczek. — Łyczka?

— Odrobinkę.

— Powiedzcie Babs, żeby się trochę uciszyła, dobrze? — poprosiła Caro. — Przez te jej wrzaski nie słyszę, co mówicie.

Teensy ściszyła odtwarzacz płyt kompaktowych, spoglądając przy tym na Caro w bocznym lusterku.

— Wiesz, Caro, tak robią te lusterka, że nic nie widać.

— Po raz setny, Teensy, nie potrzebuję aparatu słuchowego.

---

*Betty Ford Center — ekskluzywny ośrodek odwykowy. (Wszystkie przypisy pochodzą od tłumaczki).

Vivi odwróciła głowę do Caro i bezgłośnie, samymi ustami zaczęła wymawiać wyrazy. Necie natychmiast się przyłączyła.

— Wariatki! — roześmiała się Caro. — Przestańcie!

— Ciągle jestem cholernie wkurzona na Siddalee Walker. — Vivi upiła duży łyk Krwawej Mary. — Zszargała mi opinię w największej gazecie w kraju. Kto by się nie wściekł? Ale ja odbieram sygnały na swoim maminym radarze.

— Mówię wam: zawsze słuchajcie swoich sygnałów — oznajmiła Necie.

— Chodzi o to zdjęcie — powiedziała Vivi. — Zdjęcie z ogłoszenia zaręczyn — dodała, wyjmując fotografię z torebki.

Podała je do tyłu.

— Wygląda na nim oszałamiająco — uznała Necie. — Chociaż ubrała się trochę zbyt zwyczajnie jak na zaręczyny.

— Przyjrzyjcie się temu zdjęciu — powiedziała Vivi do przyjaciółek.

Caro i Necie wpatrzyły się w zdjęcie, po czym podały je Teensy, która pstrykała palcami, by je pogonić.

Caro gwizdała *VI Koncert brandenburski* Bacha. Nagle, w samym środku taktu, powiedziała:

— To ten uśmiech.

— *Exactement!* — wykrzyknęła Vivi, odwracając się.

— Siddalee Walker nie uśmiechała się tak jak na tym zdjęciu, odkąd skończyła dziesięć lat.

Teensy włączyła kierunkowskaz i zwolniła, kiedy zbliżyły się do starego sklepu spożywczego, pod jego werandę na froncie. Po budynku pięło się pnącze opornika łatkowatego, winorośl wyrastała niczym włosy Meduzy spomiędzy zardzewiałych pomp Esso.

Teensy skręciła w boczną uliczkę, gdzie sklepienie

z dębów rosnących po obu stronach spotykało się pośrodku w wielu miejscach, co sprawiło, że cała czwórka miała wrażenie, iż wkracza w jakiś czarodziejski tunel. Drzewa te miały sześćdziesiąt lat i zostały posadzone, gdy kobiety były jeszcze dziećmi. Przyjaciółki ucichły, pozwalając, by stare drzewa je otuliły.

Żadna z nich nie potrafiłaby określić, ile razy przejeżdżały pod tymi drzewami w drodze do Spring Creek. Najpierw jako małe dziewczynki ze swoimi rodzicami, potem z chłopcami, kradnąc przedtem talony na benzynę, by dotrzeć do uświęconych wód potoku. Potem co roku latem, kiedy ich dzieci dorastały, i wtedy zostawały tam przez pełne dwa, trzy miesiące, malując się tylko wtedy, kiedy mężowie odwiedzali je w weekendy.

— Uśmiecha się tak jak dziewczyny, zanim urosną im piersi — powiedziała Teensy.

— Tak jak się uśmiechasz do samej siebie, a nie do faceta, który robi zdjęcie — dodała Caro.

— Ja też kiedyś się tak uśmiechałam — powiedziała Vivi. — Jestem tego pewna. Zanim zaczęłam się zamartwiać swoimi piegami i wciąganiem brzucha.

— Cholera jasna, chodzi o to, że Sidda nie pozuje, na miłość boską — wyjaśniła Caro. — Nie ucieleśnia kobiety, która właśnie się zaręczyła.

— Caro — powiedziała Necie. — Mówisz tak... tak... piskliwie.

Caro wyciągnęła rękę do Necie i lekko ją ścisnęła.

— Necie, stara, mam sześćdziesiąt siedem lat. Mogę mówić piskliwie, jeżeli, kurwa, mam na to ochotę.

— Malissa mówi, że jej terapeuta uważa, że boję się piskliwości. Twierdzi, że jestem uzależniona od ckliwości. Nie rozumiem, dlaczego ma to być uzależnienie, po prostu robię, co mogę, żeby mieć same słodkie myśli — powiedziała Necie.

Caro uniosła dłoń Necie i pocałowała ją szybko, po czym cofnęła.

— Nigdy nie słuchaj terapeuty swojego dziecka — powiedziała Caro.

— Poczekaj, aż terapeuci ich dzieci zaczną się wtrącać — powiedziała Vivi. — Och, zemsta będzie słodka.

Necie uśmiechała się, patrząc na Caro, która teraz siedziała z zamkniętymi oczami.

Vivi zastanawiała się, czy jej własna matka, Buggy, kiedykolwiek się tak uśmiechała. Przypomniało jej się zdjęcie, które znalazła wśród rzeczy Buggy po jej śmierci. Stare zdjęcie z mniej więcej 1916 roku. Jej matka miała we włosach ogromną kokardę i spoglądała poważnie w obiektyw. Na odwrocie napisała swoje imię. Nie „Buggy" czy „Pani Taylorowa C. Abbott" — a więc te dwa imiona, jakimi nazywał ją mąż. Podpisała się „Mary Katherine Bowman", swym prawdziwym imieniem i nazwiskiem.

— *Maman* kiedyś uśmiechała się tak jak Sidda na tym zdjęciu — zauważyła Teensy, wskazując na fotografię, która teraz leżała na kolanach Vivi.

„Jak teraz wygląda mój uśmiech?" — zastanawiała się Vivi. „Czy można odzyskać ten swobodny uśmiech, czy jest on jak dziewictwo — tracisz je raz na zawsze?"

Nad potokiem kobiety wysiadły z samochodu. Necie niosła kosz z jedzeniem, a Teensy wyjęła z bagażnika termosy ze świeżą Krwawą Mary. Vivi bez słowa pomogła Caro nieść butlę tlenową, a Caro bez podziękowania przyjęła jej pomoc. Cztery Ya-Ya przeszły przez krótką ścieżkę, potem powoli, ostrożnie zsunęły się nad brzeg potoku, gdzie Vivi rozłożyła stary koc w różową kratkę. Usiadły na nim i przez chwilę słuchały cykania owadów.

— Dzięki Bogu za ten chłodek — powiedziała Caro. — Inaczej chyba byśmy się upiekły.

Nad strumieniem pochylały się wierzby i topole amerykańskie, a za nimi rosły sosny. Słońce już dawno zeszło z zenitu, ale wciąż było gorąco.

Necie podała potrawę Shirley — ostrygi na świeżym francuskim chlebie. Teensy nalała wszystkim drinki.

— Co zrobimy z tą prośbą Siddy dotyczącą naszej pomocy przy sztuce Clare Boothe Luce? — spytała Vivi.

— Ta mała ma tupet, prosząc o nasze *Ya-Ya-rabilia*. Chyba żartuje. Po tym, co mi zrobiła, nie wysłałabym jej, cholera, przepisu na potrawkę z kluskami z tuńczykiem.

— No, ja bym się czuła zaszczycona! — wykrzyknęła Necie. — Ale to tylko moje zdanie. Moje córki proszą jedynie o obligacje korporacji samorządowych.

— Poparłybyśmy sprawę zalegalizowania teatru — powiedziała Teensy.

— Ta mała dobrze wie, gdzie szukać kopalni informacji — oznajmiła Caro.

— Jesteśmy niczym, jak te koty w *Kobietach* — powiedziała Vivi. — One nienawidziły się nawzajem. A my byłyśmy jeszcze dziećmi, kiedy powstał ten film.

— Tylko *bébés* — powiedziała Teensy.

— Ale my mamy wyczucie historii — zakomunikowała Necie. — Norma Shearer była cudowna w tym filmie, prawda? Teraz już nie ma takich aktorek.

— Za *Ya-Ya-rabilia* — powiedziała Caro, wznosząc toast kubeczkiem.

— Co? — spytała Vivi.

— Życie jest krótkie, stara — powiedziała Caro. — Wyślij jej ten album.

— To nie moja wina, że ona wymiguje się od ślubu — powiedziała Vivi. — Nie wyślę jej tego albumu.

— Jestem jej matką chrzestną — powiedziała Caro.

— Wyślij jej *Boskie sekrety*.

— Zachowałabyś się bardzo uprzejmie — dodała Necie.

— Wyślij jej *Boskie sekrety cher* — dołączyła się Teensy. — Wyślij jej *tout de suite*.

Vivi popatrzyła po swoich przyjaciółkach. W końcu podniosła kubeczek.

— Za *Ya-Ya-rabilia* — powiedziała. Wtedy wszystkie spojrzały sobie w oczy, stukając się kieliszkami. Oto kardynalna zasada Ya-Ya: musisz patrzeć drugiej osobie w oczy, stukając się i wznosząc toast. Inaczej cały rytuał się nie liczy, jest jedynie zwykłym gestem. A to coś, czego Ya-Ya nie znoszą.

3

Tego wieczoru Vivi usiadła w swojej sypialni w Pecan Grove. Klimatyzacja była włączona, wiatrak pod sufitem szumiał, a otwarte na oścież okna wpuszczały do środka nocne odgłosy znad zatoki. Vivi zgasiła nocną lampkę i zapaliła świecę przed figurką Maryi.

„Miłosierna Matko" — zaczęła się modlić. „Jesteś Królową Księżyca i Gwiazd. Nie wiem, czy ja jeszcze jestem jakąś królową.

Nie ma usprawiedliwienia dla tego okresu w moim życiu. Teraz, jeżeli zaczyna ci odbijać, zawsze ktoś to zauważy. I, zanim całkiem się zeszmacisz, odpływasz do tak cudownego miejsca jak Betty. A wtedy, no wtedy brałam ten przeklęty dexamyl i trzy razy w tygodniu chodziłam do spowiedzi. Wtedy na pewno nie byłam Ophrą.

Tamtego niedzielnego popołudnia wzięłam pas mojego męża, ten z wytłoczonym w skórze imieniem SHEP, z rubinem osadzonym w klamrze ze szczerego srebra i końcówką ze szczerego srebra. Kiedy biłam swoje dzieci, największe ślady robiły się w tym miejscu, gdzie uderzała je ta srebrna końcówka. Widzę te piękne ciała, jakimi były w tamtych czasach. Ich dziecięce ciałka były takie nagie, stanowiły tak łatwe cele.

Widzisz tę bliznę na ciele Siddy? Czy Connor McGill ją widzi, kiedy się z nią kocha? Gdybym mogła trzymać dłoń na plecach mojej córki przez cały ten Wielki Post, przez całe jej dzieciństwo, wymazałabym ją. Ale nie mogę, cholera, zrobić wszystkiego tego, co bym chciała. Być może jest to jedyna rzecz w moim życiu, jakiej się nauczyłam.

Sidda powinna była mnie powstrzymać. Ale ona tylko stała i przyjmowała razy. Tak samo zachowywałam się wobec ojca, kiedy byłam mała.

Czy śni się jej dotyk skórzanego rzemienia na udzie i w tym miejscu na ramieniu, gdzie teraz ma bliznę?

Potem wyjechałam. Kiedy wróciłam ze szpitala, którego nikt nie nazywał szpitalem, wszyscy mówiliśmy, że byłam zmęczona, że potrzebowałam odpoczynku. Żadnych wyjaśnień. Nigdy się o tym nie rozmawiało.

Nie był to jedyny raz, kiedy je zbiłam. Ale tylko wtedy pobiłam je aż do krwi. Tylko wtedy Sidda straciła kontrolę nad pęcherzem.

Zmusiłam Caro, by mi o tym opowiedziała. Zmusiłam swoją najlepszą przyjaciółkę, by mi opowiedziała, co zrobiłam.

Czy Sidda nadal śpi z kołdrą naciągniętą aż pod brodę, jedną ręką ściskając poduszkę, a drugą trzymając za głową? Czy budzi się z koszmarnych snów, z trudem

30

łapiąc powietrze? Czy nigdy nie dostanę rozgrzeszenia? Kiedy była mała, mówiłam, że jej braciszek bliźniak, który umarł, jest jej aniołem stróżem. Czy wciąż w to wierzy? Czy moja kara polega na tym, bym patrzyła, jak moje najstarsze dziecko odwraca się ode mnie? Matko Przenajświętsza, Pani Pól i Prerii. Daj mi jakiś znak, dobrze? Przynieś mi ukojenie. Uchroń mnie przed tym. Czy mam przez całe życie nosić w sobie moją córkę? Czy mam być za nią odpowiedzialna aż do samej śmierci? Nie chcę tego poczucia winy, nie chcę dźwigać tego ciężaru.

Maryjo, Matko osieroconych, wstaw się za mną. Niech Bóg mnie wysłucha tak, jak tylko Ty to potrafisz. Powiedz swemu Synowi:

Jezu Chryste, nasz Panie i Zbawicielu, wysłuchaj naszej Świętej Matki, która wstawia się za mną do Ciebie. Wciąż jestem wściekła jak wszyscy diabli na swoją bezczelną córkę, ale chcę się z nią dogadać. Oto moje warunki: Ty powstrzymasz Siddę przed uciekaniem przed miłością, a ja skończę z piciem. Aż do dnia, kiedy ona i Connor powiedzą „tak". I rzucę też „Ya-Ya--rabilia". Słyszę Twój śmiech. Daj spokój. Tym razem mówię poważnie.

Spraw, by Sidda odwróciła się i poszła przez ogień. Jeżeli znowu zacznie te brednie w stylu „nie-umiem--kochać", nie daj się na to nabrać.

Jeden warunek: muszą się pobrać przed 31 października, zrozumiano? Nie daję żadnej gwarancji na abs-

tynencję po Halloween. Jest sierpień. Masz mnóstwo czasu.

Niech moja najstarsza uśmiechnie sią tym prawdziwym uśmiechem.

Przez wstawiennictwo naszej Pani Spadających Gwiazd, modlę się. Amen.

Vivi przeżegnała się i zapaliła papierosa. Nie powinna palić w domu, w ogóle nie powinna palić, ale co tam, Shepa nie było w domu. Lepiej jej się myślało z tym czerwonym koniuszkiem jarzącym się w ciemności. W jej pokoju było ciemno. Znowu się przeżegnała, tym razem z papierosem, i wtedy przyszedł jej do głowy pewien pomysł.

Przeszła korytarzem do kuchni i otworzyła szufladę, tę, w której składowała petardy z Nowego Roku i Czwartego Lipca. Zbierała zapasy na wyjątkowe, nieoficjalne święta. Wyjęła dwa zimne ognie i wyszła z domu.

W domu w Pecan Grove nie było nikogo więcej. Vivi poszła na brzeg zatoki i zapaliła zimne ognie. Patrzyła, jak srebrne ogniki strzelają w nocne niebo.

Potem zaczęła nimi machać i bez powodu biegać tam i z powrotem, trzymając zimne ognie nad głową.

„Jeżeli ktoś mnie zobaczy, powie:»No, to się musiało stać. Vivi Abbott Walker znalazła się na krawędzi«. Ale nikt nie wie, że znalazłam się na niej już wiele lat temu i przeżyłam, żeby wszystko opowiedzieć. Chociaż nie wszystkim".

Vivi biegała, aż jej zabrakło tchu, po czym stanęła i wyciągnęła przed siebie rękę z dwoma zimnymi ogniami. Patrząc na nie, pomyślała: „To wszystko, co mam. Nie mam wielkiej, starej latarni morskiej prowadzącej między skałami statki bezpiecznie do domu. Mam tylko te światełka, które migają i gasną. Chciałabym ujrzeć swoją córkę tak, jak moja matka nigdy nie mogła ujrzeć mnie. I niech ona mnie też ujrzy".

Wróciła do swojego pokoju, zapaliła świecę i postawiła ją razem z niedopałkami zimnych ogni przed figurką Dziewicy Maryi. Potem wytarła stopy i położyła się do łóżka.

„Przez całą noc będę paliła świeczkę w intencji córki" — pomyślała. „Nic mnie nie obchodzi, że straż pożarna informowała o zagrożeniu pożarem. Ja już przeżyłam pożar".

4

Sidda stała na górnym pokładzie promu płynącego z Bainbridge Island i patrzyła na oddalający się zarys Seattle. Na wschodzie wyrastały pokryte śniegiem szczyty Gór Kaskadowych. Na południu góra Rainier pochylała się nad miastem niczym gigantyczne bóstwo opiekuńcze. Kiedy Sidda odwróciła się na zachód, zobaczyła postrzępione wierzchołki i lśniące lodowce Gór Olimpijskich, które strzelały w niebiosa z półwyspu Olympic.

Sidda niejasno zdawała sobie sprawę z uśmiechniętych turystów, którzy przechadzali się koło niej, kiedy tak stała, spoglądając na wodę. Myślała o tym dniu w lutym zeszłego roku, gdy widok przed nią był całkiem inny.

Był to zimny, słoneczny dzień w środku tygodnia. Właśnie ukazały się entuzjastyczne recenzje *Kobiet na krawędzi,* a jej katastrofalny w skutkach portret dopiero miał się pojawić. Sidda i Connor grali w hokeja, żeby uczcić swój sukces, potem wzięli Hueylene na długi spacer po Central Parku, po czym wrócili do mieszkania Siddy i po południu otworzyli butelkę szampana.

Kiedy słońce zniżyło swój bieg i lutowe popołudnie opanował wieczorny chłód, zaczęli się kochać. Sidda pochyliła się i wchłonęła zapach skóry na ramionach Connora — dokładnie w tym miejscu, gdzie, jak ujęłaby to Martha Graham, mogłyby mu wyrastać skrzydła. Podciągnęła się wyżej, by powąchać jego włosy. Gęste, czarne włosy z siwymi pasmami na skroniach, miękkie, jakby umyte w deszczówce, w której zawsze myła sobie głowę jej babcia Buggy. Jego smukłe, muskularne ciało było bardziej seksowne niż niejednego dwudziestolatka.

Miała w przeszłości więcej kochanków, niż potrafiłaby zliczyć, całe lata romansów, które pozostawiły ją wypaloną, nieco zagubioną i pozbawioną uczucia słodyczy, gdy się budziła. Dwa razy związała się „na poważnie", ale dopiero z Connorem poczuła się spełniona i cudownie rozpieszczana.

Potem leżeli koło siebie nago. Ich skóra była ciepła i zaróżowiona. Sidda wtuliła się w mocne, flanelowe objęcia ich ciał. Przez chwilę umarła na trochę, oboje umarli. A potem jej oczy zaczęły wypełniać się łzami. Zapłakała. Nad pięknem tego, co ją spotkało, ze strachu, że stanie się coś okropnego, bo ona nie jest wystarczająco czujna. Płakała ze strachu przed czymś tak wspaniałym, że nie starczyłoby jej odwagi, by to znieść.

Kiedy przestała płakać, Connor ucałował jej powieki. Potem poprosił ją o rękę.

Powiedziała „tak".

Wiele lat temu postanowiła, że nigdy nie wyjdzie za mąż. Za nikogo. Nigdy. Przysięgła sobie, że nigdy już nie będzie oglądać tego, czego była świadkiem w małżeństwie swoich rodziców.

Ale Connorowi powiedziała „tak".

Opuścił rękę i położył ją na małej wypukłości jej brzucha. Gdy wciągała powietrze, jej brzuch napierał na jego dłoń. Instynktownie chciała wciągnąć brzuch, by wydawał się bardziej płaski, ale nie miała na to siły. Uprawianie miłości ją wykończyło.

Później włożyli swetry i grube skarpety i ze starym aparatem Rolleicord Siddy wyszli na balkonik przy jej mieszkaniu na dwudziestym drugim piętrze. Ulokowali aparat na statywie i ustawili samowyzwalacz, by utrwalić tę chwilę. Z uśmiechem na twarzy. Z wiatrem we włosach. Nie przytulonych do siebie, ale stojących obok siebie i trzymających się za ręce jak na starych fotografiach.

Sidda zjechała z promu i skierowała się na zachód w kierunku półwyspu Olympic. Po jakiejś godzinie jazdy zaczęła mijać rozległe „lasy spółdzielni rolniczej", gdzie drzewa zostały wycięte, ziemia spalona, po czym znowu zadrzewiona. Przejeżdżała przez miasteczka ze smutnie wyglądającymi domami, w których oknach stały fosforyzujące pomarańczowe tablice z napisem TĘ RODZINĘ WSPIERAJĄ PIENIĄDZE ZA DREWNO. Przemierzyła szerokie, gołe wyręby, gdzie spłowiałe pniaki i sękate gałęzie wyglądały jak ludzkie kości.

Minęła plakat na stacji benzynowej, który ukazywał trzy pokolenia silnych drwali. Nagłówek głosił: GATUNEK ZAGROŻONY/POMÓŻ IM. W pewnym momencie niemal zjechała z drogi na widok ciężarówki załadowanej wyciętymi drzewami, która się przetoczyła koło niej. Na przodzie ciężarówki, na kracie, wisiała zniszczona podobizna nakrapianej sowy.

Późnym popołudniem Sidda skręciła na piaszczystą drogę, która zaprowadziła ją do domku May. Był to stary, biały domek z dykty z lat trzydziestych położony nieopodal jeziora Quinault, na skraju puszczy. Z werandy rozciągał się widok na niemal całe jezioro. Z prawej strony widać było bujną roślinność równiny nad rzeką Quinault niknącą w poszarpanych, oblodzonych szczytach Gór Olimpijskich. Niebo było szare i panowała taka cisza, że Sidda usłyszała nura lądującego na tafli wody.

W domku było ciemno i przytulnie, a stara boazeria z sękatej sosny nawet w najbardziej mroczne dni połyskiwała złotem. Oprócz kuchni była jedna dość duża sypialnia i jeden ogromny pokój z oknami na każdej ścianie i oszklonymi drzwiami, które wychodziły na werandę. Na jednej ze ścian w dużym pokoju wisiały zdjęcia May Sorenson i jej rodziny. Sidda poczuła się swojsko na widok książek, wyściełanych krzeseł i układanki z Wenecją leżącej na stoliku w kącie.

Kiedy już wyładowała z samochodu wszystkie torby, zrobiła sobie filiżankę herbaty i natychmiast pożałowała decyzji o wyjeździe. Korciło ją, żeby skontaktować się ze swoim agentem. Wyrzucała sobie, że nie wzięła ze sobą telefonu komórkowego. Kontakt ze światem wszedł jej już w nałóg.

Powstrzymała się przed wybiegnięciem z domu w poszukiwaniu telefonu i postanowiła pójść do samochodu, by wyjąć paczkę, którą Connor włożył tam w ostatniej chwili. Postawiła paczkę na środku dużego pokoju, na starym, wyblakłym, różowo-zielonym, plecionym dywanie, przed przesuwanymi oszklonymi drzwiami, które wychodziły na werandę z widokiem na jezioro. Drzwi były otwarte, a znad jeziora wiała lekka bryza.

Hueylene krążyła wokół paczki, węsząc z ciekawością. Paczka zaadresowana była przez Vivi, a jako adres zwrotny podana była plantacja Pecan Grove. Idąc za przykładem Hueylene, Sidda również się schyliła i zaczęła obwąchiwać paczkę, ale przestała. „To coś emituje promienie Mama" — pomyślała. Widniały na niej naklejki FedEx i słowa „Ostrożnie! Szkło!" wypisane ogromnymi literami. Sidda schyliła się i podniosła paczkę. Przyłożyła do niej ucho. Przynajmniej nic nie cykało. Ważyła z dziesięć kilo i nie wydzielała żadnego zapachu. Położyła ją na stole i poszła do kuchni, gdzie powoli wypiła szklankę wody. Potem wróciła do pokoju i znowu zaczęła gapić się na paczkę.

Hueylene podeszła do drzwi, podniosła uszka i zamachała ogonem, czekając, aż Sidda wypuści ją na dwór.

Sidda przebrała się w kostium kąpielowy i wyprowadziła Hueylene na koślawe schodki, którymi dotarły na pomost wcinający się w jezioro. Włożyła stopę do wody i natychmiast ją cofnęła. Nie zamierzała zanurkować w tak zimnej wodzie. Dla każdego południowca oznaczałoby to atak serca. Usiadła więc na pomoście i przyglądała się psu, który, zachwycony, ganiał tam i z powrotem, aż wreszcie położył się koło niej.

Po powrocie do domu rozpakowała książki, które ze sobą przywiozła — od Czechowa poprzez *Słownik symboli* Cirlota i biografię Clare Boothe Luce aż po książkę pod tytułem *Na drodze do ślubu: przemiana związku*. Rozpakowała też swoje ubrania: spodnie khaki, szorty, kilka lnianych koszul, parę spodni od dresu i jedną fałdzistą koszulę nocną z miękkiej, białej bawełny. Wyjęła talizmany, z którymi zawsze podróżowała: poduszkę z pierza z czasów niemowlęctwa, z którą nie potrafiła się rozstać, oprawione zdjęcie z zaręczyn z Connorem, wyliniałego pluszowego misia, którego May Sorenson dała jej podczas pierwszego czytania *Kobiet na krawędzi*, torbę na suwak z dwiema torebkami nasiennymi bawełny wyhodowanej w Pecan Grove i maleńką antyczną buteleczkę, którą wypatrzyła w sklepie w Londynie. Ułożyła talizmany na kominku, razem z gromnicą z wizerunkiem świętego Judy i drugą z wizerunkiem Naszej Pani z Guadalupe otoczonej różami.

Wypakowała świeży makaron, jabłka, rzepy i ser gouda, zamroziła butelki szampana i rozłożyła turystyczne posłanie Hueylene. Ale nawet nie tknęła paczki od matki. Jeszcze nie. Dopiero kiedy obudziła się w środku nocy i nie mogła z powrotem zasnąć, przestała się opierać paczce. Włożyła szlafrok w pudełki i różyczki, który Wade Coenen uszył z kordonkowej kapy na łóżko z lat pięćdziesiątych i który sprawiał, że czuła się trochę jak Lucille Ball na kwasie. Zaczęło padać, a powietrze było chłodne. Sierpień na północnym zachodzie przypominał listopad w Luizjanie.

Hueylene poszła za nią z sypialni do dużego pokoju. Sidda przez chwilę stała bez ruchu. Potem opuściła lampę nad stół, usiadła i otworzyła paczkę.

W środku znalazła wielką, mocną, plastikową torbę na śmieci starannie zaklejoną taśmą. Była do niej przyczepiona koperta z imieniem Siddy.

W kopercie znajdował się list napisany nie na papeterii z monogramem Vivi, lecz na papierze firmowym Garnet Bank and Trust Company, który zawsze leżał koło telefonu w kuchni Vivi. List sprawiał takie wrażenie, jakby został pośpiesznie nagryzmolony i wyrwany z papeterii, zanim Vivi zdążyła się rozmyślić.

Plantacja Pecan Grove
Thornton, Luizjana
15 sierpnia 1993
5.30 rano

Siddalee,

Boże drogi, dziecko! Co to znaczy: „nie umiem kochać"? Wydaje Ci się, że ktokolwiek z nas umie kochać?! Myślisz, że ktokolwiek zrobiłby cokolwiek, gdyby czekał, aż nauczy się kochać?! Myślisz, że rodziłyby się dzieci, gotowałoby się jedzenie, rosłyby rośliny albo powstawały książki czy co tam jeszcze? Myślisz, że ludzie rano w ogóle wstawaliby z łóżka, gdyby czekali, aż nauczą się kochać? Za dużo miałaś tej terapii. Albo za mało. Tylko Bóg umie kochać, mała. My jesteśmy tylko dobrymi aktorami.

Zapomnij o miłości. Grunt to dobre maniery.
Vivi Abbott Walker

PS. Postanowiłam wysłać Ci parę pamiątek Ya-Ya. Jeżeli zgubisz ten album albo oddasz go „The New York Timesowi", wykreślę Cię z testamentu. Chcę, żeby wrócił do mnie w nienaruszonym stanie.
PPS. Nie myśl tylko, że to znaczy, że wyjawiam Ci wszystkie swoje tajemnice. Jest ich więcej, niż się spodziewasz.

Sidda włożyła list z powrotem do koperty, jakby chciała uwięzić wszystkie znaki zapytania, wykrzykniki i pochyłe pismo matki. Zajęła się z kolei plastikową torbą na śmieci.

Wyjęła z niej wielki album oprawiony w brązową

39

skórę, wypchany do granic możliwości rozmaitymi papierami i drobiazgami, które z niego wypadały. Miał połamany grzbiet oraz wytartą i porysowaną skórę. Wyglądało na to, że był rozszywany i zszywany, w miarę jak przybywały nowe strony, które ledwie mieściły się w oprawie. Okładka miała złocone brzegi, a w dolnym prawym rogu było wygrawerowane złotymi literami: Vivi Walker.

Sidda najpierw powąchała okładkę. Potem przyłożyła album do klatki piersiowej i przytuliła go. Nie była całkiem pewna, dlaczego to robi, ale przyszło jej do głowy, że chce, musi zapalić świeczkę.

Postawiła na stole gromnice, zapaliła je i ustawiła po obu stronach albumu. Przez chwilę wpatrywała się w płomyki, po czym otworzyła album. Na pierwszej stronie z brązowawego brystolu widniał tytuł wypisany wielkimi literami młodą ręką: *Boskie sekrety siostrzanego stowarzyszenia Ya-Ya*.

Sidda uśmiechnęła się na widok tego egzaltowanego tytułu. Jakie to podobne do Ya-Ya. Przebiegła dłońmi po spękanej skórze, przypominając sobie niejasno, że jako młoda dziewczyna widziała ten album, ale nie wolno jej było go dotykać. „Tak" — przypomniała sobie. „Mama trzymała go na górnej półce w swej szafie, koło zimowych kapeluszy".

Delikatnie, nie chcąc rozedrzeć starego papieru, otworzyła go na chybił trafił. Pierwszą rzeczą, jaką zobaczyła, było zdjęcie jej matki i Ya-Ya oraz dwóch nastoletnich chłopców siedzących na ławce. Matka siedziała na ramionach ciemnowłosego chłopca, który uśmiechał się promiennie. Uśmiech na jej twarzy wyrażał czystą rozkosz.

Spojrzała na jej twarz. Ile miała lat na tym zdjęciu? Piętnaście? Szesnaście? Jej kości policzkowe były bardziej wystające, niż pamiętała to Sidda, skóra bez zmarszczek, jasne włosy się kręciły, a w oczach płonął znajomy diabelski ognik. Sidda złapała się na tym, że odruchowo uśmiechnęła się na widok uśmiechu matki. Miała ochotę pożreć ten album, wedrzeć się w niego jak głodne dziecko i zabrać wszystko, czego pragnęła. Od tego dzikiego pragnienia aż zakręciło się jej w głowie. Zmieszało się ono z podnieceniem podglądacza i ciekawością dramaturga. Ręce trzęsły się jej, kiedy tak patrzyła na ów róg obfitości, który leżał przed nią: ślady życia jej matki, dowody na to, że żyła przed urodzeniem dzieci.

„To absurdalne" — pomyślała. „Uspokój się. Zachowuj się jak archeolog szukający śladów między wykopalinami. I pamiętaj, żeby oddychać".

Zaniosła album do wielkiego, wyściełanego perkalem fotela z poręczami na tyle szerokimi, by mogła usiąść ze zwieszonymi z boku nogami.

Hueylene położyła się u jej stóp, wzdychając z rozkoszą, zmęczona swą psią pracą. Sidda naciągnęła na nogi afgański koc i na poważnie zabrała się do przeglądania albumu. Przez jakiś czas tylko przewracała kartki. Bez żadnego porządku, bez planu — coś, co nie leżało w jej naturze.

Vivi zaczęła prowadzić album chronologicznie, ale kiedy zabrakło jej miejsca, wklejała pamiątki, gdzie popadnie. Tak więc była tam jej fotografia i ciężarnych Ya-Ya pozujących jak modelki nad potokiem, obok wycinek z gazety informujący, że „Panna Vivi Abbott, córka państwa Taylorów C. Abbottów z Thornton, wróciła do domu z wizyty w Ole Miss. Panna Abbott została ostatnio wybrana najbardziej lubianą dziewczyną na obozie. Będzie w domu przez tydzień przed powrotem do Oksfordu w Missisipi".

41

Sidda przez chwilę przyglądała się Vivi, Caro, Teensy i Necie stojącym w kostiumach kąpielowych, z wypchniętymi brzuchami. W ich twarzach Sidda doszukiwała się śladów świata od tej pory, gdy go ujrzała. Dowiedziała się, jakie ubrania, filmy, fryzury, restauracje i ludzie byli „Ya-Ya" (czytaj: czarujący) i co było „Nie-Ya-Ya" (czytaj: żałosne). Tyle się o tym nasłuchała, że zaczęła oceniać wszystko na podstawie tego, czy było „Ya-Ya", czy też „Nie-Ya-Ya".

Bywały takie chwile, kiedy te słowa same cisnęły się Siddzie na usta. Przypomniała sobie wieczór, kiedy ona i Connor poszli na snobistyczne przyjęcie, podczas którego byli zmuszeni oglądać dwadzieścia siedem ekranów telewizyjnych naraz i znosić widok podpalonych kostek cukru, które potem zostały rzucone na sterty lalek Barbie. Bez namysłu szepnęła wtedy do Connora: *„Trés* Nie-Ya-Ya!"*. Zupełnie jakby Ya-Ya chwilami przemawiały przez nią pomimo wszelkich barier, jakie próbowała postawić między sobą a ich stowarzyszeniem.

Trzymała album na kolanach. *Dlaczego zawracam sobie głowę matką i Ya-Ya?*

Bo za nimi tęsknię. Bo ich potrzebuję. Bo je kocham.

Sidda natknęła się na pomięte, wyblakłe i posypane pudrem kwiatki. Obok jednego z nich było napisane „Kotylion od Jacka. Byłam w żółtej sukience". Na tej samej stronie upchnięto wyblakły, napisany odręcznie kwitek z jakiegoś miejsca pod nazwą „Fartowny Lombard". Sidda zastanawiała się, co poszło w zastaw. Nie mogła uwierzyć, że jej matka korzystała kiedyś z lombardu.

Znalazła bilety do kina za jedyne piętnaście centów, kapsle od coca-coli, stary rewers z tekstem: „Jestem ci winna trzy masaże pleców", ale żadnego śladu, czyje plecy miały być masowane. Jedna strona ukazywała trzy niebiesko-białe plakietki, które Vivi dostała za wyniki w cheerleadingu i w tenisie w szkole średniej w Thornton za lata 1941, 1943 i 1944. Z jakiegoś powodu brakowało plakietki z roku 1942. Siddę zdziwiło to — co się wtedy wydarzyło?

Była tam niezliczona liczba fotek z lat trzydziestych, czterdziestych, pięćdziesiątych i sześćdziesiątych, z których wiele już zdążyło wyblaknąć. Parę chwil minęło, zanim Sidda uświadomiła sobie, że zdjęcie ojca jest jeszcze przed nią. Była jednak zaskoczona i zadowolona, kiedy natknęła się na wierszyk, który napisała w dzieciństwie. Był złożony i schowany do koperty z napisem DLA YA-YA OD DZIEWCZYNY Z BOHEMY.

Była też tekturowa teczka z Dworu Dwóch Sióstr w Nowym Orleanie, która zawierała zdjęcie Vivi, Teensy i Genevieve, matki Teensy. Genevieve była olśniewająca i przypominała nieco młodą Jennifer Jones.

Były drukowane i grawerowane zaproszenia na tańce, śniadanka, balc i popołudniowe herbatki.

Podobały się jej zwłaszcza zaproszenia na przyjęcia „w domu", jak to z prostym tekstem:

Pan i Pani Newtonowie Whitman
W domu
Wtorek, dwudziestego dziewiątego czerwca,
tysiąc dziewięćset czterdziestego trzeciego roku
od ósmej do jedenastej.

Na tym zaproszeniu Vivi nagryzmoliła: „Włożyć morelową sukienkę z tiulu".

Było tam zdjęcie niewiarygodnie przystojnego młodego mężczyzny w mundurze sił powietrznych z drugiej wojny światowej. Oczywiście były też zdjęcia innych mężczyzn, ale to przyciągnęło uwagę Siddy i sprawiło, że zatrzymała się przy nim dłużej. Zastanawiała się, czy to brat Teensy.

Były karneciki pełne nazwisk dżentelmenów. Sidda słyszała o wielu z nich i niektórych poznała, gdy mieszkała w Thornton. Było kilka wyblakłych stron odbitych na powielaczu z zajęć „Jak być inteligentną i czarującą".

Były święte obrazki, czerwony mak weterana i wycinek z „The Thornton Monitor" z podziękowaniami dla świętego Judy „Za otrzymane łaski".

Kiedy Sidda oglądała te rozmaite pamiątki, jej wyobraźnia zaczęła pracować na całego; czuła to życie kryjące się we wspomnieniach jej matki. Na chwilę przepełniła ją wdzięczność dla Vivi za przysłanie albumu. Niemal ją zawstydziło to, że dostała taki róg obfitości. Chciało się jej płakać, bo nie mogła znieść myśli, jak bezbronny był ten album, gdy tak podróżował przez cały kraj samolotami i ciężarówkami.

„Mama rozstała się z tymi *Boskimi sekretami* dlatego, że ją o to poprosiłam" — pomyślała. „Chce mi się płakać nie tylko dlatego, że ten album jest bezbronny, ale dlatego, że mama — czy wie o tym, czy nie — stała się tak bezbronna wobec mnie".

Sidda wróciła do zdjęcia Ya-Ya w ciąży, stojących koło strumienia. Dokładnie je przestudiowała. Każda z kobiet śmiała się, a im dłużej Sidda przyglądała się zdjęciu, tym wyraźniej słyszała ich cztery całkowicie różne rodzaje śmiechu. Obejrzała ich pozy, kostiumy kąpielowe, ręce, włosy, kapelusze. Zamknęła oczy. „Jeżeli Bóg kryje się w szczegółach — pomyślała — to może i my w nich istniejemy". Głęboko wciągnęła powietrze przez nos, zatrzymała je na chwilę, po czym bardzo powoli wypuściła ustami. Mimo że miała zamknięte oczy, daleko było jej do snu.

5

Sidda wyjęła dziennik, który spakowała, i chociaż zamierzała zrobić kilka wstępnych notatek na temat *Kobiet*, zaczęła pisać o Ya-Ya. Jej dłoń szybko przesuwała się po papierze. Sidda nie robiła przerw na poprawki czy analizowanie, dlaczego to robi. Zerknęła po prostu na zdjęcie przy strumieniu, usiadła przy stole, a słowa same popłynęły prosto z jej serca.

Och, jak mama i Ya-Ya potrafiły się śmiać! Słyszałam je z wody, gdzie bawiłam się z braćmi, siostrą Lulu i innymi Petites Ya-Ya. Nurkowaliśmy w strumieniu, po czym znowu się wynurzaliśmy i słyszeliśmy ich śmiech. Rechot Caro brzmiał tak, jakby jej śmiech tańczył polkę. Chichot Teensy miał w sobie jakąś nutkę znad zatoki, jakby ktoś skropił go Tabasco. Necie śmiała się „hi, hi, hi". A ryk mamy, kiedy odrzucała głowę do tyłu i otwierała szeroko usta, sprawiał, że ludzie zawsze się za nią oglądali, kiedy śmiała się w miejscu publicznym.

Ya-Ya często się śmiały, kiedy przebywały razem. Parskały śmiechem i nie mogły przestać. Śmiały się, aż po policzkach zaczynały im płynąć wielkie łzy. Śmiały się, aż jedna oskarżała pozostałe, że przez nie zsikała się w majtki. Nie mam pojęcia, z czego się tak śmiały. Wiem tylko, że ich śmiech wydawał mi się tak cudowny dla oka i ucha, że teraz bardzo mi go brakuje. Lubię szczycić się tym, że wiele rzeczy robię lepiej niż moja matka, ale to ona zawsze była lepsza w chichotaniu ze swymi przyjaciółkami.

Takie były Ya-Ya na brzegu strumienia podczas

wakacji mojego dzieciństwa. Smarowały się mieszanką oliwki dla niemowląt z jodyną, którą sporządzały w wielkiej butli oliwki dla niemowląt Johnsona. Mikstura była gęsta i miała czerwonawobrązowy odcień, prawie taki jak krew. Namaszczały sobie twarze, ręce i nogi, a potem po kolei nawzajem smarowały sobie plecy.

Moja matka kładła się z rękami pod brodą, z głową przekręconą na jedną stronę, z zamkniętymi oczami i wydawała z siebie długie, pełne rozkoszy westchnienie. Uwielbiałam patrzeć, jak odpoczywała w ten sposób.

Były to czasy, kiedy jeszcze nikt nie przejmował się rakiem skóry, dużo wcześniej, zanim przestano uważać, że promienie słońca mogą być tylko zdrowe. Zanim zniszczyliśmy warstwę ozonową, która chroniła nasze ciało przed słońcem.

Mama i Caro wkładały zwykle jednoczęściowe kostiumy kąpielowe w paski, identyczne jak te, które nosiły jako ratowniczki na obozie Minnie Maddern dla dziewcząt z Południa, zanim powychodziły za mąż i porodziły dzieci.

Moja matka cudownie pływała. Jej ulubionym stylem był australijski kraul. Obserwowanie mamy podczas pływania przypominało oglądanie kobiety, która doskonale umie tańczyć walca — z tym, że partnerem mamy był nie mężczyzna, lecz woda w strumieniu. Mocno kopała nogami, płynnie wyrzucała przed siebie ręce, a kiedy kręciła głową w obie strony, łapiąc powietrze, widać było, że prawie nie otwiera ust. „Nie ma usprawiedliwienia dla kiepskiego pływaka. Podobnie jak dla niejadka" — mówiła. Oceniała ludzi na podstawie tego, jak dobrze pływali i czy potrafili ją rozśmieszyć.

Spring Creek nie był tak szeroki jak rzeka Garnet

ani tak ogromny jak Zatoka Meksykańska czy długi jak niektóre jeziora. Był to po prostu mały, brązowawy zbiornik wodny, idealny dla matek z dziećmi. Co prawda strumień był całkowicie bezpieczny, ale ostrzegano nas przed miejscami poza zasięgiem wzroku. Tam, gdzie strumień zakręcał, było za głęboko. Tam, gdzie stare kłody drewna oddzielały teren do pływania od ciemniejszej, głębszej wody. Żyły tam aligatory, które mogły w całości pożreć dzieciaka. Tylko czyhały na niegrzeczne dzieci, które nie słuchały swych matek. Nocami wdzierały się w nasze sny. Mogły zjeść ciebie, mogły zjeść twoją matkę, mogły wyciągnąć spod ciebie koc, kiedy się tego najmniej spodziewałeś, a potem, zanim byś się zorientował, połknąć cię w całości.

„Nawet ja nie mogę was uratować przed aligatorami" — mawiała mama. „Więc nie igrajcie z losem".

Kiedy mama pływała — dziesięć okrążeń — sprawiała, że strumień wydawał się większy niż w rzeczywistości. Byłam oczarowana jej samotnością, kiedy tak pływała. Nazywała to swym „opłynięciem świata", a ja nie mogłam się doczekać, kiedy nauczę się pływać na tyle dobrze, by pójść w jej ślady. Mama kończyła pływanie, wracając na płytszy koniec, gdzie znajdowała się łacha piasku. Wyłaniała się z wody, potrząsała głową i skakała na jednej nodze, żeby wytrząsnąć wodę z ucha. Potem robiła to samo z drugiej strony. Zachwycałam się jej pięknem, kiedy tak stała mokrzuteńka i zimna, z włosami odrzuconymi do tyłu, błyszczącymi oczami, dumna ze swej siły.

Mama i Ya-Ya codziennie dźwigały nad strumień wielką, czerwoną lodówkę turystyczną. Taki stary, metalowy typ z pokrywką, która odskakiwała. W środku były kawałki lodu odłupane z wielkich bloków, które kupowaliśmy w miejscowym sklepie spożywczym połączonym z torem do jazdy na wrotkach. W tym lodzie mroziło się ich piwo i nasza cola. Na puszkach leżały kanapki z szynką i serem owinięte w woskowany papier. Ya-Ya odcięły skórki dla naszej czwórki, która nie tknęłaby chleba ze skórką. Na kanapkach leżały papierowe serwetki, a kiedy otwieraliśmy lodówkę i je wyjmowaliśmy, były cudownie zimne, ale szybko się ogrzewały, więc czym prędzej podnosiliśmy je do policzków, by porozkoszować się chłodnym mrokiem lodówki. Mama piła piwo, kiedy byliśmy mali. Dopiero kiedy miałam kilkanaście lat, rzuciła je, bo było zbyt tuczące. Ale nawet wtedy, kiedy byliśmy jeszcze dziećmi, często zdradzała piwo na rzecz wódki z sokiem grejpfrutowym, którą trzymała w pękatym, niebiesko-białym termosie, na którym napisała flamastrem: TONIC RE-VIVI-TA-LIZACJA. Opisywała tę mieszankę jako „koktajl i dietę w jednym".

Mama i Ya-Ya ciągle wymyślały różne gry słowne związane z jej imieniem. Jeżeli Teensy uczestniczyła w przyjęciu, na którym brakowało pizzy, obwieszczała: „Tej imprezie przydałoby się trochę Vivi-tamin". Czasami oznajmiały, że coś jest „projektem re-Vivi-talizacji", jak wtedy, gdy mama i Necie unowocześniły mundurki dziewczęcej drużyny skautów.

Kiedy byłam mała, myślałam, że moja mama jest tak dobrze znana na całym świecie, że w języku angielskim powstały słowa tylko dla niej. Jako dziecko otwierałam słownik Webstera na literze „V" i studiowałam liczne słowa, które odnosiły się do niej. Było tam słowo *vivid*, co oznaczało „pełen życia; jaskrawy; intensywny". I *vivify*, co znaczyło „ożywić albo uczynić bardziej żywym".

Było *vivace, viva, vivacious, vivacity, vivarium* i *viva voce*. To mama była źródłem wszystkich tych słów. Była też przyczyną powstania zwrotu *Vive le roi* (co, jak nam mówiła, oznaczało „Niech żyje Królowa Vivi!") Wszystkie te definicje miały związek z życiem, jak sama Vivi.

Zdezorientowało mnie słowo „wiwisekcja": „Operacja chirurgiczna przeprowadzana na żywym zwierzęciu w celu zbadania budowy i funkcjonowania żywych organów i części ciała". Wydawało mi się to zupełnie bez sensu. Na sam widok tego słowa przechodziły mnie ciarki. Ciągle prosiłam mamę, by mi je wytłumaczyła, ale nigdy nie byłam zadowolona z jej wyjaśnień.

W poszukiwaniu słów, które mogłyby się odnosić do mnie, przekopywałam się przez każdy słownik, jaki tylko wpadł mi w ręce. Musiało istnieć chociaż jedno słowo, które mówiło o mnie. Przynajmniej *siddafy* jak *vivify*. Ale najbardziej podobnie brzmiało tylko *sissified**.

Dopiero kiedy byłam w drugiej czy trzeciej klasie, moja przyjaciółka, M'lain Chauvin, powiedziała mi, że mama nie ma nic wspólnego z tymi wyrazami ze słownika. Pobiłyśmy się o to, aż musiała interweniować siostra Henry Ruth. Kiedy zakonnica potwierdziła słowa M'lain, początkowo bardzo cierpiałam. Całkowicie zmieniła się moja percepcja rzeczywistości. Tak zaczęła upadać niekwestionowana teza, że świat kręci się wokół mojej mamy. Ale razem z rozczarowaniem pojawiła się głęboka ulga, chociaż wtedy nie mogłam tego wyrazić.

Wierzyłam, że moja matka już od tylu lat jest gwiazdą, iż kiedy odkryłam, że to nieprawda, miałam kompletny mętlik w głowie. Może kiedyś była gwiazdą i tyl-

---

* *Sissified* (ang.) — zniewieściały.

ko teraz jej blask zgasł? Może dlatego, że urodziła nas? A może w ogóle nigdy nią nie była? Zaczynało rodzić się we mnie poczucie winy za każdym razem, kiedy — choćby w drobiazgach — przyćmiewałam mamę. Martwiło mnie nawet zdobycie pierwszego miejsca w konkursie ortograficznym, bo nie wierzyłam, że mogę błyszczeć, nie usuwając jej w cień.

Wtedy nie rozumiałam, że moja matka żyła w świecie, który nie umiał albo nie chciał docenić jej blasku, jej wpływu na Ziemię — przynajmniej nie aż tak, jak tego potrzebowała. Stworzyła więc własny Układ Słoneczny, na którego orbicie żyły pozostałe Ya-Ya. Mój ojciec nie wchodził w skład tej orbity. Mężowie wszystkich Ya-Ya istnieli w innych wszechświatach niż Ya-Ya i my, dzieciaki. Podczas wakacji w Spring Creek spiskowałyśmy przeciwko mężczyznom, nabijałyśmy się z nich i słuchałyśmy matek, gdy przy ognisku naśladowały naszych ojców. Patrzyłyśmy, jak traktują naszych ojców jak szefów albo głupków, a czasami jak swoich ukochanych. Nigdy jednak nie widziałyśmy, by Ya-Ya traktowały ich jak przyjaciół.

Mama, bardziej niż Necie, Caro czy Teensy, spodziewała się od swoich przyjaciółek tego, czego nie dało jej małżeństwo. Nie wątpię, że mimo wszystkich problemów na swój sposób kochała tatę i że tata na swój sposób kochał ją. Tylko że ich przejawy miłości napawały mnie przerażeniem.

Ya-Ya wiele czasu spędzonego nad strumieniem poświęcały na pogaduszki, drzemkę, pilnowanie nas i smarowanie się swoją miksturą na przyśpieszenie opalenizny. Na zmianę miały nas na oku, kiedy się pluskaliśmy, nurkowaliśmy, skakaliśmy do wody „na bombę", „na scyzoryk", moczyliśmy się, kopaliśmy, unosiliśmy na wodzie i walczyliśmy w strumieniu. Ta z Ya-Ya, która akurat trzymała straż, mogła tylko na pół gwizdka uczestniczyć w rozmowie, gdyż musiała się koncentrować na tym, ile głów widać w wodzie. Było nas w sumie szesnaścioro. Necie miała siedmioro dzieciaków, Caro — troje — samych chłopców, a Teensy miała chłopca i dziewczynkę. Do tego jeszcze nasza czwórka. Co pół godziny odpowiedzialna za nas Ya-Ya wstawała, patrzyła na wodę i dmuchała w gwizdek wiszący na starym łańcuszku. Na jego dźwięk mieliśmy natychmiast przerwać to, co robiliśmy, i zameldować się. Każde z Petites Ya-Ya miało swój numer, a dyżurna Ya-Ya nasłuchiwała naszych głosów, gdy odpowiadaliśmy. Kiedy już się zameldowaliśmy, mogliśmy wrócić do zabawy, a dana Ya-Ya po swym półgodzinnym dyżurze wracała na kocyk. Chociaż panie nie przestawały pić, kiedy nas pilnowały, trzeba przyznać, że żadne z Petites Ya-Ya nie utopiło się podczas tych niekończących się letnich dni nad potokiem.

Przynajmniej dwa razy w ciągu lata mama kazała nam udawać, że się topimy, by przetestować swe umiejętności ratownika. Nauczyła się ratować tonących już bardzo dawno, jeszcze przed naszym urodzeniem. Co trzy lata dostawała certyfikat Czerwonego Krzyża, ale uważała za obowiązek sprawdzać swe kwalifikacje każdego roku latem. Zawsze każde z nas błagało i krzyczało, że to ono chce być ofiarą. Uwielbialiśmy znajdować się w centrum zainteresowania.

Trzeba było wtedy wypłynąć na głębinę i rzucać się panicznie, machać rękami i wrzeszczeć, jakby łapało się ostatni oddech przed utonięciem.

Mama, jak to było zaplanowane, stała na brzegu. Na kostiumie miała szorty i bluzę. Kiedy tylko usłyszała krzyk, osłaniała oczy dłonią przed słońcem. Potem niczym indiańska księżniczka patrzyła na horyzont i wypatrywała tonącego. Już wtedy zaczynała zdzierać z siebie bluzę i szorty i kopniakiem zdejmować tenisówki. Następnie biegła nad brzeg strumienia i dawała nura w wodę, stosując jeden ze swych słynnych ratowniczych skoków na płytką wodę. Na widok skaczącej mamy tonący trochę się uciszał i patrzył, jak mama, szybko i pewnie, płynie do miejsca tragedii. A kiedy już do ciebie docierała, krzyczała: „Machaj rękami! Kochana! Bardziej machaj rękami!". A ty młóciłaś rękami, kopałaś i darłaś się z jeszcze większym wigorem. Wtedy mama, z wielką pewnością siebie, chwytała cię pod brodą, przyciskała głowę do swojej klatki piersiowej i rozpoczynała akcję ratunkową, młócąc nogami wodę, by jak najprędzej dotrzeć do brzegu.

Kiedy już wyciągnęła cię na łachę piasku, pochylała się nad tobą i przykładała ucho do twojej piersi. Potem gmerała ci palcami w ustach, by sprawdzić, czy nic nie zapycha ci gardła. Wtedy następowała najbardziej dramatyczna część akcji ratunkowej: sztuczne oddychanie metodą usta-usta. Pocałunek życia. Albo, jak go nazywaliśmy, „re-Vivi-talizacja usta-usta". Była to zasadnicza część akcji ratunkowej, która mogła zadecydować o tym, czy umrzesz, czy przeżyjesz. Ściskała ci nozdrza, kładła jedną rękę na piersi i zaczynała pompować w ciebie powietrze. Wpuszczała ci w płuca powietrze, naciskała dłonią na klatkę, a potem znowu wdychała powietrze. Kiedy w końcu była usatysfakcjonowana, wstawała z rękami na biodrach i mokrymi włosami odgarniętymi do tyłu niczym syrena ratownik i obwieszczała z pełnym dumy uśmiechem: „O mało co się nie przekręciłaś, kochana, ale chyba będziesz żyła!".

Czasami udający ofiarę przestraszył jakiegoś dzieciaka, który jeszcze nie rozumiał, że to wszystko na niby.

Mama wprowadziła więc zwyczaj, by każde z Petites Ya-Ya pochylało się nad „tonącym", by poczuć jego oddech. Kiedy już ostatnie dziecko upewniło się, że żyjesz, wszyscy zaczynali klaskać. Wtedy mama, podskakując na jednej nodze, wytrząsała wodę z uszu i mówiła: „Wiedziałam, że nie wyszłam z wprawy".

Przez wiele dni po tym, jak mama uratowała cię od utonięcia w odmętach wody, na okrągło wspominałaś dreszczyk emocji towarzyszący bliskiej śmierci. Przypominałaś sobie, z jaką pewnością siebie ciągnęła cię przez wodę, wspominałaś smak jej ust i zapach oddechu. Przez wiele dni czułaś się niepewnie, zbliżając się do głębiny, bo scena „prawie utonięcia" była żywa w twojej pamięci. Tak Vividoczna. Zaczynałaś bać się aligatorów, nawet jeżeli znajdowałaś się w bezpiecznym miejscu. Zastanawiałaś się: „Co by się stało, gdybym naprawdę tonęła, a mamy nie było w pobliżu i nie mogła mnie uratować? Gdyby po prostu gdzieś sobie poszła?". Jak wtedy, gdy byłaś mała, chorowałaś na bronchit i ciągle padał deszcz. Co chwila podchodziłaś wtedy do okna, a mamy nie było. Byłaś niegrzeczna, ona cię uderzyła, a potem po prostu sobie poszła.

Nie tylko mama doskonale pływała. Caro też kiedyś była ratownikiem i niektórymi stylami pływała nawet lepiej. Caro, ze swą modną fryzurką na pazia, brązowymi włosami z rudymi pasemkami i oliwkową cerą, wychowała się nad zatoką i potrafiła pływać całymi godzinami. Jej skoki do strumienia, w porównaniu z popisami w oceanie, były doprawdy niewielkim wyczynem. Mama zawsze mawiała: „Caro jest bezdyskusyjnie najbardziej wytrzymałą pływaczką, jaką kiedykolwiek znałam albo będę znała".

Caro jeszcze bardziej zachęcała mamę do jej wyczynów. Miała prawie pięć stóp i dziewięć cali wzrostu, co oznaczało potwornie dużo w epoce, która wielbiła drobne kobietki. Jej nogi były długie, a ciało idealne do noszenia kostiumów firmy Hattie Carnegie, które wciąż nosiła, kiedy byłam dzieckiem, chociaż kupiła je wiele lat wcześniej.

Ze swą płaską klatką piersiową i kwadratowymi ramionami wyglądała wspaniale we wszystkich ubraniach, chociaż akurat na nich Ya-Ya zależało najmniej. Miała jedną czarną wieczorową suknię bez paska, z rozcięciem z tyłu, które odsłaniało jej łydki, kiedy tańczyła. Wkładała tę suknię na każdą imprezę Ya-Ya, jaką pamiętam z czasów dzieciństwa. Do niej nosiła boa z piór, za którym ja i moja siostra Lulu chodziłyśmy krok w krok, jakby było żywe. Któregoś roku na urodziny mamy Caro włożyła do tej sukni kowbojskie buty i kapelusz, przez co wyglądała jak skrzyżowanie Marleny Dietrich i Annie Oakley.

Caro jest moją matką chrzestną. Ciągle opowiadano mi historyjkę, jak pod koniec mojego chrztu ni z tego, ni z owego zagwizdała *When You Wish Upon a Star*. Do wszystkich mówiła „stary". „Hej, stara" — mówiła. „Co porabiasz?". Niektórym ludziom słowo „stary" kojarzy się z nowojorskimi taksówkarzami albo gangsterami z lat trzydziestych, ale kiedy Caro mówiła na ciebie „stara", znaczyło to, że zalicza cię do swej prywatnej bohemy.

To dzięki niej w wieku ośmiu lat zostałam członkiem bohemy. Odmawiałam noszenia wszystkiego poza czarnymi trykotami do tańca i ciemnymi okularami, które zostały w naszym domu po którymś z przyjęć, i zmieniłam nazwisko na Madame Voilanska. Kiedy ludzie mówili do mnie „Sidda", nie reagowałam. Kiedy jednak zakonnice zadzwoniły do mamy ze skargą, powiedziała im, że skoro twierdzę, że nazywam się Madame Voilanska, to lepiej niech mnie tak nazywają. Kiedy tylko wracałam do domu ze szkoły, przebierałam się w swój czarny kostium i dodawałam do tego wizerunku papierosa. Ściągałam włosy w koński ogon i siedziałam godzinami na stołku przed przesuwanymi oszklonymi drzwiami, które wychodziły na ogrodzone patio, przeglądając się w szybie. Nie udawałam, że palę. (Było to coś, co robiłaby Lulu). Używałam natomiast papierosa do podkreślania gestów. Trzymałam go między kciukiem a palcem wskazującym i dźgałam nim powietrze, jakbym przedstawiała jakiś istotny, niepodważalny argument. Argumenty te znajdowały swój wyraz w mojej poezji.

Mama była tematem jednego z tych wierszy, które wpisywałam do notesu. Napisany jest moim niewyrobionym charakterem pisma metodą Palmera i datowany na rok 1961, co znaczy, że miałam wtedy osiem lat. Kiedy teraz go ujrzałam, byłam wstrząśnięta i aż musiałam go dotknąć. Moja matka to jedna wielka niespodzianka.

WOLNOŚĆ
Napisała Madame Voilanska

26 razy obeszłam dom!
Klaskałam w ręce i śpiewałam!
Aż mi włosy stanęły dęba!
I nie wróciłam do środka!

Pokochałam „patyczki z kuleczkami", odkąd zakonnice wprowadziły je na lekcjach. Za żadne skarby nie mogłam zrozumieć, dlaczego nie mogę używać wykrzykników na końcu każdego zdania. Siostra Rodney Marie zakreślała je paskudnym czerwonym flamastrem i pisała: „Używaj kropek, a nie wykrzykników". W szkole w końcu zmusiłam się do tego, żeby stawiać tylko jeden wykrzyknik na jeden akapit, ale w swoich wierszach stawiałam je wszędzie. Później, w szkole średniej, odkryłam, że cudowny Walt Whitman tak samo jak ja uwielbiał wykrzykniki. To, wraz z jego umiejętnością odczuwania zachwytu, egzaltacją i czułą opieką nad umierającymi żołnierzami, sprawiło, że stał się jednym z moich bohaterów.

Wiedziałam, że aby zostać prawdziwym członkiem bohemy, należy nosić okulary przeciwsłoneczne. Była to najbardziej oczywista rzecz, która uczyniła z Caro wiodącego (i jedynego) członka bohemy w Thornton. W tamtych czasach Caro zakładała okulary, dokądkolwiek się udawała. Oczywiście wszystkie cztery Ya--Ya nosiły ciemne okulary, kiedy miały kaca, nawet podczas niedzielnej mszy. Caro jednak przez jakiś czas znajdowała się w takim stanie, że nawet najmniejszy promień słońca prosto w oczy doprowadzał ją do choroby. Musiała nosić okulary przeciwsłoneczne cały czas, nawet w nocy. Zawsze załatwiała sprawunki, nawet w najbardziej pochmurny, deszczowy dzień, w swych okiennicach na oczach. Thorntonianie zaczęli wierzyć, że Caro jest dziwaczna na wielkomiejski sposób. Wiele osób nie wiedziało, że to problem medyczny, myśleli po prostu, że jest snobką, która usiłuje upodobnić się do gwiazdy filmowej. „Za kogo ona się ma?" — mówili. Ci bardziej nieprzyjemni — według Caro „dorośli mężczyźni" — dosłownie podchodzili do niej i mówili coś w rodzaju: „Zdejmij natychmiast te okulary i niech ludzie zobaczą twoje oczy". Zupełnie jakby Caro łamała jakieś prawo noszenia okularów.

Ale dla mnie okulary Caro były po prostu odlotowe.

Próbowałam ją naśladować i nocą w Pecan Grove nosiłam ciemne okulary, chociaż powodowało to częste zderzenia z meblami.

Teensy miała kruczoczarne włosy, niemal tak samo ciemne oczy, niecałe pięć stóp wzrostu, oliwkową cerę i maleńkie stópki, prawie jak u dziecka. Ona i mama poznały się w gabinecie lekarskim, kiedy miały po cztery lata. Historia ta stała się legendą w Thornton, ponieważ dotyczyła ogromnego orzecha, który Teensy wsadziła sobie do nosa, „żeby zobaczyć, czy się zmieści". Zmieścił się i potrzeba było delikatności doktora Motta, by go wyjąć. Orzech ten jest teraz wystawiony w oszklonej gablotce w gabinecie doktora Motta z podpisem „Ciała obce usunięte z ciał dzieci". Pod orzechem widnieje napis „Orzech z lewego nozdrza Teensy Whitman. 8 czerwca 1930". Kiedy dorastaliśmy, Teensy znano z tego w szkole.

Teensy miała doskonałą figurę i wszyscy dobrze wiedzieliśmy, jak wygląda jej ciało. Jednym z jej wybryków (kiedy nieźle już szumiało w głowie, kiedy burbon lał się strumieniami, kiedy nadchodziła odpowiednia pora, kiedy czuła zew) był wyrafinowany, seksowny i bardzo zabawny striptiz. Widzieliśmy go wiele razy na imprezach u Ya-Ya i słyszeliśmy, że wykonała go raz w hotelu Theodore podczas przyjęcia z okazji pięćdziesiątych urodzin Caro i Blaine'a. My, Petites Ya-Ya, byłyśmy nauczone, by mówić o tym po prostu jako o negliżu Teensy.

Teensy zawsze nosiła najbardziej skąpe kostiumy. Ya-Ya nazywały ją Królową Bikini, a w całym okręgu Garnet aż huczało na temat jej ryzykownych, maleńkich ciuszków. Zawsze mi się wydawało, że dostawała te bikini pocztą prosto z Paryża.

Pływała tylko na plecach. Na plecach w swym niekatolickim bikini. Co jakiś czas wściekle kopała wodę, a wtedy za jej słodkimi paluszkami u nóg ciągnęła się biała bryza. Teensy przez chwilę sunęła tak w wodzie, aż w końcu nieruchomiała. Wtedy szeroko rozpościerała ręce i wdzięcznie nimi poruszała, zupełnie jakby dyrygowała legato w wodnej symfonii. Kiedy wreszcie zaczynało ją to męczyć, przewracała się na plecy i łagodnie zanurzała w wodzie, a czubki jej palców u nóg niczym strzałki wskazywały niebo. Potem niewiarygodnie długo pływała pod wodą, a my zakładaliśmy się, w którym miejscu się wynurzy. Kiedy w końcu jej ładna, czarna, focza główka wyłaniała się na powierzchnię, mówiliśmy: „Gdzie ta Teensy mieści tyle powietrza?".

Teensy zawsze miała pieniądze i dawała je nam, gdy tylko ich potrzebowaliśmy. Kiedy umarł jej ojciec, odziedziczyła po nim gruby pakiet udziałów w spółce Coca-Cola. Jej mąż, Chick, również dostał w spadku pieniądze, a do biura w centrum chodził tylko po to, by napić się z kolegami kawy w River Street Cafe. To Teensy wsparła finansowo Lulu, gdy ta otworzyła firmę dekoracji wnętrz. I to Teensy — bez zadawania zbędnych pytań — przysłała mi dziesięć tysięcy dolarów, kiedy zadzwoniłam do niej pod koniec pierwszego roku mojego pobytu w Nowym Jorku, załamana i wystraszona, bez żadnych perspektyw na podjęcie pracy. To również Teensy zaproponowała — a była wtedy na niezłym rauszu — że będzie opłacać psychoterapię każdego z Petites Ya-Ya. Zadeklarowała to na przyjęciu na cześć ukończenia szkoły średniej przeze mnie, jej syna, Jacques'a, i syna Caro, Turnera. Wtedy nikt nie pomyślał, aby skorzystać z jej propozycji, czego później często żałowałam, bo mogłabym dzięki temu zaoszczędzić tyle pieniędzy, by kupić sobie jakiś mały kraj. Jedyna córka Teensy, moja przyjaciółka z dzieciństwa, Geeny, już wtedy przeszła więcej psychoterapii, zarówno na oddziale dziennym, jak i całodobowym, niż moglibyśmy sobie wyobrazić. Kiedy my kończyliśmy szkołę średnią, ona już po raz drugi była w szpitalu psychiatrycznym. Ale to zupełnie inna historia. Jej delikatne, kruche szaleństwo, które graniczyło z wizjonerstwem, przypominało mi opowieści o Genevieve, matce Teensy. Ta rodzina naprawdę wiele przeszła.

Cała nasza gromada, wszyscy tak spleceni ze sobą, tak zżyci, dorastający Ya-Ya w tym zacofanym, trzeciorzędnym stanie, gdzie nasze rodziny były *haut monde*, gdzie grzeszyły czarująco i przeważnie anonimowo. Tak wiele istnieje opowieści o klanie Ya-Ya. Kiedy Petites Ya-Ya — bez dzieciaków Walkerów — pojawiły się *en masse* na *Kobietach na krawędzi*, poczułam się tak, jakbym dostała chwilowe zawieszenie w moim statusie sieroty. I chociaż gniew mamy nie pozwolił przyjść samym Ya-Ya na przedstawienie, Petites Ya-Ya się stawiły. W jakiś sposób na czas udało im się nawet wymeldować z hotelu McClean w Bostonie.

W albumie mamy pełno jest nie tylko wspomnień z życia jej i Ya-Ya, ale też pamiątek następnego pokolenia. Tworzyliśmy komunę, małą, prymitywną matriarchalną wioskę. Zwłaszcza podczas tych wakacji w Spring Creek, kiedy to mężczyźni zostawali w mieście, harowali przez cały tydzień i przyjeżdżali tylko na weekendy.

Ze wszystkich Ya-Ya to Necie najbardziej przypominała prawdziwą mamę. Ale i ona miała swoje dziwactwa. Przede wszystkim była jedyną mamą z mojego dzieciństwa, która nosiła długie włosy. Włosy te były podstawową cechą wyglądu Necie, która świadczyła o jej przynależności do Ya-Ya. Żony i matki w latach pięćdziesiątych i na początku lat sześćdziesiątych po prostu nie miały takich pięknych, długich włosów. Nie w Thornton. Włosy Necie były gęste, brązowe i bujne, a kiedy je rozpuszczała, stanowiły ukoronowanie jej urody. W letnie poranki w Spring Creek, tuż po przebudzeniu, Necie siadała na wcrandzie i piła kawę z innymi, a włosy opadały jej na ramiona i przyciągały blask wczesnego słońca. Pozwalała mi się nimi bawić całymi godzinami, w ogóle nie zwracając na to uwagi. Siedziałam tak, otoczona gwarem głosów pań, i po prostu bawiłam się włosami Necie, ciężkimi, czystymi i pachnącymi szamponem. Uwielbiałam je podnosić i zanurzać w nich nos, tylko po to, by je powąchać. Ten prosty, niewinny, zmysłowy akt z kobietą przynosił mi łagodną rozkosz. Rozkosz, jaką, ku memu żalowi, utraciłam w swym dorosłym życiu.

Uwielbiałam oglądać Ya-Ya, kiedy wychodziły ze strumienia z mokrymi włosami. Były smukłe, eleganckie i piękne, niczym jakieś egzotyczne wodne zwierzęta, dzikie wodne kobiety wiodące tajemnicze życie gdzieś na dnie laguny.

W tych czasach nad strumieniem mama nigdy specjalnie nie przejmowała się swoimi włosami. Były krótko obcięte na „wróżkę", którą to fryzurę nazywała „Czepcem czwartego dziecka". Miały kolor naturalny blond, a jej rzęsy i brwi bez makijażu były tej samej barwy. Wiele lat później, kiedy Mia Farrow obcięła włosy na jeżyka, Ya-Ya twierdziły, że naśladowała mamę.

Ciemnordzawe oczy nadawały twarzy mamy wyraz władczości, przeciwwagi, jakiej inaczej by nie miała. Jej jasna cera i włosy sprawiały, że ludzie początkowo uważali, że jest delikatną osobą. Oczy jednak temu przeczyły.

Kiedy mama wychodziła ze strumienia, przez chwilę osuszała włosy ręcznikiem, nakładała świeżą warstwę szminki i sięgała po wielki, biały kapelusz chroniący przed słońcem, gdyż — jak nas pouczała — prawdziwe blondynki mogą leżeć na słońcu, ale tylko pod bardzo szerokim rondem kapelusza. Mama uwielbiała bardzo szerokie ronda.

W tamtych czasach znałam ciało mamy aż po czubki jej palców u nóg, których paznokcie pomalowane były jej ulubionym lakierem „Czerwień bogatej dziewczyny". Miała cerę blondynki z maleńkimi piegami koloru cynamonu na ramionach i policzkach. Pod tymi piegami, niczym warstwa lekkiej śmietanki, kryła się mleczna biel. Czasami, w odpowiednim świetle, przez jej skórę prześwitywały lawendowe i niebieskie żyłki. Ten widok zawsze mnie przerażał.

Mama poruszała nogami jak tenisistka, którą w istocie kiedyś była. Jej nogi wyglądały wspaniale w szortach, które nosiła w miejscach, gdzie większość pań nie śmiałaby pokazać się tak ubrana. Nosiła letnie szorty z miętej bawełny albo starego płótna, schludnie wetkniętą do środka koszulę, białe skarpetki i buty Kedsy z zaokrąglonymi noskami. Strój ten nazywała swoim letnim mundurkiem. Cała w bieli, jak tenisistka.

Była dużą kobietą w ciele małej kobietki. Na bosaka miała jakieś pięć stóp i cztery cale wzrostu i nigdy nie ważyła więcej niż 115 funtów* — poza tym okresem, kiedy była w ciąży. Szczyciła się swoją wagą i znosiła katusze, żeby ją utrzymać. Miała kończyny wyższej

---

* Około 57 kilogramów.

osoby. Nie, żeby były za długie w stosunku do ciała, ale była w nich jakaś giętkość — giętkość, która świadczyła o ogromnej energii. Zupełnie jakby życie tętniące w jej ciele było zbyt gorące i szalone dla jej jasnej cery. „Chyba wyskoczę ze skóry" — mawiała często. A ja, jako mała dziewczynka, bałam się, że rzeczywiście to zrobi. Nie przypominała tych matek, które widziałam w książkach i filmach. Poza piersiami, które były zdumiewająco pełne jak na jej figurę, nie była pulchna czy zaokrąglona. Była umięśniona i nieco żylasta. Każde zaokrąglenie, które próbowało ją dopaść, w miarę jak się starzała, natychmiast usuwała ćwiczeniami bądź głodówką. Kiedyś Necie spytała ją łagodnie: „Vivi, dlaczego ciągle usiłujesz być taka chuda? Nie masz już osiemnastu lat". Mama odpowiedziała, jakby to było coś całkowicie oczywistego: „Chcę mieć lekki bagaż, kiedy postanowię się stąd zabrać".

Kiedy zamykam oczy, widzę przed sobą ciało mojej matki dokładnie takim, jakim było w czasach mojego dzieciństwa. Słyszę jej głos łączący w sobie sposób mówienia Scarlett, Katharine Hepburn i Tallulah.

Nie mam pojęcia, jak teraz wygląda jej nagie ciało. Słyszałam plotki, że wreszcie się trochę „poprawiła", ale nie mam na to żadnych dowodów. Nie widziałam jej ciała bez ubrania od ponad dwudziestu lat. Nie wiem, czy bym je rozpoznała, gdyby miała zakrytą twarz, i to mnie zasmuca.

Kiedy teraz myślę o Vivi z czasów mojego dzieciństwa, czuję się oszołomiona. Urodziła czworo dzieci — jeśli liczyć mojego brata bliźniaka, który umarł — w ciągu trzech lat i dziewięciu miesięcy. To oznacza, że odkąd wyszła za mąż, jej ciało nigdy nie miało szansy, żeby uspokoić w sobie hormonalną burzę. To oznacza, że była pozbawiana snu przez pięć czy sześć lat. A jeden

Bóg wie, że mama jest kobietą, która kocha spać (tak jak ja). Kiedyś mawiała, że czuje smak snu i że jest on tak rozkoszny jak świeży francuski chleb.

Nawet jako dzieci wiedzieliśmy, że mama nie należy do tych kobiet, których życie kręci się wokół dzieci. Stawałeś koło niej i wiedziałeś, że prosisz o zbyt wiele, nawet jeżeli ciągnąłeś ją za rękaw, błagałeś i nalegałeś: „Patrz na mnie, mamo! Patrz, jak to robię! A teraz patrz, jak robię to".

Ale podczas tamtych wakacji mama i jej przyjaciółki były boginiami znad strumienia. Bywały takie dni, kiedy ją czciłam, ale zdarzało się też, że miałam ochotę ją uderzyć tylko po to, żeby poświęciła mi tyle uwagi, co swoim Ya-Ya. Niekiedy byłam tak zazdrosna, że pragnęłam, by Caro, Teensy i Necie umarły. Innymi razy mama i jej kumpelki siedzące na swoich kocykach były dla mnie filarami, na których wspierało się niebo.

Tutaj, w tym domku, dwa i pół tysiąca mil od Luizjany i wiele lat po tym, jak byłam dzieckiem, kiedy zamykam oczy i koncentruję się, czuję zapach mamy i innych Ya-Ya. Zupełnie jakby moje ciało zatrzymało w sobie aromat Ya-Ya, który w najbardziej niespodziewanych momentach unosi się w powietrzu i łączy z zapachem mojego obecnego życia, tworząc jakieś staro-nowe perfumy. Delikatny aromat starej, zniszczonej bawełny z komody na bieliznę; lekki zapach tytoniu na swetrze z angory; krem do rąk Jergena; zielona papryka i cebula z wody; słodka woń masła orzechowego i bananów; dębowy aromat dobrego burbona; kombinacja lilii, cedrów, wanilii i gdzieś w tle przekwitające róże. Zapachy te są starsze od wszelkich innych wspomnień. Mama, Teensy, Necie, Caro — wszystkie z pewnością miały swój własny zapach. Ale to jest wywar z ich zapachów.

To zupa Ya-Ya. To flakonik z perfumami, który zabieram ze sobą wszędzie, dokąd się udaję.

Wszystkie cztery ich zapachy były w jednej tonacji. Ich ciała harmonizowały ze sobą.

Niewątpliwie ułatwiało im to zapominanie pewnych rzeczy i wybaczanie sobie nawzajem. Dzięki temu nie musiały, tak jak my teraz, nieustannie „pracować" nad sobą. Taka więź z grupą kobiet nigdy mi się nie przydarzyła. Nawet trudno mi to sobie wyobrazić. A jednak widziałam to. Czułam ten zapach.

Perfumy skomponował dla mamy Claude Hovet, *parfumier* z dzielnicy francuskiej, kiedy miała szesnaście lat. Był to podarunek od Genevieve Whitman, aromat lekko szokujący i dogłębnie wzruszający. Woń, która mnie niepokoi i zachwyca. Pachnie dojrzałymi gruszkami, olejkiem wetiwerowym, odrobiną fiołków i czymś jeszcze — czymś korzennym, niemal gryzącym i egzotycznym.

Kiedyś poczułam ten zapach na jakiejś ulicy w Greenwich Village. Stanęłam jak wryta i zaczęłam się rozglądać. Skąd pochodził? Ze sklepu? Z drzew? Od przechodnia? Nie miałam pojęcia. Wiem tylko, że od tego zapachu się rozpłakałam. Stałam na chodniku w Greenwich Village, przechodzący ludzie potrącali mnie, a ja nagle poczułam się młoda i potwornie otwarta, jakbym na coś czekała. Żyję w oceanie zapachów, a tym oceanem jest moja matka.

6

Po skończeniu zapisków w swoim pamiętniku Sidda poczuła się senna. Opuściła głowę na stół i zapadła w drzemkę. Album Vivi zsunął się jej z kolan, a spomiędzy jego starych kartek upadł pod jej stopy mały kluczyk.

Kiedy Sidda się obudziła, był pierwszą rzeczą, jaką ujrzała. Był niewielki, zaśniedziały, wisiał na łańcuszku i miał wielkość orzecha. Co otwierał? Szkatułkę z biżuterią? Małą walizeczkę? Pamiętnik? Poczłapała do oszklonych drzwi i wypuściła Hueylene na dwór. Świtało, ale jezioro było otulone tak gęstą mgłą, że Sidda nie widziała przeciwnego brzegu.

Klucz leżał w jej dłoni, kiedy stała na pomoście, spoglądając na mgłę. Kiedyś było na nim kilka maleńkich literek, ale Sidda nie potrafiła ich odczytać. Zawołała Hueylene, ścisnęła klucz w rękach i dmuchnęła w dłonie. Potem zrobiła coś dziwnego, dziecinnego: powąchała i polizała go. Miał metaliczny posmak, od którego lekko zadrżała.

Resztę dnia spędziła na spacerowaniu, jedzeniu i drzemaniu. Nie miała pojęcia, dlaczego jest taka zmęczona. W końcu, około czwartej, poszła do Quinault Mercantile, małego lokalnego sklepiku, by skorzystać z automatu telefonicznego.

Lekko się przeżegnała, po czym wykręciła numer telefonu do rodziców.

W Luizjanie zbliżała się pora koktajlu, kiedy w Pecan Grove zadzwonił telefon bezprzewodowy. Vivi Walker siedziała w fotelu Adirondack na skraju ogródka warzywnego Shepa, patrząc, jak jej mąż zrywa warzywa na kolację.

— Halo — powiedziała.

— Mamo, mówi Sidda.

Vivi upiła łyk burbona z wodą. Natychmiast poczuła wyrzuty sumienia spowodowane tak szybkim zerwaniem ślubów abstynencji. Wzięła głęboki oddech i powiedziała:

— Siddalee Walker? Ta Siddalee Walker, o której często piszą w „The New York Timesie"?

Sidda przełknęła ślinę.

— Tak, mamo, ta sama. Dzwonię, żeby ci podziękować, matko.

— A odkąd to mówisz do mnie „matko"?

Shep podniósł wzrok znad rzędu zielonej papryki. Kiedy Vivi bezgłośnie wymówiła słowo „Sidda", poszedł do tyczek na groch, dalej od żony. To on musiał żyć z reakcją Vivi na artykuł w „Timesie". Vivi tak go przeraziła, że zabrał ją na wycieczkę do Hilton Head. Doszedł do wniosku, że to lepsze niż podróż zalecona przez lekarza, w którą najwyraźniej wybierała się Vivi.

Shep Walker nie rozumiał swojej żony, nigdy jej nie rozumiał. Dla niego była jakimś innym krajem, który mógł odwiedzać jedynie z paszportem. Już dawno zrezygnował z prób dotarcia do niej. Była trudniejsza niż uprawa bawełny, a Bóg jeden wie, jakiej bawełna potrzebuje opieki. Po czterdziestu dwóch latach potrafiła jednak również go zadziwić, umiała go rozśmieszyć, co teraz niewiele osób potrafi. Kiedy jeździła z nim pikapem po tylnych polach, naprawdę go słuchała, gdy opowiadał o ryżu, bawełnie, zębaczach czy soi. A czasami, kiedy odwracała do niego głowę, żeby go o coś spytać, Shep znowu czuł się jak młody mężczyzna. Kiedy byli młodzi, łączyła ich potężna seksualna więź. Więź, która się rozluźniła — nie tyle z powodu upływu czasu, co ze zmęczenia próbami wytrzymania razem.

— Nigdy nie ufałam kobietom, które mówiły do swoich mam „matko" — powiedziała Vivi do słuchawki.

— Przepraszam. Dzwonię, żeby ci powiedzieć, że... no... Mamo, jestem zaszokowana tym, że przysłałaś mi ten album. To wspaniały gest z twojej strony.

— Przynajmniej tyle mogłam zrobić dla teatru — od-

parła Vivi. — Ale pamiętaj, że Clare Boothe Luce była
o wiele, wiele starsza od Ya-Ya. I że Ya-Ya kochają się
nawzajem, nie jak te kotki, o których napisała Luce.

— Naprawdę jestem wzruszona tym, że chciałaś się
ze mną podzielić *Boskimi sekretami*, mamo.

— Uważam, że po tym, jak zszargałaś mi opinię
w całym kraju, to wielki gest z mojej strony.

— Nie tylko, mamo. Wspaniały.

Na chwilę zapadła cisza, podczas której Vivi czekała
na przeprosiny.

— Przepraszam za wszystko, mamo. Nie chciałam
sprawić ci przykrości.

— Nie chcę o tym rozmawiać. No, a co z weselem?

— Nie chcę o tym rozmawiać — odparła Sidda.

— Ludzie doprowadzają mnie do szału, stale o to
wypytując — powiedziała Vivi. — W ciągu ubiegłych
dwudziestu kilku lat dałam niezliczoną liczbę prezentów ślubnych wszystkim dziewczynom z twojej klasy,
a niektóre z nich wychodziły za mąż po trzy razy. Ludzie chcą wiedzieć, dokąd wysłać prezent.

— Twój album to prezent, jakiego teraz potrzebuję,
mamo.

— Zawsze myślałam, że wykorzystam go do spi-
sywania pamiętników — powiedziała Vivi. — Ale kto
ma czas pisać pamiętniki? Ja jeszcze nie skończyłam
swojego.

— Byłoby cudownie, gdybyś spisała te wspomnienia, mamo. Mam do ciebie tyle pytań. To znaczy, twój
album jest cudowny, ale wielu rzeczy nie rozumiem.
Tam jest tyle historii. Na przykład ten kluczyk. Wypadł
z albumu i umieram z ciekawości, od czego jest. Wisi
na łańcuszku.

— Naprawdę?

— Przypominasz sobie, do czego jest?

— To może być cokolwiek.

— Matko, bardzo byś mi pomogła, gdybyś usiadła i spisała dla mnie swoje życie. Co cię ukształtowało, jak powstała przyjaźń na całe życie z Teensy, Caro i Necie? Co czułaś, jakie miałaś tajemnice, jakie marzenia? Wszystkie historie Ya-Ya.

— Prosiłam cię, żebyś nie mówiła do mnie „matko". To brzmi tak po północnemu. Poza tym zdaje się, że prosiłam cię, żebyś w ogóle do mnie nie dzwoniła, koniec kropka. Nie mam żadnego obowiązku pisać dla ciebie eseju o swoim życiu. Tym bardziej że uznałaś za swój obowiązek rozpowszechniać po całym świecie kłamstwa na mój temat.

— O Boże, mamo. Nie mogłam tego kontrolować. Proszę, nie kłóćmy się.

Vivi upiła łyk drinka.

Choć były oddalone od siebie o dwa tysiące mil, Sidda słyszała grzechot kostek lodu w szklance Vivi. Gdyby ktoś nakręcił film o jej dzieciństwie, tak brzmiałaby ścieżka dźwiękowa. Zerknęła na zegarek. Jak mogła zapomnieć, że w Luizjanie jest pora koktajlu?

— Zapomnijmy o tym, matko.

— Nie — powiedziała Vivi. — To ty o tym zapomnij. Jeżeli chcesz żyć po swojemu, to proszę bardzo, droga wolna. Ale nie szarp mnie. Na miłość boską, wysłałam ci moje *Boskie sekrety Ya-Ya*, czego jeszcze chcesz... krwi?!

— Przepraszam, mamo, nie chciałam, żeby to zabrzmiało tak, jakbym była niewdzięczna, ale...

— Pamiętasz, jak się przeraziłaś, kiedy będąc małą dziewczynką, znalazłaś w słowniku słowo „wiwisekcja"? Przybiegłaś do mnie zalana łzami, pamiętasz? Nie jestem żadną przeklętą żabą, Sidda. Nie możesz mnie rozkroić i zajrzeć do środka. Ja sama siebie nie znam.

To życie, Sidda. Życia się nie rozbiera na części pierwsze. Po prostu wsiada się na nie i jedzie.

— Zaopiekuję się tym albumem — powiedziała Sidda — i zwrócę ci go, jak prosiłaś.

— Chcę go mieć z powrotem przed moimi urodzinami, słyszysz?

— Tak, mamo.

— I wyświadcz mi przysługę, co? Nie dzwoń do mnie jak reporter z „To twoje życie". Nie potrzebuję takiej popularności, jaką mi proponujesz.

Późno w nocy Sidda przebiegła pięć mil po długiej, płaskiej drodze, która prowadziła do Quinault Valley, a potem usiadła na pomoście i zapatrzyła się w niebo. Sączyła Mimozę i skubała chleb z serem, zastanawiając się, co w tej chwili robi Connor. Jej ciało tęskniło za jego ciałem. Przypomniała się jej ta chwila w jego małym biurze w Seattle Opera, kiedy stała przy jego desce kreślarskiej, oglądając rysunki, a on włożył jej rękę w spodnie. Jak ją wtedy pogłaskał, jak się uśmiechnął i jak ona zajęczała: „Och, te rysunki są takie piękne". Tęskniła za nim, pragnęła go. Miała sobie za złe, że za każdym razem, kiedy o nim myślała, jednocześnie robiło jej się mokro w kroku i ciężko na sercu.

Odwróciła się i zajrzała do domku. Album Vivi leżał na stole. Zrobiła krok do przodu i jak dziecko przycisnęła twarz do oszklonych drzwi. Podniosła kieliszek nad albumem w swym małym, prywatnym toaście. Album wciągnął ją z powrotem do domu.

Pochyliła się nad nim i otworzyła go na jednej z pierwszych stron. Znalazła tam tekturową plakietkę z numerem 39. Obok był przyklejony kawałek papieru, na którym widniał napisany dziecięcym charakterem pisma tekst stylizowany na początek artykułu w gazecie:

BARDZO WAŻNE WIADOMOŚCI VIVI
WYDANIE I
SOBOTA, 8 GRUDNIA 1934
DZIEWCZYNKI PUŚCIŁY BĄKA I ZOSTAŁY
ZDYSKWALIFIKOWANE
AUTOR VIVIANE ABBOTT LAT 8

Sidda uśmiechnęła się i przewróciła kartkę, która jednak na odwrocie była pusta. Żadnej historii, sam nagłówek. Przeszukała następne strony, ale nie znalazła więcej informacji z „Bardzo Ważnych Wiadomości Vivi". Doskonale wiedziała, kim były te dziewczynki. 1934. Samo dno wielkiego kryzysu. Huey Long był gubernatorem Luizjany — albo dyktatorem, w zależności od twojego punktu widzenia i okręgu. Wiedziała, że w tym roku wystawiono sztukę Eugene'a O'Neilla *Dni bez końca* i że Pirandello dostał Nagrodę Nobla za osiągnięcia w dziedzinie literatury. Nie miała jednak zielonego pojęcia, dlaczego jej matka została zdyskwalifikowana ani kto dokonał tej dyskwalifikacji.

Kręcąc głową, z roztargnieniem sięgnęła ręką w dół i pogłaskała Hueylene. „Gdyby tylko ten album umiał mówić" — pomyślała. „Nasza Pani Pogawędek Cherubinów, gdyby tylko umiał mówić".

7

Vivi Abbott Walker wiedziała, że nie powinna pić, i wiedziała, że nie powinna palić. Dlatego właśnie, kiedy pozmywała po kolacji i powiedziała dobranoc Shepowi, poczuła lekki dreszczyk, gdy wyszła na patio za domem ze szklaneczką courvoisiera i papierosem.

Usiadła przy stoliku z kutego żelaza i rozłożyła tablicę Ouija. Zapaliła świece na srebrnym świeczniku, który był jednym z wielu prezentów ślubnych od matki Teensy, Genevieve. Zapadła w lekki trans.

Nie zadawała żadnych pytań. Siedziała tylko w blasku świec przy dźwiękach cykad, ogarnięta przejmującym uczuciem, że jest medium.

Kiedy jej ręka spoczywająca lekko na wskazówce, przesunęła się po tablicy, wskazując cyfry 1, 9, 3 i 4, Vivi uśmiechnęła się.

„Ach, tak" — pomyślała. „Moje pierwsze spotkanie z Hollywood".

Vivi, 1934

Musisz mieć dokładnie pięćdziesiąt sześć loków, jeśli chcesz wziąć udział w konkursie na sobowtóra Shirley Temple. Ja i moje najlepsze kumpelki, Caro, Teensy i Necie, cały ranek spędziłyśmy w salonie piękności, robiąc się na bóstwa.

W salonie piękności panny Beverly było tak rojno, że można by pomyśleć, że to Nowy Jork. Mama Teensy, Genevieve, zabrała nas tam, by fryzjerka przemieniła nasze kłaki w anglezy. Genevieve pomogła nam przygotować włosy i kostiumy na konkurs na sobowtóra Shirley Temple. Wczoraj rano zakręciła nam włosy na papiloty, które miałyśmy trzymać na głowie przez cały dzień i całą noc.

Caro jednak zdjęła sobie papiloty przez sen. Kiedy znalazłyśmy się w salonie piękności, jej włosy były proste jak drut.

— Od tych papilotów swędziała mnie skóra, a oczy miałam rozciągnięte jak u Chińczyka, więc zdjęłam je i wyrzuciłam do śmieci.

Wiem, o czym mówiła. Na skroniach zostały mi ślady i mam nadzieję, że znikną, zanim dorosnę.

— Nałożę pilotkę Lowella — powiedziała i wsadziła sobie na głowę czapkę brata, upychając włosy pod spód.

— Co za wspaniały pomysł! — wykrzyknęła Genevieve. — *Trés originale!* — Genevieve zawsze tak się wyraża, bo wychowała się nad zatoką, nieopodal Marksville. Wszystkim każe mówić do siebie po imieniu, nawet dzieciom. Za każdym razem, kiedy wszystkie jesteśmy razem, mówi: „Zupa Ya-Ya!", co znaczy: „Wszyscy mówią naraz", co z pewnością jest prawdą.

Genevieve w ogóle by tu nie było, gdyby nie wyszła za pana Whitmana, właściciela banku kredytowo-oszczędnościowego okręgu Garnet. Poznała go w Nowym Orleanie, dokąd została wysłana przez bogatego przyjaciela jej ojca, by wyrosnąć na damę u urszulanek. Och, dzięki Bogu, że przyjechała do Thornton! Uwielbiamy ją. Ma kruczoczarne włosy, równie ciemne oczy, gładziutką skórę i zna wszystkie tańce na świecie. Poza cajuńskim two-stepem nauczyła nas jitterbugga, Praise Allah i Kickin' the Mule*. Jest najfajniejsza ze wszystkich dorosłych. Poza tymi chwilami, kiedy dostaje *attaque de nerfs* i musi leżeć w łóżku przy zaciągniętych zasłonach. Chcę być taka jak ona, kiedy dorosnę. Liczyłam każdy lok, kiedy panna Beverly zdejmowała mi papiloty z włosów i układała anglezy palcami. Nie chciałam, żeby się pomyliła i zrobiła mi trzydzieści osiem loków zamiast pięćdziesięciu sześciu. W pewnej chwili pojawił się Jack, brat Teensy. Wszedł do salonu piękności, gdzie chłopcy nigdy się nie pojawiają.

---

* Tańce popularne głównie w latach czterdziestych, wykonywane przy muzyce boogie-woogie.

— Cześć! — powiedział. — Przyniosłem wam pączki. Prosto z pieca z piekarni pana Campo. Vivi, dla ciebie mam czekoladę, tak jak lubisz.

Ten Jack jest taki słodki. Nie lalusiowaty, tylko po prostu słodki. Jest najlepszym baseballistą w całym mieście. Od sposobu uderzania piłki ludzie nazywają go T-Babe, co jest skrótem od Little Babe, bo potrafi odbijać jak Babe Ruth. Jack gra też na cajuńskich skrzypcach, ale jego tatuś nie pozwala mu grać w domu. Pan Whitman nie pozwala nawet, by ludzie używali jego pierwszego imienia, Jacques. Pan Whitman zabrania Genevieve w jego obecności mówić z akadyjskim akcentem. Każe jej: „Mów po angielsku, Genevieve! Na miłość boską, używaj królewskiego angielskiego!".

— Wszystkie jesteście o wiele ładniejsze od Shirley Temple — powiedział Jack. — W porównaniu z wami wygląda jak mały skunks. *Mais oui* wyrzucicie starą Shirley ze wszystkich plakatów!

To Caro pierwsza dowiedziała się o konkursie na sobowtóra Shirley Temple, bo jej ojciec jest właścicielem Boba — jednego z dwóch kin w Thornton. Pan Bob ma również Boba w Royalton i Boba w Rayville. Jego największe kino znajduje się w Nowym Orleanie. To najfajniejsze z kin Bob na całym świecie.

Miesiąc temu oficjalnie ogłoszono, że Bob będzie sponsorem konkursu, na który aż z samego Hollywood ma przyjechać agent Shirley Temple. Dziewczynka, która wygra, pojedzie pociągiem do Nowego Orleanu i będzie reprezentować nasze miasto w stanowym konkursie na sobowtóra Shirley Temple. Zatrzyma się w hotelu Pontchartrain i przez cały czas będzie traktowana jak księżniczka.

Kandydatek zgłosiło się bez liku. Do konkursu próbowało przystąpić nawet kilka kolorowych, ale przepisy mówią, że udział brać mogą tylko białe dziewczynki. Wpisowe kosztuje dziesięć centów, ale pan Bob pozwala pewnym dziewczynkom nie płacić. Niektórzy ludzie, jacy przyszli dziś do Boba, zapłacili mu jajkami albo ziemniakami. Cała ósemka dzieciaków Nugentów przychodzi na poranki Sobotniego Klubu Betty Boop, płacąc jednym buszlem* kapusty.

Genevieve zamówiła u swojej krawcowej, Cecile, kostiumy dla nas. Ja mam prześliczną sukienkę w niebiesko-białą kratę i czerwony krawacik, który idealnie pasuje do całości. Na wierzch nakładam płaszczyk do kompletu i czarną czapeczkę — identyczne jak te, które miała na sobie Shirley, kiedy śpiewała *On the Good Ship Lollipop*. Wczoraj wieczorem włożyłam kostium, specjalnie dla taty. Kiedy mnie zobaczył, powiedział: „Chodź tu i przytul się do tatusia". Zazwyczaj nie lubi się przytulać, gdy wraca do domu, więc się zdziwiłam. Podeszłam i objęłam go, a on mi dał banknot dwudolarowy.

Kostium Caro jest super! Ma brązową, skórzaną kurteczkę, którą pożyczyła od brata, pod spodem rozepchane drelichy i do tego pilotkę. Wygląda zupełnie jak Shirley, kiedy spotkała samolot Loopa w *Bright Eyes*. Och, Caro jest taka piękna! Wszystkie moje przyjaciółki są piękne.

Necie ma jaskrawożółty płaszczyk i białą szkocką czapeczkę na lokach, a Teensy różową spódniczkę baletnicy, taką samą, jaką Shirley dostała w tym filmie na urodziny.

W głębi ducha uważam, że to ja najbardziej przypo-

---

* 1 buszel = ok. 35 dm^3.

minam Shirley Temple. W końcu tylko ja mam jasne włosy. Ale nie śmiałabym nikomu o tym powiedzieć.

Kiedy tego popołudnia Genevieve zaprowadziła nas do kina, kazali nam zgłosić się przy wejściu, gdzie jakaś pani dała nam plakietki na sznureczku, które zawiesiłyśmy sobie na szyi. Na tych plakietkach były nasze oficjalne numery w konkursie. Mój jest 39, Caro — 40, Teensy — 41 i, ponieważ coś się pomieszało, Necie — 61. Nie cierpię tej plakietki. Zasłania guziki na moim niebieskim płaszczyku.

Sędzia w konkursie na sobowtóra Shirley Temple całe życie jeździł pociągami po całym świecie i oceniał, kto przypomina Shirley Temple, a kto nie. Nazywa się Lance Lacey, ale Caro nazywa go „pan Hollywood". Przyjechał wczoraj i Caro z rodzicami wyszli po niego na stację. Zabrali go do domu, gdzie przebrał się z garnituru w niebieską koszulę i rozepchane spodnie, które według Caro wyglądały jak piżama. Podczas kolacji były do niego trzy międzymiastowe. U nas w domu nie ma trzech międzymiastowych nawet w ciągu miesiąca! Caro, jej rodzice i bracia, Lowell i Bobby, siedzieli przy stole, czekając, aż pan Hollywood skończy rozmawiać i będą mogli dokończyć jedzenie. A dzisiaj rano przed śniadaniem znowu miał międzymiastową!

Zawsze chciałam stanąć na scenie Boba, a teraz wreszcie się tu znalazłam! Och, moim przeznaczeniem jest być gwiazdą! Stać w blasku reflektorów wysoko nad widownią! Światła, światła, światła! To jeszcze lepsze niż Gwiazdka. Widowni prawie nie widać, ale dokładnie wiem, gdzie siedzi mój brat, Pete, bo krzyknął: „Hej, Śmierdzielu!".

Chcę wyjść przed wszystkie inne dziewczynki, całe w anglezach, i zacząć tańczyć. Żeby wszyscy patrzyli na mnie, tylko na mnie! Ale trzeba stać w rzędzie. Wszystkie musimy stać i próbować wyglądać jak Shirley Temple. Nie cierpię tego, bo mam tyle innych talentów! Potrafię śpiewać, tańczyć, przeliterować „prestidigitacja", wyrecytować *The Ancient Mariner*, gwizdać i przedstawiać historie, które wymyśliłam sama. Ci ludzie nawet nie wiedzą, co tracą.

Z mikrofonu płynie aksamitny głos pana Hollywooda:

— Shirley Temple reprezentuje to, co w Ameryce najlepsze. Jej niewinność i uśmiech to promyki słońca, które świecą nad naszymi czterdziestoma ośmioma stanami. A kiedy nadchodzą ciężkie czasy i zwykły człowiek nie może sobie kupić nawet kawy, dołeczki w policzkach Shirley potrafią rozweselić najsmutniejszego włóczęgę wielkiego kryzysu. „Panienka Promyczek" tanecznym krokiem weszła w serca milionów, swą niezwykłą słodyczą podnosząc na duchu cały kraj.

— Na chwilkę ogląda się na nas, po czym wykonuje gest w naszą stronę. — Mam zaszczyt gościć w waszym pięknym mieście i opiekować się tą gromadką dziewczynek. Moim zadaniem jest ocenić, która z tych młodych dam najbardziej uosabia wdzięk i niewinność Shirley Temple. Która jest na tyle urocza, by tak jak ukochana dziewczyna Ameryki rozweselić nasz kraj?

Och, gdyby tylko pozwolili mi pokazać mój prawdziwy talent, już ja potrafiłabym rozweselić ten kraj! Opowiedziałabym historię o dziewczynie aligatorze z głową i ramionami człowieka, a resztą ciała aligatora. Przypominała trochę syrenę, ale była zła. Och, ja najlepiej w całym kraju umiem opowiadać straszne historie!

Gdybym mogła się zareklamować, nie tylko wygrałabym ten konkurs, ale i konkurs w Nowym Orleanie. Dostałabym prywatny wagon z własną wanną i aksamitnymi zasłonami, a potem zaprosiłabym Caro, Teensy i Necie w podróż dookoła Ameryki. Pojechałybyśmy do Waszyngtonu, gdzie czekaliby na nas prezydent i pani Roosevelt, którzy błagaliby mnie, żebym wstąpiła na kanapki z pomidorem z chleba bez skórki. Powiedziałabym im, że ten wielki kryzys ciągnie się już za długo, i podsunęłabym im pomysł, jak pomóc tym biedakom w Trailer Paradise Oliego Trotta, którzy stracili swoje domy. Och, machałabym do wszystkich i każdy by zapomniał, że w ogóle istniała jakaś Shirley Temple!

Pan Hollywood odwraca się do nas z dłonią na ustach, rozciągając wargi. Skaleczył się w usta? Nie, próbuje nas nakłonić, żebyśmy się szerzej uśmiechały. Daje znak pianiście, który zaczyna grać *On the Good Ship Lollipop*. Potem zaczyna krążyć wokół nas i zatrzymuje się przy dziewczynce, która ma na sobie płaszczyk z puchatego, białego futerka. Każe jej się zakręcić, po czym pisze coś w swoim notatniku. Nic nie mówi, tylko ogląda ją tak, jak się ogląda konia.

— Buzia mnie boli od tego uśmiechania się — szepczę do Teensy. I wtedy, nie mam zielonego pojęcia, co w nią wstąpiło, Teensy przydeptuje mi palec u nogi. No to ja też przydeptuję jej stopę i lekko dociskam.

— Auu! — drze się Teensy. Uwielbia takie rzeczy. To ją podkręca. Odwraca się do jednej z dziewczynek i pokazuje jej język, a ta beksa od razu zaczyna płakać.

— Beksa! Mała beksa! — szepcze Teensy. Nagle, ni z tego, ni z owego, Teensy puszcza bąka! Najgłośniejszego bąka, jakiego kiedykolwiek słyszałam! Aż trudno uwierzyć, że taka mała dziewczynka mogła puścić tak wielkiego bąka. Wygląda na zaszokowaną. Ogląda się za siebie, jakby nie mogła uwierzyć, że to zrobiła. Zupełnie jak nasz pies, który boi się własnych bąków.

Wszystkie dziewczynki go usłyszały i cofają się.

Tak jakby bąk Teensy był żywy i mógł je przewrócić, a potem po nich przejść. Teensy i ja śmiejemy się i nie możemy przestać. Jeżeli znacie coś śmieszniejszego od puszczania bąków, chciałabym to usłyszeć.

Pan Hollywood chyba nie słyszał tego bąka, bo stoi na drugim końcu sceny, dalej oglądając dziewczynki. Kiedy jednak dobiega go nasz śmiech, pan Hollywood odwraca się w naszą stronę i widzę, jak porusza ustami: „Bądźcie cicho".

No, od tego śmiejemy się jeszcze bardziej, a Caro i Necie też zaczynają się łamać.

— Ćśś! — Pan Hollywood daje nam znaki, przykładając do ust palec wskazujący. Potem przesuwa ten sam palec do kącika ust i rozciąga je w szerokim uśmiechu, chcąc, byśmy zrobiły to samo. Widok pana Hollywooda uśmiechającego się w ten sposób doprowadza nas do szału i zaczynamy wyć. Kiedy się śmiejemy w ten sposób, nasze matki wyrzucają nas z pokoju.

Wtedy, ni z tego, ni z owego, pan Hollywood obraca się na pięcie w eleganckim bucie i rusza w naszą stronę. Ale w tej chwili już nie ma sensu nas powstrzymywać. Nie mogłybyśmy przestać się śmiać, nawet gdybyśmy chciały. Pan Hollywood staje tuż przed nami.

— W tej chwili się zamknijcie! — mówi.

Oczy mu wychodzą z orbit, usta ma szeroko otwarte, a my widzimy, że ma nie jeden, nie dwa, ale trzy zepsute, brązowe zęby! Przednie są lśniące i białe, ale te z tyłu są zgniłe! Na ten widok aż ryczymy ze śmiechu. Pan Hollywood ciska swój notatnik na scenę, robi krok w naszym kierunku i przez moment wydaje mi się, że chce nas uderzyć. Ale on zmienia zdanie.

Daje znak pianiście, by grał nieco ciszej. Potem Stary Zepsuty Ząb podchodzi do mikrofonu i mówi:

— Niektórym z naszych niedoszłych Shirley wydaje

się, że coś jest bardzo śmieszne. Numery 39, 40, 41 i 61. Czy mogłybyście podejść do mikrofonu?

Kiedy podchodzimy do mikrofonu, Pete wrzeszczy: „To Śmierdziel!", a ja posyłam całusa w stronę widowni.

Pan Hollywood Zepsuty Ząb spogląda na nas i uśmiecha się szeroko i fałszywie.

— Dziewczynki, ponieważ usłyszałyście coś śmiesznego, to może podzielicie się tym z nami?

Wszystkie cztery spoglądamy po sobie. W końcu Caro zbliża się do mikrofonu. Zdejmuje pilotkę i trzyma ją w ręce przy boku. Włosy ma płaskie jak dywan.

— Naprawdę chcecie wiedzieć, z czego tak się śmiejemy? — pyta.

Pan Hollywood pochyla się nad mikrofonem i mówi:

— Tak, numer 40, chcemy.

— No, dobrze — mówi Caro, patrząc prosto na widownię. Otwiera usta i mówi głośno i wyraźnie: — Teensy puściła bąka.

No, cały teatr aż trzęsie się ze śmiechu! Wszyscy śmieją się i buczą, a banda w pierwszych rzędach — zakładam się, że pod przewodnictwem mojego brata — zaczyna wydawać dłońmi pierdzące dźwięki. Wkrótce pozostałe rzędy dołączają się do nich, aż czujemy się, jakbyśmy były w teatrze pełnym prykaczy! Parę osób, które nie pierdzą, krzyczy:

— Hej! Teensy!

Pozostałe uczestniczki konkursu zbiły się w grupkę z tyłu sceny. Śmieję się tak bardzo, że ledwo mogę oddychać.

Pan Hollywood wymachuje Caro przed twarzą swym notatnikiem i krzyczy do mikrofonu:

— Wasze nazwiska, dziewczynki! Numery 39, 40, 41 i 61, natychmiast podajcie mi swoje nazwiska!

A my tylko gapimy się na niego. To strasznie fajne oglądać, jak dorosły tak się wścieka.

— Powiedziałem: proszę o wasze nazwiska!

Nadal mam okropną ochotę coś powiedzieć do mikrofonu, więc robię krok do przodu. Biorę głęboki wdech i uśmiecham się szeroko do widowni.

— Nazywam się Prykacja Prykawska — oznajmiam.

Na widowni aż huczy od braw! Dla mnie. Fale oklasków dosłownie wpływają na scenę i uderzają o moje nowe buciki. Wiedziałam, że mnie pokochają, jeżeli dostanę choć małą szansę!

Stary pan Holly Próchno odpycha mnie i pochyla się do mikrofonu.

— Jesteście zdyskwalifikowane! Słyszycie? Zdyskwalifikowane!

Ręce tak mu się trzęsą, że ledwo może utrzymać notatnik. Usta ma zaciśnięte, a żyły na twarzy chyba mu zaraz pękną! I to wszystko z mojego powodu!

Ludzie szaleją. Wszędzie fruwa prażona kukurydza, na scenie ląduje JuJuBes, a grupa chłopców wrzeszczy: „Puść bąka!". W przejściach biegają bileterki, usiłując przeszkodzić dzieciakom w rzucaniu kubkami z coca-colą. Wszyscy się drą: „Chcemy Prykację! Chcemy Prykację!", włażą na fotele i tupią w podłogę! Coś wspaniałego!

Pozostałe dziewczynki płaczą i wołają swoje mamy. Parę matek wbiega na scenę. Słyszymy, jak mówią do nas: „Powinnyście się wstydzić!". Ale mi wcale nie jest wstyd. Całe kino szaleje i to z mojego powodu.

— Spuścić kurtynę! — mówi pan Hollywood do mikrofonu.

I wtedy do mikrofonu podchodzi pan Bob.

— Już dobrze, chłopcy i dziewczynki, uciszcie się. Wiem, że jesteście nieco poruszeni, ale mamy dla was specjalną niespodziankę. Słuchajcie. Kto chce zobaczyć odcinek *Flasha Gordona*? Jeżeli się uspokoicie, pokażę wam specjalny, nieplanowany pokaz następnego odcinka *Flasha Gordona* i *Planety Mongo*. — Daje znak pianiście, który zaczyna grać jakąś spokojną melodyjkę. Kukurydza przestaje latać w powietrzu, a dzieciaki wracają na swoje miejsca. Tutaj, kiedy się mówi o *Planecie Mongo*, wszyscy się zamykają i słuchają.

Pan Bob znowu podchodzi do mikrofonu i mówi:
— Proszę wszystkie mamy o odebranie swoich córeczek. A te dziewczynki, których mam tu nie ma, proszę, aby poszły za mną do przebieralni. Wszystko jest w najlepszym porządku.

Teensy, Caro, Necie i ja zaczynamy schodzić ze sceny, ale Teensy nie może tego znieść. Biegnie z powrotem na środek sceny, odwraca się, wypina na widownię swój mały tyłeczek i kręci nim, ile wlezie.

Pan Lance Zepsuty Ząb Lacey pędzi jak burza do Teensy i tak mocno łapie ją za rękę, że o mało nie wyrywa jej ze stawu. Potem przekłada sobie Teensy przez kolano i unosi rękę, by zlać jej małą pupę.

Powstrzymuje go jednak pan Bob.
— Synu, gdzie twoje maniery? To dziecko nie jest twoje.

— Nie obchodzi mnie, cholera, czyje to dziecko — mówi pan Zepsuty Ząb. — Zepsuła oficjalny konkurs na sobowtóra Shirley Temple! Coś takiego jeszcze nigdy mi się nie przytrafiło!

Głos Starego Hollywooda zmienił się. Już nie mówi jak gwiazda filmowa o aksamitnym głosie, ale jak jeden z tych facetów, którzy przyjeżdżają do miasta z cyrkiem i spluwają kącikiem ust.

— Może to i prawda, synu — mówi pan Bob — ale

i tak nie wolno podnosić ręki na cudze dziecko. Jej ojciec może ją zlać, jeśli uzna to za stosowne.

Pan Hollywood poprawia swój krawat w stylu Ascot i obciąga rękawy koszuli.

— Cieszę się, że to pan prowadzi to wsiowe kino w tym wsiowym mieście z taką bandą małoletnich wsiowych zdzir. Wyjeżdżam stąd najbliższym pociągiem.

Odwraca się, chcąc wyjść, ale wtedy pan Bob mówi:

— Nie omieszkam zadzwonić do pańskich koleżków z Twentieth Century Fox i zawiadomić ich, że jest pan w drodze. Kiedy mnie spytają, kto wygrał konkurs, powiem im po prostu, że nasze dziewczynki są zbyt ładne, żeby wybrać tylko jedną.

Genevieve stoi z tyłu sceny, trzymając nasze płaszcze i wygląda na okropnie wściekłą!

— *Que méchante* Teensy! — mówi. — Posunęłaś się za daleko z tym kręceniem tyłkiem! *Que faiseur d'embarass!*

Otwiera drzwi i wychodzimy na świeże, zimne powietrze. Czeka tam na nas Jack, chuchając sobie na palce, tupiąc i śmiejąc się.

— Chodźcie, Prykacje — mówi. — Prykacje z okręgu Garnet są najlepsze!

— Jesteśmy Świątyniami Świętego Ducha — mówię. I wszystkie znowu wybuchamy śmiechem.

— Dość tego — mówi Genevieve. — Zabieram was do domu. — Jack, znajdź, proszę, pana i panią Bob i przekaż im, że później do nich przyjedziemy.

— Tak, mamo — mówi Jack i odwraca się, by odejść. Przedtem jednak mruga do mnie i podaje mi pudełko JuJuBes. Och, lubię tego Jacka.

Już po naszych lokach. Wszystkich 168. Genevieve je rozczesała. Mocno.

W domu Caro stajemy w salonie. Pan Bob siedzi w fotelu, a pani Bob na swoim fotelu na biegunach.

— Bob — mówi Genevieve — chciałabym, żebyś je ukarał.

Po raz pierwszy czuję strach.

— Dziewczynki — mówi pan Bob — długo nad tym myślałem. Zachowałyście się okropnie w moim kinie. Wielu dziewczynkom i ich matkom zepsułyście dzień. Nie ma temu końca. Telefony się urywają.

— Pomyślcie tylko o tych *les petites pauvres* — dodaje Genevieve. — Wszystko zepsułyście tym biedaczkom. Od wielu miesięcy nie miały w ustach nic oprócz cebuli i rzepy, *non?* Niektórzy z nich, *pères*, nie mają pracy od dwóch, trzech lat. Te *enfants* dzierżawców przyjeżdżają do miasta raz w tygodniu, żeby obejrzeć *Flasha Gordona*. Nie chcą oglądać waszych *derrière, filles. Comprendez-vous?* Powinnyście okazać im trochę szacunku.

Spoglądam na Genevieve, bo przez nią zawsze muszę myśleć o rzeczach, o których wolałabym zapomnieć.

— Genevieve ma rację — mówi pan Bob. — W tym kraju trwa kryzys, nawet jeżeli wy, księżniczki, tego nie widzicie.

— Któregoś dnia będziecie musiały zacząć się zachowywać jak damy — mówi pani Bob. — Już nie jesteście małymi dziećmi, tylko młodymi damami. Jest odpowiednie i nieodpowiednie zachowanie. To, co zrobiłyście dzisiaj, niewątpliwie było nieodpowiednie. Chyba nie chcecie zdobyć reputacji niegrzecznych dziewczynek, prawda?

— Ale, pani Bob. — Nie mogę utrzymać języka za zębami. — To takie fajne być niegrzeczną dziewczynką.

— Vivi — mówi pani Bob — chcesz, żebym zadzwoniła do twoich rodziców i poprosiła, żeby to oni z tobą porozmawiali?

Nie, nie chcę, żeby zadzwoniła do mojej mamy i na pewno nie do ojca, bo on nie rozmawia. Po prostu zdejmuje pas i to on za niego mówi.

— Nie, proszę pani — mówię.

— Musicie zacząć zachowywać się jak damy, jeżeli nie chcecie mieć wrogów w tym mieście — ciągnie pani Bob. — Jak mam ci to wbić do głowy, Caro?

— Ależ mamo — mówi Caro — nie mogłyśmy się powstrzymać, kiedy Teensy puściła bąka.

— Wiem, wiem — mówi pani Bob — nie można walczyć z Matką Naturą. Ale nie powinnyście na to w ogóle reagować.

Opuszczam głowę, ale w głębi ducha myślę sobie, jak oryginalnie brzmi nazwisko Prykacja Prykawska.

— Myślałem, że będę musiał wezwać pomoc — mówi pan Bob. — Nigdy w życiu nie miałem takich problemów z uciszeniem widowni w kinie. Nie ujdzie wam to na sucho. Przez następny miesiąc, czyli przez cztery soboty pod rząd, będziecie sprzątały kino po sobotnim poranku. Wymieciecie każdą odrobinkę kukurydzy i zbierzecie wszystkie papierki z podłogi. Ponadto nie wolno wam wchodzić do Boba. Żadnych filmów przez cały czas trwania kary. Porozmawiam też z panem Hyde'em w Paramount i poproszę go, żeby wydał polecenie swoim bileterom i woźnym, by nie wpuszczali was do jego kina. Aż do końca miesiąca.

Po powrocie do domu siadam w swojej sypialni i myślę o tym, co się stało. A im dłużej o tym myślę, tym większa wściekłość mnie ogarnia. To takie niesprawiedliwe! Wściekam się tak bardzo, że aż mózg mi się skręca i podsuwa mi najwspanialszy pomysł mojego życia! Zacznę wydawać własną gazetę, w której będę drukowała TYLKO SAMĄ PRAWDĘ! Jej tytuł wymyślam w mgnieniu oka! Będzie się nazywała „Bardzo Ważne Wiadomości Vivi"! W skrócie B.W.W.V., a w wymowie „Ba-Vinn". Temperuję ołówek, wyjmuję notes i zabieram się do pisania. Muszę ujawnić całą prawdę o tej potwornej niesprawiedliwości.

8

Pomimo lekkiej mżawki, jaka padała tego dnia, Siddę ogarnęła chęć rozpalenia ogniska na brzegu jeziora. Nie paliła ogniska od czasu, gdy jako dziewięciolatka była skautką — w tym roku Vivi i Necie prowadziły Zastęp 55 i wciągnęły na maszt flagę kombi County Squire należącą do Necie.

Męczyła się ze szczapami i gazetami, zużyła osiem zapałek i dmuchała tak długo, aż dostała hiperwentylacji. W końcu poddała się i usiadła na piętach, czując się głupio. Chciała tylko małego ogniska. Nie było zimno, nie musiała się rozgrzewać. Nie zamierzała niczego ugotować nad ogniem. Chciała po prostu rozpalić małe ognisko pod gołym niebem na północnym zachodzie. Zatęskniła za miejskim, jazgotliwym luksusem Manhattanu.

Gdyby była tu jej matka, na pewno umiałaby rozpalić bajeczne ognisko. Mama albo Caro. Wieczorami w Spring Creek rozpalały ogniska pod hot dogi, czasami wrzucały w ogień petardę albo dwie. Śpiewały, opowiadały historie o duchach i organizowały konkursy przechodzenia pod miotłą, którą opuszczały tak nisko, aż w końcu dotykała ściółki. Później dzieciaki, wysmarowane kremem 6-12, opierały się o swoje mamy i patrzyły w płomienie, wonne świece i dym unoszący się spiralnie nad kadzidełkami przeciwko komarom.

— Sekretem udanego rozpalenia ogniska jest smoła z sosny — mawiała Vivi. — Chyba że masz trochę nafty.

Sidda zdziwiła się, że zapamiętała te wskazówki.

— Wyrwij kawałek twardego drewna sosnowego ze środka pniaka, jeżeli uda ci się taki znaleźć, Sidda, a wtedy na pewno ci się uda.

Mamo, tutaj nie ma żadnych pniaków po sosnach.

Wstała i rozejrzała się. Wokół rosły świerki sitka, czerwone cedry i świerki kanadyjskie, ale nie wiedziała, które drzewo jest które. Nigdy przedtem nie zastanawiała się nad gatunkami drzew. Znała tylko ten stary dąb w Pecan Grove, którego rozłożyste gałęzie rozciągały się na sto dwadzieścia stóp. Za każdym razem kiedy w gronie rodzinnym wspominali to drzewo, wszystkim stawały łzy w oczach. Kiedy Sidda była mała, wierzyła, że jeżeli kiedykolwiek wyjdzie za mąż, to właśnie pod tym drzewem.

„Smoła" — pomyślała Sidda. „Szukam smoły. Smoły idealnej".

Nie było tam smoły idealnej, ale za to znalazła próchniejący pniak. Zaledwie pięć stóp od miejsca, w którym siedziała. Zajrzała do środka i znalazła w nim żywicę, ostatnią część, która próchnieje. Sięgnęła w głąb pniaka, oderwała parę kawałków drewna i wróciła na swe poprzednie miejsce.

— Odłam szczapy, Siddalee — usłyszała głos matki (a może Caro?). — Najpierw ułóż mały stosik z najlżejszych gałązek na kupce wiórów. Dobrze. Teraz połóż następną warstwę z nieco większych patyków. Dokładaj tak, aż rozpali się ogień.

Sidda zrobiła dokładnie to, czego ją uczyła matka, ale ogień nie chciał się rozpalić. Wszystko było za wilgotne. Było ciemno, tylko po drugiej stronie jeziora paliły się jakieś maleńkie światełka. Niebo wciąż zasnuwała gruba warstwa chmur zasłaniająca gwiazdy. I to miała być pora meteorów. May powiedziała jej, że półwysep Olympic słynie z meteorów, które spadają późnym latem. Sidda już takie miała szczęście, że przyjechała akurat tego lata, kiedy chmury zasnuwały całe niebo. W tej cichej wilgoci było coś uduchowionego. I nieco przygnębiającego.

Wróciła do domku, wskoczyła w suche, ciepłe spodnie od dresu i rozpaliła ogień na kominku. Włączyła płytę kompaktową z piosenkami z lat czterdziestych Rickie Lee Jones, nalała sobie szklaneczkę brandy, usiadła i próbowała zmusić się do lektury jungowskiej książki o małżeństwie. Po trzech stronach zamknęła ją.

Położyła się przed kominkiem, głaszcząc Hueylene. Czuła zapach płonącej olchy, która ogrzewała pokój. Przez oszklone drzwi nie widziała nic oprócz szarości i deszczu. „Bardzo tu przytulnie — pomyślała — ale jeżeli tak wygląda sierpień, to aż strach pomyśleć, co się dzieje w grudniu".

Przyciągnęła turystyczne legowisko Hueylene bliżej kominka. Przez chwilę wpatrywała się w płomienie, po czym sięgnęła po *Boskie sekrety*. Album otworzył się na karneciku z życzeniami: „Wszystkiego najlepszego, Ya-Ya! Ucałowania od waszych mężów". Odlot. Ale tak właśnie było: co roku Ya-Ya organizowały imprezę, by uczcić kolejną rocznicę ich przyjaźni. A mężowie przynosili im prezenty! Sidda lepiej pamiętała rocznice Ya-Ya niż Vivi i Shepa.

Obok ręcznie napisanego przepisu na serowy suflet znajdowała się ulotka informująca o wielkim otwarciu Centrum Handlowego Southgate w Thornton. Przepis był przekreślony, a na marginesie widniała uwaga: „Zapomnij! Zrób sobie drinka i idź na hamburgera!".

Potem natknęła się na zdjęcie młodej Caro z niemowlęciem na rękach. Caro pokazywała „OK" i miała na głowie filuterny berecik. Niemowlę leżało w jej objęciach. Chyba stały przed jakimś pomnikiem. „Które to z nas było?" — pomyślała Sidda.

Kiedy przewróciła kartkę, z albumu wypadło coś, co przypominało łupinki orzecha włoskiego. Sidda wyobraziła sobie, że jej matka wiele lat temu łuskała orzechy, wklejając pamiątki. Początkowo chciała wyrzucić łupinki, ale się rozmyśliła. Zebrała je z podłogi i włożyła z powrotem do książki, gdzie leżały od Bóg wie jak dawna.

Sidda zamyśliła się nad orzechami. To jednocześnie pożywienie i nasiona. Tak czarodziejsko skrywają płodność w ciasnej, maleńkiej przestrzeni. Próbowała sobie przypomnieć znaczenie różnych symboli, ale nie mogła odgadnąć tajemnicy tych orzechów.

Esencje opowieści matki unosiły się wokół niej tak jak zapach słodkiej marzanny i płonącej olchy. Nie tak, jakby tego chciała Sidda, ale tak, jak skrywane rzeczy, które tajemniczo ukazują światy niespodziewane i wytęsknione.

Vivi, 1937

Mama nie pozwala mi i Caro bawić się w nowym hamaku, dopóki nie wyszorujemy twarzy figurki Najświętszej Panienki, którą tata przywiózł z Kuby.

— Ta terpentyna śmierdzi — narzeka Caro. — Nie rozumiem, dlaczego musimy to robić.

— Szoruj mocno — mówię. — Wtedy mama pozwoli nam wypróbować nowy hamak.

Figurka stoi na werandzie przed domem, tam, gdzie

ją przywieziono w drewnianej skrzyni, razem z bagażem taty. Tata właśnie wrócił z Kuby, dokąd pojechał na pokaz koni Tennessee ze swymi bogatymi przyjaciółmi. Zatrzymał się w wielkiej hacjendzie ze służącymi. Tata mówi, że na Kubie jest jak w raju, że są tam białe plaże, wszędzie rosną pomarańczowe kwiaty i dzikie marchwie, a wszyscy ludzie są szczęśliwi. Jego bogaci przyjaciele zjeździli całą wyspę, a tata mówi, że następnym razem zabierze mnie ze sobą. Twierdzi, że stroje mamy za bardzo przypominają pomoc domową, żeby ją brać ze sobą. Wiem, że gdyby zdjęła z głowy chustkę, a z kieszeni powyjmowała ściereczki do kurzu, byłaby piękna.

Tata przywiózł figurkę Przenajświętszej Panienki dla mamy. Figurka była cudowna i miała brązową skórę! Miała też kolczyki i naszyjnik, i była najbardziej kolorową z Maryj, jakie do tej pory widziałam. Szerokie, czerwone wargi i fioletowe cienie na powiekach — zupełnie jakby wybierała się na fiestę. Mamie okropnie się nie spodobała.

Dziś rano, kiedy tylko tata wyszedł do biura, mama zdjęła jej złote kolczyki w kształcie kół, wszystkie te ładne, czerwono-żółte korale i rzuciła je na kupę śmieci koło korytka dla kur. Przez cały czas kręciła głową, jakby figurka zrobiła coś złego.

— Przenajświętsza Panienka nie jest Murzynką — powiedziała. — Zupełnie jakby obcokrajowcy chcieli zrobić z Matki Bożej zwykłą dziwkę. Trzeba ją umyć! Tylko sobie wyobraźcie, co by powiedział ojciec Coughlin, gdyby ją zobaczył.

Mama słucha ojca Coughlina w radiu. Kiedy ojciec Coughlin coś mówi, to tak jakby Mojżesz przyniósł to z gór.

— Słuchasz tego radia bardziej niż własnego męża — narzeka tata.

— Gdyby nie przemawiał przez ciebie Demon Rum, to może częściej słuchałabym ciebie — ona na to.

Mama mówi, że tata za dużo czasu spędza ze swymi kolegami od koni i że odwrócił się od Boga. Nie chce chodzić z nim na wystawy koni, więc ja ją zastępuję. Strasznie mi się podobają wszystkie te panie w bryczesach i wysokich butach, pikniki z drinkami z wódką dla dorosłych i lemoniadą dla mnie oraz to, że wszyscy są tak wystrojeni. Konie, Chwilowy Kaprys i Marzenie Rabelais'go, na prawo i lewo dostają nagrody. Za każdym razem, kiedy koniarze się spotykają, jest wielka impreza.

— Bierz się do roboty i zetrzyj te kolorki z policzków Panienki — mówi mama.

Nalewam nieco terpentyny na szmatkę i okrężnymi ruchami usuwam róż z policzków Panienki.

Kiedy mama wchodzi do domu, możemy wreszcie pogadać o naszych potajemnych planach. Dzisiejszy dzień ma zakończyć się nocą naszej Ceremonii Boskiego Rytuału, który Caro, Teensy, Necie i ja planujemy już od dawna.

— Myślisz, że Necie stchórzy? — pytam Caro.

— Wydaje się jej, że porwą nas tak jak dziecko Lindberghów — odpowiada Caro. — Boi się chodzić nocą do lasu.

— Ja często chodzę sama nocą do lasu.

— Nieprawda!

— Ależ tak. Ciągle tam chodzę. Jestem odważna jak Amelia Earhart. Czasami sama tam śpię.

— Vivi, kłamiesz, kłamiesz, kłamiesz — mówi Caro. Tylko się uśmiecham.

Przychodzi mama, by przeprowadzić inspekcję naszej pracy przy Panience.

— Teraz — mówi mama — teraz już bardziej przypomina Niepokalaną Maryję. Dobra robota, dziewczynki, Przenajświętsza Panienka jest z was dumna.

— Przemieniłyśmy ją w białą damę — mówi Caro, oglądając posążek.

— Przenajświętsza Panienka nie jest kolorowa. — Mama się uśmiecha. — To Boża Matka. Jest nawet ponad białymi.

— To jak to się stało, że musiałyśmy zetrzeć jej brązową skórę? — pyta Caro. Ona nie wierzy we wszystko, co mówią jej dorośli. Ma własne przemyślenia.

— Małe dziewczynki nie powinny zadawać tylu pytań, Carolino — upomina ją mama.

— *Bonjour!* — woła Teensy, wchodząc na ścieżkę przed naszym domem. Ma na sobie letni kostiumik, który uszyła dla niej kuzynka Genevieve znad zatoki, cały ze ściereczek do mycia naczyń. Jest z nią Necie, trzymają się za ręce.

— Hej, dziewczyny! — woła Caro.

— Cześć, dziewczynki — mówi mama, kiedy wchodzą na werandę. Wyciąga rękę, by pogłaskać śliczne, czarne loki Teensy, ale ona się cofa. Nie lubi mojej mamy, odkąd dostała od niej lanie za to, że w moje szóste urodziny zdjęła wszystkie ciuchy i tańcząc nago, zaczęła dla mnie śpiewać.

— Ooo, a kto to? — pyta Teensy, wskazując na figurkę.

— To Przenajświętsza Panienka, którą umyły te grzeczne córeczki Maryi. Była kolorowa jak Kubanka i umalowana jak jakaś zdzira, ale zajęłyśmy się tym, prawda, dziewczynki?

— Tak — mówimy z Caro.

— Przedtem była wspaniałą brązowoskórą damą — mówię.

— No, teraz wygląda jak upiór — komentuje Teensy. — Jak jej starłyście usta?

— A tobie jak się wydaje, Denise? — mama pyta Necie.

— Użyłyście gumki? — pyta Necie.

— Nie, kochanie — śmieje się mama. — Zaczęłyśmy cloroxem, ale w końcu zmieniłyśmy go na terpentynę.

— Możemy teraz pobawić się w hamaku, mamo? — pytam.

— Tak, możecie — odpowiada mama — ale najpierw podejdźcie tu i uklęknijcie przed naszą Świętą Matką.

Tak więc wszystkie klękamy przed posągiem Maryi, która wygląda, jakby zobaczyła coś przerażającego i cała krew odpłynęła jej z twarzy. W pewnej chwili Teensy spostrzega biżuterię, którą mama zdjęła z posągu. Chwyta ją tak szybko, że mama tego nie widzi. Ta Teensy ma zwinne ręce i kocha klejnoty.

Teraz ja, Caro, Teensy i Necie siedzimy na werandzie z boku domu. Harrison, który dla nas pracuje, właśnie zawiesił hamak, który przywiózł mi tata. Hamak wisi pod niebieskim dachem werandy, tuż pod oknami pracowni taty.

— Żadna z was nie miała takiego hamaka. Ten jest kubański. — Wdrapuję się do niego i kładę na plecach twarzą do ulicy.

— Gotowa? — pyta Caro.

— Oczywiście — odpowiadam i wtedy Caro włazi na hamak.

— Dobra, Necie, teraz ty.

Necie zaczyna ładować się do środka. Obciąga sukienkę, żebyśmy nie zobaczyły jej majtek.

— Necie, myślisz, że komuś chciałoby się zaglądać ci pod sukienkę? — mówi Teensy.

— Nie wiem. — Necie przewraca oczami.

Wtedy Teensy odwraca się do nas plecami i podnosi sukienkę, żebyśmy zobaczyły jej bieliznę. Kręci tyłkiem wypiętym w stronę ulicy; nic jej nie obchodzi, że ktoś może to zobaczyć.

— Majtki na werandzie! — śpiewa. — Majtki na werandzie! — Necie się czerwieni. Uwielbiamy ją wprawiać w zakłopotanie.

Wcisnęła się między mnie i Caro. Całuję ją lekko w policzek.

— Świetnie, Necie, idealnie pasujesz — mówię.

— Teensy, teraz ty właź i kładź się, gdzie tylko się zmieścisz. Teensy wdrapuje się do hamaka i po prostu kładzie się na nas, jakbyśmy były jej poduszkami.

— Hej, złaź ze mnie! — wrzeszczę.

— Przecież powiedziałaś „gdzie tylko" — śmieje się Teensy, wtedy ją popycham, a ona odpycha mnie. Teensy zawsze oddaje. Jeżeli popchnie się Necie, zawsze mówi: „Przepraszam". Jest dla nas prawdziwym wytchnieniem.

— Przestańcie — uspokaja nas Necie.

— Teensy — mówi Caro — chwyć mnie za rękę i połóż nogi z boku.

Teensy posłusznie wykonuje to, co Caro jej poleciła, i teraz leżymy jak sardynki upchnięte w puszce. Przez oczka w hamaku widać podłogę werandy, a przez podłogę prześwitują plamy słońca na ziemi. Ciągnę za linkę, którą Harrison zainstalował tak, byśmy mogły się huśtać, nie wstając.

— Och, jak cudownie! — wykrzykuje Caro.

I rzeczywiście jest cudownie, jakbyśmy leżały wszystkie razem w jakiejś wielkiej kołysce.

— Ja też chcę mieć taki hamak — mówi Teensy.

— To powiedz swojemu tatusiowi, żeby pojechał na Kubę i przywiózł ci — odpowiadam.

— Powiem mu, powiem jeszcze dziś wieczorem. Poproszę go, żeby mi przywiózł też kubańską Przenajświętszą Panienkę. I nie wyszoruję jej twarzy. Przykleję jej sztuczne rzęsy *maman*.

Zbliża się dziesiąta rano i już jest upalnie. Czuje się zapach porannego słońca palącego trawę i niosącego ze sobą woń cytryny. Wszędzie, gdzie tylko jestem, odchylam głowę do tyłu i chłonę zapachy. Dla mnie zapach jest jak niewidzialny człowiek, o którego obecności wiele osób zapomina. Wolałabym stracić wzrok niż węch.

— Nie mogę się doczekać, kiedy przyjmiemy nasze indiańskie imiona — mówi Teensy.

— To już dziś w nocy — mówi Caro, zamyka oczy i odchyla głowę do tyłu.

— Ooooch — wzdycha Necie. — Mam nadzieję, że w lesie nie jest zbyt ciemno.

— Oczywiście, że będzie ciemno — mówi Teensy.

— Będzie ciemno jak w piekle — dodaję.

Oczy Necie robią się ogromne. Caro wyciąga rękę i łapie ją jak potwór, który pojawia się znikąd, a wtedy Necie piszczy.

Czuję zapach kwiatów mamy i ze swojego miejsca w hamaku słyszę wszystko. Parę domów dalej ktoś trzepie dywan, śpiewa mnóstwo ptaków, bzyczy mucha, a na ulicy grzechocze furgonetka pana Barnage'a. Znam odgłosy wszystkich samochodów i furgonetek w okolicy.

Zapach kapryfolium mamy miesza się z zapachami gardenii i imbiru i sprawia, że cała weranda spowita jest przesłodką wonią. Winorośl Róża Montany, którą mama zmusiła do oplatania dachu werandy, jest aż ciężka od kwiatów. Mama zbiera odnóżki, jakie inni ludzie wyrzucają, wkłada je do starych puszek po kawie i wkrótce cała weranda i podwórko pokrywają się kwieciem. Mama potrafi wyhodować każdy kwiatek na świecie i zna wszystkie nazwy. W naszym ogrodzie pełno jest kamelii, które są dumą i radością mamy. Ma też wszelkie gatunki róż, białych i fioletowych barwinków i cętkowany kumkwat*, który na zimę przenosi do domu, żeby nie zmarzł. Jeżeli jest coś, co moja mama uwielbia, to właśnie uprawianie ogródka. Tata i babcia Delia wyśmiewają się z niej, nazywając ją „rolniczką". Mama Necie ciągle namawia moją mamę, żeby wstąpiła do Klubu Ogrodników, ale ona nie chce. Mówi, że jej klub to Towarzystwo Ołtarzowe. Większość jej kwiatów ląduje na ołtarzu w Bożym Miłosierdziu, a nie w naszym domu.

Wiosną i latem mieszkam na tej werandzie otoczonej kwiatami. Kiedy tylko nadchodzą ciepłe dni, mama i służąca Delii, Ginger, ustawiają dwa łóżka na końcu bocznej werandy i wieszają na suficie siatkę przeciwko komarom. Potem mama ustawia stolik nocny, lampę buduarową i na zmianę sypiamy w tak zaaranżowanej sypialni. Kiedy moje koleżanki przyjeżdżają do mnie na noc, mama każe Pete'owi i jego kolegom nocować w jego pokoju i pozwala nam wszystkim spać na werandzie. Najbardziej lubię te noce, kiedy przychodzą do mnie moje przyjaciółki. Wtedy najlepiej śpię i w ogóle nie dręczą mnie złe sny.

Nocowanie na werandzie to najfajniejsza rzecz na świecie. Zasypiasz przy cykaniu świerszczy, a budzi cię świergot ptaków. Kiedy jeszcze się dobrze nie obudziłaś, brzmi to jak szum wodospadu. Gdyby przyjechał do nas

---

*Kumkwat — owoc cytrusowy o słodko-kwaśnym miąższu pochodzący z Chin.

z wizytą sam Huey Long, przygotowałabym mu nocleg właśnie na werandzie. Tu, w Thornton, nie wachlują nas służący, chociaż czasami próbujemy nakłonić Ginger, służącą mojej babci, żeby nas powachlowała ręcznym wachlarzem z palczatki, który należy do Delii. Ona jednak mówi: „A idźcie, wsadźcie se głowy do wiadra z wodą, to was ochłodzi".

Jest wieczór po kolacji i gramy w karty na werandzie z Pete'em i mamą. Tata ma dziś do załatwienia jakieś interesy, więc znowu nie wrócił do domu na kolację.

Mój brat, Pete, ciągle się z nami drażni. Wymyśla dla nas przezwiska. Na Teensy mówi Tinky, a na mnie Śmierdziel. Caro nazywa Syrop Caro, a Necie — Knee-cie* i wskazuje przy tym na kolano, a potem na oczy, jakby bawił się w zagadki. Pete jest od nas dwa lata starszy, duży i silny. Ma lisie kity, które powiewają za jego rowerem.

Po czterech rozdaniach mama mówi, że czas spać. Wszystkie mówimy „dobranoc" i wkładamy koszule nocne, a mama sprawdza, czy nad naszymi łóżkami na werandzie rozłożone są moskitiery. Wystawia też mały *pissoir*, żebyśmy nie musiały taki kawał lecieć po schodach, żeby przypudrować sobie noski.

Jesteśmy tak grzeczne i cichutkie, że mama myśli, że prawdziwe z nas aniołki.

— Podziękowałyście Przenajświętszej Panience za miniony dzień? — pyta.

— Tak! — wołamy z naszych łóżek.

Mama stoi koło moskitiery, przebierając w palcach paciorki różańca.

---

*Gra słów: Knee-cie [od *knee* (ang.) — kolano] wymawia się podobnie jak Necie.

— W takim razie pożegnajcie się z waszymi aniołami stróżami.

— Dobranoc, anioły — mówimy.

— Dobranoc, dziewczynki — mówi mama.

Leżymy cicho i patrzymy, jak przechodzi po szarych deskach werandy i wraca do domu.

Kiedy ginie nam z oczu, Caro mówi:

— Nie jesteśmy żadnymi dziewczynkami, tylko indiańskimi księżniczkami.

— Może zamiast dziękować Przenajświętszej Panience, powinnaś ją przeprosić za to, że jej wyszorowałaś twarz — mówi Teensy.

Zaczynamy chichotać.

— Wytarłyście jej usta i wyszorowałyście terpentyną skórę — ciągnie Teensy. — *Imbecile*. Założę się, że Kubańczycy nigdy by nie sprzedali twojemu tacie tej figurki, gdyby wiedzieli, że ją zniszczycie.

— Ćśśś — mówię. — Mama może podsłuchiwać z salonu. Jeżeli będziemy cicho, to pomyśli, że śpimy, i pójdzie na górę.

Milkniemy i leżymy przez chwilę nieruchomo. Koło łóżek leżą nasze torby z zapasami.

— To idziemy do tego ciemnego lasu? — mruczy Necie.

— Nie — szepczę. — Musimy zaczekać, aż wszyscy usną.

— Skąd będziemy wiedziały? — pyta.

— Ja to wiem — mówię. — Dom śpi tak samo jak ludzie. Ja to wiem.

Po chwili wychodzę z łóżka, żeby to sprawdzić.

— Droga wolna!

Wyciągamy spod łóżek swoje rzeczy, unosimy koszule nocne i po kolei całe się nacieramy surową cebulą, żeby nas nie cięły komary. Mamy szczęście, że lato tego roku było suche, bo inaczej, gdybyśmy poszły nocą do lasu, zagryzłyby nas na śmierć.

Potem wymykamy się z werandy na podwórko.

— Po cichutku! — mówi Caro.

Przecinamy alejkę Munsena, idziemy pareset metrów, bierzemy głęboki wdech i zanurzamy się w las. Oświetla nas latarka Pete'a i sierp księżyca. Palcami wymacuję kawałek papieru w kieszeni mojej koszuli nocnej. Jest na nim zapisana historia naszego szczepu. Dziś w nocy jestem Mistrzynią Legendy.

— A co, jeżeli natkniemy się na obozowisko włóczęgów? — pyta Necie.

Światło trzyma Caro, bo jest najwyższa. Niesie też plecak ze szczapami drewna. Jest Mistrzynią Ognia.

— Włóczędzy rozbili się bliżej torów kolejowych — mówię.

— Tata mówi, że jego znajomi na posterunku policji już przepędzili wszystkich włóczęgów z Thornton — mówi Teensy. — Mama i tata okropnie się o to pokłócili.

— Parę dni temu mama na schodach za domem nakarmiła paru włóczęgów — mówi Necie. — Ale nie wolno mi mówić o włóczęgach, tylko ich karmić.

— Włóczędzy kręcą się koło waszego domu, bo twoja mama nie chce przestać im pomagać, chociaż burmistrz wszystkim kazał to zrobić — mówię. — Ostatnio moja mama karmi ich tylko raz na tydzień i twierdzi, że przy apetycie Pete'a przyjdzie nam do nich dołączyć.

Z całej naszej czwórki tylko Necie umie gotować, więc przyniosła krówki w papierowej torbie. Jest Mistrzynią Przekąsek. Teensy, Mistrzyni Tańca, niesie w swej torbie cztery puste pudełka po płatkach owsianych, które mają nam służyć jako bębny. A ja mam igłę.

Idziemy i idziemy, aż docieramy do brzegu zatoczki na tyłach domu Teensy. Pomagamy Caro rozniecić małe ognisko. Caro doskonale rozpala ogniska, jest w tym tak dobra jak chłopcy. Nauczył ją tego pan Bob, a ona nauczyła mnie.

Kiedy ognisko płonie, siadamy wokół niego.

Patrzę na płomienie i rozpoczynam opowieść o Boskim Plemieniu Ya-Ya z Luizjany.

TAJEMNA HISTORIA YA-YA Z LUIZJANY

Na długo zanim przybył tu biały człowiek, Potężne Plemię Ya-Ya — grupa silnych, szczerych i pięknych kobiet — wędrowało po wielkim stanie Luizjana. Lamparty spały z nami, niedźwiedzie karmiły nas z łap miodem, a ryby same wskakiwały nam w ręce, chcąc stać się naszym pożywieniem. Drzewa były tak grube, że mogłyśmy przejść po ich czubkach z Nowego Orleanu do Shreveport, co też zrobiłyśmy. Setki Indianek Ya-Ya podróżowało po czubkach drzew.

Naszą matką była czarna małpa o imieniu Lola, która znalazła nas w jaskini u zarania dziejów i wychowała jak własne dzieci. Kochałyśmy ją jak matkę. Ludzie wolą nie zadzierać z siostrami Ya-Ya.

Potem jednak nadszedł huragan Zandra, największy huragan znany człowiekowi, wyrwał drzewa z korzeniami, przekształcił wszystkie strumienie w rzeki i zabił wszystkich, również naszą matkę, Lolę. Przeżyła tylko nasza czwórka. Wszędzie czyhały gotowe nas pożreć aligatory. Nie miałyśmy gdzie się ukryć, bo aligatory potrafiły wypełznąć z wody na ląd i wszędzie były groźne. Byłyśmy takie wygłodzone, że wystawały nam kości i nie spałyśmy przez czterdzieści nocy. W końcu tak osłabłyśmy, że musiałyśmy się poddać.

Aligatory z uciechą przypełzły do miejsca, gdzie leżałyśmy zupełnie bezbronne. Podeszły tak blisko, że mogłyśmy im zajrzeć w brzydkie, stare oczy, w których odbijało się światło księżyca. Próbowałyśmy wszystkiego, ale byłyśmy bezsilne. Nagle zza księżyca wyłoniła się jakaś wspaniała pani. Widziałyśmy ją z naszego łoża śmierci. Spojrzała w dół i zobaczyła, że wisimy na włosku tuż nad przepaścią zagłady! I z oczu Księżycowej Pani wystrzeliły srebrne promienie tak gorące i silne, że w jednej chwili spaliły na skwarkę wszystkie aligatory! Usmażyły te wstrętne poczwary. Słyszałyśmy, jak skwierczą.

A Księżycowa Pani powiedziała: „Jesteście moimi córkami, które sobie upodobałam. Zawsze będę mieć na was swoje Boskie Baczenie".

My, Ya-Ya, utraciłyśmy dom w dżungli, a w naszym mieście nikt nie wie, że pochodzimy z królewskiego rodu, ale znamy swą historię i na wieki wieków będziemy lojalne wobec swego plemienia, w zdrowiu i w chorobie. Tak było i będzie na wieki wieków. Koniec.

Potem spoglądam każdej Ya-Ya prosto w oczy i mówię:

— Teraz jest to oficjalnie ustalone: odtąd już zawsze będziemy znane jako Ya-Ya! — A wszystkie zaczynają klaskać.

— To brzmi trochę jak z Biblii — mówi Necie.

— Nie kwestionuj słów Mistrzyni Legendy — mówię.

— No — dołącza się Teensy. — Te słowa nie są własnością Biblii.

— Nieważne — mówi Necie. — Macie ochotę na krówki?

— Dziękujemy, Mistrzyni Przekąsek — mówię.

I wszystkie wgryzamy się w wielkie kawały czekoladowej krówki z orzechami.

— Nie cierpię tych starych aligatorów — mówi Caro, spoglądając w stronę zatoki.

— Och — wzdycha Necie. — Tu chyba nie ma aligatorów, co?

— *Maman* założyła kagańce wszystkim aligatorom za domem — mówi Teensy. — Nie musimy się martwić. To *maman* nadała nam imię! To ona zawsze mówi: „Zupa Ya-Ya, zupa Ya-Ya!".

— To my — przytakuje Necie.

— *Exactement!* — dodaje Teensy. — Odtąd aż do końca świata będziemy znane jako Ya-Ya! Nikt nie może nam odebrać nazwy!

Wyjmuje z papierowej torby puste pudełka po owsiance i zaczynamy na nich grać jak na bębnach. Jednocześnie wrzeszczymy w noc, las i ognisko, że jesteśmy Ya-Ya. Potem Necie, Mistrzyni Nazwy, oficjalnie nadaje nam indiańskie imiona, które same sobie wybrałyśmy. Ja jestem Królową Tańczący Potok. Caro jest Księżną Szybujący Sokół, a Necie — Hrabiną Śpiewająca Chmura. Za każdym razem, kiedy Necie wymawia nasze nowe imiona, skrapia nas wodą ze starej butelki z wydłubanym otworem, którą pożyczyła z deski do prasowania swojej mamy.

Teensy przez wiele tygodni ukrywała przed nami swe indiańskie imię. Kiedy w końcu nadchodzi jej kolej, bardzo tajemniczo podaje Necie kopertę. Necie otwiera kopertę, szuka imienia Teensy, a kiedy je znajduje, jej oczy robią się wielkie jak spodki i od włosów aż po pięty pokrywa się rumieńcem. Przez chwilę nie może z siebie wydusić ani słowa. W oddali słychać wołanie lelka i trzaskanie ognia.

Necie odwraca się do Teensy, która szczerzy zęby jeszcze bardziej niż zwykle.

— Nadaję ci imię Księżniczka Naga-Jak-Sójka.

101

Księżniczka dostaje jakiegoś ataku.

— Hi, hi, ha! — wrzeszczy i zaczyna kręcić się w kółko. Zdziera z siebie koszulę nocną i każe nam zrobić to samo. Necie się wykręca, więc Teensy i ja musimy siłą z niej zedrzeć koszulę.

— To może być grzech śmiertelny! — mówi.

— No! — przytakuję. — Grzech Śmiertelny Królewskiego Rodu Ya-Ya!

— Wszyscy gotowi do ceremonialnego malowania? — pyta Teensy z jedną z tych swoich niegrzecznych min.

— Co? — pytamy wszystkie. Tego nie było w programie, ale plemię Ya-Ya zawsze zachowuje się spontanicznie.

Teensy sięga do torby i wyjmuje całą garść tubek, słoiczków, ołówków i szminek firmy Max Factor of Hollywood należących do Genevieve, och, całą masę tych ślicznych drobiażdżków, które moja mama uważa za wulgarne.

Podaje mi słoiczek z czerwonym różem. Caro dostaje słoiczek z brązowym kolorem, Necie — szminkę, a Teensy zatrzymuje sobie kredki. Na zmianę malujemy się nawzajem, aż wreszcie mogłybyśmy uchodzić za Indianki pełnej krwi. Na czołach mamy czerwono-brązowe smugi, a na policzkach czarne gwiazdki. Teensy wpada na pomysł, żebyśmy pomalowały sobie też brzuchy i klatki piersiowe. Rysuję sobie czarną krechę przez całe ciało i jedną stronę maluję sobie szminką, a drugą zostawiam w naturalnym kolorze. Teensy rysuje sobie szminką kółka wokół cycuszków!

— Necie — mówi Teensy. — Zdejmij ręce z cycków. Już je kiedyś widziałyśmy. To dla nas nic nowego.

I jakby nie było dość, Teensy wyciąga z torby korale

i kolczyki, które mama kazała nam zdjąć z czarnej kubańskiej Panienki.

— Ach! — wykrzykuję. — Sekretne Klejnoty Ya--Ya, zaginione przez tyle wieków i ostatnio odnalezione przez Księżniczkę Naga-Jak-Sójka, światowej sławy archeologa!

Nakładamy biżuterię, po czym idziemy w ślady Teensy, klepiąc się po udach, biegając w kółko i wrzeszcząc:

— Hej-ho!

Przerywamy taniec i nakłuwamy sobie kciuki igłą do szycia. Mistrzyni Ognia podtyka igłę pod płonącą zapałkę, po czym po kolei każdej z nas nakłuwa palec, wyciskając maleńką kropelkę krwi.

Wznosimy ręce nad głowę, pocieramy się kciukami i recytujemy przysięgę:

— Jestem członkiem królewskiego i prawdziwego plemienia Ya-Ya. Nikt nie może wejść między nas i nikt nie może nas rozdzielić, bo teraz płynie w nas ta sama krew. Uroczyście przysięgam być lojalną wobec mych sióstr Ya-Ya, kochać je, opiekować się nimi i być z nimi na dobre i na złe, dopóki nie wydam z siebie ostatniego tchnienia...

Ale oczywiście Teensy, zamiast powiedzieć: „tchnienia, mówi: „pierdzenia".

— Dopóki nie wydam z siebie ostatniego pierdzenia. — I specjalnie wypowiada to głośno.

Serce wali mi tak, że dosłownie widzę, jak porusza się w moich piersiach. Widzę, że to samo dzieje się z piersiami Teensy i Caro. Oczy nam błyszczą.

— A teraz — instruuje nas Teensy — wszyscy mają sobie zlizać krew z kciuków.

Spoglądam na nią. Tego nie było w planie. Teensy jednak liże swój kciuk, więc robię to samo. Lekko przesuwam językiem po kropelce krwi na kciuku.

— A teraz połknijcie! — mówię. Słowa te, zanim zdążę się zorientować, same wypływają z moich ust.

I połykamy swoje krople krwi. To jak Komunia Święta, ale to nasza krew, a nie Jezusa Chrystusa.

Kiedy urodzę dzieci, będą miały krew Caro, Teensy i Necie! W ten sposób wszystkie będziemy spokrewnione. A kiedy się zestarzeję i umrę, to dopóki będzie biło serce choćby jednej z Ya-Ya, wciąż będę żyła! Nasza krew się zmieszała.

— Mogę odprawić moją zamykającą Boską Ceremonię Orzecha Włoskiego? — pyta cichutko Necie.

Zupełnie zapomniałam, że Necie miała dla nas jakąś niespodziankę na zakończenie.

Idziemy za nią na brzeg zatoki i tam Necie wyjmuje z torby połówki orzechów włoskich i podaje nam po jednej. Potem daje nam ogarki świec i każe je zapalić.

— A teraz kapnijcie woskiem do łupinki — mówi — i wetknijcie w nią świecę.

Jesteśmy zdziwione, że Necie wymyśliła coś takiego. Zawsze, kiedy wydaje mi się, że znam swoje przyjaciółki, czymś mnie zadziwiają. Są pełne tajemnic, których nigdy nie poznam.

Słychać drapanie zapałki o pudełeczko i ciche „puff", kiedy się zapala. Zapalamy świeczki, a potem patrzymy na Necie. Pochyla się i delikatnie kładzie na wodzie swoją łupinkę od orzecha ze świeczką. Lekko ją popycha i patrzymy, jak łupinka wypływa na ciemniejsze wody zatoki.

Potem każda z nas robi to samo co Necie, aż cztery połówki łupinek po orzechach niosą po wodzie maleńkie światełka, które wyglądają jak łódeczki z bajki. Ten widok jest tak piękny, że chce mi się płakać. Trzymamy się za ręce, jesteśmy wysoko urodzonymi, potężnymi

Ya-Ya, mamy królewską krew, którą przekażemy następnym pokoleniom.

Kiedy wracamy do domu, biały posążek kubańskiej Panienki nadal stoi na werandzie. Pada na nią światło z latarenki na werandzie, wokół żarówki latają czerwcowe żuki, wydając z siebie ciche chrupiące odgłosy. Wszystkie stajemy jak wryte. Klękamy przed Maryją, a Teensy wyjmuje kosmetyki ze swojej torby. Caro, Teensy i ja bierzemy taki sam puder w kremie „Ciemnoskóra Piękność", jakiego używają Carole Lombard i Norma Shearer, i zaczynamy nim smarować twarz, ręce i stopy wyszorowanej terpentyną Przenajświętszej Panienki. Podkład ma konsystencję wosku i pachnie garderobą Genevieve. Pod palcami czuję gładkie drewno Panienki.

Kiedy Panienka znowu ma brązową skórę, w milczeniu cofamy się i podziwiamy nasze dzieło. Necie, która jeszcze nie dotknęła Panienki, robi krok do przodu i klęka przed posągiem. Początkowo wydaje nam się, że chce się pomodlić, ale ona sięga za siebie ręką, bierze od Teensy szminkę i kapie lakierem na palce u stóp Panienki, które wystają spod sukni. Maluje na czerwono paznokcie u nóg Przenajświętszej Panienki, o czym nie pomyśleli nawet Kubańczycy!

Pochylam się i całuję Necie w policzek. Caro całuje ją w drugi policzek. Potem Teensy wyciska jej na ustach wielkiego, soczystego całusa.

Kiedy kładziemy się do łóżek, czuję koło siebie ciało Caro. Słyszę jej oddech i czuję bicie serca. Chłonę jej zapach, który przypomina zapach gotującego się ryżu i świeżo skoszonego siana.

Pada na nas światło księżyca. W powietrzu unosi się zapach słodkiej oliwy, jakby komuś pachniało nią z ust. Patrzę na moje trzy śpiące przyjaciółki. Wciąż mają na twarzach ślady makijażu, chociaż robiłyśmy, co mogłyśmy, żeby zetrzeć go prześcieradłami tak, żeby nie zobaczyła go mama. Ya-Ya są moją prawdziwą rodziną. Ja jestem Królową Tańczący Potok, potężną wojowniczką. Należę do wspaniałego, królewskiego plemienia Ya--Ya i żaden biały człowiek nigdy mnie nie pokona. Moją matką jest Księżycowa Pani.

Następnego ranka ścielimy łóżka, zanim mama wyjdzie na werandę, żeby nas obudzić. Nie śpimy od wschodu słońca, kiedy to barwy dnia ożywają. Zdejmujemy moskitiery. To nasz pierwszy ranek, kiedy stałyśmy się Ya-Ya czystej krwi.

— Dziewczynki — mówi mama. — Nie musiałyście zdejmować pościeli. Nie trzeba prać tych prześcieradeł. Dajcie mi ten tobołek. Nie chciałabym, aby wasze mamy pomyślały, że zmuszam was do pracy jak jakieś praczki, kiedy nocujecie u Vivi.

Próbujemy ukryć przed nią prześcieradła, bo są zasmarowane kosmetykami.

— Pani Abbott — mówi Necie, cała uśmiechnięta. — Proszę, niech mi pani pozwoli zabrać je do domu i uprać. To będzie moja pokuta.

Ale ta Necie ma gadkę.

— To wspaniale, Denise — mówi mama. — Chciałabym tylko, żeby Viviane tak mi pomagała jak ty. Dziś rano bardzo uradowałaś Przenajświętszą Panienkę.

Necie uśmiecha się do mamy i mruga jak najprawdziwsza córka Maryi.

— Chodźcie na śniadanie — mówi mama. — Mam

świeże brzoskwinie Rustona, które przyniósł nam pan Barnage.

Przechodzimy za mamą po werandzie.

— Jeszcze chwileczkę, dziewczynki. Zobaczę tylko, czy są nowe kwiaty gardenii.

I mama idzie w to miejsce, gdzie stoi figurka.

— Jezus Maria! — Depczemy jej po piętach. Mama przykłada jedną rękę do ust, a drugą robi znak krzyża. Jej ciało zaczyna się całe trząść pod sukienką.

— Kto mógł zrobić coś takiego? — krzyczy. — Kto się ważył?!

Teensy robi krok do przodu, spogląda mamie prosto w oczy i mówi:

— Pani Abbott, może to był cud.

— Cud — szepcze mama, jakby posąg zapłakał albo krwawił z dłoni.

Mama na chwilę sama zastyga jak posąg, po czym zaczyna zrywać kwiaty kapryfolium, Róż Montany, gałązki słodkich oliwek — każdy kwiat, jaki tylko wpada jej w ręce — i obsypuje nimi kubańską Panienkę. Biegnie na podwórko z boku domu i zrywa całe gałęzie obsypane kwieciem magnolii, tuberozy i hibiskusa i wkłada je do fartuszka. Nigdy nie widziałam, żeby tak się zachowywała, zupełnie jak opętana. Kiedy w końcu z powrotem przyfruwa na werandę, rzuca kwiaty pod umalowane stopy posągu, po czym wyciąga rękę i potrząsa pnączem Róży Montany, by kwiaty spadły spod dachu na głowę posągu. Nasza weranda jeszcze nigdy nie była tak usłana kwiatami. Mama przemieniła ją w ołtarz wspaniałej kolorowej Panienki.

— Święta Matko Chrystusowa! — mruczy. — Klękajcie, dziewczynki! Klękajcie i módlcie się.

No to ja, Caro, Teensy i Necie padamy na kolana

razem z moją mamą, która wyjęła różaniec z kieszeni fartucha i zaczyna się modlić:

> *Witaj, Gwiazdo zaranna wszech oceanów,*
> *Witaj, Matko kwiatów,*
> *Spowij nas swym słodkim zapachem*
> *Miłości Twej i miłosierdzia,*
> *Ty, któraś w łonie swym nosiła*
> *Tego, którego wydało niebo!*

Moje przyjaciółki i ja klęczymy koło mamy. Boża łaska ocaliła nas przed diabelskimi aligatorami i szalejącą burzą. Tylko my ocalałyśmy z całego istnienia. Królewskie i Potężne, Niemal Zaginione, Ale Cudownie Odnalezione Plemię Ya-Ya właśnie zostało obsypane cudami.

9

Mżyło, kiedy następnego dnia Sidda i Hueylene wybrały się na pocztę w Quinault. Nie padało, nie lało, nie kropiło. Mżyło. Gdyby Siddzie przyszło do głowy określenie na opady bardziej pasywno-agresywne niż „mżawka", użyłaby go. Po raz pierwszy zaczęła rozumieć, co May Sorenson miała na myśli, mówiąc, że na północnym zachodzie dusza człowiekowi pleśnieje.

Skorzystała z automatu telefonicznego koło poczty, by skontaktować się ze swym agentem. Zapewnił Siddę, że nie spuszcza swej kariery razem z wodą w toalecie, robiąc sobie wakacje, i że świat nie skończył się w zeszłym tygodniu.

W skrytce pocztowej czekała na nią kartka od Connora zrobiona ze szkicu namalowanego plakatówkami i przedstawiającego jeden z jego projektów. Na odwrocie Connor napisał:

Droga Siddo,

kiedy wyjechałaś, łóżko zrobiło się dla mnie za duże. Nie mogę zasnąć, kiedy mam więcej niż 1/16 materaca, którą mi zostawiałaś. Skończyłem projekty do drugiego aktu, a zespół w Seattle jest w porządku. W naszym tymczasowym ogródku kwitnie chyba z milion lilii. Znalazłaś pudełko, które włożyłem do samochodu? Podrap ode mnie po brzuszku panią guwernantkę Hueylene.

Kocham Cię,
Connor

Po powrocie do domku Sidda wytarła długie, przypominające włochate klapki uszy Hueylene. Zrobiła sobie filiżankę herbaty i przebrała się w suche, ciepłe skarpety. Zaczęła przeglądać płyty kompaktowe, które ze sobą wzięła, i znowu wybrała Rickie Lee Jones śpiewającego stare standardy z epoki Vivi. Podeszła do okna i wyjrzała na jezioro, nucąc do melodii *Spring Can Really Hang You Up the Most*.

Wybrała pocztówkę ze zdjęciem gigantycznego mięczaka, dorysowała mu skrzydła i upodobniła go do penisa mającego lada chwila odlecieć. Na odwrocie napisała do Connora:

Pączuszku,

nie przesadzaj. Zawsze zostawiałam Ci przynajmniej jedną czwartą każdego łóżka, w jakimkolwiek spaliśmy. Ja też za Tobą tęsknię. Tak, mam pod ręką pudełko od mamy. No, może nie pod ręką — powiedzmy, że po

prostu tu jest. I tam. I wszędzie. Później napiszę o tym
więcej.

Kocham Cię,
Sidda

Przykleiła znaczek i sięgnęła po album. Zdumiały ją cztery wąskie paski ze skóry związane kawałkiem szpagatu. W szparkę w każdym kawałku skóry był wsunięty grosik z 1941 roku. Sidda odchyliła głowę do tyłu, spojrzała na sufit i zaśmiała się cicho. Cztery kawałki taniutkich kapci! Wyobraziła sobie matkę i pozostałe trzy Ya-Ya w kapciach, rytualnie wycinające w nich otworki na monety. Czy była to moda popularna wśród wszystkich ówczesnych dzieciaków, czy też coś charakterystycznego tylko dla Ya-Ya?

Na tej samej stronie widniało zdjęcie czterech przyjaciółek zrobione na bocznej werandzie domu Abbottów na Compton Street i pochodzące z tego samego czasu co kapcie. Sidda przez chwilę oglądała zdjęcie, po czym odłożyła album i poszła do kuchni. Zajrzała do wszystkich szuflad, zanim wróciła do dużego pokoju. W drugiej szufladzie starej komódki z kartami do gry, grą w monopol i kolekcją pocztówek przedstawiających przejażdżki łódką przy świetle księżyca, znalazła to, czego szukała.

Wróciła do albumu, dmuchnęła na szkło powiększające, wytarła je do czysta podkoszulkiem i zaczęła studiować zdjęcie. Widziała je już wcześniej, ale teraz chciała obejrzeć dokładnie. Na zdjęciu pnącze Róży Montany obrastało poręcz werandy, a było tak obsypane kwiatami, że aż zabarwiały światło na różowo. Na ogromnej ratanowej kanapie z szerokimi, giętymi oparciami na ręce i perkalowymi poduszkami leżały Vivi, Necie, Caro i Teensy — taka plątanina rąk i nóg, że Sidda nie wiedziała, czyje pomalowane paznokcie u nóg są czyje. Vivi miała na sobie krótką bluzeczkę w paski i szorty, jej włosy były ściągnięte na karku, jasne kosmyki opadały luźno, posklejane od wilgoci. Koło kanapy znajdował się stolik z kutego żelaza, a na nim obracał się czarny wiatrak. Na podłodze stały cztery wysokie szklanki z herbatą i długimi łyżeczkami.

Sidda bacznie przestudiowała każdy szczegół. Kto zrobił to zdjęcie? Co się działo poza kadrem? Co się działo tuż przed zrobieniem tego zdjęcia?

Na chwilę odłożyła szkło powiększające i tak rozproszyła wzrok, że zdjęcie stało się tylko niewyraźną plamą. Leniwe popołudnie z mrożoną herbatą. Ya-Ya nigdzie się nie wybierają. Leżą sobie na bocznej werandzie w cieniu dębów. Niemcy lada chwila dotrą do Stalingradu, komory gazowe są już prawie gotowe, a Ya-Ya jeszcze chodzą do szkoły średniej, ich światem jest życie na werandzie. Są rozleniwione. To odpoczynek. To radość. Tylko spójrzcie na tę czwórkę. Żadna z nich nie nosi zegarka. Ten czas spędzony na werandzie nie jest zaplanowany. Nie wpisany do terminarza.

Te dziewczynki z werandy nie mają pojęcia, że będą tak się rozkładać na tej kanapie, aż ciężar ich dojrzewających ciał zrobi zagłębienia w poduszkach. Nie mają pojęcia, kiedy się z niej podniosą. Nie planują, co się wydarzy potem. Znają tylko swe ciała, które usiłują ochładzać. Wiedzą tylko, że najchłodniejsze miejsce, jakie mogą znaleźć, jest przed wiatrakiem.

„Ja też chcę się tak położyć, swobodnie unosić się w powietrzu, bez ambicji czy niepokojów. Chcę zamieszkać w swym życiu jak na werandzie".

Wtedy werandy i czas spędzony na nich były dla ludzi czymś oczywistym. Każdy miał werandę; nie było w tym nic szczególnego. To pomieszczenie na zewnątrz znajduje się w połowie drogi pomiędzy światem ulicy i światem domu. Jeżeli weranda otaczała dom ze wszystkich stron, tak jak u Abbottów, wówczas istniały różne światy od frontu, z boku i z tyłu. Jeżeli położyłeś się na werandzie z boku domu — jak Ya-Ya na tym zdjęciu — to znajdowałeś się w prywatnym, wygodnym odosobnieniu. To na bocznej werandzie Ya-Ya siedziały w papilotach na włosach, kiedy nie chciały machać do wszystkich przechodniów i gawędzić z nimi. Tam wzdychały, tam marzyły. Tam wylegiwały się godzinami, kontemplując swoje pępki, pocąc się, drzemiąc, odganiając muchy, dzieląc się sekretami — tam, w tej gorącej, mokrej dziewczęcej zupie. A wieczorem, kiedy słońce zachodziło, a przy kameliach zapalały się robaczki świętojańskie, nimb światła wywoływał u Ya-Ya jeszcze głębszą zadumę. Zadumę, która została w ich ciałach nawet, gdy już dorosły.

Kiedy po latach ludzie spotykali je z dziećmi wspartymi na biodrach albo jeszcze później, z rękoma trzęsącymi się od dogłębnego smutku, którego nikt nie potrafił nazwać, otaczała je jakaś aura. Nie można jej było dotknąć palcem, ale wyczuwało się, że te kobiety łączy sekretna laguna wiedzy. Tajemne szyfry, doświadczenia i język biorące początek z tych płynnych czasów, zanim klimatyzacja wysuszyła bogatą, ciężką wilgoć, jaka wisiała nad werandami Luizjany, nasączającą bawełniane bluzki, kiedy kropelki potu spływały po skórze, każąc ludziom zwolnić tempo, a świat wtapiał się w nich nieśpiesznie. Gęsty gulasz z życia sączący się w samą krew, ekscentryczne, rozmarzone myśli drzemiące w środku. Myśli, które nie pojawiły się już nigdy więcej po zamknięciu werand, po wprowadzeniu kontroli klimatu, po szczelnym zasłonięciu wszystkich okien i po zagłuszeniu odgłosów okolicy przez zgiełk telewizorów.

Viz-z'tin. Tak Ya-Ya nazywały swe zaimprowizowane spotkania, kiedy Sidda była jeszcze mała. Czwórka dzieciaków Walkerów wraz z Vivi pakowała się do T-Birda i pędziła do miasta, do Caro, Teensy lub Necie, wściekle trąbiąc i wrzeszcząc: „Lepiej, żebyście były w domu!". Potem pojawiała się Krwawa Mary i ser topiony z pieprzem i krakersami, galon lemoniady i ciasteczka Oreos dla dzieciaków, Sarah Vaughan na stereo i impreza. Żadnego planowania, żadnego umawiania się przez telefon.

Na takie wyjścia Sidda wkładała jeden z peniuarów którejś z Ya-Ya pochodzący z ich wyprawek i pozwalała, by Vivi uczyła ją szaleńczego, rozkosznego tańca zainspirowanego sztuką Isadory Duncan. Wymachując czarodziejską różdżką sporządzoną z patyka podniesionego na podwórku i gwiazdy ze sreberka, Sidda wirowała na werandzie domu, w którym akurat się znajdowały. Jakiż to był raj, kiedy pławiła się w blasku Vivi! Popołudnie przechodziło w wieczór, a wieczór w noc i zanim się człowiek obejrzał, dzień się kończył i Vivi z dzieciakami wracała do Pecan Grove z opuszczonymi oknami w samochodzie, by wpuścić chłodny wietrzyk.

— Ale zabawa, co, maluchy?! — Vivi wołała do dzieciaków.

A oni odkrzykiwali:

— O tak, mamo, świetna zabawa!

Sidda znowu wzięła do ręki szkło powiększające i zaczęła oglądać oczy mamy na zdjęciu. Kiedy wszystko się popsuło? Co stworzyło paradoks Vivi pełna światła, Vivi pełna mroku?

Dla każdej takiej czarodziejskiej sceny istniała taka sama liczba przerażających godzin, kiedy to burbon z wodą odbierał Vivi dzieciom, chociaż nigdy nie mogłaby odejść z domu.

W takie wieczory, kiedy Vivi wychodziła ze swej sypialni, by nalać sobie nowego drinka, mawiała: „Idźcie sobie. Nie mogę na was patrzeć".

Sidda nauczyła się stać na piłce, chodzić po linie. Do perfekcji doprowadziła umiejętność wchodzenia do pokoju i natychmiastowego wyczuwania nastroju, potrzeb i pragnień każdej osoby. Rozwinęła w sobie zdolność oceniania temperatury sceny, jej charakteru, konwersacji, pojedynczych gestów i odgadywania, co, kiedy i ile jest potrzebne. Vivi puszczała się w tany z aniołami, zmagała z demonami, a jej córka z tych wahań nastroju nauczyła się ustalać choreografię dramatu. Jej córka nauczyła się subtelnego, chwiejnego, natchnionego emocjonalnego patosu, jakiego potrzebuje każdy dobry reżyser teatralny, by biegle władać swą sztuką.

Siddę znużyła jednak ta konieczność zachowania czujności, baczności. Tęskniła za przyjaźnią rodem z werandy, za lepkim, gorącym dotykiem kobiecych nóg zarzuconych na jej nogi. Usychała z tęsknoty za tą dziewczęcością, za niezaplanowanym, zaimprowizowanym lenistwem. Pragnęła wymazać ze swego słownika słowo „rozplanowanie czasu". Chciała się poddać, dać się unieść nieobliczalnemu, pięknemu, płodnemu, piżmowemu bagnu życia, w którym zamieszkuje kreatywność, erotyzm i żywa inteligencja.

Kiedy Sidda odłożyła szkło powiększające i zamknęła album *Boskich sekretów,* coś przykuło jej uwagę. Dwa orły, dorosły i młody, zerwały się z najwyższej gałęzi starego cedru koło domku. Kiedy dorosły orzeł wystartował ze swego miejsca na drzewie, jego skrzydła tak głośno młóciły powietrze, jakby były podłączone do wzmacniacza. Kiedy Sidda usłyszała ten dźwięk, szarpnęła głową w stronę, skąd pochodził. Te orły, jak anioły, nie odróżniają pracy od zabawy. Dla nich to jedno i to samo.

10

Sidda wyruszyła z domku May w deszcz na przechadzkę wzdłuż jeziora, a potem zagłębiła się w puszczę, gdzie baldachim z drzew był tak gęsty, że nie czuła deszczu. Mrok i cisza jednocześnie ją koiły i przerażały. Czuła się jak dziecko w ciemnej, cichej katedrze.

Kiedy dotarła do poczty w Quinault, urzędniczka w okienku oglądała seriale w maleńkim telewizorze. Kobieta podniosła wzrok i spojrzała na Siddę.

— Pani po pocztę? — spytała.

— Tak, Sidda Walker. Jest coś dla mnie?

Starając się nie odrywać wzroku od ekranu, kobieta sięgnęła do półki i wyjęła małą paczuszkę.

— Z Luizjany — powiedziała. — Polecony.

— Świetnie! — wykrzyknęła Sidda i od razu się zawstydziła.

— W leśnictwie mówią, że w tym tygodniu będzie słoneczna pogoda — powiedziała urzędniczka, podając paczuszkę Siddzie.

— Byłoby cudownie, prawda? — odparła Sidda.

— Jedyne, czego nie brakuje w puszczy, to wilgoć.

— Nie szkodzi — zauważyła Sidda, odwracając się do wyjścia. — Robi dobrze na cerę.

— Też to mówię swoim koleżankom — powiedziała kobieta. Uwaga ta uderzyła Siddę, więc odwróciła się i jeszcze raz spojrzała na urzędniczkę. Koleżankom.

Powiedziała to tak zwyczajnie. Sidda prawie jej pozazdrościła.

Stojąc pod daszkiem przed pocztą, Sidda zaczęła oglądać paczkę. Polecona paczka od pani George'owej E. Ogden, znanej Siddzie lepiej jako Necie. Sidda miała ochotę od razu zerwać opakowanie, ale postanowiła, że zrobi to dopiero w domku. Wetknęła ją pod swą parkę z goreteksu i ruszyła z powrotem do domu. Kiedy tylko znalazła się w środku i zdjęła mokrą kurtkę, otworzyła paczkę. Nie spodziewała się żadnej wiadomości od Ya-Ya. Żadna z nich nie kontaktowała się z nią, odkąd w „The New York Timesie" ukazał się tamten wywiad.

Na ozdobnym, niebieskim papierze listowym ze złotą obwódką widniał tekst z monogramem Necie na górze.

16 sierpnia 1993

Droga Siddalee,

wysyłam Ci najserdeczniejsze życzenia z okazji zbliżającego się ślubu — niezależnie od tego, kiedy się on odbędzie. Nie śpiesz się, Kochanie. Żałuję tylko, że nie zwiążecie się węzłem małżeńskim tutaj i że nie zobaczę Twojego Wybranego, Twojej sukienki i całej reszty.

Gratuluję wielkiego przeboju teatralnego! Bardzo mi przykro, że George i ja nie mogliśmy przyjechać i go obejrzeć. Frank, jego żona i pozostałe Petites Ya-Ya, które go widziały, po prostu były zachwycone — i bardzo się cieszyły, że mogły się z Tobą spotkać. Chociaż nie mogłam przyjechać, chciałam, żebyś wiedziała, że moje dzieci dokładnie mi wszystko opowiedziały. Jestem z Ciebie taka dumna, Sidda. Zawsze wiedziałam, że jesteś genialna.

Kochanie, osobiście uważam, że to cudowne, że się zainteresowałaś naszym życiem jako Ya-Ya. Opowiedziałam o tym Lizie, Joannie i Rose, i wszystkie uważają, że to świetny pomysł. Moje córki nigdy zbytnio nie interesowały się przeszłością, ale też i nie wybrały życia w teatrze. Wszystkie przesyłają Ci ucałowania. Malissa powtarza, że bardzo się ucieszyła ze spotkania z Tobą w zeszłym roku, kiedy przyleciała ze Stephenem do Nowego Jorku na ten zjazd. Słowo daję, to jeden z najmilszych mężów, jakich miała.

Mam nadzieję, że „Ya-Ya-rabilia", które Ci przysłała mama, okażą się pomocne.

Twoja matka okropnie się zdenerwowała tym wywiadem w „The New York Timesie". Na pewno wiesz o tym. Gazety od niepamiętnych czasów wszystko wyolbrzymiają, ale to żadne usprawiedliwienie.

Twoja matka pozwoliła mi wysyłać Ci wszystko, co mogłoby Cię zainteresować, więc wysyłam kilka jej listów, które zachowałam.

Rozpoczęłam nowennę do świętego Franciszka Patrizi, patrona pojednania, za Ciebie i Twoją matkę, Siddalee. Wszystkie Cię kochamy, Złotko, i cały czas się za Ciebie modlimy.

Ściskam i całuję,
Necie

PS. Przysięgłam Twojej mamie, że obiecasz zwrócić jej te listy razem z albumem. Wiem, że się nimi zaopiekujesz.

Listy Necie były w torbie zamykanej na suwak i kiedy Sidda ją otwierała, pomodliła się króciutko, by jej intencje się sprawdziły. Nie prosiła o ich czystość — to byłoby zbyt wiele.

Na kartkach gładkiego papieru widniały następujące teksty napisane dziewczęcym charakterem pisma Vivi:

12 grudnia 1939
11.15 przed południem
Na Półksiężycu Południa zmierzającym do Atlanty

Droga Necie,

kurczę, Słoneczko, nawet sobie nie wyobrażasz, jak za Tobą tęsknimy! Ya-Ya bez Ciebie to już nie to samo. Prosiłaś, żebym pisała o wszystkim, i to właśnie zamierzam uczynić. Zachowam wszystkie pamiątki, więc po powrocie będziemy mogły je wkleić do mojego albumu z „Boskimi sekretami"! Chociaż Twoja mama nie pozwoliła Ci pojechać z nami, bo uważa, że Ginger nie jest odpowiednią guwernantką, to postaram się, żebyś czuła się tak, jakbyś była tu z nami. Wszystkie jesteśmy wściekłe na Twoją mamę. W końcu mamy już trzynaście lat. Na miłość boską, Julia Capuletti miała zaledwie czternaście. A, i Ginger to dobra guwernantka, chociaż jest tylko służącą.

Och, dziewczyno, uwielbiam podróżować pociągiem! Kiedy wyjeżdżałyśmy z Thornton, machając do Ciebie, było mi tak smutno, że musiałaś zostać.

Było po prostu cudownie, kiedy Półksiężyc Południa już ruszył! Kiedy się podróżuje pociągiem, człowiek ma wrażenie, że może pojechać dosłownie wszędzie. Zupełnie jakby Thornton już nie było jedynym miastem na świecie, a stało się tylko jednym z wielu. Pierwszy raz jadę pociągiem bez mamy czy taty i przyglądam się wszystkiemu. Tyłom domów, paniom wieszającym pranie na sznurach i miasteczkom, które mijamy. Cały czas sobie wyobrażam, co ludzie robią w tych miejscach.

Mam ochotę wysiąść na jednej z tych starych stacyjek, pójść do miasta, podać się za kogoś innego i zacząć żyć zupełnie innym życiem! Mogłabym udawać, kogo tylko chcę, i nikt by się nie zorientował.

Kochanie, mamy cztery miejsca tylko dla siebie. Jesteś najukochańsza na świecie, że upiekłaś nam te ciasteczka. Mamy dwa pudełka po butach pełne smażonego kurczaka i biszkoptów zrobionych przez Ginger. Jeden wagon jest przeznaczony tylko dla kolorowych i tam właśnie siedzi Ginger. Zamartwiała się na śmierć, że musi nas zostawić. Próbowała nawet namówić konduktora, żeby jej pozwolił z nami zostać, bo jesteśmy pod jej opieką, ale on odpowiedział: „Żałuję, ale to wbrew przepisom i szef złoiłby mi skórę". A Ginger na to: „No, panienka Delia złoi mi skórę, jeśli coś się stanie tym białym panienkom".

Nigdy jeszcze nie podróżowałam z kolorowymi, więc nie wiedziałam, że mają osobny wagon, żeby nie łamać prawa. W każdym razie tam właśnie siedzi Ginger, więc jesteśmy zupełnie same! Zupełnie jakbyśmy w ogóle nie miały żadnej guwernantki.

Szkoda, że nie widzisz, jak ludzie patrzą na Ginger. Tak jak wszyscy w Thornton nie mogą uwierzyć, że czarna kobieta może mieć rude włosy.

Pozwolę sobie zauważyć, Słoneczko, że mamy luksusowy przedział. Są tu dwie rozkładane leżanki, które tworzą cztery miejsca do spania, od czego aż serce nam się kraje, bo zostaje jedna kuszetka, która należałaby do Ciebie, Hrabino Śpiewająca Chmura. Dzisiaj przed położeniem się spać złożymy kołdry i będziemy udawać, że jesteś z nami.

Teensy wzięła ze sobą najnowszy numer „Dzisiejszego kina", więc czytamy o „Przeminęło z wiatrem". Jest tam cała masa zdjęć panny Vivien Leigh, aż nas żałość bierze. Jeszcze im nie wybaczyłyśmy tego, że nie obsadzili Tallulah. Vivien Leigh nie tylko nie pochodzi z Południa, ale nawet nie jest Amerykanką!

Och, te kapelusze! W „Dzisiejszym Kinie" są zdjęcia kostiumów i kapeluszy Scarlett, więc aż nóżkami przebieramy, żeby zobaczyć je na ekranie. Mamy takie szczęście, że idziemy na premierę!

Ciocia Teensy, Louise, i wujek James z Atlanty są bogaci jak król. On był znajomym Hoovera i jest prawie właścicielem firmy Coca-Cola! W Atlancie to on wszystkim trzęsie! Ojciec Teensy poprosił jej ciocię, żeby się nami zaopiekowała.

W głębi duszy marzę o tym, żeby poznać Margaret Mitchell. Nie mów nikomu, ale planuję zdobyć jej autograf na balu. Wymknę się, odnajdę ją, powiem, jak mi się podobała jej książka, i poproszę o autograf. Co o tym myślisz?

Hrabino, muszę już iść, bo Księżna i Księżniczka Sójka chcą, żebym zagrała z nimi w karty. Całujemy, kochamy Cię na śmierć i życie, i tęsknimy za Tobą w każdej chwili.

Napiszę do Ciebie jeszcze dzisiaj.

XXXXX Viviane

Aż drżąc z podniecenia, Sidda odłożyła list i poszła do dużego pokoju. Wzięła album i zaczęła go przeszukiwać. Była pewna, że wśród pamiątek matki znajdzie coś o Atlancie. Przerzucała stronę za stroną, aż znalazła to, czego szukała. Był to wycinek z „Dziennika Atlanty" z datą 15 grudnia 1939 roku. Nagłówek oznajmiał: „Bal Ligi Juniorów największym wydarzeniem w dziejach Atlanty".

Artykuł brzmiał następująco:

„Sukces towarzyski nie mający sobie równego w romantycznej historii Atlanty dopisał wspaniały rozdział osiągnięć dla balu kostiumowego Ligi Juniorów inspirowanego filmem *Przeminęło z wiatrem*, który to bal odbył się w czwartkową noc w Miejskiej Sali Zebrań. Wysokie oceny należą się eleganckiemu wystrojowi, jakości programu i randze obecnych. Z każdego względu było to epokowe wydarzenie — żadne wcześniejsze nie może się z nim równać.

Clark Gable, Vivien Leigh, Olivia de Havilland, Claudette Colbert, Carole Lombard oraz dziesiątki gubernatorów, kapitalistów, lwów salonowych od Maine po Kalifornię, i magnaci, których geniusz stworzył ten potężny przemysł, jakim jest kino, politycy, pisarze i aktorzy, wszyscy ubrani z wielkim przepychem, wysłuchali pieśni religijnych w wykonaniu grupy Murzynów w kostiumach z plantacji, pochodzącej z Kościoła Baptystów Ebenezera. Następnie pięćdziesięciu członków Ligi Juniorów jeden za drugim przeszło po scenie we wspaniałych kostiumach z czasów Scarlett O'Hary".

Artykuł był jeszcze dłuższy, ale uwagę Siddy przyciągnęło zdjęcie niżej. Było zakreślone, a obok widniała strzałka wskazująca na nie. Na marginesie były napisane słowa: „Zgadnij, kto to?".

Zakreślony akapit brzmiał następująco:

„Rozłożyste suknie niektórych pań tańczących wśród około trzech tysięcy innych gości miały skłonności do zadzierania się. Pewna młoda dziewczyna w rozkloszowanej spódnicy z granatowej i zielonej tafty chciała wstać do tańca i — ku jej wstydowi — jej spódnica całkowicie zakryła głowę osoby siedzącej przed nią".

Sidda głośno się roześmiała. Pożądliwie wróciła do listów matki.

Necie-o,

leżę na górnej kuszetce z Caro i Teensy. Zasłonki są zaciągnięte, więc widzimy pola oświetlone światłem księżyca. Mamy na sobie koszule nocne i zajadamy się ciastkami. Jak obiecałam, rozłożyłyśmy pościel na Twojej leżance — jakbyś miała złożyć swą słodką główkę na poduszce. Och, Necie, jaka szkoda, że Cię tu nie ma! Powinnaś być z nami.

Nie uwierzysz, co się wydarzyło jakieś pół godziny temu! Właśnie sobie śpiewałyśmy, trochę przy tym hałasując — ale nie bardziej niż zwykle — kiedy ni z tego, ni z owego rozległo się pukanie do drzwi! Nie miałyśmy pojęcia, kto to może być, no i byłyśmy już w koszulach nocnych, więc zaczęłyśmy chichotać, a Caro szepnęła, że to pewnie Clark Gable. Wtedy zaczęłyśmy się turlać po leżance, całując poduszki i jęcząc: „Rhett, och, Rhett!". Znowu ktoś zapukał, a my mało się nie zsiusiałyśmy. Caro zeskoczyła z kuszetki, uchyliła drzwi i spytała: „O co chodzi?". Teensy i ja wychyliłyśmy się i zobaczyłyśmy konduktora. O kurczę! Myślałam, że nas skrzyczy za to hałasowanie, ale on powiedział: „Sprawdzam tylko, czy wszystko w porządku, panienki. Wasz ojciec prosił, żebym miał na was oko". Odparłyśmy, że jest doskonale, ale potem Teensy dodała: „Jak pan myśli — czy mogłybyśmy dostać trochę zimnego mleka do naszych ciasteczek?". Znasz Teensy, ona poprosi o wszystko i wszędzie. I konduktor powiedział, że zobaczy, co się da zrobić.

Wtedy Caro z powrotem wdrapała się na kuszetkę

i powiedziała, że ponieważ to ona otworzyła drzwi, ja muszę udawać Rhetta. „Pocałuj mnie, Rhett" — powiedziała. Pocałowałam ją, a ona wyjęczała: „Rhett, och, Rhett", a wtedy przyłożyłam palec do górnej wargi, udając, że mam wąsy Clarka Gable'a. I w tej chwili ponownie rozległo się pukanie do drzwi!

Pomyślałyśmy, że to znowu konduktor, więc zeszłam na dół i otworzyłam drzwi. Za nimi stał kolorowy portier z trzema szklankami mleka na tacy. Podziękowałam mu, a on spytał, czy życzymy sobie, żeby nam wypastował buty. Odparłyśmy razem: „Tak, dziękujemy" i podałyśmy mu swoje buty. Wtedy on dodał szeptem: „Ginger pyta, czy u was wszystko w porządku. Mówi, żebyście poszły dwa wagony dalej, jeżeli coś się stanie, a ona się wami zajmie". Zdziwiłyśmy się, że zna Ginger, ale jak wiesz, Ginger jest bardzo towarzyska. Podziękowałam mu, a on powiedział: „Gdybyście czegoś potrzebowały, to nazywam się Mobley".

No i Mobley poszedł z naszymi butami i lepiej, żeby je zwrócił, bo inaczej będziemy musiały pójść rano do wagonu restauracyjnego w samych skarpetkach!

Podróżowanie pociągiem to coś wspaniałego. Postanowiłam, że chcę zamieszkać w pociągu. Och, szkoda, że nie widziałaś, jak wygląda świat, kiedy się przez niego jedzie. Nie wiem dokładnie, gdzie się w tej chwili znajdujemy. Chyba gdzieś na wsi, w okolicach Miasta--Bramy Południa*.

Życzymy Ci dobrej nocy, śpij słodko i nie pozwól, by cię gryzły pluskwy.

XXXXX
Vivi

---

* St. Louis.

123

Kochana, kochana Neciuszko,

zajechałyśmy na dworzec w Atlancie o 9.17 dziś rano. Dworzec jest ogromny. Można by na nim umieścić ze trzy dworce z Thornton i jeszcze by zostało miejsce na małą potańcówkę.

Ciocia Teensy, Louise, wyszła po nas na stację. Miała na sobie grube futro z kapeluszem i mufką do kompletu i pojawiła się z kuzynem Teensy, Jamesem Juniorem. Przywitała nas bardzo grzecznie, ale od razu widać, że to snobka. Jest milszą snobką niż jej syn, ale jednak. Ten James Junior to snob, który nawet nie jest na tyle przyzwoity, żeby próbować to ukryć. Nieładnie się wyraził o moim bagażu, jeszcze zanim wyszłyśmy z dworca, a kiedy zobaczył Ginger, zareagował tak, jakby to, że nie miała na sobie stroju służącej, było nielegalne. Teensy powiedziała mu, że w Thornton nie wszystkie służące noszą uniformy. A on, jej własny kuzyn, spojrzał na nią, jakby miała wszy. No, Necie, doszłam do wniosku, że nie będę ich szanować tylko dlatego, że udzielili nam gościny.

Pozwolę sobie zauważyć, dziewczyno, że całe to miasto aż płonie z podniecenia! Czuje się to w powietrzu. Na każdej wystawie sklepowej wiszą plakaty z filmu — zupełnie jakby Atlanta była jedną wielką reklamą filmową.

Podobno panna Mitchell od października nie wychodzi z mieszkania, bo całe to zamieszanie to dla niej po prostu zbyt dużo. Musi odpoczywać i co pół godziny brać aspirynę. *Wyobrażam sobie, jak się czuje po tym wszystkim, co przeszła, napisawszy najlepszą książkę na świecie i potem po powstaniu filmu. Och, tak bardzo bym chciała poznać pannę Mitchell. Dałabym za to wszystko. Mam wrażenie, że już ją znam, ale chcę ją poznać lepiej.*

Kiedy zajechałyśmy pod dom cioci Louise, aż nam szczęki pospadały na chodnik. To prawdziwy dwór. Teensy powiedziała, że Genevieve w tajemnicy nazywa go „Pałacem Coca-Cola". W ogóle nie przypomina naszych domów w Thornton. Duży, okrągły podjazd i weranda tak bogato urządzona, że ma się wrażenie, jakby się było w jadalni. A wnętrze, och, Necie, wnętrze jest żywcem wyjęte z filmu! Oni są tak bogaci, że ich kolorowi służący noszą wykrochmalone uniformy i zachowują się jak Anglicy. Zupełnie nie jak u nas w domu, gdzie gramy w kuchni w karty z Ginger czy Shirley.

Jak tylko tam przyjechałyśmy, ciocia Louise kazała jednej ze służących: „Natychmiast przebierz tę służącą z Luizjany".

Zupełnie jakby nie znała jej imienia, chociaż przedstawiłam ją, gdy tylko wysiadłam z pociągu. Ciocia Louise patrzyła na ubranie Ginger, jakby pełno w nim było wszy, robaków czy innego paskudztwa. Co, jak wiesz, nie jest prawdą, bo Delia by na to nie pozwoliła.

Kiedy potem zobaczyłyśmy Ginger, obciągała na sobie czarny, wykrochmalony uniform i biały fartuszek z riuszkami. A na głowie miała czepeczek służącej! Zaczęłam się z niej nabijać i powiedziałam: „Ginger, zrobię ci zdjęcie, żeby wszyscy w domu mogli cię zobaczyć taką wystrojoną". A ona zachowywała się strasznie dziwnie, zupełnie jakby mnie nie znała. Delia chyba by się przewróciła ze śmiechu na widok Ginger w tym francuskim uniformie.

Cała nasza trójka nocuje we wspaniałym, ogromnym pokoju, który ma własną wielką łazienkę, kominek i okno wychodzące na podwórze za domem. Nasze przedwojenne rozkloszowane suknie już wiszą w garderobie. Nie mogę się doczekać, kiedy włożę swą nową granatową suknię z popeliny! Tu jest całkiem inaczej niż w domu, Necie. O wiele fajniej niż u Teensy. Na srebrnej mydelniczce w łazience leżą maleńkie kostki mydła w kształcie rakiet tenisowych — tak tu bogato.

Caro i ja śpimy w dużym łóżku, a Teensy zajmie kanapę z wytartą satynową kołdrą. Kamerdyner, czy kto to tam jest, przyniósł nasze torby. Siedzę teraz w tym pokoju i opisuję Ci wszystko, żebyś czuła, że jesteś z nami. Lubię wszystko spisywać, bo potem niczego nie zapomnę. Jest tu tyle do obejrzenia i zrobienia, aż mi się kręci w głowie!

No, to jesteśmy w Rzymie i chyba będziemy musiały się zachowywać jak Rzymianie.

Więcej później.

XXXXX
Vivi

Później
10.30 w nocy

Necie, moja droga,

byłyśmy na tej oficjalnej kolacji-posiadówie i poznałyśmy wujka Jamesa. Miseczki do mycia rąk i srebrne obręcze na serwetki ze snobistycznymi monogramami. Ten okropny James Junior przez cały czas drwił sobie ze mnie. Nie mam pojęcia, jak to możliwe, że jest kuzynem Teensy i Jacka.

Teensy właśnie zdjęła z siebie wszystkie ciuchy, szkoda, że tego nie widzisz! Rozwaliła się na łóżku ze skrzyżowanymi nogami i odchyloną głową i mówi: „Obierz mi grejpfruta, Beulah!". Wiesz, jaka ona jest. Kiedy weszłyśmy na górę, kazała nam wleźć do tej wielkiej wanny na lwich łapach i wziąć wspólną kąpiel! Wsypała do wody całą butlę francuskiej soli do kąpieli! Całą butlę. Leżałyśmy w tej wannie i moczyłyśmy się jak głupie. Wiem, że nie powinnam Ci tego opisywać, bo pewnie jesteś już cała czerwona, Necie, Ty misiaczku. Jesteś o tyle skromniejsza od nas. (Ale i tak Cię kochamy).

XOX
Vivi

PS. Kiedy przyszłyśmy na górę, czekały na nas posłane łóżka. Aż zatęskniłam za mamą. Ona zawsze przewraca mi poduszkę na chłodniejszą stronę, kiedy przychodzi, żeby powiedzieć dobranoc.

PPS. Kurczę pieczone, zupełnie zapomniałam Ci o tym powiedzieć! Dzisiaj w „The Atlanta Constitution" pisali, co panna Mitchell włoży na premierę: „różową suknię z tiulu z wielu warstw na różowej krepie, a pod spodem dopasowane body z dekoltem w kształcie serca". „Nie mogę Ci wysłać tej gazety, bo ciocia Louise chce ją wkleić do swego albumu poświęconego „Przeminęło z wiatrem". Zanim ją oddałam, przekopiowałam cały opis: „Różowe kamelie, tak przypominające Stare Południe, będą ozdabiały jej suknię, a spod półbufiastej spódnicy wystawać będą srebrne klapeczki". Opowiem Ci więcej o jej stroju, kiedy go sama zobaczę!

127

14 grudnia — nie! 15 grudnia 1939
2 nad ranem!

Kochana Necie,

dziewczyno, dziewczyno, dziewczyno! Właśnie wróciłyśmy do domu po najbardziej ekscytującym dniu w moim życiu! Ginger czekała na nas bardzo zdenerwowana, bo nie pozwolono jej jechać z nami, i zalana łzami, bo uważa, że nie sprawdza się jako guwernantka. Odkąd przyjechałyśmy do Pałacu Coca-Cola, ledwo na nią spojrzałyśmy. Ginger mówi, że Delia ją zabije, kiedy wrócimy do domu. „Ginger — powiedziałam — nawet mi się nie chce myśleć o powrocie do domu! Czy teraz mogłabyś zejść na dół i zrobić mi kawy z mlekiem, bo nie mogę usnąć, żeby napisać do panienki Necie".

Tak więc piszę do Ciebie, leżąc w tym wielkim łożu, gdzie śpi Caro, a Teensy na swoim jak zwykle chrapie. Ja zawsze ostatnia chodzę spać, gdziekolwiek bym była. Ale, kochanie, muszę Ci wszystko opowiedzieć.

Przede wszystkim wiesz, że dziś rano przy śniadaniu ciocia Louise już była ubrana we wspaniałą przedwojenną suknię?! Tak, siedziała w niej przy śniadaniu. A ten szczurek, James Junior, miał na sobie zniszczony mundur z wojny domowej, który zdobyła ciocia. Wujek James już wyszedł do Coca-Coli i nie wiem, w co się ubrał. Wiem tylko, że suknia cioci Louise była z tego właśnie filmu! Cała kupa jej znajomych z Ligi Juniorów statystowała w scenie z bazaru (pamiętasz ją z książki?) i znalazła się w filmie. Wyobrażasz to sobie?

Ten kretyn, James Junior, wyszedł gdzieś ze swoimi dwunastoletnimi kretyńskimi kolegami, a ciocia Louise powiedziała, że zamierza ze swymi znajomymi uczestniczyć w paru wydarzeniach, zanim uda się do Miejskiej

Sali Zebrań, gdzie był bal. To oznaczało, że Ginger i jedna ze służących cioci Louise pojadą z nami, kiedy szofer William będzie nas obwoził po mieście.

Dziewczyno, na ulicach Atlanty było już pełno ludzi w strojach z czasów wojny domowej i przedwojennych sukniach! Włączyliśmy radio w samochodzie, które bez przerwy nadawało sprawozdania, jakby do miasta przyjechał sam FDR*. Na dworzec miała zajechać cała masa gwiazd, między innymi Claudette Colbert, ale przegapiłyśmy wiele wiadomości, bo o 10.15 zajechaliśmy na róg ulic Whitehall i Alabama na wielką ceremonię zapalania lamp.

Nie wiedziałam o tym wcześniej, ale tam każda latarnia przetrwała oblężenie Atlanty przez Shermana. I każdą z nich zapalono na znak, że duch Konfederacji nie umarł. Wszystkie dosłownie zalewałyśmy się łzami, myśląc o Konfederacji. Gubernator dał wszystkim wolne na resztę dnia, bo Dzień Premiery został ogłoszony świętem państwowym.

No więc stary William wiezie nas na Peachtree Street, znajduje dobre miejsce, a my siadamy na dachu samochodu, żeby obejrzeć paradę. Och, był straszny tłum, ludzie normalnie włazili sobie na głowy. Zaczęła się parada. Necie, tam było chyba z pięćdziesiąt albo sześćdziesiąt samochodów, a na tylnych siedzeniach kabrioletów siedziały gwiazdy wyglądające jak królowie. Widziałam samego Clarka Gable'a! Kochana, nie żartuję! Widziałam go na własne oczy. Jest taki cudowny, jak to sobie wyobrażałam. Była z nim Carole Lombard. Machali i uśmiechali się, i — przysięgam, Necie — on spojrzał prosto na mnie. Teensy i Caro dalej zachowują

---

* FDR — Franklin Delano Roosevelt.

się, jakby to się nie stało, ale po prostu mi zazdroszczą. Mówię prawdę: Clark Gable spojrzał prosto na mnie i się uśmiechnął.

Ale wracając do parady. Widziałam więcej gwiazd w eleganckich samochodach, niż możesz sobie wyobrazić. Człowiek w ogóle zapomina, że istniał kryzys, kiedy widzi coś takiego. Po paradzie William tylnymi uliczkami zawiózł nas do hotelu Georgian Terrace. Uwierzysz, że w hotelu gubernatorzy z pięciu południowych stanów wygłaszali przemówienia? Musieliśmy zaczekać, aż te staruchy skończą, i wtedy pojawił się Clark Gable! Wszyscy zaczęli wrzeszczeć, piszczeć i klaskać, i wydawać z siebie okrzyki rebeliantów. My też się darłyśmy, znasz nas, a ja popisałam się moimi słynnymi gwizdami. Ty byś chyba zemdlała od tych wrzasków.

Wróciłyśmy do domu całkiem wykończone, wzięłyśmy sobie do pokoju trochę ciasta owocowego i coli i się zdrzemnęłyśmy. Udawałyśmy, że jesteśmy damami z Południa w scenie drzemki w Dwunastu Dębach. Mówiłyśmy: „Ginger, czy mogłabyś poszukać wiatraczka i powachlować nas jak w Dwunastu Dębach?".

Ginger odparła: „Jest grudzień. Nie potrzebujecie żadnego wiatraczka. Przestańcie gadać i idźcie spać".

Teensy szepnęła: „Delia wybacza Ginger takie zbrodnie!".

Ale Ginger ją usłyszała (ona słyszy, jak kot idzie po dywanie) i powiedziała: „Panienko Teensy, lepiej niech panienka idzie spać, bo inaczej zobaczy, co to znaczy kogoś zamordować".

Nie spałyśmy długo, bo weszła służąca cioci Louise i nas obudziła, żebyśmy zaczęły się szykować na bal. Przyszła krawcowa i musiałyśmy przymierzyć swoje przedwojenne suknie, bo ciocia Louise chciała sprawdzić, czy są potrzebne jakieś przeróbki. Moja granatowa *i zielona tafta jest po prostu fantastyczna, jak wiesz. Ale mówię Ci, strasznie trudno włożyć te spódnice na fiszbinach. Obracając się, strąciłam jakąś ozdóbkę z wymuskanego stoliczka w Pałacu Coca-Cola. Dzięki Bogu, że się nie stłukła!*

Tak więc wystroiłyśmy się od stóp do głów w te kostiumy z czasów wojny domowej i William zabrał nas packardem, a ciocia Louise i wujek James pojechali innym samochodem do Miejskiej Sali Zebrań na bal, największe wydarzenie towarzyskie dla południowców. Ten skunks James Junior pojechał z nami i cały czas nas tylko denerwował. Jest od nas tylko o jakiś rok młodszy, ale zachowuje się jak wielkie, tłuste dziecko. Zaczęłam robić do niego miny, zanim on zaczął. Powiedział Teensy, że wygląda głupio w tych riuszkach z białej tafty, więc ona udała, że wyciera gile w jego kretyński mundur konfederaty. Zaczęłyśmy się tak śmiać, że z tyłu sukni pękło mi parę haftek. Nie wyobrażam sobie, jak Scarlett mogła się porządnie pośmiać w tamtych czasach.

Ale o wszystkim zapomniałam, kiedy tylko weszłyśmy na salę balową!

Przed audytorium w małym parku stały w kolejce tysiące ludzi. Wujek James powiedział, że oni nie mają biletów i że według zarządzenia burmistrza Hartsfielda nie powinni tam stać. Oni jednak sterczeli na zimnie i wyglądali jak ci ludzie, którzy mieszkają na kempingu Olliego Trotta, ci z zepsutymi zębami i tak dalej. Kiedy policja kazała im się cofnąć, posłuchali. Przeszliśmy tuż koło nich, Necie. Ciocia Louise próbowała nas poganiać, ale ciężko nam się szło w tych rozłożystych spódnicach. Może i wygląda się w nich jak dama, ale trudno w nich biegać.

O Boże! Wnętrze było urządzone w stylu Starego

Południa! Gwiazdy siedziały we własnych lożach. Król Gable i Vivien Leigh w czarnej, aksamitnej sukni z osiemdziesięcioma czterema ogonami gronostajów na rękawach. A Carole Lombard miała włosy schowane pod czarną siateczką. Olivia de Havilland spóźniła się i musieli podsadzić ją do jej loży! Teensy, Caro i ja wyrywałyśmy sobie lornetkę teatralną, żeby to wszystko zobaczyć!

Och, były tam wszystkie gwiazdy! Ale nie było ani Prissy, ani Porka, Dużego Sama czy nawet Mammy. Nie mogli przyjechać do Georgii, bo są kolorowi.

Ciocia Louise dokładnie nam wytłumaczyła, z czego były zrobione kostiumy gwiazd, i wiedziała nawet, czy zostały zaprojektowane przez tego samego faceta, który robił kostiumy do filmu. Ciocia Louise wie takie rzeczy, bo „Przeminęło z wiatrem" od całych dwóch lat jest jej pasją. Zna aktorkę, która gra Indię Wilkes, bo ta pani pochodzi z Atlanty. Ciocia Louise mówi, że ta jej znajoma wcale nie jest taką dobrą aktorką, ale przynajmniej reprezentuje Południe.

W końcu spytałam ją, czy nie domyśla się, gdzie może być panna Margaret Mitchell. I wyobraź sobie, że ciocia Louise (ta czarownica) spojrzała mi prosto w oczy i powiedziała: „Nie zawracaj sobie głowy tą niewdzięczną skrybą, Vivi. Ona wcale nie przyszła".

„Co?!" — wykrzyknęłam. „Jak to, panna Mitchell nie przyszła?! Przecież to jej przyjęcie! Jest taką samą wielką gwiazdą jak Vivien Leigh!".

Ale ciocia Louise tylko się zaśmiała, jakby wiedziała coś, czego ja nie wiem.

Przez całą drogę powrotną i potem, zdejmując kostium, myślałam tylko o pannie Mitchell. (Połamałam haftki, rozdarłam sobie sukienkę pod pachami i okropnie się spociłam. Zdaje się, że w tych kostiumach nie

wolno się ruszać i oddychać). Nie mogę jej sobie wybić
z głowy. Spytałam Caro i Teensy: „Dlaczego?! Dlaczego
nie przyszła? Dlaczego, do diabła, nie przyszła?". Teen-
sy odparła: „Może się rozchorowała".

Ja jednak myślę, że za tym coś się kryje. Tak wy-
bitna pisarka jak panna Mitchell na pewno zawsze
ma jakiś powód dla tego, co robi. Zamierzam się do-
wiedzieć, co się stało, bo inaczej chyba umrę. No i tak
wyglądał nasz dzień, Hrabino Śpiewająca Chmura.
I każde moje słowo to szczera prawda. Kiedy wrócimy
do domu, wszystko przed Tobą odegramy — jak na salę
weszli Gable i Lombard, jak rozmawiali, chodząc ramię
w ramię, i jak tańczył aktor, grający ojca Scarlett, który
tak bardzo przypomina Twojego wujka Collie. Ale na
razie czas spać.

Scarlett-nie Twoja,
Viviane

15 grudnia
3 po południu

Kochana Neciuniu,

dziś rano Caro i Teensy spytały mnie: „Vivi, słonecz-
ko, co ty tam piszesz do Necie?".

A ja odparłam: „Spisuję wszystkie nasze boskie se-
krety, bo to nam się przyda, kiedy będziemy pisać pa-
miętniki!".

Bo, Necie, ja po prostu wiem, że wszystko, co robi-
my, jest ważne. Wierzę, że po latach ludzie będą chcieli
o nas czytać.

Dzisiaj zaspałyśmy, zwłaszcza ja, gdyż leniuchowa-
łam po całej nocy pisania do Ciebie. Kiedy się obudzi-
łam, ciocia Louise już przyszła ze śniadania w Klubie

Prasowym i była cała podenerwowana. Kiedy zeszłyśmy na dół, dzwoniła chyba do setnej znajomej. Próbowałyśmy nie podsłuchiwać, ale naprawdę nie miałyśmy wyboru. Dlatego, że musiałyśmy stać blisko telefonu, bo w domu było zimno, a kaloryfer koło aparatu był najcieplejszy i dlatego, że szukałyśmy guzika, który Caro zgubiła gdzieś w tym miejscu. (Ha, ha, tylko żartuję. Musiałam podsłuchiwać, na wypadek gdyby mówiła o pannie Mitchell). Ciocia Louise ciągle rzucała nam groźne spojrzenia, ale my ją ignorowałyśmy i dalej słuchałyśmy. Tuż przed zakończeniem jej rozmowy pobiegłyśmy do kuchni i zaczęłyśmy szukać w lodówce czegoś do jedzenia.

Służąca zostawiła nam trochę kanapek z pieczoną wołowiną i serem, i tacę z owocami. Właśnie otwierałyśmy colę, kiedy weszła ciocia Louise.

— Chyba nie muszę mówić, czym jestem tak zdenerwowana?

Udawałyśmy, że nie mamy pojęcia, o czym ona mówi, zupełnie jakbyśmy nie podsłuchiwały jej paplaniny z każdym mieszkańcem Atlanty.

— Ciociu Lou, co się stało? — spytała Teensy z udawaną troską.

Wtedy ciocia Louise sięgnęła do spiżarki, wyjęła puszkę na krakersy i wyciągnęła z niej butelkę brandy. Nalała sobie szklaneczkę i powiedziała:

— Nigdy nie nazywaj mnie Lou. Mam na imię Louise. Chyba wyraźnie dałam ci to do zrozumienia, Aimee.

Nasza Teensy uśmiechnęła się do swej cioci i odparła na to:

— Proszę nie mówić do mnie Aimee, ciociu. Mam na imię Teensy.

Ale ta Teensy ma tupet.

Ciocia Louise zignorowała Teensy, usiadła przy kuchennym stole i powiedziała, że jej zdaniem panna Mitchell po prostu dała policzek Lidze Juniorów, nie pokazując się zeszłego wieczoru na balu kostiumowym, który Liga sponsorowała. Po tym wszystkim, co Liga zrobiła dla niej i jej książki. I to wszystko dlatego, że na początku lat dwudziestych, kiedy panna Mitchell była debiutantką, poszła na bal charytatywny, dostała małpiego rozumu i wykonała dziki i ryzykowny taniec Apaczów, czym tak strasznie zaszokowała panie z Ligi Juniorów Atlanty, że nie pozostało im nic innego, jak tylko ukarać ją w ten sposób, że nigdy nie została zaproszona do wstąpienia do Ligi. Tak więc teraz panna Mitchell próbowała się na nich zemścić, nie pokazując się na balu, chociaż była gościem honorowym.

— Co to jest taniec Apaczów? — spytałam. Po prostu musiałam to wiedzieć. Jestem tu reporterem, Necie. Potrzebne mi są szczegóły.

— Nie widzę powodów, by podawać wam, dziewczynki, te okropne szczegóły — odparła, przez co jeszcze bardziej zapragnęłam się dowiedzieć.

— Czy była naga jak dzikuska? — spytała Teensy.

— No nie, Margaret nie była całkiem rozebrana — powiedziała ciocia Louise, przykładając dłoń do głowy.

— No to o co tyle krzyku? — zdziwiła się Caro.

— Mogę wam powiedzieć tylko tyle, że panna Margaret Mitchell wykonała coś, co potem określiła jako „taniec godowy Indian". Całość była absolutnie nie do przyjęcia. Choć jej rodzina była mocno zakorzeniona w tym mieście, nie dało się panny Mitchell uchronić przed konsekwencjami tego postępku. Liga Juniorów ma swoje zasady, o czym, mam nadzieję, dziewczynki, nigdy nie zapomnicie.

— O nie, proszę pani, nie zapomnimy — powiedziała

Caro, po czym odwróciła się od cioci Louise i udała, że zaraz zwymiotuje.

Wszystkie zaczęłyśmy chichotać, więc ciocia Louise kazała nam biec na górę i tam się śmiać.

Necie, to cudowne, że panna Mitchell utarła im nosa, prawda? Mimo to okropnie żałuję, że nie udało mi się poznać jej ubiegłego wieczoru, i zrobię wszystko, żeby ją poznać dziś na premierze.

Muszę już kończyć, bo idziemy we trójkę na spacer, żeby obejrzeć dekoracje świąteczne w okolicy, zanim zaczniemy się szykować na premierę.

XXXX
V.A.

Później
10.45 wieczorem

Droga Hrabino Śpiewająca Chmura,

nie wiem, jak to ubrać w słowa, ale spróbuję. Właśnie wróciłyśmy z premiery najwspanialszego filmu, jaki kiedykolwiek powstał. Cofam wszystko, co mówiłam o Vivien Leigh. Kocham ją. Uwielbiam ją. Vivien Leigh jest Scarlett. Wydawało mi się, że nigdy jej nie polubię, że nigdy im nie wybaczę tego, że nie dali Tallulah najlepszej roli, jaka kiedykolwiek została napisana, ale teraz mi przeszło. W chwili, gdy ujrzałam pannę Leigh na stopniach werandy w Tarze z bliźniakami Tarletonów u jej boku i kiedy powiedziała: „Melanie Wilkes, ta cnotka", no, po prostu wsiąkłam. O kurczę, kochanie, nie wiem, jak Ci opisać ten film. Po prostu będziesz musiała zobaczyć go sama. Nie miałam pojęcia, że może być tak romantyczny. Och, jak oni się całują...! Och, jak ona udaje, że nie wie, jak nałożyć kapelusz! Och, jak on ją bierze na ręce i niesie po schodach (był wtedy o wiele milszy niż w książce). Och, jak ona wpada na pomysł, żeby zdjąć zasłony i uszyć z nich suknię! Vivien Leigh unosi prawą brew i dosłownie widać, jak myśli chodzą jej po głowie. A pamiętasz, ile razy powtarzałyśmy „trele-morele" i jak mówiłyśmy, że aż nam się niedobrze robi na myśl, że to Angielka ma wypowiedzieć te słowa. Myliłyśmy się, Necie. Bardzo, bardzo, bardzo się myliłyśmy i nie wstydzę się do tego przyznać.

Chcę żyć w tym filmie, Necie! Oto dramat, do jakiego zostałam stworzona.

Opiszę Ci tyle, ile zdołam. Wciąż jestem tak podniecona i tak zmęczona płaczem i klaskaniem. Ale nie martw się. Warto wszystko opisać.

Zapomniałam Ci opowiedzieć o kinie! Zbudowali je ludzie z Hollywood, więc front Loew's Grand wygląda dokładnie tak samo jak front Tary. Na Peachtree Street był trawnik, po którym szły gwiazdy. Szły po tej świeżo posianej trawie przez całą drogę. Pan Gable był taki rycerski, Necie. Powiedział dokładnie to, czego oczekiwałam. Powiedział, że ta noc nie należy do niego, lecz do panny Mitchell. Och, to mi pokazało, z jakiej gliny jest ulepiony pan Gable. Z tego powodu tak się w nim zakochałam, że chyba już nigdy się nie odkocham.

Był tak przystojny, och, miał czarny płaszcz i biały szal owinięty wokół szyi, a panna Lombard była w sukni ze złotej lamy, która tak lśniła, że można było oślepnąć.

Wtedy nadeszła chwila, na którą czekałam przez całe życie. Zajechała limuzyna długa na całą ulicę i wysiadła z niej panna Mitchell. Och, Necie, ona jest taka maciupeńka. Przy niej nasza Teensy to olbrzym. Wygłosiła krótką mowę składającą się głównie z podziękowań i weszła do kina. Prawdę mówiąc, odniosłam wrażenie, że była zdenerwowana. Miałam ochotę za nią pobiec i poprosić o autograf, ale było to niewykonalne, nawet gdybym zapomniała o tym tłumie. Już samo zobaczenie jej było dla mnie wielkim przeżyciem.

Weszliśmy więc do kina, które było tak zapchane, że aż pękało w szwach. Czuć było zapach męskiego toniku do włosów i damskich perfum, szeleściły lśniące suknie. Caro, Teensy i ja trzymałyśmy się za ręce. Chyba też wstrzymywałam oddech, bo kiedy uniosła się kurtyna, miałam wrażenie, że za chwilę pęknę.

Och! Ogromne napisy przepływały po ekranie, jakby dął w nie wiatr, a muzyka doprowadziła mnie do łez, zanim jeszcze skończyła się czołówka. Potem nie oddychałam chyba przez kilka godzin, dopóki Scarlett nie znalazła się na polu rzepy, przysięgając na Boga, że już nigdy nie będzie głodna. Muzyka przybrała na sile, zapaliły się światła na przerwę, wszyscy zaczęli klaskać jak szaleni, a to była dopiero połowa filmu! W czasie przerwy wszystkie trzy ściskałyśmy się za ręce i ledwo mogłyśmy rozmawiać. Z trudem przełknęłyśmy napoje, które przyniósł nam wujek James, bo wciąż znajdowałyśmy się w Tarze. Jak mogłyśmy pić poncz, kiedy Scarlett umierała z głodu?

I ten smutek. Och, Necie, serce mi się łamało na milion kawałeczków. Płakałam i płakałam, a Teensy i Caro też ryczały. Zużyłyśmy wszystkie chusteczki, a ja myślałam tylko o tym, jak bardzo przypominam Scarlett, nigdy nie mając chusteczki, kiedy jest mi potrzebna. Kochana, dlaczego ona go tak źle traktuje? Dlaczego? Rhett ją kochał. Czy ona tego nie widziała? Dlaczego nie mogła tego zrozumieć? Nigdy, przenigdy nie pozwolę, by mi się przydarzyło coś takiego. Kiedy spotkam własnego Rhetta, będę go kochać, choćby miało mnie to zabić.

Och, Necie, nie mogę już pisać. Jestem taka zmęczona i znowu zaczynam płakać, kiedy o tym wszystkim myślę. Idę spać po najbardziej podniecającym dniu mojego życia. (Myliłam się: myślałam, że to wczoraj był najbardziej podniecający dzień mojego życia, ale on był dzisiaj. Nie wyobrażam sobie, bym kiedykolwiek miała przeżyć bardziej podniecający dzień).

Trele-morele i buziaki,
Vivian

(Postanowiłam wyrzucić z mojego imienia „e" żeby bardziej przypominało jej imię).

3 rano w Pałacu Coca-Cola
16 grudnia 1939

Necie,

ten dom jest taki duży i słychać w nim takie straszne odgłosy. Miałam zły sen, chyba o Scarlett. Biegłam z nią we mgłę. Obudziłam się zlana potem i w pierwszej chwili nie wiedziałam, gdzie jestem. Reszta spała, więc wstałam z łóżka i poszłam szukać Ginger. Chciałam ją obudzić i namówić na grę w karty, jak to zwykle robimy u Delii.

Całą wieczność zajęło mi odnalezienie jej pokoju. No, tak naprawdę to nie jest jej własny pokój, tylko służbówka, którą dzieli z inną służącą. Zapukałam, a ponieważ nikt nie otwierał, pchnęłam drzwi i zobaczyłam Ginger leżącą na małej pryczy.

I, Necie, ona płakała. Ginger płakała.

139

Necie, chyba jeszcze nigdy nie widziałam, żeby kolorowy płakał.

Przestraszyła się, kiedy mnie zobaczyła, i spytała:

— Panienko Vivi, po co panienka tu przyszła?

— Nie mogę usnąć, Ginger — powiedziałam i usiadłam na podłodze koło pryczy.

Ginger wyglądała inaczej niż za dnia. Miała na sobie starą flanelową suknię Delii, tę, w której myje naczynia.

— Dlaczego płaczesz, Ginger? — spytałam.

— Płaczę, bo tęsknię za rodziną.

— Tęsknisz za Delią?

A ona spojrzała na mnie, jakbym ją uderzyła czy coś.

— Panina babcia nie jest moją rodziną — odparła. — Mam męża i dwie córki. Panienka o tym nie wiedziała.

I znowu zaczęła płakać.

— Przestań płakać, Ginger — powiedziałam.

Bałam się, kiedy tak płakała, Necie. Ona powinna być naszą guwernantką. Nie powinna płakać. Płakała tak, jakby się dusiła, jakby ktoś ją dusił. Ten widok był okropny.

— Ginger — odezwałam się. — Jutro wyjeżdżamy. Wrócimy do Thornton, zanim się obejrzysz.

Nic nie powiedziała, tylko dalej płakała, owinięta w kołdrę.

— Wstawaj, Ginger — powiedziałam. — Zagrajmy w karty, jak w domu. No, chodź, chcę zagrać w karty.

Wtedy przestała płakać.

— Chcę gorącej czekolady, Ginger. Wstaniesz i zrobisz mi? Sama też możesz sobie wziąć. Zrób mi gorącej czekolady, jak zawsze w domu.

I, Necie, ona spojrzała na mnie, jak jeszcze żaden kolorowy tego nie zrobił, i powiedziała:

— A idź, zrób se sama.

I znowu zaczęła płakać i ocierać oczy prześcieradłem. No to wstałam i wróciłam do naszego pokoju. Ale wszyscy spali jak zabici. Tak się boję, Necie, i nie wiem dlaczego.

Twoja Vivi

16 grudnia
8 rano
W pociągu, wracamy do domu.

Kochana Necie,

znowu jedziemy pociągiem, jestem wykończona. Podróż przebiegła inaczej, niż się tego spodziewałam. Wolałabym nie mówić Ci, jak się skończyła, ale przecież obiecałam, że będę pisać o wszystkim.

Dziś rano obudziłyśmy się, spakowałyśmy i zeszłyśmy na śniadanie. Oczy mnie bolały, tak jak wtedy, gdy całą noc gadamy, kiedy nocuję u Ciebie. Śniadanie podano w jadalni. Ciocia Louise czytała „The Atlanta Constitution", ochając i achając nad zdjęciami, a z nią siedział James Junior, ten głupi idiota.

Teensy powiedziała:

— Bardzo dziękujemy, że nam pozwoliłaś zatrzymać się w twoim domu i wszędzie nas zabierałaś, ciociu Louise. Wszyscy w domu będą nam zazdrościć!

— Nie możemy się doczekać, kiedy wrócimy i opowiemy o wszystkim naszej przyjaciółce, Necie — dołączyłam się.

A Caro też jej podziękowała.

Powiedziałam coś jeszcze i wtedy ten robal, James

141

Junior, zaczął powtarzać każde słowo, które padało z moich ust!

— Przepraszam, James, ale co ty robisz? — spytałam.

— Chcę się nauczyć mówić jak wsiun, zanim wyjedziecie — odparł.

Spojrzałam na ciocię Louise, by zobaczyć, jak go beszta, ale ona nie powiedziała ani słowa, tylko ugryzła kawałek biszkopta.

Próbowałam mówić dalej, ale James Junior nie przestawał. Trajkotał i trajkotał.

Wtedy do pokoju z kuchni weszła Ginger. Co mnie zdziwiło, bo przez cały czas pobytu nie widziałyśmy jej w jadalni ani razu. Necie, ona niosła na tacy filiżankę gorącej czekolady. Zrobiła ją tylko dla mnie. Podeszła do mnie i już miałam jej podziękować, kiedy James Junior rozpuścił jadaczkę.

— Ty czarnuchu — powiedział. — Kto ci pozwolił wnieść swój czarny luizjański tyłek do naszej jadalni? Wynoś się!

Ginger stanęła jak wryta na perskim dywanie. Nie poruszyła się, tylko spojrzała prosto przed siebie, jakby była sama w pokoju, jakby w ogóle nas tam nie było. Zerknęłam na ciocię Louise, ciekawa, czy walnie tego Jamesa Juniora w łeb, ale ta kobieta tylko mieszała swoją kawę.

Słyszałam grzechot filiżanki z czekoladą na spodeczku, gdy Ginger tak stała. Potem wszystko potoczyło się błyskawicznie. Zanim się zorientowałam, wzięłam swój talerz i rzuciłam nim w Jamesa Juniora. Porcelanowy talerz z jajecznicą na bekonie, biszkoptami i suszonymi figami pofrunął nad stołem i rozbił się na tym szczurku na dwóch łapach.

— Zamknij się, ty wstrętny snobie, ty maminsynku

z wielkim kulfonem! — wrzasnęłam. — Matka nie nauczyła cię dobrych manier?!

Przez ułamek sekundy, zanim Ginger wyszła z pokoju, wydawało mi się, że zerknęła na mnie i mrugnęła, ale nie jestem pewna, czy to rzeczywiście się stało, czy tylko to sobie wyobraziłam.

Nikt nie wierzył własnym oczom. Ciocia Louise zaczęła krzyczeć, weszła druga służąca, a James Junior rozpłakał się. Naprawdę płakał, Necie. Talerz go nie skaleczył ani nic. Nie krwawił.

Ciocia Louise poderwała mnie z mojego krzesła i potrząsnęła mną tak mocno, że myślałam, że zęby mi wypadną z buzi i potoczą się po podłodze, jakby ktoś rzucił garść drobniaków. I, Necie, poczułam, że ona zawsze chciała mną tak potrząsnąć, że nie mogła się tego doczekać od chwili, kiedy mnie ujrzała. Hamowała się tylko dlatego, że należała do Ligi Juniorów.

Nagle opamiętała się i puściła mnie.

— Masz się już nigdy nie pokazywać w tym domu, Viviane Abbott! Ani w domach moich przyjaciół w Atlancie!!! Po tym wszystkim, co dla was zrobiłam! Starałam się, jak mogłam, żeby wam pokazać, jak żyją cywilizowani ludzie. Tylko dlatego, że prosił mnie o to mój brat. I dlatego, że Teensy jest kulturalnie okaleczona przez tę prostacką Genevieve! Zajęłam się wami, zacofanymi gamoniami, żebyście się nie wystawiły na pośmiewisko przed całą Atlantą. Teraz umywam ręce! Wracajcie do tej swojej paskudnej mieściny i dorastajcie w niej bez krzty kultury czy dobrego wychowania. Cała wasza czwórka to jeden wielki wstyd! Aimee, piszę do twojego ojca, że nie chcę cię znać! Ciebie i tych twoich pogańskich dziewuch.

— Nie jesteśmy żadnymi dziewuchami, ciociu Lou —

143

powiedziała Teensy. — Jesteśmy Ya-Ya. — Teensy powiedziała to z takim jadem, że Caro aż zaczęła klaskać.

Ciocia Louise udała, że nie usłyszała Teensy, i ciągnęła dalej:

— Już ci mówiłam: mam na imię Louise.

„Masz na imię dupek żołędny" — pomyślałam sobie, ale nic nie powiedziałam, bo byłam jej gościem.

Ciocia Louise kazała Williamowi zawieźć nas wcześniej na dworzec, po to tylko, żeby pozbyć się nas z domu. Necie, płakałam i płakałam. Czułam się okropnie. Caro i Teensy mogły mnie tylko tulić. Kiedy wyjeżdżałyśmy z dworca, byłyśmy strasznie zmartwione, a kiedy patrzyłyśmy na Atlantę, widziałyśmy ją taką, jaka była, gdy na ziemi leżeli umierający żołnierze Konfederacji. Ciągle myślałam, jak bardzo zmęczona i głodna była Scarlett i jak tęskniła za matką. Płakałam i płakałam, aż nagle coś mi przyszło do głowy: Necie, ja jestem jak panna Mitchell, którą wykopali z Ligi Juniorów z powodu miłosnego tańca Indian. I pomyślałam sobie: „Może panna Mitchell doskonale wiedziała, co robi, kiedy zatańczyła ten taniec. Może chciała, żeby ją wyrzucili z tego klubu, aby być wolną i aby napisać powieść wszech czasów".

Tak, doszłam do wniosku, że jestem taka sama jak Scarlett i jak panna Mitchell. Żadna z nas nie jest bladolicą, słodką idiotką, a jeżeli to Lidze Juniorów nie w smak, to trudno.

Całuję,
Vivian (pamiętaj: opuszczaj „e"!)
Później, 12.07

Necie-o,

przetaczamy się przez stan Alabama. Poszłam do wagonu dla kolorowych, by sprawdzić, jak się ma Gin-

ger, i żeby zanieść jej coca-colę. I wiesz co? Doskonale się bawiła. Paliła papierosy, żuła gumę i pociągała z butelki, która przechodziła z rąk do rąk między czterema czy pięcioma innymi kolorowymi grającymi w karty. Śmiała się do rozpuku, a kiedy mnie zobaczyła, powiedziała:

— *Jadziem do domu, mała! Fajnie, co?*

— *Rzeczywiście fajnie — przytaknęłam i podałam jej coca-colę.*

— *Dziękuję, malutka — powiedziała, upiła łyk coli, a potem pociągnęła nieco z butelki.*

— *Ginger — powiedziałam — wiesz, że dama nie pali, nie pije i nie żuje gumy z nieznajomymi.*

Ginger popatrzyła po reszcie pasażerów, którzy się roześmiali, jakby byli starymi przyjaciółmi.

— *Panienko Vivi, stara Ginger nie musi być damą. To twój problem, maleńka. To twój problem.*

Necie, mam już dość podróżowania. Nie mogę się doczekać, kiedy wrócę do domu. Kocham Cię. Wszystkie Cię kochamy. Brakuje nam Ciebie. Dziś w nocy Caro powiedziała, że trochę przypominasz Melanię. Mnie się tak nie wydaje, ale wszystkie musimy przyznać, że Cię kochamy, tak jak Scarlett uświadomiła sobie, że kocha Melanię, kiedy ta leżała na łożu śmierci. Pamiętaj, że jesteś krwią z naszej krwi i że Twoje siostry nigdy się nie rozstaną, choćby nie wiadomo jak głośno lokomotywa gwizdała w noc.

Kocham na wieki wieków,
Vivi

11

Sidda starannie złożyła listy i włożyła je z powrotem do torby. Kiedy wstała z fotela, była zdezorientowana — jak wtedy, gdy wychodzi się z kina w środku słonecznego dnia. Rozejrzała się po domku urządzonym wygodnie i z północnymi akcentami, z fotografiami na ścianach i wszystko nagle wydało się jej obce. Ogarnęła ją fala tęsknoty za domem, jakiej nie doświadczyła od lat. Pochyliła się nad Hueylene, która leżała na kanapie, i podrapała ją po brzuszku. Hueylene zajęczała i przewróciła się na plecy, prosząc o jeszcze. Sidda w odpowiedzi również zajęczała, po czym podrapała suczkę po uszach. Jak to możliwe, że ta spanielka ciągle jest taka wesoła? Tak chętna kochać i być kochaną?

— No, stara — powiedziała. — Chodźmy na spacer.

Poszły do lasu, gęstego i starego. Była dopiero czwarta po południu, ale niebo zasnuwały tak ciemne chmury, że Siddzie wydawało się, że to już zmierzch. Zdumiewały ją kłody drewna, które mijała i które musiały upaść na ziemię przed wieloma wiekami.

Zatrzymała się przy jednej z tablic Służby Parku Narodowego. Był na niej napis:

„Bardzo niewiele spada na ściółkę w gęstym lesie w klimacie umiarkowanym. Młode drzewka przetrwają tylko wtedy, jeżeli dosięgną światła ponad górnymi gałęziami drzew i trafią na pożywne, gnijące kłody. Kłody te nazywają się kłodami opiekuńczymi".

„Ludzie też mogą być kłodami opiekuńczymi" — pomyślała. Bogatymi, hojnymi, bardzo uprzejmymi.

Po spacerze Sidda wstąpiła do Quinault Mercantile, sklepu wielobranżowego, który zaopatrywał tę okolicę. Ze zdziwieniem odkryła, że mieli tam do wypożyczenia kasetę wideo z *Przeminęło z wiatrem*.

Kiedy wyjmowała pieniądze z kieszeni kurtki, facet przy kasie powiedział:

— Jeżeli oglądasz filmy wideo, to musisz mieć starą Scarlett i Rhetta. Nawet Japończycy chcą ich oglądać.

Po powrocie do domku Sidda rozpaliła ogień w kominku. Na dworze lał deszcz, przed nią na stoliku stała miska prażonej kukurydzy i dietetyczna cola. Sidda wychyliła się ze swego miejsca na kanapie i pilotem zaciśniętym w dłoni włączyła *Przeminęło z wiatrem*.

Oglądając, wciąż cofała taśmę, raz po raz powtarzając te same sceny. Czekała na pewne momenty i przewijała taśmę, zatrzymywała ją, by przeanalizować dialogi, oświetlenie, tempo, scenerię.

Potem znowu przewinęła i przestudiowała narastanie napięcia. Następnie poszukała pewnych szczegółów, które bała się przegapić, podczas pewnych scen wyłączała dźwięk, by przyjrzeć się samemu obrazowi.

Zanim skończyła, minęło prawie sześć godzin. Ręka jej zdrętwiała od ściskania pilota. Wyłączyła telewizor, przeciągnęła się i wypuściła Hueylene na dwór. Zerknęła na zegarek i zdziwiła się, że zrobiło się tak późno. Pomyślała o Connorze i wyobraziła sobie, jak wygląda jego ciało we śnie. „Czy on się kręci przez sen tak jak ja, sama tutaj? Czy chce się ułożyć na łyżeczkę, szukając brzuchem moich pleców?" — zastanawiała się.

Wzięła Hueylene na kanapę i obie zapatrzyły się w gasnący ogień. Chociaż widziała *Przeminęło z wiatrem* po raz pierwszy od wielu lat, miała wrażenie, że

147

oglądała ten film każdego dnia swego życia w jakiejś własnej, ukrytej sali projekcyjnej.

Przypomniała sobie, że jako nastolatka ciągle się zamartwiała, czy chłopiec, w którym się akurat kochała, to Rhett czy Ashley. Jeżeli był to Ashley, to chciała Rhetta, a jeżeli był to Rhett, tęskniła za Ashleyem. Każda dziewczyna, którą poznawała, zostawała oceniana na podstawie kryterium — Scarlett czy Melania. Jeżeli dziewczyna ta znajdowała się na szali Melanii, należało jej współczuć. Jeżeli wskazówka wychylała się w stronę Scarlett, nie należało jej ufać.

Jakże różniło się jej pierwsze spotkanie z tym filmem od doświadczenia matki. Widziała go w 1967 roku. Był z nią chłopak, którego imienia teraz nawet nie mogła sobie przypomnieć. Pamiętała, że trzymał ją za rękę i że jego spocona dłoń rozpraszała ją. Że cofała rękę w najbardziej intensywnych scenach, bo chciała się skupić na samym filmie.

Sidda leżała na kanapie i wyobrażała sobie Vivi jako dziewczynkę trzymającą się za ręce ze swymi przyjaciółkami, siedzącą w mrocznym łonie kina Loew's. Wyobraziła sobie, jak rdzawobrązowe oczy Vivi otwierają się szeroko, gdy usłyszała: „Czasy ostatnich Dam i Rycerzy". Czuła gęsią skórkę na rękach mamy, gdy Duży Sam rozpoczął film, napominając innych niewolników: „Ja tu rządzę. Ja mówię, kiedy koniec roboty".

Sidda podrapała Hueylene pod brodą. Pomyślała, że Vivien Leigh, Victor Fleming, David Selznick i Clark Gable porwali mamę. I nie puszczali jej przez trzy godziny i czterdzieści osiem minut — poza przerwą, kiedy i tak była zbyt oszołomiona, by choćby czegoś się napić. Mama miała trzynaście lat i nie wiedziała, że przyczyną jej wzburzenia było częściowo pomieszanie koncepcji trzech, czterech różnych reżyserów mężczyzn, którzy wgryźli się w romans Margaret Mitchell. Mama nie wiedziała, jak bardzo emocjonalna istota filmu przypominała życie autorki. Mama nie wiedziała, że karmiono ją popłuczynami po mitycznym Południu.

Mama nie myślała, mama tylko czuła. Ręce jej się pociły w dłoniach przyjaciółek. Oczy jej wilgotniały, serce biło szybko, wzrok podążał za Vivien Leigh. Nieświadomie mama zaczęła unosić prawą brew i wierzyć, że uwielbiają ją wszyscy mężczyźni na, świecie. Nie mając o tym pojęcia, mama wbiła się w maleńkie, ciasne buciki Scarlett O'Hary. I już do końca życia zrobiłaby wszystko, żeby nie przerywać tego filmu.

Chcę żyć w tym filmie, Necie! Oto dramat, do jakiego jestem stworzona.

Tam, gdzie usta Gable'a miały wysokość dwóch stóp, mama nie mogła zatrzymać taśmy, przewinąć do tyłu czy do przodu. Była zdana na łaskę mitu.

Ale nie do końca. Mama rzuciła talerzem. Może nie potrafiła wytłumaczyć, dlaczego tak się stało, ale zamachnęła się i cisnęła talerzem w Jamesa Juniora, tego maminsynka z białej rasistowskiej socjety.

„Och, mamo, jesteś gwiazdą we własnym filmie" — pomyślała Sidda. „Machasz ręką z tylnego siedzenia kabrioletu. A ja, choć bardzo chcę, nie mogę wyreżyserować tej sceny".

Sidda pomyślała o Ginger. Przypomniała sobie przyjęcia urodzinowe, jakie Buggy wydawała na cześć Ginger, którą to tradycję zapoczątkowała Delia. Za życia Delii wszyscy niecierpliwie czekali na te przyjęcia. Kiedy Delia umarła, Vivi i Jack, rozmaici kuzyni, wujkowie i ciocie zbierali się u Buggy. Ginger zawsze była tam jedyną czarną osobą.

Sidda zapamiętała Ginger jako silną kobietę, która była zapatrzona w Vivi. Podobnie jak Delia, Ginger niewiele sobie robiła z Buggy. Na tych przyjęciach Vivi i Ginger siadały razem i paliły papierosy, a Ginger opowiadała zwariowane historie o podróżach z Delią po całym świecie, jakie odbywały po śmierci pradziadka Siddy.

Sidda przypomniała sobie, jak bardzo Buggy miała za złe Vivi i Ginger ich zachowanie. To, jak Vivi i Ginger dolewały sobie dżinu do urodzinowego ponczu, jak szczerzyły zęby i mrugały tylko po to, żeby doprowadzić Buggy do wściekłości.

— Panienka Vivi — mówiła Ginger do Siddy — ma temperament panienki Delii. Ten temperament przeskoczył panienkę Buggy i przeszedł prosto na twoją mamę.

Sidda podniosła się z kanapy. Czy w albumie było jakieś zdjęcie Ginger?

Przewertowała album, ale nie znalazła żadnego. Znalazła natomiast własne zdjęcie z okresu niemowlęctwa. Wiedziała, że to ona, bo pod spodem było napisane: „Mała Sidda i Melinda". Melinda, duża czarna kobieta w wykrochmalonym mundurku praktycznej pielęgniarki, trzymała Siddę na ręku. Melinda się nie uśmiechała, tylko patrzyła prosto w obiektyw jak na zegarek.

„Czarne kobiety"— pomyślała Sidda. „Zmieniały mi pieluszki, karmiły mnie, kąpały i ubierały. Pomagały mi się nauczyć raczkować, mówić, chodzić i unikać niebezpieczeństwa, nawet jeżeli była nim moja matka. Ręcznie prały moją bieliznę i w zamian dostawały moje stare sukienki dla swoich córek. Robiły to dla mamy, a teraz robią to samo dla moich siostrzenic".

Sidda pomyślała o Willetcie, czarnej kobiecie, która pomagała w jej wychowaniu przez większą część dzieciństwa Siddy. Willetta miała ponad sześć stóp wzrostu, twarz o rysach częściowo przypominających twarze

Choctawów* i uśmiech, który odsłaniał krzywe zęby i przebaczające serce.

„Willetto, zaryzykowałaś pracę i dach nad głową, by tamtego niedzielnego popołudnia przyjść do dużego domu i ochronić nas przed mamą. To ty położyłaś maść na moje ciało tam, gdzie uderzył je pasek, kiedy mama straciła nad sobą panowanie. Czy mama, w głębi duszy, nienawidziła naszej czwórki?".

Willetta, teraz prawie osiemdziesięcioletnia, nadal sprząta w domu Vivi i Shepa. Sidda i Willetta nadal pisują do siebie. Zazdrość Vivi o ich uczucie nie przeszkodziła Willetcie i Siddzie kochać się.

Czy zazdrość to gen, który przekazuje się jak jasne włosy albo brązowe oczy?

Sidda nie może myśleć o matce, nie myśląc przy tym o Willetcie. A jednak nie potrafi rozwikłać swego związku z białą matką, nie mówiąc o czarnej.

O co się toczy moja wojna domowa? Czy to lęk przed ugrzęźnięciem w ciepełku znajomej miłości walczy z lękiem przed gnaniem przez mgłę w poszukiwaniu miłości? Oba stwarzają niebezpieczeństwo i oba idą po trupach.

Ciało. Coraz bardziej się zbliżamy. Pytanie brzmi: czy mogę kochać Connora, który pewnego dnia umrze, a zapach jego ramion stanie się jedynie wspomnieniem? Czy mogę poddać się miłości z pełną świadomością cierpienia, jakie mnie czeka? Thomas Merton powiedział, że miłość, którą najbardziej cenimy, nieuchronnie przyniesie nam ból. Dlatego, że miłość jest jak leczenie ciała z połamanymi kośćmi.

---

*Jeden ze szczepów Indian północnoamerykańskich.

Ale ja chcę wystawić na scenie ten proces; chcę wyreżyserować wszystkie sceny.

Sidda z powrotem wczołgała się na kanapę, położyła się i zawołała do siebie Hueylene. Zasypiając, wyobrażała sobie Ya-Ya w Pałacu Coca-Cola. Teensy każe przyjaciółkom wejść do wielkiej, pełnej gorącej wody wanny na lwich łapach. Chojną ręką sypie sole do kąpieli, które bogata ciocia Louise („Nie mów do mnie Lou") zachowała dla gości. Ich ciała są młode i gładkie, pączki piersi ledwo widać, włosy łonowe dopiero się pojawiają. Ich nogi są jeszcze nieogolone, nieodziane w nowiutkie nylonowe pończochy, które pojawiły się na rynku zaledwie przed paroma miesiącami. Jedna z dziewczynek opiera się o tył wanny. Druga leży wsparta na niej, a jej ciało idealnie mieści się między nogami pierwszej. Jeszcze inna opiera się o nią. Siedzą w wannie w neutralnym państwie, podczas gdy Hitler rabuje kraje w odległym świecie. Moczą się w wodzie w kraju, który właśnie wydobył się z kryzysu dzięki europejskim zamówieniom na broń, czołgi i karabiny, o czym Ya-Ya jeszcze nawet nie mają pojęcia. Wojna, którą się interesują, toczyła się przed osiemdziesięcioma laty. I zgadzają się ze Scarlett, że całe to gadanie o wojnie tylko psuje nastrój.

To moja matka w wannie z przyjaciółkami-siostrami. Skóra zaróżowiła się jej od gorącej wody. Mokre loki przykleiły się do czoła. Na długo zanim moje ciało powstanie w jej wnętrzu. Kiedy jej młode kości jeszcze sterczały pod skórą, a brzuch był płaski. Zanim jej ciało, w poszukiwaniu spokoju, odkryło burbona z jego ulgą i więzieniem.

Sidda pragnie tej niewinności Ya-Ya. Pragnie trzymać się za ręce z przyjaciółkami.

*

O czwartej rano Sidda obudziła się na kanapie. Przez jakiś czas leżała, przypominając sobie, jak Vivi wyśmiewała się z nazwy Liga Juniorów. Do ósmego roku życia Sidda myślała, że „Liga Juniorów" to jedno słowo: „liganioru". I wydawało jej się, że znaczy ono to samo, co „idiotyczny" czy „obrzydliwy".

Przekonanie to zmieniło się dopiero pewnej nocy w domu jej koleżanki, M'lain Chauvin. Siedziały przy stole w jadalni, kiedy jeden z małych Chauvinów wyciągnął z kieszeni zaskrońca, czym wywołał ogólny popłoch. Sidda, chcąc wyrazić swój wstręt, wykrzyknęła głośno: „Och, jakie to liganioru!".

Służąca natychmiast wyrzuciła gada, a pani Chauvin zganiła Siddę groźnym spojrzeniem.

— Coś ty powiedziała, Siddalee?

— Liganioru — wyjaśniła Sidda.— To znaczy „coś okropnego".

Pani Chauvin uniosła brew i rzuciła spojrzenie swemu mężowi.

Później, kiedy Siddzie urosły piersi, chłopcy zaczęli przypinać jej do sukni orchidee, a kwestia, co włożyć na bal kotylionowy, stała się istotnym problemem, zaczęła sobie uświadamiać, jaką potęgą w świecie towarzyskim Thornton w Luizjanie jest Liga Juniorów — i jaka jest pozycja pani Abbyowej Chauvin, z domu Barbour.

Jednak tej nocy, w domku dwa i pół tysiąca mil oddalonym od Thornton, Sidda postanowiła wrócić do swego pierwotnego rozumienia tego określenia.

Definicja Liganioru: określenie Ya-Ya dla „badziewie". 1939.

Sidda wstała z kanapy, umyła zęby i weszła do łóżka. „Teraz muszę zasnąć" — nakazała sobie. „Muszę wejść na swoją kozetkę i śnić w jadącym pociągu. Anioły Półksiężyca Południa, roztrzepcie moje poduszki. Niech światło księżyca ukołysze mnie do snu. Jestem drugim pokoleniem Ya-Ya w długiej, długiej podróży".

12

Następnego dnia koło południa Siddę obudził bardzo głośny, bardzo fałszywy śpiew. Na werandzie przed domkiem stali Wade Coenen i May Sorenson, którzy na cały głos śpiewali stare przeboje disco, dopóki Sidda nie wstała z łóżka i nie otworzyła drzwi.

— Uwielbiam życie nocne. Muszę potańczyć! — darli się, kiedy zaspana Sidda wyszła do nich. Króciutkie włosy May sterczały w maleńkich kępkach, a długie blond loki Wade'a spływały mu na ramiona i bawełniany podkoszulek. May miała na sobie szerokie szorty w hawajskie wzory i podkoszulek z wizerunkiem kobiety z przerażoną miną i dymkiem myśli wypływającym jej z głowy: „Och, nie! Zapomniałam urodzić dziecko!".
Oboje trzymali torby z zakupami.

— Hej, stara — powiedział Wade. — Mówiłaś, że Connor nie może cię odwiedzać, ale nie wspomniałaś ani słowem o nas.

Sidda ucałowała ich.

— Przynieśliście ze sobą słońce. Nie do wiary! Od wielu dni jest pogoda na kurtki z goreteksu.

— Naszą specjalnością jest parapsychiczna kontrola pogody — wyjaśniła May.

— Wejdźcie — zaprosiła ich Sidda.
Wade entuzjastycznie wszedł do domku.

— Jaki patriotyzm rodem z północnego zachodu! — wykrzyknął.

— A co?! — zawołała May. — Cali Sorensonowie!

— To miejsce jest cudowne, May — stwierdziła Sidda, zaglądając do torby z zakupami. — Mniam, mniam. Pyszności.

— Mamy tylko nadzieję, że nie przeszkadzamy w egzystencjalnych poszukiwaniach duchowych — powiedział Wade, idąc do kuchni.

— Od Connora. — May wyjęła z torby kopertę i dwie butelki Veuve Cliquot. — Kazał nam zostawić cię samą. Mówił, że chcesz się kontaktować tylko listownie, ale kiedy się sprzeciwiliśmy, spakował nam to.

Sidda obejrzała kopertę przyozdobioną kaligraficznym pismem Connora i maleńkimi kwiatuszkami. Powstrzymała w sobie dreszczyk podniecenia na widok jego pisma i odłożyła list na później.

— Dziękuję — powiedziała. — Wstawię bąbelki do lodówki.

— Och, Madame Voilanska — powiedział Wade. — Jakież to niewypowiedzianie niegrzeczne! Twój oblubieniec przysyła ci eliksir bogów, a ty ważysz się go schować w mroźne głębie lodównicy?! *Au contraire!* Musimy go wypić teraz. Szampan bardzo szybko się psuje w pobliżu lasu. Nieprawdaż, o Bogini Maja?

— Absolutnie tak — powiedziała May.

— Mówicie jak moja matka. — Sidda pokręciła głową.

— Twoja matka? — zdziwiła się May. — Nie wiedziałam, że twoja matka była tak...

— Tak „trunkowa”? — dokończyła Sidda.

— Nie! — zaprzeczył Wade. — Tak oczarowana bąbelkami! Zaintonował piosenkę Billie Holiday *Oczarowana, omamiona i otumaniona.*

— Hueylene — powiedziała Sidda — spokój naszej pustelni ascetów został zakłócony.

— O kurczę! — wykrzyknęła May, kierując się na werandę, gdzie na słońcu wygrzewała się Hueylene. — Zapomniałam się przywitać z Huellą.

Wyciągnęła z kieszeni gumową kość dla psów i dała ją suczce. Przyrządzili mimozę, talerz makaronu z rzepą i usiedli na werandzie. Słońce grzało Siddzie nogi, które oparła na poręczy.

— Czyli planowane bachanalia ślubne zostały przełożone? — zapytał Wade. Schylił głowę i uniósł brew, patrząc na Siddę.

— Wade — powiedziała Sidda — pytasz, jakbym to z tobą planowała wesele.

— Ależ, kochaneczko, przecież tak właśnie było. Planowałaś ze mną i z May, Louise'em i z tym twoim wiecznie młodym dziewięćdziesięcioletnim teatrem, Maurine'em. Planowałaś z Gervais i Lindsay, z Jasonem, z Baileyami i ich pozbawionymi szyi potworami razem z ich wąsatą nianią. Planowałaś z Alain, która chciała przyjechać aż z Anglii, zakładając, że byłaby jeszcze wolna, planowałaś z Ruthie Mueller i Stephenem, chociaż oni nie mówią. Już nie wspominając o całej obsadzie i zespole „Krawędzi" i dyrektorach przynajmniej trzech teatrów regionalnych, którzy planowali przylecieć na zaślubiny w ramach podróży teatralnej. Nie będę nawet wymieniał niezliczonych przyjaciół, którzy cię podziwiają i którzy teraz czują się zdruzgotani tą tragiczną wieścią.

Wade odetchnął, zanim upił łyk mimozy.

— Kiedy się planuje wesele — ciągnął dalej — to planuje się je z całą zgrają ludzi, Siddo. Co, na miłość boską, się dzieje?

Gdyby Sidda nie wiedziała, jak bardzo Wade jest

jej oddany, uznałaby jego tyradę za wtrącanie się. Byli przyjaciółmi od prawie piętnastu lat. Pomagała mu opiekować się umierającym kochankiem, on ją podnosił z podłogi niezliczoną liczbę razy, osobiście i profesjonalnie.

Wstała, uklękła na podłodze koło fotela Wade'a i zaczęła bić mu ukłony.

— Wybacz mi, Baba Wade, wybacz. Nie wiem, co czynię.

— A właśnie, że wiesz. Dobrze wiesz, co robisz. A teraz proszę cię, podnieś się z klęczek. Wiesz, że nie kręci mnie, kiedy dziewczyny to robią.

Sidda wstała i otrzepała kolana.

— May, kiedy on przestanie nazywać nas dziewczynami?

— Ja już na to machnęłam ręką.

— Ty też to zrobiłaś, kochanie? — spytał Wade Siddę. — Machnęłaś ręką na miłość?

— Nic — zaprzeczyła Sidda. — To nie tak. To wcale nie tak.

— No to jak?

— Wade, przyhamuj — powiedziała May. — Może Sidda nie chce o tym mówić.

— Dziękuję, May — powiedziała Sidda.

— Dramaturg, pani Sorenson, może i jest wrażliwa na takie kwestie — powiedział Wade — ale ja jako pośledni projektant kostiumów, który zniży się nawet do tego, żeby między legalnymi przedstawieniami projektować dla „Las Vegas", muszę być tępakiem i spytać: „Czyś ty zwariowała?!".

— Cóż, brałam to pod uwagę.

— A widzisz? — powiedziała May. — Mówiłam, że ona już brała to pod uwagę.

— Dlatego, że tymczasowe szaleństwo jest jedynym

powodem, jaki mój ułomny umysł może wymyślić dla tego twojego „przełożenia" — cokolwiek to, u diabła, znaczy — ślubu z Connorem McGillem. Na wypadek, gdybyś zapomniała, słoneczko, to mówimy o mężczyźnie, który dorównuje ci we wszystkich dziedzinach — intelektualnie, zawodowo, duchowo i — jeżeli pamięć mnie nie myli, a nie sądzę — seksualnie. Chyba sobie przypominam, jak drżałaś w jego obecności przez całe pół roku, zanim w ogóle przyznałaś, że ci się podoba. Ale stary wujek Wade nie dał się oszukać. Dlaczego? Dlatego, że wujek Wade zna cię od dawna i widział, jak zaliczałaś tylu mężczyzn, że starczyłoby ich nie na jedną, ale na dwie drużyny rugby. Wyżymałem twoje chusteczki do nosa, kiedy zalewałaś się łzami po rozstaniu z przynajmniej jedną trzecią z nich, z której przynajmniej paru nazwałbym jeżeli nie całkiem neandertalczykami, to przynajmniej prostakami pozbawionymi zimnej krwi. Uważam, że nie ulega wątpliwości, że ani jeden z nich nie traktował cię choćby w części z taką miłością i szacunkiem jak Connor.

Sidda klepnęła się w czoło.

— Zupełnie zapomniałam, że jesteś nie tylko projektantem kostiumów, ale także wędrownym kaznodzieją psychoterapeutą! Jak mogło mi to wypaść z głowy, wielebny doktorze Coenen?

Wade zdjął okulary.

May odchrząknęła.

Sidda spojrzała na Wade'a, a potem na May.

— Przyjechaliście tu z jakąś misją czy co?

— Nie — powiedziała cicho May. Przez chwilę myślała, po czym podjęła wątek. — Wiesz, jak niektórzy ludzie, kiedy są z tobą razem, sprawiają, że nabierasz nadziei? Jakby świat nie był tak szalony jak w rzeczywistości?

— Jak wtedy, gdy widzisz na parkiecie parę, która naprawdę umie tańczyć walca — dodał Wade. — Masz ochotę poczekać, aż muzyka przestanie grać, podejść do nich i pogratulować im.

May lekko dotknęła włosów Siddy.

— Wszyscy tak czekaliśmy na ten ślub. Patrzyliśmy, jak ty i Connor zakochujecie się w sobie po tylu latach wspólnej pracy.

— No — przytaknął Wade. — Mamy wrażenie, że zerwaliście z nami.

Sidda dotknęła dłoni May.

— Och, tak mi przykro. Nawet o was nie pomyślałam. Ale ja z nikim nie zerwałam. Po prostu potrzebuję trochę czasu. Małżeństwo to ryzykowna sprawa. — Wstała i poszła na skraj werandy. — To znaczy, jakoś nie widzę, żebyście się pobierali.

Wade podszedł do Siddy i otoczył ją ramieniem. May uczyniła to samo. Ktoś przechodzący ścieżką w dole mógłby ich wziąć za dwie siostry i brata, albo, niepoinformowany, za *ménage à trois*.

— Zdaje się, że Gertrude Stein, matka nas wszystkich, ma rację — westchnął Wade. — Nic tak naprawdę nie przeraża, kiedy wszystko jest tak niebezpieczne.

Przez resztę popołudnia troje przyjaciół już nie rozmawiało o małżeństwie. Napompowali trzy plastikowe łódki i popłynęli na jezioro. Dzień był upalny, niebo — intensywnie niebieskie. Zniknęły wszystkie ślady północno-zachodniej szarości. Śmiali się, gadali i gapili na niebo, co jakiś czas podpływając do pomostu, gdzie stały napoje i przekąski. Była to scena, która mogłaby mieć miejsce trzydzieści lat wcześniej, nad jakimś potokiem na Południu, tylko że tu woda była zimniejsza.

Pod koniec dnia weszli na pomost, żeby upiec łososia.

Kiedy słońce zaszło, łakomie rzucili się na talerze z łososiem, makaronem i świeżym razowcem. May raczyła ich opowieściami z wakacji w dzieciństwie nad jeziorem Quinault, które spędzała ze swymi czterema braćmi. Sidda się uśmiechnęła. Lubiła tę kobietę. Zawodowe życie Siddy pozbawiło ją większości koleżanek, ale kiedy teraz patrzyła na May, widziała w niej równolatkę, siostrę, i była za to wdzięczna.

Później Sidda przyniosła album swojej matki.

— *Boskie sekrety siostrzanego stowarzyszenia Ya--Ya!*— wykrzyknęła May.— Oddałabym wszystko, żeby móc wymyślić ten tytuł. Ile lat miała Vivi Kochana, kiedy to pisała?

— Była młoda. Mama zawsze miała bujną wyobraźnię.

— Toż to bajeczne, Sidda! — powiedział Wade, przewracając kartki albumu. — Boże, to prawie wynagradza klątwę, jaką obłożyła cię Kochana.

Wszyscy przyjaciele Siddy nazywali jej matkę „Vivi Kochana", bo tak na nią mówiła Sidda, kiedy opowiadała historie z okręgu Gamet. Czując jednocześnie dumę i troskę o album matki, Sidda obwieściła:

— Możecie obejrzeć tylko po jednej pamiątce.

Po czym zawstydziła się dziecinnością swojego zachowania.

— W której jesteś klasie, dziewczynko? — spytał ją Wade.

— W drugiej — odparła Sidda. — Może w trzeciej?

May otworzyła album na zdjęciu Vivi w otoczeniu Siddy, Małego Shepa, Lulu i Baylora siedzących na kocu rozłożonym na podwórku w Pecan Grove, gdzieś na początku lat sześćdziesiątych. Sidda zajrzała jej przez ramię, kiedy May oglądała je w milczeniu.

— Ciekawe, kto zrobił to zdjęcie — powiedziała May.

— Naprawdę nie pamiętam — odparła Sidda.

— Ciekawe, gdzie można kupić takie okulary, jakie nosi twoja matka — wtrącił Wade.

— Byłaś bardzo żywym dzieciakiem, prawda? — spytała May.

— Tak głoszą plotki.

Wade ostrożnie otworzył album na chybił trafił i wyjął wycinek z „The Thornton Town Monitor".

„Dorośli wdzierają się na bal kotylionowy"— głosił nagłówek.

Wade przeczytał błyskawicznie tekst i zaśmiał się głośno.

— To prawda? — spytał, odwracając kartkę, by przyjrzeć jej się z drugiej strony. — Czy to tylko jedna z kaczek dziennikarskich?

— Bardzo cię przepraszam — powiedziała Sidda, biorąc od niego wycinek. — To „The Thornton Monitor", który od ponad stu lat obserwuje życie każdego mieszkańca Cenli. I Bóg mi świadkiem, że mama, Ya-Ya i ich mężowie siłą wdarli się na bal kotylionowy, kiedy byłam w pierwszej klasie szkoły średniej. Zabroniono im przychodzić tam po wieloletnim złym zachowaniu.

Urwała.

— Nudzę was? Mama przysłała mi ten album i tak się składa, że bardzo mnie zainteresował, ale naprawdę...

— Siddo, daj spokój — powiedziała May. — Co to za gadka? Oczywiście, że jesteśmy zainteresowani.

— Jedna z zasad balów kotylionowych zabraniała podawania alkoholu. Oczywiście wszyscy przynosili flaszki i w łazience robili drinki. Kiedy jednak pieczę nad balem sprawowały Ya-Ya, przemieniały go we własną imprezę. Oczywiście nie zamierzały kryć się z własną wódą i nalewały ją każdemu dzieciakowi, który miał ochotę na drinka, dwa czy pięć. Robiły tak przez dwa lata, a w drugim roku powstał problem z chłopcami, którzy nas brali na barana, żebyśmy mogły przekłuć papierowe balony z zabawkami. Jednakże kiedy już znalazłyśmy się tak wysoko nad ziemią, zachciało nam się spychać inne dziewczyny z ramion ich chłopaków. Och, zrobiła się straszna burda. Rozerwano całe jardy tiulu i tafty. Kilka *femme fatales* znalazło się na podłodze, poleciało parę zębów. Takie tam. Po tym wydarzeniu komisja balu kotylionowego rozmyślnie przestała zapraszać mamę, Teensy, Caro i Necie oraz ich mężów do sprawowania opieki nad balem. Właściwie to zakazano im się pokazywać. No, miały swoje zasady, ale te kobiety z komisji były najgorszymi pannami Alma Dupkami. Tak Ya-Ya nazywały nadętych, oficjalnych ludzi.

— Nie musisz mi tego tłumaczyć, mój ty Klejnocie — powiedział Wade. — Międzynarodowe Stowarzyszenie Panien Alma Dupek zapisało bardzo bogaty rozdział w moim rodzinnym mieście, Kansas City. Właściwie było tam też braterstwo: Międzynarodowe Stowarzyszenie Panów Albertów Dupków.

— Nie trzymaj nas w napięciu, panno Walker — poprosiła May. — Co się stało potem?

— Można by pomyśleć, że mieszkańcy mojego miasteczka nie byli na tyle głupi, żeby zabronić Ya-Ya coś robić. W następnym roku pokazały się w sukniach wieczorowych i z mężami w smokingach, przeszły tuż pod nosem członków komitetu powitalnego, którzy byli zbyt zaszokowani, by je powstrzymać. Weszły do środka, zajęły wielki stół i oczywiście znalazły się w centrum uwagi. Byłam przerażona.

— Doszło do jakiejś sceny? — spytał Wade.

— Dopiero kiedy przyjechała policja. Kiedy policjanci je wyprowadzali, po sali balowej hotelu Theodore latały żarówki błyskowe — wyjaśniła Sidda. — Był rok 1969 i w tonie tych czasów mama zaczęła mówić o swojej bandzie jako o „Ósemce Kotylionowej".

— Żartujesz chyba — powiedziała May.

— W tym albumie jest milion historyjek. To tylko jedna z nich. Zanim Sidda zamknęła album, Wade pochylił się, żeby przyjrzeć się jeszcze jednej fotografii.

— Ach, Vivi Kochana jako nastolatka — powiedział.

— A to twój ojciec?

Sidda pochyliła się nad zdjęciem i ze zdziwieniem ujrzała pięknego, młodego mężczyznę grającego na skrzypcach. Szczupły i pełen wdzięku, opierał się o wielki pień drzewa. Jego oczy były ogromne i ciemne i miał najbardziej zmysłowe usta, jakie kiedykolwiek widziała u mężczyzny. Był ubrany w białą koszulę z podwiniętymi rękawami, spodnie khaki, a na twarzy miał wyraz pełnej szczęścia koncentracji. Po jego lewej stronie rosła niska gałąź, taka, z jakich słyną stare dęby na Południu. Na tej gałęzi siedziała szesnastoletnia Vivi. Miała na sobie białą wiejską bluzkę, spódnicę z pełnego klosza i sandały. Zamiast patrzeć na skrzypka, odwróciła głowę na bok i nieco ją schyliła. Oczy miała zamknięte i uśmiechała się, zatopiona w muzyce. Ten, kto zrobił to zdjęcie, uchwycił bardzo intymną chwilę i Sidda poczuła się tak, jakby przed zobaczeniem go powinna poprosić o pozwolenie.

— Nie, to nie mój ojciec — powiedziała. — To Jack Whitman. Mój ojciec nigdy nie grał na skrzypcach.

— Nie uważasz, że on wygląda trochę jak... — powiedział Wade, zanim wtrąciła się May.

— Nie wiem, kto trzymał aparat, ale widać, że bardzo podobała się mu ta scena.

Sidda spojrzała na May, po czym z powrotem przeniosła wzrok na zdjęcie. Zapragnęła znaleźć się w tych czasach, stanąć, niewidzialna, koło dziewczyny na zdjęciu, usłyszeć grę na skrzypcach, poczuć młodzieńczą radość matki.

Mimo iż Sidda zapraszała ich, by zostali na noc, Wade i May wyjechali po kolacji, twierdząc, że już zarezerwowali pokój w Kalaloch Resort na wybrzeżu. Sidda odprowadziła ich do staroświeckiego kabrioletu mustanga May i obie przytuliły się na pożegnanie.

— Dbajcie o siebie w byłej Czechosłowacji — powiedziała Sidda.

— I Grecji, i Turcji, i wszędzie tam, dokąd ona postanowi pojechać — dodał Wade.

— Twoja mama nie może się wiecznie gniewać, Sid — powiedziała May. — Boże, jaka szkoda, że ona po prostu nie może zobaczyć tej sztuki. Zostaw otwartą furtkę, stara. Dopóki obie żyjecie, jest szansa.

— Dzięki, May.

— Trzymaj się. Wszystkie pomysły na temat *Kobiet*, o których w ogóle nie zdążyłyśmy pogadać, wysyłaj faksem do Jeremy'ego. On będzie wiedział, gdzie mnie znaleźć.

Wade przytulił Siddę.

— Przepraszam, jeżeli byłem paskudny. Po prostu chcę, żeby wszystkie moje dzieci były szczęśliwe. A Connor McGill to niezły model... ups! Chciałem powiedzieć: genialny projektant kostiumów.

— Kocham cię, Wadey.

— Kocham cię, Siddkins.

Sidda była zdziwiona, że ich wyjazd tak ją zasmucił. Z ulgą pomyślała, że towarzystwa dotrzyma jej Hueylene. Po raz pierwszy od jej przyjazdu noc była na tyle ciepła, że Sidda mogła spać przy szeroko otwartych oknach i w samym podkoszulku. Weszła do łóżka i naciągnęła na siebie kołdrę, chcąc jak najszybciej otworzyć list od Connora.

Pięknie wykaligrafował jej imię, ale dopiero teraz zauważyła, że wplótł w litery kwiaty. Wprawną ręką narysował groszek pachnący, który tworzył litery „d" w jej imieniu. Dusza z innej epoki. Kiedy otworzyła kopertę, znalazła w niej katalog nasion z firmy, która określała się jako „Specjaliści w zakresie groszku pachnącego, Birdbrook, Halstead, Essex". Rożek jednej z kartek był zagięty i kiedy Sidda otworzyła na tej stronie, znalazła zakreślony następujący tekst:

„LOVEJOY. Jedna z najlepszych odmian pachnącego groszku ostatnich lat, wytrzymała i niemająca sobie równych. Rośnie bardzo szybko i jest trwały. Jego koronnymi zaletami są łososiowy róż wzmocniony warstewką oranżu oraz wyrazistość i czystość kolorów. Jest to kolor, który nigdy nie wyblaknie ani nie zmieni się nawet w najostrzejszym słońcu. Doskonale nadaje się zarówno do ogrodów, jak i na wystawy, charakteryzując się proporcjonalnymi kwiatami na długich, wdzięcznych łodyżkach. (Słodki zapach)".

W katalogu znajdował się jeden zwinięty arkusz kalki. Connor napisał na nim: „To o tobie".

Sidda zamknęła oczy i opadła na poduszki, zdumiona tym, jak ją ten list podniecił. Connor dokładnie wiedział, jak do niej dotrzeć. Widziała niewiarygodny ogród na dachu, który Connor urządził na strychu w Tribece. Przypomniała sobie, kiedy po raz pierwszy weszła na ten strych. Był to niedzielny poranek w lutym 1987 roku. W piecu płonęło drewno, na wyeksponowanej ścianie z cegieł wisiała kołdra ręcznej roboty. Śniadanie składało się ze świeżych ostryg i zimnego piwa. Tego dnia jej ciało przeszył nagły dreszcz, kiedy przyznała, że jeszcze nigdy, nigdy nie czuła się tak swojsko na wyspie Manhattan.

Zgasiła lampę i wsunęła katalog nasion pod poduszkę. Może przez noc wyrośnie jakaś gigantyczna roślina i będę się mogła po niej wydostać ze swego niezdecydowania. Muszę, muszę zdecydować, co zrobię.

Kiedy jednak otoczyła ją ciemność, u jej stóp pojawili się aniołowie. „Najpierw — wyszeptali — pokochaj swój łososiowy róż z warstewką delikatnego oranżu. Niech zajaśnieje jasną czystością". I Sidda dotknęła siebie. Dotykała swego kwiatu, aż — od kochania samej siebie — spuchnął i zadrżał. Potem pogrążyła się we śnie.

13

May miała rację: osoba, która tamtego dnia w 1941 roku zrobiła zdjęcie Vivi i Jackowi, rzeczywiście ich kochała. Genevieve St. Clair Whitman uchwyciła tę scenę, nie przeszkadzając młodym. Pstryknęła je szybko, a kiedy oddała film do wywołania, zmówiła cichą modlitwę za swojego syna i Vivi Abbott. Nie miała żadnych wątpliwości, że są sobie przeznaczeni. Nie kwestionowała tego od popołudnia gdzieś pod koniec 1938 roku, kiedy zobaczyła ich na huśtawce, w milczeniu trzymających się za ręce, kołyszących się łagodnie. Wiedziała, że jej syn ma w sobie nieprzebraną czułość i że jest to przekleństwem w świecie jego ojca. Z drugiej strony nie mogła sobie wyobrazić, by istniała silniejsza, bardziej żywotna dziewczyna niż Vivi, która potrafiłaby przyjąć czułość Jacka. Ufając swej intuicji, Genevieve zaakceptowała Jacka i Vivi jako parę i nie stawała im na drodze.

Och, czasami musiała mieć na nich oko. Vivi ciągle przesiadywała u nich w domu, stała się bliska Teensy jak siostra, więc Genevieve roztoczyła nad nimi dyskretną opiekę — zaufanie połączone z przymknięciem oka raz na jakiś czas. Oboje byli tak zabiegani — Jack grał w koszykówkę i biegał, Vivi była tenisistką, cheerleaderką i prowadziła szkolną gazetkę — że Genevieve zwykle się o nich nie martwiła. W swych modlitwach dziękowała Panience za to, że jej syn w tak młodym wieku spotkał swą miłość.

Sidda nie mogła o tym wiedzieć. Kiedy następnego wieczoru wróciła do tego zdjęcia, przyjrzała mu się, zafascynowana wyrazem twarzy matki. Sidda nie mogła znać jesiennych popołudni na początku lat czterdziestych nad zatoką Saint Jacques, w kraju Genevieve. Nie mogła znać intensywnego zapachu *cochon de lait* czy widoku świni piekącej się na wolnym ogniu lub ogromnych kadzi z wrzącą wodą na kukurydzę. Rozweseleni, chudzi *cousins* i *cousines, tantes* i *oncles* Genevieve, Jacka i Teensy i innych Cajunów w ten sobotni wieczór przed ponad pół wiekiem. Rześkie jesienne powietrze. Figlarne żarty. Dziewczynki tańczące ze swymi dziadkami, starsze dziewczyny, ciemnowłose, jak Genevieve i Teensy, w spódnicach z pełnego klosza i wiejskich bluzkach. Obecność zatoki, dotyk wilgotnej luizjańskiej ziemi, język tych ludzi, którzy przedstawiali *fais do-do* na samą wieść o przyjeździe Genevieve i dwójki jej dzieci.

Podczas tych wizyt z Whitmanami nad zatoką Vivi miała wrażenie, że ucieka i wkracza do innego świata. I potwornie się bała, że ta radość zostanie odkryta i odebrana jej.

Tego dnia nad zatoką Vivi odchyliła głowę, gdy Jack całował ją delikatnie w szyję, kiedy tańczyli przy dźwiękach *Czarnych oczu.*

— Zawszę będę cię kochał, Vivi — powiedział Jack.
— Nic nigdy nie powstrzyma mojej miłości do ciebie.

Słowa te przeniknęły do kości, krwi i mięśni Vivi, a jej ciało rozluźniło się i kiedy stopy dotknęły ziemi, poczuły ją inaczej, jakby odnalazły głęboko zapuszczone korzenie i zakotwiczyły się przy czymś czułym i niezepsutym.

Tego późnego popołudnia 1941 roku Vivi po raz pierwszy uwierzyła: więcej jest we mnie dobra niż zła. Jack mnie kocha. Zawsze mnie będzie kochał. Spoglądając na uśmiechniętą i wirującą w tańcu Vivi, nikt nie domyśliłby się, że spotkała się z uwodzicielską propozycją miłości, jaką jest trwałość, jak bardzo chciała z niej skorzystać i jak całkowicie wierzyła, że Jack Whitman jest jej opoką.

Miłość Jacka wynagrodziła jej wszystko, czego nie dostała. Każde jej odbicie, jakie nie pojawiło się w oczach matki, każde ciekawe pytanie, jakiego nie zadał jej ojciec, każdy ślad pasa na jej jasnej skórze. Tamtego popołudnia, kiedy jej spódnica wirowała, a włosy falowały, Vivi nie myślała o tych obietnicach, które zwinęły się w kłębek w jej wnętrzu i mocno tam utkwiły.

Patrząc na Vivi, trudno byłoby dojrzeć ten ruch płyty tektonicznej, który nastąpił w niej tamtego popołudnia. Sprawił on jednak, że stała się bardziej bezbronna, niż ktokolwiek mógłby sobie tego życzyć. Utworzył nieskończenie maleńkie pęknięcia, być może na tyle głębokie, by okazały się dziedziczne jak piwne oczy czy uzdolnienia matematyczne.

Siddalee nie mogła jednak tego wiedzieć. Mogła tylko oglądać zdjęcie i zastanawiać się.

Odłożyła album, wzięła kartkę papieru i napisała list do Connora. Brzmiał następująco:

168

Connor, mój Ty niezrównany,

wiesz, że żadna ze mnie ogrodniczka, a jednak aromat tego groszku pachnącego wdarł się w moje sny. Zeszłej nocy we śnie przygotowywałam ziemię (wiesz, że się na tym nie znam) i ciągle napotykałam grube, gęste korzenie. Nie chciałam sobie ubrudzić rąk (to żadna niespodzianka), a jednak zaczęłam rozplątywać korzenie i otrzepywać je z ziemi. Brzmi to, jakbym ciężko pracowała, ale to było dość przyjemne, bo przez cały czas czułam zapach groszku.

Jak to się dzieje, że dokładnie wiesz, jak sprawić mi rozkosz?

May i Wade rozśmieszyli mnie. Dzięki nim zwróciłam również uwagę na mój dość wstydliwy pociąg do byczego łajna.

XX
Sidda

PS. O kurczę, ale wy, ogrodnicy, umiecie romansować z kwiatami. Zawróć mi w głowie, dobrze?

14

Pomięta strona wyglądała jak wydarta z zaczytanej książki. Było na niej następujące wprowadzenie:

AKADEMIA WDZIĘKU I URODY
PANNY ALMY ANSELL
KURS INTELIGENCJI I WDZIĘKU
SESJA ZIMOWA, 1940

LEKCJA 4. NIGDY NIE PŁACZ!

„Łzy w niczym Ci nie pomogą. Nikt Cię nie zechce z ponurymi, martwymi, zmatowiałymi oczami bez blasku, w otoczeniu worków i opuchlizny. Dżentelmeni wolą oczy błyszczące i żywe, bez śladu worków, łez i ciemnych obwódek. Jeśli już musisz płakać, natychmiast potem przemyj oczy roztworem kwasu borowego, po czym połóż na nich bawełniane waciki nasączone ciepłą wodą i olejkiem różanym. Potem bardzo, bardzo delikatnie wklep wokół oczu intensywnie nawilżający krem witaminowy. Później weź ciepłą kąpiel, po czym zdrzemnij się z wacikami na oczach nasączonymi pół na pół sokiem z orzechów laskowych i wodą z lodem. Zostaw waciki na oczach na dwadzieścia minut i pamiętaj, że najważniejsze to dużo spać i NIGDY NIE PŁAKAĆ. Dziewczęta i tak są wystarczająco pokrzywdzone w miłości. Nie musisz dorzucać do tego jeszcze łez".

Sidda nie wiedziała, czy śmiać się, czy płakać. Leżała na kanapie twarzą w stronę jeziora, obok niej kręcił się wiatrak. Pogryzała jabłka jonagold i plasterki sera stilton, które leżały na talerzu na jej brzuchu. Przez całe życie myślała, że jej matka wymyśliła imię „Panna Alma Dupek", ale imię to na pewno wzięło się od tej panny Almy Ansell i jej Akademii Wdzięku i Urody.

„Sesja zimowa, 1940" — pomyślała Sidda. „Mama miała wtedy czternaście lat. Tuż przedtem, kiedy jej banda poszła na premierę *Przeminęło z wiatrem*. Interesujące".

„Łzy w niczym Ci nie pomogą".

Chociaż Sidda nie była osobą, do której pasowałoby cytowanie Biblii, był taki cytat ze świętego Łukasza, który zawsze uwielbiała. „Błogosławieni wy, którzy te-

170

raz płaczecie, albowiem śmiać się będziecie"*. Sidda uważała, że cytat ten jest piękny i była pod wrażeniem jego lekkości. Łukasz — czy też ten, kto naprawdę to napisał — nie obiecywał ci bogactwa czy zbawienia. Obiecywał, że jeżeli teraz płaczesz, później będziesz się śmiał.

Z powrotem włożyła lekcję panny Almy do albumu i pozwoliła swoim myślom wędrować. Leżąc na kanapie w domku nad jeziorem, dokąd przyjechała, by zadecydować o swym losie, Sidda myślała o łzach.

Przypomniała sobie, jak po raz pierwszy Lizzie Mitchell wkroczyła w jej życie. Było babie lato w 1961 roku i Vivi nie wychodziła ze swojego pokoju od prawie dwóch tygodni. Sidda z ulgą przyjęła powrót matki do domu po długiej, niewyjaśnionej nieobecności, nieobecności, która otumaniła ich uczuciem opuszczenia i zamętu.

Złote popołudniowe światło padało na pola, gdzie Chaney, Shep i grupa innych ludzi zbierała bawełnę. Powietrze było ciepłe i jednocześnie chłodne. Gdyby sytuacja była normalna, Sidda zbierałaby orzechy na podwórku za domem, śpiewała psu, marząc o tym, że kiedyś zostanie misjonarką w Afryce albo aktorką na londyńskiej scenie. Ale siedziała w domu, na podłodze pod drzwiami pokoju Vivi, z książką *Nancy Drew* na kolanach i jednym uchem przyciśniętym do drzwi, oczekując na jakiekolwiek dźwięki czy prośby, jakie mogłyby dojść ze środka. Robiła tak od tygodni i w końcu uznała to za swoją pracę.

Lizzie Mitchell wjechała na podjazd w Pecan Grove

---

*Ewangelia według św. Łukasza 6, 21 (Pismo Święte Starego i Nowego Testamentu, Wydawnictwo Pallottinum, Poznań-Warszawa 1990).

swym czarnym fordem rocznik 1949 z wybitą szybą w przednim oknie po stronie pasażera. Kiedy Sidda usłyszała dzwonek do drzwi, zerwała się ze swej pozycji pod drzwiami Vivi i pobiegła zobaczyć, kto to. Vivi nie chciała się z nikim widzieć, więc Sidda została jej strażniczką. Tylko Ya-Ya wolno było wchodzić do pokoju Vivi, a niekiedy nie miała ochoty i na to.

Lizzie Mitchell stała przed Siddą w niebieskiej rozpinanej sukience i szarym swetrze narzuconym na ramiona. Przeraźliwie chuda, ze smutnymi, niebieskimi oczami, miała w sobie jakieś kruche piękno. Jej twarz, jej całe ciało sprawiały wrażenie zmęczonych. Niedawno skończyła dwadzieścia lat, miała piękną skórę, ale fatalne zęby i nawet Sidda widziała, że Lizzie Mitchell używa szminki w niewłaściwym kolorze. W ręku trzymała walizkę i przez chwilę Sidda myślała, że to podróżna, która przyszła spytać o kierunek.

Na widok Siddy uśmiechnęła się sztucznie i powiedziała:

— Dzień dobry, czy zastałam panią domu?

Sidda tylko się na nią gapiła. W końcu odparła:

— Tak, mama jest w domu, ale jest zajęta.

— Czy mogłabyś jej powiedzieć, że przyszła przedstawicielka najnowocześniejszej linii kosmetycznej na świecie?

— Chwileczkę — powiedziała Sidda i zostawiła kobietę w drzwiach.

Zapukała cicho do drzwi pokoju Vivi.

— Mamo? — spytała cicho. — Śpisz?

Nie otrzymawszy odpowiedzi, otworzyła drzwi i weszła do pokoju. Vivi leżała zwinięta w kłębek na łóżku. Snickers, kanapka i cola, które Sidda dla niej przygotowała po powrocie ze szkoły, leżały nietknięte na stoliku telewizyjnym.

— Jakaś pani o ciebie pyta, mamo — powiedziała.

— Nie chcę nikogo widzieć — odparła Vivi, nie ruszając się. — A kto to?

— Przedstawicielka najnowocześniejszej linii kosmetycznej na świecie.

— Co?

— Tak powiedziała. I ma walizkę.

Vivi powoli podniosła się, wsparła na łokciu i wetknęła sobie pod głowę starą poduszkę wypchaną pierzem.

— Pewnie chce mi coś sprzedać. Nie możesz się jej pozbyć?

Sidda spojrzała na matkę. Odkąd wróciła do domu, miała bladą twarz. Większość czasu spędzała w szlafroku. Nie nakładała nawet swoich bajecznych kapeluszy, gdyż prawie nie wychodziła z domu.

— Nie, mamo. Nie mogę się jej pozbyć.

— Dlaczego?

Sidda myślała przez chwilę. Spojrzała na okładkę swojej książki.

— Dlatego, że ona używa szminki w niewłaściwym odcieniu.

— Sprzedaje kosmetyki i używa szminki w niewłaściwym odcieniu?

— Myślę, że powinnaś z nią porozmawiać, mamo.

— No dobrze. Poproś ją na chwilę.

Kiedy Vivi weszła do kuchni, Lizzie Mitchell siedziała przy stole z Siddą. W chwili, gdy Vivi się pojawiła, Lizzie zeskoczyła ze stołka.

— Dobry wieczór — powiedziała. — Czy pani jest panią domu? Vivi naciągnęła swój jedwabny szlafrok w paski na koszulę nocną, ale była boso. Położyła rękę na stole, jakby chciała się uspokoić.

— Czy mogę pani w czymś pomóc? — spytała.

— Tak, proszę pani — odparła cicho Lizzie. Przez chwilę patrzyła nieobecnym wzrokiem, po czym sięgnęła do kieszeni sukienki i wyjęła kilka karteluszków z nagryzmolonymi notatkami. Usiłując ukryć fakt, że czyta z kartki, Lizzie rozpoczęła swe przemówienie. — Przyszłam tu — zaczęła przerażonym głosem — by zaoferować pani wspaniałą możliwość odkrycia najdoskonalszej linii kosmetycznej, jaka kiedykolwiek została stworzona dla kobiecej skóry. Linia Beautiere to elytarna linia produktów kosmetycznych opracowanych dla eleganckiej pani, której głównym celem jest dobry wygląd.

— Linia elitarna — poprawiła ją Vivi.

— Tak, psze pani — powiedziała Lizzie z trzęsącymi się rękami. — To linia elytarna.

— Prawidłowa wymowa brzmi „elitarna" — automatycznie wytłumaczyła Vivi.

— Słucham? — spytała Lizzie drżącym głosem. Karteluszki wypadły jej z ręki na podłogę. Speszona, schyliła się, by je pozbierać. Sidda zobaczyła, że kobieta ledwo może się wyprostować. Kiedy w końcu jej się to udało, była cała we łzach.

Sidda miała ochotę ją uderzyć. Ostatnią rzeczą, jakiej by sobie życzyła, było to, by ta kobieta zdenerwowała jej matkę. Zaledwie przed tygodniem Vivi miała coś w rodzaju ataku w A&P i Sidda musiała zadzwonić po Caro, żeby po nie przyjechała. Vivi chodziła jak ktoś, kto ma grypę, była zmęczona i niepewna, tłamsiła w sobie energię, zamiast jak zazwyczaj ciskać nią na prawo i lewo. Ojciec i babcia mówili Siddzie, że to ona, jako najstarsze dziecko, powinna pilnować, by nic nie zdenerwowało matki.

Ku swemu zdziwieniu Sidda zobaczyła, że matka delikatnie ujmuje kobietę pod łokieć.

— Proszę — powiedziała — wybaczyć moją nieuprzejmość. Jestem Vivi Abbott Walker, a to moja najstarsza córka, Siddalee. Może pani usiądzie?

Nie potrafiąc spojrzeć Vivi prosto w oczy, kobieta z powrotem usiadła przy stole.

— Napiłaby się pani kawy? Ja osobiście nie tykam kawy po dziesiątej rano. Chyba zrobię sobie lekkiego drinka. Może i pani ma ochotę? Coś lekkiego?

— Poproszę kawę, jeśli nie sprawi to pani kłopotu — powiedziała Lizzie, wciąż płacząc.

— Ani trochę. — Vivi wyjęła z lodówki kostki lodu.

— Sidda, kochana, mogłabyś zrobić kawy?

— Tak, mamo — powiedziała Sidda, z ulgą przyjmując zadanie.

Vivi napełniła kryształowy kubełek lodem, po czym wrzuciła kilka kostek do szklaneczki. Potem dolała soku pomarańczowego i pół małej wódki.

Sidda wstawiła wodę i wsypała miarkę kawy Community Coffee Dark Roast z cykorią do filtra dzbanka. Starała się nie patrzeć na bose stopy matki. Lakier odprysnął z jej paznokci u nóg, na co Vivi nigdy by sobie nie pozwoliła, gdyby była zdrowa.

— Przepraszam — powiedziała Vivi. — Nie dosłyszałam pani nazwiska.

— Och, nie! To ja przepraszam! — zawołała Lizzie, zakrywając twarz dłońmi. — Przede wszystkim należy przedstawić się klientowi — wymamrotała.

— W takim razie niech pani spróbuje — powiedziała Vivi, mieszając drinka. Sidda zobaczyła, że ręce matki wciąż się trzęsą. Vivi sięgnęła do kieszeni szlafroka i połknęła ogromnej wielkości witaminę B_{12}.

Kobieta zdjęła ręce z twarzy i powiedziała cicho:

— Pozwoli pani, że się przedstawię. Nazywam się Lizzie Mitchell i jestem konsultantką do spraw pielęgnacji urody.

— Miło mi panią poznać, pani Mitchell — powiedziała Vivi i usiadła z kobietą przy stole.

— Mnie również miło panią poznać, pani Walker. I ciebie, Siddalee.

— Pije pani ze śmietanką i cukrem? — spytała Sidda.

— Tak, poproszę. Jeśli nie sprawi to kłopotu.

Sidda chciała wyjąć niebieskie kubki do kawy, ale Vivi poprosiła:

— Kochana, daj porcelanę, dobrze?

Sidda nalała kawy do porcelanowej filiżanki i postawiła ją na stole razem z cukrem, śmietanką i łyżeczką. Potem podgrzała mleko w małym dzbanuszku i zrobiła sobie kubek kawy z mlekiem. Przysunęła stołek do kredensu i zdjęła pudełko ciasteczek Oreos, które chowała przed innymi dziećmi. Wyłożyła ciasteczka na talerzyk i przysiadła się do kobiet przy stole.

— Proszę mi powiedzieć, pani Mitchell, w jaki sposób została pani akwizytorką kosmetyków? — powiedziała Vivi.

Lizzie Mitchell, która właśnie podnosiła filiżankę do ust, odstawiła ją na spodeczek. Próbowała coś powiedzieć, ale znowu zaczęła płakać.

— Przepraszam — wykrztusiła wreszcie, oddychając spazmatycznie. — Dopiero zaczęłam tę pracę. Sam, mój mąż... Sam zmarł cztery miesiące temu. W wypadku w firmie Tullos Lumber. Zostawił dwóch małych chłopców i żadnego ubezpieczenia.

Lizzie Mitchell zapatrzyła się w swoją filiżankę i zamrugała. Sprawiała wrażenie wstrząśniętej tym, że powiedziała to wszystko Vivi. Jakby próbując z powrotem zachowywać się jak profesjonalna akwizytorka, rozpaczliwie zerknęła w dół na swoje notatki i wróciła do wyuczonego monologu.

— Mam zaszczyt reprezentować Linię Beautiere. Gdybym absolutnie nie ufała tym produktom, nie sprzedawałabym ich. Jeżeli...

— O Boże! — przerwała jej mama. — Ile się pani nacierpiała! W jakim wieku są pani synowie?

— Sam Junior ma cztery lata, a Jed prawie trzy.

Sidda spojrzała na dłonie matki trzymające szklaneczkę z drinkiem. Zawstydziło ją to, że paznokcie matki są takie zaniedbane. Kiedyś dłonie Vivi, jej paznokcie, wszystko w niej było takie wypielęgnowane, takie piękne. Sidda nie mogła zrozumieć, co się z nią stało.

— Mamo, chcesz ciasteczko? — spytała.

— Nie, kochana, dziękuję. — Potem, wpatrując się w Lizzie, spytała: — Gdzie są teraz pani chłopcy? Kto się nimi opiekuje?

— Są u mojej szwagierki, Bobbie. Jej koleżanka, Lurleen, znalazła mi pracę w Linii Beautiere. Lurleen ma własny rachunek oszczędnościowy i odniosła takiego sukcesa w sprzedaży kosmetyków, że w nagrodę dali jej różowego chryslera.

— Odniosła sukces — poprawiła ją Sidda.

Vivi karcąco pokręciła głową.

— Tak, psze pani, Lurleen naprawdę odniosła sukcesa.

— Rozumiem — powiedziała Vivi.

— To produkuje się różowe chryslery? — zdziwiła się Sidda.

— Faceci z Beautiere biorą samochody i malują je dla najlepszych sprzedawców. Beautiere to najbardziej naukowa linia produktów kosmetycznych.

Lizzie upiła nieco kawy.

— Naukowa — powtórzyła Vivi i upiła nieco drinka.

— O tak, psze pani. W dzisiejszym świecie trzeba być naukowym.

Kawa nieco ją ożywiła i Lizzie Mitchell wzięła się w garść. Sidda zauważyła, że kobieta wetknęła swoje notatki do rękawa swetra. Starając się zachowywać naturalnie, Lizzie znowu rozpoczęła swój monolog.

— Kosmetyki Linii Beautiere kosztują o wiele mniej niż kosmetyki Avonu, a jednak jakość tych produktów spełnia oczekiwania tysięcy kobiet w Missisipi, Arkansas i teraz — w Luizjanie — ciągnęła Lizzie jak roztrzęsiona nakręcana lalka.

Vivi zapaliła papierosa. Sidda zeszła ze stołka i podeszła do kredensu po popielniczkę. Usiadła z powrotem i zaczęła przyglądać się na przemian Lizzie Mitchell i matce. Matka od dawna nie okazała nikomu takiego zainteresowania.

— Psze pani — powiedziała Lizzie — jeżeli mogłabym zająć pani minutkę i pokazać kilka najnowocześniejszych i najbardziej naukowych produktów kosmetycznych dostępnych na rynku, to obiecuję, że nie będzie pani tego żałowała.

Lizzie Mitchell poczekała ułamek sekundy, po czym sięgnęła do swej torby. Torba wyglądała jak zwykła walizka, ale były na niej namalowane dwie różowe kobiece głowy zwrócone przodem do siebie. Lizzie przesunęła filiżankę, położyła walizkę na stole, otworzyła zatrzaski i podniosła wieko. Potem, jakby zobaczyła w środku coś przerażającego, coś, czego nikt inny nie powinien zobaczyć, spuściła głowę i zaczęła rozpaczliwie szlochać. Jej kościste ramiona podrygiwały, a płacz brzmiał niemal jak skamlenie małego psiaka.

Vivi powoli odłożyła papierosa na popielniczkę. Pochyliła się w stronę kobiety i delikatnie ujęła ją za brodę.

— Kochana — powiedziała. — Nic ci nie jest?

Lizzie podniosła wzrok i spojrzała na Vivi.

— Mój najstarszy — powiedziała ledwo słyszalnym głosem. — Sam Junior. On znosi to najgorzej. Cały czas chce być ze mną, nie cierpi, jak go zostawiam.

Sidda patrzyła, jak matka zamyka oczy i słucha.

— Kiedy go dziś po południu zaprowadziłam do Bobbie, zaczął płakać i drzeć się, złapał mnie za nogi i nie chciał puścić. Ciągnęłam go za sobą aż do drzwi. Musiałyśmy go odrywać ode mnie, żebym mogła wyjść do pracy.

Lizzie Mitchell bez zastanowienia chwyciła swoje notatki i zmięła je w kulkę, żeby już ich nie widzieć.

— Myśli, że pani go zostawi i już nigdy nie wróci, jak jego tatuś — powiedziała cicho Vivi.

Lizzie Mitchell pokiwała głową.

— Yhy, zgadza się. Mój Sam jest po prostu za delikatny. Potem wzięła wielki haust powietrza, od czego całe jej ciało zadrżało.

— Znam to — szepnęła Vivi. Teraz i ona płakała.

Sidda też płakała, ale nie tylko nad Samem Juniorem.

Vivi otarła pięścią łzy i poprosiła:

— Siddo, kochanie, mogłabyś nam przynieść chusteczki?

Kiedy Sidda wróciła do stołu, Vivi przyciskała sobie dłonie do policzków, a Sidda pomyślała, że wygląda to tak, jakby jej mama próbowała utrzymać twarz w jednej całości. Podała Lizzie pudełko chusteczek. Chociaż kobieta miała całą twarz mokrą od łez, wzięła tylko jedną chusteczkę, jakby uważała, że tak będzie grzecznie.

— Może pani wziąć, ile pani chce — zachęciła ją Sidda. — Mamy ich mnóstwo.

— Dziękuję — powiedziała Lizzie, wzięła jeszcze kilka chusteczek i otarła oczy.

Potem Sidda podsunęła pudełko Vivi, która złapała całą garść chusteczek.

Vivi otarła oczy, znajdujące się teraz w obwódce rozmazanego makijażu. Chociaż po raz pierwszy od powrotu do domu pozwoliła sobie wypić, to pozostała wierna tuszowi do rzęs i jasnobrązowej kredce do brwi. Bez nich jej jasne rzęsy były tak bezbarwne, że uważała, iż wygląda jak albinos.

Vivi zmarszczyła się na widok chusteczek upstrzonych teraz tuszem, który wypłakała. Potem zerknęła na zużyte chusteczki Lizzie Mitchell.

Vivi wzięła do ręki swoje chusteczki pokryte smugami tuszu i powiedziała:

— Spójrz na to. No, sama zobacz!

Lizzie Mitchell i Sidda zaczęły gapić się na chusteczki, które Vivi trzymała w formie dowodu.

— Każda odrobinka tuszu, którą się dziś umalowałam, znalazła się na tej chusteczce. Taniocha, taniocha, taniocha! Cały tusz, za który zapłaciłam kupę forsy, znalazł się na chusteczce. A ja wyglądam jak łysy pies! I to nie pierwszy raz!

Wskazała na swoje oczy i rzeczywiście jej rzęsy i brwi dosłownie zniknęły.

— Sprzedawanie kosmetyków, które od razu się rozmazują, powinno być zabronione.

Vivi urwała i wyjęła z paczki jeszcze jednego lucky strike'a. Postukała nim parę razy w stół. Nie śpieszyła się z zapaleniem go, przyglądała się srebrnej zapalniczce leżącej na stole, zupełnie jakby widziała ją pierwszy raz.

— Pewnie nie używa pani tuszu Beautiere, prawda? — spytała.

Lizzie przyjrzała się swojej przemoczonej chusteczce. Była mokra od łez, ale nie nosiła śladów rozmazanego tuszu. Sidda patrzyła, jak kobieta sięga do torebki i wyjmuje lusterko w taniej, plastikowej oprawce. Podniosła je i przyjrzała się swemu odbiciu.

Kiedy odwróciła od niego wzrok, Sidda zobaczyła w jej oczach coś takiego, co nasunęło jej na myśl otwierającą się bramę. Sidda lekko pochyliła głowę na bok, rozchyliła usta i pomyślała: „Moja mama to bardzo dobry człowiek".

Lizzie Mitchell zamknęła lusterko, wzięła głęboki oddech i znowu otworzyła torbę z kosmetykami. Przysunęła swój stołek bliżej Vivi i przemówiła głosem kobiety, która wraca do życia:

— Ależ tak, psze pani. Beautiere produkuje doskonały, elitarny tusz. Nazywamy go Czarodziejska Różdżka. Chętnie go pani zademonstruję. Myślę, że dokona pani dobrego wyboru, kupując go razem z zestawem upominków Beautiere.

Krótko po pierwszej wizycie Lizzie Mitchell Vivi zaczęła ubierać się rano. Po jakimś tygodniu wciąż trzęsły się jej ręce, ale zgodziła się pójść na kolacyjkę do Teensy. Kiedy po południu Sidda i inne dzieciaki wracały ze szkoły, już nie znajdowały jej leżącej w łóżku za zamkniętymi drzwiami. Zamiast tego dzwoniła do przyjaciółek i znajomych, rozmawiała o kosmetykach Linii Beautiere, zwłaszcza o tuszu Czarodziejska Różdżka, którego nazwa według niej przypominała nieco imię kobiety: Róża Czarodziejska.

Podczas tych jesiennych popołudni, kiedy Sidda wciąż miała na oku swoją matkę, siadała przy stole w kuchni i słuchała, jak Vivi rozmawia przez telefon.

— Musisz pozwolić Lizzie Mitchell pokazać Linię Beautiere. Ona czyni cuda — mawiała. — W tym makijażu można brać prysznic, pływać, pójść na smutny film. Można płakać, ile się chce, a on wcale, ale to wcale się nie rozmaże.

Wyglądało na to, że niezależnie od tego, ile razy Vivi powtarzała te słowa, za każdym razem czuła się lepiej. Zupełnie jakby znalazła lekarstwo na swoją chorobę.

Na zaproszenie Vivi Lizzie zaczęła dwa, trzy razy w tygodniu przyprowadzać ze sobą swoich synków. Podczas gdy chłopcy łowili raki albo jeździli na kucykach szetlandzkich z Małym Shepem i Baylorem, Vivi udzielała Lizzie korepetycji w zakresie prezentacji.

— Lizzie, kochana. — Sidda słyszała głos matki. — Jeżeli chcesz wykarmić tych chłopców, musisz przestać używać słowa „cóś".

Vivi nauczyła Lizzie pełnego energii i luzu sposobu wysławiania się, żeby już nie mówiła tak, jakby wszystko wykuła na pamięć.

— Jesteś wspaniała — powtarzała jej. — Wszyscy klienci ucieszą się na twój widok.

Nazwy innych produktów Lizzie rozśmieszały Siddę i Lulu. Estra-Glo zawierał estrogen. Pieszczota dla Ciała była zapakowana w dekoracyjną butelkę w kształcie ust. Czarodziejski Włos Beautiere zapachem przypominał nieco Wieczór w Paryżu. Wszystkie Ya-Ya zakupiły zestaw upominków — nie śmiałyby odmówić. Vivi jednak częściej udawało się znaleźć klientki wśród wiejskich kobiet, żon farmerów, którzy czyścili bawełnę w tym samym miejscu co ojciec Siddy.

Sidda i Lulu zaczęły nazywać krem do skóry „Płynem Lizzie", ale kiedy Vivi to usłyszała, nakrzyczała na nie.

— Nie ważcie mi się śmiać z tej kobiety! — powiedziała. — Ona próbuje do czegoś dojść.

Za każdą wizytą Vivi najwyraźniej odzyskiwała siły.

W połowie listopada Caro zdołała ją nawet namówić na tenisa w wiejskim klubie. Chociaż Sidda nie potrafiła ująć tego w słowa, wyglądało na to, że Linia Beautiere była nie tylko firmą kosmetyczną, ale również pogotowiem ratunkowym. Nie tylko dla Lizzie Mitchell, ale również dla matki Siddy.

Któregoś popołudnia Sidda wróciła do domu i znalazła samochód Lizzie na podjeździe. Spodziewała się, że Vivi i Lizzie będą jak zwykle siedzieć przy stole w kuchni, ale w domu było tak cicho, że pomyślała, że nikogo nie ma. Dopiero po chwili uświadomiła sobie, że obie kobiety poszły do pokoju Vivi. Kiedy jednak Sidda tam weszła, przeraziła się.

Jej matka leżała na kanapce Shepa. Przykryta była prześcieradłami, a za nią stała Lizzie, trzymając ręce na jej szyi. Vivi leżała zupełnie nieruchomo, z bawełnianymi wacikami na oczach i rękoma skrzyżowanymi na piersi. Obie kobiety milczały i były tak skupione, że nawet nie zauważyły obecności Siddy. Przez jedną potworną chwilę Sidda myślała, że jej matka nie żyje.

Sidda wstrzymała oddech i zrobiła krok do przodu. Żołądek jej się ścisnął, serce łomotało. Dopiero kiedy zobaczyła, że matka rusza ręką, znowu zaczęła oddychać. Potem zauważyła, że ręce Lizzie delikatnie wmasowują coś różowego w szyję matki. Krótkimi, okrężnymi ruchami Lizzie wsmarowała różowy balsam w szyję Vivi, po czym ostrożnie zajęła się jej skrońmi.

Sidda nigdy nie widziała, żeby ktoś tak czule dotykał jej matki.

W miarę jak wydłużała się lista klientek Lizzie, a Vivi odzyskiwała siły, ich spotkania stawały się coraz rzadsze. Po paru latach, któregoś popołudnia po powrocie do domu Sidda zobaczyła na podjeździe w Pecan Grove różowego chryslera.

Lizzie miała na sobie dwuczęściową garsonkę i fryzurę w stylu Jackie Kennedy.

— Spójrzcie tylko! — obwieściła Vivi dzieciom. — Lizzie wygrała różowego chryslera!

Wtedy Lizzie szeroko rozłożyła ręce jak uczestniczka telewizyjnego teleturnieju.

— Znalazłam się w pierwszej dziesiątce akwizytorek Beautiere! — oznajmiła. — Ale nigdy, przenigdy, nie udałoby mi się to bez pomocy waszej matki.

— Jedziemy na oblewanie — powiedziała Vivi, wsiadając do samochodu.

Sidda patrzyła, jak Lizzie wyprowadza wielkiego chryslera z podjazdu. Stała na jego końcu, kiedy obie kobiety pojechały długą, żwirowaną drogą, która prowadziła z Pecan Grove do miasta. Widziała zarys głów matki i Lizzie na tle zielonych pól bawełny ojca. Przez chwilę wydawało się jej, że wyglądają jak siostry.

Sidda ugryzła kawałek sera i podniosła się z kanapy. Wyszła na werandę i kilka razy przeciągnęła się. Kręcąc dla rozluźnienia głową, przypomniała sobie, jak kiedyś, wiele lat po Lizzie Mitchell, wróciła na wakacje z uniwersytetu stanowego. Poszła na strych, szukając pudełek na prezenty. W kącie lodowato zimnego strychu stało wielkie, tekturowe pudło. Kiedy je otworzyła, okazało się, że zawiera wiele pudełek w całkiem dobrym stanie. „Doskonale" — pomyślała. „Dokładnie tego potrzebuję".

Kiedy jednak chciała wyjąć kilka, odkryła, że nie są puste. Wybrała jedno i przyjrzała mu się. Dopiero po chwili rozpoznała szaro-różowe opakowanie, zarys dwóch głów kobiet zwróconych do siebie przodem. Gdy je otworzyła, wszystko się jej przypomniało.

Był to jeden z zestawów upominków Linii Beautiere. W większym pudle musiało ich być chyba ze trzydzieści, wszystkie nietknięte. Obok stało drugie pudło, więc Sidda zajrzała i do niego. Kolejne zestawy upominków.

„Kochana Lizzie Mitchell" — pomyślała. „Pojawiłaś się w życiu mojej matki, gdy schowała się w swoim pokoju, próbując wyleczyć w sobie jakiś długo skrywany smutek, który płynął pod jej witalnością niczym podziemna rzeka. Mama spojrzała na ciebie, ubolewała nad śmiercią twego męża, próbowała wyżywić twoich synków, sprzedając taniutkie kosmetyki ze wspaniałymi nazwami kobietom, które nigdy nie będą piękne. Kiedy z twoich oczu płynęły nieeleganckie łzy, Lizzie, płakała i moja matka.

Za pomocą Czarodziejskiej Różdżki, naukowego tuszu, który pozwalał na łzy, matka nauczyła mnie, co to znaczy być kobietą.

Mama dała mi też wiele innych lekcji na temat kobiecości. Niektóre z nich poznaczone są śladami, których nie wymaże żaden kosmetyk. Moja matka ujęła Lizzie Mitchell pod brodę i spytała:

»Kochana, nic ci nie jest?« Moja matka spoliczkowała mnie, od czego czasami jeszcze piecze mnie skóra. Moja matka również przyłożyła z miłością do mojej dziewczęcej twarzy swą miękką dłoń wypielęgnowaną kosmetykami Beautiere.

Wchodzę na strych i odkrywam swoją matkę. To zestaw upominków".

15

Było piątkowe popołudnie i Sidda maszerowała ścieżką nad jeziorem, kiedy zobaczyła grupę dziewczynek na plaży u stóp Quinault Lodge. Muzykę na walkmanie miała nastawioną na maksymalną głośność, metronomowy rytm *Advanced Classical Beat Walking* popychał ją nieubłaganie do przodu. Ćwiczyła w ten sposób codziennie przez półtorej godziny. W Nowym Jorku maszerowała po Central Parku, w Seattle — wzdłuż jeziora Waszyngton. Tylko śnieżyca mogłaby zmusić ją do pozostania w domu.

Dwa razy minęła dziewczynki, zanim przystanęła. Tak przekręciła swoją baseballówkę, by się nie zorientowały, że im się przygląda, i zaczęła obserwować scenę, udając, że się gimnastykuje. Pięć dziewczynek w wieku od pięciu do ośmiu lat biegało i bawiło się. Dwie miały na sobie szorty bez bluzek, jedna z nich była ubrana w kostium kąpielowy z krótką spódniczką. Inna dziewczynka z kucykami miała na sobie kompletnie mokrą krótką sukieneczkę, druga — najstarsza — parę dżinsów z podwiniętymi nogawkami i górę od bikini.

W pewnej odległości na kocu pod parasolem siedziała kobieta mniej więcej w wieku Siddy, opierając się o lodówkę turystyczną i malując plakatówkami w wielkim szkicowniku. Co jakiś czas zerkała na dziewczynki.

— Patrzcie! — wrzasnęła jedna z dziewczynek. — Tam jest!

Na te słowa cała piątka pobiegła do jeziora i zaczęła z niego wyciągać kłodę drewna. Razem wytargały ją na plażę i ustawiły na wielkim kamieniu. Zajęło im to trochę czasu; Sidda patrzyła, jak udzielają sobie wskazówek i popędzają się nawzajem. Kiedy kłoda drewna w końcu znalazła się na kamieniu, dziewczynki wyprostowały się i zaczęły podziwiać efekt swojej pracy.

— Huśtawka! — zawołała dziewczynka z kucykami.

— Huśtawka nad morzem! — dodała jedna z dziewczynek bez bluzek.

Następnie druga z nich popędziła w stronę koca i oznajmiła:

— Zbudowałyśmy huśtawkę!

— Wspaniale! — powiedziała kobieta. — Cudownie!

Wtedy dziewczynka pognała do koleżanek. Bez ostrzeżenia porzuciły swoje dzieło i wrzeszcząc, pobiegły do jeziora. Niedługo potem Sidda usłyszała wołanie:

— Ahoj!

Odwróciła się i zobaczyła dwie kobiety i trzech mężczyzn idących ścieżką, która prowadziła na plażę. Wskazując na starszą parę, która stała na trawniku, i machając, jedna z kobiet zaczęła przywoływać dziewczynki.

Podeszły do kobiety na kocu i w mgnieniu oka scena się zmieniła. Koc, lodówka, sandały, ręczniki i krem do opalania zostały zebrane i grupa ruszyła w stronę schodów.

Kiedy odchodziły, Sidda usłyszała jedną z kobiet:

— Ciasteczka owsianc dla zwariowanych dziewczynek.

Kobieta sięgnęła do torby i podała po ciasteczku każdej z dziewczynek. Kiedy grupa wspięła się na szczyt schodów, starsza para, która czekała na nich, przytuliła po kolei dziewczynki i wszyscy odeszli w stronę jednego z domków.

Sidda stała i patrzyła, jakby czekała na ich powrót. Nie doczekawszy się, podeszła do huśtawki, którą zbudowały dziewczynki. Spoglądając na jezioro, objęła się ramionami.

Tęskniła za ciepłymi wodami Południa z czasów dzieciństwa. Ogarnęło ją pragnienie powrotu do hałaśliwych, bałaganiarskich wakacji w Spring Creek. Do dzieciaków i ich mam, do piżam nie do pary i maści Noxema, którą na noc mama smarowała jej nosek. Chciała wrócić do takiego otoczenia, jakiego przed chwilą była świadkiem. Chciała wrócić do rodziny. Jak to się stało, że ma czterdzieści lat i jeszcze nie założyła własnej?

Własne życie nagle wydało się jej absurdalne: kariera, mieszkanie, tworzenie światów na scenie. Teraz wszystko straciło sens. Jak to się stało, że przez ostatnie dwadzieścia lat dawała życie postaciom fikcyjnym zamiast prawdziwym dzieciom, które krzyczą, ganiają po plaży i tulą się do ciebie, kiedy podajesz im owsiane ciasteczka? Jak to się stało, że znalazła się sama na końcu kontynentu, podczas gdy inne kobiety już mają swoje rodziny i otoczone są ustatkowanymi przyjaciółmi? Co z nią jest nie tak?

Zawstydziło ją własne drobnomieszczaństwo. Tęskniła za wrzawą, za zwariowaną komuną, w jakiej się wychowała. Aż zrobiło jej się niedobrze na myśl o ciągłym zadawaniu pytań i badaniu samej siebie.

„Może powinnam dokończyć reżyserowanie nowej sztuki May, wyjechać z Nowego Jorku, przeprowadzić się do Seattle i założyć rodzinę?".

Gwałtowność tej myśli tak nią wstrząsnęła, że zdjęła walkmana i rozebrała się do kostiumu kąpielowego. Weszła na pomost, który wcinał się w jezioro, i zanurkowała w lodowate wody północnego zachodu. Od pierwszego kontaktu z wodą zdrętwiała jej skóra. Kiedy wypłynęła na powierzchnię, poczuła się boleśnie żywa, przepełniona energią. Widziała intensywny błękit nieba i bezkresną zieleń drzew otaczających jezioro. Położyła się na plecach i z szeroko rozłożonymi ramionami zaczęła mocno kopać nogami. Mimo to wciąż słyszała śmiech tamtych dziewczynek.

Opadła pod wodę, zamknęła oczy i popłynęła w stronę dna. Lodowaty, płynny świat był dla niej jak oczyszczenie. Gdybyż te czyste wody mogły zmyć wszelki zamęt, wszelkie wątpliwości, grzechy.

Pozostała na dnie tak długo, jak tylko mogła, po czym znowu wypłynęła na powierzchnię, łapiąc powietrze. Potem zaczęła płynąć kraulem. Przekręcała głowę na boki, by złapać oddech, ledwo unosiła twarz, jej ręce obracały się pod właściwym kątem, przecinając wodę. Płynęła tak, jak nauczyła ją matka.

„Już się z tym wszystkim pogodziłam" — pomyślała. „Nigdy nie chciałam dzieci — ani jako mała dziewczynka, ani jako dwudziestoletnia kobieta, ani teraz — wcale a wcale. Connorowi to nie przeszkadza — jasno dał mi to do zrozumienia. Dlaczego zazdroszczę tym rodzinom, które dopiero co widziałam? Dlaczego wyobrażam sobie, że porywam te zwariowane dziewczynki choćby na weekend?".

Piątkowe popołudnia zawsze przygnębiały Siddę. Jeżeli kiedykolwiek tęskniła za rodziną, to właśnie w piątkowe popołudnia. Zawsze szokowała ją ta tęsknota, która co jakiś czas zaskakiwała ją znienacka. Piątkowe popołudnia. To uczucie, że nie-ma-szkoły-przed-tobą--cały-wspaniały-weekend. Nawet na Manhattanie, kiedy widziała mamy odbierające swoje dzieci ze szkoły Montessori na Upper West Side, była poruszona.

Nadal tęskniła za tymi niezliczonymi piątkowymi popołudniami w Pecan Grove. Pecan Grove stanowiło dla dzieci coś w rodzaju celu podróży. Dziewięćset akrów i cała masa miejsca do tego, by wrzeszczeć, biegać, jeździć na szetlandach, łowić raki w zatoce, bawić się ze szczeniakami w wielkiej stodole i włazić na stare dęby. Podwórko ze sznurkowymi huśtawkami wiszącymi na drzewach, na których można się było rozhuśtać aż nad zatokę. Stary wózek na kije do golfa, który tatuś dał dzieciakom, żeby mogły sobie nim jeździć po plantacji, kiedy nie będą miały nastroju na jazdę konno. Wielki dom pełen zabawek, instrumentów muzycznych i całych ton jedzenia, jakie Vivi zawsze pod koniec tygodnia kupowała podczas swych wypraw do A&P.

I sama Vivi, która w te szczęśliwe weekendy z otwartymi ramionami czekała na nich na podwórku za domem, podekscytowana perspektywą spędzenia czasu z dziećmi, robienia krówek, programem *Saturday Night at the Movies* i grą w karty, kiedy to ona i jedna czy dwie Ya-Ya będą uprawiały hazard z chłopcami i z radością zgarniały drobniaki.

Nie było żadnego problemu, kiedy na weekend do Pecan Grove przychodziło pięć czy sześć koleżanek ze szkoły. Prowadzili dom otwarty i koleżanki Siddy uwielbiały go. Całe stosy smażonych krewetek na piątkową kolację, tyle butelek coli, ile mogłeś złapać, a zimą godziny przed kominkiem w pokoju Vivi, zabawa z tabliczką Ouija i Vivi sącząca burbona. Dzieciaki pojawiały się w Pecan Grove nawet bez rzeczy na noc, bo wiedziały, że Vivi Kochana da im wszystko, co potrzebne.

— Mam osiemdziesiąt cztery tysiące zapasowych piżam i sześćdziesiąt cztery tysiące szczoteczek do zębów dla gości. Tylko mi tu nie przynieście wszy — mawiała.

I jak tu Sidda Walker mogła nie myśleć o rodzinie w piątkowe popołudnia?

Pływając, Sidda obliczała wiek i etapy rozwoju dzieci, gdyby założyła rodzinę tego właśnie dnia. „Kiedy moje dzieci zaczną zapraszać kolegów na nocne posiadówy, będę miała czterdzieści siedem lat. Dobra. Kiedy zaczną się umawiać na randki, będę miała pięćdziesiąt pięć lat. Urocze. Kiedy pójdą na studia, zacznę sześćdziesiąt.

A kiedy będą miały własne dzieci, ja już kompletnie stetryczeję".

Zaczęła płynąć żabką i skoncentrowała się na ruchach nogami. Powiedziała sobie: „Doświadczam tylko ostatnich zrywów całkowicie normalnego i nieuchronnego popędu biologicznego. Już kiedyś miałam takie spazmy i zawsze przechodziły. Moje życie nie jest jedną wielką pomyłką. Aniołowie Wieczornego Nieba, coś chce się urodzić, nie jestem tylko pewna co".

Po powrocie do domku zjadła na stojąco, słuchając płyty Bonnie Raitt. Spojrzała na zdjęcie, na które się natknęła, gdy byli z nią Wade i May: to z Vivi na podwórku za domem, otoczoną czterema dzieciakami. Czy zostało zrobione w piątek? Nie. Gdyby to był piątek, koło Vivi stałoby więcej dzieci — towarzystwo na noc dla dzieci Walkerów. To musiało być w środku tygodnia.

Koniec września, 1962. Jej matka siedzi na piknikowym kocu w różową kratkę. Na dużym podwórzu schodzącym nad zatokę. Sidda jest w czwartej klasie, Mały Shep w trzeciej, Lulu w drugiej, a Baylor w pierwszej. Kiedy Vivi siedzi na tym kocu, Sidda wie, że mama jest w dobrym nastroju. Jeżeli Vivi jest w swoim pokoju za zamkniętymi drzwiami, wtedy lepiej zostawić ją samą albo wymyślić coś, żeby przełamać ten zaklęty krąg. Nigdy dobrze nie wiadomo, co zadziała. Nastroje Vivi mogą zmienić tylko czary.

— Co, u diabła, robiliście dziś w Bożym Miłosierdziu?! — pyta Vivi, podekscytowana, jakby dzieci mogły przynieść jakąś niezwykłą wiadomość. — Rzućcie te tornistry i chodźcie tu.

Dzieci Walkerów klękają i opadają koło niej na koc.

— O nasza Pani Niedożywienia! — wykrzykuje Vivi. — Wyglądacie na kompletnie zamorzonych głodem.

„Zamorzony" to jedno z określeń Vivi, które Sidda
lubi obracać w ustach jak cukierek.

— Jesteście tacy głodni, na jakich wyglądacie? —
pyta Vivi. — Co wam dali na lunch? Chyba nie tę pa-
skudną, tłustą zieloną fasolkę, co? Och, cokolwiek to
było, na pewno było okropne. Nie mam pojęcia, co te
zakonnice robią z pieniędzmi, które im dajemy. Mały
Shep, masz — mówi, podając kanapki. — Jesteś moim
facetem od masła orzechowego. Sidd-o: ty przepadasz
za dżemem truskawkowym. Lulu, ty lubisz mnóstwo
rzeczy, więc ta jest dla ciebie, ale możesz zjeść tylko
jedną, słyszysz? Podaj mi te kubeczki, co, kochana?
Bay, słoneczko, twoja jest ta pokrojona na cztery. Nie
martwcie się, od wszystkich odkroiłam skórkę, wy po-
ganiacze niewolników. Lulu, nie rzucaj się tak. Starczy
dla wszystkich.

Vivi nalewa z termosu lemoniadę. Dzieci kładą kanapki na złotych koktajlowych serweteczkach z nadru-
kiem „Wszystkiego najlepszego z okazji dziesiątej rocz-
nicy, Vivi i Shepie!". Vivi dolewa sobie drinka z osobne-
go termosu, tego z „lekarstwem na kaszel".

Sidda kładzie się na kocu i zajada swoją kanapkę.
Cały dzień czekała na tę chwilę. Smak dżemu i miękki,
świeży biały chleb uszczęśliwiają ją. Patrzy, jak Vivi
opiera się na stercie poduszek. Patrzy, jak Vivi pali
i gapi się w niebo. Palenie i gapienie się w niebo to dwa
z ulubionych zajęć jej matki. Razem z porankami, dobrymi hamburgerami, Spring Creek, czytaniem dobrej
książki w łóżku, strojeniem się i zabawą.

Sidda uwielbia ręce matki. Uwielbia jej paznokcie.
Ładnie zaokrąglone paznokcie, które Vivi piłuje, rozmawiając przez telefon.

Sidda kończy kanapkę i przewraca się na brzuch. Vivi wyciąga rękę i drapie ją lekko po plecach pod bluzką. Vivi ma idealne paznokcie do drapania. Nikt nie potrafi tak drapać jak matka. Trzeba mieć paznokcie takie jak Vivi, żeby Siddzie sprawiało to przyjemność.

Sidda odłożyła zdjęcie i zamknęła album. Poszła do sypialni i rozebrała się. Położyła się na łóżku i spojrzała na swój brzuch. Nawet po zjedzeniu kanapki był nadal płaski. Widziała kości łonowe wystające po obu stronach. Bóg jeden wie, jak się napracowała, żeby jej brzuch pozostał taki. Sięgnęła ręką w dół i powoli przeciągnęła z jednej strony brzucha na drugą. Po raz pierwszy w swym dorosłym życiu widok płaskiego brzucha nie sprawił jej przyjemności. Poczuła się osamotniona, nieużywana, jakby należała do tych kobiet, które bardziej bawi pakowanie się przed podróżą niż sama podróż.

Znowu pomyślała o zdjęciu z podwórka za domem. Zostało zrobione mniej więcej w tym czasie, kiedy matka wysłała Baylora do szkoły na lekcję pokazową pierwszoklasistów z podwiązką. W rezultacie zadzwoniono do niej ze szkoły i zażądano, by stawiła się na spotkanie z wychowawczynią Baylora. Vivi wdała się w awanturę z zakonnicą i skończyło się na tym, że skosiła samochodem figurkę Dzieciątka Jezus z Pragi, która stała nieopodal kościelnego parkingu.

Sidda przypomniała sobie, że tego wieczoru wylądowała u Caro. Vivi była zdenerwowana, ale Caro ciągle dolewała burbona i karmiła je wielkimi miskami chili. Vivi, opowiadając tę historię przed kominkiem pod akceptującym wzrokiem Caro, przeszła od łez do śmiechu. Ta noc skończyła się na tym, że obie kobiety zaczęły uczyć dzieci tańczyć cza-czę przy dźwiękach płyt na stereo. Sidda przypomniała sobie, że tańczyła bez tchu w nowoczesnym salonie Caro ze stolikiem do kawy w kształcie nerki i kominkiem w kształcie czarnego komina.

— Słuchajcie, dzieciaki — powiedziała Vivi. — Dzisiaj skosiłam figurkę Dzieciątka Jezus z Pragi. I nikt oprócz nas nie musi o tym wiedzieć. To będzie nasza tajemnica.

Raz, dwa, trzy, cza-cza-cza. „To nie jedyna nasza tajemnica" — pomyślała Sidda. „Mogą nas przekupywać i torturować, a nie zdradzimy twoich tajemnic, mamo. Są rzeczy, którymi nikt się nie popisuje".

16

Dwa wycinki z „The Tharnton Monitor" były spięte razem i opatrzone na marginesach licznymi strzałkami i wykrzyknikami. Sidda ze zdumieniem pokręciła głową. Dałaby wszystko, żeby teraz byli z nią Wade i May. Cudownie byłoby podzielić się z nimi wiadomością o wkroczeniu jej mamy w świat przestępczy.

Pierwszy wycinek brzmiał następująco:

„CZWARTEK, 3 SIERPNIA 1942
CÓRKA SZANOWANYCH OBYWATELI
ARESZTOWANA ZA NIEMORALNE ZACHOWANIE

Viviane Joan Abbott, lat 15, córka państwa Taylorów C. Abbottów, Caroline Eliza Bennett, lat 16, córka państwa Robertów L. »Bob« Bennettów; Aimee Malissa Whitman, lat 15, córka państwa Newtonów S. Whitmanów III oraz Denise Rose Kelleher, lat 15, córka

194

państwa Francisów P. Kelleherów, zostały ubiegłej nocy aresztowane i osadzone w miejskim więzieniu za niemoralne zachowanie. Oskarżone o złamanie przepisu miejskiego 106: umyślne zaśmiecenie własności publicznej i obnażenie się, nie mają usprawiedliwienia dla swoich uczynków".

Sidda zawsze słyszała plotki o tym, że Ya-Ya zostały aresztowane, kiedy były w szkole średniej, ale nigdy nie znała szczegółów. Och, jak bardzo chciałaby przenieść się pół wieku wstecz i stać się po prostu muchą na ścianie.

Drugi wycinek brzmiał następująco:

„WTOREK, 9 SIERPNIA 1942
POGADUSZKI
KOLUMNA TOWARZYSKA ALICE ANNE SIBLEY

Wróble na dachu ćwierkają, że pani Newtonowa S. Whitman III (była Genevieve Aimee St. Clair, córka państwa Etienne St. Clair z Marksville) była gospodynią zaimprowizowanego przyjęcia na patio, które wydała dla swojej córki, »Teensy«, w ubiegłą sobotę między czwartą a siódmą po południu w domu Whitmanów na Willow Street. Obecne były bliskie przyjaciółki Teensy: Vivi Abbott, Caro Bennett i Necie Kelleher, znane wszystkim jako »Ya-Ya«. Dziewczęta te ostatnio zasłynęły z brawurowej — nawet jak na Ya-Ya — eskapady.

Wśród uczestników tej wieczornej fety były również Mary Gray Benjamin, Daisy Farrar i Sally Soniat. Wśród chłopców ze szkoły średniej znaleźli się Dicky Wheeler, John Prichard i Wyatt Bell wraz z Lanem Parkerem z St. Petersburga na Florydzie. Pan Parker przyjechał do miasta z wizytą ze swoją ciocią i wujkiem, państwem Charlesami Simcoe.

Podano świeże krewetki na zimno, kaczany kukurydzy, pomidory z koperkiem i francuski chleb. Jack Whitman, odznaczony nagrodami koszykarz ze szkoły średniej w Thornton, zabawiał gości grą na skrzypcach w stylu francuskiej Luizjany. Pani Whitman wyjaśniła, że to spontaniczne przyjęcie wydała na cześć zainstalowania nowej fontanny, którą ostatnio nabyła. Urocza fontanna w kształcie dwóch pięknych syren plujących wodą ma zostać ustawiona na jej patio obok nagrodzonych róż Amerykańska Piękność.

Pan Whitman nie był obecny na przyjęciu, gdyż musiał w czwartek wyjechać na swój obóz w Dolphin Island w Alabamie. Ciekawe, dlaczego zdecydował się opuścić taki *soirée*".

Tego było aż za wiele. „Jeszcze, jeszcze, jeszcze" — pomyślała Sidda. Aż umierała z ciekawości, jak wyglądała cała ta historia. Aż się skręcała i śliniła. I nie po raz pierwszy pożałowała, że nie należy do tej paczki, której nazwa znalazła się w gazecie.

Nocą 3 sierpnia 1942 roku, niespełna pięć godzin po tym, jak Jack Whitman obwieścił, że zamierza wstąpić do sił powietrznych, zakłopotany policjant zamknął Vivi Abbott i resztę Ya-Ya w celi więzienia w Thornton.

Jakiś miesiąc wcześniej amerykańskie torpedowce przeleciały nad Midway i zostały zestrzelone przez niemiecką artylerię przeciwlotniczą, a młodzi piloci poświęcili swe życie niczym kamikadze. W miastach na obu wybrzeżach, a także w wielu miastach wewnątrz kontynentu, zarządzono zaciemnienie. Pacyfik wydawał się bardzo odległy od środkowej Luizjany i nikt nie umiał nawet wymówić dziwnie brzmiących nazw wysp. Ale nazistowskie łodzie podwodne wysadziły szpiegów na wybrzeżu Florydy i chociaż nikt w Waszyngtonie nie chciał się do tego przyznać, to ludzie w Thornton słyszeli niezliczone opowieści o U-Bootach krążących po Zatoce Meksykańskiej.

Vivi marzyła o Roosevelcie, Rommlu i Robercie Taylorze. Na korcie tenisowym ciskała nad siatką bomby mające zabić Hitlera. Kiedy po długich spacerach z Jackiem leżała nocą w łóżku, jej majtki wilgotniały z podniecenia, a ona modliła się do Królowej Pokoju za wszystkich przerażonych chłopców w odległych okopach i pociągach przemierzających kraj. Jadła mało masła, mniej wołowiny, żadnego bekonu, a kiedy wychodziła z domu, malowała sobie na nogach skarpetki. Co piątek oddawała krew, w soboty zbierała stare gazety, a w środy — złom.

Codziennie słuchała wiadomości. Informacje wojenne były ponure, ale magazyny mody podawały, że nowe mundury Oddziałów Kobiecych przyczyniłyby się do prestiżu przemysłu bieliźniarskiego, ponieważ dołączone były do nich paski i biustonosze. Katolickie „Dobro Powszechne" sprzeciwiało się rekrutacji kobiet. Jeden artykuł, do którego przeczytania Buggy zmusiła Vivi, twierdził, że „usunięcie pań z serc i domów przemieni je w pogańskie boginki pożądliwej bezpłodności".

Vivi wierzyła w więzy wojenne i zwycięskie ogrody. Wierzyła, że naziści i Japończycy są źli. Wierzyła w demokrację za każdą cenę. Pragnęła jednak czułości i namiętności, więc nie uważała, że Jack Whitman powinien iść na wojnę.

*

Ta sierpniowa noc była gorąca i wilgotna. Dochodziła ósma wieczorem, a temperatura nie zaczęła jeszcze spadać. Księżyc był prawie w pełni i wszędzie unosił się zapach trawy, wody w rzece i lata na głębokim Południu. Na południowym Pacyfiku marines przygotowywali się do lądowania na Guadalcanal; w Europie bombowce szykowały się do pierwszego amerykańskiego nalotu.

W Thornton w stanie Luizjana Vivi i Jack siedzieli w niebieskozielonym buicku Jacka rocznik 1940 w restauracji dla kierowców LeMoyne. Vivi opierała się o drzwi po stronie pasażera, nogi położyła na kolanach Jacka, a w drżącej dłoni trzymała butelkę Dr. Peppera.

Kiedy Jack oznajmił, że dostał powołanie do wojska, pierwszymi słowami, jakie wypowiedziała, było:

— Dlaczego mnie zostawiasz?

— To mój obowiązek — odparł. — Poza tym chcę latać.

— Kłamiesz. Nigdy nie słyszałam, żebyś mówił o lataniu.

Wyprostowała się i uderzyła go mocno pięścią. Wciągnęła powietrze, próbując pohamować łzy.

— Wcale nie chcesz być pilotem. Po prostu chcesz przypodobać się ojcu.

Początkowo Jack nic nie powiedział. Kiedy w końcu się odezwał, nie mógł jej spojrzeć prosto w oczy.

— *Mais oui.*

Vivi i Jack znali się, odkąd ona miała cztery lata, a on siedem. Przez ostatnie osiem lat przynajmniej dwie noce w tygodniu spędzała w jego domu. Niewiele o swojej rodzinie mógł przed nią ukryć, nawet gdyby chciał. Z drugiej strony i on ją dobrze znał. Dostrzegał w niej niewidzialne ślady pełnego pretensji i zazdrości milczenia jej matki, zwłaszcza kiedy narodziła się jej siostra, Jezie. I znał ledwo dostrzegalne ślady pasa ojca na jej skórze.

Spojrzał na nią z nadzieją, że go zrozumie.

— Muszę zrobić choć jeden dobry uczynek dla mojego starego, rozumiesz?

Vivi rozumiała, ale nigdy jej się to nie podobało. Nigdy nie lubiła ojca Jacka. Był arogancki; wyśmiewał się z akcentu Genevieve — zabraniał, by w jego domu mówiono „francuskim znad zatoki". Nie pozwalał, by Jacka nazywano jego francuskim imieniem, nie wspominając już o grze na cajuńskich skrzypcach w jego obecności. Nie zapomniała jego protekcjonalności (choć wtedy nie wiedziała, jak to nazwać), kiedy, po ich powrocie z Atlanty, zmusił Ya-Ya, by spędzały mordercze sobotnie popołudnia z panną Almą Ansell, która miała je przemienić w powabne, dobrze wychowane młode kobiety.

— Jest tylko jeden dobry uczynek, jaki możesz zrobić, Jack — powiedziała niemal szeptem. — Zostań w domu i kochaj mnie.

Kark Jacka był dla niej cudowny. Przez całe życie flirtowała z setkami chłopców i szczyciła się tym, że była na tylu randkach, na ile jej starczyło sił, ale na myśl o utracie Jacka cierpiała katusze.

— Przykro mi, *Bébé*. Klamka już zapadła.

Vivi zamknęła oczy, a kiedy je znowu otworzyła, nie mogła odzyskać równowagi. Wydawało jej się, że tablica rozdzielcza lekko faluje, nie mogła sprawić, by przedmioty wokół niej przestały się poruszać. Zupełnie jakby delikatny, srebrny drucik, na którym spoczywała jej równowaga, został niezauważalnie zgięty. Odczucie to było dla niej niejasno znajome. Znowu zamknęła oczy i szybko, mocno potrząsnęła głową.

— Vivi — powiedział Jack, wyciągając rękę do jej

stopy i kładąc ją powoli z powrotem na swoich kolanach. — Nic ci nie jest?

Rzuciła mu przelotne spojrzenie pełne czystej nienawiści, po czym odwróciła się.

Zaczął masować jej stopę wolnymi, głaszczącymi ruchami. Chociaż siedziała odwrócona, widziała w umyśle jego ręce. Długie, zwężające się palce, krótkie, kwadratowe paznokcie. Duże, pełne wdzięku dłonie, które delikatnie, ale z pewnością siebie umiały trzymać piłkę do koszykówki, skrzypce i jej budzące się ciało.

— Wrócisz? — spytała.

— Chyba żartujesz?! Myślisz, że mógłbym cię zostawić? Oczywiście, że wrócę.

— Przysięgasz?

Dotknął jej policzka, ale ona nie zareagowała.

— Przysięgam, Vivi.

Przez chwilę siedziała w milczeniu, całkowicie nieruchomo, gapiąc się w przestrzeń. Kiedy znowu się do niego odwróciła, była szeroko uśmiechnięta.

— Myślę, że mogłabym nauczyć się kochać mężczyznę w mundurze — powiedziała i mrugnęła, usiłując zachowywać się zalotnie. W jej spojrzeniu było jednak coś odległego, jakby w tym krótkim czasie, gdy była odwrócona od Jacka, zobaczyła coś i nie mogła się z tego otrząsnąć.

Jack pochylił się i pocałował jej stopę. Ucałował jej pomalowane paznokcie. Czarne włosy lekko opadły mu na oczy, kiedy tak pochylał się nad jej stopami, a kiedy podniósł głowę, miał mokre oczy. Przekręcił się, wyciągnął nogi na fotelu i posadził ją sobie na kolanach. Przez jakiś czas siedzieli tak, nie rozmawiając. Z czyjegoś radia samochodowego płynęły dźwięki *Deep Purple* Ginny Simms. Ulicą przejechała ciężarówka przewożąca bawełnę. W gęstym, wilgotnym powietrzu unosiła się woń hamburgerów i sosu do pieczeni.

— Kiedy wrócisz, znowu będzie cudownie, prawda? — spytała Vivi.

— *Ma Petite Chou.* Wuj Sam przez jakiś czas będzie rządził, ale kiedy wrócę do domu, to ty mnie zwerbujesz.

— Wtedy mogę już być dziennikarką, Jack.

— Moglibyśmy zamieszkać w Nowym Jorku, co ty na to?

— Dobrze. Albo może w Paryżu, kiedy wojna się skończy. A może zostanę gwiazdą tenisa i zamieszkamy w Rio de Janeiro.

— We wszystkich gazetach będą twoje zdjęcia.

— A może będę coś tam studiowała w college'u.

— Możesz pojechać do Newcomb, a ja do Tulane. Wynajmiemy mieszkanie we francuskiej dzielnicy. W weekendy będziemy jeździli nad zatokę, co?

— Chciałabym wiedzieć, ile potrwa ta wojna.

— Kiedy się skończy — zaczął Jack, głaszcząc ją po twarzy — to, no, czy będziesz mnie chciała, Vivi?

To pytanie nie zaskoczyło jej, więc odparła niemal beztrosko, z wielką pewnością siebie.

— Jesteś jedynym mężczyzną na świecie, za jakiego kiedykolwiek chciałabym wyjść. Jeżeli nie będę mogła cię poślubić, to poślubię Ya-Ya.

Jack roześmiał się. Zajrzał jej w oczy.

— Możesz zrobić wszystko, Vivi Abbott — powiedział. — Możesz zostać każdym. Kim tylko chcesz.

— Będziemy mieć dzieci? Hałaśliwe i ładne?

— Jeżeli chcesz, to będziemy je mieli. Jeżeli nie, to nie. Jak mówi *maman*: „W Biblii nigdzie nie jest napisane, że każda katoliczka musi mieć ripopée".

— Co to znaczy ripopée?

— Banda nieznośnych dzieciaków — wyjaśnił Jack.
Vivi roześmiała się.

— Mogę mieć tyle, ile chcę, tak? Albo żadnego.

— Przyjąłem rozkaz.

— Może dwanaścioro.

— Dobra, na tuziny wyjdzie taniej.

— Wsadzimy je do pirog i będziemy wozić po zatoce, nauczymy je grać na skrzypcach i akordeonie...

— *Maman* będzie je strasznie psuła. Możemy jedno nazwać po niej.

— A co tam, nazwijmy po niej dwoje! Teensy i ja zostaniemy prawdziwymi siostrami. Będziemy mieć trzypiętrowy dom i owczarki collie, dobrze? I kort tenisowy. Możemy mieć kort tenisowy?

Jack uciszył Vivi pocałunkiem.

„Mój ojciec" — pomyślał. „Mój ojciec zobaczy, jakim jestem człowiekiem, i będzie ze mnie bardzo, bardzo dumny".

— Ponieważ — powiedziała Teensy, nalewając rumu do kubka z colą i podając go Vivi — ponieważ Jack kazał mi przysiąc, że nie pisnę ani słowa, dopóki on sam ci nie powie.

Ya-Ya wróciły z randek i teraz siedziały w samych majtkach, paląc papierosy i gadając na werandzie na piętrze domu Whitmanów.

— W tej cholernej Luizjanie w ogóle nie ma wiatru — powiedziała Caro, opadła na poduszki leżące na krześle ratanowym i wsparła stopy na ściance werandy, paląc papierosa.

— Powiedział tylko *maman*, ojcu i mi dziś rano — ciągnęła Teensy. — Ojciec dziś po południu wrócił z banku z butelką francuskiego szampana, by to uczcić. Wyobrażacie sobie... z francuskim szampanem?

— Tylko twój ojciec mógł upolować coś takiego w środku wojny — powiedziała Caro.

— Nigdy nie widziałam, żeby ojciec tak wychwalał Jacka. Nawet kiedy Jack został wybrany na przewodniczącego klasy albo na kapitana drużyny koszykówki. Papa powiedział, że zorganizuje wielkie przyjęcie z okazji pójścia Jacka do wojska i że wszyscy mamy się postarać.

— Co powiedziała Genevieve? — spytała Vivi. Siedziała koło Necie na huśtawce, przykładając drinka do lewej skroni.

— *Maman* pytała, czy jest już za późno, żeby zmienił zdanie! — odparła Teensy. — Ojciec powiedział, że to niepatriotyczne. „Boże, kobieto" — powiedział. „Mówimy o Francji, o wolnym świecie!". Wiesz, jak on potrafi się zdenerwować. W końcu wygłosił krótką mowę i wzniósł toast na cześć Jacka. *Maman* nawet nie tknęła szampana, a wiecie, jak go uwielbia. Poszła na górę, a po kilku minutach Jack poszedł sprawdzić, jak się czuje.

Wachlując się jednym z wachlarzy Genevieve z korzenia palczatki, Teensy rozłożyła się na łóżku.

— Wiecie, to naprawdę doniosła chwila — powiedziała. — On z nas pierwszy idzie do wojska.

Reszta dziewcząt nie odpowiedziała.

— Nieprawda? — dopytywała się Teensy. — Czyż to nie wspaniałe?

— Och, wspaniałe, podniecające, z niego jest prawdziwy Jimmy Stewart — przytaknęła Vivi. — Tylko że to znaczy, że Jack musi wyjechać na długo. To znaczy, że znajdzie się w powietrzu wiele mil nad ziemią w małym, metalowym cygarze, a Niemcy będą próbowali go zabić.

— Boże — westchnęła Necie. — Nigdy o tym nie myślałam w ten sposób.

— Oczywiście że nie, stara — powiedziała Caro. — Czasy panny Kwitnącej Jabłonki.

— Po spotkaniu ze mną Jack pojechał do Spring Creek — powiedziała Vivi.

— Ojciec dał mu cały bloczek kartek na benzynę — powiedziała Teensy.

— Nasza Matko Pereł — powiedziała Caro. — Czy twój ojciec to prezydent czarnego rynku? Ten facet potrafi zorganizować wszystko.

— Nie wiem — odparła Teensy. — Nigdy go o to nie pytałam.

— Jedzie z nim cała banda facetów — ciągnęła Vivi, zaciągając się papierosem. — Pewnie urządzą wieczór kawalerski. Mają spędzić całą noc nad potokiem.

— Powinni nas wziąć ze sobą — powiedziała Teensy. — W Spring Creek zawsze jest chłodniej. Chyba umrę od tej wilgoci. Chciałabym, żeby mnie ktoś wyżął!

— Powinien zabrać przynajmniej Vivi — uznała Caro, wstając. Przeszła przez werandę, człapiąc bosymi stopami po podłodze. Odwróciła się i wróciła, wzięła do ręki poduszkę i zaczęła nią wachlować Vivi. — Kiedy wyjeżdża? — spytała. — Dokąd jedzie? Wiadomo coś?

— Uważam, że siły powietrzne mają najładniejsze mundury, a wy? — spytała Necie.

— Mój brat nie potrzebuje munduru, żeby ładnie wyglądać — powiedziała Teensy.

— Nalejcie mi jeszcze drinka — poprosiła Vivi, wyciągając szklaneczkę.

Teensy dolała jej czarnorynkowego rumu pana Whitmana. Nad środkową Luizjaną zamigotał księżyc w pełni. Nie był to żaden tandetny księżyc, lecz księżyc, któremu należałoby bić pokłony. Wielki, ciężki, tajemniczy, piękny, potężny księżyc. Taki, jakiemu chciałoby się podawać wszystko na srebrnej tacy. Cykanie świerszczy i cykad, grzechot kostek lodu o ścianki szklaneczek mieszały się z głosami i westchnieniami dziewcząt. Ze swego miejsca na werandzie widziały raj gwiazd dorównujących urodą księżycowi.

Na zmianę stawały przed wachlarzem, trzymając przed sobą mokre ściereczki. Próbowały położyć się do łóżka, ale nawet prześcieradła wydawały się przesiąknięte wilgocią. Kiedy już nic nie pomagało, Teensy zaczęła jęczeć.

— No, jęczcie ze mną — powiedziała. — Poczujecie się lepiej, gwarantuję, *mes chères*!

Jęczały więc, aż gdzieś zaczął wyć pies, od czego dostały napadu śmiechu, bo brzmiało to tak, jakby próbował się z nimi skomunikować.

— Czy Tallulah zostałaby tu i pozwoliła się ugotować na śmierć? — spytała Teensy.

— Słuchaj, stara — powiedziała Caro — sama Eleanor Roosevelt nie chciałaby tu zemrzeć, a przecież jest niezłą twardzielką.

W samych majtkach i bluzach od piżamy swoich ojców cztery dziewczyny popchnęły kabriolet Genevieve do końca długiego podjazdu i dopiero wtedy Vivi usiadła za kierownicą i uruchomiła silnik. W baku była tylko odrobina benzyny, więc nie mogły zajechać daleko.

— Wiem, że nie powinnyśmy tego robić — powiedziała Necie, gdy wyruszyły w noc. — Powinnyśmy przynajmniej włożyć spodnie od piżamy.

— Necie, wiesz, to nie grzech śmiertelny — powiedziała Teensy.

— Nie przypominam sobie, żeby taki grzech został wymieniony w katechizmie Baltimore — dodała Vivi.

— Mojżesz ani słowem nie wspomniał o spodniach od piżamy, kiedy schodził z góry — stwierdziła Caro.

— No, przyznaję, że te piżamy bardziej osłaniają nasze ciała niż kostiumy kąpielowe — uznała Necie.

Miały wrażenie, że pocą się nie tylko ich ciała, ale i ziemia, i niebo. Powietrze, którym oddychały, było prawie tak gęste jak sok. Do kabrioletu wlewało się światło księżyca i padało na ramiona czterech przyjaciółek, kolana i czubki głów, więc ich włosy wyglądały, jakby strzelały z nich maleńkie iskierki. W radiu leciała piosenka *Oczarowana, omamiona i otumaniona.* Vivi nie miała pojęcia, dokąd jedzie, wiedziała jednak, że jakikolwiek kierunek wybierze, przyjaciółki pojadą razem z nią.

Zahamowała przy parku miejskim, koło kępy drzew, nieopodal miejsca, gdzie na wzniesieniu stała cysterna z wodą dla miasta. Vivi zgasiła zapłon, wyłączyła światła i odwróciła się do przyjaciółek.

— Któraś chce ze mną pójść do nieba?

— Pierwszorzędny pomysł — powiedziała Caro, wyskakując z kabrioletu, nawet nie zawracając sobie głowy otwieraniem drzwi.

— O taaaak! — wykrzyknęła Teensy.

— Nie wolno tam wchodzić — powiedziała Necie.

— Między innymi dlatego chcemy tam pójść, Hrabino — powiedziała Caro.

— Tylko obsługa parku może tam wchodzić. Naprawdę.

— Necie, laleczko — rzekła Vivi, wysiadając z samochodu — niemożliwe, *s'il vous plaît.*

— Słuchajcie — ciągnęła Necie. — Naprawdę nie możemy tam wchodzić. To wbrew prawu.

— Wiemy. — Teensy uśmiechnęła się. — To zabronione.

Necie przez chwilę patrzyła na swe przyjaciółki, zanim w końcu otworzyła drzwi samochodu i dołączyła do reszty.

— Nawet nie chcę myśleć, co nam się może stać — powiedziała.

— To nie myśl, Pączuszku — poradziła Caro, otaczając ją ramieniem.

Poszły na tył platformy, gdzie jakieś sześć stóp nad ziemią sterczała prosta drabina. Na zmianę podsadzały się, Caro — jako najwyższa — weszła ostatnia. Kiedy Vivi wdrapała się na nią, serce waliło jej mocno, a po karku płynęły strużki potu. Jeżeli parne powietrze, rum i późna pora nie wystarczyły, by wprowadzić ją w trans, to dokonała tego cudowność księżycowego światła.

Na szczycie drabiny Vivi wstąpiła na wąski pomost okrążający cysternę. Była to stara, drewniana cysterna na wodę używana niegdyś przez koleje żelazne, ale ostatnio oddana w służbę miastu, odkąd Baza Angielskich Sił Powietrznych i Camp Livingston zwiększyły swą populację. Ze swej pozycji dwadzieścia stóp nad ziemią Vivi spojrzała na Thornton.

Pomyślała o mamie, tacie i Pecie, o malutkiej Jezie i niepewnym życiu, jakie tam wiedli. O tym, jak sztywniała Buggy, kiedy zbliżał się do niej mąż, jak z zaciśniętymi ustami mówiła: „Kolacja, panie Abbott". Pomyślała, jak jej ojciec śmiał się z domowych sukienek mamy, z jej paznokci brudnych od pracy w ogrodzie, z jej świec. Pomyślała o oddechu ojca zalatującym szkocką, nie do końca zabitą płynem antyseptycznym Dr. Tichenora. Pomyślała o dzwonieniu sprzączki jego paska wiszącego na rzemyku. Niezadowolenie jej matki kryło się zwinięte w kłębek w jej ciele. Odkąd urodziła się siostrzyczka Vivi, Jezie, Buggy spała w pokoju dziecięcym na kanapie pod ścianą. Chociaż Vivi nie potrafiła tego ubrać w słowa, czuła się wyczerpana nieustannym hamowaniem swej witalności, by nie przysparzać matce dodatkowego smutku. W wieku lat piętnastu Vivi Abbott lepiej niż inni potrafiła skrywać swoją prawdziwą naturę, zachowując przy tym pozory szczęścia.

Nie wiedziała, że hamowanie się nic nie da. Nie rozumiała też tego wewnętrznego racjonowania, jakiego jej matka nauczyła się w młodości. Wielu rzeczy Vivi nie wiedziała o swojej matce.

Nic nie wiedziała o koszmarze dręczącym Buggy. O śnie, jaki zaczął się pojawiać po czymś, co się wydarzyło, gdy jej matka miała dwanaście lat. W tym wieku Buggy prowadziła pamiętnik pełen sekretnych uczuć i rymowanych, sentymentalnych wierszyków. Pisała o gniewie wobec swojej siostry, Virginii, i matki, Delii. Pisała romantyczne, dziewczęce wiersze o wróżkach, miłości, Dziewicy Maryi i swojej miłości do koni (na których bała się jeździć).

W koszmarnym śnie Buggy wszystko było tak jak w 1912 roku. Delia znalazła jej pamiętnik i rozwścieczyło ją to, co Buggy napisała w tajemnicy. Zagoniła ją na podwórko za domem. Tam wydarła wszystkie kartki z pamiętnika i podała je Virginii, która cisnęła je do ogniska.

„Buggy — powiedziała Delia — nie jesteś pisarką. W twoim żałosnym życiu nie ma niczego, co warto byłoby opisywać. To Virginia jest pisarką".

Kiedy Buggy patrzyła, jak jej sekrety giną w ogniu, przyrzekła sobie, że zemści się na siostrze. I dotrzymała słowa. Kiedy skończyła dziewiętnaście lat, dzięki skomplikowanym intrygom ukradła Virginii Taylora Abbotta i zmusiła go do ślubu. Mówił jej, że jest najśliczniejszą dziewczyną w okręgu Garnet i że chce, by już na zawsze była jego dziewczynką.

Zwycięstwo Buggy było jednak wątpliwe. Została z mężem, który zdradzał ją przez cały czas trwania ich małżeństwa.

Stojąc na szczycie cysterny, Vivi poczuła ogarniającą ją ulgę. Był to prowincjonalny dreszczyk emocji, niczym rozkosz oglądania parady z dachu wysokiego budynku. Widziała poplątany hiszpański mech zwisający z dębów w parku miejskim. Dostrzegała krzaki kamelii, azalii i szałwii; czuła kwitnący nocą jaśmin. Zamknęła oczy i wyobraziła sobie, że zagląda do swego domu, sypialni i do wszystkiego, co się w niej znajduje. Widziała łóżko z czterema kolumienkami i jedwabną kapą, które Delia kupiła dla niej w Nowym Jorku; nową toaletkę, którą ojciec kupił jej na piętnaste urodziny i na której stały zdjęcia Jacka w stroju do koszykówki i ze skrzypcami w ręku; wysoką szafę zapchaną kapciami i swetrami; wiatrak pod sufitem; rakietę tenisową opartą o nocny stolik; puchary tenisowe; niezliczone fotografie Ya-Ya i jedną Jimmy'ego Stewarta.

Vivi odwróciła wzrok od rodzinnego domu i wyobraziła sobie, że widzi kwadrat ulic, w którym mieszka, a potem całą okolicę. Wyobraziła sobie wszystkich ludzi, których znała, i tych niewielu, których nie znała. Widziała, jak się przewracają i rzucają w swoich łóżkach, nie mogąc usnąć z gorąca. Widziała lampy palące się na werandach, srebrne poświaty tam, gdzie były uchylone lodówki, kogoś stojącego obok, sięgającego po butelkę mleka, które jest tylko wymówką dla tego, by poczuć chłód lodówki. Widziała nocne lampki w pokojach dzieci, które słodko śniły, cudownie oszołomione upałem, ich różowe ciałka zwinięte w kłębek w bawełnianej pościeli. Dzieci nie bojące się jeszcze Hitlera, ich maleńkie serduszka bijące w jednym rytmie z szumem drzew, potoków i zatoki.

Vivi zobaczyła migoczące świeczki zapalone w Bożym Miłosierdziu za dusze zmarłych. Wypatrzyła maleńkie, jarzące się wściekle czubki papierosów zwisających z ust głodnych snu dusz, szukających choćby najlżejszego podmuchu wiatru na podwórkach za domem. Uchwyciła delikatną łunę skal radiowych włączonych przez całą noc, na wypadek gdyby nadano ostrzeżenie, że naziści lub żółtki najechali na kraj w tę upalną noc, czyniąc te potworności, które żyły w wyobraźni mieszkańców miasteczka, gdy rano otwierano bank, rozwożono mleko, gdy hostia zmieniała się w ciało i krew.

Wzbijając się jeszcze wyżej, Vivi opuściła miasto i uniosła się tak wysoko, że już nie widziała drzew, bulwarów, zachwyconych lub zmartwionych twarzy. Pofrunęła nad wszystkimi zapomnianymi rzeczami wiszącymi w powietrzu między ludźmi. Unosiła się tak nad miastem, aż zobaczyła Bunkie i Natchitoches i rzekę Cane, która bardziej przypominała jezioro, i rzekę Garnet wpadającą do Missisipi. Zawisła nad Spring Creek, nad drzewami rzucającymi chłodny cień i iglastymi ścieżkami prowadzącymi do domku, gdzie tej nocy spał Jack. Przeleciała nad niemieckimi irysami z jasnoszarozielonymi kolcami, nad brązowymi wodami zatoki i cichymi cyprysami, nad bagnami, nad bawełną, nad walącymi się chałupami, gdzie spali zmęczeni czarni po całym dniu zrywania bawełny, nad ryżem i trzciną cukrową, nad mirtami bagiennymi, nad milionami maleńkich ujść rzek, nad rakami w swych łożach z błota.

Zostawiła to wszystko i wzbiła się jeszcze wyżej, w chmury, cudowne chmury wilgotne od mgły, a potem jeszcze bliżej nieba. Stamtąd widziała całą maleńką Ziemię, biało-niebieską, wirującą w przerażającym, wspaniałym kosmosie. Nie było tam ludzi, tylko serca, serca bijące, niezliczone, i dźwięk oddychania.

Tak to widziała Vivi Abbott, lat piętnaście, chwiejna w każdym znaczeniu tego słowa. Takie były te miejsca, które mogła zwiedzić, gdy tylko otworzyła się w niej malutka furtka, a umysł się uwolnił. Tak święta i straszna swoboda nie zawsze jest bezpieczna i zawsze trzeba za nią zapłacić.

Vivi zatrzymała się na chwilę, jakby wyczuwając podstawę. A potem zaczęła gwałtownie spadać, przeżywając szok niestałości, paniczną falę tymczasowości. Uczepiła się wilgotnych chmur, by nie tracić tego wspaniałego widoku. Nie chciała wracać na Ziemię.

Stojąc z powrotem na cysternie w parku miejskim w samym sercu Luizjany, pomyślała: „Z Jackiem Whitmanem moje życie będzie inne". Możesz być, kim tylko chcesz, Vivi — powiedział. Po prostu każdym.

A potem pomyślała: „Jeżeli Jack zginie w niebie, skurczę się w sobie i umrę".

To Caro wykombinowała, jak otworzyć pokrywę cysterny. Nie było to proste i wymagało nieco wysiłku, ale Ya-Ya były napalone.

Nawet Necie, tę ostrożną Ya-Ya, porwała wizja światła księżyca odbijającego się w wodzie. Zdjęły bluzy od piżam, które pofurkotały w nieruchomym powietrzu na spaloną ziemię w dole, wyskoczyły z majtek i zapomniały o zbieraniu złomu. Nie mówiły dużo, myślały jeszcze mniej. Wślizgnęły się do chłodnych, przejrzystych zapasów wody dla miasta.

W powietrzu unosiło się coś świętego, gdy Ya-Ya położyły się na plecach, a ich włosy rozpostarły się na wodzie wokół ich ramion. Zapatrzyły się w jasne niebo, na którym nie toczyła się żadna wojna. Zaczęły liczyć gwiazdy, wydawało im się, że znalazły Pegaza, i były pewne, że wypatrzyły Wenus. Dotykały się nawzajem palcami u nóg i wierzgały nogami jak Esther Williams. Vivi całkowicie poddała się wodzie. Czarny kamień, który ciążył jej na piersiach, chwilowo się uniósł i teraz mogła głęboko wciągać powietrze, a potem wypuszczać je, jakby zdmuchiwała świeczkę. Brzuch jej zmiękł, ramiona się rozluźniły, oszołomienie gdzieś odeszło. Wtedy zaczęła płakać.

Po kilku chwilach, bez wyjaśnienia, do łez Vivi dołączyły łzy Teensy. A potem Necie i parę łez Caro. Popłynęły im po twarzach i pociekły do miejskich zapasów wody. Dziewczynki płakały, bo mobilizacja Jacka otworzyła ich ciasny wszechświat na cierpiący świat. Płakały, bo w swym czującym wnętrzu wiedziały, że już nigdy nie będą takie same.

Vivi spojrzała poprzez łzy na księżyc. Z jej ciała popłynęła cicha modlitwa za Jacka.

O, światło księżyca na letnim niebie, spojrzyj z wysokości na mego ukochanego. Świeć mu, gdy jest bezpieczny, i świeć, gdy przemierza przestworza wroga. Niech jego podróże po niebie zbliżą go do ciebie, by zawsze był bezpieczny. Powiedz mu, że go kocham, powiedz, że tęsknię, że zawsze będę na niego czekać. Twój mleczny blask uchroni go przed wszystkimi wrogami. To łagodny chłopiec, nie pozwól, by cierpiał. Światło księżyca nad jedynym miastem, jakie znam, przyprowadź z powrotem mojego ukochanego, byśmy żyli długo i szczęśliwie.

Odwróciła głowę, spojrzała na swoje przyjaciółki i zobaczyła je takimi, jakimi nigdy przedtem ich nie widziała. Zdawały się lśnić od środka, jakby miały wewnątrz latarnie. Sprawiały wrażenie bardzo starych, a jednocześnie młodych. Zarówno niezwyciężonych, jak i bardzo, bardzo delikatnych. Gęstość i ciężar ich ciał były dla niej kotwicą, dzięki której czuła się bardziej realna. Spojrzała na nie z miłością i przepełniła ją wdzięczność.

Oficer Roscoe Jenkins nie wiedział, co myśleć, kiedy zobaczył cztery bluzy od piżam leżące na ziemi. Właśnie był na obchodzie, kiedy w alejce dostrzegł kabriolet. Doszedł do wniosku, że komuś zabrakło benzyny. Noc była tak jasna, że nie potrzebował latarki, ale kiedy poświecił nią na piżamy, zobaczył monogramy i jeszcze bardziej się zaniepokoił. Kiedy wytropił majtki, zatrwożył się nie na żarty. Trzymając w ręku szorty, rozejrzał się, ale nie zauważył nic niezwykłego. Wtedy usłyszał cichy odgłos chlupania wody. Rzucił snop światła w stronę cysterny i wtedy wydało mu się, że zobaczył nagą kobietę.

Kiedy w końcu Ya-Ya zgodziły się zejść z wieży, oficer Roscoe Jenkins udowodnił, że jest dżentelmenem w każdym calu. Odwrócił wzrok i podał każdej z nich górę od piżamy, po czym wszedł na wieżę, by sprawdzić, czy rzeczywiście dokładnie zamknęły pokrywę. Znał te młode damy. Dziewczynę Whitmanów znał, odkąd jako cztero- czy pięciolatka wsadziła sobie orzech do nosa. Wydął jeden policzek i kręcił głową, ale był bardziej zakłopotany niż zły. Fakt, że pozwolił im pojechać za sobą na posterunek, zamiast zagonić je do służbowego samochodu, nie był przejawem zaufania. Prawdę mówiąc, wolał nie jechać z tą zwariowaną czwórką.

W kabriolecie Genevieve powstały kontrowersje na temat tego, czy jechać za policjantem, czy dodać gazu i udać się w stronę wzgórz (oczywiście nie było tam żadnych wzgórz).

W końcu przeważyło zdanie Teensy.

— Słuchajcie — powiedziała — nigdy jeszcze nie byłam w ciupie!

*

Kiedy ich ojcowie przyjechali na posterunek, wymięci i zgrzani, naradzili się między sobą.

— Szkoda, że nie możemy jakoś wykorzystać ich energii — powiedział ojciec Caro. — Byłaby nieoceniona dla aliantów.

— Zdumiewa mnie ich kompletna niechęć do zachowania pozorów — powiedział ojciec Teensy. — Mój syn zrobił coś godnego pochwały, a córka zmienia się w pospolitego przestępcę. Cała ich czwórka to jeden wielki wstyd, odkąd poniżyły moją rodzinę w Atlancie.

— Ciekawe, jak departament wodny oczyści tę cysternę — zastanawiał się ojciec Necie.

— Zamknąć je na noc w celi — powiedział pan Abbott. — Może to je nieco ostudzi.

— Zapuszkować? — Nie dowierzał Roscoe.

— Zapuszkować — zgodzili się ojcowie. Po czym odwrócili się i wyszli.

— Zapuszkować! — wykrzyknęła Teensy, dramatycznym gestem chwytając się krat. — Czyż to nie cudowne słowo?!

— Pudło — powiedziała Caro.

— Uwięzione za przekonania — dodała Vivi.

— O kurczę — westchnęła Necie.

Cela, w której zamknięto dziewczęta, była prawdopodobnie najchłodniejszym miejscem do spania w Thornton. Pomieszczenie znajdujące się na poziomie piwnicy, z oknami po obu stronach i otwartymi bocznymi drzwiami (już nie wspominając o wiatraczku, który oficer Roscoe Jenkins przeniósł z własnego biurka na stolik karciany, który postawił w celi), było po prostu przyjemne. Dziewczynki miały jeszcze mokre włosy i ciała chłodne od wody, a Roscoe kupił im w automacie wodę sodową, za którą grzecznie podziękowały.

— Roscoe — powiedziała mu Vivi — kiedy będę pisała pamiętniki, zostaniesz kimś o wiele ważniejszym niż jakaś drugoplanowa postać.

Ya-Ya wypiły napoje i położyły się na pryczach.

— Mój *Père* nie ma ani krzty wyrozumiałości — poskarżyła się Teensy. — Jack ma szczęście, że od niego uciekł.

— Nie jesteśmy pospolitymi przestępcami — powiedziała Caro.

— W nas nie ma nic pospolitego — dodała Necie.

Vivi zapatrzyła się w sufit celi. „Czasami trzeba usłuchać ważniejszego prawa niż prawo Thornton" — pomyślała. Zbyt wielu ludzi chowa się w swych pokojach, kiedy światło księżyca jest najsilniejsze, kiedy księżyc rzuca na nas swe promienie, czy tego chcemy, czy nie.

Tej nocy, kiedy Ya-Ya spały w więzieniu miejskim w Thornton, księżyc je kochał. Nie dlatego, że były piękne, doskonałe czy odważne, ale dlatego, że były jego ukochanymi córeczkami.

17

Gdyby Sidda Walker mogła zobaczyć Vivi i Ya-Ya tamtego lata 1942 roku, skąpane w świetle księżyca, ich wzruszające, młode ciała, sutki lśniące w poświacie, zrozumiałaby, że pochodzi z boskiego rodu. Zrozumiałaby, że we wnętrzu jej matki, niczym podziemny strumień, płynie pierwotna, słodka siła i że taki sam strumień płynie w jej własnym wnętrzu. Choć Vivi zostawiła na niej wiele blizn, wahając się między tworzeniem a niszczeniem, przekazała jej również umiejętność odczuwania zachwytu.

Niepokój zaatakował Siddę, kiedy schodziła po schodach nad jezioro Quinault. Nawet gdy księżyc napuszył się, przyozdobił i spuchł w cudowną kulę, Sidda była świadoma tylko własnego zamętu i pełnej przerażenia determinacji, by dotrzeć do samego sedna rzeczy. Ale letni księżyc nie chciał zbyt długo znosić takiego braku zainteresowania. Kiedy tylko Sidda miała opuścić stopę na schodek przed sobą, księżycowy promień poklepał ją po ramieniu i zmusił do tego, by spojrzała w niebo. Głęboko wciągnęła powietrze, a kiedy je wypuściła, poczuła przestrzeń, której do tej pory nie dostrzegała.

„Podziwiam księżyc w jego wędrówce"— pomyślała. „Nasza Pani Pereł! Słowo »przystojny« zostało wymyślone dla niego".

Siedząc na drewnianych stopniach, sięgnęła ręką do długich, kędzierzawych uszu Hueylene i zaczęła je delikatnie drapać. Sidda drapała, a pies wzdychał, wydając z siebie śmieszne, ciche, atonalne dźwięki przypominające kulawą melodyjkę, jaką dziecko mogłoby zagrać na harmonijce. Sidda czuła bicie swego serca i słyszała cykanie świerszczy nad jeziorem.

„Świerszcze" — pomyślała. „Śpiewają dla mnie serenadę, odkąd się urodziłam. Wdech, wydech. Teraz siedzę w blasku księżyca. Mój pies leży koło mnie i kąpiemy się w księżycowych promieniach".

Nieoczekiwanie zaczęła cicho śpiewać. Nie robiła tego od dawna. Najpierw zanuciła Blue Moon altową partię, której ciocia Jezie nauczyła ją przed wieloma laty. Potem przeszła do Shine on, Harvest Moon akompaniując sobie stopą, kiedy doszła do fragmentu „Nie kochałam się od stycznia, lutego, czerwca czy lipca".

Lekko uderzając ogonem o drewniane stopnie, Hueylene obserwowała swoją panią. Sidda równie dobrze mogłaby śpiewać kołyskanki dla psów. Właściwie śpiewała coś w rodzaju kołysanki, piosenki, która miała uspokoić tę dziewczynkę, którą nosiła w sobie od czterdziestu lat. Pogłaskała suczkę po głowie, tam gdzie kępki białego futra sterczały niczym pióra z żółtawobrązowej sierści. Następnie zaczęła delikatnie kręcić głową, czując sztywność w karku i ramionach. Ile waży ludzka głowa? Dwadzieścia, dwadzieścia pięć funtów? Zastanowiła się nad tą delikatną łodygą, która łączyła jej głowę z sercem, i przez chwilę czuła przypływ wdzięczności. Ciekawa była, czy wdzięczność może zastąpić niepokój.

Myśląc, zaczęła mruczeć. Mruczenie unosiło się w powietrzu, aż rozkwitło w *Moon River*. Śpiewała słowa piosenki, przypominając sobie, że na początku lat sześćdziesiątych po obejrzeniu *Śniadania u Tiffany'ego* był to ulubiony przebój jej rodziców. Przypomniała sobie, jak rumieniła się z radości, kiedy po wejściu z Vivi i Shepem do restauracji Chastain, pianista przerywał grę i na cześć jej rodziców zaczynał *Moon River*. Rodzina wydawała się jej wtedy taka królewska. Powiedzmy, że było to sobotnie popołudnie w 1964 roku, koniec lata, powiedzmy, że wszyscy mieli na twarzach letnią opaleniznę. Powiedzmy, że Vivi włożyła beżową, lnianą sukienkę, Shep — sportowy płaszcz i spodnie khaki, Sidda i Lulu — nowe letnie sukienki, a Mały Shep i Baylor — świeże koszulki polo. Powiedzmy, że jedli homara. Wszystko szło dobrze. Powiedzmy, że używali miseczek z wodą do mycia rąk. Shep użył swego starego powiedzonka: „Pyszne jedzenie. Napchałem się jak słoń".

„Dwa statki wypłynęły w morze — zaśpiewała Sidda — żeby zobaczyć świat. W świecie jest tyle do oglądania". — Zaśpiewała wszystkie wersy, których nauczyła ją Vivi.

— *My huckleberry friend* — szepnęła Hueylene do ucha po skończeniu ostatniej linijki. Spanielka położyła swą kosmatą blond głowę Siddzie na kolanach i westchnęła głęboko. Siddzie otworzyły się piersi, w głowie jej przyjemnie dzwoniło. Śpiew lekko wymasował ją od środka.

„Uwielbiałam uczyć się piosenek od mamy" — pomyślała. „W dzisiejszych czasach nikt nie śpiewa tak jak mama i nasza czwórka".

Sidda nie wiedziała, że kiedy Vivi dorastała, śpiewało się o wiele więcej. To jedna z rzeczy, o których nie wspominają podręczniki do historii. Że ludzie ciągle śpiewali na świeżym powietrzu. Że w latach trzydziestych i czterdziestych nie można było przejść ulicą w Thornton w stanie Luizjana, żeby nie usłyszeć czyjegoś śpiewu. Śpiewu lub pogwizdywania. Gospodynie domowe nuciły, rozwieszając pranie, zdziwaczali staruszkowie gwizdali, siedząc przed sądem na River Street, ogrodnicy mruczeli, pieląc i skopując ziemię, dzieci wydzierały się i jodłowały, przemierzając okolicę na swych rowerach. Nawet poważni biznesmeni pogwizdywali, wracając z banku. Ludzie mieli w salonach pianina, a nie telewizory. Ich śpiew nie zawsze oznaczał szczęście; niekiedy intonowali pieśni pogrzebowe lub stare hymny. Często muzykę słyszało się od czarnych, których piosenki dotykały tego smutku tkwiącego w Vivi, na który nie znajdowała słów. Można by pomyśleć, że w tamtych czasach śpiewali wszyscy.

Kiedy Sidda dorastała, Vivi śpiewała ze swymi dziećmi, odwożąc je do szkoły w te dni, gdy spóźniły się na autobus. Nauczyła je gwizdać, zanim potrafiły literować wyrazy, i zależało jej na tym, by znały jej wszystkie stare piosenki obozowe i wybrane standardy z lat czterdziestych. Sidda i jej rodzeństwo znali słowa do *Pennsylvania 6-5000, Can't Help Lovin' That Man of*

Mine i *Chattanooga Choo-Choo,* zanim nauczyły się samodzielnie wiązać sznurowadła.

W dobre dni Vivi siadywała przy pianinie, które dostała od Buggy, i udawała, że jej salon to bar z pianinem. Czasami, do takich melodii jak *You Are My Sunshine* czy *Yellow Rose of Texas,* dołączał się Shep. W takich chwilach Vivi biegła do niego i mówiła: „Brawo, Scott! Masz cudowny głos. Powinieneś częściej śpiewać! Nie chowaj się z nim!".

To zawsze zawstydzało Shepa, który odpowiadał: „To ty jesteś śpiewaczką w tej rodzinie, Vivi", po czym szedł do kuchni po następnego drinka.

Sidda uwielbiała te chwile, gdy ojciec dołączał się do otwartej dla wszystkich zabawy, do jakiej zachęcała ich matka. Okazje te, jak i chwile spędzone z ojcem, należały do rzadkości. Shep kochał swoje dzieci i kochał żonę. Bardziej jednak znał się na rolnictwie i polowaniu na kaczki niż na współtworzeniu rodziny. Przeważnie trzymał się tego, w czym był dobry. Sidda na palcach jednej ręki mogłaby zliczyć te sytuacje, kiedy była sam na sam z tatą, a i to zdarzało się głównie wtedy, gdy była już dorosła. Miał w sobie własną odmianę wiejskiej poezji, która jednak stała się szorstka od burbona i niewypowiedzianej melancholii.

Shep Walker nie miał takiej fantazji jak Vivi, lecz co jakiś czas, bez uprzedzenia, ulegał kaprysom. Jak w tę Wigilię, gdy przyszedł do domu z kostiumami kowbojskimi razem z butami i kapeluszami dla każdego członka rodziny. Nie zapomniał też o śmiesznym kowbojskim kapelusiku dla ich cocker-spaniela. Był tak zachwycony własnym pomysłem, że zdołał namówić Vivi, by wszyscy (oprócz psa) włożyli te kostiumy na pasterkę. Po mszy, gdy wokół Walkerów, którzy wyglądali jak zespół country, zgromadzili się znajomi, Vivi wybuchnęła śmiechem i powiedziała: „Baptysta święty Shep pomyślał sobie, że parafii Naszej Pani Bożego Miłosierdzia przydałby się kopniak w tyłek".

Jako młody mężczyzna Shep Walker był przystojnym pożeraczem kobiecych serc, czarnym koniem, dżentelmenem-farmerem, który ożenił się z Vivi Abbott dlatego, że pożądał jej niespożytej energii. Nigdy nie przestał się zastanawiać, dlaczego jest mu potrzebna taka witalność. Nigdy też nie podejrzewał, że żywotność Vivi ma swoją ciemną stronę. Młodemu Shepowi Walkerowi nie przyszło do głowy, że po latach Vivi może go zmęczyć. Pociąg fizyczny, jaki przeżywali w okresie narzeczeństwa, niemal ich przytłaczał i miał tendencję do powracania, nieproszony i niekiedy niechciany, po długich okresach wzajemnego obwiniania się i abstynencji.

Ze swojej strony Vivi wyszła za Shepa Walkera dlatego, że podziwiała barwę jego głosu, dlatego, że biła od niego taka pewność siebie, kiedy Vivi go całowała, i dlatego, że — na samym początku — sprawiał, że czuła się jak gwiazda. I dlatego, że w wieku dwudziestu czterech lat przestała już wierzyć, że to, kogo poślubi, ma jakiekolwiek znaczenie.

Vivi powiedziała kiedyś Siddzie: „Miałam wyjść za Paula Newmana, ale Joanne Woodward dorwała go pierwsza. Potem było mi już wszystko jedno".

Ten diabelski taniec między cichą melancholią Shepa a szalonym urokiem Vivi — a wszystko to podlewane nieprzerwanym strumieniem Jacka Danielsa — wyrzeźbił wyobrażenie Siddy o małżeństwie.

Później, w domku, Sidda zrobiła sobie mrożoną herbatę Earl Grey, wyniosła na werandę lampę podłogową i fotel, żeby nie utracić widoku księżyca. W chwili, gdy usiadła z albumem matki na kolanach, Hueylene

rzuciła jej szmacianą zabawkę, obwieszczając, że czas
na zabawę. Patrząc na suczkę, Sidda nie mogła się
nie roześmiać. Jej ogromne oczy, lekko wydłużony nos
i włochate, kłapciate uszy były tak znajome i tak kochane. Sidda uklękła, pociągnęła za zabawkę i zawarczała.
Pies był zachwycony. Bawiły się tak, dopóki Sidda się
nie poddała i nie pozwoliła zwyciężyć Hueylene.

Wzięła z powrotem album, odetchnęła głęboko
i przed otworzeniem go na chwilę zamknęła oczy.
Otwórz się przede mną. Pozwól się otworzyć.

Zobaczyła zaproszenie. Jego tekst, wydrukowany na
białej kartce z brystolu, brzmiał następująco:

Pan Taylor Charles Abbott
zaprasza na potańcówkę na cześć swojej córki
Panny Viviane Abbott
Piątek, osiemnastego grudnia
Tysiąc dziewięćset czterdziestego drugiego roku
o ósmej wieczorem
Sala balowa hotelu Theodore
Thornton, Luizjana

Grudzień, 1942. Musiało to być coś w rodzaju balu
z okazji „słodkiej szesnastki". Czy rzeczywiście organi-
zowali takie zabawy podczas wojny? Sidda przewróciła
kartkę na drugą stronę. Gdzie, do diabła, było imię jej
babci? To pominięcie aż zaparło jej dech w piersiach.
Czyżby przeoczenie? Jeżeli to bojkotowanie jej babci
było zamierzone, to co miało oznaczać?

Znowu zapragnęła podnieść słuchawkę telefonu i po
prostu spytać o to matkę. Ale Vivi wyraziła się jasno:
nie dzwoń.

Sidda spojrzała na zegarek. Dziewiąta. Jedenasta
czasu luizjańskiego. Caro na pewno jeszcze nie śpi.

Dopiero się rozkręca, pompując w siebie czarną kawę, którą tak uwielbia. Ta prawdziwa nocna sowa jeszcze odbiera telefony, chyba że jej życie radykalnie się zmieniło. Aż do wywiadu w „The New York Timesie" Caro co parę miesięcy dzwoniła do Siddy, zawsze po północy, lecz od tamtego obraźliwego artykułu nie rozmawiały ze sobą. Odkąd Vivi nałożyła na nią fatwę*.

Sidda złapała latarkę i smycz psa i razem ze spanielką pojechały do budki telefonicznej w Quinault Merc. Droga była zupełnie pusta, wszyscy szczęśliwi turyści poszli już spać. Kiedy Sidda mijała pensjonat, zobaczyła, że w hallu wciąż palą się ciepłe światła, i poczuła ulgę na myśl, że jeżeli zmęczy ją samotność, w każdej chwili może tam pójść. Podobał się jej ten nocny dreszczyk, który czuła; podobało jej się to *frisson*, którego doświadczała, jadąc po informacje na temat Vivi Abbott, lat szesnaście.

— Jem herbatniki z serem i gram na komputerze — powiedziała Caro, wydając z siebie świst charakterystyczny dla chorych na rozedmę. — A ty, stara?

— Caro, tkwię na samym skraju Stanów Zjednoczonych, próbując wykombinować, co mam zrobić z resztą życia.

— To brzydki nawyk jak na taką śliczną dziewczynę — powiedziała Caro, niemal perfekcyjnie naśladując Groucho Marxa.

Sidda roześmiała się, wyobrażając sobie, jak Caro wzrusza ramionami, rzucając taką uwagę.

— Nic na to nie poradzę, jestem uzależniona.

Usiadła na wąskiej ławce w jednej z niewielu budek

---

*Fatwa — klątwa oparta na prawie koranicznym stosowana w krajach islamskich.

telefonicznych rocznik 1950, jakie jeszcze się ostały w Ameryce Północnej. Odpięła smycz Hueylene i dała komendę „siad".

— Nie nadużywaj słowa „uzależniona", kurde — powiedziała Caro. — Mam dosyć wszystkich tych ludzi, którzy twierdzą, że są uzależnieni. Ty po prostu filozofujesz, Sidda, i już. Byłaś taka, odkąd skończyłaś cztery lata. To leży w twojej naturze. Co tam nowego?

— Mój telefon chyba nie bardzo cię zdziwił.

— A powinien?

— Po... po całym tym zamieszaniu z...

— Z tą tłustą dziennikarką z Nowego Jorku? No, sama powiedz, kim ja dla ciebie jestem?

— Przyjaciółką mojej matki.

— To prawda — przytaknęła Caro, po czym na chwilę zamilkła. — I twoją matką chrzestną.

— Nie jesteś na mnie zła?

— Nie.

— To dlaczego nie dzwonisz? Dlaczego nie piszesz?

— Cytując tego filozofa idiotę, George'a Busha, nie byłoby to roztropne.

— Caro, a kiedy ty byłaś roztropna?

— Jeśli chodzi o moje przyjaciółki, to niekiedy uznawały mnie za rozważną.

Zapadła chwila milczenia, podczas której Sidda zastanawiała się, co powiedzieć.

— Wysłałam Blaine'a i Richarda na twoją sztukę — powiedziała Caro. — Wiesz o tym, prawda? Wysłałam tam mojego byłego męża i jego przyjaciela, żeby obejrzeli twoją *tour de force* i zdali mi raport.

Sidda nigdy nie przestała się dziwić Caro. Za jej mężem, Blaine'em, zawsze odwracały się głowy we Francuskiej Dzielnicy, ale kiedy w końcu odszedł od Caro do mężczyzny, z którym potajemnie spotykał się w Nowym

Orleanie, zatrzęsło to całym wszechświatem Ya-Ya. Stało się to przed jakimiś ośmioma czy dziewięcioma laty. Caro najpierw pogroziła Blaine'owi nienaładowanym pistoletem, potem podarła całą teczkę z rysunkami domu, który projektował, po czym mu wybaczyła.

Kiedy Sidda ostatnio, to znaczy dwa lata wcześniej, była w domu, Caro tak wytłumaczyła jej swoje zachowanie: „To szok, ale nie niespodzianka. I faktem jest, że ja naprawdę lubię Richarda. Na miłość boską, ten facet umie gotować. Od śmierci mamy nikt dla mnie nie gotował".

Blaine przeniósł się do Nowego Orleanu i zamieszkał z Richardem, ale często przyjeżdżali do Thornton do Caro, zwłaszcza odkąd zachorowała na rozedmę.

— Wiem, że Blaine i Richard widzieli moje przedstawienie — powiedziała Sidda. — Ja i Connor zabraliśmy ich do teatru, kiedy byli w Nowym Jorku. Ale co masz na myśli, mówiąc, że ich wysłałaś?

— Mam na myśli to, że to ja kupiłam te cholerne bilety i to ja zagroziłam tym gołąbeczkom, że jeżeli wrócą bez szczegółowego sprawozdania z *Kobiet na krawędzi* i dokładnego opisu, jak wyglądałaś, mówiłaś i jak się zachowywałaś, to naślę na nich oddział z Bożego Miłosierdzia.

— I...?

— Chłopcy powiedzieli, że nie muszę się martwić. Mówili, że byłaś urocza, ładna, chociaż może trochę za chuda. Że było ci smutno z powodu mamy, ale byłaś dumna ze swojego sukcesu. I że — cytuję — „pokochali" Connora McGilla. Jeżeli dobrze pamiętam, to Richard powiedział: „To krzyżówka Liama Neesona i Hanka Fondy'ego, który odbył parę sesji na kozetce".

— Jezu! — wykrzyknęła Sidda. — Jak ty z nimi wytrzymujesz?! Caro, przepraszam na chwilę. Hueylene, wracaj tu! — Sidda zawołała spanielkę, która powoli wędrowała przez ulicę w kierunku jeziora. — Przepraszam, pies mi uciekł — wyjaśniła.

— Czy to jakiś szyfr?

— Nie! — roześmiała się Sidda, uświadamiając sobie, że właśnie użyła zwrotu, za pomocą którego Ya-Ya mogłyby przemycić informację nie przeznaczoną dla obcych uszu. — To Hueylene, pies z teatru.

— Nadal wszędzie ciągniesz ze sobą tego psa?

— Tak. Wiesz, ona ma coś w rodzaju padaczki. Nie chcę, żeby musiała mieszkać w budzie. Connor nazywa to „psiąpaczką". Hueylene dostaje środki uspokajające.

— Tylko mi nie mów, że zwariowałaś.

— To ty tak powinnaś o sobie mówić, Caro! Jeżeli mnie pamięć nie myli, to ty kiedyś wzięłaś cały miot złożony z czterech beagle'i.

— A co u tego przystojniaczka, Connora? Co z...?

— Jeszcze nie odpowiedziałaś na moje pytanie — przerwała jej Sidda, zmieniając temat. Nie chciała rozmawiać z Caro o przełożeniu ślubu. — Jak wytrzymujesz z Blaine'em i Richardem?

— Ja nie tylko z nimi wytrzymuję, ja się nimi rozkoszuję. Teraz Blaine jest dziesięć razy fajniejszy. Za każdym razem, kiedy do mnie przyjeżdżają, gotują, urządzają dom i wydają przyjęcie na moją cześć. Jak mogłabym ich nie lubić?

W tym momencie Caro zaczęła kasłać. Był to potworny, męczący kaszel, od którego słuchania Siddę aż bolało w piersiach. Wyobraziła sobie Caro taką, jaką ją zapamiętała z dzieciństwa: wysoką, opaloną, wysportowaną, wychodzącą z basenu Teensy i sięgającą po papierosa przed wytarciem się. Baylor jej powiedział, że Caro to zwycięża, to przegrywa w walce z rozedmą.

— Przepraszam, że nie dzwoniłam, stara — powiedziała cicho Caro. — Po prostu byłoby to nie w porządku wobec Vivi. Kazała nam przysiąc, że nie będziemy z tobą rozmawiać. Twoja mama strasznie boi się zdrady. A przy okazji, nie przejmuj się moim kaszlem. Brzmi to gorzej, niż jest naprawdę, nocą zawsze mam atak.

Sidda przez chwilę milczała.

— Masz wrażenie, że ją zdradziłam?

— Nie. Myślę, że „The New York Times" i wszystkie inne nienawidzące kobiet gazety w tym kraju chciałyby wyssać mleko z piersi wszystkich matek, a potem oskarżyć je o to, że wyschły. Ale nie, nie sądzę, byś chciała zranić swoją matkę.

— Dziękuję.

— Nie dziękuj mi, Siddo.

— Mogę cię o coś spytać?

Caro znowu zakasłała, zanim odpowiedziała. Sidda się skrzywiła.

Kiedy Caro się odezwała, jej głos brzmiał ostrożnie.

— To zależy.

— W albumie mamy znalazłam takie zaproszenie. Na tańce organizowane z okazji jej szesnastych urodzin. Na zaproszeniu brakuje imienia mojej babci. Zupełnie jakby Buggy nie żyła.

— Pytałaś o to Vivi?

— Ona nie chce rozmawiać o albumie. Prawdę mówiąc, mama w ogóle nie chce ze mną rozmawiać. Mówi, że wysłała mi *Boskie sekrety* i to wszystko.

— A nie?

— Co nie?

— Czy to nie wszystko?

— Nie, to nie wszystko! — powiedziała Sidda. — Irytuje mnie i frustruje, że przeglądam ten album i znajduję tylko aluzje, tylko okruszki informacji. Żadnego wytłumaczenia, żadnej struktury! A przecież wiem, że muszą być jakieś historie, opowieści, które mogłyby rozwiązać, no, może nie rozwiązać, ale jakoś wyjaśnić... Mama jest mi winna parę wskazówek, na miłość boską.

Sidda odchrząknęła, zawstydzona własnym wybuchem. Caro przez chwilę się nie odzywała.

— Myślisz, że twoja mama ma coś wspólnego z twoją rezerwą wobec Connora McGilla?

— Nie wiem — powiedziała Sidda. — Prawdę mówiąc, jestem nieco wstrząśnięta własną gwałtownością.

— A ja nie. Ty i twoja mama nawzajem złamałyście sobie serce. Ale kiedy tak ciskacie strzałami, pozwól, że ci przypomnę, że miałaś — masz — ojca, Siddo. To zrozumiałe, że go przegapiłaś, przecież nigdy go nie było w domu. Co go wcale nie wyróżnia wśród innych mężów Ya-Ya.

— No, ale to mama była gwiazdą. Tatuś zawsze znajdował się w jej cieniu.

— Mówisz, że ile lat trwała twoja terapia?

— Ujmijmy to w ten sposób: za te pieniądze, które wydałam na to, by naprawić szkody, jakie wyrządziła mi mama, mogłabym przejść na emeryturę, mając trzydzieści lat.

— Coś ci powiem, stara: twoja matka nic ci nie jest winna. Jesteś dorosła. Karmiła cię, ubierała i brała na ręce, nawet jeżeli trzymała przy tym drinka. A jakiekolwiek szkody ci wyrządziła — a jestem pewna, że tak było, bo każda matka krzywdzi swoje dzieci — to zrobiła to w dobrym stylu, słyszysz?

Sidda przyciągnęła do siebie Hueylene. „Ta terapia dała jednak coś dobrego. Pięć lat temu zapadłabym w katatonię, gdyby ktoś przekazał mi taką kretyńską mądrość" — pomyślała.

— Oddychasz jeszcze? — spytała cicho Caro.

— No.

— Ostatnio dużo myślę o oddychaniu. Ta niezliczona liczba oddechów, które uważałam w swoim życiu za coś oczywistego.

Słowa Caro zmieszały się z powietrzem i sprawiły, że Sidda zaczęła zwracać uwagę na swój oddech. Przez chwilę nic nie mówiła. Po prostu unosiła się na swym oddechu niczym surfer, który płynie na popołudniowej fali. Na przeciwległych końcach kraju Sidda i Caro wypuszczały powietrze w słuchawkę, nic nie mówiąc.

W końcu Caro się odezwała:

— Dobra. Jeśli chodzi o ten bal, to była brzydka sprawa.

— Jak to? — spytała Sidda.

— Naprawdę chce ci się o tym gadać?

— Jesteś zmęczona?

Caro oddychała nierówno. Gdyby Sidda jej nie znała, pomyślałaby, że to tylko dramatyczne zagranie.

— Twój dziadek strasznie się szarpnął na tę okazję. Twoja babcia, Buggy, nie chciała organizować tego przyjęcia. Twój dziadek zrobił jej to na złość. Cholera, Taylor Abbott traktował swoją żonę jak śmiecia. Chociaż była trochę dziwaczna, to przecież nie zasługiwała na to. Przez całe lata ją zdradzał. Wiedziała o tym każda służąca w okręgu. Swoje konie traktował lepiej niż własną żonę. Cholera, sama nie wiem. Twoja mama znalazła się w samym środku tego bagienka.

Caro zamilkła na chwilę, zanim podjęła wątek.

— Te tańce. Taylor Abbott dał Vivi taki niesamowity pierścionek z brylantem. Było to ostatnie wielkie przyjęcie, zanim straciliśmy Jacka. Ale nie takie, jakie chciałoby się zapamiętać.

Sidda czekała, aż Caro powie coś jeszcze, ta jednak milczała.

— I to wszystko, Caro? — spytała. — Co się tam stało? Jak to wszystko wpłynęło na mamę?

— Następne urodziny twojej mamy będą wspaniałe, tyle mogę ci powiedzieć — Caro zignorowała sondowanie Siddy. — Imprezę planujemy raczej na październik niż na grudzień. Vivi oznajmiła, że w tym roku chce urządzić przyjęcie na świeżym powietrzu, więc musimy się pośpieszyć, zanim zrobi się zimno. Projektuję zaproszenia na swoim macintoshu.

Caro rozkaszlała się.

— Królowo Uników — powiedziała Sidda.

— Matko Chrzestna Uników — poprawiła ją Caro zmęczonym głosem.

— Jesteś zmęczona. Za długo cię przetrzymuję.

— Tak, jestem zmęczona, stara.

— Dziękuję, że odpowiedziałaś na moje pytanie.

— Nie odpowiedziałam na twoje pytanie.

— Nie odpowiedziałaś.

— „Nie ma odpowiedzi. Nigdy nie było żadnej odpowiedzi. Oto odpowiedź" — Gertruda Stein.

— Jesteś drugą osobą w tym tygodniu, która cytuje mi Gertrudę Stein.

— „Życie to nie katechizm Baltimore, stara" — Caro Bennett Brewer.

Sidda roześmiała się. Z miejsca, gdzie stała, widziała fragment księżyca między wysokimi, atramentowoczarnymi sylwetkami starych daglezji, które obrastały brzegi jeziora.

— Caro — powiedziała ostrożnie Sidda. — Jeszcze jedno.

— Co takiego?

— Jest takie zdjęcie — wygląda jakby zostało zrobione na początku lat sześćdziesiątych. To zdjęcie grupowe z szukania pisanek, chyba u Teensy. Stoimy w szeregu z koszyczkami, ubrani jak spod igiełki. Są tam wszyscy: ty, Blaine, chłopcy, Teensy, Necie, wszystkie Petites Ya-Ya. Chick ma na sobie taki zwariowany kostium króliczka, a w ręku papierosa! Wszystkie dzieci Necie, oprócz Franka, który pewnie robił to zdjęcie. Tatuś i cała nasza czwórka. Baylor wygląda, jakby darł się wniebogłosy, a ja mam na sobie sukienkę z organdyny w stylu Alicji w Krainie Czarów, z kapeluszem do kompletu. Obejmuję Małego Shepa i Lulu i wyglądamy na nieco wykończonych. Dziwne, że nie ma tam mamy. Wyjechała na tę Wielkanoc, prawda? Gdzie wtedy była, Caro?

Caro milczała.

— O kurczę — odezwała się po chwili wymijająco. — Tamte czasy i te króliczki z papierosami!

— To zdjęcie mnie zasmuca — powiedziała Sidda. — Myślę, że zostało zrobione po tym, jak zmusiliśmy mamę do wyjazdu.

— Co?

— Kiedy za bardzo daliśmy się mamie we znaki. Kiedy wyjechała.

— To ty i Vivi nigdy o tym nie rozmawiałyście?

— Nie, nigdy.

Caro znowu zamilkła.

— Wyjechała przeze mnie, prawda, Caro?

Wtedy Caro się rozkaszlała, a Siddę ogarnęło poczucie winy.

— Nie, stara — powiedziała Caro. — Nie wyjechała przez ciebie. Życie jest o wiele bardziej skomplikowane.

— O czym ty mówisz, Caro?

— Wielu rzeczy nie znajdziesz w albumie. A teraz idź i spraw sobie jakąś przyjemność. Jak mawia Necie, idź i miej same...

— Idź i miej same słodkie myśli.

Zapadła cisza.

— To znaczy: kocham cię, Siddo.

— Wiem, Caro. Ja też cię kocham. Rozległo się spazmatyczne kasłanie.

— Śpij dobrze. I nie przejmuj się potworami; odkaziłam ci pod łóżkiem.

Jest prawda o historii i jest prawda o tym, co pamięta człowiek. Kiedy Sidda siedziała na brzegu jeziora Quinault, wokół niej unosiły się nierozwinięte jeszcze pączki wspomnień, jak gdyby oddychały, nie wypowiadając ani słowa. Jak ptaki, które przekraczają granice państw, krążąc między krajami toczącymi ze sobą wojnę.

18

Sidda siedziała w budce telefonicznej i ćwiczyła oddychanie.

Jesteś dorosła.

Czy spodziewam się, że mama będzie odpowiedzialna za moje życie?

Czy dlatego, że urodziła mnie w sposób fizyczny, spodziewam się, że urodzi mnie również duchowo? Czy nie zapomniałam jej tego, że wydarto mnie krzyczącą z jej łona i rzucono w okrutne, surowe, cudowne odmęty tego świata? Czy spodziewam się, że Connor zrobi to, czego mama zrobić nie potrafiła albo nie chciała? Czy obawiam się, że na niego nie zasługuję? Czy boję się, że mnie opuści, jeżeli nie będę wystarczająco dobra?

Wykręciła numer telefonu Connora. Pięciokrotnie

usłyszała sygnał w słuchawce, po czym odezwał się jego głos nagrany na automatyczną sekretarkę.

— Cześć. Connora McGilla i Siddy Walker nie ma teraz w domu, ale prosimy zostawić wiadomość.

Dźwięk jego głosu podniecił ją.

— Cześć, ślicznotko — powiedziała cicho. — Hueylene, Księżna Psów, tęskni za tobą. Jest późno. Pachnie tu sosnami i dziką różą. Jeszcze nie spadają meteory. Czyżby rozgwieżdżone niebo to tylko bajki?

Cicho cmoknęła i odwiesiła słuchawkę.

Czy Connor był jeszcze w teatrze albo w operze? A może poszedł gdzieś zaszaleć bez niej? Głupia. Co robisz tu sama?

Kiedy szła z Hueylene ścieżką nad jeziorem w stronę domku, złapała się na tym, że myśli o swoich urodzinach. Przypomniała sobie, jak to było budzić się w ten dzień w środku zimy w Pecan Grove.

Pierwszym dźwiękiem, jaki słyszała, była kakofonia głosów Vivi, Małego Shepa, Lulu i Baylora, którzy śpiewali jej *Happy Birthday*.

Były to tak wczesne poranki, że pola i zatokę otulał jeszcze mrok. Baylor i Lulu, rozespani, przecierali oczy, ich młode głosiki były niewyraźne od snu, a piżamy wymięte. Mały Shep, rozbrykany od chwili, gdy tylko wstał z łóżka, skakał w wejściu do jej pokoju. Sidda otwierała oczy i widziała czwórkę ludzi, których kochała najbardziej na świecie, ich twarze rozświetlone blaskiem świeczek na urodzinowym torcie, który trzymała Vivi. Zerkała na matkę wciąż jeszcze w różowej koszuli nocnej i z twarzą błyszczącą od kremu na noc firmy Beautiere. Czuła zapach palących się świeczek, dotyk miękkich, bawełnianych prześcieradeł, ciężar kołdry na swym ciele. Siadała w łóżku i chłonęła woń rodziny, która dopiero co wstała. Nie czuła zapachu ojca, bo go tam nie było. Gdzie się podziewał? Już poszedł w pole? Jeszcze spał? Wyjechał do obozu nad jeziorem, do swego drugiego domu?

W te poranki Sidda siadała w łóżku, szeroko rozdziawiając buzię na widok piękna maleńkich świeczuszek płonących w jej ciemnym pokoju. Po odśpiewaniu *Happy Birthday* Vivi pochylała się, by ją ucałować. „Tak się cieszę, że cię urodziłam" — szeptała córce do ucha.

W niektóre urodziny głos Vivi był ochrypły od dymu lub łez albo i od tego, i od tego. Niekiedy napięcie w jej głosie było tak wielkie, że rezonowało w dopiero co budzącym się ciele córki. Czasami Vivi była na takim kacu, że aż krzywiła się, śpiewając. Rok po tym, jak się rozchorowała i musiała wyjechać, miała strasznie czerwone i zapuchnięte oczy, słaby głos i niemal dostawała histerii. Już jako dziecko Sidda wyczuwała, ile wysiłku matka wkładała w śpiewanie, w przynoszenie o świcie tortu udekorowanego świeczkami i w szeptanie: „Siddalee Walker, tak się cieszę, że cię urodziłam".

Sidda przypomniała sobie śpiew rodzeństwa i zaczęła zastanawiać się, jak to się stało, że tak się od siebie oddalili. Z wyjątkiem Baylora, żadne z nich nie dążyło do kontaktu.

Mały Shep, Lulu i Baylor włazili jej do łóżka, kiedy zdmuchiwała świeczki i myślała sobie życzenie. Potem Vivi znowu zapalała świeczki, a Sidda znowu je zdmuchiwała, tym razem z innymi. Następnie Vivi wychodziła z pokoju i pojawiała się z tacą z porcelanowymi talerzykami deserowymi, widelcami i czterema wysokimi, kryształowymi szklankami z mlekiem. Włączali lampkę nocną i Sidda łapczywie chwytała największą różę na torcie i wpychała ją sobie do buzi. Następnie po królewsku decydowała, który z pozostałych kwiatów dostanie się komu. W urodziny dzieci Vivi wprowadzała całkowitą swobodę, więc sama myśl, że nie musi się z nikim dzielić, wywoływała u Siddy odwrotną chęć. Kiedy lizali cukrowe róże, Vivi kazała im obiecać, że nic nie powiedzą tacie. Duży Shep twierdził, że jedzenie tortu w ten sposób, i to tak wcześnie rano, to „kurewskie jedzenie". Oni się tym nie przejmowali. Byli szczęśliwymi małymi kurewkami, które nie myślały o tym, żeby zostawić choć kąsek. Wiedzieli, że na urodziny Vivi zamawia w cukierni nie jeden, lecz dwa torty. Jeden na poranną orgię, a drugi na przyjęcie urodzinowe po południu.

Vivi bardzo się starała, żeby każde urodziny wypadły jak najlepiej. Zupełnie jakby sama z sobą podpisała umowę, że zrobi wszystko, co w jej mocy, żeby ich nie popsuć.

Kiedy Sidda szła wzdłuż jeziora, co jakiś czas potykała się o grube, gruzłowate korzenie przecinające ścieżkę. Choć miała ze sobą małą latarkę, a księżyc świecił jasno, to jeżeli nie uważała, sama wyrazistość wspomnień sprawiała, że gubiła krok.

Już dawno nie czuła się tak bezpiecznie jak tu, na półwyspie Olympic. Jako dziewczynka chodziła nocą nad potok w Spring Creek, chroniona przez potoki, sosny i cykady. Po latach mieszkania w mieście z ulgą poczuła, jak jej ramiona rozluźniają się. Ulgę przynosiło jej to, że nie musiała co kilka kroków oglądać się za siebie, żeby sprawdzić, czy ktoś za nią nie idzie.

Przypomniała sobie seminarium na temat teorii dramatu, które miała na studiach i na którym dyskutowano o progowych chwilach na scenie. Chwile progowe, te chwile poza czasem, kiedy coś przykuwa twoją uwagę, kiedy jesteś tak zaabsorbowany tym, co robisz, że czas przestaje istnieć.

Sidda pomyślała, że te poranne chwile w dniu urodzin były progowe. Mama wiedziała, jak wykorzystać tę progowość. Pomimo — a może dzięki — swej emocjonalnej akrobatyce, nauczyła mnie odczuwać zachwyt.

Jak wyglądały urodziny mamy, kiedy była małą dziewczynką? Jaka była jej szesnastka? Czy Buggy przyniosła jej tort do łóżka? Trudno to sobie wyobrazić. Co się wtedy stało? Czy u nas z matki na córkę przechodzi lepka gula zazdrości, niewidzialna i groźna dla życia jak rak?

Sidda nie chciała myśleć o zazdrości i o Vivi. Nie żeby zostało jej to zasugerowane przez psychoterapeutę czy znajomych. Nawet nie lubiła słowa „zazdrość"; traktowała je zabobonnie. Im bardziej starała się usunąć ze swego umysłu pewne myśli, tym mniej stawała się świadoma słodkiego, letniego powietrza, które otaczało ją nad jeziorem. Idąc, starała się mieć same słodkie myśli, ale za nią ciągnęły się stare, brzydkie wspomnienia, trajkocząc i kąsając ją w pięty.

Nie jesteś już dzieckiem.

Po raz pierwszy Sidda dostała prosto w brzuch pełnym znaczeniem słowa „zazdrość" na premierze pierwszej profesjonalnej sztuki, którą reżyserowała. Była to *Śmierć komiwojażera* wystawiona w Portland Stage Company w Maine, w samym środku zimy. Tak się złożyło, że tego dnia obchodziła dwudzieste czwarte urodziny.

Vivi przyleciała do Bostonu, a znajoma Siddy zawiozła ją do Portland. Sidda aż do ostatniej chwili robiła próby i spotkała się z matką dopiero jakąś godzinę przed spektaklem. Wszystko wyglądało doskonale. Vivi pożyczyła od Teensy jedno z jej futer, wachlowała się i pytała głosem Dietrich: „Co najłatwiej staje się legendą?".

Premiera poszła gładko, ale i tak Sidda porobiła notatki i zarządziła próbę na następny dzień, żeby wprowadzić parę zmian. Jeszcze nie zrozumiała, że w pewnym momencie należy stanąć z boku i pozwolić przedstawieniu toczyć się własnym torem.

Jeden z członków zarządu teatru, który miał ogromny wiktoriański dom wychodzący na port, wydał przyjęcie po premierze. Wino gorszej jakości i mnóstwo przekąsek. Aktorzy byli szczęśliwi, panowała przytulna atmosfera, na kominku płonął ogień, w salonie na klasycznej gitarze grał muzyk. Obsada i cały zespół, posiadacze abonamentów i zarząd — wszyscy byli zadowoleni z przedstawienia, a Sidda czuła ulgę, dumę i zdenerwowanie.

Vivi zapakowała do walizki trzy butelki Jacka Danielsa, jak zwykle, gdy udawała się w podróż. Na przyjęciu po premierze miała ze sobą srebrną piersiówkę. Była to pierwsza rzecz, jaką Sidda zauważyła. To i fakt, że matka nie chciała zdjąć futra.

Sidda kątem oka obserwowała matkę, zastanawiając się, ile czasu minie, zanim sprawy wymkną się spod kontroli. To Duży Shep zorganizował tę wizytę, zadzwonił do Siddy i powiedział jej, jak bardzo Vivi chciała przyjechać. Sidda miała wątpliwości, ale się zgodziła. W końcu był to jej debiut reżyserski i chociaż odbywał się on na dalekiej Północy, to chciała, żeby jej matka przyjechała i była z niej dumna.

Kiedy Sidda była mała, na imprezach Ya-Ya oglądała „numery" przyjaciółek — cudaczne, roztańczone wersje piosenek, które kochały, zaśpiewane nieco fałszywie, ale z życiem, w stylu Andrews Sisters. Vivi grała rolę Patty Andrews, robiła miny, przewracała oczami i wygłupiała się, śpiewając. Sidda opierała się o drzwi szafy w garderobie matki i patrzyła, jak Ya-Ya nimi dyryguje.

„Jak wyglądamy, kochana?"— pytała Vivi. „Jakieś wskazówki reżyserskie?"

Sidda zawsze dawała swoje rady, a panie niekiedy z nich korzystały. Wówczas ogarniała ją fala rozkoszy, siły, cudownego uczucia władzy. Później, w zadymionym salonie, otoczona przez dorosłych i grzechot lodu w kryształowych kieliszkach, Sidda oglądała przedstawienie, w które wniosła swój wkład, a dreszcz emocji, jaki ją wtedy przechodził, był nie do opisania. Było to coś, czego do tej pory nie potrafi wytłumaczyć. Umiłowanie teatru i poplątane relacje z matką znalazły w Siddzie swoje miejsce, które nie poddawało się żadnej reżyserii.

Na przyjęciu po premierze w Portland Sidda dbała o to, by przedstawiać Vivi każdemu, komu tylko się dało. Tłum jednak był wielki, więc nieuchronnie musiał ich rozdzielić. Kiedy dyrektor teatru wzniósł toast na cześć Siddy, a gospodarz wniósł tort urodzinowy z bliźniaczymi maskami tragedii i komedii wykonanymi z lukru, Sidda z podniecenia oblała się rumieńcem. Powiedziała kilka słów, podziękowała aktorom i zespołowi, rzuciła dowcip o wyzwaniu, jakim było reżyserowanie wielkiego Arthura Millera, i oznajmiła, że wieczór ten to najpiękniejsze urodziny, jakie mogłaby sobie wyobrazić. Zapomniała wspomnieć o Vivi.

Potem, stojąc koło kominka i rozmawiając z osobą odpowiedzialną za oświetlenie, młodym Brytyjczykiem, zauważyła tłumek, który zebrał się pod oknem.

Wade Coenen, który zaprojektował kostiumy do tego przedstawienia, przedarł się do Siddy.

— Mama lubi sobie golnąć?

Sidda spłoniła się.

Wade miał blond włosy, był zabawny i wyśmienicie naśladował Dianę Ross. Próbował namówić Siddę, by zaczęła z nim chodzić na siłownię, twierdząc, że reżyser powinien być muskularny. Sidda miała nadzieję, że będą jeszcze mieli szansę razem pracować, miała nadzieję, że zostaną kumplami.

— Jaki trunek wybrała? — spytał.

— Burbona — odparła Sidda. — Dobrego burbona.

— Mój stary lubił raczyć się szkocką.

— Od zapachu burbona robi mi się niedobrze — powiedziała Sidda.

— Zobaczę, czy uda mi się podrzucić mamie kawałek tortu, a ty tymczasem spróbuj spanakopity i pamiętaj — to twoje urodziny.

— Dzięki, Wade — powiedziała, całując go w policzek. — I dzięki za dodatkową pracę przy kostiumach. Nigdy nie zapomnę, jak staraliśmy się zmieścić w budżecie. Jesteś zdumiewający.

— Zdziwisz się dopiero, kiedy zobaczysz moją kolekcję koszul nocnych z Armii Zbawienia, złotko.

Sidda właśnie gawędziła z jakimś małżeństwem, które wypytywało ją, jak to jest być „kobietą w teatrze", kiedy usłyszała głos matki, którego nie mogła nie rozpoznać. Zamknęła oczy i zaczęła nasłuchiwać. Znała ten dźwięk: kakofonia pięciu szklaneczek burbona.

Przed kominkiem, na scenie głównej, Vivi wystawiała wysmakowane przedstawienie, podczas którego ciągnęła za sobą po podłodze futro Teensy. Groteskowym, przesadnym gestem diwy odrzuciła do tyłu głowę i mówiła głośno jak Tallulah.

— Nie powinno się pozwalać dzieciom reżyserować — mówiła. — Nie powinno się pozwalać dzieciom brać się do amerykańskiej klasyki takiej jak Arthur Miller!

Machając futrem nad głową, niebezpiecznie blisko kominka, Vivi spojrzała w tłum. Przygwoździła Siddę swym pijanym wzrokiem.

— A poza tym, kto ci dał pozwolenie na reżyserowanie sztuki?

W tłumie zapadła martwa cisza.

Sidda zagryzła wargi. Zrobiła krok w stronę matki.

— Cholera jasna, zadałam ci pytanie, Siddalee Walker — powiedziała bełkotliwie Vivi.

Sidda czuła na sobie wzrok wszystkich gości. Nagle zrobiło jej się gorąco i duszno. Zupełnie jakby życie z niej uszło.

— Nikt mi nie dał pozwolenia, mamo — powiedziała cicho. — Zostałam zatrudniona.

— Och, przepraszam! — krzyknęła Vivi. — Ona została zatrudniona.

Sidda czuła łzy w oczach, ale nie zamierzała się załamać. Wzięła głęboki oddech i ruszyła do wyjścia.

W tej chwili pojawił się Wade Coenen z półmiskiem jedzenia.

— Wie pani — powiedział do Vivi — umierałem z pragnienia, żeby zostać z panią sam na sam. Koniecznie muszę pani coś powiedzieć, a w tym pokoju nie ma ani jednej osoby, przed którą chciałbym to wyjawić.

Vivi, zaskoczona, spojrzała na niego z dziecinnym zdziwieniem.

— Co? — spytała. — Czego takiego nie mógłby pan nikomu wyjawić?

— Musi pani pójść ze mną — powiedział Wade dramatycznym szeptem, ujmując ją pod łokieć. — To ściśle *entre nous*. I proszę spróbować spanakopity — nalegał, wyprowadzając ją z pokoju. — Jest po prostu boska.

Sidda z otwartymi ustami patrzyła, jak jej matka idzie za Wade'em, najwyraźniej zachwycona jego towarzystwem i najwyraźniej niepomna obecności swej córki.

Tego wieczoru znajomi podtrzymywali Siddę na duchu. W chwili, gdy Vivi i Wade opuścili salę, aktorka, która grała Lindę Loman, spontanicznie zaintonowała irlandzką piosenkę, jakiej ponoć nauczyła się od nauczycielki gry aktorskiej, która kiedyś poznała Jamesa Joyce'a.

Potem Shawn Kavanaugh, starzejący się były gwiazdor telewizyjny, sam pijaczyna na pół etatu, który wykreował niezapomnianą i cokolwiek heroiczną postać Willy'ego Lomana, otoczył Siddę ramieniem.

— Och, laleczko — powiedział. — Kościół się myli. Rozpacz nie jest najgorszym z grzechów głównych. Jest nim zazdrość. Jest o wiele bardziej skomplikowana.

Po czym skłonił głowę przed Siddą, jakby uznawał jej królewskość.

— Wspaniała premiera, panno Walker — powiedział. — Dziękuję za miłą współpracę. Zdaje się, że ma pani doskonałe wyczucie dramatu. Tylko proszę pamiętać: niech sobie pani pomaga łokciami.

Tej nocy Sidda wróciła sama do starego, jednopiętrowego domu, który tymczasowo dzieliła z Wade'em Coenenem i innymi projektantami. Noc zrobiła się przenikliwie zimna.

Kiedy dotarła do domu, zastała Wade'a Coenena siedzącego przy kuchennym stole i rozmawiającego przez telefon. Uśmiechnął się, posłał jej całusa i wskazał ręką jej pokój na górze. Kiedy Sidda tam poszła, Vivi już spała. Leżała w łóżku w koszuli nocnej. Zmyła cały makijaż, a twarz wysmarowała kremem.

Sidda spojrzała na śpiącą matkę. Zawsze dbasz

o swoją ccrę, choćby nie wiadomo co. Święta Maryjo, Matko Boża, módl się za nas, grzeszników.

Zeszła z powrotem do ciepłej kuchni, gdzie z radia leciała stara piosenka Steviego Wondera.

— Dziękuję — powiedziała po prostu, dotykając ramienia Wade'a.

— Wykorzystaj to.

— Jasne — powiedziała Sidda, myśląc, ileż to razy powtarzała aktorom ten sam aksjomat Stanisławskiego. „Wykorzystaj wszystkie wydarzenia ze swego życia, by stworzyć sztukę".

Usiadła przy drewnianym stole. Chciała zachować spokój przed swym projektantem kostiumów. Chciała opowiedzieć jakiś cyniczny żart albo aluzję do Szekspira. Zamiast tego jednak wybuchnęła płaczem.

Wade Coenen nalał jej szklaneczkę brandy.

— Teatr — powiedział. — Cudowny teatr. Rodzina dla wszystkich sierot.

19

Caro leżała na sofie, wędrując myślami do dawnych czasów, kiedy świat był inny, a jej oddychało się łatwiej.

Cały ten bal urodzinowy od samego początku był dziwny. W charakterze Abbottów nie leżało zorganizowanie czegoś tak ekstrawaganckiego.

Nigdy nie lubiła Taylora Abbotta, a nawet Buggy. Nie nienawidziła jej tak jak Teensy, po prostu jej nie lubiła. Ani nie ufała. Buggy zachowywała się jak służąca. Prace domowe, kopanie w ogródku i chodzenie na mszę — to wszystko, co robiła. Żadnych spotkań z przyjaciółkami, wychodzenia do kina. Zawsze mówiła, że ma za dużo pracy.

I Taylor Abbott. Kiedy ten facet wracał z pracy, cały dom wstrzymywał oddech, przestawał żyć. Jeżeli Vivi i Ya-Ya — śmiejąc się jak zwykle — wchodziły do salonu, kiedy był w domu, nawet na nie nie patrzył. Mówił tylko: „Viviane, proszę o ciszę". Vivi zamykała się i musiała z przyjaciółkami przejść na paluszkach przez pokój i po cichutku wejść na górę, nie wydając z siebie ani dźwięku, dopóki nie znalazły się w pokoju Vivi i nie zamknęły za sobą drzwi. Taylor Abbott chciał przemienić swój dom w bibliotekę albo muzeum, gdzie mógłby spokojnie poczytać gazetę.

Dziewczynki mogły hałasować, ile wlezie, robić wszystko, co tylko dusza zapragnie, zanim wrócił do domu. Buggy w tym czasie po prostu pracowała. Ta kobieta pozwalała, by cała horda dzieciaków ganiała po jej domu od czasu, gdy Ya-Ya miały cztery lata, aż do chwili, kiedy wyszły za mąż. W szkole średniej zwijały dywany, odsuwały meble i całymi godzinami ćwiczyły najnowsze kroki taneczne. U Buggy zawsze było mnóstwo jedzenia, choćby nie wiadomo ile dzieci zwaliło się jej na głowę.

Ale Buggy Abbott traktowała to jak swoją pracę. Nie gniewała się o jedzenie czy inne rzeczy, ale w sposobie, w jaki je podawała, jak otwierała swą kuchnię, było coś, co kazało myśleć, że ona tam pracuje, jakby była wynajętą służącą, a nie panią domu, jak wtedy nazywano kobiety.

Wieczór balu urodzinowego Vivi był zimny, a niebo — czyste. Było na tyle zimno, by Vivi mogła nałożyć tę etolę z soboli, którą pożyczyła jej Genevieve. Jack przyjechał na przepustkę dzień wcześniej, przystojny i wysoki w swym mundurze sił powietrznych. Cud, że udało mu się przyjechać do domu tak wcześnie przed Bożym Narodzeniem, by świętować urodziny Vivi.

Sala balowa hotelu Theodore została udekorowana poinsencjami i migającymi światełkami. Stan Lemoine i Jego Królowie Rythmu, bajeranci w modnych marynarkach, mieli fantastycznego muzyka grającego na rogu, który zagrał *Happy Birthday* swingująco. Vivi stała koło stolika z prezentami, tortem i kieliszkami wypełnionymi alkoholem zdobytym w jakiś cudowny sposób. Miała na sobie oszałamiającą ciemnoniebieską suknię z odsłoniętymi ramionami, którą kazała sobie uszyć z organdyny i aksamitu specjalnie na ten wieczór. Gdy goście śpiewali dla niej, uśmiechała się szeroko z błyszczącymi oczami. Po jednej stronie miała ojca, a po drugiej — Jacka Whitmana. Zdjęcia zrobione w tamtej chwili nie ukazywały Buggy. (Nie było na nich również babci Vivi, Delii, ale Delia, z papierosem i drinkiem w rękach, była wtedy zajęta flirtowaniem z dwoma mężczyznami młodszymi od niej o trzydzieści lat).

Vivi doszła do wniosku, że ten bal był wart wszystkich walk, jakie rodzice stoczyli między sobą w związku z tą okazją. („Wydam przyjęcie dla własnej córki, jeżeli będę miał ochotę, ty harpio!" — powiedział Buggy pan Abbott któregoś wieczoru przy kolacji). Tęskniąc za tak rzadko i zawsze niespodziewanie okazywanym uznaniem ze strony ojca, Vivi poczuła wyrzuty sumienia. Kiedy przełykała, jedzenie stawało jej w gardle. Nigdy nie spotkała się z aż takim zainteresowaniem ojca. Przyszło znikąd, jakby Taylor Abbott postanowił ukazać ludziom moment wkroczenia córki w kobiecość, jakby tych szesnaście lat, jakie Vivi poświęciła na zwracanie na siebie jego uwagi, wreszcie się opłaciło. Nie ufała jednak tej jednej, jedynej, cudownej i nieoczekiwanej chwili zainteresowania. Bała się, że rozczaruje ojca, nie wiedząc jak ani dlaczego. Niemal zrobiło się jej niedobrze od tego całego przepychu.

Doskonały moment na urodzinowy taniec pojawił się tuż przed pierwszą przerwą zespołu. Aż do niej grali *Deep Purple* piosenkę, którą lubili Vivi i Jack. W objęciach Jacka Vivi tańczyła, unosząc się w powietrzu. Z przymkniętymi oczami i lekkim uśmiechem na nieco rozchylonych ustach czuła się jak królowa. Na moment pragnienie, by zatrzymać tę chwilę, ustąpiło zwykłej radości. Cała sala ludzi świętowała jej urodziny. Było to jak bajka. Maleńkie królestwo dla Vivi Abbott w Thornton w stanie Luizjana.

Kiedy goście skończyli śpiewać *Happy Birthday* Vivi obiegły Ya-Ya i ich chłopcy. Patrzyli, jak pan Abbott, wyprostowany w swym smokingu, sięga do kieszeni i wyjmuje małe pudełeczko opakowane w papier ozdobny. Szerokim gestem podał je córce i pocałował ją w policzek.

Caro obserwowała tę scenę chłodnym okiem. Stojąc koło swego chłopca, Reda Beaumonta, który był od niej przynajmniej cztery cale niższy, myślała, że nigdy nie widziała, żeby pan Abbott całował swoją córkę. Prawdę mówiąc, nigdy nie widziała, żeby całowało ją którekolwiek z rodziców.

Kiedy zespół grał *White Christmas* Caro patrzyła, jak Vivi rozpakowuje prezent. Przyglądała się twarzy przyjaciółki, gdy ta otworzyła wieczko wyściełanego pudełeczka z pierścionkiem.

— Nasza Matko Pereł! — wykrzyknęła Vivi, wyjmując pierścionek z brylantem. Przytuliła się do ojca. — To naprawdę dla mnie?

Pan Abbott poprawił jedwabny pas pod smokingiem,

jakby jego uścisk mu przeszkadzał. Caro uszczypnęła Reda.

— Daj fajkę — poprosiła, nie spuszczając wzroku z Vivi.

Red zapalił dwa papierosy i podał jednego Caro. Caro wzięła papierosa, zostawiła swego chłopca i zbliżyła się do rodziny Abbottów. Pete śmiał się ze swoją dziewczyną i kręgiem kumpli. Ginger, służąca Delii, stała tuż obok, trzymając na rękach trzyletnią Jezie Abbott.

Buggy miała na sobie suknię z szarej koronki i tiulu. Włosy zaczesała do góry i choć raz umalowała usta. Ale z rękami skrzyżowanymi na piersi i marsem na czole wyglądała na niespokojną, jakby wstydziła się tego, że wygląda tak ładnie.

— Mamo! — powiedziała Vivi, tuląc się do matki, a potem wyciągając rękę. — Patrz! Czyż nie jest cudowny? Pomagałaś go wybrać?

Pierścionek był piękny. Dwudziestoczterokaratowy, z pięcioma brylantami ułożonymi w okrąg. Lśnił wdzięcznie, wręcz imponująco.

Przez chwilę wydawało się, że Buggy spoliczkuje Vivi. Złapała ją za rękę, przez chwilę przyglądała się pierścionkowi, po czym odepchnęła rękę córki jak coś odrażającego.

— Panie Abbott — powiedziała. — To nieodpowiedni prezent dla młodej dziewczyny.

Pan Taylor popatrzył na żonę, po czym, jakby jej nie usłyszał, odwrócił się i zaczął gawędzić z gośćmi. Buggy próbowała wziąć się w garść, gdy Delia chwyciła ją za ramię.

— Nie rób z siebie cholernej idiotki — syknęła. — Gdybyś nie zachowywała się jak świętoszkowata jędza, może i tobie mąż dawałby prezenty!

Buggy Abbott spuściła głowę. Wyglądała tak, jakby

Delia właśnie dała jej w twarz. Gapiąc się na ogromną salę pełną tiuli, satyny i tańczących młodych ludzi, musiała się przytrzymać krawędzi stołu, żeby zachować równowagę.

Odwróciła się z powrotem do córki otoczonej przez Ya-Ya. Znowu sięgnęła po jej rękę i powiedziała martwym głosem:

— Czyż nie jesteś najszczęśliwszą dziewczynką, jaką stworzył Pan Bóg?

Po czym nagle podeszła do Ginger i wyrwała Jezie z jej ramion. Gwałtowność tego gestu doprowadziła dziecko do łez, więc Buggy zaczęła je uspokajać. Szepnęła coś do Ginger i wyszły we trójkę.

Caro już do końca balu nie widziała Buggy.

Caro podniosła się z sofy i powoli poszła do kuchni. Otworzyła lodówkę, wyjęła butelkę zimnego St. Pauli Girl i wróciła z nią do salonu. Nastawiła głośność na odtwarzaczu płyt kompaktowych i usadowiła się na sofie. Upiła łyk piwa i pomyślała, że jej życie najwidoczniej nie jest aż tak złe, skoro wciąż może się rozkoszować smakiem zimnego piwa prosto z lodówki.

Wracając myślami do tamtej nocy, poczuła ukłucie znajomego smutku. Wspomnienie o Jacku nadal leżało jej kamieniem na sercu. Widziała go, jak stoi koło Vivi na tamtym balu. Młody, przystojny, w mundurze, zakochany w jej najlepszej przyjaciółce. Jeżeli jego strata tak bardzo ją zabolała, to wyobrażała sobie, jak bardzo dobiła Vivi.

Caro wciąż miała przed oczami pokój Vivi na Compton Street, jego wysokie ściany i okna od podłogi aż po sufit. Za oknem rósł stary dąb i Caro pamiętała, jak jego gałęzie tamtej nocy ocierały się o szybę. W nocy po balu urodzinowym zrobiło się bardzo zimno, więc cztery przyjaciółki weszły do mahoniowego łóżka Vivi z czterema kolumienkami, ogrzewając się nawzajem ciepłem swych ciał.

Ya-Ya przez całe tygodnie planowały spędzić noc po balu u Vivi. Z niecierpliwością czekały, aż zrobi się późno, zajadały się kanapkami z szynką, opróżniały wysokie szklanki zimnego mleka i plotkowały o tym, kto był jak ubrany, co mówił, robił i kto z kim tańczył. Caro przypomniała sobie, jak wspaniale było leżeć tak na wpół świadomie koło swoich przyjaciółek. Jej starzejące się ciało pamiętało prostą rozkosz, jaką było tulenie się do ciał Vivi, Teensy i Necie. Nigdy później nie zaznała takiej rozkoszy od mężczyzny — ani od męża, ani od dwóch kochanków, których miała w czasie trwania małżeństwa. Myśląc o przyjaciółkach, zapragnęła, by rozciągnęły się koło niej, by dotknęły jej ich stare ciała, by splątały swe nogi pokryte żylakami, by zmieszały się ich zapachy. Plemię znowu razem.

Tej nocy chyba gadałyśmy o Jacku. Jak byłyśmy podniecone, gdy go znowu zobaczyłyśmy, kiedy wrócił do domu na Boże Narodzenie.

Caro znowu usłyszała otwierające się drzwi, gdy Buggy wkroczyła do pokoju Vivi, rozrywając kokon, w jaki otuliły się dziewczęta. Rozmowa ustała; powstrzymały śmiech.

W szlafroku i z różańcem w dłoni Buggy podeszła do łóżka, na którym leżały.

— Viviane, daj mi rękę — powiedziała.

Vivi spojrzała na nią, zdezorientowana.

— Piękny, prawda, mamo? — powiedziała, wyciągając rękę, wciąż mając nadzieję, że matka wyrazi swe uznanie.

Zamiast podziwiać pierścionek, Buggy ściągnęła go

z palca Vivi. Spojrzała na Ya-Ya tulące się do siebie. Potem skupiła wzrok na Vivi i powiedziała:

— Cokolwiek zrobiłaś, żeby zmusić ojca, by dał ci ten pierścionek, jest śmiertelnym grzechem. Niech ci Bóg wybaczy.

Przyjaciółki nie wiedziały, co powiedzieć.

— Nie zrobiłam nic złego — szepnęła Vivi. — Ten brylant jest od tatusia. On mi dał ten pierścionek.

Ponad pięćdziesiąt lat później Caro przypomniała sobie, jak bardzo chciała wtedy wybiec z pokoju, popędzić korytarzem i chwycić Buggy Abbott. Miała ochotę potrząsnąć tą kobietą, odebrać jej pierścionek i powiedzieć, że nie traktuje się ludzi w ten sposób. Sącząc piwo, pomyślała: „Moja przyjaciółka Vivi nawet nie wiedziała, jak bardzo jej nienawidziła własna matka. Gdyby wiedziała, chybaby tego nie przeżyła".

— To wiedźma — powiedziała Caro tamtej nocy. Vivi została jednak pod kołdrą, zwinięta w kłębek. Teensy próbowała wrócić do zabawnych wspomnień o balu.

— Pamiętacie — spytała — jak zaczęli grać *Begin the Beguine*? Pamiętacie, jak Vivi tańczyła przy tym z Jackiem?

— Vivi, kochanie, może ci coś przynieść? — zaproponowała Necie. — Chcesz czegoś?

Vivi jednak nie odpowiadała. Leżała i trzęsła się. Przyjaciółki leżały więc razem z nią i próbowały ją ukoić. Otuliły ją kołdrą jak małe dziecko przerażone czymś, czego nie rozumie.

Kiedy pierwszy raz usłyszały krzyki i wrzaski z końca korytarza, pomyślały, że to Pete, brat Vivi, szaleje ze swymi kumplami. Zdziwił ich taki rwetes późną nocą, ale u Pete'a zawsze nocowało trzech czy czterech kolegów znanych z głośnego zachowania. Taylor Abbott zawsze bardziej tolerował głośnych chłopców niż głośne dziewczynki.

Nie był to Pete. Na chwilę zapadła cisza, po czym znowu zaczęły się krzyki. Ya-Ya usłyszały głośny, głęboki głos pana Abbotta, a potem płacz Buggy. Rozległ się jakiś huk, a potem znowu zapanowała cisza. I wtedy — „Do diabła z tobą!".

Vivi leżała dziwnie nieruchomo, słuchając całym ciałem.

Caro bała się. Jej Poppo i mama czasami kłócili się, ale nie aż tak. Zdarzały się nieporozumienia, ale zawsze przebiegały one spokojnie, nie trwały zbyt długo i kończyły się tym, że ojciec brał mamę na ręce, obwieszczając: „Gorąca z pani kobitka, psze pani!".

Awantury u Abbottów wyglądały inaczej. Z ich powodu Caro nie czuła się bezpieczna w domu przyjaciółki.

Niedługo potem otworzyły się drzwi do pokoju Vivi, bez pukania, bez żadnego uprzedzenia.

Pan Abbott brutalnie wepchnął żonę do sypialni. Był zaczerwieniony i ciężko oddychał. Buggy miała koszulę nocną rozerwaną na ramieniu i Caro widziała zarys jej piersi pod bawełną.

— Zrób to, Buggy — powiedział. — Oddaj jej pierścionek.

Buggy stała bez ruchu, gapiąc się na swe bose stopy na podłodze.

— Powiedziałem, oddaj jej ten cholerny pierścionek, ty żałosna, katolicka idiotko!

Po czym popchnął ją tak, że stanęła, trzęsąc się, koło łóżka. Caro czuła drżenie ciała Vivi, a teraz i ciała Buggy. Zupełnie jakby między matką a córką przeszedł prąd, którego nie mogły powstrzymać nawet Ya-Ya.

Pan Abbott chwycił żonę za rękę i, palec za palcem,

rozwarł jej zaciśniętą dłoń, aż pierścionek wypadł z niej na podłogę. Potem wymierzył żonie siarczysty policzek.

— Podnieś — rozkazał. — Schyl się i podnieś go.

Buggy Abbott, jak w transie, schyliła się i podniosła pierścionek. Potem rzuciła go na łóżko; wylądował w fałdach kołdry.

Vivi, która przyglądała się temu w milczeniu, wytknąwszy głowę znad pościeli, teraz naciągnęła kołdrę na twarz, by nie widzieć i nie być widzianą. Caro bała się, że pan Abbott uderzy i córkę. Nie byłby to pierwszy raz.

Pan Abbott zrobił krok w stronę łóżka. Był wysokim mężczyzną, równie przerażającym w piżamie, jak i w prążkowanym garniturze. Caro się spięła, gotowa bronić przyjaciółki.

Pomyślała, że mógłby uderzyć i ją, każdą z nich. On jednak przez chwilę grzebał w kołdrze, aż w końcu znalazł pierścionek. Potem wsunął go pod pościel, tam, gdzie leżała Vivi.

— Masz, Viviane — powiedział. — Dałem ci ten pierścionek. Jest twój. Jest ode mnie dla ciebie. Rozumiesz?

Mówił niemal rozpaczliwie. Vivi nie odpowiedziała.

— Odpowiedz, Viviane.

— Tak, tato — odparła Vivi spod kołdry. — Rozumiem.

Jak nigdy, sprawiając wrażenie zawstydzonego, pan Abbott rzucił okiem na Necie, Caro i Teensy, które chowały się w pościeli.

Potem powiedział, uśmiechając się szyderczo do żony:

— Zrobiłaś z siebie idiotkę przed koleżankami Viviane, co?

Buggy nie odpowiedziała. Caro widziała, jak jej usta

poruszają się, jakby mamrotała cichą modlitwę do Panienki.

Nagle Buggy schyliła się i zrzuciła kołdrę z Vivi.

Vivi leżała zwinięta w ciasny kłębek, jej palce u nóg ledwo wystawały spod flanelowej koszuli nocnej. Na ten widok Caro o mało serce nie pękło.

Buggy bez słowa podniosła pierścionek i wepchnęła go córce na palec. Vivi krzyknęła z bólu. Caro odruchowo wyciągnęła rękę, żeby złapać Buggy za dłoń, ale zanim zdążyła, Buggy szybko odwróciła się i wyszła z pokoju.

Pan Abbott poszedł za nią.

— Idźcie spać, dziewczynki — powiedział tylko.

— Smaż się w piekle — powiedziała Caro, gdy zamknęły się drzwi. — Zgnij i smaż się w piekle.

Gdyby mogła, zabrałaby Vivi z tego domu. Uniosłaby ją z tego domu nienawiści do Gulf Coast, gdzie jej rodzice mieli domek. Zaopiekowałaby się przyjaciółką, bo ją kochała. Zajęłaby się Królową Tańczący Potok, w której skręconym teraz ciele było tyle życia.

Trzy przyjaciółki położyły się w łóżku z Vivi. Caro przyciągnęła ją do siebie i przytuliła. Necie zaczęła płakać, a Teensy — przeklinać.

— *Diablesse!* — powiedziała. — *Fils de garce!* Oboje to niezłe skurwysyny.

Necie wyszła z łóżka i wróciła z chusteczką do nosa. Otarła policzki Vivi i powiedziała:

— Vivi, złotko, kochamy cię. Bardzo cię kochamy.

Vivi nie odzywała się. Caro czuła bicie jej serca. Przyłożyła dłonie do policzków przyjaciółki.

— Och, stara — powiedziała.

Caro podniosła się i zapaliła dla wszystkich po papierosie. Necie, wciąż płacząc, otworzyła okno.

— No, Vivi, zapalmy i pogadajmy — zaproponowała Caro.

Vivi zapaliła lucky strike'a, którego podała jej Caro. Gapiła się na toaletkę, gdzie leżały zasuszone bukieciki, notatki i zdjęcie Jacka z Ya-Ya na plaży w Gulf.

— Dobrze się czujesz, kochanie? — spytała Necie.

— Nie powinnaś tu mieszkać — powiedziała Teensy. — Zamieszkaj u nas. Genevieve byłaby zachwycona. I Jack też.

Vivi nie odezwała się.

— Vivi, twoja matka jest nienormalna i twój ojciec tak samo — oznajmiła Caro.

— Ona nie jest nienormalna — zaoponowała Teensy. — To zazdrosna suka.

— Moja matka mnie kocha — powiedziała Vivi.

— Ale nie zachowuje się tak, jakby cię kochała! — wykrzyknęła Caro. — Przecież jesteś jej córką.

— Ten pierścionek jest cholernie dużo wart — powiedziała Teensy, delikatnie dotykając ręki Vivi.

— Ojciec mi go kupił — powiedziała Vivi. — Sam go wybrał.

Coś niemal mechanicznego w głosie Vivi przestraszyło Caro.

— Możesz z nim zrobić, co tylko chcesz — powiedziała Teensy. — Jeżeli chcesz, możesz go sprzedać.

Caro i Necie spojrzały na Teensy.

— Ten pierścionek należy do ciebie — powiedziała Caro.

— To zupełnie tak jakby mieć pieniądze w banku — powiedziała Teensy.

Vivi kiwnęła głową i spojrzała na swe przyjaciółki.

— Co wy na to? — spytała. — Jestem bogata, co?

— Tak — potwierdziła Caro. — Jesteś bogata.

Granatowa, aksamitna sukienka Vivi leżała na kanapce pod oknem. Gałęzie dębu ocierały się o szybę. Był środek grudnia. Na całym świecie toczyła się wojna, a w pokoju Vivi robiło się coraz zimniej. Dym z papierosa wypływał przez okno w nocne powietrze.

Gdyby w tej chwili państwo Abbott weszli do pokoju, Caro podbiegłaby do nich i uderzając, zrzuciłaby ich ze schodów.

Tej nocy, zanim w końcu zasnęła obok Vivi, poprzysięgła sobie, że obudzi się w środku nocy, wymknie się korytarzem do pokoju Abbottów i zrobi im coś strasznego. Zrobi im jakąś krzywdę za to, że zranili jej przyjaciółkę.

Ale przespała całą noc.

Kiedy się obudziła, Vivi nie spała już od kilku godzin. Miała na sobie strój do tenisa. Była uśmiechnięta. Skakała po całym pokoju, jakby już znajdowała się na korcie. Zachowywała się tak, jakby nic się nie stało. Miała szesnaście lat i jeden dzień.

Caro podniosła się z sofy, poszła do łazienki, napełniła szklankę wodą i połknęła garść witamin. Nalała na dłoń nieco olejku ze słodkich migdałów i rozsmarowała go po swej pobrużdżonej zmarszczkami twarzy. Kiedy wkładała piżamę, pomyślała: „Cholera, nie lubię myśleć o tamtej nocy. Znowu zaczynam się wściekać". Ściągnęła kołdrę z łóżka i przykryła się nią na sofie. Zgasiła światło i ostatni raz sprawdziła, czy ma pod ręką inhalator.

„Buggy i Taylora Abbottów już nie ma — pomyślała — a Ya-Ya są stare. Kiedy umrzemy, czy nasze dzieci będą żałowały, że nie mogą się na nas zemścić, tak jak ja pragnęłam się zemścić na Abbottach? Czy też wybaczą nam wszystkie małe zbrodnie? Kiedy Siddalee napisała, prosząc Vivi o informacje na temat naszego wspólnego życia, powiedziałam: Vivi, kochana, wyślij je! Co zrobisz z tym albumem ze starymi pamiątkami? Wiem, że masz ochotę zamordować Siddę i cały »New York Times«. Ale wyślij ten album! Życie jest krótkie, stara. Życie jest takie krótkie".

20

Przez tydzień po urodzinowym balu Vivi Buggy Abbott co rano budziła się cała we łzach. Kiedy jej najmłodsze dziecko, Jezie, które spało z nią w jednym pokoju, pytało: „Mama ku-ku?", Buggy nie mogła odpowiedzieć.

W końcu Taylor Abbott powiedział żonie:

— Jeżeli zamierzasz dalej się tak zachowywać, rób to gdzie indziej, ale nie w moim domu.

Po tym płakała tylko na osobności i zawsze uważała, żeby mąż jej nie usłyszał. Buggy Abbott płakała w samotności i modliła się do Panienki o rozwiązanie jej problemu z córką.

Była pewna, że dostała odpowiedź w postaci propozycji jednego z żeńskich Towarzystw Ołtarzowych. Któregoś ranka, gdy krochmaliły obrus z ołtarza, Buggy powiedziała:

— Mówię pani, pani Rabelais, żyję w śmiertelnym strachu o duszę córki.

— Powinna ją pani wysłać prosto do Świętego Augustyna w Alabamie — powiedziała pani Rabelais. — Te zakonnice od Świętego Augustyna wiedzą, jak wyprowadzić dziewczynę na prostą drogę. Nie tolerują żadnych wybryków. Co roku wysyłam im pieniądze, by wspierać ich pracę nad czystością.

Akademia imienia Świętego Augustyna, stara katolicka szkoła z internatem w Spring Hill w stanie Alabama, założona tuż po wojnie domowej, była oddalona od Thornton o pięć godzin jazdy samochodem. Znano ją w czterech stanach jako miejsce dla gorąco wierzących katolickich dziewcząt, które poważnie podchodziły do odbywania pokuty. Stanowiła też dom poprawczy dla tych dziewcząt, którym rodzice chcieli dać lekcję pobożności. I dyscypliny.

Buggy zaczekała, aż w domu zrobiło się pusto. Położyła Jezie spać, usiadła przy stole w kuchni i wyjęła papier listowy. Już dawno nie pisała niczego oprócz listy zakupów.

Starannym pismem na gładkim, białym papierze, zaczynając cztery razy, skomponowała następujący list. Wysłała go, kiedy tylko Jezie obudziła się z drzemki.

31 grudnia 1942
322 Compton Street
Thornton, Luizjana

Matka Przełożona
Akademia im. Świętego Augustyna
Spring Hill, Alabama

Szanowna Matko Przełożona,

jest to list od matki, która pragnie wyjaśnić, dlaczego chce w środku semestru oddać córkę, Viviane Joan Abbott, do Akademii. Nie umiem dobrze pisać, ale z Bożą pomocą zrobię, co tylko mogę.

255

Moja córka wpadła w złe towarzystwo. Banda dziew-czyn, z którymi się prowadza, tylko podsyca jej próżność. Córka nie zwraca na mnie uwagi, na własną matkę. Vivi i jej koleżanki rozumieją się jak złodzieje, Matko Przełożona, i mają na siebie zły wpływ. Palą, przekli-nają, włóczą się i zachowują bezwstydnie. A w publicz-nej szkole średniej traktowane są jak jakieś pogańskie księżniczki. Przedkładają swoją przyjaźń nad miłość do Boga Ojca. Lękam się, że przez popularność, jaką zyskała w szkole, moja córka zaprzeda swoją duszę.

Siostro, oni za bardzo podsycają jej próżność. Zro-bili z niej cheerleaderkę, wybrali na Miss Popularności i Wdzięku na korcie tenisowym i w szkolnej gazetce. To zbyt wiele jak na młodą dziewczynę. Szkoła średnia w Thornton nie jest zła. Mój syn dobrze sobie w niej radzi, ale córka jest w wielkim niebezpieczeństwie. Pod-sycają w niej próżność do tego stopnia, że uwierzyła, iż nie musi leżeć krzyżem u stóp Matki Miłosierdzia, Orędowniczki i Ucieczki Grzeszników.

W pokoju mojej córki nie ma ani śladu Boga. Gdzie nie spojrzę, widzę same pompony, rakiety do tenisa i zdjęcia gwiazd filmowych. I wszędzie fotografie chłop-ca, w którym się zadurzyła. Ona czci fałszywych boż-ków, Siostro. Traci łaskę Boską.

Mój mąż, pan Taylor Abbott, adwokat i niekato-lik, psuł Viviane, odkąd była na tyle duża, by umieć kaprysić. Kiedy, jako już dojrzała kobieta, urodziłam Jezie, pan Abbott zrobił się jeszcze gorszy. Siostro, on dał Viviane pierścionek z brylantem, a ona ma tylko szesnaście lat. Nie powinien był tego zrobić. Pierścio-nek z brylantem należy się żonie w świętym związku małżeńskim, a nie córce.

Pan Abbott ma zbyt duży wpływ na Viviane. Należy do Kościoła episkopalnego i ciągle tylko udziela się towarzysko. Pije rum i zadaje się z bandą hodowców koni Tennessee. Nie jest tym samym mężczyzną co kiedyś.

Musiałam mu się sprzeciwić nawet wtedy, gdy chciałam urodzić Jezie. Nie jestem winna, że nie mogę głosić wiary tak, jak to przysięgałam, gdy braliśmy ślub. Co dzień czynię pokutę za to, że mogłam ofiarować Bogu tylko trójkę dzieci.

Siostro, nie znam dokładnie grzechów, jakie popełniła moja córka. Mąż zabronił mi o tym mówić. Siostro, matka może tylko sobie wyobrażać najgorsze występki. Pan Abbott każe mi przestać się nad tym zastanawiać; mówi, że żona powinna słuchać swego męża. Ale ja nic nie mogę na to poradzić. Już taka jestem, że wszystko roztrząsam.

Matko Przełożona, córka nie zrobiła tego mnie. Ona to zrobiła Przenajświętszej Matce Kościoła, samej Błogosławionej Paniencе, i to mnie boli najbardziej. Gdyby Viviane zraniła tylko mnie, nie pisałabym teraz do Ciebie.

Viviane musi się nauczyć poświęcenia, musi być z tymi, którzy są czyści na ciele i duszy. Potrzebuje dyscypliny, jaką mogą jej zapewnić tylko zakonnice od Świętego Augustyna.

Wasza Akademia musi przyjąć moją córkę. Dziękuję Królowej Niebios, że istnieje takie miejsce jak Akademia imienia Świętego Augustyna.

Błagam Cię, Matko Przełożona, byś w swej mądrości pozwoliła mojej córce jak najszybciej wstąpić do Waszej Akademii. Nie wahaj się, lecz działaj niechybnie w imię Naszej Pani, byśmy zdołały ocalić moją cór-

kę. To kwiatuszek stworzony przez Boga, lecz więdną-
cy. Jeżeli nie uchronię jej przed pokusami tego świata,
umrze, zanim zdąży zakwitnąć duchem.

Twoja w imię Chrystusa przez orędownictwo Błogo-
sławionej Panienki,

Pani Taylorowa C. Abbott

PS. Mój mąż i ja wiemy, że jest Siostra w trakcie
rozbudowy budynków mieszkalnych dla sióstr nauczy-
cielek. Gdy tylko Viviane zostanie przyjęta do Akade-
mii, niezwłocznie wyślemy dotację dla Funduszu Bu-
dowlanego Świętego Augustyna.

21

Kiedy Sidda znalazła w albumie dwa pliki listów
zaadresowanych do jej matki u Świętego Augustyna,
doświadczyła uczucia podobnego do tego, jakie ma archeolog, który natyka się na jakieś ważne wykopali-
sko. Pierwszy list był od Necie, a na odwrocie koperty
widniały ledwo widoczne odciski trzech ust.

Kiedy otworzyła kopertę, słowa spłynęły z kartki
niczym rozzłoszczone ptaki różnych gatunków. Na
brzegach papieru były smugi, a tam, gdzie autor mocniej przyciskał pióro, zostały plamy atramentu. Sidda
wzięła się do czytania.

21 stycznia 1943
Najdroższa, najukochańsza Vivi,

och, Kochanie, nigdy bym nie przypuszczała, że mój
pierwszy list w 1943 roku będzie taki smutny. Myśla-

łam, że w tym roku wygramy wojnę, a okazało się, że to rok, w którym Cię straciłam. Serce mi się kraje na milion kawałeczków, gdy pomyślę, że wyjechałaś z miasta, jakby nikt Cię nie kochał, co przecież nie jest prawdą. Teraz jesteśmy u Caro. Pan Bob próbował nas rozweselić, dając nam trzy wejściówki na „Być albo nie być", ale my jesteśmy niepocieszone.

Twój starszy brat był taki smutny. Nigdy nie widziałam, żeby Pete miał taki dołek. Kiedy on i Caro przyszli dziś rano, po prostu wybuchnęłam płaczem, w piżamie wsiadłam do samochodu i pojechałam z nimi do Teensy. Pete ciągle przepraszał, że musiał Cię odwieźć na stację i że nie odprowadził Cię ani jeden z tysiąca Twoich przyjaciół! Kiedy mi o tym powiedział, sam miał łzy w oczach. Och, Vivi, Słoneczko, wszyscy byśmy przyszli na stację, żeby Cię pożegnać. Zaplanowaliśmy całe mnóstwo rzeczy. Mamy pudełko po butach pełne pralinek i ciasteczek z kwaśnej śmietanki, które dla Ciebie upiekłam. Opakowałam je w papier i w ogóle, a Ty teraz jedziesz do zakonnic, nie mając przy sobie żadnego znaku naszej miłości. Och, znowu ryczę.

Przyjechałyśmy do Twojego domu nieco przed południem i jak zwykle podeszłyśmy pod kuchenne drzwi. Chciałyśmy powiedzieć Twojej matce, co o niej myślimy, ale drzwi były zamknięte na klucz. Pukałyśmy i wrzeszczałyśmy, aż w końcu Buggy zeszła na dół. Kiedy zjawiła się w drzwiach, była cała zapłakana. Z tego powodu odstąpiłyśmy od zamiaru nawymyślania jej. Powiedziała, że jest chora.

„Mais oui"— powiedziała Teensy. „Wszyscy jesteśmy chorzy. Boli nas serce na myśl, że straciliśmy Vivi". A wtedy Twoja matka powiedziała, że musi wracać do łóżka, bo inaczej zaraz zemdleje. Caro zaczęła coś mówić, ale jej przerwałam, po czym wyszłyśmy.

Och, Vivi, tak cierpiałyśmy, zupełnie jakby wydarto z nas część ciała.

Proszę, nie pomyśl nawet przez sekundę, że nie przyszłyśmy na stację, żeby Cię ucałować, przytulić i błagać, byś została w domu, gdzie jest Twoje miejsce.

Całuję i modlę się za Ciebie,
Necie

PS. Biegnę z tym listem na pocztę. Caro i Teensy napiszą do Ciebie, kiedy tylko się trochę uspokoję. Siedziałyśmy z Twoim bratem Pete'em na przenikliwym zimnie na werandzie za Twoim domem, paliłyśmy i płakałyśmy. Caro chce wrócić i nagadać Twojej matce, choćby nie wiadomo jak była chora. Och, Złotko, tak bardzo Cię kochamy.

Sidda poczuła się tak, jakby znalazła się w innym świecie. Przeniosła się z listami na kanapę, usiadła i z wielką ostrożnością zaczęła rozkładać kartki. Czytała dalej.

21 stycznia 1943
Śmierdzielu,

Siostra, strasznie Cię przepraszam. Już wolałbym dostać się do japońskiej niewoli, niż zawieźć Cię dziś rano na stację.

Mają Cię tam dobrze traktować, słyszysz? Dźgnij je moim scyzorykiem, jeżeli będą Ci bróździć.

Ucałowania od brata,
Pete

PS. Caro powiedziała mamie, że jeżeli siostry od tego cholernego Świątego Augustyna będą Ci bruździć, to będą miały do czynienia ze świętymi siostrami Ya-Ya. Mama po prostu uciekła do łóżka i nie odezwała się ani słowem.

W końcu Sidda otworzyła kopertę z godłem Western Union i znalazła w niej telegram następującej treści:

22 STYCZNIA 1943

PANNA VIVI ABBOTT — AKADEMIA ŚWIĘTEGO AUGUSTYNA SPRING HILL ALABAMA — KOCHAMY CIĘ — ZADZWOŃ GDYBYŚ CZEGOŚ POTRZEBOWAŁA — QUE LE BON DIEU VOUS BENIT WSZYSTKIEGO DOBREGO — GENEVIEVE ST. CLAIR WHITMAN.

Sidda odłożyła pierwszy pakiet listów i wstała, żeby się przeciągnąć. Hucylene siedziała, gapiąc się przóz oszklone drzwi, ze wzrokiem wbitym w dwie hałaśliwe wrony, które walczyły o jakiś wyimaginowany kąsek. Sidda wróciła do listów i wybrała większy plik obwiązany kawałkiem wyblakłej, niebieskiej wstążki.

22 kwietnia 1943

Kochana Vivi,

od dziesięciu dni nie mamy od Ciebie żadnych wiadomości. Wszystko w porządku? Napisałam do Ciebie cztery listy. Nie dostałaś ich? Stara, martwimy się.

Do diabła z Twoimi rodzicami. Twoją matkę powinno się zastrzelić.

Skontaktuj się z nami, Królowo Tańczący Potok

XXX
Kochamy Cię,
Caro

24 kwietnia 1943
Vivi Cher,

może moje ostatnie dwa listy nie doszły do Ciebie, bo nie napisałam na kopercie „Joan". Ale tym razem napisałam, chociaż bardzo nie chciałam. Muszę jednak być pewna, że ten list dostaniesz. Słoneczko, zeszłej nocy miałam koszmarny sen o Tobie i obudziłam się, płacząc. Opowiedziałam go Maman, a ona obiecała, że spróbuje się do Ciebie dodzwonić. Próbowałyśmy dziś rano, ale zakonnica nie chciała nas połączyć. Powiedziała, że uczennice mogą rozmawiać przez telefon tylko z rodzicami i to tylko w niedziele. Co to za miejsce, że nawet nie pozwalają Ci porozmawiać z ludźmi, którzy Cię kochają? Maman podeszła do telefonu i próbowała to wyperswadować tej zakonnicy, ale ta nie chciała nawet słuchać. Maman się martwi. Wiesz, ona też kiedyś chodziła do zakonnic, ale nigdy nie było tak jak teraz. Mówi, że tam u Ciebie muszą uczyć jakieś potwory. Jack twierdzi, że listy od Ciebie są i tak dość wesołe, ale ja wiem, że tylko robisz dobrą minę do złej gry. Uważamy, że to Ciebie należy pocieszać, Bebe. Maman pyta, czy mogłaby Ci jakoś pomóc. Może powinna spróbować porozmawiać z Twoimi rodzicami? Daj nam znać.

Mais oui, Vivi, tak za Tobą tęsknimy, że nawet sobie nie wyobrażasz. Wyrwano nam kawał ciała. Cierpi cała nasza communaute de soeurs. I nie tylko Ya-Ya tak się czują. Nasza klasa nie jest taka sama bez Ciebie. Duch szkoły został spuszczony z wodą w toalecie. Nawet Anne Snobka McWaters i jej banda ciągle o Ciebie pytają.

Nie wiem, za kim tęsknię bardziej: za Tobą czy moim bratem w mundurze. Wiem jedno, odkąd oboje wyjechaliście, a wojna huczy mi w głowie, jestem bardzo smutną dziewczyną. Odpisz natychmiast.

XXXOOO,
Teensy

PS. Dostałaś paczkę ze „Srebrnymi Ekranami"? Przykro mi, że nie udało mi się dorwać więcej. Będę próbować.

Sidda zmarszczyła brwi, gdy wyobraziła sobie młodą Vivi wyrwaną z czułych objęć swych sióstr i umieszczoną niczym uszkodzony towar w szkole prowadzonej przez zakonnice. Kiedy ostrożnie z powrotem wkładała listy do kopert, zapragnęła przytulić do siebie szesnastoletnią Vivi i pocieszyć ją. Zapragnęła przygarnąć do siebie swoją matkę, ten kwiat w pełni rozkwitu, wyrwany z korzeniami i rzucony na nieprzyjazną ziemię. Zapragnęła objąć matkę i nazwać ją jej prawdziwym imieniem.

Skoro Caro, Teensy i Necie były aż tak wstrząśnięte wyjazdem przyjaciółki, to co dopiero musiała czuć sama Vivi! Jakie były listy od jej matki? Gdybyż tylko mogła usłyszeć tę historię w jej wersji. Sidda wstała od stołu w dużym pokoju, gdzie czytała.

Szyja jej zesztywniała, więc rozmasowała ją i potrząsnęła ramionami. Całe życie, cała historia odbywa się w ciele. Poznaję kobietę, która nosiła mnie w sobie.

Siddę ogarnęła potrzeba ruchu. Przypięła smycz do obroży Hueylene i ruszyła na spacer wzdłuż jeziora, a potem do lasu, gdzie poranne światło przesiąkało w dół poprzez gęste sklepienie koron drzew.

Z każdym krokiem myślała o matce. Co się stało? Przede wszystkim, dlaczego Vivi została wysłana z domu? Co takiego zrobiła, że zasłużyła na taką karę? W Siddzie tkwiły nieprzebrane zasoby gniewu do matki — nie z powodu ostatniego przejawu wrogości, lecz z powodu wcześniejszych, starszych krzywd. A jednak, gdy tak szła, poczuła, jak jej gniew przemienia się w żal i złość na tych, którzy skrzywdzili jej matkę. Potem, równie szybko, uczucie to z powrotem zmieniło się w gniew.

Skoncentrowała się na stawianiu stóp. Myślała o ciele matki i o własnym ciele, i o tym, jak bardzo są one do siebie podobne. Myślała o swoich kroczących nogach, o tym, jak łączą się z tułowiem. Myślała o tym, że nie jest osobą z ciałem, lecz jest jej ciałem, ciałem, które spędziło dziewięć miesięcy w ciele Vivi. Idąc, czując ziemię pod nogami i słysząc pełne szczęścia sapanie psa obok, Sidda zastanawiała się nad podświadomą wiedzą, która przechodzi z matki na córkę. Nad wiedzą prewerbalną, nad historiami opowiadanymi bez słów, sączącymi się jak krew, jak bogaty tlen w łożysko maleńkiej dziewczynki rosnącej w ciemnym zamknięciu. Sidda zastanawiała się, czy czterdzieści lat później nadal nie otrzymuje informacji od matki poprzez jakiś nadprzyrodzony kabel, który łączy je oddalone od siebie o tysiące mil i niezliczone nieporozumienia.

Był chłodny, deszczowy dzień, a wśród kadłubów drzew iglastych wnosiła się mgła. Gdy tak szła przed siebie, jej wzrok padł na koronkową, martwą gałąź świerku kanadyjskiego, która wisiała przed nią. Z koniuszka każdej z jego drobnych, pierzastych gałęzi zwisała, jak diamencik, kropelka wody, upodabniając gałąź do wieczorowej sukni zawieszonej w powietrzu. Wystające korzenie drzewa przecinające ścieżkę, fioletowoczarne w swej wilgoci, przypominały nabrzmiałe żyły na dłoni staruszki. Albo dopływy i meandry rzeki Garnet widziane z opylarki wysoko nad farmami położonymi nad deltą. Idąc po Matce Ziemi, Sidda modliła się: „Rozciągnij mnie tak szeroko, by boskie sekrety, które tkwią w mojej matce, we mnie, w samej tobie, znalazły w mym wnętrzu wystarczająco dużo miejsca, bym mogła wydać owoc".

Buggy obudziła Vivi rano, kiedy było jeszcze ciemno.

— Viviane Joan — powiedziała, zapalając górne światło. — Obudź się. W tej chwili się obudź.

Światło raziło Vivi w oczy, a na dźwięk ostrego głosu matki żołądek boleśnie się jej skurczył. Wtuliła się w poduszkę, próbując wrócić do snu, w którym tańczyła z Jackiem w Marksville. Było zielone lato, a ona miała na sobie białą sukienkę. Czuła jego rękę nisko na swych plecach i zapach jego oddechu, gdy dotykali się policzkami.

— Viviane Joan — powtórzyła Buggy, wypowiadając imię Vivi niczym oskarżenie. — Wstawaj i ubieraj się. — Schyliła się, by podnieść ubrania córki z podłogi. — Twój ojciec zdecydował, że pojedziesz rannym pociągiem.

— Co? — spytała Vivi, podrywając się, zaszokowana. „To niemożliwe" — pomyślała.

— Ależ mamo — powiedziała. — Umawialiśmy się na popołudniowy pociąg. Wtedy wszyscy mnie odprowadzą. Miałam wyjechać o drugiej pięćdziesiąt sześć po południu. Wszystko zaplanowałyśmy.

— Słyszałaś, co powiedziałam. — Buggy westchnęła, schyliła się i wyciągnęła spod łóżka sznurowane pantofle.

— Ojciec tak postanowił? — spytała Vivi. Ledwo mogła oddychać. Jak ojciec mógł ją tak zdradzić?

— Tak — powiedziała Buggy, nie patrząc na córkę. — Wstawaj. Muszę zdjąć pościel.

Vivi wstała z łóżka i stanęła obok. Od podłogi ciągnęło, jej ciało tęskniło za ciepłą kołdrą. Dziś rano w zachowaniu Buggy pojawiło się coś nowego, coś w głosie, w podnieceniu. Miała już na sobie ubranie, w którym zawsze chodziła na mszę, na głowę nałożyła woalkę.

Buggy ściągnęła kołdrę, a potem prześcieradła. Sprawnie, jak szpitalna pielęgniarka, zdjęła poszewki z poduszek i z bawełnianego materaca.

Każdym gestem dawała znać o przytłaczającym gniewie, jaki czuła wobec córki. Cicho, z każdym ruchem ręki zdejmującej pościel, Buggy odrzucała jędrne, kwitnące, dojrzewające ciało Vivi, które jeszcze parę chwil wcześniej ogrzewało łóżko.

Choć nie padło ani jedno słowo, Vivi czuła to wszystko, gdy tak stała, przyglądając się matce. Odruchowo skrzyżowała ręce na piersi, jakby, chcąc obronić się przed Buggy, potrzebowała broni lepszej niż flanelowa koszula.

— Kiedy ojciec tak zdecydował? — spytała. — Nic mi o tym nie mówił wczoraj wieczorem.

— Twój ojciec nie musi ci o wszystkim mówić — odparła Buggy. — Nie jesteś jego żoną. Powiedział mi o tym tuż przed pójściem spać. Chce, żebyś pojechała tym o piątej trzy rano.

Buggy zgarnęła poduszki pod pachę, lekko podnosząc brodę, jakby tylko czekała na reakcję córki. Początkowo Vivi nie odezwała się ani słowem. Matka i córka stały, spoglądając na siebie gniewnie, z napiętymi mięśniami, gotowe do walki, której nie rozumiała żadna z nich. Przez ułamek sekundy Vivi pomyślała, że może jej matka kłamie. Myśl ta jednak była tak straszliwa, że Vivi nie potrafiła wyartykułować swego oskarżenia. Zamiast tego powiedziała:

— Chciałabym wziąć ze sobą tę małą poduszeczkę — poprosiła, wskazując na wygniecioną poduszkę, którą Delia uszyła przy pomocy Ginger. Delia podarowała ją Vivi razem z jedwabną poszewką, zanim jeszcze wojna uznała takie luksusy za *verboten*.

— Nie potrzebujesz jej — powiedziała Buggy, przyciskając mocno poduszkę do piersi. — U Świętego Augustyna jest dużo poduszek.

— Chcę ją wziąć — upierała się Vivi. — To prezent od Delii.

Vivi dałaby wszystko, żeby w tym pokoju znalazła się jej babcia. Napisała do Delii, gdy tylko Buggy zaczęła przebąkiwać o Świętym Augustynie, lecz jej babcia wyjechała na ranczo panny Lee Beaufort w Teksasie i jeszcze nie odpowiedziała na list wnuczki. Vivi była pewna, że gdyby Delia była przy niej, na pewno by ją obroniła. Ale Delii nie było. Vivi miała ochotę sprzeciwić się matce, uderzyć ją w twarz, kopnąć, wyjawić światu jej okrucieństwo i nieuczciwość.

— Czy tata jest na dole? — spytała.

— Nie — odparła Buggy. — Twój ojciec jeszcze śpi. Jest bardzo zmęczony, Viviane Joan. Wykończyłaś go.

Taylor Abbott odzywał się bardzo niewiele od urodzin Vivi. Kiedy Buggy wystąpiła z pomysłem wysłania Vivi do Świętego Augustyna, tylko raz spróbował się jej sprzeciwić.

— Równie dobrze możemy podciąć Vivi skrzydła

w domu — powiedział. — Szkoły dla dziewcząt to dziwne ośrodki wychowawcze.

Buggy jednak nie dało się uciszyć. Nie ustąpiła mu tak jak zwykle. Taylor Abbott nie tyle zgodził się na Świętego Augustyna, co w końcu obrócił się na pięcie, poszedł do swojego gabinetu, zamykając tym samym sprawę.

Zaledwie poprzedniego wieczoru Vivi poszła do niego, gdy siedział w salonie, słuchając przez radio wiadomości z wojny.

Poczekała, aż zaczęła się przerwa na reklamę, i wtedy spytała:

— Tato, mogę ci przeszkodzić?

Wszyscy w domu Abbottów zawsze musieli pytać o pozwolenie, zanim mogli z nim porozmawiać.

— Tak, Viviane, słucham — powiedział, wciąż jednym uchem słuchając radia.

Vivi chciała zachować panowanie nad sobą, przedstawić swe argumenty w sposób logiczny, tak, by spodobały się jej ojcu, prawnikowi. Zamiast tego wybuchnęła drżącym głosem.

— Naprawdę muszę jechać, tato? Muszę? Muszę jutro po południu wsiąść do tego pociągu? Tato, proszę. Możesz temu zapobiec. Wiesz, że mama zrobi, co jej każesz.

Patrzył na nią przez chwilę i Vivi poczuła nadzieję.

— To już ustalone, Viviane — powiedział w końcu. — Jedziesz do Świętego Augustyna.

Vivi natychmiast się wyprostowała. Starała się zapanować nad głosem.

„Muszę się opanować" — nakazała sobie w duchu. „Inaczej nie będzie mnie słuchał. Jeżeli tylko wezmę się w garść, jeżeli będę się uśmiechać tak, jak on to lubi, jeżeli zdołam mówić spokojnym tonem, który tak podziwia, to może mnie dostrzeże. Potrzebne mi tylko jedno uważne spojrzenie. Jedno spojrzenie i tata zrozumie, że nie może mnie tam posłać".

Kiedy jednak otworzyła usta, słowa popłynęły z nich rozpaczliwym potokiem.

— Tato, proszę, proszę — powiedziała, z trudem hamując łzy. — Zrobię wszystko, co chcesz, tylko nie każ mi wyjeżdżać.

Taylor Abbott popatrzył na stojącą przed nim córkę, na jej jasne włosy związane wstążką, na lekko rozchyloną piżamę częściowo odsłaniającą piegowate ramię. Na jej drżące usta, oczy w obwódkach łez, które jeszcze nie wytrysnęły. Skóra wokół tych niebieskich oczu była blada, niemal niebieska. Ta urocza bladość wydała mu się teraz anemiczna jak gardenia zwiędła na brzegach. Nie mógł znieść tak intensywnego uczucia; przez nie czuł się fizycznie chory. Tego właśnie nienawidził w swojej żonie — tego i jej potu, zapachu i comiesięcznej krwi.

— Vivi — powiedział — nigdy nie błagaj.

Po czym wyciągnął rękę do radia i zwiększył głośność. Odchylił się w fotelu, zamknął oczy i wrócił do słuchania wiadomości wojennych, jakby córki nie było już w pokoju.

Vivi nie ruszyła się z miejsca; studiowała wzór na dywanie w salonie. Słuchała wiadomości o brytyjskich i hinduskich oddziałach w Birmie. W końcu Taylor Abbott otworzył oczy i skierował wzrok na córkę.

— Dasz sobie radę, Viviane — powiedział poufałym tonem. — Nie martwię się o ciebie. Nie muszę. Wrodziłaś się w Abbottów.

Potem wstał, wyłączył radio i ruszył schodami na górę. Vivi zobaczyła tylko jego plecy. Tylko parę szelek i białą koszulę.

*

— Pośpiesz się i ubieraj — powiedziała Buggy, stając w drzwiach pokoju Vivi. — Masz dokładnie tyle czasu, żeby zdążyć na pociąg. Pete odwiezie cię na stację.

— A ojciec? — spytała Vivi. — Nie jedzie? Chcę się z nim pożegnać.

— Twój ojciec prosił, żeby go nie budzić, Viviane Joan. Proszę. Nie przysparzaj mi jeszcze więcej kłopotów.

— Ale nie zobaczę się z Ya-Ya. Nie mogę wyjechać bez pożegnania. Zaplanowałyśmy je sobie.

— Żegnacie się już od tygodnia.

— Ya-Ya to moje najlepsze przyjaciółki. Muszę się z nimi zobaczyć.

Nagle, jakby już nie mogła pohamować gniewu, Buggy złapała poduszki i powłoczki, które właśnie zdjęła z pościeli i rzuciła nimi w Vivi.

— Przestań! — krzyknęła porywczo i z żalem. — Nie chcę słyszeć już ani słowa o tych cudownych Ya-Ya! Tylko o nich myślisz?

— Mamo — powiedziała Vivi, rezygnując z bardziej oficjalnej formy. — Błagam, nie rób mi tego. To moje przyjaciółki. Po prostu nie mogę ich tak zostawić!

Buggy poprawiła sobie sukienkę w talii, a potem sweter.

— Nie, spowodowałaś już wystarczająco dużo cierpienia w tym domu. Wystarczy.

Kiedy matka wyszła, Vivi pomyślała: „Nie wystarczy, mamo. I nigdy nie będzie dość".

Kiedy Pete otworzył drzwiczki, w buicku było ciepło.

— Ogrzałem go, żebyś nie zmarzła — powiedział. — Ta suka Buggy jest jeszcze w domu?

— Poszła do Jezie — odparła Vivi. — Może uda nam się spóźnić na pociąg.

Pete sprawdził godzinę, po czym obszedł samochód

dookoła, żeby usiąść za kierownicą. Wyglądał bardzo poważnie, jego zwykły sportowy luz zastąpiła ociężałość ruchów.

Głośno zatrzasnął drzwi i odwrócił się do siostry.

— Zapalisz?

— No. — Vivi patrzyła, jak jej brat pociera kuchenną zapałkę o paznokieć na kciuku i zapala dwa papierosy.

— Przykro mi, że to właśnie ja muszę cię zawieźć na pociąg, stara — powiedział, podając siostrze papierosa.

— To nie twoja wina — odparła Vivi, głęboko się zaciągając.

Pete zdjął z języka odrobinkę tytoniu.

— To nie twoja wina, że tak się popieprzyło.

— Co masz na myśli?

— To znaczy, że cokolwiek zrobiłaś, nie zasługujesz na to, żeby cię wysyłać do tych pingwinów jak jakiś cholerny towar.

Vivi spróbowała się uśmiechnąć.

— Mama chyba przekręciłaby się, gdyby wiedziała, że mówimy na nie „pingwiny".

— Nie, odprawiłaby za nas pokutę. Cholera, ta kobieta uwielbia pokutować.

Pete poklepał się po kieszeni, jakby czegoś szukał. Potem nerwowo zerknął w tylne lusterko.

— Od lat tylko czeka na to, żeby cię ukarać.

Vivi policzyła walizki leżące na tylnym siedzeniu. Wyjrzała na podwórko, gdzie ogród Buggy już niemal umarł na zimę. Róże Montany i pnącze powojnika były pokurczone i brązowe.

— Co mówisz, Pete? — spytała.

— Jestem twoim kumplem, wiesz o tym, prawda?

— No, wiem.

271

— To mi ufaj. Strzeż się matki. Ona trzyma cię na muszce. Rozpychaj się łokciami.

„To moja matka" — pomyślała Vivi. „Kocha mnie. Nieprawda?".

Pete wziął Vivi za rękę i lekko ją uścisnął. Spojrzał na siostrę smutnym wzrokiem i wzruszył ramionami.

— Będę za tobą tęsknić, Śmierdzielu.

Cofnął rękę, sięgnął pod kurtkę i wyjął piersiówkę.

— Na podróż. Podebrałem ją specjalnie dla ciebie z barku ojca.

Vivi przyjęła piersiówkę jak dowód miłości i schowała ją do torebki.

— Będę ją ze sobą nosić jak przyjaciela.

Kiedy całowała Pete'a w policzek, zobaczyła, że matka w szarym płaszczu idzie w stronę samochodu.

— Nic wam nie powiem o tym dymie — powiedziała oskarżycielsko, usadawiając się na tylnym siedzeniu.

— Dobrze, mamo — odrzekł Pete. — Nie mów.

Buggy zaczęła cicho nucić. Vivi pomyślała, że melodia ta przypomina *Salve Regina*. Pete zaczął gwizdać, by zagłuszyć jej śpiew. Kiedy tak jechali, Vivi wyjęła puderniczkę, jakby chciała sprawdzić, czy coś jej wpadło do oka. Jednak to nie swoją twarz chciała zobaczyć. Chciała spojrzeć na twarz matki siedzącej w milczeniu na tylnym siedzeniu. Vivi nie wiedziała, czego szuka w jej twarzy, ale pomyślała, że jeżeli pojawi się na niej odpowiedni wyraz, wówczas będzie wiedziała, co powiedzieć, co zrobić, znajdzie odpowiedni sposób na uniknięcie zesłania.

„Chcę jej powiedzieć, żeby przestała nucić tę cholerną melodię" — pomyślała. „Mam ochotę walnąć ją w głowę jedną z walizek. Spętać sznurami jak krowę i zostawić na poboczu. A potem chwycić za kierownicę, zatrąbić i popędzić ulicami mojego miasta, obwieszczając uwolnienie się od tej kobiety na tylnym siedzeniu, której wydaje się, że jest współczesną męczennicą".

Nie mogła się jednak poruszyć. Było jej zbyt smutno.

Zebrała w sobie wszystkie siły i poprosiła:

— Czy moglibyśmy zatrzymać się koło domu Caro? Oni wcześnie wstają. Albo może na chwilkę wpadniemy do Teensy? To po drodze. Czasami Genevieve czyta całą noc, kiedy nie może zasnąć.

— Nie odwiedza się ludzi o tej porze — powiedziała Buggy. — Twój ojciec kazał mi zawieźć cię prosto na stację.

Vivi miała ochotę powiedzieć: „Kłamiesz", ale nie potrafiła. Wypowiedzenie tego na głos oznaczałoby oskarżenie matki o okrucieństwo.

Zerknęła na swój złoty zegarek marki Gruen ze lśniącymi zielonymi kropkami. Czwarta piętnaście rano. Nic już nie będzie takie samo.

Przyjrzała się matce siedzącej na wysokim, zaokrąglonym fotelu buicka i przebierającej w palcach paciorki różańca.

„Kłamie w żywe oczy" — pomyślała. „Kłamie i jest szczęśliwa. Skąd u niej ten spokój?".

Było jeszcze ciemno, kiedy zajechali pod stację na skrzyżowaniu ulic Jefferson i Eighth. Pete wysiadł z samochodu i obszedł go dokoła, żeby otworzyć drzwi po stronie Vivi.

Stojąc na krawężniku przy samochodzie, Vivi widziała parę z ust, która tworzyła się w powietrzu chłodnego poranka. Przyglądając się, jak Pete wnosi jej bagaż do hali, przycisnęła torebkę do boku i pomyślała o butelce burbona. Tylko myśl o uldze, jaką mogła jej przynieść, sprawiła, że Vivi nie osunęła się na ziemię.

Buggy opuściła szybę w oknie samochodu i spytała:

— Nie pożegnasz się ze mną?

— Do widzenia — powiedziała Vivi.

Wtedy Buggy otworzyła tylne drzwi. Lekko skręciła ciało, jakby miała wysiąść z samochodu i podejść do córki.

Vivi zapragnęła podbiec do matki i położyć jej głowę na kolanach. Pragnęła się do niej przytulić i nie puszczać. Zajrzała do samochodu, dotknęła ręki Buggy i spytała:

— Mamo, o co się tak modlisz?

Buggy przyłożyła dłoń do policzka córki.

— Modlę się za ciebie, Viviane — powiedziała łagodnie. — Modlę się za ciebie, bo utraciłaś Bożą łaskę.

Pete ujął Vivi pod łokieć i podtrzymał ją, niemal biorąc ją sobie pod pachę.

— Mamo — powiedział — zejdź, cholera, z mojej siostry.

Trzasnął drzwiami samochodu, zostawiając matkę z różańcem na tylnym siedzeniu.

W środku byłoby zupełnie pusto, gdyby nie czterej śpiący żołnierze, którzy oparli nogi na wełnianych torbach. Ich widok sprawił, że Vivi pomyślała o Jacku.

Kupili bilet i usiedli na długiej, drewnianej ławie. Vivi próbowała sobie wyobrazić, że gra w filmie. „Piękna młoda dziewczyna tęskni za swym kochankiem" — pomyślała. Zbliżenie. „Siedzi na dworcu kolejowym z bratem i czeka na koniec wojny. Samotna, ze złamanym sercem, ucieka się do jedynego pocieszenia, jakie ma".

Sprawdzając, czy matka nie zdecydowała się jednak pójść za nimi, Vivi wyjęła piersiówkę i podała ją Pete'owi.

— Ty pierwsza, stara — powiedział, więc Vivi upiła łyk.

Burbon gładko spłynął jej do żołądka. Odczekała

chwilę i upiła następny łyk, czując, jak ciepło rozchodzi się jej po ciele, kojarząc smak whisky z dobrymi czasami, z byciem pożądaną, z tym, jak mało wiedziała o seksie. Przy trzecim łyku pożałowała, że nie ma w walizce jeszcze jednej piersiówki — nie, całej butelki albo nawet dwóch.

Podała piersiówkę Pete'owi, który upił łyk i oddał whisky siostrze.

— Daj rękę — poprosił.

Vivi wyciągnęła dłoń. Pete wcisnął w nią zwarty, ciężki, mały przedmiot. Kiedy Vivi spojrzała na prezent, okazało się, że to scyzoryk, wartościowy przedmiot należący do brata, który zawsze podziwiała. Czuła ciężar czerwono-srebrnego noża. Przyłożyła go do nosa i powąchała rękojeść. Pachniała Pete'em. Pachniała jak chłopak.

— Człowiek nigdy nie powinien rozstawać się ze scyzorykiem, Viv-o. Może cię wybawić z wielu opresji. Jeżeli któryś z tych pingwinów wsiądzie na ciebie, dźgnij ją w tyłek scyzorykiem i uciekaj!

Vivi spróbowała się uśmiechnąć.

— Dzięki, Pete-o.

W czasie, jaki został do odejścia pociągu, Vivi wycięła swoje imię na drewnianej ławce, gdzie siedzieli:

V-I-V-I-A-B-B-O-T-T.

— Ława imienia Vivi Abbott — powiedział Pete.

— Nikt mnie nie zapomni.

Pete wsiadł z siostrą do pociągu i wniósł jej bagaż. Kiedy Vivi usiadła na swoim miejscu, przytulił ją szorstkim ruchem.

— Kocham cię, Śmierdzielu — powiedział.

— Kocham cię, Pete.

Pete odwrócił się do czarnego numerowego, który akurat przechodził obok nich.

— Masz się zaopiekować moją siostrzyczką, słyszysz? Wieziesz cenny ładunek.

— Tak, psze pana — powiedział numerowy i uśmiechnął się do Vivi.

Kiedy Pete wysiadł z pociągu, Vivi sięgnęła po piersiówkę, upiła dwa łyki burbona i zaczęła płakać.

Viviane Joan Abbott, lat szesnaście, siedziała w Półksiężycu Południa, ubrana w błękitny sweter z angory i kremową, plisowaną spódnicę. Ciasno otuliła się granatowym, wełnianym płaszczem z pięknym kołnierzem z lisa. Próbowała sobie wyobrazić, że obejmują ją ramiona Jacka. Z całych sił starała się uwierzyć, że wszyscy ją podziwiają.

26 stycznia 1943

Kochana Caro,

każda dziewczyna w tej szkole jest brzydka. Nie zwykła, nie pospolita, tylko brzydka. To jedna z tych szkół, do których chodzą dwa typy dziewczyn: 1. córki katolickich świrów i 2. złe dziewczyny, które trzeba ukarać. Zdaje się, że ja zaliczam się do obu kategorii.

Są brzydkie i śmierdzą. Zalatują kiszoną kapustą i starymi męskimi skarpetami. Sam ten odór wystarczyłby jako pokuta za popełnienie osiemdziesięciu czterech tysięcy grzechów śmiertelnych. Bądź posłuszna Kościołowi, spowiadaj się z grzechów i umieraj — taki jest plan. Jego autorką jest matka przełożona, Boris Karloff* świata zakonnic.

---

* Boris Karloff— słynny odtwórca ról wampirów.

Mój pokój tutaj to w ogóle nie jest pokój. Nawet nie kącik. To kiszka, dziura, cela. Stoi tam kozetka, krzesło i miska z wodą na małej komodzie. Na ścianach haczyki, żadnej szafy.

Spytałam zakonnicę, która mnie tu przyprowadziła, gdzie jest szafa. „Nie masz szafy" — odparła. Zupełnie jakbym domagała się apartamentu w Grand Hotelu.

„Muszę powiesić sukienki"— powiedziałam, wskazując na walizki i kuferek.

Popatrzyła na mnie, jakbym miała zajęczą wargę.

„Ten bagaż to krzyż, który musisz udźwignąć" — powiedziała.

Caro, nie wiem, czy jestem w czyśćcu, czy po prostu w piekle.

Całuję,
Vivi

Dopiero po tygodniu u Świętego Augustyna Vivi uświadomiła sobie, że pozostałe dziewczyny jej nienawidzą. Po upływie półtora tygodnia zrozumiała, że nienawidzą jej i zakonnice.

Początkowo próbowała się uśmiechać, ale było to marnowanie mięśni twarzy. Nikt, ani jedna osoba, nie odwzajemnił jej uśmiechu. Dziewczyny mierzyły ją wzrokiem i szeptały złośliwie coś, czego nie mogła dosłyszeć. Włosy Vivi były dla nich zbyt jasne, oczy zbyt błyszczące, język za bardzo swobodny, a nade wszystko nienawidziły ubrań, które ze sobą przywiozła. Próbowała, ale nie mogła znaleźć innych złych dziewczyn, z którymi mogłaby się skumać.

Na korytarzach unosiła się woń owsianki z lizolem. Już sam ten zapach sprawiał, że kurczyła się w sobie. Vivi w życiu kierowała się zapachem. Na jego podstawie umiała powiedzieć, kiedy ktoś się boi lub czy jadł brzoskwinie. Wciągała powietrze do nosa i już wiedziała, czy ktoś się wyspał. Czuła zapach tuberozy we włosach człowieka parę dni po tym, jak koło nich przechodził. U Świętego Augustyna nie rosły tuberozy.

Siostra Fermin, która uczyła religii, lubowała się rozpoczynaniem lekcji od patrzenia na Vivi i mówienia: „Te z was, które zostały tu przysłane z powodu swego grzesznego zachowania, niech skupią się szczególnie. Nie zasługujecie na miłość Bożą po całym tym cierpieniu, jakie sprawiłyście swoim rodzinom, ale jeżeli będziecie się pilnie uczyć i nie zapominać o wstydzie, jaki w sobie nosicie, z czasem być może z powrotem wkradniecie się w łaski Boga Ojca".

Wówczas pozostałe dziewczyny odwracały się i gapiły na nią, jakby była dzieciobójczynią albo nazistą. Vivi miała ochotę powiedzieć im, żeby poszły do diabła, ale nie warto było się wysilać.

Vivi postawiła w swej celi kuferek, a na nim umieściła zdjęcie swoje i Jacka, które zostało zrobione na balu ostatkowym w szkole średniej w Thornton. Obok ustawiła zdjęcia Ya-Ya w Spring Creek i nad zatoką. Przed zdjęciem jej rodziny stał koszyczek z ususzonymi płatkami róż, które Jack przysłał jej w dniu, gdy wyjechał do obozu szkolenia rekrutów.

Wyjęła z kufra swą urodzinową suknię z niebieskiego aksamitu i powiesiła ją na ścianie, gdzie zakwitła niczym ogromny kwiat nad krucyfiksem, który należał do standardowego wyposażenia każdego pokoju u Świętego Augustyna. Musiała mieć tam coś kolorowego, bo inaczej chyba umarłaby. Kiedy wróciła do swej celi z dusznych od pyłu kredowego, lodowato zimnych klas i z kafeterii przesiąkniętej wonią spleśniałego zielonego groszku, pociągnęła trzy łyczki z piersiówki od Pete'a i zapatrzyła się w ścianę, usiłując się rozluźnić.

Dzięki Bogu zwinęła z domu wypchaną pierzem poduszkę od Delii. „Tutaj się nie śpi na puchu. Poduszki są zabronione". To przeraziło Vivi bardziej niż sraczkowatozielony kolor ścian. Co rano, kiedy się budziła, musiała chować poduszkę, żeby dyżurna zakonnica jej nie zabrała.

„Pieprzyć je" — modliła się Vivi. „Niech mnie nie złamią. Jestem Vivi Abbott. Należę do Królewskiego Plemienia Ya-Ya. Jestem cheerleaderką. Któregoś dnia zagram na Wimbledonie. Mam cudownego chłopca, który mnie kocha. Tam, skąd pochodzę, wszyscy mnie lubią".

Święta Matko, pełna łaski, cierpliwa i doskonale wyedukowana, daj mi siłę, bym mogła walczyć z wrogami. Zabierz te bóle głowy. Dotknij mnie, przytul. Daj, bym się nic skurczyła i nie umarła.

1 marca 1943

Kochane Caro, Teensy i Necie,

minęło pięć tygodni i trzy dni. Jestem tu pogrzebana żywcem. Nie mogę oddychać. Budzą nas, waląc o piątej rano w drzwi celi. Mam wtedy ochlapać twarz zimną wodą, zdjąć koszulę nocną, włożyć szary, drapiący, wełniany mundurek, szare podkolanówki i sznurowane pantofle, zasłonić twarz woalką i bez słowa udać się do kaplicy. Ksiądz z wyłupiastymi oczami odprawia mszę i spowiada. Żadnego śpiewu, żadnej muzyki, żadnych tańców. Nigdy jeszcze tak długo nie musiałam obyć się bez tańca. Nawet moja matka nie miała nic przeciw-

ko naszym tańcom. Kiedy przyjmuję komunię, opłatek przykleja mi się do wyschniętego górnego podniebienia.

W tym miejscu pozwalają zużyć tylko dwa kawałki papieru toaletowego na raz, bo marnotrawstwo to grzech. Pilnują cię w wychodku. Niektóre dziewczyny błagają, żeby zostać łazienkowymi dozorcami. Uważają to za coś wspaniałego, zupełnie jakby zostały wybrane na przewodniczącą klasy. To chore.

Tutaj nie bierze się kąpieli, tylko prysznic, podczas którego zawsze mam wrażenie, jakby ktoś na mnie pluł. Nie ma Ya-Ya. Nie ma Jacka. Popełniłabym morderstwo dla café au lait, jaką u Teensy Shirley przynosiła nam do łóżka z miodem w wielkich filiżankach. Popełniłabym podwójne morderstwo, żeby zobaczyć Was i Jacka.

Tutaj nikt się nie śmieje.

Ja tu usycham.

Błagam, poproście Pete'a, żeby porozmawiał o mnie z ojcem. Napisałam do matki, ale nie dostałam żadnej odpowiedzi.

Nie powinnam tak narzekać, kiedy trwa wojna. Nie mam pojęcia, dlaczego oni chcą mnie unieszczęśliwić.

Wasza Vivi

PS. Zorganizujcie jakąś wódę i przyślijcie mi.

Potem napisała do matki odmianę tego samego listu, jaki wysłała jej kilka razy od czasu przyjazdu do Świętego Augustyna:

1 marca 1943

Kochana Mamo,

przebacz mi, proszę. Nie jestem pewna, co złego zrobiłam, ale przepraszam. Nie chciałam Cię zranić. Je-

*żeli pozwolisz mi przyjechać do domu, już nigdy Cię
nie zawiodę. Błagam, Mamo. Proszę, pozwól mi wrócić
do domu. Tęsknię za Tobą, tak bardzo za wszystkimi
tęsknię.*

Całuję,
Vivi

Jakiś miesiąc lub nieco więcej po przyjeździe do
Świętego Augustyna, Vivi nabrała wstrętu do jedzenia.
Wszystko wydawało jej się zbyt słone. Przez cztery dni
z rzędu po zjedzeniu owsianki podawanej na śniadanie
robiło jej się niedobrze, a potem po prostu siedziała
i przepychała płatki po poplamionej misce. Sączyła sok
i bawiła się owsianką.

Zupa na lunch była równie słona jak owsianka, więc
przestała jeść i ją. Wieczorami rozgotowana kapusta
pachniała pieluszkami jej siostrzyczki Jezie. Jedyną
rzeczą, którą Vivi jadła z apetytem, było jabłko na kolację. Zabierała je ze sobą do swojej nory, otwierała okno
i stawiała owoc na parapecie, aż chłodniał od nocnego
powietrza. Potem wyjmowała scyzoryk od Pete'a, kroiła
jabłko na cieniutkie plasterki i wkładała je pojedyczno
do ust. Dałaby wszystko za pełną piersiówkę burbona.

Po zjedzeniu jabłka kładła się na twardym łóżku
i kładła ogryzek obok głowy na poduszce od Delii — tak,
by zasypiając, mogła czuć jego zapach.

Boleśnie tęskniła za przyjaciółkami, za Jackiem, Genevieve, za colą i za solówkami na perkusji Gene'a Kru-
py. Tęskniła za słodkimi trelami Harry'ego Jamesa, za
codziennymi pogaduszkami z Ya-Ya i leżeniem obok
nich na dywanie przed kominkiem albo na werandzie.
Tęskniła za zainteresowaniem ze strony innych, za
muzyką, śmiechem i plotkami. Tęskniła za nocną grą

w karty z Pete'em w kuchni. Tęskniła nawet za rodzicami. Tak bardzo stęskniła się za domem, że w końcu zaczęła się poddawać.

Przestała pisać listy, a kiedy coś do niej przychodziło, bała się czytać, bo listy z domu przypominały jej o tym, czego jej tak brakowało. Wiadomości wojenne tylko jeszcze bardziej ją zasmucały, przez nie martwiła się o Jacka. Czuła, jakby coraz bardziej ześlizgiwała się w przepaść, ale trzymanie się krawędzi męczyło ją. Po paru tygodniach wyczerpywało ją nawet wejście na górę po schodach.

Któregoś kwietniowego popołudnia dostała pierwszy list od matki. Brzmiał następująco:

24 kwietnia 1943

Droga Joan,

cieszę się, że teraz wszyscy nazywają Cię imieniem, jakie dostałaś na chrzcie. To Twój ojciec i Delia mówili na Ciebie „Viviane", ale nie ja.

W zeszłym tygodniu matka przełożona napisała do mnie o sesji z Tobą. Ponieważ obchodzi ją Twoje dobro duchowe, zdecydowała, że wolą Bożą jest nazywać Cię tylko tym imieniem, które dostałaś na chrzcie: Joan. Inne dziewczęta zostały pouczone, by zwracać się do Ciebie tylko tym imieniem. Masz reagować tylko na „Joan". Wszelka poczta wysłana do Viviane albo Vivi zostanie bez otwierania zwrócona adresatowi.

Mam nadzieją, że nosząc imię Joanny d'Arc, łatwiej będzie Ci zwalczyć demona, który plugawi Twoją duszę.

Matka przełożona poinformowała mnie również, jak bardzo sie jej sprzeciwiałaś, że próbowałaś sobie żartować i mówiłaś, że na szczęście Twoją patronką nie jest Jadwiga. Napisała też, że mówiłaś o niej „dzika świ-

282

nia". *Mogę tylko powiedzieć, że całym sercem zgadzam się z matką przełożoną, że szkoła publiczna zniszczyła Twój szacunek dla świętości i autorytetów. Potrzebna Ci dyscyplina.*

Nie, nie mogę Ci pozwolić wrócić do domu. Przyzwyczaisz się do Świętego Augustyna. Wymaga to trochę czasu. Powinnaś ofiarować swe troski naszemu Przenajświętszemu Zbawcy, który umarł za nasze grzechy.

Piszesz, że żałujesz, że mnie zraniłaś. Musisz zrozumieć, że nie możesz mnie zranić. Jeżeli kogoś ranisz, to Błogosławioną Panienkę i Dzieciątko Jezus. To przed nimi powinnaś paść na kolana i błagać o wybaczenie. Niech Pan Bóg Cię błogosławi i niech Maryja Panna prowadzi Cię we wszystkim, co robisz.

Całuję,
Matka

Tego popołudnia Vivi zemdlała na gimnastyce. Nogi się pod nią ugięły i upadła, kolanami uderzając o starą, lakierowaną podłogę. Niemal sprawiło jej to przyjemność.

Zakonnica, która prowadziła lekcję gimnastyki, potraktowała to zdarzenie beznamiętnie, prawie miała ochotę obwinić Vivi o taką słabość.

Vivi pozwolono na resztę dnia wrócić do jej pokoju, gdzie zapadła w gorączkowy sen. Kiedy się obudziła, była tak zlana potem, że mokre prześcieradła lepiły się jej do skóry. Ból głowy, który atakował ją od tygodni, teraz zajął jej głowę niczym wróg. Próbowała wstać z łóżka, ale pokój wraz ze skąpym umeblowaniem zawirowały wokół niej. Nie mogła zachować równowagi: ani na zewnątrz, ani w sobie.

Po jej ciele przetaczały się fale zimna i gorąca; wie-

283

działa, że powinna pójść do łazienki. Zmusiła się, by wstać z łóżka, ale nogi nie mogły utrzymać jej ciężaru. Na kolanach doczołgała się do drzwi. Trzęsąc się gwałtownie, jeszcze raz spróbowała podźwignąć się na nogi. Tym razem nogi się pod nią nie ugięły, ale nie mogła odzyskać równowagi. Miała wrażenie, że wewnątrz niej toczy się jakaś kula, która zburzyła zachowywaną do tej pory równowagę.

Vivi powoli przeszła przez korytarz, czepiając się ścian i klamek u drzwi pokojów innych dziewcząt. Zebrała w sobie wszystkie siły, żeby dotrzeć do łazienki. Nigdy jeszcze nie było jej tak niedobrze. Klęcząc nad sedesem, wymiotowała tak gwałtownie, że od skurczów żołądka rozbolały ją kark i plecy. Głowa jej tak podskakiwała, że nie widziała przedmiotów, tylko szaroczarne plamy. Miała wrażenie, że wszystko się w niej wywraca, jakby ktoś ją wyżymał.

W pewnej chwili otworzyły się drzwi łazienki i Vivi niemal krzyknęła z ulgi. „Ktoś przyszedł mi pomóc!" — pomyślała. „Ktoś dobry przyszedł odgarnąć mi włosy z twarzy i położyć zimny kompres na czoło, jak robiła mama, kiedy byłam chora".

— Za długo tu siedzisz — odezwał się głos. — Złożę na ciebie raport do matki przełożonej za marnowanie papieru toaletowego, Joan Abbott.

Vivi leżała do podłodze, nie mogąc odpowiedzieć.

Zaczęła się poruszać, kiedy usłyszała lekkie drapanie gałęzi w okno. Przez chwilę wydawało jej się, że jest w swojej sypialni w domu, i przekonanie, że leży we własnym łóżku, ogarnęło całe jej obolałe ciało. Miała ochotę głośno się roześmiać. Łóżko było miękkie, a ona leżała nie na jednej, lecz na dwóch poduszkach. Z jakiegoś powodu była całkowicie pewna, że jeżeli natychmiast nie wyskoczy z łóżka, spóźni się na tenisa z Caro.

Otworzyła oczy, spodziewając się, że zobaczy szafę i komodę, która stała w jej pokoju. Myślała, że zobaczy perkalowe zasłonki w różyczki i opadające zielone liście. Ujrzała jednak przepierzenie rozciągnięte wzdłuż łóżka, na którym leżała. Po drugiej stronie był szereg okien z opuszczonymi żaluzjami.

Przez chwilę czuła zawroty głowy. Potem zrozumiała: „nie jestem w domu". Nie wiedziała, gdzie się znajduje, ale na pewno nie w domu.

Płakała, aż łzy zmoczyły jej całą twarz, włosy, koszulę nocną. Nie przypominała sobie, żeby ją wkładała, nie rozpoznawała jej. Strasznie chciało jej się wydmuchać nos, ale nie miała chusteczki. Nie mogła znieść tej myśli, ale doszła do wniosku, że musi wytrzeć nos w prześcieradło.

„Boże" — westchnęła. „Nie chcę leżeć w smarkach. Chcę umrzeć. Chcę zasnąć i już nigdy się nie obudzić".

Biała zasłonka, która biegła wzdłuż łóżka, rozsunęła się i Vivi zobaczyła okrągłą, uśmiechniętą twarz, młodą i niemalże ładną. Na małym, zadartym nosku tkwiły okulary bez oprawek. Szaroniebieskie oczy w oprawie jasnych rzęs i brwi miały kształt migdałów. Vivi wydawało się, że na krawędziach welonu widzi puszek tak samo jasnych włosów.

— Jak się czujesz, Viviane Joan? — spytała zakonnica, uśmiechając się.

Po raz pierwszy od ponad miesiąca ktoś zwrócił się do Vivi jej prawdziwym imieniem. Po raz pierwszy ktoś się do niej uśmiechnął, odkąd tamten numerowy pomagał jej wysiąść z pociągu.

— Siostra jest od Świętego Augustyna? — spytała Vivi ochrypłym głosem. Habit i welon zakonnicy różniły się od stroju sióstr w szkole, a jej uśmiech był dla Vivi szokiem.

— Jestem z innego zakonu, z zakonu sióstr pielęgniarek — odparła zakonnica. — Nazywam się siostra Solange.

„Francuskie imię" — pomyślała Vivi. Ta krótka rozmowa wyczerpała ją. Zamknęła oczy.

— Zjesz coś lekkiego? — spytała siostra Solange.

Łagodny głos zakonnicy zdumiał Vivi. „Już tak dawno nikt mnie nie traktował z taką dobrocią. Kiedyś ludzie byli dla mnie tacy dobrzy. Wydawało mi się to oczywiste jak cukier przed wojną".

Próbując pohamować łzy, Vivi głośno pociągnęła nosem.

— Bardzo cię przepraszam — powiedziała siostra Solange. — Przede wszystkim potrzebujesz czystej chusteczki.

Zakonnica zniknęła na chwilę, a kiedy wróciła, niosła dwie białe, bawełniane chusteczki, uprasowane i schludnie złożone. Położyła je na łóżku koło prawej ręki Vivi.

Vivi złapała chusteczkę i przytknęła ją do nosa. Pachniała świeżym praniem i słabą wonią kwiatów. Był to pierwszy piękny zapach, jaki poczuła od wyjazdu z domu. Powoli rozłożyła ją i otarła oczy. Potem wytarła twarz i wydmuchała nos. Wyciągnęła rękę po drugą, ale cofnęła dłoń, jakby się bała.

— Mogę wziąć drugą, siostro? — spytała ostrożnie.

— Oczywiście, że możesz — odparła zakonnica. — Może potrzebujesz całej paczki?

Kiedy siostra Solange znowu zniknęła, Vivi, najlepiej jak potrafiła, otarła twarz. Jej skóra była lepka, nieprzyjemna. Vivi czuła resztki starych łez razem z wilgocią nowych.

Siostra Solange położyła na łóżku stertę świeżo wypranych chusteczek. Kiedyś taki gest przeszedłby nie zauważony przez Vivi, ale teraz widok tych bawełnianych chusteczek złożonych u jej boku, gotowych do użycia, wydał jej się tak ekstrawagancki, że w pierwszym odruchu chciała je schować, by ich nie zabrano.

Kiedy zakonnica znowu odeszła od łóżka, Vivi pomyślała: „Ona mnie nie nienawidzi".

Tym razem siostra Solange przyniosła wielką, białą miskę z gorącą wodą. Postawiła ją na stoliku koło łóżka, zmoczyła w niej ściereczkę, wyżęła, po czym pochyliła się nad Vivi.

— Zamknij oczy — poprosiła i przetarła jej oczy ciepłym materiałem. Vivi wzięła głęboki oddech, powietrze wypełniło całe jej ciało. Czuła, jak ciepło wnika w przestrzeń za oczami. Czuła, jak dobroć wnika w posiniaczone ciało wokół jej serca. Znowu odpłynęła w sen.

Kiedy Vivi się obudziła, koło niej stała siostra Solange z tacą z jedzeniem. Vivi poczuła swojski, przyjemny zapach ziemniaków, marchewki i cebuli w klarownej zupie. Kiedy zajrzała do parującej miski, zobaczyła pomarańczowy kolor marchewki i zieleń selera. Na talerzu koło zupy leżała kromka chleba domowego wypieku, a obok stała mała szklanka soku jabłkowego.

— Proszę — powiedziała zakonnica. — Twój pierwszy posiłek w izbie chorych.

Nie kazała Vivi jeść. Postawiła tylko tacę na stoliku, skąd Vivi obserwowała ją ostrożnie. Powoli usiadła i pozwoliła, by zakonnica postawiła przed nią tacę. Gapiąc się na miskę, niemal zadławiła się na myśl o słonych potrawach u Świętego Augustyna. Powoli podniosła łyżkę do ust. Zupa miała dobry, wyraźny smak. Stary, znajomy smak gotowanych kartofli i cebuli i słodkawy smak marchewki ukoił ją. Zjadła prawie pół miski zupy, zanim przerwała wyczerpana.

Siostra Solange zabrała tacę, po czym, niczym magik, wyciągnęła z kieszeni trzy jabłka.

Położyła je na stoliku i powiedziała:

— Na wypadek, gdybyś później zgłodniała.

Vivi zapadła w kolejny głęboki sen, a kiedy się obudziła, nie miała pojęcia, jak długo spała. Sennie spojrzała na trzy jabłka leżące na stoliku koło niej. W półśnie pomyślała, że te jabłka ją obserwowały, że wyrwały ją z mrocznej drzemki.

Znowu pojawiła się siostra Solange, a Vivi zaczęła się zastanawiać, czy zakonnica siedziała tuż za przepierzeniem przez cały czas, gdy ona spała.

— Dzień dobry, Viviane Joan — powiedziała zakonnica. — Mogę cię zaprowadzić do łazienki?

— Tak, siostro — powiedziała Vivi.

Kiedy usiadła i zwiesiła nogi z łóżka, wróciły zawroty głowy i straciła równowagę. Siostra Solange złapała ją, objęła w talii i oparła o siebie. Powoli poprowadziła ją do łazienki, która nie składała się z serii boksów jak w internacie, lecz była prawdziwym pokojem z drzwiami, które się zamykały.

— Będę tuż obok, gdybyś mnie potrzebowała — powiedziała zakonnica, zamykając drzwi.

Kiedy Vivi skończyła, spróbowała wstać, ale znowu zakręciło jej się w głowie, więc czym prędzej usiadła z powrotem.

— Siostro! — zawołała cicho, nie usłyszała jednak odpowiedzi. Może zakonnica zostawiła ją samą, żeby dostała zawrotów głowy, zaczęła wymiotować i żeby znowu nakryła ją jakaś dyżurna. Tym razem zwinie się w kłębek i umrze.

— Siostro! — zawołała jeszcze raz, nieco głośniej. — Możesz mi pomóc?

Drzwi się otworzyły i weszła siostra Solange ze

spuszczonym wzrokiem, by nie krępować Vivi. Otoczyła dziewczynę ramieniem, po czym delikatnie poprowadziła ją przez korytarz.

— Jesteś słaba jak mały kotek, Viviane Joan — powiedziała zakonnica. — Słaba jak maleńkie Boże stworzenie.

Vivi wydawało się, że czuje od zakonnicy słaby zapach lawendy. „To jest to" — doszła do wniosku. „Lawenda. Tak samo pachniała tamta chusteczka. Jak to możliwe? Nie widziałam, żeby koło Świętego Augustyna rosły krzewy lawendy". Vivi uwielbiała ten zapach bijący od siostry Solange. Ta drobna przyjemność wzbudziła w niej ogromną wdzięczność.

— Myślisz, że dasz radę się wykąpać? — spytała zakonnica, gdy dotarły do łóżka Vivi.

„Kąpiel" — pomyślała Vivi. „Nasza Miłościwa Pani! Kąpiel!".

— Prawdziwa kąpiel? Czy prysznic?

— Prawdziwa kąpiel — odparła zakonnica. — Tylko tyle mamy w tej izbie chorych. Jedną starą wannę.

Już samo słowo „kąpiel" brzmiało cudownie, niemal nieznośnie luksusowo.

— Tak, siostro — powiedziała Vivi. — Tak, myślę, że dam radę się wykąpać.

— Doskonale. W takim razie umówmy się: zjesz obiad, ale taką normalną porcję, a potem przygotujemy prawdziwą kąpiel.

„Ta zakonnica targuje się ze mną" — pomyślała Vivi. „Jeszcze nikt się ze mną nie targował, oferując kąpiel za zjedzenie obiadu".

Powoli, starannie przeżuwając każdy kęs, Vivi zjadła prawie całego pieczonego ziemniaka. Jej szesnastoletnie ciało, tak długo niegłaskane, nieprzytulane, tęskniło za gorącą wodą na skórze, za parą buchającą z wanny, za zanurzeniem się w innym żywiole. Niemal nie istniało nic takiego, czego by nie zrobiła, żeby zasłużyć na taką rozkosz.

Siostra Solange zostawiła ją na chwilę samą w wannie i poszła po ręczniki. Vivi położyła się w wodzie i zanurzyła głowę, czując, jak ciepła woda zakrywa jej brodę, potem nos, a na końcu — czoło. Kiedy wynurzyła się, by zaczerpnąć powietrza, poczuła się zziębnięta, naga. Znowu więc schowała się pod wodę. Leżała tak jak Ya-Ya w Spring Creek, gdy słońce zachodziło. Zrzucały wtedy z siebie kostiumy kąpielowe i namydlały się mydłem Ivory, a woda przepływała im między nogami. Vivi znalazła się w innym świecie. Widziała światło sączące się z wysokich okien z kwaterami; nic nie słyszała. Pomyślała, że zostanie tak już na zawsze. Nie ma powodu się śpieszyć. Po prostu zanurzyć się w płynne życie bez ostrych krawędzi. Cudownie.

— Viviane Joan! — zawołała głośno zakonnica, pochylając się nad wanną.

Vivi wynurzyła się. Żałowała, że wywołano ją spod wody.

— Co?! — spytała ostrym tonem.

— Przyniosłam ci niespodziankę — odparła zakonnica.

— Niespodziankę? — powtórzyła Vivi z niedowierzaniem. Ostatnio spotkało ją już wystarczająco dużo niespodzianek.

— Naprawdę. Tylko nie możesz nikomu o tym powiedzieć. To będzie nasza tajemnica.

— Tak, siostro — powiedziała Vivi, zainteresowana wbrew sobie.

Spomiędzy fałd habitu siostra Solange wyciągnęła mały, wielkości dojrzałej figi woreczek z gazy.

— *Voilà!* — powiedziała i wrzuciła woreczek do wanny.

— A co to takiego?! — spytała Vivi zdumiona.

— Zamknij oczy i wdychaj — powiedziała zakonnica.

Vivi powoli wciągnęła powietrze. Poczuła zapach lawendy zmieszany z parą z wanny.

„Lawenda w mojej wannie" — pomyślała. „Jak bosko. Ta osoba wie, kim jestem".

— Lawenda. — Tylko tyle zdołała z siebie wydusić.

— O kurczę.

— Uprawiam ją — zwierzyła się siostra Solange, siadając na stołku koło wanny. — Mam trzy wielkie krzewy za pralnią.

— Dlaczego nie mogę nikomu o tym powiedzieć? — spytała Vivi.

— Wszystkie dzieci Boże mają inne pojęcie o leczeniu. Zakonnice mogłyby pomyśleć, że jestem staroświecka. Albo... rozpuszczona.

„Ta siostra Solange jest pełna niespodzianek" — pomyślała Vivi. „Za każdym razem, kiedy chcę się poddać, wyciąga coś spod habitu".

— Dziękuję — powiedziała. — Uwielbiam lawendę.

— Rzeczywiście. — Siostra Solange pokiwała głową. — Widziałam, jak wąchałaś chusteczki.

Na twarzy Vivi pojawił się lekki uśmiech.

— No, Viviane Joan — powiedziała siostra Solange, otwierając szeroko usta z udawanym zdziwieniem. — Pierwszy raz od trzech dni uśmiechnęłaś się do mnie.

— Trzy dni? Jestem tu od trzech dni?

— Trzy, zaczyna się czwarty — potwierdziła zakonnica. — Przyniesiono cię do mnie w piątek późnym popołudniem. Dzisiaj jest wtorek rano. W zeszłym tygodniu byłaś moją jedyną pacjentką. Nieraz czas się tu okropnie dłuży. Spodziewam się jednak, że ruch zacznie się za parę tygodni, kiedy pojawi się nowa fala przeziębień.

Siostra Solange poprawiła stertę ręczników na kolanach.

— Nie jest siostra skrępowana? — spytała Vivi. — To znaczy, moją nagością?

— Na miłość boską — powiedziała zakonnica, podwijając rękawy habitu. — Dlaczego miałabym być skrępowana?! Jestem pielęgniarką, Viviane Joan. Już nie raz widziałam nagie ciała: chłopców, dziewcząt, mężczyzn, kobiet, różne figury. To wszystko stworzenia Boże. Duszy potrzebne jest ciało. Nie ma się czego wstydzić.

Vivi znowu zamknęła oczy. Nie spodziewała się spotkać takiej zakonnicy.

— Poza tym — ciągnęła siostra Solange — pochodzę z rodziny, gdzie było sześć dziewczyn. Kiedy byłam młoda, zawsze kąpałyśmy się razem.

— Pięć sióstr? — zdziwiła się Vivi. — Ja mam tylko jedną. Jest jeszcze malutka. Ale mam trzy przyjaciółki. Są dla mnie jak siostry.

— Na pewno masz wielu przyjaciół, Viviane — powiedziała siostra Solange, wstając. — Lepiej, żebyś nie siedziała w wodzie zbyt długo. Inaczej będziesz wyglądała jak suszona śliwka. Poza tym jesteś jeszcze słaba. Chcesz już wyjść?

— Sama wyjdę — powiedziała Vivi. Nie chciała, by teraz ktokolwiek, choćby to była zakonnica, zobaczył jej ciało. Wstydziła się, że jest taka wychudzona.

— Nie, Viviane Joan — sprzeciwiła się stanowczo zakonnica. — Jestem za ciebie odpowiedzialna. Pomogę ci.

Vivi poddała się i pozwoliła, by siostra Solange pomogła jej wyjść z wanny. Podtrzymując Vivi, zakonnica pomogła jej się wytrzeć i wkrótce Vivi była ubrana w prostą, czystą koszulę.

Wyczerpana, przespała resztę dnia, budząc się tylko raz, gdy siostra Solange przyniosła jej trochę ryżu z warzywami na kolację. Vivi zjadła maleńką porcyjkę, po czym wielkimi kęsami pożarła jabłko, zamiast jeść je po plasterku jak przedtem.

Tej nocy śniła się jej twarz matki. Buggy pochyliła się nad nią na tyle blisko, że Vivi mogła dotknąć jej policzka, ale Buggy jej nie widziała. Patrzyła przez córkę, jakby szukała czegoś, co utraciła.

— Mamo! — krzyknęła Vivi przez sen. — To ja, mamo! Spójrz! Mamo!

Zaczęła się rzucać w pościeli, pocić i krzyczeć. Jej roztrzęsione ciało poderwało się gwałtownie, gdy siostra Solange włączyła światło, ale Vivi nie obudziła się. Zakonnica była w białej, bawełnianej koszuli nocnej, a na głowie nie miała welonu. Jej włosy, krótko przycięte i jasne, przypominały zmierzwionego kanarka. Miała w sobie jakieś nieświadome piękno i wdzięk.

— Viviane Joan — powiedziała, kładąc rękę na czole dziewczyny. — Błogosławione dziecko.

Słowa te wypowiedziała z wielkim współczuciem i pomogły one obudzić się Vivi z koszmarnego snu. Tęskniła jednak za głosem matki, niczyim innym.

— Co cię dręczy? — szepnęła zakonnica.

— Chcę do domu — powiedziała Vivi. — Do mojej mamy.

Następnego dnia po południu, kiedy Vivi obudziła się z drzemki, usłyszała głos matki przełożonej. Otworzyła oczy i zaczęła liczyć paski światła wpadającego przez żaluzje, które lekko się rozchyliły. Po jego wyglądzie oceniła, że jest koło południa.

Chwilę później siostra Solange pomogła jej wstać z łóżka i ubrać się. Wsunęła jej do ręki saszetkę z lawendą i uścisnęła dłoń, kiedy się żegnały. Nie chciała jej puścić.

Vivi powiedziała sobie, że siostra Solange złożyła śluby posłuszeństwa. Dlatego to robi. Dlatego odprowadza mnie do drzwi i dlatego zmusza mnie, bym ją opuściła. Zgodnie z poleceniem matki przełożonej Vivi tego popołudnia od razu udała się na lekcje. Potem nie poszła na kolację, tylko położyła się na łóżku w swoim pokoju. W dłoni ściskała saszetkę. Na korytarzach panowała cisza, pozostałe dziewczęta były na kolacji. Vivi czuła się tak, jakby zupełnie sama znajdowała się na jakimś wielkim statku.

Rozebrała się z szarego, wełnianego mundurka i zdjęła z wieszaka na ścianie swą niebieską, aksamitną suknię. Brakowało jej lustra, ale u Świętego Augustyna nie było niczego takiego. Sięgnęła do kufra i wyjęła srebrną puderniczkę, prezent, który dostała przed wyjazdem od Genevieve. Na wieczku była wygrawerowana jedna różyczka, a puder w środku pachniał słodko jak garderoba Genevieve. Vivi otworzyła puderniczkę i spojrzała na swoje odbicie. Obejrzała swoje oczy, nos, usta. Bardzo chciałaby zobaczyć całe swoje ciało. Postawiła na kozetce krzesło. Zadarła sukienkę i wspięła się na krzesło przed wysokim oknem. Już zapadł zmierzch i Vivi przy zapalonym świetle zobaczyła w szybie swoje odbicie. Zdjęła sukienkę przez głowę. Bez paska, z maleńkimi haftkami, które zapinały się na bokach, teraz sukienka wydawała się o wiele za duża na wymizerowane ciało Vivi.

„Jack nie mógł utrzymać rąk przy sobie, kiedy widział mnie w tej sukience" — pomyślała. „Gładził delikatnie aksamit, kiedy tańczyliśmy; od jego czułego dotyku przechodziły mnie dreszcze podniecenia".

Vivi pozwoliła sukience opaść i spojrzała na swoje piersi odbijające się w szybie. Ujęła je w dłonie. Potem opuściła ręce wzdłuż ciała i zapatrzyła się w swoje odbicie, dopóki cały pokój nie zaczął wirować wokół niej.

Ostrożnie zeszła z krzesła, postawiła je na miejscu i zgasiła światło. Potem szeroko otworzyła okno i położyła się na wełnianym kocu przykrywającym kozetkę. Drapał ją w plecy. Czuła, że palą ją oczy. Żałowała, że nie ma burbona. Wkrótce zapadła w głęboki sen.

Śniło jej się, że obok niej w Spring Creek, na kocu w biało-różową kratkę, leży Jack. Trzymali się za ręce i gapili na ognisko. W tym śnie aż ją skręcało z apetytu na takie jedzenie, jakie zwykle gotowali nad potokiem. Nagle podpełzły do nich płomienie z ogniska. Gorące i rozszalałe, chciały ich pożreć. Kiedy wyciągnęła rękę do Jacka, ten już się palił.

Obudziła się z krzykiem; jej nozdrza atakował zapach płonącego materiału. Dopiero po chwili uświadomiła sobie, że płomienie u stóp łóżka są prawdziwe. Jej granatowa suknia z aksamitu paliła się, a płomienie zaczęły już lizać prześcieradła.

Vivi wyskoczyła z łóżka, chwiejąc się z powodu zawrotów głowy i strachu. Przycisnęła mocno do piersi poduszeczkę od Delii, ale jej stopy jakby przyrosły do podłogi. Nie mogła się poruszyć. Ogień podpełzał bliżej po pościeli, ale Vivi nie mogła oderwać wzroku od swej wieczorowej sukni, teraz zmieniającej się z trwałego materiału w powietrze. Ze zgrozą przyglądała się płomieniom, ale ciepło przyjemnie grzało jej nagie ciało. Miała wrażenie, że ogląda jakiś demoniczny, piękny balet.

Chociaż nie widziała ani nie słyszała nikogo w pokoju, wydawało się jej, że para silnych rąk chwyta ją i wyciąga na korytarz. Następną rzeczą, jaką sobie uświadomiła, było to, że stoi sama i naga na zimnym, ciemnym korytarzu. Drzwi prowadzące do płonącego łóżka były zamknięte. Usłyszała tupot nóg biegnących korytarzem i trzaśnięcie drzwi. Usłyszała własny oddech.

Zaczęła krzyczeć i nie mogła przestać. Nawet wtedy, gdy na korytarz wybiegły inne uczennice, by sprawdzić, co się stało. Nawet wtedy, gdy pojawiło się stado ogarniętych paniką zakonnic. Nawet wtedy, gdy już ugaszono ogień. Nawet wtedy, gdy matka przełożona zarzuciła koc na nagie ciało Vivi, mówiąc:

— Okryj swą nagość!

„Spaliły moją suknię urodzinową" — pomyślała Vivi. „Chcą mnie spalić żywcem".

Szarpiąc Vivi za rękę, matka przełożona wepchnęła ją do swojego gabinetu. W środku potrząsnęła Vivi za ramiona. Wełniany koc drapał skórę Vivi. Wszystko ją swędziało.

— W tej chwili przestań się drzeć! — powiedziała matka przełożona. — Opanuj się, Joan.

Przerażona, uderzyła dziewczynę w twarz. Była zdecydowana uspokoić ją w jedyny sposób, jaki znała. Vivi jednak nie mogła przestać krzyczeć.

Siostra Solange przyszła do gabinetu matki przełożonej bez welonu, w pośpiechu zarzuciwszy na koszulę nocną płaszcz z kapturem. Ignorując groźną minę przełożonej, podeszła do Vivi i wzięła ją w ramiona.

— Musisz się zająć tą uczennicą — powiedziała matka przełożona. Światło z lampki stojącej na biurku odbijało się w jej okularach. — Ta dziewczyna jest w szoku.

Za biurkiem matki przełożonej wisiał obraz krwawiącego Najświętszego Serca Jezusowego. Obok niego, po prawej stronie znajdował się krucyfiks. Pod nim widniał napis „Niepokalana Ofiara".

— Oczywiście, że się zdenerwowała, matko! — powiedziała siostra Solange. — Jej łóżko się paliło, kiedy w nim spała!

Matka przełożona potarła palcami paciorki różańca wiszącego u jej pasa.

— Joan mogła sama zaprószyć ogień. Musimy to sprawdzić.

Vivi słyszała ich rozmowę niewyraźnie. Przestała krzyczeć i teraz tylko się trzęsła. Zakonnice wchodziły do pokoju i wychodziły, ale ona nie nadążała za tym, co się działo. Dyskutowano o tym, czy zadzwonić do ojca O'Donagana, księdza, który odprawiał msze i spowiadał w Akademii.

— Matko — powiedziała siostra Solange — myślisz, że nie byłoby roztropniej zadzwonić do jej rodziców?

— Nie uważam, żeby niepokojenie jej rodziców było rozsądnym posunięciem — odparła matka przełożona. — Lepiej to załatwić tutaj, u Świętego Augustyna.

— Z całym szacunkiem — powiedziała siostra Solange — ale jako pielęgniarka uważam, że należałoby się skontaktować z jej rodziną. Viviane Joan była chora, a szok po pożarze może wpłynąć na nią gorzej, niż przypuszczamy.

— Siostro Solange, już podjęłam decyzję. Nie zadzwonimy do jej rodziców.

— Tak, matko. — Siostra Solange przeniosła wzrok z Vivi na obraz Krwawiącego Serca, a potem na podłogę. Śluby posłuszeństwa to rzecz święta. — Czy zgodziłabyś się, matko, by Vivi spędziła tę noc w izbie chorych, gdzie mogłabym ją poddać obserwacji medycznej?

Matka przełożona splotła ręce za krzesłem, chowając dłonie w rękawach.

— Zgadzam się. Dziewczyna może przenocować u ciebie.

Potem wzniosła krzyżyk na swym różańcu i ucałowała go.

— Miałyśmy dość emocji jak na jedną noc. Czas wracać do łóżek. Módlcie się, siostry, za duszę tej córki Maryi.

„Tutaj modlą się tylko za duszę" — pomyślała Vivi. „Ciało może się spalić".

W izbie chorych siostra Solange ubrała Vivi w za dużą koszulę z flaneli. Rękawy były rozłożyste i bufiaste, a sama koszula wisiała jak chmura na jej kościstych ramionach. Zakonnica zarzuciła bawełniany szal na ramiona Vivi, położyła jej jedną butelkę z gorącą wodą w nogi, a drugą na kolanach. Razem usiadły w małym biurze izby przyjęć, ich krzesła prawie się dotykały. Na biurku stał wazon z różami, a po obu stronach były oszklone szafki z różnymi pigułkami i płynami.

Zakonnica postawiła na biurku filiżankę herbaty i talerzyk z imbirowymi ciasteczkami. Bacznie obserwowała Vivi.

— Napij się trochę, Viviane Joan.

Kiedy Vivi podniosła filiżankę do ust, ręce tak jej się trzęsły, że wylała nieco herbaty na koszulę. Najwyraźniej nawet tego nie zauważyła. Gapiła się na parę żółtozłotych kwiatuszków rumianku pływających w filiżance.

Kiedy upiła łyk herbaty, siostra Solange powiedziała:

— Dobrze, a teraz zjedz ciasteczko, proszę.

Siostra przyglądała się Vivi, która gapiła się na ciastko, nie jedząc go.

— Musimy porozmawiać, Viviane.

Brzmienie jej prawdziwego imienia zwróciło uwagę Vivi tak jak nagły błysk sprzączki lub folii cynkowej. Niepewnie spojrzała na zakonnicę.

— Jak na ciebie mówią w domu? — spytała siostra Solange. Vivi przyszło do głowy, że zakonnica wygląda na zmęczoną.

Spojrzała na jej jasne włosy, a potem spuściła wzrok na jej dłonie. Zakonnica mocno zaciskała palce, a potem je rozluźniała. Kiedy spostrzegła, że Vivi to widzi, splotła ręce pod płaszczem.

— W domu mówią na mnie „Vivi".

— Vivi — powtórzyła siostra Solange. — Co za pełnc energii imię.

Zakonnica na chwilę opuściła głowę, modląc się lub rozmyślając. Kiedy znowu ją podniosła, jej oczy wyglądały na jeszcze bardziej zmęczone.

— Vivi, chciałabym, żebyś uważnie posłuchała tego, co mówię.

Vivi wsłuchiwała się w ton głosu siostry Solange. Był to omszały, cichy dźwięk, doskonale zielononicbieski.

Zakonnica ujęła dłoń Vivi w swoje dłonie. Bacznie się jej przyglądała.

— Vivi? Ściśnij moją rękę.

Vivi spojrzała na zakonnicę, ale najwyraźniej jej nie usłyszała. Zaczęła się gwałtownie trząść. Zakonnica wyjęła filiżankę z jej dłoni. Nie chciała, by Vivi się skaleczyła.

Siostra Solange wstała, wyjęła klucz z szuflady biurka i otworzyła jedną z szafek stojących pod ścianą. Wybrała butelkę z pigułkami i wysypała dwie z nich na dłoń.

— Możesz je połknąć, Vivi? — poprosiła. Już wcześniej zastanawiała się, czy nie dać dziewczynie czegoś mocniejszego od herbaty, by pomóc jej wyjść z szoku, ale nie śmiała zaproponować tego matce przełożonej. Teraz jednak Vivi była w jej gabinecie.

Vivi połknęła tabletki, jak kazała jej zakonnica. Siostra z powrotem uklękła u jej boku.

— Vivi — powiedziała cicho. — Powiedz, do kogo mogę zadzwonić, żeby ci pomóc.

Początkowo Vivi myślała, że słyszy te słowa we śnie. W ciągu ostatnich czterech miesięcy tyle razy sobie wyobrażała, że ktoś je wypowiada. Przyjrzała się twarzy zakonnicy. Czyżby był to jakiś żart? Może miała wpaść w pułapkę, a potem zostać ukarana?

Siostra Solange cierpliwie czekała na odpowiedź. Powoli podniosła rękę i z czułością przyłożyła dłoń do policzka Vivi.

— Vivi, kochanie, powiedz mi, do kogo zadzwonić.

Dotyk dłoni zakonnicy nieco ożywił Vivi.

— Proszę zadzwonić do Genevieve Whitman przy Highland 4270 w Thornton w Luizjanie — poprosiła. — Niech siostra nie rozmawia z panem Whitmanem, tylko z Genevieve.

— Czy to twoja krewna?

Przerażona, że zakonnica mogłaby nie zadzwonić, Vivi skłamała.

— Tak, to moja matka chrzestna.

— Dziękuję, Vivi. Jesteś kochaną dziewczynką, błogosławioną dziewczynką.

Tej nocy Vivi znowu spała w swym starym łóżku w izbie chorych. Śniło jej się, że ona, Teensy i Jack siedzą na tamie w Biloxi, a słońce pieści ich twarze.

Następnego dnia siostra Solange pomogła Vivi ubrać się w strój, który zszyła ze skrawków i kawałków materiałów. Strój był brzydki i drapiący, więc zakonnica przeprosiła, podając go Vivi.

— To strój dziewczynki z zapałkami, a nie tenisistki — powiedziała, śmiejąc się.

Vivi zapięła pożółkłą bluzkę z plamami pod pachami. Na nią naciągnęła nieopisanie brzydki brązowy sweter, który zawisł bezkształtnie na jej chudej figurce. Na nogi włożyła wełniane pończochy i parę sznurowanych pantofli.

— Skąd siostra wie, że gram w tenisa? — spytała Vivi.

— Och, wiele razy przez sen mówiłaś o tenisie. O tenisie i o jakimś Jacku Ya-Ya.

Vivi zaśmiała się nieśmiało i natychmiast zakaszlała.

— W każdym razie nie ma powodu, żeby taka ładna dziewczyna wyglądała jak pokutnica — powiedziała siostra Solange. — Ale tylko to udało mi się uszyć.

— A co z moim ubraniem?

Zakonnica najpierw zagryzła wargi.

— Vivi, twoje ubrania zostały zniszczone.

— Wszystkie?

— Tak. To, co się nie spaliło, zniszczył dym.

— Poza moją poduszką.

— Poza twoją poduszką — przytaknęła siostra Solange. — Twoja poduszka przetrwała. I ty też.

Widok Genevieve i Teensy stojących w gabinecie matki przełożonej to było dla Vivi zbyt wiele. Zapragnęła podbiec do nich, przytulić się i chłonąć ich zapach, nasiąknąć życiem, które w sobie przyniosły. Nie mogła jednak zrobić ani jednego kroku. Stała jak wryta, ściskając w ręku poduszkę od Delii. Wyglądała bardzo dziecinnie jak na swoje szesnaście lat.

Teensy i Genevieve podbiegły do Vivi i zamknęły ją w objęciach. Ich nagłe zachowanie zdezorientowało Vivi, która nie potrafiła wykrztusić z siebie ani słowa. Czuła się, jakby były widzami, a ona — wrakiem samochodu na poboczu drogi.

— Pani Whitman — powiedziała matka przełożona. — Nie mogę pani wydać tego dziecka. Nie jest pani jej matką.

— Siostra też nie jest jej matką, *cher* — odszczeknęła Genevieve.

— Proszę tak do mnie nie mówić — zaoponowała zakonnica.

— *Cher* nie jest przejawem braku szacunku — powiedziała Genevieve, tak zmieniając ton, by oczarować zakonnicę. — Po francusku to znaczy „moja droga".

— W takim razie proszę do mnie nie mówić „moja droga" — powiedziała matka przełożona.

Genevieve odsunęła się od Vivi i podeszła do biurka matki przełożonej. Teensy ścisnęła dłoń przyjaciółki, po czym puściła ją i stanęła koło *maman*.

Światło wpadające przez okna wydawało się Vivi wyjątkowo jasne. Z miejsca, gdzie stała, widziała packarda Genevieve zaparkowanego koło krawężnika. Samochód ten wyglądał jak ze snu i Vivi pomyślała, że w każdej chwili może on zmienić się w łódkę lub w ptaka.

— Jeżeli nadal będzie pani ignorować moje polecenia, będę zmuszona zadzwonić do ojca O'Donagana — powiedziała matka przełożona, jakby przyjazd księdza stanowił śmiertelne niebezpieczeństwo.

— Może sobie siostra dzwonić, do kogo chce — odparowała Genevieve, biorąc Vivi za rękę. — Ale Vivi jedzie ze mną do domu.

— Proszę puścić rękę tego dziecka — rozkazała matka przełożona.

Ignorując zakonnicę, Genevieve wyprowadziła Vivi z biura.

— Niech pani puści Joan! — krzyknęła zakonnica, idąc za nimi.

— Ona nie ma na imię Joan — powiedziała Teensy.

— Ma na imię Vivi.

Genevieve poprowadziła dziewczynki długim, ciemnym korytarzem. Vivi słyszała za sobą kroki matki przełożonej i szelest jej habitu. Kroki przyśpieszyły, zakonnica dogoniła całą trójkę i wyciągnęła kościstą rękę, by wyrwać Vivi z uścisku Genevieve. Strach Vivi był tak silny, że czuła go w gardle. Tak silny, że lekko nasiusiała w pożyczone majtki.

Genevieve odtrąciła rękę matki przełożonej. Zakonnica zatoczyła się do tyłu, a kiedy Vivi spojrzała na nią, wydawało jej się, że wiatr uniósł welon zakonnicy i rozpostarł go na wszystkie strony. Zakonnica nie była już matką przełożoną, tylko szamoczącym się czarnym sępem.

— Jestem odpowiedzialna za ratowanie duszy tej dziewczyny! — krzyknęła zakonnica.

— Będziesz mieć szczęście, jeżeli uratujesz własną! — powiedziała Genevieve. — A teraz chodźmy stąd! No, chodźmy!

Genevieve jedną ręką otoczyła Vivi, a drugą swoją córkę i cała trójka szybkim krokiem wyszła, ale nie uciekła, z budynku. Po kamiennych schodach zeszły do czekającego packarda. Genevieve usiadła za kierownicą, a Teensy umieściła Vivi na przednim siedzeniu, po czym usiadła z tyłu. Kiedy samochód popędził przez teren Akademii Świętego Augustyna, żadna z nich nie obejrzała się.

Wciąż ściskając puchową poduszeczkę od Delii, Vivi pomyślała, że chyba czuje zapach pomarańczy, igieł sosnowych i krewetek gotujących się w wielkim, żelaznym garnku. Wydawało się jej, że wyczuwa aromat października w Luizjanie podczas żniw bawełny w rześkie piątkowe noce. Chłonęła zapach życia.

Spojrzała na sukienkę, jaką Teensy miała na sobie pod żakietem w śliwkowym kolorze. Była to granatowa, wełniana sukienka z wciętą talią, którą razem wybrały u Godchauxa podczas podróży z Genevieve do Nowego Orleanu. Vivi wyciągnęła rękę w dół i potarła palcami o materiał, który jakby poruszył się i wyszedł naprzeciw jej dłoni.

Teensy położyła rękę na dłoni przyjaciółki.

— *Bébé* trzeba wyrzucić to ubranie, które masz na sobie.

— Trzeba wyrzucić — powtórzyła Vivi, próbując odzyskać stary ton Ya-Ya.

— Trzeba — powiedziała Genevieve i, ze łzami w kącikach oczu, zapaliła papierosa.

Przez jakąś milę jechały w milczeniu, aż wreszcie Genevieve znowu się odezwała.

— *Ecouté, femmes* — powiedziała głosem jak leniwie falująca zatoka, który brzmiał na granicy płaczu i wściekłości. — Bóg nie lubi brzydkich, *mes petites choux. Ça va?* Nieważne, co wam mówią, *Bébés!* Bóg nie tworzy brzydkich i Bóg nie lubi brzydkich. *Le Bon Dieu* to Bóg piękna, nie zapominajcie o tym!

— Tak, *maman* — powiedziała Teensy.

— Tak, *maman* — powiedziała Vivi.

— I Vivi, *ma petite chou, écouté voir ici:* życie jest krótkie, ale szerokie. I przemija.

I z tą lekcją katechizmu Genevieve, mila za milą, powiozła Vivi z powrotem do domu.

22

Dziewczyna ze zdjęcia na pierwszej stronie „The Thornton High Tattler" z 21 maja 1943 roku była tak chuda i wymizerowana, że początkowo Sidda nie rozpoznała własnej matki. „Mój Boże, wygląda jak sierota wojenna" — pomyślała.

Pod zdjęciem widniał następujący tekst:

„ULUBIENICA THORNTON WRACA DO DOMU Vivi Abbott, drugoklasistka i cheerleaderka, piękna tenisistka, wróciła z Akademii im. Świętego Augustyna w Spring Hill w stanie Alabama, gdzie spędziła prawie cały ostatni semestr. Wytęskniona przez całą brać uczniowską, Vivi jest radośnie witana przez wszystkich: od drużyny piłki nożnej do kantyny Czerwonego Krzyża. Wesołych wakacji, Vivi! Chociaż nie ma Jacka, wiemy, że Ty i Ya-Ya będziecie w najlepszej formie!".

Sidda niecierpliwie zaczęła szukać innych informacji. Przejrzała album, poświęciła chwilę każdemu zasuszonemu kwiatkowi, każdemu biletowi, szukając więcej informacji o wyjeździe matki i powrocie ze Świętego Augustyna. Próbowała sobie wyobrazić, jak wyglądało jej życie latem 1943 roku. Buty, tak samo jak mięso i ser, były racjonowane, ale co jeszcze było na kartki? Czy jej powrót był trudny, czy też Vivi „wzniosła się ponad to", jak zawsze radziła swoim dzieciom?

Nie mogąc znaleźć innych informacji, Sidda dopowiedziała sobie ciąg dalszy. Powiedzmy, że mama kwitła tamtego lata. Powiedzmy, że była bezpieczna i kochana. Powiedzmy, że ten wycinek z gazety opowiada całą historię: złota dziewczyna, przez wszystkich radośnie witana w domu. Powiedzmy, że mama obejrzała *Casablancę* zaraz po premierze i że uprawiała necking z każdym chłopcem, z którym akurat chodziła. Powiedzmy, że była piękna, jasnowłosa i bardziej lubiana niż ja kiedykolwiek. Powiedzmy, że nie wiedziała, co ją czeka, i co rano budziła się z uśmiechem na ustach. Powiedzmy, że nie ma żadnej prawdy. Powiedzmy, że istnieją tylko strzępki, które nieudolnie próbujemy zszyć w jedną całość.

Vivi Abbott Walker leżała na stole w różowym pokoiku w Chez Health, gdzie rozbrzmiewały dźwięki fletu, czekając, aż Torie, specjalistka od terapeutycznego masażu, dotknie jej ciała. Necie pierwsza odkryła Tori i teraz wszystkie Ya-Ya umawiały się z nią, by złożyć swe starzejące się ciała na stole i oddać się zmysłowemu klepaniu, które Kościół, jaki je wychował, uznałby za grzech pobłażania sobie, jeżeli nie okazję do popełnienia grzechu.

Raz w tygodniu Vivi zdejmowała ubranie, kładła się i trajkotała nerwowo przez dziesięć minut. Potem, gdy jej oddech robił się coraz głębszy, poddawała się głaskaniu, za którym tak tęskniła. Nigdy w życiu nikt nie poświęcał jej takiej fizycznej uwagi bez żadnych zobowiązań.

— Twój masaż jest wart każdej ceny, Torie, kochana — mówiła pod koniec każdej sesji, podając masażystce czek z hojnym napiwkiem.

Teraz, gdy Torie masowała jej stopy i palce u nóg, Vivi czuła, jak zapada się w stół. Złapała się na tym, że — tak jak zdarzało się to wiele razy w ciągu ostatniego tygodnia — myśli o Jacku.

*

Vivi zrobiła, co mogła, żeby po powrocie ze Świętego Augustyna wrócić do starego stylu życia. Ostrożnie weszła na kort tenisowy, gdzie nieustannie zawstydzała ją własna utrata wagi i wyczerpanie. Przesiadywała u Bordelona i piła colę, zajadając się orzeszkami ziemnymi. Przynajmniej co drugi dzień pisała wesołe listy do Jacka i próbowała schodzić z drogi matce. Przez pierwszy miesiąc po powrocie Vivi do domu Buggy nawet nie chciała się do niej odezwać, ale gdy minęło lato, sprawy zaczęły wracać do tego, co w domu Abbottów nazywało się normalnym życiem.

Vivi regularnie odmawiała nowenny za Jacka i próbowała ekscytować się chłopcami, z którymi chodziła na randki. Ale nawet kiedy zaczęła znowu jeść, by odzyskać nieco energii, którą utraciła, nadal tkwiło w niej pewne wahanie, coś, co ją hamowało, trzymało w ryzach. Nie wiedziała, kim jest ani co ma robić. Nie wiedziała też dokładnie, kiedy przestała być sobą. Nie wiedziała, czy kiedykolwiek opuści ją zmęczenie. Nauczyła się maskować wyczerpanie lekko wymuszoną żywotnością. Stała się mistrzynią autoprezentacji i za każdym razem była za to nagradzana. Miasto Thornton w stanie Luizjana pochwalało autoprezentację. Była ona swoistą religią.

Było niedzielne popołudnie, trzeci tydzień czerwca w roku 1943, niedługo po jej powrocie ze Świętego Augustyna. Jack przyjechał do domu przed wyjazdem do bazy bombowców gdzieś w Europie. Buggy zaproponowała, żeby cała paczka przyszła do jej domu na lody własnej roboty.

Przez cały tydzień wydawano przyjęcia nad basenem, organizowano pikniki i spotkania na cześć Jacka. Vivi, Jack, Caro, Necie i Teensy przyszli właśnie z domu Whitmanów, gdzie Genevieve przyrządziła posiłek składający się ze wszystkich ulubionych potraw syna — od zupy z zębacza Saint Landry po bułeczki z dżemem z głogu.

Był początek lata i jeszcze nie zaczęły się nieznośne upały. Pnącze powojnika obsypane było kwieciem, a jeżyny bujnie obrastały ogrodzenie. Niektóre z nich, zebrane i umyte przez Buggy, leżały już w wielkiej, żółtej misie stojącej na schodkach.

Malutka siostrzyczka Vivi, Jezie, choć raz spokojna, tuliła się do nóg matki, gdy Buggy kręciła lody. Buggy miała na sobie liliowoszarą sukienkę domową, w którą przebierała się co niedziela po mszy. Włosy spięła dwoma grzebieniami po jednej stronie twarzy; policzki miała lekko zaróżowione od wysiłku. Pete z kilkoma kolegami siedział na poręczy na werandzie.

Vivi siedziała na huśtawce między Teensy i Necie. Caro opierała się o kolumnę, machając skrzyżowanymi w kostkach nogami.

Jack siedział na krześle z prostym oparciem na samym środku werandy, ze skrzypcami na kolanach. Nie z jakimiś tam zwykłymi skrzypcami, lecz ręcznie wykonanymi skrzypcami cajuńskimi, które zrobił dla niego wujek LeBlanc, kiedy Jack miał dziewięć lat. Ze skrzypcami, na których ojciec zabraniał mu grać w domu, bo zalatywały one zatoką, światem nie do przyjęcia dla bogatego bankiera.

Lecz, och, Jack grał na nich za każdym razem, gdy odwiedzał rodzinę Genevieve w Marksville nad zatoką. I w domach przyjaciół. I na polach, gdy Genevieve pożyczała mu swego packarda i kiedy jechali do Spring Creek z kocami i paroma sześciopakami. W tamtych czasach na dźwięk tych skrzypiec i muzyki Harry'ego Jamesa Vivi aż krajało się serce. Raz, kiedy na korcie zwichnęła nogę w kostce i w paskudym nastroju musiała leżeć w łóżku, Jack zagrał dla niej pod oknem, przez co poczuła się jak Julia. Innym razem namówiła go, by zagrał podczas meczu koszykówki w gimnazjum w Thornton. Jack Whitman stał, przeciągając smyczkiem po strunach, nogi wystawały mu ze złoto-niebie-skiego stroju do koszykówki, głowę odrzucił do tyłu, a na twarzy miał szeroki uśmiech.

A teraz znowu wrócił do domu, duma swego ojca. Nigdy jeszcze Vivi nie widziała, by Jack był tak zadowolony. Ojciec przez cały tydzień chwalił się nim. Prawdę mówiąc, to pan Whitman zaaranżował parę przyjęć. Jego syn miał polecieć na bombardowanie Francji. Jack był dumny, że ojciec jest z niego tak dumny.

Vivi cieszyła się, że matka robi lody. Był to pierwszy miły gest, jaki Buggy uczyniła w stronę córki, odkąd Genevieve przekonała pana Abbotta, by nie odsyłał córki do Świętego Augustyna. Vivi miała nadzieję, że Buggy, robiąc lody, daje jej znak, że stosunki między nimi się poprawią.

Słońce padało na kruczoczarne włosy Jacka. Był opalony i szczuplejszy niż zwykle. Jak wyrzeźbiony. Wetknął skrzypce pod brodę i uniósł smyczek. Zanim jednak zaczął grać, zatrzymał się. Zerknął na Vivi i uśmiechnął się. Potem, z jakiegoś sobie tylko znanego powodu, spojrzał w stronę Buggy.

— Madame Abbott — powiedział. — Może tego walczyka zagram dla pani?

Była to najbardziej elegancka rzecz, z jaką Vivi się spotkała. Obserwując twarz matki, po raz pierwszy zrozumiała, że nikt nigdy nie zadedykował piosenki Buggy Abbott. Zobaczyła, że matka unosi rękę do ust, zawstydzona, skrępowana i zachwycona. Zostawiła maszynkę do lodów i chrzęst lodu ustąpił miejsca ciszy.

Wtedy Jack zaczął grać.

Wybrał *Czarne oczęta*, walc, który, jak wiedział, Vivi uwielbiała.

Tego popołudnia na werandzie Abbottów nie istniała żadna wojna. Tylko muzyka cajuńskich skrzypiec, słodka, rzewna, płynąca prosto z serca. W czerwcowym powietrzu tańczyły nuty; Vivi czuła, jak muskają jej włosy i ramiona. Czuła, jak w nią wchodzą i wnikają aż do kości. Tego popołudnia nuty Jacka zalały ich wszystkich falą, jakby gdzieś istniały nieprzebrane zasoby muzyki, czekającej, aż ktoś ją wezwie.

Słuchając muzyki, zerknęła na Buggy i zauważyła uśmiech, jakiego nigdy dotąd nie widziała na twarzy matki. Był to uśmiech dziewczyny mającej własne tęsknoty i własne przyjemności. Był to uśmiech nie przeznaczony dla nikogo innego. Był to uśmiech, który zapomniał o macierzyństwie, Kościele katolickim i dziecku czepiającym się jej nóg. Przez tę jedną chwilę Vivi ujrzała w Buggy innego człowieka. Muzyka i gasnące światło popołudnia, jeżyny w misce i słońce na twarzy Jacka, ciało Vivi siedzące na huśtawce w otoczeniu przyjaciół i rodziny i wyraz twarzy matki — wszystko to na moment ogrzało serce Vivi i przepełniło je miłością.

Przypisywała to Jackowi. To potrafił tylko on: otworzyć ją na miłość, zmienić wyraz twarzy jej matki.

Kiedy muzyka umilkła, wszyscy zaczęli klaskać. Jezie, zahipnotyzowana, zawołała: „Jeszcze, jeszcze!", Pete i koledzy zaczęli gwizdać i pohukiwać. Ale to Buggy najbardziej zdumiała Vivi.

Podeszła do Jacka i pocałowała go w policzek — zrobiła coś, czego nigdy nie robiła nawet wobec własnych dzieci.

— Dziękuję, Jacques — powiedziała.

Potem rąbkiem fartucha otarła oczy i wróciła do przygotowywania lodów.

Był to drobiazg. Nikt oprócz Vivi go nie zauważył. Nawet gdyby tak się stało, nikt nie uznałby tego za coś wyjątkowego. Vivi jednak pokochała za to matkę. W dniu, kiedy Buggy umarła, prawie dwadzieścia lat później, Vivi przypomniała sobie pocałunek, jaki jej matka złożyła na policzku ukochanego córki i łzę, którą otarła. Nigdy nie wybaczyła matce, że nie dawała jej miłości, ale kochała Buggy za ten jeden pocałunek.

Pod koniec października 1943 roku Vivi Abbott grała singla z Anne McWaters. Już w formie, choć jeszcze nie najlepszej, Vivi miała tego popołudnia grać z Caro, która jednak musiała zostać na zebraniu kółka redagującego album klasowy.

Anne McWaters, stara rywalka Vivi, pobiła ją trzy do dwóch, co doprowadziło Vivi do wściekłości. Od przyjazdu do domu ze Świętego Augustyna, poświęciła się tenisowi i chociaż nadal miała lekką niedowagę, odzyskała sporo dawnej siły. Anne McWaters jednak wciąż miała nad nią przewagę. Zabójczo serwowała i potrafiła zmusić przeciwnika do nieustannej bieganiny.

Vivi była zdecydowana przyprzeć ją do muru i już jej się wydawało, że trafiła się okazja, kiedy zauważyła Pete'a na rowerze. Zazwyczaj pojawienie się widza nie rozpraszało Vivi — a nawet wręcz przeciwnie — wolała grać przy pełnej widowni. Lecz pojawienie się Pete'a bez dwóch czy trzech kumpli było czymś niezwykłym.

— Vivi-o! — zawołał Pete spiętym głosem.

Vivi nie odpowiedziała, więc Pete podszedł bliżej do ogrodzenia otaczającego korty w parku miejskim. Na orzechowych włosach miał brązową czapeczkę baseballową, a nos spiekł mu się od słońca. Był 19 października 1943 roku, około piątej po południu. Teensy i Vivi zaplanowały na ten wieczór podwójną randkę, miały pójść na *Jane Eyre* Orsona Wellesa. Koło kortów przejechała zielona półciężarówka straży parkowej z zepsutym tłumikiem. Vivi ustawiła się, gotowa przyjąć piłkę od przeciwniczki.

Anne McWaters zaserwowała mocno i Vivi odbiła piłkę wzdłuż linii. Od powrotu do domu ciężko pracowała nad bekhendem i nauczyła się nie spuszczać piłki z oczu. Pamiętała, by po wejściu na kort myśleć tylko o piłce. W ciągu ostatnich kilku miesięcy, kiedy nie było Jacka, jeszcze więcej czasu niż zwykle poświęcała tenisowi. Oczywiście nadal chodziła na randki, miała jednocześnie przynajmniej trzech chłopców, którzy twierdzili, że są w niej zakochani, ale Vivi nie poświęcała im żadnej uwagi, chyba że stali tuż przed nią. Już więcej myślała o Pauline Betz, która wygrała w U.S. Single. Myślała o tenisie, o wojnie i o Jacku Whitmanie.

Kiedy Anne McWaters przelobowała piłkę, Vivi miała głowę zaprzątniętą tylko grą. Jej ciało z łatwością zareagowało, przybierając idealną pozycję, kiedy cofnęła się, by ją odebrać.

W tym jednak momencie do piłki podfrunął ptak. Wyglądało to tak, jakby przyleciał znikąd; przykuł całą uwagę Vivi. Nigdy w życiu nie widziała, żeby ptak tak bardzo zbliżył się do piłki tenisowej. Ptak zahipnotyzował ją na sekundę, przez co zapomniała o piłce, o grze, o wszystkim. Istniały dla niej tylko jego szaro-niebieskie skrzydła na tle październikowego nieba.

Sygnalizując przerwę w grze, Vivi zeszła z kortu i zbliżyła się do Pete'a.

— Niech cię diabli, Pete! Czego chcesz?

Pete przez chwilę patrzył na siostrę, po czym odwrócił się.

— Czego chcesz? — powtórzyła.

— Może byś skończyła tę grę, Viv-o?

— Kiedy McWaters prowadzi? Chyba żartujesz.

— Juu-huu! — zawołała Anne, wymachując rakietą.

— Chwileczkę! — odkrzyknęła Vivi. — Jestem w środku seta, Pete. Albo mi powiesz, czego chcesz, albo daj mi wrócić na kort.

Czekała na odpowiedź, ale ponieważ Pete się nie odzywał, ruszyła w stronę kortu.

Jakby mu było łatwiej, gdy Vivi stała tyłem do niego, Pete powiedział:

— Teensy prosiła, żebym cię przyprowadził. Chce, żebyś do niej przyszła.

— Świetnie — powiedziała Vivi, odbijając piłkę rakietą i uśmiechając się do przeciwniczki. — Powiedz jej, że przyjdę, jak tylko pokonam McWaters.

— Myślę, że lepiej będzie, jak pójdziesz teraz, Śmierdzielu — powiedział Pete. Wytrząsnął z paczki lucky strike'a i zapalił go. Jego twarz wyglądała blado w gasnącym świetle.

— Coś się stało? — spytała Vivi, odwracając się do niego.

Nie potrafiąc spojrzeć jej prosto w oczy, Pete odparł:

— Może po prostu pojedź ze mną? Możesz usiąść na kierownicy.

— Nie. Nie chcę teraz jechać. Chcę skończyć tego seta.

Vivi skupiła się, wróciła do gry i mocno odbiła piłkę. Wygranie pojedynku zajęło jej parę minut, a każdą reakcję swego ciała odczuwała ze zdwojoną siłą.

Podała rękę Anne McWaters, po czym nieśpiesznie zebrała futerał do rakiety, dodatkową puszkę piłek i kurtkę. Celowo długo piła wodę, ignorując Pete'a, który czekał, obserwując każdy jej ruch.

W końcu podprowadził rower do Vivi i naciągnął bluzę na koszulę.

— Czy teraz pojedziesz ze mną, Viv-o? Słoneczko, proszę.

— Jakiś ty dla mnie miły — zdziwiła się. — Co się, do diabła, dzieje?

— Chodź — powiedział, wskazując kierownicę. — Wskakuj. Z rakietą do tenisa w ręce Vivi wdrapała się na kierownicę i usadowiła. Kiedy Pete ruszył, patrzyła prosto przed siebie; nie odzywali się. Gdy dotarli do końca okrągłego podjazdu prowadzącego do domu Teensy, Vivi poczuła zawroty głowy.

— Zawróć — poprosiła.

— Co? — spytał Pete, nadal pedałując.

— Powiedziałam, zawróć, Pete. Nie chcę tam iść.

Pete przestał pedałować.

Vivi zeskoczyła z kierownicy, szybko oddychając. Czuła, jak bardzo się poci, jakby to ona przejechała na rowerze osiem przecznic.

— Po co mnie tu przywiozłeś? — spytała oskarżycielskim tonem.

— Bo Teensy mnie o to prosiła.

— Chcę wiedzieć, dlaczego. W tej chwili mi powiedz.

Pete położył rower na boku. Vivi wydawało się, że zajęło mu to nienormalnie dużo czasu, jakby wszystko odbywało się w zwolnionym tempie. Patrzyła, jak podchodzi i kładzie jej ręce na ramionach. Jego oddech pachniał miętową gumą do żucia i tytoniem.

— Chodzi o Jacka — powiedział; jego ręce ciążyły jej na ramionach.

Wyglądało na to, że Vivi nie usłyszała.

— Co powiedziałeś? — spytała.

Pete przyciągnął ją do siebie. Poczuła zdrowy zapach potu, nie wiedząc, czy pochodzi on od niej, czy od brata.

— Chodzi o Jacka, siostrzyczko — powtórzył.

Vivi szarpnęła się do tyłu.

— Genevieve dostała telegram — dodał zduszonym głosem.

— Zwariowałeś. — Vivi zaśmiała się. — Żartujesz.

— Przysięgam na Boga, że chciałbym żartować.

— Nabierasz mnie. — Pogładziła go po ręce, jakby chciała powiedzieć, że to koniec żartów. — Pokręć głową i powiedz, że mnie nabierasz.

— Nie nabieram cię, Vivi — powiedział Pete, ocierając twarz rękawem.

— Cholera jasna, pokręć głową, Pete.

— Vivi...

Vivi ujęła jego głowę w obie ręce i pokręciła nią z boku na bok. Pete pozwalał, by robiła to przez chwilę, ale kiedy nie przestawała, przytrzymał jej ręce. Przycisnął je sobie do piersi i spojrzał na siostrę.

Łzy pociekły mu po policzkach.

— Musisz mnie posłuchać, siostrzyczko. Nic wymyśliłem tego. To prawda.

Vivi wbiła wzrok w ich ręce. Gapiła się na rakietę do tenisa, która leżała na ziemi tam, gdzie ją rzuciła. Myślała o jeżynowych lodach domowej roboty i o tym, jak wyglądała twarz Jacka, gdy grał na skrzypcach. Myślała o dotyku jego ręki na swoim ramieniu, gdy tańczyli. Wniknął przez stopy w jej ciało długi strumień bólu, powędrował do serca i zacisnął je tak mocno, że Vivi musiała puścić ręce Pete'a i rozmasować sobie gardło, żeby móc oddychać.

Shirley, służąca Whitmanów, siedziała na dolnym stopniu krętych schodów. Głowę miała schowaną w rękach, a kiedy podniosła wzrok na Vivi i Pete'a, zoba-

czyli, że jej czarna twarz była zalana łzami, które po-
łyskiwały srebrzyście w gasnącym świetle.

— Wiedziałam, że szykuje się cóś złego. Wczoraj słyszałam sówkę. Ojej, trzymałam tego małego na ręcach,
kiedy się urodził i pobłogosławiłam go liśćmi magnolii,
jak chciała panienka Genevieve. Bidna panienka Vivi,
straciłaś ukochanego. Zrobiłam panience Genevieve
hierbate na nerwy, ale nie chciała jej wypić. *Ça, c'est
dommage!*

Vivi słyszała krzyki Genevieve dobiegające z sypialni
pana domu. Minęła Shirley i pobiegła na górę. Kiedy
weszła do sypialni, Genevieve biła pana Whitmana po
twarzy, karku, rękach, gdzie tylko mogła dosięgnąć.
Teensy stała sama, koło okna wychodzącego na zatokę,
z twarzą w dłoniach.

— *Mon fils de grâce!* — krzyczała Genevieve, bijąc
męża. — Zabiłeś moje *bébé!* Ty i twój *patriotisme!* —
Jej reakcja była tak silna, że zdawała się wypychać
z pokoju powietrze, pozostawiając niewiele miejsca na
co innego.

Vivi chciała przytulić Genevieve, przytulić Teensy.
Chciała, żeby i one ją utuliły.

— O rany! — Usłyszała szept Pete'a, gdy tak patrzyli, jak Genevieve rzuca się z pazurami na pana
Whitmana i rozdziera mu twarz. Pan Whitman nawet
nie próbował jej powstrzymać, gdy zaczęła go kopać
i bić, okładając pięściami, gdzie tylko mogła dosięgnąć.
Mężczyzna stał nieruchomo w swym szarym garniturze w prążki.

Pete wziął Vivi za rękę i oboje stanęli w drzwiach.
Wszystko wyglądało tak, jakby działo się w zwolnionym
tempie.

Genevieve głęboko wciągnęła powietrze. Pan Whitman powoli sięgnął do kieszeni i wyjął chusteczkę z mo-

nogramem. Bez słowa otarł łzy z twarzy, po czym osuszył krew na ustach. Dopiero wtedy podał chusteczkę żonie, ona jednak nawet tego nie zauważyła.

Vivi pomyślała, że Jack najpierw dałby chusteczkę Genevieve. Wykazałby się dobrymi manierami.

Genevieve odwróciła się i spojrzała na córkę, a potem na Vivi. Obie dziewczyny zrobiły krok w jej stronę. „Teraz Genevieve nas przytuli" — pomyślała Vivi. „Weźmie nas w ramiona i powie, że wszystko w porządku".

Genevieve jednak nie przytuliła żadnej z dziewcząt, tylko wydała z siebie niski, żałosny dźwięk, po czym zarzuciła na głowę spódnicę, ukazując beżowe majtki i nagie nogi. Był to gest małej dziewczynki chowającej twarz. Był to gest kobiety, której żałość była nie do zniesienia.

Im dłużej Genevieve stała ze spódnicą na głowie, tym bardziej pogłębiało się cierpienie Vivi. Oto kobieta, do której Vivi się zwracała, gdy jej własna matka była nieobecna. Teraz i ta matka odwróciła się od niej.

— Synu. — Vivi usłyszała głos pana Whitmana.

Pete zrobił krok do przodu.

— Tak, proszę pana...?

Pete nie znał dobrze pana Whitmana, tyle tylko, że witał się z nim w banku lub na ulicy. Pan Whitman również nie znał dobrze Pete'a, skłaniał tylko lekko głowę, gdy go mijał, może jeszcze odnotował w pamięci jego grę w futbol poprzedniego wieczoru.

Tego jednak dnia, gdy Pete zrobił krok do przodu, pan Whitman wyciągnął ręce i padli sobie w objęcia. Vivi już nigdy potem nie widziała takiego zachowania u dwóch mężczyzn. Później często pragnęła ujrzeć swych synów i męża w takiej chwili, ale tamtego popołudnia w domu Whitmanów poczuła zazdrość. Zazdrość, że jej nigdy nie przytuliła matka czy ojciec.

W końcu przestała czekać, aż Genevieve opuści spódnicę i ją przytuli. Podeszła do Teensy i wzięła ją w ramiona. Obie zaczęły szlochać.

Torie właśnie rozmasowywała kręgi Vivi od podstawy czaszki do łopatek, kiedy Vivi zaczęła szlochać. Torie nie przestraszyła się; nie po raz pierwszy klient rozpłakał się w jej pokoju do masażu.

Vivi wzięła głęboki oddech, kiedy tak leżała, twarzą do dołu na stole. Przez jej ciało przeszedł dreszcz. „Tamtego dnia przestałam być patriotką" — pomyślała. „Straciłam wigor cheerleaderki. Od tego dnia, gdy skakałam podczas meczu, byłam tylko aktorką. Cholernie dobrą aktorką, tylko że nikt nie rozdawał Oscarów".

— Wybacz mi — wymamrotała. — Muszę wziąć się w garść.

Torie zaczęła pracować nad ramionami Vivi. Jej dotyk był tak pewny, tak dogłębnie wolny, że spowodował jeszcze więcej łez. Ciało Vivi przeszył dreszcz i masażystka przerwała na chwilę, żeby podać jej chusteczkę.

Vivi wsparła się na łokciach i wydmuchała nos.

— Chcesz porozmawiać? — spytała Torie.

— Nie. — Vivi sięgnęła po kolejne chusteczki.

— Okej.

„Nie zepsuję tego masażu płaczem" — pomyślała Vivi. Ale im bardziej powstrzymywała się, tym bardziej spinało się jej ciało. Kiedy Torie zaczęła ugniatać jej ramiona, Vivi znowu się rozszlochała.

— Może na tym skończymy, co? — zaproponowała, unosząc głowę. — Jak widać, nie mogę przestać płakać. Strasznie cię przepraszam.

Torie nalała na dłoń nieco płynu, który nosiła w plastikowej buteleczce przypiętej do paska.

— Jeżeli chodzi o mnie, to nie kończymy. Można

płakać i jednocześnie być masowanym. A może spróbuj sobie wyobrazić własne łzy jako delikatny deszczyk?

Vivi z powrotem ułożyła głowę na kołysce dla twarzy.

Torie zaczęła lekko głaskać plecy Vivi i delikatnie ją kołysać. Jej dłonie były ciepłe i od ich dotyku oddech Vivi zaczął się uspokajać. Czasami nie mogła uwierzyć, że ktoś w ten sposób dotyka jej ciała, z taką akceptacją, z takim pełnym miłości dystansem, nie prosząc o nic w zamian. Były takie miejsca, których nadal nie pozwalała dotykać. Na przykład brzuch. Za bardzo wystawał, wstydziła się go, nie mogła zaakceptować myśli, że jest obrzydliwy. Były jednak inne miejsca — nogi, kark, głowa — które rozkoszowały się masażem. Podczas tych sesji z Torie zdarzały się chwile, które Vivi mogła określić tylko jako religijne. Chwile, gdy wracała do swego ciała tak jak nigdy przedtem — chwile, gdy czuła jego bóle, żylaki i zmarszczki tak intymnie i łagodnie, że aż jęczała ze szczęścia. Ulotne chwile, kiedy wiedziała, że jej ciało, ze wszystkimi swymi niedoskonałościami, jest jej własnym żywym dziełem sztuki. W nim żyje i w nim umrze. Jej ciało wydało na świat czworo dzieci. Pięcioro, jeśli liczyć braciszka bliźniaka Siddy, co Vivi zawsze robiła.

— Nie chcę rozmawiać — powiedziała cicho.

I tak Vivi otworzyła się dla masażystki. Mruczała coś między westchnieniami i łzami, z wahaniem, ale i łatwością, jakiej nigdy nie czuła przy konfesjonale.

— Próbuję uwierzyć — mówiła — że Bóg daje ci tylko jeden fragment historii naraz. Wiesz, historii twojego życia. Inaczej serce pękłoby ci szerzej, niż mogłabyś to znieść. Otwiera je tylko na tyle, byś nadal mogła chodzić jak ktoś, kto nosi zbroję. Ale w boku masz pęknięcie na tyle duże, że mogłoby z niego wyrosnąć młode drzewko. Tylko że nikt tego nie widzi. Nikt tego nie widzi. Wszyscy myślą, że jesteś w jednym kawałku, więc nie traktują cię tak delikatnie, jak robiliby to, gdyby widzieli to pęknięcie.

Vivi zaszlochała. Torie położyła jedną dłoń u podstawy jej kręgosłupa, a drugą u podstawy karku i lekko nacisnęła. Vivi miała wrażenie, że masażystka dotyka samego kręgosłupa, że go uspokajająco masuje.

— Myślę — ciągnęła Vivi — o tym popołudniu w moim życiu, kiedy wszystkie pęknięcia były widoczne. Jak stos zbitych naczyń.

Torie przesunęła ręce na jej ramiona. Vivi lekko podskoczyła, jakby poczuła ból.

— Nie leży w mojej naturze tak mówić — powiedziała.

Kolejny szloch wydarł jej się z ciała.

— Ale może któregoś dnia zamienię swoją naturę na inną. Może powiem: „Do diabła z popularnością. Jeśli uważacie, że nie jestem wystarczająco fajna, to spieprzajcie".

W tej chwili wydała z siebie zduszony śmiech i zaczęła wstawać.

— Boże, zaczynam mówić jak Blanche DuBois: „Zawsze byłam uzależniona od uprzejmości nieznajomych".

— Może ja nie jestem nieznajomą — powiedziała Torie, uciskając kciukiem łopatki Vivi.

— Auu! — krzyknęła Vivi. — To boli!

— Jak myślisz, dlaczego twoje ramiona są takie wrażliwe?

— Och, dźwigam na nich ogromny ciężar, kochana — odparła Vivi. — Dźwigam walizy.

— No to je odłóż na parę minut, żebyśmy mogły popracować nad tym węzłem. Okej?

— Okej — powiedziała Vivi i z powrotem opadła na stół. „Ten stół — pomyślała — podtrzymuje podłoga, którą podtrzymuje budynek, który jest głęboko zatopiony w ziemi, która jest moim domem".

23

Vivi założyła ciemne okulary, zanim wyszła z salonu masażu. Nie chciało jej się gadać ze znajomymi z klubu odnowy biologicznej. Ani z młodymi mężczyznami, którzy zawsze z nią flirtowali, ani z młodymi kobietami, które pracowały w telewizji kablowej.

Wsiadła do swojego kabrioleta Miata, „niespodzianki" od Shepa, którą mu wyraźnie podpowiedziała, i wyjęła z odtwarzacza płytę kompaktową Barbry Streisand. Nie zniosłaby czegoś, co mogłoby ją doprowadzić do łez. Był już prawie wieczór, ale Vivi nie miała ochoty wracać do domu. Pojechała do Teensy.

Vivi i Teensy utraciły nie tylko Jacka. Utraciły też Genevieve. Przez wiele tygodni po nadejściu telegramu Genevieve nie chciała nikogo widzieć, a jeśli już z kimś się spotkała, to tylko po to, by wyrazić swe przekonanie, że jej syn żyje. Według niej Jack przeżył katastrofę swego samolotu i przy pomocy francuskiego ruchu oporu dochodził do siebie na wsi gdzieś na południu Francji. Od tamtego dnia przestała używać zanglizowanego imienia syna, przy którym zawsze upierał się jej mąż. „Nasz Jacques żyje" — mówiła. „Bez wątpienia". Musiała tylko go odnaleźć.

Przez pierwsze parę miesięcy po śmierci Jacka fantazje Genevieve jeszcze bardziej pogłębiały żałobę Vivi. Przy jej wyobraźni łatwo jej było uczestniczyć w smutnym oszustwie Genevieve. Zasypiając, Vivi wyobrażała sobie ukochanego pod tym samym księżycem, który widziała z okna swego pokoju. Razem z Teensy i Genevieve spędzała niezliczone godziny nad mapami Francji.

Rzucała się na każdy strzęp informacji o francuskim ruchu oporu. Pomagała układać niezliczone listy do sił powietrznych, które Genevieve dawała do przepisania sekretarce pana Whitmana. Straszliwie pragnąc uwierzyć, przez jakiś czas rzeczywiście wierzyła. Włączając się do niezmordowanych rozmów z Genevieve na temat tego, co Jack robi, co je, gdzie śpi, niekiedy dostawała aż zawrotów głowy od fikcji, jaką razem tworzyły. Zgadzała się z Genevieve, że tak, oczywiście, Jack uczy się grać na skrzypcach francuskie melodie ludowe. Gra i zastanawia się, kiedy będzie mógł wrócić do domu.

Za każdym razem, kiedy zaczynała płakać, nachodziło ją poczucie winy za to, że traci nadzieję. Razem z Teensy stawały po lunchu koło swoich szafek na szkolnym korytarzu. Bywały takie popołudnia, kiedy nie mogły się zmusić, by wejść na lekcję historii, bo po policzkach ciekły im łzy. Siadały wtedy na trawniku i płakały. Nie chciały już historii, na jakiś czas miały jej dość. Vivi nie chciała, by Jack stał się częścią historii. Chciała, żeby jadł z nią hamburgery w restauracji dla kierowców LeMoyne, chciała widzieć, jak wyłania się zza rogu, kiedy siedziała w cukierni Bordelona, chciała widzieć, jak zapalają się jego oczy, kiedy ona wchodzi do pokoju, chciała widzieć, jak ją do siebie tuli i wraca jej życie.

Przez wiele miesięcy Vivi spędzała wszystkie piątkowe i sobotnie wieczory u Teensy, odrzucając wszystkie zaproszenia na randki. Leżały razem w łóżku, piły colę i, jeżeli Genevieve nie było w pobliżu, płakały. Później wpadały Caro i Necie, a często i Chick, chłopak Teensy, którego oddanie dla Ya-Ya nigdy nie przygasło. W tamtych czasach nikt nie dziwił się temu, że dwie młode kobiety leżą razem w łóżku, tuląc się do siebie we flanelowych koszulach nocnych. Tuliły się tak, aż znowu mogły wstać, chodzić, mówić i może zacząć udawać, że nie wydarto z nich kawałka ciała.

To Buggy Abbott wkroczyła, by zniszczyć te fantazje o Jacku, za który to krok Vivi do końca życia była jej wdzięczna i jednocześnie pełna żalu.

Któregoś sobotniego wieczoru, nieco ponad trzy miesiące od nadejścia wiadomości o śmierci Jacka, Buggy zapukała przed wejściem do pokoju Vivi. Vivi i Teensy leżały na łóżku otoczone gazetami. Ich weekendowym rytuałem stało się przeczesywanie nie tylko lokalnej gazety Thornton, ale również „The Baton Rouge Daily Advocate" i „The New Orleans Times-Picayune" w poszukiwaniu wieści o francuskim ruchu oporu.

Buggy miała na sobie koszulę nocną zapiętą po samą szyję i szlafrok. W ręku trzymała niezapaloną świecę. Vivi zdziwiła się na widok matki. Buggy rzadko wchodziła do pokoju córki.

— Vivi? — powiedziała Buggy.

— Tak, mamo?

— Wszystko tu u was w porządku?

— Tak, mamo, wszystko w porządku. — Vivi kiwnęła głową.

— Potrzeba wam czegoś? Zostawiłam dla was trochę orzechowych krówek.

— Nie, dziękuję. Właśnie wypiłyśmy colę.

— Posłuchaj, Vivi — powiedziała Teensy, podnosząc stronę jednej z gazet. — Piszą, że pod Lyonem we Francji wysadzono linię kolejową. To oni, Vivi, ja to wiem.

Vivi z wielkim skupieniem zaczęła czytać wycinek.

— Grupa francuskiego ruchu oporu z Lyonu pierwsza znalazła Jacka — Teensy wyjaśniła Buggy.

— Ćśś. — Vivi próbowała uciszyć Teensy, która, jak Genevieve, nawet się nie kryła ze swym przekonaniem o „ocaleniu" Jacka.

Buggy Abbott przez chwilę zawahała się w drzwiach, po czym podeszła do łóżka i usiadła na brzegu.

— Bardzo jesteście zajęte swoimi poszukiwaniami, prawda? — spytała niezręcznie.

— Co dzień robimy postępy — odparła Vivi.

— Mamy mnóstwo pracy — dodała Teensy. — *Maman* mówi, że powinnyśmy poświęcać naszym badaniom przynajmniej cztery godziny dziennie.

Buggy pokiwała głową. Niepokoiło ją to, co działo się z jej córką, ale nie wiedziała, co robić. Patrzyła, jak Vivi studiuje artykuł, zaznaczając fragmenty czerwonym ołówkiem, a potem wycinając je nożyczkami do manicure.

— Podaj mi akta Lyonu — poprosiła Teensy.

Teensy sięgnęła po kopertę zrobioną z papieru pakowego, jedną z wielu, które Genevieve wyniosła z banku na potrzeby swego pęczniejącego archiwum.

Gdy Vivi pochyliła się nad kopertą, na twarz opadł jej kosmyk włosów z kucyka. W chwili, gdy miała go odgarnąć, Buggy wyciągnęła rękę i zrobiła to za nią. Na sekundę zatrzymała rękę na policzku córki. Wystarczyło to jednak, by Vivi wyczuła nieporadną czułość matki. Podniosła wzrok i spytała:

— Po co ci ta świeca, mamo?

— Pomyślałam sobie, że może chciałybyście się dzisiaj ze mną pomodlić, chociaż chwileczkę. — Głos Buggy brzmiał niepewnie, niemal nieśmiało.

Vivi spojrzała na Teensy, która wzruszyła ramionami.

— Okej — powiedziała Vivi. — Pomodlimy się z tobą.

Buggy sięgnęła do kieszeni szlafroka i wyjęła zapałki. Zapaliła świecę i postawiła ją na stoliku nocnym. Uklękła przy łóżku córki i zaczęła się modlić.

— Błogosławiona Pani — powiedziała cicho słowami starych mszy maryjnych. — Dziewico nawiedzona przez Gabriela, Światło słabych, Gwiazdo w ciemnościach lśniąca jasno, Pocieszycielko strapionych, Ty znasz smutki wszystkich swoich dzieci. Weź nasz ból i pobłogosław go. Słodka Pani, prosimy we łzach, byś nas pocieszyła. Bądź z nami w godzinie smutku. Matko Święta, opromieniona blaskiem, wspomnij na duszę Jacka Whitmana, który został wezwany na twe kochające łono. Wspomnij na Newtona Jacques'a Whitmana, którego kochałyśmy.

Tymi słowy Buggy Abbott rozwiała iluzję Genevieve Whitman, która trzymała w uścisku jej córkę. Świeca zamigotała przy łóżku, a jej ognik wyzwolił Vivi z obsesji.

Tej nocy Vivi, która aż do tej chwili myślała, że wie, czym jest cierpienie, cierpiała jeszcze bardziej. We śnie porzuciła iluzję stworzoną przez Genevieve, a kiedy obudziła się następnego dnia, znalazła się w nowym świecie, gdzie jej strata była rzeczywista. Kiedy Vivi i Teensy próbowały przekonać Genevieve, że Jack nie przeżył, ta nie chciała ich słuchać.

— *Sans aucun doute*, bez wątpienia — mamrotała na okrągło, jakby te słowa były zaklęciem, mantrą, która mogła urzeczywistnić jej fantazję.

Vivi wspominała to wszystko, gdy wjeżdżała na podjazd przed domem Teensy. Jak to możliwe, że pięćdziesiąt lat minęło tak szybko? Ile lat przeszło niezauważenie, nieświadomie?

Mur z cegieł otaczający ogromne podwórze Teensy i Chicka okalały krzewy francuskiej morwy, a parę rzędów gęstej trawy i wielkie krzaki kamelii rosły wzdłuż kolistego podjazdu — wszystkie te rośliny przed wieloma laty zasadziła Genevieve.

„Wspomnij na duszę Jacka Whitmana" — modliła się Vivi, wyciągając rękę, by otworzyć drzwiczki swej miaty. „Wspomnij na Newtona Jacques'a Whitmana, którego kochałyśmy".

Dziesięć minut później, gdy Vivi siedziała nad basenem z Teensy, pomyślała o historii ich długiej przyjaźni. Nad ich głowami zwisało leniwie pyszne kapryfolium pnące się po kracie, a wokół fontanny z kamienną syreną rosły bujne obrazkowce*, niecierpki i begonie. Patio i basen wykładany kafelkami były stare, a całość wywoływała wrażenie dokładnej równowagi między ludzką interwencją a dzikością.

— Ta sprawa Siddy z albumem przypomniała mi o Genevieve — powiedziała Vivi.

Teensy przez chwilę milczała, po czym spytała:

— „Bez wątpienia"?

— Dokładnie tak. — Vivi kiwnęła głową, pocieszona faktem, że nie tylko ona o tym pamiętała.

Pojawił się Chick z tacą z drinkami. Spojrzał na Vivi i Teensy, próbując odgadnąć ich nastrój.

— Chcecie, żebym wstawił parę *filet mignons*? — spytał.

— Daj nam godzinkę, *Bébé* — poprosiła Teensy, posyłając mu w powietrzu całusa.

— *Sans moi?* — zdziwił się, spoglądając na przyjaciółki.

— No — powiedziała Vivi, uśmiechając się. — *Sans toi.*

---

*Obrazkowiec— roślina tropikalna o szerokich liściach i drobnychkwiatach w kolbie

— Krzyknijcie, gdybyście czegoś potrzebowały, *mesdames* — powiedział, kłaniając się lekko. — Będę w środku marynować warzywa.

Vivi i Teensy wzięły swoje drinki i usiadły w milczeniu.

Syczenie spryskiwaczy do trawników i ciche chlupanie wody w basenie połączyło się z przybierającym na sile cykaniem świerszczy i pluskiem z fontanny. Światło wczesnego wieczoru padało na basen, gdy Vivi sączyła burbona, a Teensy — dżin.

Zdumiewające, ile znaczenia kryło się w tym jednym zwrocie „Bez wątpienia". Jak przypominał on powolny upadek Genevieve: niemożność zaakceptowania śmierci Jacka, radio w jej pokoju nastawione na krótkie fale, telefony w środku nocy do Białego Domu, całonocne „sesje strategiczne" w celu przygotowania się na powrót Jacka. I w końcu, po wojnie, katastrofalna podróż do Francji, gdzie Genevieve oczywiście nie znalazła ani śladu syna. Tylko depresję i dezorientację. I lata, które nastąpiły potem, lata, gdy Genevieve przestała opuszczać swój pokój, co wkrótce przerodziło się w lekomanię.

— Takich rzeczy nie ma w albumie — powiedziała Vivi niejasno. — Tych małych wielkich rzeczy. Nieśmiertelników.

Usłyszała, jak Teensy gwałtownie wciąga powietrze.

— Och, gdyby zostało cokolwiek, Teens — ciągnęła Vivi. — Cokolwiek. Jego nieśmiertelnik*, buty, medalik ze świętym Judą. Cokolwiek. Genevieve pogodziłaby się z jego śmiercią, gdyby zostało coś, czego mogłaby dotknąć, jakiś drobiazg, jakaś głupotka. Wysłałam swojej

---

* Nieśmiertelnik — blaszany identyfikator noszony przez żołnierzy.

najstarszej córce — Wielkiemu Inkwizytorowi — nasze *Boskie sekrety siostrzanego stowarzyszenia Ya-Ya*. Ale jest tyle rzeczy, których jej nie dałam, nie mogę dać. Nie mogę dać siebie.

Vivi wzięła głęboki oddech.

— Cholera, pewnie nie masz tu żadnych papierosów, co? — spytała. — Wiem, że żadna z nas już nie pali, ale miałabym czym gestykulować.

Teensy poszła do komórki na końcu patio. Wróciła ze srebrną papierośnicą, którą otworzyła i podsunęła Vivi. Vivi wzięła dwa papierosy i podała jednego Teensy.

— Zapalimy? — spytała Teensy.

— A Chick się nie zorientuje? — zapytała Vivi dziewczęcym głosem.

— On i tak wie.

— To zapalmy. — Vivi pozwoliła przyjaciółce zapalić oba papierosy zapałkami, których pudełko leżało na szklanym stoliku koło nich.

— Ostatnio za każdym razem, kiedy palę papierosa, odmawiam „Zdrowaś Maryjo" za Caro — powiedziała Teensy.

Vivi spojrzała na starą przyjaciółkę. Teensy wciąż była szczupła i miała modnie przystrzyżone, subtelnie ufarbowane ciemne włosy z odpowiednią liczbą srebrnych nitek. Była ubrana w czerwone, jedwabne spodnie cygaretki. Na stopach miała espadryle w czarno-białe paski rozmiar numer pięć. Kiedy paliła, Vivi zauważyła plamy wątrobowe na jej drobnych dłoniach.

— *Maman* — powiedziała Teensy, jakby już samo to słowo było zaklęciem. — Nie ma ucieczki przed naszymi matkami. Ja już nawet nie chcę uciekać.

Spoglądając na basen, a potem na fontannę, Vivi pomyślała: „Może nie możemy uciec przed swoimi matkami. Co za cholernie przerażająca myśl".

Wyobraziła sobie Genevieve w turbanie, tańczącą i śpiewającą podczas gotowania zębacza *étouffée*. Genevieve z tą swoją cajuńską gwarą, śmiechem, z niegrzecznymi oczami. Genevieve wiozącą czwórkę Ya-Ya do Marksville na wyścigi pirog, na gorący *boudin* na *cochons de lait,* na gęstą czarną kawę rano po drodze na rybacką mszę. Genevieve wyciągającą ją z tamtego piekielnego internatu. Życie Vivi Walker nie byłoby takie samo bez Genevieve Whitman.

— Sidda nie byłaby takim wrzodem na dupie, gdyby znała Genevieve — powiedziała.

— Nie oszukuj samej siebie — powiedziała Teensy. — *Maman* uciekła nad jakąś zatokę w swym umyśle, na długo zanim Sidda ujrzała światło dzienne.

Vivi wiedziała, że to prawda, ale i tak nie mogła odżałować, że jej córka nie poznała kobiety, która była jak latarnia morska. Dlaczego wspomnienia napływały tak, jakby pękła w niej jakaś tama? Czy to z powodu wieku? Czy przez tę kłótnię z Siddą?

Paląc papierosa, Vivi wspominała, jak odwiedzała Genevieve, gdy chodziła w ciąży z Siddą i jej bratem bliźniakiem. Niekiedy, w dobre dni, Ya-Ya spędzały w jej sypialni całe popołudnia. Vivi była wtedy w szóstym miesiącu ciąży i miała ogromny brzuch, Teensy w czwartym, ale ledwo co było po niej widać, Necie po raz drugi była w ciąży i zaczynała tyć, a Caro — największa z nich wszystkich — w świetnej formie, silna i wielka jak koń. Cała czwórka, niczym wieloryby wyrzucone na brzeg, otaczała Genevieve, zajadała się kanapkami i popijała Krwawą Mary, którą Shirley przynosiła na tacy. W dobre dni w buduarze Genevieve panowała atmosfera intymności, niczym w nieco dziwacznym bistro.

Genevieve wspierała się na poduszkach, ubrana

w jedną ze swych wspaniałych podomek. Na stoliku obok łóżka stało dziesięć tysięcy buteleczek z pigułkami. Czarne, gęste włosy miała utapirowane, paznokcie starannie pomalowane. Otaczały ją frezje, jej ulubione kwiaty. Wsłuchiwała się w każdy detal z historii ciąży Ya-Ya, nic jej nie nudziło. Potem, przechodząc na swoją cajuńską gwarę, dawała im rady, jakich nauczyła się, dorastając nad zatoką.

— Aby trzymać diabła z daleka, naniż ząbek *bébé* na naszyjnik z zębów aligatora. Pokaż mu, kto tu rządzi! Na bolesne ząbkowanie, weź zębacza i potrzyj nim dziąsła dziecka, wtedy ząbki wyrżną się bezboleśnie. I zawsze pamiętajcie — radziła ciężarnym Ya-Ya — niekiedy *bébé* musi zwymiotować, żeby poczuć się lepiej.

W złe dni lampy w buduarze nie były nawet zapalone. W pokoju Genevieve panowała całkowita ciemność. Genevieve nie życzyła sobie światła. Złe dni rozciągały się w tygodnie, a potem w miesiące. W końcu tylko Teensy wolno było wchodzić do sypialni matki.

Któregoś popołudnia, kiedy Sidda miała nieco ponad miesiąc, Vivi przyszła do Genevieve, by jej pokazać córkę. Było to jej pierwsze wyjście z domu po utracie bliźniaka, próba wyrwania się z depresji. Zamierzała poprosić Genevieve, żeby została matką chrzestną.

Caro zawiozła Vivi z dzieckiem do domu Whitmanów. Kiedy znalazły się na miejscu, w drzwiach powitała je Shirley.

— Panienko Vivi, panienko Caro, czy mogłybyście zaczekać w salonie?

Kiedy Teensy zeszła na dół, sprawiała wrażenie wykończonej. Jej spuchnięte ciało wyglądało, jakby ktoś pod spódnicę dorastającej dziewczynki włożył piłkę do siatkówki.

— *Maman* dzisiaj śpi — powiedziała. — Przykro mi. Nie czuje się najlepiej.

— Śpi, czy dali jej kolejny zastrzyk? — spytała Caro.

— Dali jej zastrzyk — szepnęła Teensy. Uniosła kocyk, by spojrzeć na Siddę śpiącą na rękach Vivi.

— Zabójcze rzęsy.

— Po Shepie — wyjaśniła Vivi.

— Maleńka — Teensy szepnęła do niemowlęcia. — Nie sądzę, żeby moja *maman* mogła zostać twoją *marraine*. — Po czym otuliła kocykiem maleńką główkę Siddy. Zrobiła to szybko, jakby nie mogła znieść widoku buzi dziecka.

— Vivi, poproś Caro, żeby została matką chrzestną — powiedziała.

— Dlaczego? Nieważne, że Genevieve nie może przyjść na chrzest. Chcę, żeby była...

— Nie kłóć się ze mną, Vivi — powiedziała Teensy. — Proszę.

— Nie mogłabym chociaż pokazać jej Siddy?

Teensy wyglądała tak, jakby ledwo trzymała się na nogach.

— Przykro mi, Vivi.

Sidda nigdy nie poznała Genevieve St. Clair Whitman.

Miesiąc po chrzcie Siddy Vivi leżała na zielono-niebieskiej kapie na łóżku. Sidda leżała koło niej, ssąc butelkę. Była to chwila, gdy Vivi udało się na parę godzin oddać utraconego bliźniaka w ręce Boga i poczuć się dobrze z samą sobą, była więc przepełniona wdzięcznością. Shep w kuchni robił sobie drinka i kroił ser do krakersów. To on odebrał telefon od Chicka.

Vivi słyszała jego głos, ale nie mogła rozróżnić słów. Spędzała słodkie, senne chwile ze swym dzieckiem.

„Mąż przyniesie mi coś do przekąszenia, a potem upiecze mi stek" — myślała. „Wyglądam cholernie ładnie jak na kobietę, która niedawno urodziła dziecko".

— Kochanie — powiedział Shep, wchodząc do pokoju z burbonem w dłoni.

— Walnij się — odparła, poklepując łóżko. — Chodź, usiądź.

Vivi chciała zgromadzić koło siebie swoją rodzinkę. Była świeżo upieczoną matką, miała przystojnego męża i śliczną, zdrową, rudowłosą córeczkę. Może i straciła dziecko, może i zmagała się z demonami, ale tego wieczoru cała promieniała i była tego świadoma. Czuła, jak pada na nią snop jasnego światła.

— Spójrz na nasze maleństwo — szepnął Shep. — Spójrz tylko.

Vivi upiła łyk drinka, po czym odstawiła szklaneczkę na nocny stolik. Zaczęła szeptać do Siddy.

— Masz śliczne, wielkie jak spodki oczy, idealny nosek i słodkie usteczka. Masz dziesięć pysznych paluszków i piękne nóżki. Mam ochotę cię schrupać.

Shep patrzył przez chwilę na córeczkę, po czym przeniósł wzrok na żonę. Tak strasznie nie chciał psuć tej najsłodszej chwili, jaką przeżywali od śmierci bliźniaka.

— Dobra francuska pani odeszła od nas, Vivi — powiedział cicho.

Vivi nie zwracała na niego uwagi. Była w słodkim, pudrowym światku Siddy. Przykładała butelkę do ślicznej buzi córeczki. Patrzyła, jak kończy pić, a jej powieki robią się ciężkie.

Shep schylił się i zaczął podnosić Siddę. Jedną rękę wsunął pod jej plecki.

— Nie bierz jej jeszcze, kochanie — poprosiła Vivi. — Niech całkiem zaśnie, wtedy ją poklepię po pleckach, żeby jej się odbiło, i położę do łóżeczka.

Zazwyczaj Shep słuchał tego, co mówiła Vivi. Nie dotykał Siddy bez polecenia czy pozwolenia żony. Tym razem jednak zawahał się. Potem podniósł Siddę i wyjął butelkę z rąk Vivi.

— Co robisz, Shep? Chcesz dokończyć ją karmić?

Shep stał, trzymając Siddę jedną ręką na biodrze.

Vivi wstała, wciąż w dobrym nastroju, gotowa zgodzić się na kaprys męża.

— Vivi, Genevieve odeszła — powiedział, bacznie obserwując żonę.

Vivi poczuła w ustach smak żelaza. Wstała. „Dziwne" — pomyślała. „Nie czułam tego smaku, kiedy umarł bliźniak. Nie czułam go od śmierci Jacka".

— Co się stało? — spytała, nie chcąc wiedzieć.

Shep spojrzał na córeczkę, którą trzymał na rękach. Nie chciał mówić żonie tego, co musiał powiedzieć.

— Kochanie, strasznie mi przykro, ale zdaje się, że dopadły ją aligatory.

Vivi spojrzała na senne oczka córeczki. Przez chwilę jej nie widziała. Widziała tylko odbicie własnej zszokowanej miny w ogromnych, orzechowych oczach dziecka.

— Mogę coś zrobić, Vivi? — spytał Shep. — Mogę coś dla ciebie zrobić, kochanie?

Vivi pokręciła głową.

— Nic nie możesz dla mnie zrobić. Dokończ karmić swoją córkę. Potem poklep ją i zmień pieluszkę. Idę do sypialni zadzwonić. Nie przeszkadzaj mi, proszę.

Odwróciła się i wyszła z pokoju, a Sidda zaczęła płakać. Shep Walker uniósł dziecko, żeby znalazło się nad jego głową. Nie wiedział, jak je uspokoić.

— Hej, Misiaczku — powiedział. — Wszystko w porządku. Masz oczy tatusia, wiesz? Masz płuca mamusi i oczy tatusia.

*

— Mogę mówić? — Vivi spytała Teensy, która leżała rozparta w fotelu, zrzuciwszy buty z nóg.

— Co to znaczy: „Mogę mówić"? — powiedziała Teensy. — Tylko dzięki rozmowom nie trafimy do Betty.

— Uświadomiłam sobie, że nie wybaczyłam Świętej Matce Kościołowi — powiedziała Vivi. — Wydawało mi się, że wybaczyłam, ale nie wybaczyłam. Powinni nam pozwolić pochować Genevieve na cmentarzu Bożego Miłosierdzia.

— ŚMK nie lubi ostatecznego odejścia za pomocą koktajli z wódki i barbituratów — powiedziała ostro Teensy, ale zabrzmiało to dość bezradnie.

— Nadal chodziłam na msze, chociaż ty przestałaś, chociaż Caro nie chodziła do spowiedzi. Praktykowałam, tak samo jak Necie. Nawet po tym, jak musiałam zmienić spowiednika, kiedy Sidda oznajmiła światu, że byłam Hitlerem wśród matek. Przez całe życie tęskniłam za tym uczuciem czystości i lekkości, jakie się ma przez dwie i pół minuty po spowiedzi. Za tym uczuciem, że jeżeli wpadniesz pod ciężarówkę, to zostaniesz zbawiona.

— Ja przestałam chodzić do spowiedzi, kiedy mi powiedziano, że striptiz to grzech śmiertelny — powiedziała Teensy.

— Jesteś mądrzejsza ode mnie, Teensy-boo.

— W kraju ślepców krótkowidz jest królem — roześmiała się Teensy. Upiła łyk drinka i podjęła wątek. — Nie jestem od ciebie mądrzejsza, Vivi, ale wiem, że *maman* mnie kochała. Nie zabiła się dlatego, że mnie nie kochała. Zabiła się, bo wierzyła, że pozwoliła mojemu ojcu zabić mojego brata. Napisała to w pamiętniku. To mój ojciec został najsurowiej ukarany.

Teensy westchnęła i znowu się napiła.

— Tęsknisz za nim? — spytała Vivi.

— Tęsknię za Jackiem każdego dnia mojego życia — odparła cicho Teensy. — Ale nie tak jak ty. Był moim bratem. Spędziłam życie z mężczyzną, którego kocham.

— Wciąż mam go przed oczami — powiedziała Vivi.

— Widzę, jak biegnie po boisku z piłką do koszykówki, jak skacze z liny w Spring Creek. Teensy, wciąż mam go przed oczami... Nawet nie wiem, czy pamiętasz, jak nad zatoką... — Vivi urwała i odwróciła wzrok. — Boże, czy ja jestem nienormalna, że ciągle to rozpamiętuję? Czy jestem jedną z tych wariatek, które nie przebrnęły przez szkołę średnią, na miłość boską?

— Mój brat był twoją prawdziwą miłością, *Bébé* — powiedziała Teensy.

— Tak. — Vivi upiła łyk burbona. — I nadal dałabym wszystko, żeby jeszcze raz przed śmiercią poczuć jego zapach.

— Jest coś, czego nie mogę wybaczyć.

— Czego?

— Tego, że Bóg zabrał Jacka. Cieszę się, że pobiliśmy żółtków, i jestem dumna, że powstrzymaliśmy Hitlera, ale i tak uważam, że mój brat nie powinien był zginąć na tej wojnie. Właśnie dlatego rozumiałyśmy te dzieciaki, które protestowały przeciwko wojnie w Wietnamie. Patriotyzm to stek bzdur. Prawdziwa miłość nie, ale patriotyzm tak, *cher*.

— Kościół katolicki i Stany Zjednoczone naprawdę nie powinny zadzierać z Ya-Ya — powiedziała Vivi.

W przeszklonych drzwiach prowadzących z salonu na patio pokazał się Chick.

— Czyżbyście spiskowały przeciwko Kościołowi i państwu? Teensy, proszę, nie chcę, żeby FBI znowu nas nachodziło.

Teensy i Vivi wybuchnęły śmiechem.

— Ty stary wariacie — powiedziała Vivi. — Jak tam twoja marynata?

— Mówcie do mnie „Julia Child" — odparł Chick, naśladując głos słynnej szefowej kuchni. — Napijecie się czegoś?

— *Oui, oui, s'il vous plaît* — powiedziała Teensy. — I, *Bébé*, za chwilę mogłybyśmy coś zjeść. Pomóc ci w czymś?

— Nie trzeba. Zostańcie tu. Świetnie się bawię.

— Kocham cię — powiedziała Teensy, wstając i całując go lekko.

Kiedy Chick wrócił do środka, Vivi spojrzała na Teensy.

— Ile to już lat? — spytała.

— Prawie złote gody.

— Złote od samego początku.

— Przeszedł wszystko razem ze mną, nie muszę ci chyba mówić. Nie dałabym rady po śmierci Jacka i *maman*, gdyby nie było koło mnie Chicka. Chicka i waszej trójki.

Vivi spojrzała na przyjaciółkę.

— Oboje jesteście błogosławieni.

— Błogosławieni i mamy szczęście, że żadne z nas nie musiało nawet ruszyć palcem w bucie — powiedziała Teensy. Nigdy w życiu nie musieliśmy się martwić o pieniądze. *Mais oui*, moje małżeństwo przetrwało nawet wtedy, gdy wydawało się, że moje dzieci tego nie przetrwają.

— Między innymi to mnie martwi u Siddy; to, czego była świadkiem w moim małżeństwie.

— Daj spokój, Vivi. Ty i Shep wytrzymaliście.

— Nigdy nie byliśmy tacy jak ty i Chick — powiedziała Vivi.

— Ale to żadne odkrycie.

Przerwał im Chick, który wszedł na patio z nowymi drinkami.

— Wiesz, jesteś wspaniałym kelnerem — powiedziała Vivi. — Ile ci płacą w tej knajpie?

Chick mrugnął do niej, po czym wrócił do środka.

Vivi upiła łyk drinka. Ciepło burbona rozlało się po jej ciele.

— Boże, jest pełnia czy jak?

— Kto wie? — powiedziała Teensy, zapalając papierosy dla siebie i przyjaciółki. — Zdarzają się takie miesiące, kiedy dałabym słowo, że przez całe cholerne trzydzieści dni trwa pełnia. A my powinnyśmy być w pogodnym okresie postmenopauzalnym. To jakiś żart.

Podała papierosa Vivi. Chórem stwierdziły:

— Paskudny nałóg.

Po czym obie głęboko się zaciągnęły.

— Kiedyś miewałam taki sen, kiedy jeszcze spałam z Shepem w jednym pokoju — powiedziała Vivi. Na chwilę urwała, by zobaczyć, czy może kontynuować. Kiedy Teensy kiwnęła głową, Vivi podjęła wątek. — W tym śnie Jack uśmiechał się tym swoim szerokim, leniwym uśmiechem. Wiesz, o czym mówię. Uśmiecha się do mnie z boiska do koszykówki. Odwraca się i uśmiecha do mnie. Widzę jego mocną szczękę i szopę gęstych, czarnych włosów. I czuję się dokładnie tak jak wtedy, czuję to samo ciepło w podbrzuszu, to samo bicie serca. Spuszczam głowę, żeby odgarnąć włosy z oczu jak wtedy, gdy jeszcze czesałam się z przedziałkiem. A kiedy znowu podnoszę głowę, Jack ma odstrzeloną szczękę. Zawsze śni mi się to samo. — Upiła łyk drinka i zapatrzyła się na basen. Wzięła głęboki oddech, zanim wróciła do swojej opowieści. — Raz, gdy miałam ten sen, Shep mnie przytulił. Wstał, zrobił drinka i przyniósł mi go do łóżka. Byłam wzruszona jego troską, ale nigdy nie powiedziałam, dlaczego płakałam. — Zmarszczyła brwi, po czym głęboko się zaciągnęła i powoli wypuściła dym. — Dzieci wiedzą wszystko. Moja córka wie, że od czterdziestu paru lat ukrywam przed mężem swoją prawdziwą naturę. Wie, że moje małżeństwo cały czas wisiało na włosku. Patrzyła, jak chowam w sobie tę cenną część siebie, jaką pogrzebałam, gdy byłam nastolatką. Sidda widziała to nawet wtedy, gdy nie było jej w pokoju.

— Vivi, jesteś dla siebie zbyt surowa.

— Nie, nie jestem — powiedziała stanowczo Vivi. — Pozostałam wierna twojemu bratu. Ten sen męczył mnie setki razy przez ostatnie pięćdziesiąt lat. Opuszczał mnie tylko wtedy, kiedy moje dzieci były malutkie. A ja za nim tęsknię, Teensy. Chciałam, żeby wrócił. Błagałam, żeby ten sen wrócił. I tak też się stało. Z wielką mocą wrócił w 1963 roku, kiedy się rozsypałam. A ja w pewnym sensie poczułam wdzięczność. Bo chociaż ten sen mnie niszczy, to jednocześnie zwraca mi tamtą część mojego życia.

Teensy milczała. Odstawiła drinka i słuchała. Vivi zgasiła papierosa.

— Moja na wylot przeanalizowana córka nie może zrozumieć, że nie trzeba wydać tysięcy dolarów na psychoterapię po to, by przemyśleć takie rzeczy. Ja to próbuję przepracować sama. Nie trzeba nikomu płacić sto dolców za godzinę.

— Ja tam wolę myśleć, że moje stawki są całkiem rozsądne — powiedziała Teensy.

Vivi, śmiejąc się, wstała i ucałowała przyjaciółkę.

— Bardzo cię kocham, Teens.

— Porozmawiaj z Siddą.

— O nie. Nie, nie, nie. To nie w moim stylu. To mój bagaż. To mój ciężar.

Podeszła do przeszklonych drzwi, jakby szukając Chicka.

— Dźwigam ze sobą te historie. Są oznakowane moim imieniem. — Potrząsając lodem w szklaneczce, spytała: — A gdzie się podziewa nasz kochany kelner? Mógłby nas obsłużyć.

Teensy podniosła na nią wzrok i powiedziała:

— Jakikolwiek jest twój bagaż, *Bébé,* to przestał być twój, gdy plemniki dotarły do jajeczka.

Vivi odwróciła się od Teensy, by spojrzeć na wodę tryskającą małym łukiem z piersi syreny.

— Nie tęsknisz za nią? — spytała Teensy.

— Strasznie za nią tęsknię. Ciągle o niej myślę.

— To dlaczego, do jasnej cholery, do niej nie zadzwonisz, nie porozmawiasz, nie wysłuchasz jej? Spróbuj odpowiedzieć na jej pytania.

— Nie muszę odpowiadać na żadne cholerne pytania.

— W takim razie daj sobie spokój z odpowiedziami, tylko jej powiedz, co się stało. Postaraj się to wyprostować.

Teensy zapatrzyła się w swoją szklaneczkę, wyjęła kawałek lodu i wrzuciła go sobie do ust.

— Nie gryź tego, Teensy, zniszczysz sobie zęby — powiedziała Vivi.

— Żuję lód od sześćdziesięciu sześciu lat i wciąż mam wszystkie własne zęby, czego nie mogę powiedzieć o niektórych ludziach.

Z tymi słowy Teensy wgryzła się w lód i spojrzała gniewnie na Vivi.

— Co? — spytała Vivi. — Dlaczego tak na mnie patrzysz?

— Jeżeli nie powiesz Siddzie o szpitalu, o tym, że nikt nie zadzwonił do szpitala, ja jej to powiem — odparła Teensy. — To nie jest zbyt przyjemne stracić matkę, w każdym wieku.

Vivi przyjrzała się bacznie przyjaciółce, by sprawdzić, czy mówi poważnie.

— Nie tylko wtedy opuściłam swoje dzieci.

— Wiem — powiedziała łagodnie Teensy.

Vivi zamknęła na chwilę oczy, po czym spojrzała na Teensy.

— Okej, wszystko jest w twoich rękach. Rób, co uważasz za stosowne.

— Nie mam pojęcia, co uważam za stosowne, *Ma Petite Chou* — powiedziała Teensy. — Wiem tylko, że dla mnie nie zrobić nic byłoby grzechem.

— Nie dramatyzujmy — powiedziała Vivi i wyciągnęła dłoń do Teensy.

— Dobrze — zgodziła się Teensy. — Nie dramatyzujmy.

Vivi odwróciła się do Teensy i ze skundlonym, europejskim akcentem spytała:

— Ile jestem winna za dzisiejszą sesję, doktorze Freud?

— Nazywam się Prykawska — odparła Teensy. — Doktor Prykacja Prykawska.

Kiedy Chick wyszedł na patio z tacą *filet mignons*, w fartuszku z zębaczem i napisem „Wyssijcie im łby!", ujrzał dwie przyjaciółki tulące się do siebie, śmiejące się i płaczące jednocześnie. Nie zdziwił się. Już z osiemdziesiąt cztery tysiące razy widział taki obrazek.

24

Adres na kopercie był ledwo czytelny, ale Sidda natychmiast rozpoznała charakter pisma. Było to niemal hieroglificzne pismo Willetty Lloyd, czarnej kobiety, która od niepamiętnych czasów pracowała dla rodziny Siddy. Koperta była tak cienka, że prześwitywał przez nią tekst.

List brzmiał następująco:

1 grudnia 1957

Kochana Panienko Vivi Walker,

tak se siedzę, myślę o Pani i postanowiłam napisać i podziękować za ten kaszmirowy płaszcz, co to mi Pani dała. Jest ładny i ciepły. Wzięłam i skróciłam mu rękawy i tera na mnie pasuje. Chancey i ja czujemy się dobrze i pozdrawiamy serdecznie, i modlimy się za Panią, i mamy nadzieję, że się Pani dobrze czuje i Pani rodzina też.

Całuję,
Pani Willetta T. Lloydowa

Jakże inny był ten list od pozostałych, jakie Sidda znalazła wetknięte do albumu. Napisany na tanim, liniowanym papierze wystrzępionym u góry tam, gdzie został wyrwany z papeterii.

„Bóg świadkiem, że Willetta zasłużyła sobie na wszystkie te ładne rzeczy od mojej mamy" — pomyślała Sidda. „Życie mojej matki, moje własne, nie byłyby możliwe bez Willetty. To, co jej zawdzięczamy, jest tak skomplikowane, że nigdy tego nie rozgryzę".

Sidda zastanowiła się nad datą listu. Co skłoniło matkę do oddania Willetcie kaszmirowego płaszcza? Zaciekawiło ją, czy ten długi, miękki płaszcz w kremowym kolorze, jaki Willetta nosiła przez całe lata, był rzeczywiście tym samym, o którym pisała w tym dziękczynnym liście. Sidda z listem w ręku poszła do kuchni. Oparła się o kontuar i zastanawiając się, czy zrobić sobie coś do jedzenia, prawie spodziewała się poczuć szczególny zapach Willetty: zapach ajaxu połączony z aromatem herbaty Lipton. Myślała o wysokiej, postawnej czarnej kobiecie, która ją karmiła, ubierała, która ręcznie prała jej bieliznę, bawiła się z nią, śpiewała jej i słuchała z czułością. Myślała o listach, które wciąż przychodziły od Willetty, pisane nieporadną ręką. Myślała o tym, jak za każdym razem, kiedy rozmawiały przez telefon, Willetta mówiła: „Och, tu, w Pecan Grove codziennie tęsknimy za panienką". Myślała o sześciu stopach wzrostu Willetty, o jej lekko indiańskiej twarzy i zatęskniła za tą kobietą, która kiedyś była jej matką.

Willetta zaczęła opiekować się dziećmi Walkerów, kiedy Sidda miała trzy latka, a kilka lat później została ich służącą na pełny etat. Słowo „służąca" nie oddawało jednak tego, czym Willetta była dla Siddy. Zmuszona przez okoliczności, by więcej czasu poświęcać dzieciom Walkerów niż własnym, Willetta pokochała Siddę pomimo niewolniczych zarobków wypłacanych jej za całodzienną, a niekiedy i całonocną pracę. Mieszkając na drugim końcu alejki, w walącej się chałupie ze swym mężem, Chaneyem, i dwiema córkami, Willetta obdarzyła Siddę akceptacją i uczuciem, co było dla dziewczynki istnym cudem, zważywszy na jej relacje z rodzicami.

„Wśród niezliczonych okrucieństw rasizmu — pomyślała Sidda — istnieje niepisana zasada, że białe dzieci po osiągnięciu pewnego wieku powinny wyrzec się namiętnej miłości do czarnych kobiet, które je wychowały. Powinny zastąpić ją protekcjonalnym sentymentem. Powinny pozwolić, by lekko maskowana zazdrość ich matek przeszkodziła temu, co czują wobec kobiet, które zatrudniły jako służące".

Ten kaszmirowy płaszcz w pewien sposób frapował Siddę. Kiedyś, przed wieloma laty, Siddzie śniło się, że widzi matkę stojącą w drzwiach. W tym śnie, kiedy Vivi rozpięła płaszcz, okazało się, że pod spodem jest naga, a całe ciało ma pokryte ranami, jakby upadła na stertę noży.

Sidda stała w kuchni i wspominała rozmaite dania, jakie gotowała dla nich Willetta: duszony piżmian z ziemniakami i ryżem, kotlety mielone z cebulką, gorące biszkopty ociekające masłem i miodem. Nagle ogarnęła ją tęsknota za potrawami Willetty. Za czymś z tonami tłuszczu i cholesterolu, za czymś, co pomogłoby jej przetrwać.

Zamiast tego z drewnianej miski stojącej na kontuarze wzięła jabłko. Potem wyszła na pomost, na ciepło letniego poranka na północnym zachodzie nad Pacyfikiem. Spojrzała na wysokie jodły otaczające dom. Wgryzła się w jabłko. „Niczego nie wiem" — pomyślała. „Niczego nie znam oprócz zapachu promieni słońca padających na niezliczone igły tych starych drzew".

25

Następnego dnia Vivi jak szalona wysprzątała wszystkie szafy. Zrobiła sobie termos kawy, wróciła do garderoby i zaczęła ściągać ubrania z wieszaków. Przygotowała pudło dla Willetty, pudło dla domu dla bezdomnych kobiet okręgu Parish i pudło dla aroganckiej dwudziestokilkuletniej dziewczyny, która chodziła z nią na siłownię. Tej małej na pewno bardzo się spodobają ekstrawaganckie stroje, które nie wejdą na Willettę, a wydadzą się zbyt frywolne kobietom ze schroniska.

Kiedy skończyła z szafami, wspięła się na strych i zaczęła przekopywać się przez niezliczone pudła z ubraniami z lat pięćdziesiątych. Kiedy dotarła do pudła z napisem SELEDYNOWY JEDWABNY ŻAKIET CIĄŻOWY, musiała przerwać i zrobić sobie drinka.

Zaciągnęła pudło do kuchni i nastawiła płytę *Judy Garland na żywo w Palladium*. Przyrządziła drinka, zapaliła papierosa i otworzyła pudło, by obejrzeć żakiet.

Był to jeden z tych, które zaprojektowała dla siebie, gdy chodziła w ciąży z Baylorem, swym ostatnim dzieckiem. Skrojony ze wspaniałego materiału, przypominał kitel malarza i miał ogromne guziki ze sztucznych brylantów. Zakładała do niego kolczyki, czarne spodnie cygaretki i fantazyjny złoty berecik z aksamitu.

Teraz mogła go tylko obejrzeć.

Wróciła z drinkiem do swojego pokoju, położyła się na kanapce pod oknem i zapatrzyła na zatokę.

„Stracić matkę to ciężka sprawa".

Podłożyła sobie poduszkę pod kolana i zamknęła oczy. Ten ciążowy żakiet przywołał wspomnienia.

Vivi, 1957

Nie mogłam już tego znieść.

Siedemnaście kolejnych deszczowych dni w środkowej Luizjanie. Listopad. Wilgoć przenikająca aż do szpiku kości. Tydzień przed Świętem Dziękczynienia, kiedy to przyjadą krewni i zamęczą mnie na śmierć. Czwórka dzieci, które przestają płakać tylko po to, by coś zjeść i zrobić kupę. Cała czwórka. Byłoby ich pięcioro, gdyby nie umarł bliźniak. Uwielbiałam je, ale miałam ich serdecznie dosyć. Piękne dzieci mogą być jednocześnie kanibalami. Tęskniłam za kimś, kto by je porwał i oswobodził mnie z ich obecności na tyle długo, bym mogła choć przez chwilę pomyśleć.

Czteroletnia Sidda ciągle kasłała po bronchicie i zadawała tyle pytań, że miałam ochotę dać jej klapsa, bo nie miałam czasu gadać, kiedy trzymiesięczny Baylor nadal nie potrafił przespać całej nocy. A trzyletni Mały Shep tak się wiercił, że nie mogłam za nim nadążyć. Ganiał szybciej, niż potrafią chodzić dorośli, nim bym się obejrzała, mógł wybiec przez frontowe drzwi i wpaść na podjazd. Dwuletnia Lulu Walker bez przerwy chciała jeść. Ciągle głodna. Gdybym jeszcze choć raz usłyszała, jak mówi: „Mamo, jestem głodna", chybabym ją zabiła.

Shep siedział w swoim myśliwskim obozie, gdzie nie było telefonu.

Gdy pytałam ojca moich dzieci, kiedy wróci, odpowiadał tylko: „Wrócę, kiedy wrócę".

Nie miałam nawet siły, by wyżalić się Ya-Ya, jak bardzo mam dość moich czterech potworków. Nie chciałam, by moje przyjaciółki wiedziały, jak jestem wykończona. Raz próbowałam to wytłumaczyć Caro.

— Powiedz Shepowi, że potrzebujesz więcej czasu dla siebie — poradziła mi.

Nie o to chodziło. Mogłam wynająć opiekunkę do dzieci, kiedy tylko chciałam wyjść. Ale to nie wszystko. Ciągle to ja byłam odpowiedzialna.

Przez jakiś czas pracowała u mnie Melinda, duża, czarna niańka, na którą dzieciaki mówiły „Lindo". Przyjeżdżała ze mną ze szpitala za każdym razem, kiedy urodziłam. Dzieci przyzwyczaiły się do niej.

I ja też.

Melinda została na trzy miesiące, by opiekować się Baylorem, a potem mnie opuściła. Musiała. Miała zająć się innym dzieckiem. Błagałam, by została. Stanęłam w kuchni i powiedziałam:

— Potrzebuję cię, Melindo. Nie możesz powiedzieć pani Quinn, by znalazła sobie inną opiekunkę? Może wynająć kogoś innego.

— Nie mogie tego zrobić — powiedziała. — Wyniańczyłam dwoje dzieci pani Quinn i ona na mnie liczy. Już mi przygotowała pokój. Pani Quinn dała mi śliczny pokój.

— A ja nie? Wiem, że jest malutki, przepraszam, wiem, że to nie prawdziwa sypialnia, ale tylko taki tu mamy. Jeżeli chcesz, sprowadzę nowe łóżko, zasłony, tylko powiedz, co chcesz. Nie miałam pojęcia, że ci się nie podobał. Chodzi o łóżko? Wiem, że nie jest najpiękniejsze.

A ona tylko stała. Jej obfite, brązowe ciało wylewało się spod wykrochmalonego białego mundurka, tak czystego i białego, że czuć było od niego zapach cloroxu.

— Nie o to idzie, panienko Vivi — powiedziała w końcu. — Musze się zająć innym dzieciakiem. Nie mogie tu zostać. Trzy miesiące opiekowałam się małym Baylorem, jak wszystkimi paninymi dziećmi.

Potwory chociaż raz spały spokojnie. Było cicho. Słyszałam cichy szum lodówki. Nie chciałam błagać kolorowej osoby o pomoc, ale nie mogłam się powstrzymać.

— Melindo, błagam cię. Proszę, nie zostawiaj mnie. Nie dam rady sama z czwórką dzieci. Proszę, proszę, nie odchodź. Zapłacę ci, ile chcesz. Namówię pana Shepa, żeby dał ci samochód. Co ty na to?

Przez chwilę wydawało mi się, że ją przekonałam, przez minutę myślałam, że zostanie. Po tym wszystkim, co zrobiłam dla niej i dla jej rodziny, mogłaby przynajmniej zostać i mi pomóc.

— Panienko Vivi — powiedziała — w końcu kiedyś musi pani zająć się nimi sama.

Ukryłam twarz w dłoniach i położyłam głowę na kuchennym blacie. W całym domu pachniało zupkami dla dzieci. Przez ostatnie cztery lata był to jedyny zapach, jaki czułam. Zupki, kupki i wymieciny.

Melinda wyjęła z lodówki trzy butelki.

— Podgrzej je tutaj — powiedziałam. — Daj butelkę Siddzie. Wiem, że nie powinna jeść z butelki, ale jest spokojniejsza, kiedy je z innymi dziećmi, gdy budzą się z drzemki.

— Tak, psze pani.

Serce zaczęło mi walić jak oszalałe, żołądek ścisnął się boleśnie. Wszystko mnie swędziało. Byłam cała czerwona od drapania się. Kiedyś przyrzekłam sobie, że będę na to gotowa. Gotowa na to, że Melinda zostawi mnie z czwórką potworów. Przecież dałam sobie radę z dwójką, prawda? I z trójką, i z czwartym w drodze. Poradziłam sobie, prawda?

— Panienko Vivi, odgrzać cóś pani? Musi pani cóś przegryźć.

— Nie, dziękuję, Melindo. Może później coś zjem. Teraz tylko napiję się coli.

— Za dużo pani pije tej coli. Musi pani cóś zjeść.

Wyciągnęłam z zamrażarki pojemnik z lodem i polałam go wodą. Wyjęłam jedną ze swoich przysadzistych, kryształowych szklanek i napełniłam ją colą. Cola była moją przyjaciółką. Uspokajała mój żołądek; była to jedyna rzecz, jakiej nie zwracałam, choćbym była bardzo zdenerwowana. Piłam tyle coli, że musiałam chować butelki przed Shepem i matką. Nie chciałam wysłuchiwać ich komentarzy.

Już prawie zmierzchało i wciąż lał deszcz, kiedy wsadziłam dzieciaki do samochodu i odwiozłam Melindę do domu. Zajechałam pod jej dom i zostawiłam silnik na chodzie. Dwóch długonogich chłopców przybiegło przywitać Melindę. Mieli jakieś osiem, dziewięć lat. Nie miałam pojęcia, że miała tak małe dzieci. Wydawało mi się, że dochowała się już wnuków. Z kolorowymi nigdy nic nie wiadomo.

— Melindo — powiedziałam — może jednak zmienisz zdanie? Mogłabyś odwiedzić rodzinę, a ja przyjechałabym później i odebrała cię.

— Nie, panienko Vivi — odparła. — Nie mogę zawieść ludzi. Muszę myśleć o swojej robocie. A gdybym to panią zostawiła, jakby miała pani urodzić dzieciaka?

Nie wierzyłam własnym uszom. Spojrzałam na tę kolorową kobietę i miałam ochotę dać jej w twarz.

— Dobrze, Melindo — powiedziałam. — Rozumiem. Broń Boże, żebym przeszkadzała ci w robieniu kariery.

Dałam Melindzie ostatnią dziesiątkę w formie napiwku, a ona wysiadła z samochodu, trzymając nad głową zwiniętą gazetę, żeby nie zmoknąć.

— M'dea! Och, M'dea! — wołali chłopcy, tuląc się do niej i odbierając walizkę.

W tej właśnie chwili Sidda uświadomiła sobie, że Melinda odchodzi, i zaczęła wrzeszczeć.

— Nie idź, Lindo! — skamlała, gramoląc się z samochodu. Zupełnie jakby ktoś ją torturował. Zupełnie jakbym to ja odchodziła, a nie jakaś kolorowa niańka.

— Ćśś, kochana. Zostań w samochodzie — nakazałam Siddzie. — Pada. Mama kupi ci nowe laleczki do wycinania.

Sidda jednak wydostała się z tylnego siedzenia i po chwili zobaczyłam, jak z Małym Shepem lecą przez ulewę za Melindą.

O Boże, na werandzie przed domkiem Melindy stał nie jeden, ale dwa paskudne psy podwórzowe. Jeszcze tego mi brakowało, żeby jakiś wściekły pies pogryzł moje dzieci. Jeszcze tego mi brakowało, żeby jeszcze bardziej się rozchorowały na ten cholerny bronchit.

— Wracajcie do samochodu! — wrzasnęłam. — W tej chwili wracajcie!

Kiedy malutki Baylor, który leżał koło mnie na przednim siedzeniu, usłyszał moje krzyki, też zaczął się drzeć. A dopiero przed chwilą Melinda zdołała go uspokoić. Tylko Lulu była grzeczna, siedziała z tyłu, ssąc już trzecią butelkę, odkąd się obudziła.

— Zostań tu, Tallulah — kazałam jej. — Ani mi nie drgnij.

Wysiadłam z samochodu i wdepnęłam prosto w kałużę. Tu, w Samtown, nie było ani jednego cholernego chodnika, a ja miałam na sobie porządne, brązowe, zamszowe półbuty.

Na werandzie stała grupka kolorowych wystrojonych jak na przyjęcie.

— Hej, Melinda! — wołali, pohukując i gwiżdżąc.

— Chodź tu, dziewczyno! Czekamy na ciebie, kochanie! Pieczony kurczak aż przebiera nóżkami, żebyś go wreszcie zjadła!

— Oooch, chili — powiedziała Melinda i ruszyła ku

werandzie, a za nią polazła dwójka moich najstarszych dzieci. — Zrobiliśta mi imprezę powitalną!

Z tonu jej głosu było słychać, że zupełnie zapomniała o mnie i moich dzieciach. Zupełnie jakbyśmy przestali istnieć.

— Melindo — powiedziałam. Włosy ociekały mi od deszczu. — Czy byłabyś tak uprzejma i pomogła mi wsadzić moje dzieci z powrotem do samochodu, żeby nie stały na deszczu?

— Tak, psze pani — powiedziała i podała torebkę jednemu z chłopców. — Idźcie i zaczekajcie na werandzie. M'dea zaraz do was wróci.

Zawsze mnie zdumiewało, że kolorowi mówią na swe matki M'dea. Skrót od Mother Dear*. Nie mam pojęcia, skąd to wzięli.

Melinda zgarnęła Siddę i Małego Shepa na ręce i zaniosła ich do samochodu. Dzieciaki nie przestawały się drzeć. Boże, jak ja miałam dosyć ich wrzasków.

— No, bądźcie dobre dla swojej mamy — powiedziała Melinda. Potem starła błoto z sukienki, którą zabrudziły nóżkami.

— Dziękuję, panienko Vivi — powiedziała i zatrzasnęła drzwiczki samochodu.

Po prostu zatrzasnęła drzwiczki i wróciła do swego domu, gdzie paliły się wszystkie światła, a rodzina i przyjaciele czekali, by wydać przyjęcie na jej cześć.

Znowu siedziałam w samochodzie z wrzeszczącymi dzieciakami i w zniszczonych butach. Wiedziałam, że to nie ma najmniejszego sensu, ale moje uczucia były zranione. Skoro Melinda już musiała odejść i tak mnie zostawić, to przynajmniej mogła nas na chwilę zaprosić do środka.

---

* Mother Dear (ang.) — kochana mamo.

— Mamo, dokąd jedziemy? — spytała Sidda z tylnego siedzenia.

— Mamo, jedźmy na burgery! — powiedział Mały Shep. Nie wiem, gdzie to usłyszał, ale powiedział „burgery", jakby wychował się gdzieś na Brooklynie.

Zapaliłam papierosa.

— Jeszcze nie wiem, dokąd pojedziemy. Siedźcie spokojnie.

Sidda i Mały Shep mieli bronchit. Tak bardzo kasłali, że cali się trzęśli. Nie mogłam znieść tak silnego kaszlu. Nie mogłam znieść wyrazu ich oczu, kiedy odkasływali flegmę i niemal się nią dławili.

— Wyplujcie to! — musiałam im powiedzieć. — Nie połykajcie, kochani, bo jeszcze bardziej się rozchorujecie.

Oni jednak nie rozumieli. Zarazili się bronchitem od Shepa. Nigdy w życiu nie widziałam, żeby ktoś tak bardzo kasłał. Nikt w rodzinie z mojej strony nie robił czegoś takicgo. Musiałam całymi tygodniami słuchać tego kaszlu. Dzięki Bogu za syrop od doktora Poché. Hamował kaszel i usypiał dzieci.

Najlepsze w Melindzie było to, że dokładnic wiedziała, kiedy wziąć ode mnie Baylora. Wiedziała, kiedy był na skraju doprowadzenia mnie do rozpaczy. Wchodziła do mojego pokoju, gdzic leżał, płacząc, gdy już, już miałam go uderzyć w twarz. Odbierała mi go z rąk, jakby była jakimś tłustym, czarnym aniołem zesłanym po to, bym nie skrzywdziła własnego dziecka. Robiła tak ze wszystkimi moimi dziećmi. Czasami się zastanawiałam, skąd wie, kiedy interweniować. Zastanawiałam się, czy w jej ogromnym ciele wibrowały jakieś fale, które odbierała jak stacja radiowa, kiedy byłam o włos od uderzenia dziecka, by je uciszyć.

Nie lubię bić. Nie chciałam tego robić. To się po prostu stawało samo, zanim zdążyłam się zorientować. Nie potrafiłam o tym mówić. Och, Caro twierdziła, że w tamtych czasach potrafiła odjechać ze stacji benzynowej, zapominając o jednym z synków, zostawiając go tam aż do następnego dnia, ale ona tylko żartowała. Nie potrafiłam powiedzieć przyjaciółkom o tym, co robiłam dzieciom, kiedy za bardzo mnie zdenerwowały.

Jeżeli sprawy wymykały się spod kontroli, matka posyłała po Ginger, a czasami po jej wnuczkę, Mary Lee, ale ona sama była tylko dziewczynką. To nie wystarczało. Nic nie wystarczało. Gdyby Delia jeszcze żyła, dopilnowałaby, żebym nigdy nie musiała do niej dzwonić po pomoc.

Kiedy w końcu zawiozłam dzieciaki do domu i położyłam się do łóżka, byłam tak wyczerpana, że cała się trzęsłam. Ten skurwiel Shep. Jak mógł mnie zostawić, skoro wiedział, że to ostatni dzień pracy Melindy?

Nie mogłam usnąć. Czułam, jak całe moje ciało wibruje w środku. Czułam dwanaście milionów końcówek nerwowych. Dzieci Necie miały odrę, a Caro ostatnio sfiksowała na punkcie wczesnego chodzenia spać. Zadzwoniłam więc do Teensy, ale ona i Chick już wyszli.

— Dokąd poszli? — spytałam Shirley, która przyszła zająć się dziećmi.

— Do restauracji pana Chastaina.

Zadzwoniłam do restauracji i poprosiłam Teensy do telefonu.

— Potrzebni mi są jacyś dorośli — powiedziałam jej.

— Czuję się zaszczycona tym, że się nadajemy, *cher*. Jeszcze nie złożyliśmy zamówienia. Przynieść ci trochę gumbo*?

---

*Gumbo — luizjańska zupa, kwintesencja kuchni *cajun*.

— Cokolwiek — odparłam. — Nie jestem zbyt głodna.

Straciłam apetyt, kiedy urodził się Baylor. Żołądek odmawiał mi posłuszeństwa. Jedzenie było dla mnie prawdziwą męką.

Mogłam zadzwonić do matki i poprosić ją, żeby zajęła się dziećmi, ale nie chciało mi się oglądać poczucia winy, jakie malowało się na jej twarzy, gdy pytała, dlaczego po prostu nie gotuję kolacji w domu. Zadzwoniłam więc do Willetty Lloyd, której mąż, Chaney, pracował dla Shepa i jego ojca w Pecan Grove, dokąd mieliśmy się przeprowadzić po wybudowaniu tam nowego domu, po wyrwaniu się z tego paskudnego wynajętego domu, w którym wówczas mieszkaliśmy. Willetta sprzątała wtedy u doktora Daigre'a, ale ponieważ dzieci Daigre'a były już duże, czasami przychodziła do moich.

— Tylko nie mów „nie", Willetto — powiedziałam.

— Proszę, nie mów „nie".

Włożyłam spodnie z wielbłądziej wełny i czarny sweter, a na usta świeżą warstwę szminki. Wyglądałam jak gruźliczka. Moje włosy stawały się rzadsze z każdym dniem. Rano po przebudzeniu znajdowałam je na poduszce.

Kiedy już wypiłam kolację u Chastaina, nie mogłam się zmusić do pożegnania.

— Nie psujcie imprezy — powiedziałam Teensy i Chickowi. — Nie kończmy jeszcze wieczoru. Pojedźmy do Theodore na drinka.

— Strasznie bym chciał, Vivi, kochana — powiedział Chick — ale musimy wracać i sprawdzić, czy nasze *petits monstres* jeszcze nam nie zrujnowały domu.

— Teensy, a ty nie możesz zostać? Nie chcę jeszcze wracać do domu. Zabawmy się.

— Vivi *Bébé* — powiedziała Teensy. — Jestem wykończona. Dzieciaki wcześnie mnie dzisiaj obudziły i nawet się nie zdrzemnęłam. Poprosić o rachunek?

— *Absolument* — odparłam i ucałowałam ich na dobranoc.

— Vivi, a dlaczego ty nie jesteś zmęczona? — spytał Chick. — My mamy tylko dwoje dzieci, a ty aż czwórkę, na miłość boską.

— Już nie wspominając o tym, że Shepowi chyba się wydaje, że nie ma ani jednego — dodała Teensy. Ya-Ya nie podobało się, że Shep mnie tak zostawił i wyjechał do swojego obozu. Necie nazywała mnie „kaczą wdową".

— Nie jestem ani trochę zmęczona, naprawdę! — powiedziałam. — Mogłabym balować całą noc.

— Daj mi trochę tej energii — powiedział Chick. — Zarobilibyśmy milion, gdybyśmy ją zapakowali do butelek!

Prawda zaś była taka, że byłam zmęczona podskórnie. Byłam zmęczona tam, gdzie nie mogłam tego zobaczyć. Nie wiem, jak to się stało. Jak mogło do tego dojść. Wszystko wydarzyło się tak szybko.

Uwielbiałam dźwięk głosu Shepa. Uwielbiałam, jak słońce padało na jasne włoski na jego przedramionach. Myślałam: „Będziemy mieć piękne dzieci, on ma dobre kości, ładne oczy, pochodzi ze starej rodziny". Myślałam: „To nie Jack, ale Jacka mieć nie mogę".

Shep zabrał mnie do Pecan Grove. Obwiózł mnie swoim kabrioletem po ośmiu tysiącach akrów i pokazał miejsce, w którym chciał postawić dom. Pociągał mnie seksualnie. Czułam do niego coś w rodzaju miłości.

Nie wiedziałam, co to znaczy budzić się codziennie i widzieć Shepa. Nie był mężczyzną, którego pragnęłam, nie był mężczyzną, którego szczerze kochałam.

Prawdę mówiąc, uwielbiałam być w ciąży. Uwielbiałam wchodzić do pokoju w stroju dla ciężarnych kobiet, jaki sam zaprojektowałam i który uszyła dla mnie pani Boyette.

Potem jednak pojawiły się cztery istotki, które były ode mnie uzależnione. Nie chciały odejść. Nie można ich było zostawić, bo ciągle chorowały na bronchit. Ja tego nie chciałam. Ja tego nie chciałam. Po prostu wpłynęłam do klubu matek jak łódź bez steru. Nie wiedziałam, jaki zapach będzie miało macierzyństwo.

Nie wiedziałam, że macierzyństwo będzie oznaczać pełne cierpienia bezsenne noce, przytłaczający ciężar odpowiedzialności. Czy robiłam to we właściwy sposób? Czy dawałam dzieciom wszystko, czego potrzebowały? Czy robiłam dla nich wystarczająco dużo? Czy będę smażyła się w piekle, jeżeli nie postawię ich na pierwszym miejscu przed każdą inną cholerną rzeczą? Czy musiałam być Błogosławioną Panienką, samą Matką Boską, a nie Vivi Abbott Walker?

Gdybym wiedziała, w co się pakuję, powiedziałabym „nie". Uciekłabym na sam dźwięk słowa „dzieci".

Willetta poszła, kiedy wróciłam od Chastaina. Dałam jej napiwek za to, że przyszła na ostatnią chwilę. Nie chciała przenocować u mnie, jak ją o to prosiłam. Te kolorowe kobiety nagle zaczęły mi odmawiać. Odebrał ją Chaney. Przyszedł pod drzwi z dodatkowym swetrem dla niej, obrócili się na pięcie i poszli chodnikiem do półciężarówki z napisem PECAN GROVE.

Od ponad czterech lat nie spałam dziennie więcej niż pięć godzin. Niegdyś sypiałam po dziesięć, dwanaście godzin. Sen był dla mnie tak słodki, że czułam jego smak. Rozkoszowałam się drzemką jak kanapką z bekonem, sałatą i pomidorem na świeżym francuskim chlebie.

Brakowało mi nie tylko odpoczynku. Boże, tęskniłam za swymi snami. Nawet za tymi mrocznymi. Nawet za snem z Jackiem. Nie śniłam już od tylu lat. Ciągle zrywałam się, żeby podgrzać butelkę, zaprowadzić na wpół śpiące dziecko do toalety i wrócić do łóżka wściekła jak osa ze świadomością, że następnego dnia będę wykończona.

W dobre noce śniło mi się, że leżę w basenie pod wodospadem, że moje ciało może zanurzyć się w wodzie i istnieć tam bez powietrza, a potem podskoczyć i pofrunąć. W tych dobrych, głębokich snach fruwałam wszędzie i budziłam się uśmiechnięta.

Mając dzieci i Shepa, nie mogłam robić tego, co chciałam. A chciałam uciec z nieznajomym i być bogata, bogata aż do obrzydliwości. Nie chciałam mieć żadnych obowiązków. Nie żeby Shep był złym człowiekiem. Nie był. Budowaliśmy wielki, nowy dom na cholernej plantacji. Tymczasem jednak mieszkaliśmy w wynajętej norze jego ojca. Cała nasza szóstka gnieździła się w salonie, gdzie nie mogłam oddychać.

Jak to się stało, że znienawidziłam Shirley Fry za to, że wygrała singla kobiet Stanów Zjednoczonych? Kiedyś uwielbiałam zwycięzców. Kiedyś to ja byłam zwycięzcą. Kiedyś grałam w tenisa, naprawdę grałam. Byłam taka silna. Miałam płaski brzuch, opalone nogi, jasne włosy.

Zrobiłam sobie kolejnego drinka, mocnego. Oglądałam zakończenie programu telewizyjnego, rozpłakałam się przy *Gwiaździstym sztandarze*. Zapaliłam w łóżku papierosa. Próbowałam poczytać, ale ten ostatni burbon musiał być mocniejszy, niż mi się wydawało. Trudno mi było skupić wzrok na literach.

Tak więc znowu zajrzałam do dzieci. Boże, jakie były piękne. Moje dzieci były doskonałe, każde z nich wspanialsze, niż mogłabym sobie to kiedykolwiek wyobrazić. Dziękuję Bogu, że nie dał mi brzydkiego dziecka. O ileż łatwiej jest je kochać, kiedy są piękne. Urodziłam dobre dzieci.

Lulu chrapała jak jej ojciec, ale miała większe oczy. Sidda z tymi wiśniowymi ustami, idealnymi wargami i rudymi włosami, o jakich marzyły wszystkie Ya-Ya, już nie wspominając o rzęsach. Mały Shep ze swym zabawkowym traktorem, który co noc brał ze sobą do łóżka. Taki terror małego, silnego chłopczyka.

Baylor w kołysce. Spojrzałam na niego, na kępki bawełnianych włosków, na maluśki kciuk w buzi, wsłuchałam się w jego posapywaie, jakby dmuchał na piórko.

Nocna lampka była zapalona, ale podeszłam na palcach do szafy i zapaliłam też światło w garderobie. Nie chciałam, żeby się przestraszyły, jeżeli się obudzą. Nigdy nie chciałam, żeby moje dzieci się bały.

Wróciłam do pokoju, zamknęłam oczy i zaczęłam myśleć o Jacku.

Wyobraziłam sobie jego kark. Wyobraziłam sobie, jak mnie podnosi wysoko w powietrze, ni z tego, ni z owego, ot, dla czystej przyjemności. Wyobraziłam sobie, jak wyglądałyby nasze dzieci.

Musiałam się zdrzemnąć. Ze snu wyrwał mnie czyjś kaszel. Zaczekałam, aż ucichnie. Chciałam, żeby ucichł. Gdzie się podziewała Melinda? Dlaczego się tym nie zajęła?

Moje ciało było ciężkie. Próbowałam podnieść rękę, ale nie mogłam nią poruszyć. Pomyślałam, że muszę wstać z łóżka i włożyć szlafrok.

Jeszcze gorszy kaszel. Sidda nie mogła odchrząknąć

flegmy z piersi. Musiałam się podnieść. Musiałam do niej pójść.

Wydawało mi się, że stoję. Myślałam, że to ojciec tak kaszle. Zaniosłam gorącego soku cytrynowego do jego fotela przy kominku w domu przy Compton Street. Nie zauważył mnie. „Tato" — powiedziałam. „Proszę, wypij to".

I wtedy obudziłam się, przestraszona. Mój ojciec nie żył. Zbyt szybko wziął zakręt, kiedy Sidda była jeszcze niemowlęciem, wkrótce po tym, jak straciłam jej brata bliźniaka, niedługo po śmierci Genevieve. Koło mojego łóżka stała Sidda. Miała potargane włosy. Nie przypominały moich włosów. Nie była prawdziwą blondynką. Nie mogła powstrzymać kaszlu. Wyobraziłam sobie, że widzę jej ciało od wewnątrz, małe żebra, które za chwilę pękną. Usiadłam na łóżku, przyciągnęłam ją do siebie i otoczyłam ramionami jej klatkę piersiową.

— Maleńka — szepnęłam. — Postaraj się choć raz dłużej zatrzymać powietrze w płucach.

Ale ona tylko zaczęła kasłać jeszcze bardziej.

— Boli, mamo — powiedziała.

Sięgnęłam po szklankę z wodą, stojącą na nocnym stoliku.

— Proszę, kochanie. Możesz upić choć jeden łyczek? Przytknęłam szklankę do jej ust, a ona upiła łyk wody.

— Tak, słoneczko, bardzo ładnie. Połykaj powoli, kochanie. O, tak.

Zakrztusiła się, wypluła wodę i jeszcze bardziej się rozkaszlała. Wyjęłam jej szklankę z ręki i powąchałam. Nie była to woda. To był burbon. Gdybym miała pod ręką nóż, wycięłabym sobie nim serce.

— Przepraszam, stara. Przepraszam za to wszystko.

— W porządku, mamo — powiedziała. — Przyszłam tylko ci powiedzieć, że Lulu i Baylor są chorzy.

— Jak to chorzy, kochana?

— Zrobili dużo kupki.

Kiedy znowu weszłam do pokoju dzieci, w nozdrza uderzył mnie odór gówna. Na zewnątrz lało jak z cebra, wszystkie okna były szczelnie pozamykane, ogrzewanie rozkręcone do oporu, a w pokoju cuchnęło jak w śmietniku.

Lulu siedziała na łóżku i szlochała. Kiedy do niej podeszłam, zobaczyłam, że ma biegunkę. Odchody wypływały jej z pieluszki, miała nimi pokryte całe nogi. W jakiś sposób znalazły się nawet na włosach.

Wzięłam ją na ręce.

— Och, malutka. Ćśś, pysiu, już dobrze.

Jej dziecięca kupka rozmazała się po moim szlafroku, po rękach. Baylor zaczął płakać, kiedy usłyszał dźwięk mojego głosu. Z Lulu na rękach podeszłam do jego kołyski, wyciągnęłam rękę i dotknęłam jego pieluszki. Była pełna. Cały świat był pełny dziecięcego gówna. Pomyślałam, że to jedyny zapach, jaki jeszcze kiedykolwiek poczuję.

— Baylor — powiedziałam do swojego najmłodszego dziecka, jakby mogło mnie zrozumieć. — Błagam cię, błagam, nie zaczynaj.

On jednak rozryczał się na cały regulator. W tej chwili Sidda znowu dostała ataku kaszlu. Odwróciłam się, by na nią spojrzeć, i wtedy Lulu na mnie zwymiotowała. Miałam cały szlafrok mokry od jej wymiocin. Czułam wilgoć na piersiach. Czułam, że całe ciało zaczyna mnie swędzieć.

Pobiegłam z Lulu do łazienki i zapaliłam jaskrawe światło górne. Kiedy schylałam się, by posadzić córeczkę na sedesie, uchwyciłam swoje odbicie w lustrze i przez chwilę nie poznawałam samej siebie.

Wzięłam mokry ręcznik. Co wytrzeć najpierw: buzię Lulu czy jej pupcię? A kiedy wytrę własne zapaskudzone ciało?

Wtedy w drzwiach stanęła Sidda, długie, rude włosy opadały jej na ramiona. Całe jej ciałko trzęsło się od kaszlu, ramiona podskakiwały.

— Tylko kasłać potrafisz?! — krzyknęłam. — W tej chwili przestań! Nie widzisz, że mam ręce pełne roboty? Wracaj do sypialni i przynieś braciszka. Ktoś musi mi pomóc!

Moja czteroletnia córeczka spojrzała na mnie, zasłoniła usta ręką i zrobiła, co jej kazałam. Wróciła z Baylorem na rękach i Małym Shepem u boku. Miałam ochotę ich wszystkich zabić za to, co musiałam przez nich przejść.

Gdzie był mój mąż? Gdzie był ojciec tej czwórki dzieci? Pokażcie mi, gdzie jest napisane, że tylko matki mają wąchać gówno. Mogłabym go zabić za to, że mnie tak zostawił.

— Sidda, wytrzyj małego. Weź ręcznik, zmocz go i umyj Baylora.

„Matko Święta, Matko Boska, a gdzie jest Twoja brudna suknia? Czyżby Syn Boży się nie brudził, a smród jego odchodów nie mieszał się z wonią zwierząt w stajence? Dlaczego zawsze wyglądasz tak słodko i pogodnie?".

Sidda wsadziła Baylora do wanny i jak tylko potrafiła, zmieniła mu pieluszki. Kiedy znowu zaczęła kasłać, Mały Shep powiedział:

— Niedobra Siddy. Mama mówi: nie kasłać!

Lulu w końcu przestała wymiotować, więc otworzyłam okno w łazience. Na zewnątrz wciąż lało i panowało lodowate zimno, ale ja już nie mogłam znieść tego smrodu. Wiatr dął nam w twarz, na tę naszą małą Świętą Rodzinę, gdy rzygaliśmy, sraliśmy, płakaliśmy, kasłaliśmy i powoli odchodziliśmy od zmysłów.

W końcu wszyscy byli czyści. Zmieniłam zasrane, zarzygane i zasmarkane prześcieradła, pieluszki, bieliznę i piżamy. Otworzyłam na oścież okno w sypialni i zmniejszyłam do minimum ogrzewanie.

Na dworze wciąż lało.

Lulu, wyczerpana, zasnęła, jej tłuściutkie nóżki wystawały spod kołdry jak zawsze, gdy spała. Dałam Małemu Shepowi, który był już całkiem rozbudzony, pudełko krakersów w kształcie zwierzątek i teraz siedział w swoim łóżeczku, bawiąc się traktorem i odgryzając żyrafom głowy.

Malutki leżał na brzuszku, wydając z siebie gniewne parskanie. Okrężnymi ruchami pogłaskałam go po pleckach.

— No, no, Bay-Bay, cichutko. Proszę, bądź grzeczny.

Kolejny atak kaszlu Siddy nie miał końca, przez co, choć z wielką niechęcią, musiałam pozamykać okna.

Podeszłam do jej łóżka i spojrzałam na nią. Dlaczego miała taką ściągniętą twarz? Przecież była jeszcze dzieckiem.

— Siddalee, kochana, kiedy ostatnio dałam ci syrop na kaszel?

— Nie wiem, mamo — odparła i znowu zaczęła kasłać.

Wyjęłam syrop na kaszel z apteczki w łazience i wróciłam do córeczki.

— Usiądź, kochana — powiedziałam. — Podniosę ci poduszkę.

Nalałam na łyżeczkę trochę bursztynowego płynu.

— Siddo, połknij to powoli, dobrze?

Jej kaszel natychmiast ustał. Spojrzałam na syrop i postanowiłam sama wypić łyżeczkę. Nie mógł mi zaszkodzić.

Ręce mi się trzęsły. Odgarnęłam włosy z buzi Siddy i położyłam dłonie na jej policzkach.

— Już mi dobrze, mamo.

— Jesteś moją dużą dziewczynką, Siddo — szepnęłam. — Moim najstarszym dzieckiem. Musisz mi pomagać przy małych, obiecujesz?

— Tak, mamo — szepnęła, a jej oczy zaczęły się zamykać.

Wróciłam do swojego pokoju i położyłam się z szeroko otwartymi oczami. Dopiero po chwili uświadomiłam sobie, że teraz odór unosi się z mojej koszuli nocnej, której nie zmieniłam. Nie wstając, zdjęłam ją i położyłam się nago. Spojrzałam w dół na swoje ciało i spróbowałam się pomodlić.

Smród był jednak zbyt silny. Podniosłam się i podeszłam do szafy. Wyjęłam kremowy, kaszmirowy płaszcz firmy Givenchy sięgający kostek, który kupiłam sobie za część spadku, jaki dostałam po śmierci ojca. Najdroższą, najbardziej ekstrawagancką rzecz, jaką kiedykolwiek sobie kupiłam. Wciągnęłam skarpetki i wyszłam na małą boczną werandę.

Deszcz wciąż padał, na wschodzie zaczynało się pojawiać światło w ostrygowym kolorze. Było zimno i wilgotno, ale przynajmniej nie śmierdziało.

„Święta Matko Odkupiciela, gdybym choć raz ujrzała ślady wymiocin dziecka na tym pięknym, niebieskim stroju, gdybym choć raz zobaczyła, że ręce aż Cię świerzbią, żeby uderzyć Zbawiciela w twarz, wtedy może nie czułabym się jak śmieć. Ty cholerna Wieczna Dziewico, gdybyś choć na chwilę zrezygnowała z tego mdłego, pastelowego uśmiechu i spojrzała na mnie, jakbyśmy były sobie równe, to może bym tak nie rozpaczała".

Ja nie byłam dziewicą. Ja śmierdziałam. Ręce cuchnęły mi dziecięcą kupką, wymiocinami i tytoniem. Chociaż spryskałam je perfumami Hoveta, nie mogłam pozbyć się tego odoru. Nic nie mogło usunąć smrodu życia. Bałam się, że moje dzieci umrą. Bałam się, że wszyscy umieramy.

W porannym powietrzu mój oddech zamieniał się w parę. Otaczała mnie mgła. Nie widziałam nawet własnych rąk.

Zmusiłam się, by poczekać do wpół do siódmej, i dopiero wtedy zadzwoniłam do Willetty. Powiedziałam, że to pilne, i przyjechała. Kiedy robiła śniadanie dzieciom, umalowałam usta i uczesałam się. Powstrzymywałam się, żeby nie płakać. Podeszłam do szuflady w biurku, gdzie Shep trzymał gotówkę, ale znalazłam tylko dwie piątki. Potrzebowałam o wiele więcej.

— Willetto, masz jakieś pieniądze? — spytałam.

Prosiłam o pieniądze swoją kolorową opiekunkę do dzieci.

— Nie, psze pani, tylko na autobus. A co pani potrzebuje?

— Potrzebuję bardzo dużo pieniędzy.

— Pani to by się przydało, żeby pan Robert B. Anthony z telewizji dał pani czek na milion dolarów — powiedziała, dając Lulu butelkę 7-Up na rozstrojony żołądek.

— Przypilnuj Małego Shepa, żeby zjadł owsiankę — poprosiłam. — Inaczej dorwie się do ciastek, zanim się zorientujesz.

— Tak, psze pani — powiedziała, smarując masłem grzankę dla Siddy. — Gdzie pani leci w takie ulewę?

— Idę do spowiedzi. Chcę dostać rozgrzeszenie.

— Te stare, kociookie księdze — wymamrotała Willetta. — Pani uważa na te stare, kociookie księdze.

— Wrócę za jakąś godzinę — powiedziałam.

— To dobrze, panienko Vivi, bo jak tylko pani wróci, musze lecieć do pani Daigre. Dzisiaj gramy w bridża.

Nie znali mnie u Świętego Antoniego. Tam wszystko było na włoską modłę. Kościół był ciemniejszy i starszy od Bożego Miłosierdzia i pełen sztucznych kwiatów, które tak uwielbiają Włosi. Nie byłam w tym kościele od dzieciństwa, kiedy to matka zabrała nas na pogrzeb jednej ze swych znajomych.

Pod płaszczem od Givenchy miałam tylko stanik i majtki. Kto by się zorientował? To nie był grzech. Poza tym na głowie miałam woalkę.

— Pobłogosław mnie, ojcze, bo zgrzeszyłam. Ostatni raz u spowiedzi byłam dwa tygodnie temu.

Spróbowałam wziąć głęboki oddech, ale powietrze ugrzęzło mi w piersi. Serce waliło jak oszalałe i nie mogłam oddychać.

Nie znałam tego księdza. Nie mogłam się spowiadać u Naszej Pani Bożego Miłosierdzia. To, co chciałam powiedzieć, byłoby zbyt straszne dla mojej parafii.

Czułam jego zapach, gdy tak siedział po drugiej stronie kratki. Przytknęłam nos do kratki i powąchałam ją. Zapach kadzidła i śpiewnika oprawionego w skórę. Wytarty aksamit na klęczniku drapał mnie w kolana. Czułam się nieswojo. Swędziało mnie całe ciało. Swędziało mnie już od czterech i pół dnia. Zużyłam już dwie butelki mieszanki tlenku cynku i wody wapiennej, która tylko poplamiła mi ubranie i nie pomogła. Zadzwoniłam do doktora Beau Poché po coś silniejszego, a on zgodził się zostawić to dla mnie u Bordelona. Dzięki Bogu za Beau. Był pediatrą, ale leczył i mnie. Miałam dwadzieścia dziewięć lat, prawie trzydzieści. Nie mogłam oddychać. Moje grzechy zapierały mi dech w piersiach.

— Pobłogosław mnie, ojcze, bo zgrzeszyłam. Ostatni raz u spowiedzi byłam dwa tygodnie temu. Otuliłam się ciaśniej płaszczem od Givenchy.

— Ojcze, obwiniam się o złe myśli wobec własnej rodziny.

— Czy te myśli były nieczyste?

— Nie, ojcze.

— Czy żywiłaś nienawiść wobec swojego męża?

— Tak, ojcze. I wobec dzieci.

— Ile razy miałaś takie nienawistne myśli wobec swoich bliskich?

— Nie wiem, ojcze. Zbyt wiele, by zliczyć.

— Jakie to były myśli?

Wiedziałam, że muszę mu powiedzieć. Był księdzem, reprezentował Boga na ziemi. Musiałam mu wyznać swoje grzechy. Może wtedy mogłabym jeść, spać. Swędziały mnie dłonie. Swędziały bardzo głęboko. Tak mocno, jak tylko mogłam, wbiłam paznokieć kciuka w dłoń. Nie chciałam wyjawić swych najskrytszych myśli temu księdzu. Nie ufałam temu zapachowi gotowanej kapusty.

Potrzebowałam jednak rozgrzeszenia. Potrzebowałam modlitwy, która pozwoliłaby mi wrócić do tamtego maleńkiego domku i nie zamordować czterech kochanych dzieciaczków.

— W myślach — szepnęłam — chcę porzucić własne dzieci. Chcę zrobić krzywdę mężowi. Chcę uciec. Chcę być niezależna. Chcę być sławna.

— Masz odwagę, by się poświęcić?

— Tak, ojcze.

— Czy masz zdrowie i konieczne umiejętności, by wypełniać swoje obowiązki jako żona i matka?

— Tak, ojcze.

— Cóż — powiedział, poprawiając się na krześle.

— Stan małżeński to droga wiodąca przez górzyste tereny. Przyjmując sakrament małżeństwa, zgodziłaś się na życie pełne obowiązków. Cenna lekcja cierpliwości i rezygnacji płynie ze smutku Błogosławionej Dziewicy Maryi, Matki naszego Pana. Poproś ją, by cię nauczyła, jak dźwigać swój krzyż w milczeniu, cierpliwie i z pełną pokorą wobec woli Boga. Jesteśmy na tej ziemi, by cierpieć. To przez cierpienie uczysz się szczęścia, poprzez poniżenie osiągasz chwałę. Twoim głównym obowiązkiem jest żyć z mężem w miłości, zgodzie i wierności i wychowywać dzieci w wierze katolickiej. Musisz wyrzec się tych złych myśli.

— Ależ, ojcze — powiedziałam — a jeżeli ja nie mogę powstrzymać się od tych myśli?

— W takim razie popełniasz grzech wiarołomności wobec Męki naszego Zbawiciela. Jako pokutę odpraw akt skruchy, odmów trzy Ojcze nasz i siedem Zdrowaś Maryjo, rozmyślając o siedmiu smutkach Maryi. Mocą Boga powierzoną mi, udzielam ci rozgrzeszenia za twoje grzechy w Imię Ojca i Syna, i Ducha Świętego. Idź w pokoju i nie grzesz więcej.

Wyszłam z kościoła i wsiadłam do samochodu. Pachniał moimi dziećmi. Zapaliłam papierosa. Muszę odprawić pokutę, żeby mi zostało wybaczone. W samochodzie było zimno. Otuliłam się kaszmirowym płaszczem od Givenchy. Zapaliłam następnego papierosa.

Spojrzałam na aksamitne pudełeczko z pierścionkiem, który dostałam na szesnaste urodziny. Nie należał do Shepa, tylko do mnie. Dał mi go mój ojciec.

Nie miałam pieniędzy, jeżeli Shep mi ich nie dał. Nie miałam własnego konta. Nie miałam nic oprócz tego pierścionka.

Pięćset dolarów. Mężczyzna w lombardzie Trafny Wybór z miejsca wypłacił mi pieniądze. Nie chciał wiedzieć, co to za pierścionek.

— Nie chcę słuchać pani opowieści — powiedział. — Chcę tylko pani zastaw.

Na mapie Zatoka Meksykańska nie leżała zbyt daleko. Była jednak o wiele dalej niż jakiekolwiek miejsce, w które sama od lat jeździłam. Jechałam szybko. Szybciej, niż kiedykolwiek jeżdżono fordem.

Ten gruchot pojawił się, kiedy urodziłam drugie dziecko. Ja nie miałam nic wspólnego z jego wyborem. Pojawił się na podjeździe razem z kartką od Shepa, więc musiałam mu podziękować. Czy mój mąż nie pamiętał mojego jeepa? Nie pamiętał, że byłam królową szos, że pędziłam przez noc z Ya-Ya, z bosą stopą na pedale i z paznokciami u nóg pomalowanymi lakierem jaskrawym jak diody na tablicy rozdzielczej?

Nikt nie wiedział, gdzie jestem. Nawet Ya-Ya. Pojadę i zacznę nowe życie gdzieś, gdzie nikt mnie nie zna. Nie będę miała korzeni. Zostawię męża, moje dzieci, matkę, tego dennego księdza, nawet przyjaciółki. Wyczyszczę swoje konto, stanę naga i zobaczę, kim jestem. Poszukam Vivi Abbott, osoby zaginionej. Zatrzymałam się dopiero nad Zatoką Meksykańską. Stanęłam na brzegu. Widziałam tylko wodę rozpościerającą się aż po Meksyk. Powietrze było czyste. Zostawiłam zasrane pieluszki w Luizjanie. Przede mną nic oprócz wody. Wiał wiatr i siąpił deszcz, ja jednak pragnęłam, by nadszedł huragan. Jestem kobietą, która uwielbia huragany.

Wprawiają mnie w imprezowy nastrój. Sprawiają, że mam ochotę jeść ostrygi z połówek muszli i zachowywać się jak dziwka.

Pochyliłam się i poszłam pod wiatr. Nie byłam taką kobietą, która zdjęłaby płaszcz i weszła do oceanu, poddając się. Myśl ta jednak przemknęła mi przez głowę.

Pomyślałam o tamtej pięknej, cudownej podróży, w jaką Ya-Ya i ja wybrałyśmy się nad tę samą zatokę. Był wtedy rok 42 czy 43? Pojechałyśmy zupełnie same, bez guwernantki. Jack i jego paczka dojechali później. Zatrzymałyśmy się w domku na plaży należącym do rodziny Caro, budziłyśmy się rano, narzucałyśmy na siebie kostiumy kąpielowe i szłyśmy prosto na plażę.

Podziękowałam Bogu, że ta plaża wciąż tam była. Że woda nadal się burzyła. Że nie istniało tam nic oprócz krzyku mew. Żadnych wymiotujących dzieci, żadnych gąb do wykarmienia.

Szłam całymi godzinami i nawet na chwilę nie zatęskniłam za swoimi dziećmi.

— Proszę dać mi najlepszy pokój — powiedziałam recepcjoniście w hotelu nad zatoką. — Z widokiem na wodę.

Na pocztówkach na małym stojaku na biurku widniał tekst: „Akcja ochrony majestatu i piękna wybrzeża Missisipi. W ogrodzie tropikalnym na plaży".

Wpisałam się do księgi meldunkowej jako Babe Didrikson. Recepcjonista tylko kiwnął głową. Głupia, powinnam się wpisać jako Grace Kelly.

— Proszę przysłać na górę burbona z wodą. Podwójnego. Najlepszy gatunek.

Przede wszystkim zrobiłam sobie gorącą kąpiel i weszłam z drinkiem do wanny. Kiedy już nie czułam na palcach zapachu dziecięcego gówna, wyszłam z wody. Wytarłam ciało włochatym białym ręcznikiem i wysmarowałam się balsamem. Założyłam płaszcz od Givenchy, umalowałam się szminką i zeszłam na dół, próbując nie drapać się przy ludziach.

Okna jadalni wychodziły na zatokę. Usiadłam i rozłożyłam na kolanach lnianą serwetkę.

Zamówiłam kolejnego burbona z wodą i szybko go wypiłam. Czułam, jak moje ramiona się rozluźniają.

Zamówiłam trzeciego drinka. Kiedy go skończyłam, poczułam, jak mój żołądek się rozluźnia. Ale wciąż wszystko mnie swędziało.

Zamówiłam tuzin ostryg i zjadłam je z sosem koktajlowym, ostrym jak cholera, z dodatkiem sosu tabasco. Nie byłam niczyją matką. Byłam królową własnego wszechwładnego królestwa.

Do mojego stolika podszedł jakiś dżentelmen. Miał szpakowate skronie, nie męczył oka, ale nie podobały mi się jego buty. Tanie i pospolite.

— Przepraszam — powiedział — nie mogłem nie zauważyć, że jest pani sama dziś wieczorem.

Spojrzałam mu prosto w oczy i odparłam z brytyjskim akcentem:

— Pracuję nad artykułem do „The London Timesa".

— To „The London Times" zamieszcza artykuły o wybrzeżu nad zatoką? — zdziwił się. Najwyraźniej mu zaimponowałam.

— To ściśle tajne — powiedziałam. — Przepraszam.

— Wielka szkoda. Taka pani ładna.

— Samo nie przyszło — odparłam.

Mężczyzna odszedł.

Wyczyściłam do końca ostrygi, zjadłam sałatkę i zamówiłam pudding z chleba na deser.

— Słyniemy z niego — powiedział kelner.

— Świetnie. I szklaneczkę brandy, na dobry sen, jeśli pan tak uprzejmy.

Siedziałam przy stole, mając mnóstwo powietrza do oddychania. Nic mnie nie ściskało w talii. Zawsze powinnam się tak ubierać. Powinnam pociąć swoje fiszbiny nożykiem do obierania ziemniaków. Mój brzuch był pełny i okrągły i bardzo chciało mi się spać.

Obudził mnie własny szloch.

W ustach czułam smak i zapach bananów z masłem orzechowym. Nasza ulubiona przekąska podczas tej letniej wyprawy na wybrzeże. Necie, Caro, Teensy i ja siedziałyśmy na plaży, jedząc banany posmarowane masłem orzechowym. Miękkość owocu, jego słodycz i orzechowy smak masła, karmelowy kolor na bladym miąższu bananów. Słońce na mojej skórze, palce u nóg zakopane w piasku, dźwięk naszego śmiechu. Przyjazd Jacka. Robienie gwiazdy, wdrapywanie mu się na ramiona, brodzenie w zatoce. Moje ciało, pełne energii, w ciągłym ruchu. Jadłam, kiedy byłam głodna, spałam, kiedy byłam zmęczona. Całowałam się, kiedy miałam na to ochotę. Nigdy o nic nie błagałam.

Pstryknęłam światło i zapaliłam papierosa. Kiedy otworzyłam okno, usłyszałam szum zatoki. Zimne powietrze uderzyło mnie w twarz.

Zgasiłam papierosa i poszłam do łazienki. Rozkręciłam maksymalnie ogrzewanie, stanęłam przed lustrem i przyjrzałam się swemu ciału. To było moje ciało. „Nie płacz. Nikomu się nie spodoba kobieta z workami pod oczami". Ja jednak nie mogłam powstrzymać szlochu. Moje piersi już nigdy nie będą jędrne.

Nie karmiłam swoich dzieci piersią. Robiły to tylko kolorowe kobiety. Były lata pięćdziesiąte. Myślałam, że może będę karmiła piersią bliźniaki. Chciałam karmić piersią bliźniaki. Ale kiedy moje dziecko umarło, straciłam pokarm.

Byłam wyschnięta. Nie mogłam wrócić do tego domu pełnego gąb do wykarmienia. Rozpocznę życie w nowym mieście, będę pracować w gazecie. Ludzie robią takie rzeczy. Ludzie zaczynają życie od nowa.

Objęłam się w talii. Musiałam wziąć się w garść. Musiałam trzymać własne ciało, by nie wyschnąć i nie pęknąć.

W łóżku nadal się obejmowałam. Próbowałam się skupić na zapachu słonego powietrza wpadającym przez otwarte okno. „Cesarzowo Niebios"— modliłam się. „Słodka Pani Śpiewających Ludzi, ześlij mi jakiś znak. Inaczej pojadę tak daleko, dokąd starczy mi pieniędzy, zatrzymam się i zostanę reporterką w jakimś obcym mieście. Słodka Pani, któraś nosiła Syna Bożego, daj mi znak".

We śnie przyszedł do mnie mój synek bliźniak, mój kochany, ten, którego straciłam, ten, który nie był na tyle silny, by zostać. Melinda trzymała go na rękach. Miała na sobie niebieską szatę i koronę. Mój synek był jeszcze niemowlęciem, ale stał o własnych siłach.

Zaczerpnął powietrza, wbił we mnie wzrok i zaczął śpiewać. Bez żadnego akompaniamentu, doskonale czystym, mocnym głosem zaśpiewał mi kołysankę i jednocześnie pieśń miłosną.

> *Gdy zapada głęboka purpura,*
> *Kładąc cienie na ogrodu murach*
> *I gwiazdy zaczynają migotać na niebie,*
> *Przez mgłę pamięci*
> *Powracasz do mnie,*
> *Moje imię jest twym tchnieniem.*

Z nocą bezruch zapadnie,
Znów tulę cię delikatnie,
Choć odeszłaś, twa miłość wciąż żywa,
Gdy księżyc swe światło posyła.

Dokąd bić będzie serce moje,
Kochanie, zawsze będziemy we dwoje,
Tu, w snach głębokiej purpury*.

Kiedy mój synek skończył śpiewać tę piosenkę ze snu, wystąpił do przodu i wyciągnął do mnie rączki. Schyliłam się i wzięłam go w ramiona. Jego wzrok był poważny i mój także. Przez chwilę tuliłam go do piersi. Nie potrzebowałam niczego więcej. Po jakimś czasie wysunął mi się z objęć i odszedł. Zanim zniknął, odwrócił się i powiedział stanowczo:

— Obudź się!

Posłuchałam go.

Obudziłam się i podeszłam do okna. Na zewnątrz było jasno, a moje ciało było wypoczęte i głodne. Swędzenie ustało. Sutki miałam różowe jak u młodej dziewczyny.

Podniosłam słuchawkę telefonu i powiedziałam:

— Obsługa? Dzień dobry. Czy byłby pan łaskaw przynieść mi dwa jajka na twardo, biszkopty i plaster bekonu? Do tego dużą szklankę soku pomarańczowego i trochę kawy. Aha, jaki dzisiaj dzień?

— Piątek, proszę pani.

Przespałam parę dni.

---

* Tłum. Jaromir Możdżyński.

„Obudź się" — powiedziało moje dziecko.

Podniosłam z podłogi płaszcz i sięgnęłam do kieszeni. Na wizytówce był napis „Lombard Trafny Wybór, Fultonville, Luizjana, telefon 32427".

Znowu podniosłam słuchawkę.

— Recepcja? Czy może mnie pan połączyć z centralą? Dziękuję, kochany.

— Mówi Vivi Abbott Walker — powiedziałam do faceta z lombardu. — Ma pan jeszcze mój pierścionek z brylantem? Sprzedałam go panu za pięćset dolarów.

— Tak, proszę pani, jeszcze mam tę rzecz.

— To nie jest żadna rzecz. To pierścionek z dwudziestoczterokaratowym brylantem, prezent od mojego ojca, prawnika Taylora Abbotta.

— Proszę mnie posłuchać, nie chcę wiedzieć, skąd pochodzi towar...

— Och, zamknij się pan i posłuchaj. Niech się pan nie pozbywa tego pierścionka. Wracam po niego.

— On jest teraz moją własnością — powiedział ten kretyn. — Jeśli ktoś wyłoży za niego odpowiednią sumę, to przepadł.

— Słuchaj. Jeśli sprzedasz ten pierścionek, to przysięgnę, że mi go ukradłeś. Zawlokę cię do sądu tak szybko, że zakręci ci się w głowie. Znam sędziego. Znam wszystkich sędziów. Słyszysz?

— Nie chcę żadnych kłopotów — odpowiedział w końcu. — Ja prowadzę czysty interes. Kiedy pani przyjedzie po ten przedmiot?

— Jutro. Może pojutrze. Zatrzymaj go do mojego przyjazdu.

— Zatrzymam go do końca dnia. I to wszystko, proszę pani. Niech mi pani nie zawraca głowy. Muszę zająć się firmą. — Po czym odłożył słuchawkę.

Miałam trzydzieści jeden lat. Wciąż żyłam. Zbiorę

swoje szczątki i schowam je w piwnicy. Wyjmę je, kiedy moje dzieci dorosną. Mój synek dał mi znak.

Życie jest krótkie, ale szerokie. Genevieve mi to powiedziała.

Pomyślałam, że kiedy wrócę do domu, oddam Willetcie swój płaszcz od Givenchy. Już spełnił swoje zadanie. Willetta zasługuje na luksusowy kremowy kaszmir. Cholera, ona zasługuje na norki. Kiedy wrócę do domu, pokażę stepowanie Siddzie, Małemu Shepowi, Lulu i Baylorowi, zacznę je karmić bananami z masłem orzechowym i będziemy rozmawiać o lecie. Pogadamy o Spring Creek, gdzie słońce tak rozpala igły sosnowe, że kiedy się po nich chodzi, wydzielają z siebie zapach tak intensywny, że ma się ochotę je podnieść i włożyć pod ubranie, żeby nosić wszędzie ze sobą ten aromat. Będę się turlać po dywanie z moimi dziećmi, łaskotać je po plecach i będę im opowiadać historie o tym, jak płynęłam przez szalejący sztorm łódką, którą sama zbudowałam. Będziemy się bawić w Kolumba i podróżować razem do nieznanych światów. Kiedy wrócę do domu, upłynnię tego cholernego forda. Tak czy inaczej kupię sobie nowego thunderbirda. Kiedy wrócę do domu, przytulę czwórkę moich dzieci. Przytulę mężczyznę, którego poślubiłam. Zrobię, co w mojej mocy, żeby podziękować za dary, dziwnie, pięknie, boleśnie opakowane.

26

Stwierdzić, że Sidda przestraszyła się na widok trzech Ya-Ya wjeżdżających na podjazd przed pensjonatem swym chryslerem kabrioletem LeBaron koloru cyraneczki, byłoby eufemizmem. Właśnie wyszła z pensjonatu, gdzie rozmawiała przez telefon ze swą jungowską psychoanalityczką z Nowego Jorku. Opowiedziała kilka tajemniczych snów, przeanalizowała swoje ostatnie odczucia wobec małżeństwa i frustrację spowodowaną tym, że nie znalazła odpowiedzi, i teraz ostatnią rzeczą, jakiej się spodziewała, był widok, dźwięk i zapach Caro, Teensy i Necie.

Wszystkie były w okularach przeciwsłonecznych. Necie i Teensy miały na głowach kapelusze, na krótkich siwych włosach Caro tkwiła czapka baseballowa New Orleans Saints. Teensy była ubrana w czarne, lniane spodnie i białą, lnianą bluzkę. Na nogach miała sandałki od Roberta Clergerie, które kosztowały pewnie więcej niż jej bilet na samolot z Luizjany. Necie była przyodziana w spódnicę w jasnoniebiesko-białe paski i bluzkę, najprawdopodobniej od Talbota. Caro włożyła spodnie khaki i białą koszulę — mogłaby wystąpić w reklamie.

Tylne siedzenie kabrioletu było załadowane bagażem, jakiego nie widuje się często w pensjonatach na zachodzie Stanów Zjednoczonych. Był to bagaż, jaki utożsamia się z kobietami Południa z pewnej ery, które uważają, że ich obowiązkiem jest dopilnować, by odźwierni i portierzy dobrze zarabiali na życie i że nie można przyjechać do nowego miejsca bez pary butów, które pasowałyby do każdej zmiany ubrania.

Przez chwilę Sidda tylko stała i gapiła się. Jacyś dwaj młodzi motocykliści już się zatrzymali i spytali Teensy, czy potrzebuje pomocy przy dźwiganiu bagażu. Necie już gawędziła z jakąś młodą matką z niemowlęciem w nosidełku. Caro oglądała rynnę wbudowaną w maszt totemu. Sidda ze zdumieniem pokręciła głową, patrząc, z jaką swobodą te kobiety rozmawiają z obcymi. Wiedziała, że później, kiedy zobaczą tych samych ludzi w pensjonacie, powitają ich jak starych przyjaciół.

Sidda podeszła do samochodu, zdejmując okulary przeciwsłoneczne.

— Przepraszam — powiedziała — czy my się nie znamy?

— *Mon Dieu!* — wykrzyknęła Teensy, po czym, szybko odprawiając dwóch młodych motocyklistów, powiedziała: — Wybaczcie, chłopcy, oto powód, dla którego tu jestem. — Przygarnęła Siddę szybkim i intensywnym ruchem, po czym oddała ją w delikatniejsze i nieśpieszne objęcia Necie. Caro położyła ręce na ramionach Siddy i bacznie się jej przyjrzała, zanim ją ciepło przytuliła.

— Jesteś piękna jak zawsze — powiedziała Teensy.

— Jesteś taka chuda — dodała Necie.

— Wyglądasz całkiem nieźle jak na osobę przechodzącą kryzys wieku średniego — powiedziała Caro.

Sidda w końcu złapała oddech i powiedziała:

— Pewnie po prostu przejeżdżałyście tędy?

— *Extactement!* — roześmiała się Teensy. — Doszłyśmy do wniosku, że skoro już wyrwałyśmy się z domu...

— Nie chciałabym być niegrzeczna — powiedziała Sidda — ale co, u licha, tu robicie?

— Przyjechałyśmy tu z misją dyplomatyczną Ya-Ya — wyjaśniła Necie, sięgając na tylne siedzenie do czerwono-białej lodóweczki.

— Jest czwarta po południu. Czasu standardowego. Czy moja matka wie, gdzie jesteście? — spytała Sidda.

— Mniej więcej — odparła Teensy.

— Twoja matka wyczuwa wszystko sercem — dodała Caro.

Po zameldowaniu się w hotelu Ya-Ya poszły korytarzem wygodnego pensjonatu z lat dwudziestych do swych pokojów. Zmieszany nastolatek podążył za nimi ze stertami bagażu. Caro wzięła ze sobą również butlę tlenową — na wypadek, gdyby okazała się potrzebna. Sidda zostawiła je, żeby się rozpakowały i odświeżyły, i zeszła do baru po drinki, o które prosiły.

Cierpliwie wytłumaczyła kobiecie za barem, jak przyrządzić dżin Risqué dla Teensy i Betty More Whisky Koktajl dla Necie. Glenlivet z odrobiną wody dla Caro był prostszy.

— Tutaj klienci rzadko zamawiają drinki z marynowanymi kumkwatami — powiedziała z kwaśną miną barmanka. — Te koktajle z pewnością są dla tych trzech starych, napalonych dam, które przyjechały kabrioletem, prawda?

— Jak pani to zgadła? — spytała Sidda.

— To jakieś stare gwiazdy filmowe, czy co?

— Nie — odparła Sidda. — To Ya-Ya.

— Słucham?

— Wróżki-matki chrzestne.

— Aha — powiedziała barmanka. — Zawsze chciałam mieć taką.

Kiedy Sidda przyniosła zamówione drinki, Necie i Teensy leżały na łóżku z nogami na poduszkach. Caro stała przy oknie, wyglądając na trawnik schodzący nad jezioro.

— Kolacja u ciebie za półtorej godziny? — spytała Teensy.

— Oczywiście przyniesiemy *entrée* — powiedziała Necie.

— Oczywiście — przytaknęła Sidda. — Ale czy nie jesteście troszkę zmęczone?

— Ja potrzebuję tylko krótkiej drzemki — odparła Teensy.

— Nie do wiary, że nie jesteście wykończone. — Sidda uśmiechnęła się. — Ja zawsze jestem wyczerpana po przeleceniu przez cały kraj.

— Boże święty! — powiedziała Necie. — Nie przyleciałyśmy dzisiaj! Dzisiaj przyleciałyśmy do Seattle. Caro wynajęła dla nas pokój w Inn i zjadłyśmy pyszne jedzonko w Campagne.

— Na podwórzu — dodała Teensy. — Wspaniałe *foie gras*.

— Spałyśmy do późna — włączyła się Caro. — Dwa razy zatrzymywałyśmy się w drodze na półwysep. Zatrzymałybyśmy się cztery razy, gdybym pozwoliła Necie jeździć po swojemu. Wygodny samochód.

— Niezupełnie taki, jakim jeździłybyśmy w domu — powiedziała Teensy, upijając łyk drinka. — Ale niezły jak na wynajęty.

— Mój dżin Risqué jest bardzo tropikalny — powiedziała Teensy, wskazując dramatycznie na okno, jakby chciała przywołać drzewa.

— Moja szkocka na pewno jest częścią systemu ekologicznego — dodała Caro.

Sidda wybuchnęła śmiechem. Zapomniała już, że najbardziej boskim ze wszystkich sekretów siostrzanego stowarzyszenia Ya-Ya jest poczucie humoru.

Później, kiedy Sidda już wróciła do domku, Ya-Ya po odpoczynku zajechały pod domek swym kabrioletem. Sidda wiedziała, że już są, bo nikt na świecie nie trąbiłby tak głośno. Trzy kobiety wysiadły z samochodu z dwiema butelkami wina, które kupiły w pensjonacie, i z lodówką turystyczną, którą Sidda zauważyła już wcześniej.

— Musisz tylko nastawić piekarnik na 350 stopni — powiedziała Necie, wyjmując potrawkę z lodówki.

— Co w niej jest? — spytała Sidda.

— *Étouffée* twojej mamy z zębaczy, które twój tata hodował w Pecan Grove, i purée z własnej kukurydzy i fasoli — wyjaśniła Necie.

— Mama przysłała to dla mnie? — zdumiała się Sidda.

— No... — zawahała się Teensy. — Niezupełnie tak powiedziała, ale zostawiła to dla mnie w domu w dniu naszego wyjazdu. Dołączyła kartkę z napisem „Seattle".

Przy pierwszym kęsie *étouffée* z zębacza Sidda ujrzała matkę w kuchni w Pecan Grove. Zobaczyła, jak Vivi topi masło w wielkim żelaznym rondlu, potem powoli wsypuje do niego mąkę i gotuje zasmażkę do brązowości. Czuła zapach cebuli, selera i zielonej papryki, które Vivi dodawała do zasmażki. Zobaczyła, jak potrawa zmienia kolor, kiedy Vivi dodała ogony zębacza ze świeżą pietruszką, pieprzem cayenne i sporą ilością zawsze obecnego w jej kuchni sosu tabasco. Z każdym kęsem Sidda czuła smak domu rodzinnego i miłości matki.

Na chwilę przerwała, żeby otrzeć łzy z oczu, i powiedziała:

— Tyle dobrych przypraw. Zawsze mi od nich łzawią oczy.

— Jasne — powiedziała Teensy.

— Tabasco i cayenne tak działają — dodała Necie.

Po kolacji cała czwórka udała się na spacer wzdłuż wybrzeża, kierując się na południe szlakiem wykutym w skale. Przezroczyste czerwone jagody zwisały z krzaków jak choinkowe bombki, a na tle skały liście klonu już robiły się pomarańczowe. Ostatnie promienie zachodzącego słońca padały na wody jeziora, a w tym samym czasie wschodził letni księżyc, kremowy na tle nieba w kolorze błękitnej porcelany Wedgwooda. Kobiety zatrzymały się, by chłonąć ten widok.

— Nigdy nie widziałam czegoś takiego — powiedziała Caro. — Jednocześnie zachód słońca i wschód księżyca. To musi coś oznaczać.

Po powrocie do domku, gdy zapadł długi, północno--zachodni zmierzch, Necie wyjęła z torby funt kawy palonej na sposób francuski.

— Ktoś ma ochotę na filiżaneczkę? — spytała, zanim poszła do kuchni, by wstawić wodę.

Jakby luizjańska kawa nie wystarczała, Necie przyniosła talerz tartinek.

— Może tartinkę orzechową, kochanie? — zaproponowała, podsuwając talerz Siddzie.

— Boże, Necie — powiedziała Sidda — a skąd ty je wzięłaś?

— Przywiozłam je w bagażu podręcznym.

— Chyba nie upiekła ich mama, co?

— Och, nie — zaprzeczyła Necie. — Sama je zrobiłam. Twoja mama nie lubi się babrać ze słodyczami. Dlatego nadal nosi ósemkę, a ja muszę się wbijać w dwunastkę.

Caro przejrzała kolekcję płyt kompaktowych i wybrała Itzhaka Perlmana grającego stare standardy z Oscarem Petersonem.

Teensy i Necie rozsiadły się wygodnie na kanapie, a Caro zajęła fotel. Hueylene wdrapała się Teensy na kolana, skąd spoglądała na Siddę, jakby chciała powiedzieć: „A widzisz? Powinnyśmy częściej mieć gości". Sidda przysunęła sobie drugi fotel i tak go ustawiła, by widzieć wszystkie kobiety.

Mocna kawa i kuszące tartinki z oszałamiającym połączeniem ciemnego syropu kukurydzianego, orzechów i cukru pudru wywołały przyjemne drżenie w ciele Siddy.

— Pyszności, ale lepiej ugryzę jeszcze tylko jednego

kęsa i wypiję łyczek kawy. Inaczej w nocy nie zmrużę oka.

— To gdzie trzymasz *Sekrety*? — palnęła Teensy.

— Słucham? — zdziwiła się Sidda.

— Album *Boskie sekrety*, *chére*. Rzućmy na niego okiem.

Kiedy Sidda wróciła z sypialni z albumem matki, wszystkie trzy Ya-Ya raptownie przerwały rozmowę. Podając im album, Sidda bacznie obserwowała ich reakcje.

Kobiety otworzyły album i szybko go przerzuciły. Po paru chwilach Teensy powiedziała:

— Sporo tu rzeczy.

— Ale wielu nie ma — powiedziała Caro.

Sidda zamknęła album i odłożyła go na stolik do kawy.

— Siddo — powiedziała Necie. — Caro mówiła, że masz jakieś pytania.

— Tak, ciociu — przytaknęła Sidda, odruchowo wracając do manier z dzieciństwa.

— Siddo, proszę — powiedziała Caro. — Dajmy sobie spokój z „tak, ciociu", dobra, stara? To z jakiegoś innego ustroju.

— Nie mam pojęcia, dlaczego tak mi się wyrwało. — Sidda zaśmiała się nerwowo.

Teensy spojrzała na Caro, a potem na Necie, po czym wzięła swoją torbę z żółtej słomki.

— Boże, Teensy! — wykrzyknęła Sidda. — Jeszcze jakieś przysmaki z Luizjany?

— Coś w tym rodzaju — odparła Teensy, wyjmując z torby wielką kopertę. — Caro powiedziała, że pytałaś, jak to było, kiedy twoja mama zachorowała i wyjechała.

Sidda wstrzymała oddech.

— Mam parę listów, które mi dałaś dawno temu, kiedy byłaś jeszcze mała — ciągnęła Teensy. — Prosiłaś, żebym je oddała twojej *maman*. — Zrobiła przerwę i wzięła głęboki oddech. — Ale ja nigdy tego nie zrobiłam. — Podała Siddzie kopertę. — Jest tu też kilka listów od twojej mamy, które... które przechowywałam przez wszystkie te lata.

— Zastanawiałyśmy się, czy ci ich nie wysłać — dodała Necie. — Ale nie wydawało nam się to w porządku. Nie wiem, czy jeszcze modlisz się do świętych, ale ja modliłam się do świętego Franciszka z Patrizi...

— Świętego Franka Patrizi — wtrąciła się Caro. — Nie Franka z Asyżu.

— ...patrona pojednania — ciągnęła Necie. — W każdym razie doszłyśmy do wniosku, że lepiej, jak będziemy przy tobie, kiedy będziesz czytała te listy.

Sidda spojrzała na kopertę, a potem na trzy przyjaciółki.

— Dziękuję. Bardzo chętnie je przeczytam.

— A może przeczytaj je teraz, stara? — zaproponowała Caro, wstając. — Połóż się na kanapie i poczytaj sobie, a my pozmywamy naczynia.

— Och, nie — zaoponowała Sidda. — Nie mogę na to pozwolić. Pozmywam po waszym wyjściu. W końcu to wy przyniosłyście jedzenie.

— Nalegamy — powiedziała Necie. — Dobry gość zawsze pomaga sprzątać.

— Nie jesteście zmęczone? — spytała Sidda.

— Ani trochę — powiedziała Teensy. — Prawdę mówiąc, zupełnie się rozbudziłam.

— Ja też — wtrąciła Necie. — Wiem, że tu jest dwie godziny wcześniej niż w domu.

— Ja się dopiero rozkręcam o tej porze — powiedziała Caro. — Nie śpiesz się. Nigdzie się nie wybieramy.

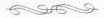

Kiedy Ya-Ya sprzątały, Sidda położyła się na kanapie z poduszką z pierza pod głową. Listy były podzielone na dwie kupki. W pierwszej znajdowały się koperty bez znaczków zaadresowane dziecinnym charakterem pisma. Dopiero po chwili uświadomiła sobie, że to jej własne pismo. List był zaadresowany do „Pani Shepowej Walker", ale nie miał adresu. Nazwisko adresatki wyglądało jak zawieszone w próżni, kołyszące się w powietrzu bez kotwicy, której mogłoby się uczepić. Kiedy tak patrzyła na puste białe miejsce, gdzie powinien widnieć adres, jej żołądek ścisnął się boleśnie. Nieświadomie przyciągnęła do siebie kolana, żeby stać się mniejsza.

Pierwszy list brzmiał następująco:

2 kwietnia 1963

Kochana Mamo,

nikt nie chce mi dać Twojego adresu. Teensy powiedziała, że mogę jej dawać listy, a ona oddaje Tobie, i mamy nadzieję, że tak zrobi. Mamo, przepraszam, że byliśmy niegrzeczni i że się przez nas zdenerwowałaś. Buggy powiedziała, że już nie mogłaś z nami wytrzymać. Powiedziała, że mogę pisać do Ciebie tylko wesołe listy. Proszę, wyzdrowiej szybko.

Przepraszam, że byliśmy niegrzeczni i że się przez nas zdenerwowałaś.

Pilnie opiekuję się resztą dzieci.

W niedzielę zostaliśmy na noc u Buggy. Potem przyszła Necie i wzięła mnie i Lulu. Mały Shep i Baylor poszli do Caro. Tatusia nie ma. Nie wiem, dokąd po-

jechał. Szkoda, że nie jestem u Teensy i Chicka, bo mogłabym popływać w ich basenie.

Kiedy spytałam Necie, gdzie jesteś, powiedziała, że odpoczywasz poza miastem. Jesteś w szpitalu, Mamo? Odwiedzasz znajomych? Oglądam w telewizji „Małych zabijaków" i „Supermana" i bawiłam się lalkami Barbie z Lulu, Malissą i Annie. Spałyśmy w pokoju gościnnym Necie na poddaszu. Niedługo znowu do Ciebie napiszę. Proszę, napisz do mnie i szybko wracaj do domu.

Całuję,
Sidda

Sidda zamknęła oczy. Niedzielny wieczór, zima. Trzecia lub czwarta klasa. Kowbojski pas ojca w ręku mamy. Uderzenie srebrnej końcówki na jej udach, na plecach. Szewska pasja, słowa Vivi o piekle, o smażeniu się; wstyd Siddy, kiedy się zmoczyła; jej głos ochrypły od krzyku. A ponad wszystko — przekonanie, że mogła do tego nie dopuścić.

Obrazy te nie były dla Siddy niczym nowym. Jej ciało doskonale je znało. Nic — ani odległość, ani kariera, ani Connor, ani sugestia jej terapeutki, że Vivi miała załamania nerwowe — nic nigdy nie uwolniło jej od przekonania, że to ona była przyczyną tamtej niedzielnej kary.

Pochłonięta wspomnieniami Sidda aż podskoczyła, kiedy Necie pochyliła się nad nią i delikatnie otuliła lekkim, bawełnianym kocem. Sidda otworzyła oczy i zobaczyła troskę na twarzy Necie. Bez słowa wróciła do czytania.

12 kwietnia 1963
Wielki Piątek

Kochana Mamo,

dzisiaj przyszła Willetta i wiesz co? Przyniosła nam chomika Lucky'ego, który cały czas siedział sam w domu. Powiedziała, że było mu smutno. Karmiła go codziennie, ale on chciał do nas!!! No i teraz jest z nami u Teensy! Jak głupi biega w tym swoim kółku. Szkoda, że go nie widzisz. Tęskni za Tobą.

Czekam na list od Ciebie. Teensy powiedziała, że może niedługo przyjdzie. Zabrała mnie na Hayleya Millsa w Paramount. Reszta nie chciała iść, to poszłyśmy same.

Modliłam się za Ciebie na stacjach drogi krzyżowej. Ten post jest za długi. Nie wierzę, że to tylko czterdzieści dni. Do Wielkanocy jeszcze tylko jeden dzień i znowu będę mogła jeść cukierki. Dotrzymałam swojego wielkopostnego postanowienia, nie zrezygnuję z M&Ms. Proszę, wróć do domu przed niedzielą, dobrze?

Teensy przyniosła dla mnie i Lulu sukienki na Wielkanoc. Wujek Chick jest naprawdę zabawny. Mamy polowanie na pisanki i zostałam zaproszona.

Shirley, ich służąca, i my pomalowałyśmy chyba z osiemdziesiąt cztery tysiące jajek. Wczoraj zadzwoniłam do Willetty, a ona powiedziała, że w Pecan Grove wszystko w porządku. Nie rozumiem, dlaczego nie możemy zostać w domu z tatusiem. Nie jest dobrze, bo Cię tu nie ma.

Zobaczymy się w niedzielę, OK?
Całuję,
Sidda

Kochana Mamo,

ubrałyśmy się i poszłyśmy na mszę o wpół do je-denastej, a potem wróciłyśmy do Teensy. Necie, Ca-ro i wszyscy przyszli, i zjedliśmy śniadanie. Willetta, Chaney, Ruby i Pearl przyjechali, żeby nam przynieść ciasto wielkanocne. Willetta miała wielki, żółty kape-lusz z kwiatami. Tatuś też przyszedł i podniósł mnie wysoko do góry.

Ciągle o Ciebie pytałam, ale on kazał mi być cicho i bawić się z innymi dziećmi. Wujek Chick przebrał się za wielkanocnego zajączka. Szukaliśmy jajek w wyso-kiej trawie i w ogrodzie kwiatowym, i w doniczkach kolo basenu. Baylor znalazł złotą pisankę i dostał du-żego pluszowego zajączka, a my też dostaliśmy nagrody.

Dorośli pili drinki koło basenu, a kiedy tatuś szy-kował się do wyjścia, Lulu ugryzła go w nogę. Wtedy wszystko stanęło na głowie. Tatuś powiedział: „Jasna cholera" i zaczął płakać, Mamo.

Tatuś został i z Teensy i Chickiem zjedliśmy kanapki z wieprzowiną, i oglądaliśmy Eda Sullivana. Potem tatuś poszedł. Nie wiem, gdzie sobie poszedł.
NIE CHCĄ MI POWIEDZIEĆ, KIEDY WRACASZ DO DOMU. Strasznie się wkurzyłam. Usiadłam Ca-ro na kolanach i opowiadałam jej wymyślone historie o ludziach z programu Eda Sullivana. Nie chcę gadać o ludziach z programu Eda Sullivana. Nienawidzę Eda Sullivana. Nienawidzę wszystkich.

Siddalee Walker

23 maja 1963

Kochana Mamo,

teraz jesteśmy u Necie. Proszę, przyjedź po nas. W domu Necie jest za głośno. Teraz jest tu dwanaścioro dzieciaków i nie mam miejsca dla siebie. Nie mogę odrabiać lekcji.

Musisz już wrócić do domu, OK? Lulu znowu żuje włosy i nie mogę jej powstrzymać. Inne dzieci też okropnie za Tobą tęsknią. Mały Shep wdał się w bójkę. Rozkwasił nos Jeffowi LeMoyn i zakonnice go ukarały, i kazały Caro odebrać go ze szkoły. Lulu już nie chce chodzić do szkoły w fartuszku, nawet Necie nie może jej do tego zmusić. Baylor znowu zachowuje się jak małe dziecko, Mamo. Sama widzisz, że musisz już wrócić, OK? Tęsknimy za Tobą. Jestem taka grzeczna, że nie poznałabyś mnie, Mamo! Wracaj, nie uwierzyłabyś, jacy jesteśmy mili. Przepraszam, że Cię zdenerwowaliśmy i że się przez nas rozchorowałaś. Dobrze się bez nas bawisz? Bo my się nie bawimy dobrze bez Ciebie. Kiedy wrócisz, zobaczysz, jak się zmieniliśmy. NIE żartuję! Spytaj Tatusia albo Ya-Ya. Proszę, Mamo.
Ucałowania od Twojej najstarszej córki,
Siddalee Walker

PS. Przed feriami świątecznymi dostaliśmy świadectwa. Ja mam same piątki! (Poza sprawowaniem). Jestem lepsza od wszystkich!

6 czerwca 1963

Kochana Mamo,

nie napisałaś do mnie. Myślałam, że napiszesz. Uważam, że to nieładnie wyjechać i nie napisać do mnie.

Już do Ciebie nie napiszę ani jednego listu. Szkoła się skończyła, a Ciebie nie ma w domu. Nienawidzę Cię.

Sidda

~~~⚬~~~

7 czerwca 1963

Kochana Mamo,

przepraszam za mój ostatni list. Przepraszam za wszystko. Wszyscy tutaj za Tobą tęsknią i chcą, żebyś wróciła. Nie poznałabyś mnie, Mamo. Jestem taka grzeczna. Proszę, wróć do domu, OK? Necie zabierze nas do Spring Creek, ale nie chcę jechać bez Ciebie. Udawajmy, że nie napisałam tego poprzedniego listu, OK? Kocham Cię.

Twoja kochająca córka,
Siddalee

Sidda włożyła ostatni list z powrotem do koperty. Było jej gorąco, kręciło się w głowie, ogarnął ją gniew na Ya-Ya za to, że naraziły ją na takie pisemne pamiątki z przeszłości.

Ale sama o to prosiła.

Usiadła i spojrzała ponad oparciem kanapy. Zobaczyła trzy Ya-Ya siedzące przy stole, chyba po raz pierwszy widziała je niezajęte nieprzerwaną rozmową. Necie pracowała nad jakąś robótką ręczną, a Teensy grała w samotnika. Caro znalazła jakąś układankę, na której się skupiła.

„To wartownicy" — pomyślała Sidda.

Teensy podniosła wzrok.

— Jak tam, *chére*?

Sidda pokiwała głową.

— Krzyknij, jeśli będziesz czegoś potrzebować — powiedziała Teensy.

— Chcesz jeszcze jedną orzechową tartinkę? — spytała Necie.

— Nie, dziękuję — odparła Sidda. — Nie odważę się. Caro podniosła wzrok znad układanki i powiedziała:

— Okazuje się, że kiedy zdejmuję okulary i wzrok trochę mi się rozmazuje, łatwiej mi dopasować te fragmenty.

Siddzie jej obecność przyniosła ulgę. Dopiero teraz uświadomiła sobie, jak bardzo samotna się czuła. Sięgnęła po drugi pakiet listów.

Były tam trzy koperty — po jednej dla każdej Ya--Ya — zaadresowane ręką Vivi. Pochodziły z papeterii Crane'a i nawet po trzydziestu latach przypominały w dotyku miękki plusz. Kiedy jednak Sidda otworzyła pierwszą z nich, zobaczyła, że list nie został napisany na papeterii matki, tylko wystukany na papierze maszynowym. Chociaż już nieco pożółkł na brzegach i w załamaniach, to litery wciąż były wyraźne, czarne i dobrze widoczne. Dłonie zaswędziały Siddę, gdy zabrała się do czytania.

11 lipca 1963
2.30 nad ranem,
mój dziewiąty dzień w domu

Teensy, Maleńka,

jedyna osoba, którą trawię tu, w Szpitalu, Którego Nikt Nie Nazywa Szpitalem, powiedziała, że dobrze mi zrobi pisanie o swoich uczuciach — ponieważ po raz pierwszy w życiu mam kłopoty z mówieniem. Stąd ta moja stara maszyna Olivetti, którą Shep wygrzebał dla

389

mnie ze strychu matki. Przynajmniej zaoszczędzę Ci mojego charakteru pisma, który nie jest zbyt czytelny.

Teensy, ostatnio nie mogę znieść własnych dzieci. Nie potrafię ich brać na ręce, tulić do siebie czy nawet patrzeć, jak myją zęby. Nie mam odwagi zbytnio się do nich zbliżyć. Poza tymi chwilami, gdy śpią.

Czekam, aż w domu zapanuje cisza, i wtedy wchodzę na palcach do ich pokojów. Najpierw do pokoju chłopców, gdzie unosi się korzenny zapach małych mężczyzn, a na poręczach łóżka wiszą skórzane rękawice do baseballu. Pochylam się nad łóżkiem Małego Shepa. Mój mały wojownik. Śpi twardo ten mój dzieciak. Mocno gra, mocno śpi, wszystko robi pełną parą. A potem przyglądam się mojemu maleństwu, Baylorowi. Och, Teensy, on śpi zwinięty w kłębuszek.

Potem idę do pokoju dziewczynek. Kiedy tylko się tam wchodzi, po zapachu pudru, kredek i wanilii od razu można rozpoznać, że to pokój dziewcząt. Śpi tam Lulu, która co noc skopuje z siebie całą kołdrę. Śpi na brzuchu, a na swym kochanym, pulchniutkim ciałku ma tę śliczną koszulkę w żółte różyczki, którą jej kupiłaś. Uwielbia ją. Willetta ledwo potrafi ją z niej zdjąć, żeby wrzucić do prania.

No i wreszcie moja najstarsza. Kiedy nie budzi się, ciężko oddychając, z koszmarnego snu, śpi z kołdrą naciągniętą aż pod brodę, jedną ręką ściskając drugą poduszkę, a drugą zarzuciwszy za głowę. Ta piękna koszula nocna, którą jej dałaś. Jak Ci się udało znaleźć coś tak doskonałego? Wygląda w niej jak mała poetka. Pod tą koszulą ma na łopatce bliznę po laniu, które jej sprawiłam. O Boże, ona to przeżyła najgorzej. Nadal zajmuje się pozostałymi dziećmi jak malutka mama. Pielęgniarka w szpitalu powiedziała, żebym pisała, nawet jeżeli płaczę; kazała mi pisać dalej. Necie

*powiedziała mi, że co tydzień zabierasz Siddę do kina,
że chodzicie na filmy tylko we dwójkę. I że musiałaś ją
przekonać, że może siedzieć w ciemności, oglądać Hayleya Millsa i sączyć colę, i biegać do telefonu we foyer,
żeby sprawdzać, co u innych dzieci. Och, najbardziej
Ci dziękuję za tę koszulę nocną, która mi przypomina,
że Sidda jest jeszcze małą dziewczynką.*

   Muszę tak uważać, Teensy.

   Merci bien, merci beaucoup, mille mercis, tata.

Vivi

Sidda odłożyła list i przycisnęła dłoń do piersi, żeby
uspokoić oddech.

„Najbardziej Ci dziękuję za tę koszulę nocną, która
mi przypomina, że Sidda jest jeszcze małą dziewczynką".

Sidda miała ochotę się schować. Wstała i udała, że
się przeciąga.

— Trochę mi niewygodnie na tej sofie. Chyba pójdę
do swojego pokoju.

— Chcesz być sama? — spytała Teensy głosem Gar-
bo.

— Tak — powiedziała Sidda. — Chcę być sama.

— W takim razie pójdziemy z tobą — powiedziała
Caro.

— Zgadza się — dodała Necie. — Zabieramy się
z tobą.

Hueylene wstała ze swojego miejsca i głośno zamłó-
ciła ogonem o podłogę. Sidda poczuła się okrążona; jej
zwykłe wycofanie się w samotność w obliczu cierpienia
teraz okazało się niemożliwe.

— Zbyt długo wisiałaś tutaj na krawędzi nicości
— powiedziała Teensy. — Dopiero co przyjechałyśmy.
Chcesz, żeby w domu dowiedzieli się, że kiepska z ciebie
gospodyni?

„Zachowaj dobre maniery".

— Absolutnie nie — odparła Sidda. — A do łazienki mogę pójść bez towarzystwa?

— Nie, nie możesz — powiedziała Teensy, szczerząc zęby. Rzuciła karty na stół, podeszła do Siddy i szła przy niej, gdy ona ruszyła w stronę łazienki. Kiedy Sidda stanęła i spojrzała na nią, Teensy zamknęła ją w mocnym uścisku.

— Nie możesz się ukryć przed siostrzanym stowarzyszeniem Ya-Ya! — wykrzyknęła głośno Caro.

Śmiejąc się wbrew sobie, Sidda pocałowała Teensy w policzek.

Kiedy wróciła z łazienki, panie nawet nie podniosły na nią wzroku. Sidda otuliła się bawełnianym szalem i wzięła do ręki listy. Zanim zaczęła czytać, przez chwilę chłonęła widok pokoju i rozbrzmiewające wokół dźwięki. Karty do gry lekko plaskające o stół, oddech kobiet, ciche chrapanie Hueylene i krzyk nura gdzieś na ścieżce nad jeziorem. Sidda wpuściła w siebie te dźwięki, po czym wróciła do mrocznego okresu Wielkiego Postu, który przeciągnął się długo po Wielkanocy.

Następny list brzmiał następująco:

14 lipca 1963

Caro Kochana,

Najdroższa Przyjaciółko — brakuje mi — może po raz pierwszy w naszym wspólnym życiu — słów, by podziękować Ci za wszystko, co zrobiłaś dla mnie i mojej rodziny. Opiekowałaś się moimi synkami przez prawie całe trzy miesiące. (Miesiące, które dla mnie nie były tak całe). Zapraszałaś Shepa na kolację, kiedy tylko udało Ci się go znaleźć. Jesteś jedną z niewielu osób,

z którymi czuje się na tyle swobodnie, by móc rozma-
wiać. Kiedy wróciłam do domu, powiedział: „Ta Caro
jest niekiepska". To największa pochwała od mężczyzny,
który wyczerpał swój zapas komplementów gdzieś koło
1947 roku.

Stara, wszystko mi się poplątało. Pamiętam, że sta-
łaś koło mnie gdzieś na korytarzu w Szpitalu, Którego
Nikt Nie Nazywa Szpitalem. Pamiętam, że trzymałaś
mnie za rękę. Shep mi powiedział, że to Ty przyszłaś
pierwsza po tym, co zrobiłam, po tym, czego nigdy sobie
nie wybaczę. Kiedy się rozsypałam i nie mogłam się
pozbierać.

Wczoraj wieczorem Willetta przyprowadziła moje
córeczki, żeby mnie ucałowały na dobranoc, a kiedy
wyszły, pomodliłam się, by miały w życiu szczęście
i znalazły taką przyjaciółkę jak Ty. Niektóre kobiety
modlą się o dobrych mężów dla swoich córek. Ja się
modlę, by Siddalee i Lulu znalazły przyjaciółki choć
w połowie tak lojalne i oddane jak Ya-Ya.

Myślę o Tobie, Caro, kiedy kładę się do łóżka. Kiedy,
by usnąć, obejmuję się ramionami i kołyszę, tak jak Ty
mojej pierwszej nocy po powrocie do domu. Shep niekie-
dy bywał gburowaty, ale odkąd wróciłam, nieustannie
mnie zadziwia. Na przykład tym, że poprosił Cię, żebyś
spędziła ze mną tę pierwszą noc. Myślę, że podejrzewa,
że nigdy nie będzie dla mnie tak ważny jak Ty i Ya-Ya.
Wiesz, musimy trzymać mężczyzn na dystans, inaczej
cały świat rozpadnie się na kawałeczki. Ja to wiem,
jestem ekspertem od rozpadania się na kawałeczki.
A Ty jesteś ekspertem od składania z powrotem tych
kawałeczków.

Kocham Cię, Caro. Kocham Cię, moja Księżno Szy-
bujący Sokół,

Twoja Vivi

Ostatni list, jak podejrzewała Sidda, był napisany do Necie. Brzmiał następująco:

23 lipca 1963

Kochana, kochana Necie,

nie wiem, jak to robisz, Hrabino Śpiewająca Chmura. Nabijamy się z Twoich słodkich myśli, śmiejemy się z Twojego roztrzepania, ale to Ty jesteś jedyną z nas, która potrafi być zorganizowana i robić to w dobrym stylu.

Nie potrafię mówić o tym, co się stało. Rozsypałam się i nie mogłam się pozbierać.

To Ty wprawiałaś w ruch mój świat, kiedy mnie nie było. Jak to zrobiłaś? Dziesięć tysięcy meczów koszykówki, lekcje dla ministrantów, spotkania skautek i zuchów, wizyty u dentysty i Bóg jeden wie, co jeszcze. Słoneczko, Ty chyba mieszkałaś w swoim samochodzie, kursując między swoimi a moimi dziećmi.

Ugościłaś moje córeczki w swoim już i tak zatłoczonym domu. Przenocowałaś je w tym słodkim pokoju na poddaszu z wielkimi oknami i łóżkami z baldachimem. Karmiłaś je, nie pozwalałaś, by Lulu żuła włosy, słuchałaś, jak Sidda w nieskończoność ćwiczy grę na pianinie. Wyręczałaś moją matkę w próbach „uspokajania" moich dzieci. Twoje nowenny, Twoje niezliczone różańce.

I Shep. Wczoraj wieczorem, kiedy dzieci już spały, zrobił mi stek. Nalał mi drinka — małego — i opowiedział o wszystkim, co dla niego zrobiłaś. Wstydzi się tego, jak zachowywał się po tym, gdy zabrano mnie do Szpitala, Którego Nikt Nie Nazywa Szpitalem. Za picie. Powiedział, jak przyjechałaś do obozu, kiedy nikt nie mógł go znaleźć. Jak go otrzeźwiłaś i przywiozłaś

z powrotem do miasta. Jak pilnowałaś, by był trzeźwy
aż do wielkanocnego polowania na pisanki.

Kochana Dziewczyno, mój mąż już do końca życia
będzie Twoim fanem. Proszę, bądź wobec niego cierp-
liwa, bo jestem pewna, że swoją wdzięczność okaże
w bardzo niezdarny sposób. Ale może wszyscy się tak
zachowujemy, dziękujemy niezdarnie.

Dziękuję Ci prosto z mojego niezdarnego serca. Jesteś
mi najbliższa, a ja zawsze pozostanę Twoją

wdzięczną Vivi

Sidda przez chwilę leżała zupełnie nieruchomo. Potem ostrożnie włożyła wszystkie listy z powrotem do
szarej koperty i położyła ją na stoliku do kawy. Przewróciła się na brzuch i oparła głowę na brzegu, by widzieć Ya-Ya.

— Hej tam — powiedziała cicho.

Wszystkie trzy podniosły głowy.

Dopiero wtedy Sidda zaczęła płakać.

Szlochając, wstała z poduszką w ręku i podeszła do
stołu. Włosy miała zmierzwione. Wyglądała na bardzo
senną, smutną i zagubioną.

— Zmieniłam zdanie — powiedziała między szlochnięciami. — Czy mogę prosić o jeszcze trochę kawy
i tartinek orzechowych?

— Oczywiście — odparła Necie, kierując się do kuchni. — Przywiozłam ich osiemdziesiąt cztery tysiące.

Teensy usunęła ze stołu swoją grę i spojrzała na
Siddę.

— *Ma Petite Chou*. Chodź, siadaj. Przynieś sobie
poduszkę i usiądź obok mnie.

— No, stara — powiedziała Caro. — Jak tam? Pewnie chciałabyś posiedzieć w nocy z dorosłymi?

— Chcę poznać prawdę — powiedziała Sidda.

— My nie zajmujemy się prawdą — odparła Caro.
— Ale znamy parę historii. Czy to wystarczy?

— Wystarczy — przytaknęła Sidda, wgryzając się w tartinkę, którą podała jej Necie. — Będzie musiało wystarczyć.

27

Caro zamknęła na chwilę oczy, zbierając siły. Potem znowu je otworzyła i zaczęła opowiadać:

— Zaczęło się to tuż przed ostatkami. Wszystkie cztery postanowiłyśmy, że na Wielki Post rzucamy picie. Necie potraktowała to poważnie, tylko ona przez cały ten czas dotrzymała słowa. Dla mnie był to test na silną wolę. Teensy zachowywała abstynencję każdego dnia tygodnia oprócz niedzieli. Potem twoja matka zmieniła zasady na każdy dzień poza niedzielą lub jeżeli będziemy poza okręgiem Garnet.

Tak więc wiele mil przejechałyśmy bentleyem Teensy — jeździłyśmy do Lafayette, Baton Rouge, a nawet do Tioga, tylko po to, żeby się napić. Byle przekroczyć granice okręgu. W któryś weekend twoja mama i Teensy wyprawiły się do Marksville. Ja też bym się z nimi zabrała, ale jeden z moich chłopców miał zapalenie gardła. Wyjechały wcześnie rano w sobotę. Wpadły do paru cajuńskich tancbud, gdzie tańce i picie piwa zaczynały się o dziewiątej rano. Nie było ich aż do wieczora. W drodze powrotnej wjechały bentleyem do rowu. Żadnej się nic nie stało, tylko samochód wylądował w rowie, a one były za bardzo narąbane, żeby sobie z tym poradzić. Zadzwoniły do Necie, żeby po nie przyjechała, bo za bardzo bały się dzwonić do Chicka albo Shepa, a wiedziały, że ja mam chore dziecko.

Kiedy Necie je znalazła, były w pensjonacie Dupuya, jadły *boudin,* sączyły dżin z tonikiem i wygłupiały się. Był to drugi tydzień Wielkiego Postu. Może trzeci, nie wiem. Wielki Post jest długi, to długa, długa pustynia.

Necie zadzwoniła po pomoc drogową, po czym odwiozła je do Thornton.

Następną rzeczą, jaką pamiętam, jest to, że twoja mama poszła do jakiegoś nowego księdza — już zapomniałam, jak się nazywał. Ten wysłał ją do doktora Lowella. Wielki Rycerz Kolumba*, księża napędzali mu pacjentów. Nie słyszałam o tym człowieku, dopóki Vivi nie dostała od niego recepty. Dexamyl. Zapamiętam tę nazwę do końca życia. Była to pół na pół dexedryna i meprobamat. Lek, który podkręcał i odchudzał. Miał odzwyczaić twoją mamę od alkoholu i jednocześnie uczynić z niej lepszą katoliczkę.

Vivi uwielbiała te pigułki, nie mogła się ich nachwalić. Dodawały jej energii, twierdziła, odrywały jej myśli od alkoholu, całkiem straciła apetyt i mogła żyć bez snu. Wysoko fruwała. Zbyt wysoko. Dwa tygodnie przed Wielkanocą wyjechała na czterodniowe rekolekcje z tym samym księdzem, gdzieś do zabitego dechami Arkansas. Nie brała alkoholu do ust, przerzuciła się na same pigułki i pokutę. Słabo mi się robi na myśl, że nie zauważyłam, kiedy wyjechała w te góry. Przyjaciele powinni zachowywać się jak latarnie — powinni dawać ci znać, czy zboczyłeś z kursu. Ale to nie zawsze jest możliwe, stara.

Nie wiedziałam, co się działo na tych rekolekcjach. Przez wszystkie te lata Vivi niewiele mi powiedziała. Nie znała tam żywego ducha. Same świeckie katoliczki, żadnych zakonnic, tylko ten cholerny ksiądz. Niegdyś w tym miejscu było małe sanatorium dla gruźlików, wy-obrażasz sobie? Zapakowała sobie zapas pigułek, mszał, różaniec, jedną zmianę ubrania i szminkę. Całodzien-ne kazania, modlitwy, post, komunia, wiele spowiedzi, jestem tego pewna. Całe to pieprzenie z włóż-palec-do--boku-Chrystusa. Tam miała się oczyścić.

Nie jestem psychologiem, stara. Nie wiem, jaka stru-na została zbyt mocno napięta. Myślę, że duży w tym udział miał dexamyl. Wtedy jeszcze nie wiedziano, jakie ma działanie uboczne. Dziesięć razy gorsze niż wóda.

Caro wstała od stołu, podeszła do przesuwanych oszklonych drzwi i wyjrzała na jezioro. Przeczesała palcami swoje krótkie włosy i zaczęła kasłać.

Sidda zmartwiła się. Kaszel był bardzo ostry.

— Dobrze się czujesz, Caro? Coś ci podać?

— Pewnie nie możemy opuścić reszty tej historii? — spytała Caro. — Może zamiast tego podałabym ci mój słynny na cały świat przepis na dżin Ramosa?

Sidda podeszła i objęła ją rękami w talii.

— To niełatwe dla ciebie, prawda?

— Tak — szepnęła Caro.

Sidda przeniosła wzrok na Teensy i Necie.

— Po co przyjechałyście? — spytała. — To znaczy, chyba nie na piknik?

— Twoja *maman* tęskni za tobą — powiedziała Teen-sy, wstając i podchodząc do kanapy, gdzie się położyła, zrzuciwszy buty.

— Jesteśmy jak jej ambasadorowie, wiesz, co chcę przez to powiedzieć? — powiedziała niepewnym głosem Necie.

— Czy to ona was przysłała? — spytała Sidda.

— Niezupełnie, nie — odparła Teensy.

— To po co przyjechałyście? Dlaczego nie przyjecha-

ła sama? Dlaczego... dlaczego sama nie opowiedziała
mi tej historii?

— Dlatego — odparła Teensy. — Dlatego i już.

Caro poszła do kuchni i wróciła ze szklanką wody.
Podeszła do fotela i usiadła. Światło było przyćmione,
więc przyniosła ze sobą pudełko zapałek. Sidda pomyślała ze zgrozą, że Caro zamierza zapalić papierosa.
Ta jednak sięgnęła po świeczkę stojącą na stole koło
fotela. Zapaliła ją, po czym wyjęła z kieszeni papierosa
i wsadziła go, niezapalonego, do ust. Od tej chwili ge-
stykulowała nim, ciągnąc swoją opowieść:

— Kiedy Vivi wróciła do Pecan Grove, była przekonana — a przynajmniej tak sobie wykombinowała — że
czwórkę jej dzieci opętał diabeł.

Caro urwała i spojrzała na Siddę, która nadal stała
koło oszklonych drzwi.

— Stara — powiedziała — może usiadłabyś wygodnie? Czuję się tu trochę samotna.

Sidda podeszła do fotela, zgarnęła kilka ogromnych
poduch i rzuciła je na podłogę obok Caro. Nęcie położyła się na waleta koło Teensy. Caro wstała i bez słowa
podeszła do stołu, gdzie Sidda zostawiła swoją puchową
poduszkę.

Z uśmiechem podała ją Siddzie.

— Masz, wojowniczko. Pewnie znasz dalszą część
opowieści, Siddo — powiedziała, siadając z powrotem
w fotelu. — Vivi bardzo was zbiła. Biła was pasem,
kiedy staliście nago. Kiedy tam dotarłam, a Willetta
już was umyła, mieliście okropne pręgi na całym ciele
i niemal wpadliście w histerię. Willetta i jej mąż widzieli, jak was biła na podwórku, i poszli do was. Tam
powstrzymali Vivi i zabrali was do siebie. Willetta za-

dzwoniła do twojej babci, która z kolei zadzwoniła po mnie. Na jej prośbę najpierw poszłam do domu Willetty.

W tej chwili Caro urwała.

— Caro? — powiedziała Teensy, wstając. — Wszystko w porządku? Martwię się, że tyle mówisz.

Caro odłożyła niezapalonego papierosa i przysunęła bliżej butlę tlenową. Szybko, bez zbędnego dramatyzmu, zaczęła sobie podłączać do nosa rurkę idącą od butli.

— Mogę coś dla ciebie zrobić, Caro? — spytała Sidda. — Może przynieść ci szklankę wody?

Sama walcząc o oddech, poszła do kuchni, gdzie nalała szklankę wody dla Caro. W kuchni było ciemno i czuła zapach mocnej kawy na kuchence. Na chwilę przyłożyła policzek do chłodnego blatu i wzięła głęboki oddech.

Spokojnie. To już za tobą.

Caro upiła łyk wody, którą podała jej Sidda, wypiła kawę i podjęła wątek.

— Buggy zabrała was do siebie, a ja poszłam do waszego domu. Znalazłam Vivi leżącą nago na podłodze w kuchni. Początkowo myślałam, że uda mi się z nią racjonalnie porozmawiać. Myślałam, że wyrwę ją z tego. Myliłam się.

Kochałam twoją matkę jak siostrę, jak własną rodzinę, kochałam ją jak własne dzieci, może nawet bardziej niż męża. Odkąd spotkałam ją przy kasie w kinie mojego ojca w 1933 roku, kiedy miała na sobie żółtą sukieneczkę z czerwonymi tulipanami na kieszeniach i kupowała sok pomarańczowy. Niełatwo mi było patrzeć, jak tak leżała na podłodze.

Caro urwała na chwilę i przetarła oczy. Potem wróciła do swojej opowieści:

*

— Zabrałam ją do łazienki i posadziłam na sedesie.
A ona nie mogła sobie przypomnieć, co ma tam zrobić.
— Stara — powiedziałam — rozluźnij się i popuść.

Ciało Vivi było tak spięte, że widziałam żyły na jej
twarzy. Wtedy właśnie postanowiłam zadzwonić do
Beau Poché, waszego lekarza, może go pamiętasz. Nie
miałam pojęcia, gdzie się podziewał wasz ojciec. Shepa
nigdy nie było w domu. Zadzwoniłam więc do Beau
Poché, cholernie dobrze wiedząc, że jest tylko pediatrą. Znał nas od lat, grał w zespole na trąbce, kiedy
chodziliśmy do szkoły średniej, niezliczoną ilość razy
przychodził do każdego z nas. Nie zamierzałam dzwonić do żadnego z tych sukinsynów z naszego miasta,
którzy uważali się za psychiatrów i dopuścili do tego,
by Genevieve odeszła od nas.

Beau pojawił się w ciągu pół godziny. Vivi leżała na
podłodze w korytarzu, naga pod szlafrokiem, którym ją
przykryłam. Nie potrafiła odpowiedzieć Beau, który jest
rok. Nie pamiętała własnego imienia. Dał jej zastrzyk,
coś na uspokojenie, a ona się nie opierała. Na podjazd
wjechała półciężarówka. Dałam znak Beau, że pójdę
sprawdzić, kto to.

Było już ciemno. Spotkałam twojego ojca, kiedy wy-
siadał z półciężarówki.

— Shep — powiedziałam. — Vivi jest chora. Miała
załamanie nerwowe. Musimy jej jakoś pomóc.

— Gdzie są moje dzieci? — spytał ze złością. — Nic
im nie jest?

— Są u Buggy.

Odwrócił się i zrobił krok w stronę samochodu.

— Nawet o tym nie myśl — powiedziałam. Twój ojciec ukrył twarz w dłoniach.

— Gdzie jest Vivi? — spytał.

401

— W domu, z Beau Poché.

— Zadzwoniłaś po niego?

— Tak, Shep, i nie chcę dyskutować na ten temat.

— Może ona po prostu się wygłupia, Caro — powiedział. — Wiesz, jaka jest.

Wszedł do domu, ignorując Beau, i zaczął mówić do Vivi.

— Vivi, kochanie — powiedział — może byś coś zjadła? Może ci coś przygotować?

Po czym poszedł do kuchni i usmażył funt bekonu. Twoja matka poszła za nim. Usiadła na podłodze koło kuchenki i wbiła wzrok we własne stopy. Ja stałam i patrzyłam, jak twój ojciec smaży bekon, kroi pomidory, rwie sałatę i robi tosty. Usiadłam przy kuchennym blacie i patrzyłam, jak siada na podłodze koło twojej matki i próbuje ją namówić na kęs kanapki, którą właśnie zrobił. Ona jednak nie pamiętała, jak się żuje. Jedzenie wypadało jej z ust.

Shep spojrzał na nas siedzących przy blacie na ratanowych stołkach.

— Czy któreś z was mogłoby namówić moją żonę, żeby zjadła chociaż kawałek kanapki z bekonem, sałatą i pomidorem? — spytał, a łzy ciekły mu po policzkach.

— Nie, Shep — odparł Beau Poché. — Obawiam się, że nie.

Wtedy twój tatuś pozbierał bekon z kolan Vivi i starł majonez z jej twarzy.

Była chyba czwarta niedziela Wielkiego Postu.

Następnego dnia Chick zawiózł Teensy, Shepa, twoją mamę i mnie do prywatnej kliniki za Nowym Orleanem. Necie wszystkim się zajęła. Był to długi dzień. W szpitalu chcieliśmy, żeby Vivi się podpisała. Shep nie chciał, by czuła się pominięta.

Kiedy jednak recepcjonista spytał Vivi o nazwisko, ona powiedziała:

— Królowa Tańczący Potok.

Mężczyzna spojrzał na twojego ojca.

— Niech pan ją spyta jeszcze raz — powiedział Shep.

Mężczyzna uczynił to.

— Rita Abbott Hayworth — odparła Vivi. — Nieślubne dziecko H.G. Wellsa i Sarah Bernhardt.

Roześmielibyśmy się, gdyby nie to, że twoja mama w tej samej chwili wzięła przycisk do papieru z biurka recepcjonisty i rzuciła nim tak, że o mały włos nie trafiła go w głowę. Chick natychmiast chwycił Vivi, jakby ją obejmował. Naprawdę, próbował ją unieruchomić, bo nie wiedział, co może jeszcze zrobić.

— Obawiam się, że pańska żona nie może podać swojego nazwiska — powiedział mężczyzna. — Będzie więc hospitalizowana przymusowo.

Twój ojciec podszedł do niego.

— Słuchaj, Nimrod — powiedział. — Płacę rachunki za tę cholerną norę i jeżeli moja żona zażyczy sobie podpisać się jako prezydent cholernych Stanów Zjednoczonych, to masz nie kręcić nosem, słyszysz? Nazywa się Rita Abbott Hayworth. Moja żona podpisze się, jak będzie chciała, a ty masz się nią, kurde, zaopiekować. To wartościowa kobieta. Jasne?

Kurczę, jasno postawił sprawę.

Twój ojciec pocałował Vivi w czoło, zanim ją zostawił. Potem płakał przez całą drogę do hotelu Monteleone, narąbał się milczący i usnął, zanim zdążył zamówić kolację.

Nie ma żadnych akt świadczących o tym, że Vivi Walker kiedykolwiek przez trzy miesiące była w klinice psychiatrycznej. Oprócz nas nikt o tym nie wiedział.

Kiedy trzy miesiące później wróciła do domu, dała nam do zrozumienia, że nie chce, by ktoś się dowiedział. Po powrocie do domu przestała mieć halucynacje. Znowu mówiła do rzeczy. Straciła na wadze chyba z tonę. Początkowo mogła jeść tylko brzoskwinie. Próbowałyśmy ją nakłonić, by porozmawiała z nami o tym załamaniu, ale ona nie chciała się zgodzić. Co najwyżej mówiła: „Rozsypałam się". Tym wymyślonym przez siebie zwrotem opisywała całe zdarzenie.

Tylko raz, kiedy którejś nocy siedziałyśmy same we dwójkę, wiele lat później w Spring Creek, rozwiązał jej się język. Było późno i piłyśmy dżin. Kazała mi dokładnie opisać, jak tamtego niedzielnego popołudnia wyglądały jej dzieci. Kazała mi opisać wszystko — każdy ślad na ich ciałach. Obserwowała mój wyraz twarzy, każde drgnienie powieki, spodziewała się, że będę ją osądzać. Ja jednak tego nie zrobiłam. I nie zrobię.

Najbardziej żałuję, że żadna z nas nie porozmawiała z tobą, Siddo, czy z Małym Shepem, Lulu i Baylorem. Zasłoniłyśmy się jakąś archaiczną wiarą w to, że nie wolno mieszać się w sprawy cudzych dzieci.

Caro patrzyła przez chwilę w milczeniu na Siddę.

— Chcę, żebyś wiedziała, że nie ma w tym ani trochę twojej winy. W Vivi po prostu coś pękło. Może ludzie bardziej przypominają ziemię, niż nam się wydaje. Może mają takie zarysowania, które prędzej czy później muszą się pogłębić pod naciskiem. I, tak, twoja matka była alkoholiczką. Jest alkoholiczką. Przyznaję to. Wiem, że było ci ciężko, Sidda. Nie przeczę. Ale ze wszystkich pomylonych, niedoskonałych dusz, jakie kiedykolwiek spotkasz, moja droga, Vivi Abbott Walker jest jedną z najjaśniejszych. Kiedy umrze, będziemy

cierpiały, jakby żywcem wyrwano nam kawał ciała. —
Caro spojrzała na Teensy i Necie i zaśmiała się cicho.
— Jesteśmy jedynymi pozostałymi przy życiu członka-
mi tajemnego plemienia, stara. — Potem, utkwiwszy
wzrok w Siddzie, powiedziała: — Masz w sobie krew
Ya-Ya, Siddalee. Czy ci się to podoba, czy nie. Oczywiście, że jest skażona. Ale co, cholera, nie jest?

Caro odchyliła się w swym fotelu i westchnęła. Przez
chwilę nikt się nie odzywał. Potem Sidda podniosła się
z podłogi i podeszła do oszklonych drzwi. Rozsunęła je
i wyszła na pomost. Skwar letniego dnia ustąpił miejsca chłodnej nocy północnego zachodu. Sidda spojrzała
na jezioro i przyszło jej do głowy, że mogłaby zejść po
stopniach pomostu, wejść na ścieżkę biegnącą wzdłuż
jeziora, pójść w noc i już nigdy nie wrócić.

Spojrzała na domek, gdzie trzy kobiety pozostały na
swych miejscach. W środku wciąż paliła się świeczka.
Hueylene czekała przy drzwiach z przekrzywioną głową, usiłując mieć oko na nie wszystkie.

Sidda poczuła się bardzo młoda i jednocześnie bardzo stara, gdy patrzyła, jak Caro, potem Teensy i na
końcu Necie powoli wstają ze swoich miejsc i idą do
niej na pomost. Caro wspierała się na ramieniu Necie.
Stała cicho, gdy ją objęły. Chłonęła ich zapach, zapach
powietrza nad jeziorem, wyniosłych, starych drzew.
Wdychała cierpienie i czystą, mroczną miłość świata
i nagle ogarnęła ją fala współczucia. Księżyc opadał za
krawędzie drzew po drugiej stronie jeziora; coś przykuło
uwagę Siddy. Był to maleńki kluczyk, który powiesiła
w oknie, połyskujący w świetle zachodzącego księżyca.

28

Było wczesne popołudnie, kiedy Sidda zaczęła się budzić na kanapie. Poprzedniej nocy padła na nią, ustąpiwszy Ya-Ya swą sypialnię. Ktoś gwizdał *When You Wish Upon a Star* i początkowo wydawało jej się, że to jeszcze sen. Otuliła się ciaśniej kołdrą. Powietrze było ciepłe, a przez otwarte drzwi przedostawał się zapach cedrów i lilii. Gwizdanie wpływało do snów Siddy i wypływało znowu, zanim uświadomiła sobie, że na całym świecie tylko jedna osoba potrafi gwizdać *When You Wish Upon a Star* z tymi cudownymi ozdobnikami Walta Disneya.

Hueylene obwąchała Connora, zanim Sidda go zobaczyła. Spanielka pobiegła do drzwi, jej barki radośnie podskakiwały w pełnym miłości powitaniu. Sidda zrzuciła z siebie kołdrę i wstała.

Kiedy zobaczyła Connora stojącego na pomoście i drapiącego Hueylene po brzuszku, serce gwałtownie jej zabiło. Na chwilę przystanęła i przycisnęła rękę do serca, żeby je uspokoić. Waliło tak mocno, że przez moment myślała, że to zawał. Potem przypomniała sobie, że zdarzało jej się to za każdym razem, kiedy jako nastolatka umierała z miłości. Teraz jednak miała czterdzieści lat, a siła reakcji sprawiła, że ledwo utrzymała się na nogach. Wzięła głęboki oddech. Potem, w samej rozciągniętej podkoszulce, przemknęła przez pokój i przez otwarte drzwi wbiegła na pomost, gdzie skoczyła na Connora, oplatając go nogami w pasie i zarzucając mu ręce na szyję. Connor ujął ją za nagą pupę, zakręcił nią w powietrzu i zaczęli się całować.

Myślał o niej od prawie dwóch tygodni, ale już zapomniał, jak szybkie potrafi być jej drobne ciałko, jaka jest spontaniczna, jak słodko pachnie po przebudzeniu.

Skacząc w niezdarnym, radosnym tańcu, Hueylene szczekała z podnieceniem, próbując zwrócić na siebie uwagę.

— Hueylene, Hueylene, ty stara seksbombo, ty — mówił Connor, całując Siddę w usta, szyję, oczy, uszy.

— Fajnie, fajnie, fajnie! — cieszyła się Sidda.

Connor delikatnie posadził ją na poręczy na pomoście.

— Niezła forma jak na czterdzieści lat, ty mała diablico.

— Stare cheerleaderki nie umierają — powiedziała Sidda. — Farbują tylko włosy.

Stali, patrząc na siebie, nie mogąc przestać się uśmiechać.

— Hej, Sidd-o.

— Hej, Conn-o.

— Hej, wy tam! — zawołała Caro, stając na krawędzi pomostu. — Przywitacie się ze starszą panią?

— Caro! — wykrzyknęła Sidda. — Dzień dobry.

— Raczej popołudnie — powiedziała Caro, wchodząc na pomost. — Dostawa zakupów? — spytała, zerkając na dwie wielkie torby z Pike Place Market leżące na pomoście.

Obciągając podkoszulek, Sidda uśmiechnęła się do Connora.

— Tak, właściwie tak. Mój dostawca przyjechał aż z Seattle tylko po to, żeby przywieźć mi trochę cukru.

— A mówią, że nie ma już rycerzy — powiedziała Caro.

— Caro Bennett Brewer, poznaj Connora McGilla — powiedziała Sidda.

— Kto cię nauczył gwizdać, stary? — spytała Caro, wyciągając rękę. — Jesteś niezły.

Connor uścisnął jej dłoń i uśmiechnął się.

— Moja matka. W jej imieniu przyjmuję pani komplement. Miło mi panią poznać.

— O Boże! — wykrzyknęła Necie. Właśnie pojawiła się w drzwiach z Teensy. — Nikt mi nie powiedział, że tu jest mężczyzna. Nawet nie umyłam zębów! — Z tymi słowy zniknęła w domku, zostawiając Teensy na skraju pomostu, patrzącą na parę.

— Zakładam się, że pani jest Teensy — powiedział Connor, robiąc krok w jej stronę. — Dzięki opisowi Siddy rozpoznałbym panią wszędzie.

Teensy przez chwilę gapiła się na Connora, stojąc jak słup soli. Sidda pomyślała, że może go nie usłyszała.

— Teensy — powiedziała Caro, klepiąc przyjaciółkę po ramieniu. — Gdzie się podziały twoje dobre maniery?

— *Excusez-moi* — wydusiła z siebie Teensy. — Ja, eee... przypomina mi pan kogoś, kogo kiedyś znałam. Czy pan Connor McGill *fiancé*?

Connor zaśmiał się i spojrzał na Siddę.

— Tak, przynajmniej tak mi się wydaje.

— Lepiej, żeby pan był, *cher* — powiedziała Teensy, całując go w policzek. — Bo jest pan wyjątkowy.

— Nie mogę się nadziwić — powiedziała Necie. — Te croissanty są cudowne. Kruszą się dokładnie tak, jak powinny. Mówisz, że gdzie je kupiłeś, Connor?

Sidda, Connor i trzy podróżujące Ya-Ya zjadali na pomoście *un petit déjeuner*, spożywcze prezenty od Connora. Zanim Connor zdążył odpowiedzieć, Necie dodała:

— Connor, musisz nas odwiedzić w Luizjanie. Bardzo chciałabym poczęstować cię naszymi miejscowymi przysmakami.

Connor odstawił filiżankę z kawą i uśmiechnął się.

— Po takim zaproszeniu nie mogę nie przyjechać.

— Obiecaj — powiedziała Necie.

„Dopiero teraz zaczęły się problemy" — pomyślała Sidda.

Po śniadaniu Ya-Ya pojechały do hotelu po świeże ubrania i kostiumy kąpielowe. Potem cała piątka spędziła popołudnie nad jeziorem. Pływali i wylegiwali się na słońcu na pomoście, a panie oznajmiły, że jezioro Quinault jest za zimne do pływania, ale ma swoje ciekawostki. Później tego samego popołudnia Connor upiekł parę steków z halibuta, które przywiózł z miasta. Caro pomogła mu rozpalić ognisko, a Necie zajęła się przygotowaniami kuchennymi, bacznie obserwując Connora, by przekonać się, jakim jest kucharzem. Teensy pilnowała, by wszyscy mieli kieliszki pełne merlota, a zadaniem Siddy było przyrządzenie deseru — świeżych borówek z odrobiną courvoisiera Necie.

Nie było jeszcze ósmej, kiedy Ya-Ya pożegnały się. Po kolei przytuliły Siddę na dobranoc. Po kolei szepnęły jej coś do ucha.

— On jest *au coeur tendre* — szepnęła Teensy.

— Wyjdź za mężczyznę, który umie gotować! — szepnęła Necie.

— Nie martw się o mamę — szepnęła Caro. — Kroczek po kroczku, stara, to jedyny sposób.

Kiedy zostali sami, Sidda i Connor zrobili to, za czym tęsknili od tygodni. Rozbierając się, nie spuszczali z siebie wzroku. Kładąc się na łóżku, Connor delikatnie przycisnął dolną wargę Siddy i przytrzymał ją przez chwilę, zanim ją pocałował. Od tego gestu Sidda aż zadrżała i wkrótce ich ciała podążyły za wyobraźnią.

Kiedy tak pieścili się, głaskali i wchodzili w siebie,

Sidda miała wrażenie, że na nowo wkracza we własne ciało. Każdy etap otwierał ją nie tylko na przyjemność zmysłową, lecz również na żal, który krył się w jej kościach i mięśniach. Jej rozkosz, która pojawiła się niemal w tej samej chwili, co u Connora, zakończyła się krzykiem. Sidda zadrżała z ulgi i zaczęła szlochać. Poczuła się rozwiązana, rozłożona, niezabezpieczona. Zupełnie jakby zniknęły jej granice, pozostawiając ją otwartą i dostępną na każdym poziomie. Razem z miłością i tęsknotą poczuła mieszaninę osamotnienia i żalu, które przetoczyły się przez nią i otworzyły ją boleśnie i szeroko.

— Przepraszam — szepnęła do Connora. — Przepraszam. Ciągle tylko płaczę.

— Słoneczko moje — powiedział cicho — wszystko w porządku.

Sidda próbowała uśmiechnąć się, ale nie potrafiła.

— Kochanie, co się dzieje? — spytał Connor.

Sidda odsunęła się od niego i usiadła na łóżku. Pokrótce opowiedziała mu historię o poście, którą usłyszała poprzedniej nocy. Connor przyglądał się jej uważnie, gdy mówiła, a kiedy skończyła, chciał przytulić. Ona jednak opierała się. Miała wrażenie, że podała mu kawałek materiału wybuchowego.

— Sama powinna mi to opowiedzieć — powiedziała. Connor delikatnie dotknął jej ramienia.

— Wysłała swoich posłów, prawda?

— To nie wystarczy — powiedziała cicho Sidda. Słowa grzęzły jej w gardle. Wstała z łóżka.

— Zasługujesz na coś więcej, Connor. Jestem wrakiem człowieka.

Connor patrzył na jej nagie ciało, wciąż zarumienione, gdy wychodziła z pokoju, zamykając za sobą drzwi. Leżał w łóżku, oglądając pokój, w którym się znajdował. Widok książek Siddy, jej szlafroka wiszącego na wieszaku na drzwiach, wazon z lawendą i niebieskimi hortensjami na nocnym stoliku, pokreślona wersja ostatniego szkicu May do przedstawienia *Kobiety: musical*. Kochał te codzienne znaki obecności Siddy, kochał jej czterdziestoletnie ciało, jej merkuriuszowy umysł. Powiedział sobie, że nie pójdzie do niej, dopóki nie ucichnie śpiew drozda Swainsona, który rozlegał się za domkiem. Leżał w łóżku, próbując nazwać inne ptaki, których śpiew słyszał w oddali.

W dużym pokoju Sidda stanęła przy okrągłym, dębowym stole i otworzyła album. Noce były jeszcze ciepłe; słyszała odgłosy ciem tłukących się o drzwi prowadzące na pomost.

Przeniosła wzrok na zdjęcie dwudziestokilkuletniej Vivi leżącej na kocu podczas pikniku. Głowę wspierała na rękach i spoglądała na malutką dziewczynkę, której spod czepeczka wymykały się kosmyki truskawkowo-blond włosów. Dziecko patrzyło na Vivi; obie sprawiały wrażenie całkowicie pochłoniętych sobą nawzajem. Świat, który w tej chwili dzieliły, zdawał się do głębi osobisty, do głębi spełniony.

Sidda odwróciła zdjęcie. Z drugiej strony widniał napis: „Królowa Tańczący Potok z Królewską Pierwszą Córką". Znowu odwróciła zdjęcie i jej oczy wypełniły się łzami. „Dlaczego opuściłam ciepłe łóżko mojego kochanka, by znowu wrócić do tych wspomnień?".

Odłożyła zdjęcie i sięgnęła do pakietu dziękczynnych listów matki do Ya-Ya. Delikatnie podnosząc każdy list i oglądając go, zaczęła dostrzegać miłość zawartą w słowach matki. Przypomniała sobie cytat, który kiedyś przeczytała. „Słowa prowadzą do czynów. Przygotowują duszę, czynią ją gotową i prowadzą do czułości". Czy to nie święta Teresa wypowiedziała te słowa?

Sidda przypomniała sobie nieopisaną radość, jaką poczuła na widok twarzy matki, gdy ta wreszcie wróciła do domu. Jej zapach, obecność po pozornie nieskończenie długiej, niezrozumiałej rozłące. Bawełniane koszule nocne Vivi. Zarys jej szczupłej sylwetki, kiedy stawała w drzwiach, by powiedzieć Siddzie „dobranoc". Pragnienie, by matka podeszła bliżej, by weszła do łóżka, przytuliła ją i obiecała, że już nigdy nie wyjedzie. Odgłos kroków Vivi w korytarzu. Bolesną tęsknotę za matką, która brała górę nad przemożnym gniewem spowodowanym jej wyjazdem.

Nie usłyszała, kiedy Connor wszedł do pokoju. Kiedy dotknął jej ramienia, aż podskoczyła. Uwolniła się z jego objęć i chwyciła bawełniany szlafrok leżący na kanapie.

Lampa w kącie rzucała przyćmione światło. Sidda ciasno otuliła się szlafrokiem i znowu podeszła do stołu. Connor stał w miejscu; jego ręce zwisały wzdłuż nagiego ciała.

— Właśnie oglądałam ten album, podobno boskich sekretów — powiedziała Sidda.

Connor przewrócił parę kartek.

— Panny Ya-Ya z dzieckiem — powiedział, zatrzymując się przy jakimś zdjęciu.

Sidda zerknęła na fotografię. Już kiedyś natknęła się na nią, ale nigdy jej dobrze nie obejrzała. Podpisana „Piękności z roku 1952", przedstawiała cztery Ya-Ya, ledwo po dwudziestce, wszystkie w ósmym czy dziewiątym miesiącu ciąży, siedzące przy kuchennym stole. Caro opierała nogi na stole, jedną ręką otaczając oparcie krzesła, na którym siedziała Vivi. Necie miała lekko pochyloną głowę, a oczy niemal zamknięte od śmiechu. Teensy machała rękami, jakby opowiadała jakiś pieprzny dowcip. Podobnie jak Caro, trzymała nogi na stole. Vivi odrzuciła głowę, śmiejąc się głośno, a jej otwarte usta ukazywały zęby. Każda z kobiet miała na sobie sukienkę ciążową. Każda trzymała w jednej ręce drinka, w drugiej papierosa — z wyjątkiem Necie, jedynej, która nigdy nie paliła.

— Huczna impreza uchwycona przez kodaka — powiedziała Sidda.

Connor położył ręce na stole i zbliżył głowę do zdjęcia.

— Tysiąc dziewięćset pięćdziesiąty drugi — powiedział. — Jeszcze cię nosiła, Siddo. Wskazał palcem na ogromny brzuch Vivi.

Wygląda na to, że plemię wyśmienicie się bawi — zauważył. — Spałaś sobie w tym podwójnym brzuchu ze swoim bratem bliźniakiem, co?

— Jestem pewna, że mój brat był zachwycony alkoholem i dymem z papierosów — powiedziała Sidda.

— Spójrz na te kobiety, Siddo. Piją i palą, ale czy nie liczy się tu też coś innego? Spójrz na nie. Spójrz na ten obrazek.

Przysunął zdjęcie do twarzy Siddy.

— Spójrz na nie, spójrz na nie tak, jak patrzysz na aktorów. Zapomnij, że byłaś wtedy w drodze.

— Przestań, Connor.

— Nie, Siddo, nie przestanę.

Sidda zmusiła się, żeby przyjrzeć się zdjęciu. Spojrzała na ten błysk w oczach kobiet, na ich odrzucone głowy, na wyraz ich twarzy, na rozluźnione ciała, zrelaksowane gesty. Chłonęła zdjęcie, aż poczuła, tak jak w obecności aktorów, energię promieniującą z ich ciał.

— Co widzisz? — spytał Connor.

Sidda przytrzymała się krawędzi stołu.

— Spokój — powiedziała ledwo słyszalnym głosem. — Widzę lekkość i spokój. Widzę cierpienie czające się gdzieś w oczach mojej matki, ale czuję też koleżeństwo. Śmiech. Przyjaźń.

Connor bacznie ją obserwował, słuchając.

— Ale... — powiedziała Sidda i urwała.

— Ale co, Siddo?

Sidda wyprostowała się, odwróciła od stołu i ruszyła w stronę kuchni. Connor chwycił ją za rękę i powtórzył pytanie.

— Ale co?

— Ale nie umiała mnie kochać, a ja nie umiem kochać ciebie.

— Nie — powiedział Connor, ciągnąc ją z powrotem do albumu. — To nie tak. — Znowu wskazał na zdjęcie. — Spójrz na nie. Poznałem te kobiety, Siddo. Nadal, w wieku siedemdziesięciu lat przepełnia je ta sama lekkość i ten sam spokój. I kochają cię. Chcą, żebyś była szczęśliwa. Wiem, że jeszcze nie poznałem boskiej Vivi, ale daję słowo, że ona czuje to samo. Czy ich śmiech niczego nie oznacza? Czy to siostrzane stowarzyszenie, śmiech i niebycie tak cholernie samotnym na tym świecie czegoś nie oznaczają? Nie wchłonęłaś w siebie nieco tego ducha razem z tym, co przenikało przez łożysko?

Sidda odwróciła wzrok od albumu, ale Connor ujął jej twarz w dłonie i zmusił ją, by spojrzała na niego.

— Sid, nie jestem twoją matką. I nie jestem twoim ojcem. I chcę cię wziąć na dobre i na złe.

Sidda przez chwilę milczała.

— Niektórym ludziom wchodzą w drogę aligatory — powiedziała w końcu.

Connor miał mokre oczy i urywany oddech.

— Jestem silniejszy od aligatorów. I mądrzejszy.

Ciałem Siddy wstrząsnął szloch.

— Nie możesz tego dla mnie zrobić, Connor — powiedziała. — Ja...

— Nie chcę niczego dla ciebie robić, cholera jasna! — Connor odsunął się od niej i stanął nagi przed drzwiami prowadzącymi na pomost. Jak bokser przenosił ciężar ciała z jednej nogi na drugą. Sidda słyszała, jak jego bose stopy klaszczą o podłogę. Widziała jego smukłe, muskularne, czterdziestopięcioletnie ciało, całkowicie nieświadome swej intensywności.

Connor utkwił w niej wzrok.

— Nie chcę niczego robić. Po prostu chcę cię kochać. Nie mogła odpowiedzieć.

— Słuchaj, jestem od ciebie starszy o pięć lat i nigdy przedtem nawet nie chciałem się żenić. Musiałem do tego dojrzeć. Myślisz, że czuję się spokojny, odkąd przełożyłaś ślub? Kurwa, wiszę na jednym włosku nad przepaścią. Nie zamierzam żyć w czyśćcu, Siddo.

Otworzył drzwi i wyszedł na pomost.

Siddzie przypomniał się straszny ustęp z katolickiego katechizmu: „Czyściec nie jest piekłem. Ale cierpią tam duszyczki dzieci, bo nie mogą oglądać Boskiego oblicza".

Kiedy Sidda wyszła na pomost, gęste cumulusy przepływały przez księżyc, teraz już nie będący w pełni. Podeszła do Connora, który stał z rękami opartymi o poręcz, patrząc na jezioro. Zsunęła z ciała bawełniany szlafrok i oparła się o jego plecy.

— Nie za dużo tych potworów dla ciebie? — szepnęła.

Connor McGill stał całkiem nieruchomo, spoglądając na jezioro. Patrzył, jak chmury suną przez księżyc, zasłaniając go na krótko, przepływając dalej, i ukazując znowu jego blask. Starannie dobierał słowa.

— Nie, nie za dużo dla mnie tych potworów. Jest ich odpowiednia liczba.

Wtedy Sidda objęła go. Przycisnęła go mocno do siebie, chłonąc znaczenie jego słów. Stali tak długo w świetle księżyca, a Hueylene siedziała cierpliwie u ich stóp. W końcu zaproponowała:

— Co powiesz na kąpiel o północy?

Zeszli stromymi stopniami na pomost, gdzie wślizgnęli się nadzy do lodowato zimnej wody. Z powrotem płynęli na plecach, by móc patrzeć na księżyc; silne ruchy ich nóg wzbudzały fontanny wody.

Kiedy wrócili do domku, oboje byli całkiem rozbudzeni. Gdy wycierali się nawzajem na pomoście, Connor wypatrzył mały kluczyk, który Sidda powiesiła w oknie.

— Do czego jest ten kluczyk? — spytał.

Sidda osuszyła włosy ręcznikiem i podniosła wzrok. W chwili, gdy dostrzegła kluczyk, skamieniała. Jej ciało wychyliło się lekko do przodu, a głowa skłoniła na bok. Wyglądała, jakby nasłuchiwała cichego wołania, które próbowało dotrzeć do niej z oddali.

Potem, przerywając ten niemal transowy bezruch, weszła do domku, stanęła na palcach, zacisnęła dłoń na kluczyku i ściągnęła go. Na jej twarzy pojawił się uśmiech. Złapała się na tym i zasłoniła dłonią usta. Wyglądała jak dziecko, które znalazło ukryty skarb.

W końcu wydała z siebie pełen zachwytu śmiech.

— Connor, czy byłbyś zainteresowany wypiciem butelki moëta, która w tajemniczy sposób w ciągu ostatnich dwunastu godzin pojawiła się w mojej lodówce?

— Może i namówiłabyś mnie na wypicie paru gwiazdek — odparł.

*

Kiedy Connor wrócił z moëtem, Sidda siedziała w świetle księżyca i jedną ręką głaskała Hueylene, a w drugiej obracała kluczyk. Wymachując dwoma kieliszkami, odkorkował butelkę, nalał szampana i odstawił butelkę do pustego blaszanego pojemnika na oliwę, który napełnił lodem.

— Za co wzniesiemy toast? — spytał.

— Za Lawandę Wspaniałą — powiedziała Sidda, pocałowała kluczyk i pokazała go Connorowi. — To właśnie otwiera ten kluczyk.

— Lawandę? — zdziwił się Connor. — Czy za tym imieniem kryje się jakaś historia?

— To zabawne, że pytasz.

— Przede mną cała noc. I jeszcze trochę potem.

— To dobrze. Jestem w nastroju Isaka Dinesena.

— W takim razie, panno Walker — powiedział Connor, kładąc sobie jej stopy na kolanach i masując palce jej nóg — niech mnie pani zabierze na księżyc.

Sidda zamknęła na chwilę oczy, jakby przywoływała do siebie opowieść. Powoli uniosła do ust kieliszek szampana i upiła łyk. Otworzyła oczy i zerknęła na kluczyk, który trzymała w dłoni. Potem zaczęła opowiadać.

29

Lawanda Wspaniała, ogromna słonica, przyjechała do Thornton w 1961 roku, tego lata, kiedy skończyłam drugą klasę.

Miejscowi przedsiębiorcy wybrukowali całe akry ziemi pod budowę Centrum Handlowego Southgate, pierwszego takiego w środkowej Luizjanie. Liczba mieszkańców Thornton wynosiła wtedy około dziesięciu tysięcy. Kiedy ktoś otwierał nowy interes, nie mówiąc już o całym centrum handlowym, było to wielkie wydarzenie. W tamtych czasach wszyscy robili zakupy w centrum, nad rzeką. Wchodzili z wdzięcznością do tych kilku sklepików z pingwinem Koola i napisem: „Wejdź. W środku jest Kool*". Na krzesłach przed River Street Café siedzieli starzy dziwacy i paplali o ostatnich wybrykach Earla Longa. Na tyłach magazynu znajdowała się fontanna z wodą, chociaż co mądrzejsi nie chcieli już z niej korzystać. Tylko szczęściarze albo bogacze mieli w domu klimatyzację, a chociaż moja rodzina należała do obu tych kategorii, dalej pociliśmy się w półtropikalnym luizjańskim skwarze, gdzie temperatura w chłodny letni dzień nie spadała poniżej 98 stopni**, a wilgotność wynosiła 98 procent.

Wszędzie można było dostrzec reklamy wielkiego otwarcia centrum handlowego. Billboardy, reklamy radiowe i telewizyjne, które całymi tygodniami przedstawiały je jako „Wejście w XX wiek!". Oczywiście w podtekście chodziło o integrację: kolorowi próbowali siadać przy naszych stolikach u Walgreena w centrum, próbowali zniszczyć nasze śródmieście. Przyjeżdżajcie do centrum handlowego, gdzie wszystko jest jeszcze białe!

Podczas wielkiego otwarcia każdemu białemu dziecku z okręgu Garnet proponowano darmowe przejażdżki na słoniu. Zdjęcia słonicy podpisane „Lawanda Wspaniała, prosto z najczarniejszej Afryki" były porozwieszane po całym Thornton. Myślałam, śniłam, czytałam i rozmawiałam o tym słoniu od wielu tygodni, więc

---

* Gra słów: Kool — marka papierosów, *cool* (ang.) — chłodno, fajnie.
** Około 30 stopni Celsjusza.

kiedy w końcu nadszedł dzień wielkiego otwarcia, nie posiadałam się z radości.

Ya-Ya, z całą szesnastką dzieciaków, przyjechały wcześnie do nowego centrum handlowego i zorganizowały małą imprezę w rozkładanym tyle samochodu na parkingu — cola, koktajle, słodycze. Był to największy parking, jaki kiedykolwiek widziałam. Musiałam zamrugać i przetrzeć oczy; nie mogłam uwierzyć, że tam, gdzie rosła tylko bawełna, teraz były sklepy i chodnik. Nigdy wcześniej nie widziałam, żeby pole zniknęło. Nie wiedziałam, że coś takiego może się wydarzyć. Myślałam, że pole trwa wiecznie. W tym wieku wydawało mi się, że wszystko trwa wiecznie.

Kiedy przyszliśmy, grał zespół szkoły średniej w Thornton, a na scenie przed nowiutkim Walgreenem stepowały nastolatki.

Jakaś pani siedząca przy stoliku i wyglądająca jak żywcem wzięta z „Dobrej ceny" dała każdemu z nas po kluczyku, takim, jaki teraz trzymam w dłoni.

Sidda podniosła kluczyk i pokazała go Connorowi.

— Kiedyś wisiał na łańcuszku z niebieskim, plastikowym słonikiem. Na słoniku znajdował się numer oznaczający twoje miejsce w kolejce do przejażdżki.

— Vivi Kochana ci go przysłała? — spytał Connor.

— Vivi Kochana mi go przysłała — przytaknęła Sida. Upiła łyk szampana i odchyliła się na krześle. Czuła skupienie Connora.

Nigdy nie zapomnę, kiedy po raz pierwszy ujrzałam Lawandę. Było to ogromne, wspaniałe zwierzę o wzroście proporcjonalnym do wagi, którego każdy ruch był przepełniony zdumiewającą gracją. Lawanda miała stopy wielkie jak piłki do koszykówki, majestatyczne, wypukłe czoło i ogromne jak spodki oczy, otoczone rzęsami długimi na stopę. Kiedy poruszała uszami, czułam falowanie powietrza. Oczywiście nie miałam pojęcia o jej prawdziwych rozmiarach — oglądałam ją z perspektywy siedmioletniej dziewczynki.

W sposób typowy dla siebie, mama i Ya-Ya były jedynymi matkami, które nalegały, by razem z dziećmi pozwolono im przejechać się na Lawandzie. Nie martwiły się o nasze bezpieczeństwo. Nie chciały po prostu stracić okazji przejażdżki na słoniu.

Kiedy nadeszła nasza kolej, weszliśmy po paru stopniach na drewnianą platformę, którą ustawiono po to, by dzieciaki mogły się wspiąć na grzbiet Lawandy. Mama stała obok mnie, trzymając za rękę mojego braciszka, Baylora. Miał wtedy chyba ze cztery lata. Pamiętam, że tego dnia ubrała go w koszulę w czerwonobiałe paski i słomkowy kapelusik. Oczywiście całą naszą czwórkę w swoim pojęciu ubrała stosownie do przejażdżki na słoniu.

— Siddo Kiddo! — zawołała. — Teraz twoja kolej. Wskakuj.

Spojrzałam na Lawandę, na której ogromnym grzbiecie już siedzieli Lulu, Mały Shep i Baylor. Nie wiem, co się stało, ale po prostu skamieniałam.

— Chodź, stara — powtórzyła mama.

Asystent tresera słonia wyciągnął rękę, żeby pomóc mi wsiąść na Lawandę. Ja jednak stałam jak sparaliżowana.

— Siddo, kochanie — powiedziała mama. — Nie psuj zabawy. Wskakuj na Lawandę.

Sidda znowu upiła nieco szampana.

— Chyba nie muszę ci mówić, że psucie zabawy to grzech śmiertelny w kościele Vivi? To jedenaste przykazanie, którego Mojżesz zapomniał przynieść z góry: „Nie będziesz psuł zabawy".

Poklepała Hueylene po głowie i podjęła swoją opowieść.

— Nie mogę, mamo — szepnęłam. — Strasznie się boję.

— Dasz sobie sama radę? — spytała.

— Tak, mamo — szepnęłam, spuszczając głowę.

— To dobrze — powiedziała i wdrapała się na grzbiet Lawandy. Z każdym krokiem ogromnych stóp Lawandy rosło moje przerażenie. „Oni zginą" — pomyślałam. — „Lawanda zrzuci ich z pleców i zadepcze na śmierć. Zgniecie ich jak mrówki, a potem rozsmaruje ich ciała po świeżym asfalcie".

Zeszłam z platformy, ale gdy znalazłam się w tłumie, nigdzie nie mogłam znaleźć Ya-Ya. Był za duży ścisk. Gdziekolwiek się odwróciłam, wszędzie widziałam samych obcych, a wszyscy byli wyżsi ode mnie. Po raz pierwszy w moim małomiasteczkowym życiu znalazłam się w tłumie, nie widząc ani jednej znajomej twarzy.

Jakoś udało mi się wyrwać z tłumu i stanąć z boku. Nie mogłam dojrzeć Lawandy i mojej rodziny, choć stawałam na palcach. Jeszcze nigdy w życiu nie było mi tak gorąco. Panował taki skwar, że wyasfaltowany parking aż uginał się pod stopami.

Zacisnęłam w dłoni kluczyk ze słoniem i poszłam szukać T-Birda mamy. „Powinnam była wsiąść na tego słonia" — skarciłam się w duchu. „Wolałabym umrzeć razem z mamą, niż stać bezpiecznie na ziemi bez niej. Jeżeli stracę Baylora, Małego Shepa i Lulu, będzie mi smutno. Jeżeli stracę mamę, umrę".

Szłam między rzędami samochodów, szukając czerwonej bandany na antenie mamy. „Święty Antoni, święty Antoni, mógłbyś się rozejrzeć? Zgubiłam coś i muszę to odnaleźć" — modliłam się na okrągło, aż w końcu znalazłam T-Birda.

Metalowa klamka tak się rozgrzała, że przy jej otwieraniu zabolała mnie ręka. W środku, chociaż szyby były opuszczone, panował taki upał, że prawie zemdlałam. Złapałam ręcznik kąpielowy, który mama trzymała w samochodzie, i rozłożyłam go na przednim fotelu, żeby móc usiąść na miejscu dla kierowcy. Zaczęłam na wszystkie strony kręcić kierownicą, udając mamę. Przycisnęłam klakson, włączyłam radio. Udawałam, że palę papierosa. Potem wcisnęłam hamulec i wrzasnęłam:

— Cholera jasna! Z drogi!

Nie mogłam odgonić myśli o śmierci. Co zrobię, kiedy mi powiedzą, że mama nie żyje? Jak znajdę tatusia? Czy Ya-Ya mnie zaadoptują?

Zamknęłam oczy i zaczęłam wysyłać wiadomości do Lawandy. „Nie rób tego, Lawando. Proszę. Nie zabijaj mojej mamy".

Wyczułam zapach mamy, zanim ją zobaczyłam. Przysnęłam na fotelu kierowcy i obudził mnie jej zapach. Rozpoznałam go od razu. Zapach jej osobowości, miedzianej farby do włosów, słońca na skórze i gdzieś pod spodem zapach balsamu Jergena i perfum Hoveta. Otworzyłam oczy i poczułam jej rękę na ramieniu. Stała obok samochodu.

Wyskoczyłam na zewnątrz i wtuliłam głowę w jej udo.

— Ty żyjesz, mamo! Ty żyjesz!

Mama podniosła moje włosy i dmuchnęła mi na kark.

— Znowu rozpuścili jakieś plotki o moim przedwczesnym odejściu? — spytała, śmiejąc się. Potem sięgnęła do lodówki turystycznej i wyjęła piwo i zimną colę.

— Kochana — powiedziała, delikatnie przyciskając

zimną butelkę coli do mojego karku. — Straciłaś prze-
jażdżkę swojego życia!

W drodze powrotnej, gdy Ya-Ya jechały za nami jak
karawana, mama oznajmiła:

— Nie obchodzi mnie, czy zbudują tu Saks Fifth
Avenue. Lawanda to najlepsza rozrywka w tym centrum handlowym! Powinni ją tu mieć codziennie zamiast tego absurdalnego Centrum Maszyn do Szycia
Singera.

— Lawanda wyjeżdża — powiedział Mały Shep. —
Przyjechała tu tylko na jeden dzień.

— Lawanda Wspaniała to bardzo zapracowana słonica — powiedziała mama.

— Czy Lawanda mnie pozna, jeżeli ją jeszcze kiedyś
zobaczę? — spytała Lulu.

Mama myślała przez chwilę, po czym odparła:

— Pytanie brzmi: Czy ty rozpoznasz Lawandę?!

Siedziałam na przednim fotelu, trzymając Baylora
na kolanach.

Nagle zrobiło mi się strasznie żal tego, co straciłam.
Zajrzałam w ogromne oczy Lawandy, a ona zajrzała
w moje. Posłałam jej wiadomość, żeby nie zabijała mamy, a ona mnie usłyszała. Lawanda dała mi szansę
wdrapania się na jej szeroki grzbiet, a ja ją odrzuciłam.
Wybuchnęłam płaczem.

— Siddo, co się, do diabła, z tobą dzieje? — spytała
mama.

— Nie czuję się dobrze — wymamrotałam. Nie
chciałam jej powiedzieć, dlaczego płaczę. Nie przy innych dzieciach, które mogłyby się potem ze mnie nabijać, że stchórzyłam.

Mama wyjęła z torebki Kleenex, po czym dotkęła
mego czoła.

— Nie czuję gorączki.

Nie mogłam powstrzymać łez. Zepchnęłam Baylora z kolan i kazałam mu usiąść z innymi na już i tak zatłoczonym tylnym siedzeniu T-Birda.

Kiedy dojechaliśmy do Pecan Grove, dzieciaki wysypały się na podwórko, udając słonie. Mama też wysiadła, ale ja zostałam na swoim miejscu. Rozciągnęłam sobie górę od kostiumu i ukryłam w nim twarz. Czułam, jak łzy kapią na gorący brzuch.

— Nie nadużywaj mojej cierpliwości, stara — powiedziała mama. — Albo mi powiesz, o co chodzi, albo daj sobie spokój.

— Chcę się przejechać na Lawandzie — wymamrotałam w kostium.

Mama pochyliła się nade mną.

— Wyjmij głowę z kostiumu i mów głośniej. Niczego w życiu nie osiągniesz, jeżeli będziesz tak mamrotać.

Podniosłam głowę i spojrzałam na mamę. Widziałam odbicie swojej twarzy w jej okularach przeciwsłonecznych.

— Umrę, jeżeli nie przejadę się na Lawandzie — powiedziałam.

— Dlaczego nie przejechałaś się, kiedy była twoja kolej? — spytała mama.

— Nie wiem. Przestraszyłam się.

— Co cię tak przestraszyło, kochanie? — spytała, siadając na trawie koło podjazdu.

— Spojrzałam na Lawandę i przestraszyłam się, że spadniecie, a potem pomyślałam, że zadepcze was na śmierć.

— Ach — westchnęła mama. — Aligatory mogą cię dopaść w każdym wieku, stara. Ale najgorsze to zdrętwieć wtedy ze strachu. Rozumiesz, co mówię?

— Tak, mamo.

— Tak więc koniecznie musisz się przejechać na Lawandzie, tak?

Kiwnęłam głową.

— Nie przeżyjesz, jeżeli tego nie zrobisz, tak?

— Tak, mamo. Dokładnie tak. — Poczułam ogromną ulgę, że potrafiła czytać w moich myślach. Przestałam płakać.

— Dobrze — powiedziała mama, sięgając ręką, by nacisnąć klakson. — Czas wdrożyć Plan 27-B.

Caro, która weszła do domu z innymi Ya-Ya, wytknęła głowę przez drzwi.

— Co jest, stara?

— Sidda i ja musimy zobaczyć się z tym facetem od s-ł-o-n-i-a! — odrzyknęła mama. — Wrócimy później. Krewetki są w lodówce, wódka w zamrażalniku, a ciasteczka Oreos w słoiku. Mój dom jest waszym domem.

Wsiadłam do samochodu koło mamy i pognałyśmy do Lawandy.

Parking był prawie pusty. Opiekun słonicy właśnie pętał jej nogi, a jego asystent kładł przed nią stertę siana. Stałam jak zahipnotyzowana, patrząc, jak Lawanda opuszcza trąbę, nabiera w nią siana i wkłada sobie do ust.

— Proszę pana! — powiedziała mama. — Miał pan ciężki dzień i na pewno jest pan bardzo zmęczony. Ale czy byłby pan tak miły i pozwolił przejechać się mojej córeczce?

Mężczyzna sprawdził coś na ogromnej stopie Lawandy.

— Nie — odparł.

Mama zrobiła krok do przodu.

— Proszę, musi pan. Córka spanikowała, kiedy nadeszła jej kolej, ale teraz strasznie chciałaby się przejechać.

— To fatalnie.

Spojrzałam na stopy Lawandy. Między palcami utkwiły jej kawałki asfaltu.

— Tylko jedna króciutka przejażdżka — poprosiła mama. — Oczywiście chętnie panu zapłacę. Chwileczkę, zaraz wracam.

Pobiegła do samochodu i wróciła z torebką. Grzebała w niej chwilę, aż znalazła portfel.

— Proszę — powiedziała. — Mogę panu zapłacić dwa dolary i siedemdziesiąt dwa centy.

— Nie ma mowy. To kosztuje o wiele więcej. Mała jest zmęczona. Dziś w nocy musimy jechać aż do Hot Spring w Arkansas.

Nazwał Lawandę „małą".

Mama zaczęła przeszukiwać portfel w poszukiwaniu gotówki, ale znalazła tylko karty kredytowe tatusia. Przez całe moje dzieciństwo mama nie miała własnego konta. Była całkowicie uzależniona od rozlicznych kont mojego taty i pieniędzy, jakie jej dawał.

— A może zrobiłby pan to na konto mojego męża? — zażartowała. — Co pan powie na kupony zniżkowe?

— Mam dużo roboty — powiedział mężczyzna.

Byłam zdruzgotana.

— Zaczeka pan, aż pojadę po pieniądze?

— Zależy, ile to potrwa.

— Niech pan da nam pięć minut.

Wróciłyśmy do T-Birda i popędziłyśmy do Johnson Esso, nieopodal centrum handlowego. Tam zawsze kupowałyśmy benzynę. Było to jedno z wielu miejsc, gdzie mama po prostu mówiła: „Dopisz to do rachunku Shepa, kochany".

Mama podjechała pod biuro, gdzie przy biurku siedział pan Lyle Johnson, nad którym wisiał kalendarz z dziewczynami.

— Na gwałt potrzebuję trochę gotówki, Lyle — powiedziała mama. — Możesz dopisać pięć dolarów do rachunku Shepa i dać mi je?

Pan Lyle wziął z biurka wycieraczkę samochodową i zaczął się nią bawić. Nawet nie spojrzał na mamę.

— Przykro mi, pani Vivi — powiedział. — Nie mogę tego zrobić.

— Dlaczego, do diabła? Robiłeś to dla mnie setki razy.

— Dwa dni temu był tu Shep i powiedział, żebym dawał ci benzynę, ale nie gotówkę.

Przez chwilę wydawało mi się, że mama go uderzy. Przygryzła dolną wargę i przez chwilę wyglądała przez okno.

Potem odwróciła się do Lyle'a Johnsona i zaczęła zachowywać się tak, jakby zobaczyła Paula Newmana.

— Och, Lyle — powiedziała. — Bądź kochany i zrób to dla mnie. Będę ci dozgonnie wdzięczna.

— Przepraszam. Shep powiedział: „Tylko benzynę, żadnej gotówki".

Mama ruszyła do wyjścia. Była czerwona na twarzy i myślałam, że się rozpłacze. Nie zrobiła tego jednak. Odwróciła się i najostrzejszym głosem, jaki kiedykolwiek u niej słyszałam, powiedziała:

— Słuchaj, Lyle: w tej chwili potrzebuję pięć cholernych dolarów. Dla córki.

— Przepraszam — powtórzył. — Dostałem polecenie od Shepa. To on płaci rachunki.

Widziałam upokorzenie mojej matki. Połączyło się ono z moim wstydem i rozczarowaniem. Miałam ochotę kopnąć Lyle'a Johnsona za to, jak ją potraktował. I miałam ochotę wrzasnąć na swoją matkę, bo nie miała gotówki w kieszeni jak mój tatuś. Wyszłyśmy z biura Lyle'a i stanęłyśmy koło T-Birda.

— Chyba musimy dać sobie spokój — powiedziałam.

Mama spojrzała na mnie, po czym ze zmrużonymi oczami zaczęła obserwować białego galaxy zajeżdżającego pod stację benzynową.

— Nigdy więcej nie chcę od ciebie słyszeć tych słów — powiedziała.

Wzięła mnie za rękę i podeszła do galaxy.

— Dobry wieczór — powiedziała do kobiety w samochodzie.

— Dobry wieczór — odpowiedziała kobieta.

Była dość potężna i miała na sobie męską koszulę roboczą postrzępioną tam, gdzie odcięto rękawy. Na tablicy rozdzielczej w jej samochodzie walały się zapałki, packa na muchy i papierki po cukierkach.

— Mam dla ciebie propozycję, kochana — powiedziała mama.

Kobieta przyjrzała się mamie.

— Słuchaj, złotko — powiedziała — chyba nie jesteś jakimś zboczeńcem, co?

— Absolutnie nie! — Mama roześmiała się. — Słuchaj, płacisz gotówką, zgadza się?

— Zgadza się.

— Ile benzyzny chcesz kupić?

— Za cztery dolary — powiedziała kobieta, sięgając do kieszeni.

— Wiesz co? Dopiszę pięć dolarów do rachunku męża, a ty mi dasz gotówkę. Co ty na to?

Kobieta patrzyła na nas przez chwilę, po czym powiedziała:

— No, nie widzę w tym nic złego.

— Jesteś aniołem — powiedziała mama.

— Nic mi o tym nie wiadomo — odparła kobieta.

Mama kazała Lyle'owi Johnsonowi osobiście nalać

benzyny. Kiedy podpisywała się na rachunku, powiedziała:

— Lyle, nie mogę się doczekać, kiedy to ty będziesz mnie prosił o przysługę.

Mrugnęła do mnie, a ja odmrugnęłam. Potem, z gotówką, wsiadłyśmy z powrotem do T-Birda i popędziłyśmy do Lawandy.

— Monsieur Opiekunie Słoni! — wykrzyknęła mama. — Wróciłyśmy! Z gotówką!

Mężczyzna się roześmiał.

— Ile macie?

— Cztery dolce — powiedziała mama i ścisnęła mnie za rękę, dając mi znać, że się targuje.

— Nie ma mowy.

— Niech będzie cztery i pół.

— Cztery i pół — powtórzyłam.

Mężczyzna uśmiechnął się do niej. Mama odwzajemniła uśmiech.

— Sześć — powiedział.

— Rozbój w biały dzień! — powiedziała mama i odwróciła się.

— No dobra — zgodził się mężczyzna. — Pięć i pół.

— Stoi! — powiedziała mama.

Wsiadłyśmy we dwójkę na wspaniały grzbiet Lawandy i przywitałyśmy się z nią.

— Dobry wieczór, Piękna Lawando — powiedziała mama. — Jesteś jeszcze bardziej cudowna niż zwykle.

— Dobry wieczór, o Wspaniała, o Piękna Lawando — powiedziałam. — Dziękuję, że na nas zaczekałaś.

Otoczyłam rękoma talię mamy i w różowopomarańczowym świetle letniego zmierzchu ruszyłyśmy przez parking. Opiekun słonia szedł obok nas z kijem w ręku. Lekkie, wieczorne światło padało na piegowatą skórę mamy i szarą, poznaczoną tysiącem zmarszczek skórę

Lawandy. Gdy Lawanda wykonywała powolne, falujące ruchy, miałam wrażenie, że do jej ogromnych stóp przywiązane są miękkie poduszki — tak cichy i lekki był każdy jej krok. Taki wdzięk u zwierzęcia tej wagi wydawał się niemal cudem. Miała taką siłę, że mogłaby zabić nas jednym machnięciem trąby. Ona jednak pozwoliła nam wspiąć się na swój piękny, zmęczony grzbiet i przejechać się na niej.

— Siddalee — powiedziała mama — zamknij oczy, tylko na chwilkę. — Potem przemówiła swym czarownym głosem kapłanki-europejskiej-królowej-cygańskiej--wróżki. — Lawando, o Wspaniała, unieś Siddalee i Vivi Walker z tego asfaltowego parkingu! Wróć nas nieujarzmionej zielonej dżungli, skąd pochodzimy! Jesteś gotowa? — spytała mnie. — Chcesz?

— Tak, mamo! Jestem gotowa. Chcę!

— To otwórz oczy! Otwórz oczy i patrz, jak Vivi i Sidda z Potężnego Plemienia Ya-Ya rozpoczynają swą wielką ucieczkę na grzbiecie Królewskiej Lawandy! Jeju, jeju! Lawanda przeskakuje przez rów! Wybiega z parkingu! O Boże! Nie do wiary! Przechodzimy przez autostradę! Siddo, patrz! Zobacz, jak ludzie wyskakują z samochodów, żeby na nas popatrzeć! Och, nigdy nie widzieli słonia uciekającego na wolność z potomkami królewskiego rodu Ya-Ya na grzbiecie! To dla nich zbyt wiele! Pomachaj do nich, kochana, pomachaj jak księżniczka! Och, tak! Jedziemy Lawandamobilem! Posłuchaj, jak ryczy i trąbi! Mkniemy przez autostradę szybciej niż samolot! Mijamy salon piękności, dom pogrzebowy Hamptona, gdzie na nasz widok wszyscy żałobnicy przestają rozpaczać! Mijamy redakcję „The Thornton Monitor", który nigdy nie zamieścił tak niesamowitej wiadomości! Mijamy starą kancelarię adwokacką ojca, sklep Whalena, gdzie już niczego nie chcemy kupować!

Mijamy River Street Café i... och! Och, stara! Przytrzymaj swój kapelusz! Wdrapujemy się na groblę! Niebo jest już niebieskofioletowe i pokrywa się gwiazdami! Widzę Wielką Niedźwiedzicę i Małą Niedźwiedzicę. Jest i Pegaz! Stara, wyciągnij rękę i zdejmij trochę gwiazd! Tu, na grzbiecie Lawandy, możemy dosięgnąć nieba! A teraz do rzeki Garnet, do jej czerwonych wód. Co za wspaniała pływaczka! Patrz, jak Lawanda nurkuje, oddychając trąbą jak fajką! Nawet aligatory wolą nie zadzierać z Lawandą! Mogłaby dłużej zostać pod wodą, ale wynurza się, żebyśmy zaczerpnęły powietrza. O nie! Spójrz na groblę! Zazdrośni ludzie celują w nas! Mają dzidy i pistolety! Ale nie dostaną naszych kłów z kości słoniowej, nie dostaną naszych złamanych serc! Nie jesteśmy błyskotkami, żeby nas wkładać do szkatułki na biżuterię! O nie, oni będą opowiadali o nas dzieciom swoich dzieci, stara! O matce i córce, które uciekły! Dalej, słodka, silna Lawando, dasz radę! Jeszcze tylko kilka kroków do drugiego brzegu, gdzie czeka na nas wolność. Och, tak, tak. Udało nam się. Teraz możemy odpocząć. Odsapnij, Piękna Olbrzymko, tak jest, odsapnij i zjedz coś. Moja droga córko, wreszcie tu jesteśmy! Wróciłyśmy do dzikiej, zielonej, bujnej dżungli. Czujesz to aksamitne powietrze?! Czujesz je na swojej skórze?! Czujesz zapach bananów i sędziwych drzew? Słyszysz śpiew egzotycznych ptaków i wrzaski milionów małp? Widzisz, jak skaczą z drzewa na drzewo? To nasz prawdziwy dom. Niepotrzebna tu klimatyzacja czy gotówka, tu przez cały rok możemy chodzić boso. Tu, gdzie drzewa i zwierzęta znają nasze imiona, a my znamy ich. Taaaak! Powiedz to, Siddo! Powiedz to razem ze mną: „Taaaak!". Tu nie ma się czego bać! Lawanda kocha nas, a my się nie boimy!

*

Sidda urwała na chwilę. Spojrzała na kluczyk, który wciąż trzymała w ręce.

— Jeździłyśmy tylko w kółko po tym głupim parkingu przy centrum handlowym, ale kiedy przejażdżka skończyła się, byłam już inną dziewczynką.

Wsiadłyśmy z powrotem do T-Birda i w zapadającym zmierzchu pojechałyśmy Jefferson Street. Spojrzałam na moją matkę za kierownicą, bosonogą i nucącą jakąś melodyjkę. Cały czas patrząc na drogę, wyciągnęła rękę i położyła ją na mojej dłoni. Jej skóra była chłodna i miękka. Mijałyśmy znajome miejsca, które widziałyśmy codziennie. Ale teraz świat za oknami samochodu wydawał się pełen tajemnic, zupełnie nowy i nieznany.

Sidda po raz ostatni zerknęła na kluczyk. „To życie, Siddo. Musisz wdrapać się na jego grzbiet i je ujeździć".

Potem podeszła do Connora, wyjęła mu z ręki kieliszek szampana i usiadła na jego kolanach. Zaczęła go całować po całym ciele, rozpinając sobie bluzę, którą założyła po kąpieli w jeziorze.

Zaczęli kochać się na pomoście; Sidda nadal siedziała okrakiem na Connorze. Potem przeszli do sypialni. Kiedy Sidda zamknęła oczy, miała wrażenie, że są satelitą pędzącą przez kosmos, i to jej nie przeraziło. Pierwszy raz nie przeraziło jej to, że otworzyła się przed tym mężczyzną, przed samą sobą, przed bezkresnym wszechświatem, nad którym nie miała kontroli. Tym razem, kiedy wspólnie przeżywali rozkosz, nie zaszlochała. Roześmiała się głośno jak zachwycone dziecko.

Kiedy Connor usnął, Sidda wstała z łóżka. Poszła do dużego pokoju i wybrała kasetę ze swej kolekcji. Wyniosła na pomost mały magnetofon i nalała sobie resztkę szampana. Zaczęła na okrągło przesłuchiwać *Ave Maria* w wykonaniu Aarona Neville'a, którą przegrała sobie w domu. Stanęła nago w świetle księżyca.

„Moja matka i ja jesteśmy jak słonie" — pomyślała. „W bezruchu nocy, poza zasięgiem wzroku i słuchu wszystkich, odcięta przez jałową, suchą sawannę, moja matka posyłała mi wiadomości. W okresie posuchy, kiedy drętwiałam ze strachu przed miłością, moja matka mnie nie opuściła. Moja matka nie jest postacią ze sztuki teatralnej, którą można zrozumieć na podstawie pojedynczych informacji, a ja nie jestem chudym, niespokojnym dzieckiem czekającym na jej idealną miłość. Obie mamy skazy i obie poszukujemy pociechy. Mama tęskniła — wciąż tęskni — za tym, by wyrwać się z tego gorącego, suchego miejsca, gdzie ze strachu wpada w panikę i gdzie burbon mąci jej w głowie. Wciąż pragnie wrócić ze mną na grzbiecie tego uroczego zwierzęcia do żyznej dżungli, gdzie kwitną dzikie kwiaty".

Sidda wzniosła kieliszek z szampanem, by zobaczyć bąbelki w świetle księżyca. „Moja matka nie jest Matką Boską" — pomyślała. „Miłość mojej matki nie jest idealna. Miłość mojej matki jest wystarczająco dobra. Miłość mojego kochanka jest wystarczająco dobra. Może ja sama jestem wystarczająco dobra".

Minęło jakieś dwadzieścia minut, zanim wypatrzyła spadającą gwiazdę. Potem na niebie pojawił się deszcz meteorów. Sidda stała zupełnie nieruchomo, patrząc i słuchając. Obok niej usiadła Hueylene. Niebo było tak czyste, zachodzący księżyc tak miły. Nie przeszkadzały żadne światła miasta. Światło meteorów z tak daleka było o wiele starsze, niż mogłaby to sobie wyobrazić. Nie było się nad czym zastanawiać. Istniało tylko bijące serce Siddy. Istniało tylko bijące serce planety. Miała wystarczająco dużo czasu. Nie bała się.

30

Connor i Sidda spali do południa, a potem usiedli na pomoście w szortach i podkoszulkach. Z odtwarzacza płyt kompaktowych leciał Van Morrison, a Hueylene niemal płakała ze szczęścia, że Connor dał jej ze swego talerza resztki bekonu. Przygotował ulubione śniadanie Siddy: tost ze świeżego razowego chleba z syropem klonowym.

Sidda przez chwilę patrzyła na swego kochanka i psa na tle jeziora, gór i drzew i poczuła ogarniającą ją falę szczęścia.

— Dziękuję, Connor — powiedziała. — Za to, że mnie wysłuchałeś. Za to, że mnie kochasz.

Uśmiechnął się do niej leniwie i wsadził sobie do ust kawałek rzepy.

— Co takiego siostrzane stowarzyszenie mówiło o urodzinach Vivi?

— Siostrzane stowarzyszenie? — spytała Sidda, uśmiechając się.

— Chodzi mi o Ya-Ya — powiedział Connor. — Jeżeli ty i twoja matka jesteście jak słonie, to pozostałe trzy Ya-Ya są słonicami siostrami. Wiesz, tymi, które ciągną się z tyłu i pomagają matkom wychowywać małe.

— Zdumiewasz mnie.

— Hej, ja po prostu oglądam telewizję publiczną. Kiedy Vivi ma urodziny?

— Właściwie w grudniu, ale w tym roku obchodzi je pod koniec października, bo chce wydać przyjęcie na świeżym powietrzu, kiedy jeszcze będzie dobra pogoda.

— Dlaczego osobiście nie zwrócisz jej tego albumu?

Sidda odłożyła widelec i spojrzała na Connora.

— Zwariowałeś? Ciągle się gniewa za tamtego „New York Timesa". Z miejsca by mnie zabiła.

— Wiesz, nikt by się nie domyślił, że pracowałaś w teatrze, Siddo.

— Czyżbym była melodramatyczna? — spytała ze śmiechem. — *Moi?* Nigdy.

— Oczywiście, że nie.

— Oczywiście, że nie.

— Niewiele słyszałem o twoim tacie — powiedział Connor, sięgając po filiżankę kawy z mlekiem. — Musiał być odważnym mężczyzną.

— Co masz na myśli?

— Daj spokój. Ożenić się z kobietą tak silną jak twoja matka. Pozostać sobą w tej bandzie kobiet. Jak jest po francusku „siostrzane stowarzyszenie"? *Communaute de soeurs.*

Sidda poczęstowała się plastrem rzepy. Pomyślała, że bardzo tęskni za ojcem.

— Nigdy nie było go w domu. Miałam taką obsesję na punkcie matki, że chyba nie zwracałam zbytniej uwagi na tatusia.

— A powinnaś — powiedział Connor. — Teensy powiedziała, że masz po nim rzęsy.

— Teensy tak powiedziała?

— No. Powiedziała, że rzęsy twojej matki „zginęły, kiedy pływała". Powiedziała mi to, kiedy się kąpaliśmy.

Sidda pokręciła głową.

— Bóg jeden wie, co jeszcze ci nagadają, kiedy nie będę słyszeć.

— Nawet nie masz pojęcia.

Sidda, nie mogąc się oprzeć, zanurzyła palec w resztce syropu klonowego. Potem włożyła go Connorowi do ust, by go zlizał.

— Wiesz — powiedziała — październik to mój ulubiony miesiąc na Południu. Nie ma to jak Halloween w wielgachnym stanie Luizjana.

— Necie powiedziała, że będzie dla mnie gotować. Teensy chce mnie zapoznać z muzyką cajuńską, a Caro już mnie wyzwała na pojedynek w gwizdaniu. Słyszę zew Luizjany.

— Październik — powiedziała Sidda, myśląc głośno. — Pora zbiorów. Nie za gorąco, pogoda idealna. W teatrze skończymy już przygotowania. Projekt będzie pod kontrolą.

Connor McGill mrugnął do Siddy. Odmrugnęła mu. Nakarmiła Hueylene ostatnimi skrawkami bekonu. Potem wstała, podeszła do poręczy pomostu wychodzącego na jezioro Quinault i szeroko rozpostarła ręce.

— Słyszysz, Matko Boska? — zawołała. — Bogowie i boginie? Anielice? Dziękuję, że Connor McGill i ja jesteśmy ulepieni z tej samej gliny. Dziękuję za jego pocałunki słodkie jak falset Aarona Neville'a! Dziękuję za niewiedzę, za zgadywanie, za skakanie w ciemność!

— Rozumiem, że razem wracamy do Luizjany — powiedział Connor.

— Aha. Zdjęcia i paszporty aktualne?

— Lubię niebezpieczne życie.

31

8 *września 1993*

Kochana Mamo,

nigdy nie podziękowałam Ci porządnie za to, że pomogłaś mi wsiąść na grzbiet Lawandy. Za naszą podróż do dzikiej dżungli, za Twoją odwagę, za Twoją lojalność wobec mnie na tamtym rozgrzanym asfalcie przed Centrum Handlowym Southgate. Jest wiele rzeczy, za które Ci nie podziękowałam.

Ya-Ya powiedziały mi o Twoim przyjęciu urodzinowym w październiku. Czy Twoja niemiejscowa córka i jej ukochany będą mile widziani?

Dziękuję Ci też za potrawkę z zębacza, którą mi przysłałaś. To Twoja kuchnia, to wszystko to, co w Luizjanie najlepsze, zawarte w jednym daniu. Wzruszyłam się do łez.

Kocham Cię,
Sidda

16 września 1993

Siddo Kochana,

rzeczywiście zasługuję na podziękowania. Ale zasługuje też na nie Lawanda, Matka Nas Wszystkich. Cieszę się, że dla odmiany zapamiętałaś coś miłego.

Co do moich urodzin, to będziesz musiała liczyć na szczęście. Nie mam pojęcia, czy będę w dobrym nastroju. To moje urodziny i absolutnie nie zależy mi na tym, żeby przyjęcie zostało opisane w mediach państwowych.

Musisz mnie powiadomić o swoim ślubie — będzie czy nie?

Całuję,
Mama

20 września 1993

Kochana Mamo,

ślub nadal jest odłożony. Będziemy improwizować, co Ty na to?

Kocham Cię,
Sidda

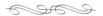

26 września 1993

Siddo Kochana,

życie jest krótkie, Staruszko. Nie czekaj za długo z tym ślubem, bo w końcu nie będziesz miała na co czekać.

Co do mojego przyśpieszonego przyjęcia urodzinowego w Pecan Grove 18 października, które zaczyna się około siódmej wieczorem: ja zawsze improwizuję.

Całuję,
Mama

Wieczorem 17 października, na dzień przed planowanym wyjazdem z Connorem z Seattle do Luizjany, Sidda bardzo starannie sfotografowała stare zdjęcia i pamiątki z albumu *Boskich sekretów*. Najbardziej przyłożyła się do zdjęcia, które odkryła dopiero po powrocie do Seattle. Wetknięte między jedne z ostatnich stron przedstawiało kobietę, blondynkę z ciemnymi oczami, siedzącą na huśtawce na werandzie i trzymającą na kolanach dziewczynkę o kasztanowych włosach. Obie miały na sobie jednakowe letnie sukienki i były ogorzałe od słońca. Sidda kilka razy sfotografowała to zdjęcie. Za każdym przesunięciem filmu, coraz bardziej doceniała chwilę uchwyconą na tamtej huśtawce. Kiedy skończyła, odwróciła zdjęcie i sfotografowała napis na odwrocie. Widniały tam następujące słowa napisane przez Vivi: „Vivi i Sidda, 1953. Piękny dzień, różowa sukienka. Zdjęcie zrobiła Buggy".

Po wypstrykaniu ośmiu rolek filmu, Sidda zamknęła album i położyła go na stole w jadalni. Po obu jego stronach ustawiła gromnice: jedną z Naszą Panią z Guadalupe, a drugą z wizerunkiem świętego Judy. Zapaliła je, a następnie zgasiła wszystkie światła i odmówiła krótką modlitwę dziękczynną do Matki Boskiej i jej aniołów. Czule wzięła do ręki *Boskie sekrety siostrzanego stowarzyszenia Ya-Ya* owinęła je w jedwabną poszewkę na poduszkę i włożyła do wielkiej torby na suwak. Potem upchnęła ją do torebki podręcznej, z maleńką paczuszką owiniętą w papier ozdobny.

Czwarty raz od wejścia na pokład samolotu Sidda sprawdziła torebkę, by się upewnić, czy albumowi nic się nie stało. Potem upiła łyk dietetycznej coli i rozpoczęła przygotowania do lotu.

— Zwariowałam czy co? — spytała Connora. — To znaczy, Vivi Kochana chyba ciągle się gniewa. Trudno powiedzieć, co się stanie.

— Twoja matka nie jest właścicielką Luizjany — odparł Connor.

— Nie, nie jest. Jest Królową środkowej Luizjany. Ale się starzeje. Nie będzie żyła wiecznie. Chcę się z nią zobaczyć.

— Czego się spodziewasz po tej wizycie? — spytał Connor.

— Och, tylko cudownego zagojenia wszystkich ran, zapomnienia bólu. Czegoś w tym rodzaju. A ty?

— Chcę się z tobą ożenić w twoim rodzinnym mieście.

Sidda zakrztusiła się orzeszkiem, więc upiła nieco dietetycznej coli. Kiedy odzyskała oddech, powiedziała:

— Nie będę teraz poruszać tej kwestii, dobrze?

— Absolutnie jej teraz nie poruszaj. Nie przy ludziach.

Lecąc nad sercem kraju, nad ziemią ubarwioną czerwieniami i złotem października, grali w remika, stawiając wszystko — od podróży do Toskanii przez masaż pleców aż po osobiste przyjemności, które tylko oni potrafili przehandlować. Przestali grać dopiero, gdy Boeing 707 wylądował w Houston, gdzie pogoda zrobiła się wręcz tragiczna. Z wybrzeży Afryki nadciągnęła straszna burza i chwyciła Houston w swe szpony.

Dokładne plany Siddy — przyjechać do Thornton tak, by mieć mnóstwo czasu na znalezienie hotelu, prysznic, przebranie się i wielkie wejście na przyjęcie Vivi, gdy będzie ono już na etapie wymarcia — wzięły w łeb. Podczas trzygodzinnego oczekiwania w kawiarni na lotnisku Sidda miała mnóstwo czasu, by zastanowić się, czy jej powrót do krainy tropikalnych niżów i burz nie jest przypadkiem zwariowaną pomyłką.

— W końcu to pora huraganów — powiedziała Connorowi. — W ogóle nie powinniśmy wybierać się w tę podróż. Jezu.

— Kiedy ostatnio byłaś w domu — chyba ze dwa lata temu? Też w październiku, prawda?

— Prawda. Na chrzcie mojej chrześnicy Lee.

— I nie było wtedy huraganu, co?

— Nie było. Tylko zwykłe psychiczne nawałnice i umysłowe tajfuny.

— Może i tak nam się nie uda — powiedział Connor, próbując ją wybadać. — Może po prostu powinniśmy znaleźć nocleg w jakimś hotelu tutaj, w Houston.

— Żartujesz? I stracić to przyjęcie? Nie, nie, nie,

jeżeli ten samolot wkrótce nie wystartuje, wynajmiemy samochód i pojedziemy nim.

— Tak też myślałem.

— Mądrala.

Gdy mały wodnopłat* z Houston do Thornton był gotowy do lotu, Sidda przyjęła to jako znak. Widzialność się poprawiła: to znaczy, że matka mnie nie zabije. Kiedy samolot wylądował na maleńkim lotnisku w Thornton, była już prawie dziesiąta wieczorem. Wynajęli samochód, załamując się, kiedy okazało się, że jedynym wolnym jest srebrny luksusowy chrysler New Yorker Fifth Avenue ze skórzaną tapicerką w kolorze burgunda.

Kiedy zjechali z autostrady 1 na Jefferson Street, Siddzie zachciało się palić.

— Minęła już pora koktajlu — powiedziała Connorowi. — Trudno powiedzieć, w jakim stanie będzie Vivi Kochana. I tatuś.

— Ty to wiesz, jak dodać mi odwagi.

— No — przytaknęła Sidda, usiłując powstrzymać mdłości. — Wiem, jak ci dodać odwagi, ale wolałabym jak jasna cholera, żeby już było po wszystkim.

Na widok domu rodziców Sidda zwolniła. Długi dom z cegieł na wzniesieniu nad zatoką wyglądał inaczej niż w jej wspomnieniach. Sosny wydawały się wyższe. Orzechy i azalie były starsze, a winorośl zarastała niemal całą tylną ścianę tego sześciopokojowego domu. Wszystko sprawiało wrażenie bardziej ustatkowanego i spokojnego, niż zapamiętała.

---

*Wodnopłat — samolot przystosowany do lądowania również na wodzie.

Zobaczyła drewniany domek na skraju pola, gdzie mieszkali Willetta i Chaney. Coś w tym domku pomogło jej podjechać do większego domu, w którym się wychowała.

— Skoro dojechaliśmy aż tutaj — powiedziała Sidda, wprowadzając samochód na długi podjazd — to może przynajmniej wpadniemy.

Powoli przejechała wzdłuż zatoki pod front domu. Pierwszą rzeczą, jaką zobaczyła, kiedy zgasiła silnik, byli jej rodzice. Siedzieli na drewnianej huśtawce pod dwoma starymi orzechami na podwórku przed domem. Wokół były porozwieszane palące się lampki gwiazdkowe. Vivi miała na sobie rdzawozłoty jedwabny żakiet ze spodniami, a jej popielate włosy były obcięte na modnego pazia i falowały na boki, kiedy poruszała głową. Shep był ubrany w jasnoszare spodnie drelichowe i koszulę w niebiesko-szarą szkocką kratę. Oboje postarzeli się w ciągu ostatnich dwóch lat.

Sidda patrzyła przez chwilę, jak jej matka z ożywieniem gestykuluje. Nie rozpoznała osoby siedzącej na krześle przed huśtawką, co ją zdziwiło. Wydawało jej się, że powinna rozpoznać każdą osobę w swym rodzinnym mieście — pomimo faktu, że nie mieszkała w nim od ponad dwudziestu pięciu lat. Pod domem stało niewiele samochodów. Większość gości już wyszła.

Jej rodzice najwyraźniej nie poznali wynajętego samochodu. Sidda wzięła głęboki oddech, odmówiła modlitwę do Matki Boskiej i bandy jej luizjańskich aniołów, po czym przycisnęła klakson.

— Weź mnie za rękę i powiedz, że nie zwariowałam — szepnęła do Connora.

— Nie zwariowałaś — powiedział — i kocham cię.

Kiedy patrzyła, jak matka podnosi się z huśtawki i idzie do ich samochodu, zauważyła, że porusza się o wiele wolniej niż ostatnio. Sprawiała wrażenie, jakby skurczyła się nieco, ale poza tym wyglądała całkiem zdrowo. Z każdym krokiem serce Siddy biło coraz mocniej.

Kiedy Vivi zbliżyła się do samochodu, Sidda opuściła szybę w oknie.

— To ja, mamo. — W jej głosie zabrzmiał jakiś obcy akcent. Próbowała nie czuć się jak pięciolatka. Próbowała mieć przynajmniej jedenaście lat.

Kiedy Vivi wsadziła głowę do samochodu, Sidda wyczuła w jej oddechu burbona wymieszanego z jej własnym, boleśnie znajomym zapachem.

— Sidda? — spytała Vivi z niedowierzaniem. — To naprawdę ty?

— Tak, mamo. To ja.

Vivi przez moment nic nie mówiła. Sidda pomyślała, że matka odwróci się i pójdzie sobie.

Po chwili Vivi włożyła palce do ust i wydała z siebie jeden ze słynnych gwizdów Ya-Ya.

Ty wariatko! Co ty, do licha, tu robisz?

— Przyjechałam na twoje urodziny — powiedziała Sidda. — Postanowiłam wykorzystać szansę.

— Święta Matko Pereł! — wykrzyknęła Vivi, po czym odwróciła się do Shepa i pozostałych gości. — Wyobrażacie sobie?! To Siddalee! Moje najstarsze dziecko!

Sidda wysiadła z samochodu i objęła matkę.

— Wszystkiego najlepszego, mamo — szepnęła. —

Przez chwilę obejmowały się, po czym Vivi zesztywniała i odsunęła się.

— Nie mogę w to uwierzyć! — powiedziała zdenerwowana. — Ty wariatko! Myślałam, że nie przyjedziesz! — Zostawiła Siddę, obeszła samochód dookoła i zajrzała do środka. — A to kto?

— Jestem Connor McGill, pani Walker — powiedział Connor, uśmiechając się.

Vivi aż sapnęła i wstrząśnięta cofnęła się od samochodu.

Sidda wstrzymała oddech.

Vivi wróciła do okna samochodu i powiedziała:

— Ja cię kręcę! Nie do wiary! Co ty tam robisz, kochany? Wysiadaj, niech cię obejrzę!

Connor rozplątał nogi, wysiadł i stanął koło Vivi, która przy nim wydawała się zupełnie malutka. Gdy tak stał, rozluźniony, otwarty, Vivi obejrzała go od stóp do głów. Przez cały czas, gdy mu się przyglądała, trzymała jedną rękę przyciśniętą do piersi, jakby próbowała uspokoić serce. Sidda nie miała zielonego pojęcia, co jej matka zrobi albo powie.

— Och — najpierw tylko westchnęła. — Och — powtórzyła młodym, cichym głosikiem.

Potem objęła się rękoma w talii, zrobiła coś, czego Sidda nigdy wcześniej nie widziała. Milczała tak długo, że Sidda pomyślała, że może coś ją boli.

W końcu, niemal gwałtownie, Vivi położyła dłonie na biodrach.

— Siddo — powiedziała, wyciągając rękę do kochanka córki. — Na miłość boską, dlaczego mi nie powiedziałaś, że Connor wygląda zupełnie jak Jimmy Stewart w *Pan Smith jedzie do Waszyngtonu*?

Connor roześmiał się.

— Jeju, jeju — powiedziała Vivi i wyciągnęła rękę do kochanka córki. — Zawsze uwielbiałam wysokich mężczyzn.

Wówczas Connor zaszokował Siddę, gdyż nie uścisnął ręki Vivi. On ją pocałował. Przyłożył usta do jej dłoni i ją pocałował. Sidda mało nie padła.

— Miło mi wreszcie panią poznać, pani Walker — powiedział.

— Och, mów mi „Vivi", bo inaczej czuję się strasznie staro.

— Jesteś stara, kochanie — powiedział Shep Walker, podchodząc do samochodu.

— Och, zamknij się. — Vivi roześmiała się. — Nie wyjawiaj moich sekretów. Shep, to jest Connor McGill. Connor, poznaj mojego pierwszego męża — powiedziała figlarnie, żeby zabrzmiało to tak, jakby miała kilku mężów.

— Shep Walker — powiedział ojciec Siddy, wyciągając rękę do Connora.

— Connor McGill, proszę pana — powiedział Connor. — Miło mi pana poznać.

Przez tę chwilę, kiedy jej matka dokonywała prezentacji obu mężczyzn, Sidda stała na uboczu. Obserwowała matkę w jej ulubionej proporcji dwóch-mężczyzn-jedna-Vivi, uprawiającą swój odwieczny sport, jakim jest flirt. Ojciec czekał, aż Vivi da mu znak, że może przywitać się z córką.

— Macie szczęście, że udało wam się dojechać — powiedział. — Była straszna burza.

— W Houston rzeczywiście była okropna wichura i deszcz — powiedział Connor.

— Dlatego się spóźniliśmy — dodała Sidda.

— Burza szła w naszą stronę — powiedział Shep. — Cieszę się, że się rozmyśliła i poszła nad zatokę.

— Stara, dobra Zatoka Meksykańska — powiedziała Vivi, biorąc Connora pod ramię. — Wchłonęła już tyle burz. Znasz zatokę, Connor?

— Nie, nie znam. Ale Sidda na pewno mi o niej opowiadała.

Po tej subtelnej aluzji Connora, że nie zamierza dalej

ignorować Siddy, Vivi odwróciła się do męża i powiedziała:

— Shep, pamiętasz Siddę, prawda? Nasze dziecko z kontaktami z ogólnokrajowymi mediami.

Sidda i jej ojciec w tej samej chwili zrobili krok w swoim kierunku. Shep przytulił córkę szybko i mocno i szepnął jej do ucha:

— Tęskniłem za tobą, kochanie, tęskniłem za tobą.

Sidda wiedziała, że jej matka nadzoruje ten uścisk. „Muszę zachować czujność" — pomyślała. „Mama jest jak huragan. Trochę wściekłości, trochę piękna. I nigdy nie wiadomo, kiedy uderzy".

— Piękne miejsce, panie Walker — powiedział Connor.

— Musisz tu przyjechać za dnia — odparł Shep z ulgą. — Mam na polu trochę niespodzianek. Oczywiście poza ryżem i zębaczami.

— O, psia jucha! — wykrzyknęła Vivi. — Zupełnie zapomniałam o gościach! Na starość dziecinnieję! Kochany, choć tu zaraz! — zawołała do osoby, z którą gawędzili, kiedy przyjechała Sidda z Connorem.

Do samochodu podszedł mały, chudy mężczyzna około siedemdziesiątki. Miał na sobie kraciastą muszkę i doskonale skrojoną koszulę i wyglądał trochę jak skrzyżowanie starzejącego się dżokeja i pana Peepersa.

— Sidda, *Bébé* — powiedział i bez wahania przytulił ją z czułością. — Teensy miała rację. Wyglądasz oszałamiająco.

— Chick, strasznie się cieszę, że cię widzę — powiedziała Sidda.

— A ty na pewno jesteś Connor. — Chick po europejsku pocałował Connora w policzek. — Ja jestem gorszą połową La Teensy. Wychwalała cię pod niebiosa. Witaj w Thornton, gdzie żądna grzechu południowa połowa stanu spotyka się z głodną pokuty Północą.

Chick znowu objął Siddę i powiedział:

— A nosek wygląda ślicznie.

— Nosek? — zdziwił się Connor.

— Kiedyś obcięła sobie chyba z połowę tego zadartego cuda, gdy skakała z naszej trampoliny — wyjaśnił Chick. — Nie mogła się doczekać, kiedy odrośnie.

Sidda czuła się cudownie w objęciach Chicka. „Palący króliczek" — pomyślała, przypominając sobie tę Wielkanoc, kiedy Chick i Teensy próbowali skleić jej rodzinę.

— Kochanie moje — powiedziała do niego, uśmiechając się. — A gdzie Teensy? Gdzie wszystkie Ya-Ya?

— La Teens musiała się zdrzemnąć — powiedział Chick. — Necie i Caro poszły do swojego pokoju. Jestem jednym z ostatnich, którzy balują, *chère,* ale nie zabaluję już długo. Czas się zbierać. Już i tak się zasiedziałem.

— To niemożliwe — powiedziała Vivi. — Wiesz dobrze.

— Wspaniałe przyjęcie — powiedział Chick, odsuwając się od Siddy i całując Vivi. — Jeszcze raz wszystkiego najlepszego, Viv-o. Aż trudno uwierzyć, że masz trzydzieści dziewięć lat. To ustala nową definicję słowa „ponadczasowy".

Vivi roześmiała się i znowu go pocałowała.

— Dobranoc, Chick — powiedział Shep, obejmując przyjaciela. — Dzięki za pomoc.

— *Bon soir* Sidda, Connor — powiedział Chick, kierując się do nieskalanie czystego bentleya. — Sidda, proszę, nie kapuj i nie mów swojemu *amoureux,* że jestem *faux* Cajunem. Nic na to nie poradzę, że wżeniłem się w królewską rodzinę.

Kiedy Chick odjeżdżał, Shep powiedział:

— Chyba będę się zwijał. Ostatnio nie jestem w najlepszej formie po dziesiątej wieczorem.

— Jestem wstrząśnięta, że wytrzymałeś aż tyle — powiedziała Vivi.

— Wróble na dachu ćwierkały, że spotka nas dzisiaj niespodzianka — powiedział, niemal niedostrzegalnie mrugając do Siddy. — Wiesz, jak Ya-Ya potrafią się czasami rozgadać.

Sidda cmoknęła ojca w policzek.

— Dobranoc, tatusiu. Kocham cię.

— Kocham cię, słoneczko — powiedział. — Bardzo cię kocham.

Kiedy Shep poszedł do domu, Sidda usłyszała ochrypły śmiech dobiegający zza domu.

— Kto to? Czy są tu jeszcze jacyś goście?

— Nasza Pani Pereł! — powiedziała Vivi. — Prawie o nich zapomniałam. To twój wujek Pete z synami. Bóg wie, jak długo, siedzą na pomoście i grają w *bourrée*.

— *Bourrée?* — spytał Connor z szeroko otwartymi oczami.

— Ależ oczywiście — powiedziała Vivi Walker, unosząc brwi.

Zaprowadziła ich nad zatokę.

— A ty grasz, Connor?

— Och, nie, psze pani — odparł.

Siddzie aż opadła szczęka, kiedy usłyszała, jak Connor mówi „Nie, psze pani". Nigdy przedtem te słowa nie padły z jego jankeskich ust.

— Sidda opowiadała mi o *bourrée* — powiedział. — Zawsze chciałem w to zagrać.

— Connor to doskonały pokerzysta, mamo — wyjaśniła Sidda. — Często grywał w pokera w Nowym

Jorku, Maine i Seattle. W każdym teatrze, dla którego projektuje, ma paczkę kumpli od pokerka.

Sidda wiedziała, że Vivi Walker automatycznie obdarza sympatią każdego, kto gra w karty. Nieważne, czy był to kłamca, defraudant czy republikanin. Jeżeli grał uczciwie, to dla Vivi był w porządku.

— A co ci Sidda mogła powiedzieć o *bourrée?* — zdziwiła się Vivi. — Nigdy w życiu w to nie grała.

— Masz rację, mamo — przytaknęła Sidda. — Opowiedziałam Connorowi, jak ty doskonale grasz w *bourrée.*

— Mówiła, że jest pani jednym z najlepszych graczy w całym kraju — dodał Connor.

Vivi na chwilę przystanęła i spojrzała najpierw na Connora, potem na Siddę.

— Próbujecie tylko mi się przypodobać — powiedziała z szerokim, pełnym wdzięczności uśmiechem.— W porządku, ze mną jak z dzieckiem.

Siddzie aż zachciało się płakać, kiedy zobaczyła, jak taki drobiazg potrafi zachwycić jej matkę.

— Jestem pod ogromnym wrażeniem, że związałaś się z graczem w karty, Siddalee — powiedziała Vivi, ruszając dalej. — Już nie mogę się doczekać, kiedy w najbliższej przyszłości odbiorę mu jego ciężko zarobione pieniądze.

Zaprowadziła Connora i Vivi na mały pomost, który wcinał się w zatokę za domem Walkerów. Stał na nim stolik do kart i dwie stare lampy podłogowe, od których biegł długi, pomarańczowy przedłużacz niknący gdzieś w pobliżu małego amfiteatru, gdzie Sidda w dzieciństwie reżyserowała przyjęcia z herbatką. Między lampami znajdował się mały stolik kempingowy z tacą z jedzeniem. Na składanych krzesełkach koło stolika siedzieli bracia Siddy — Baylor i Mały Shep, oraz brat matki, Pete, i jej kuzyn, John Henry Abbott. Z przenośnego odtwarzacza CD stojącego koło lodówki turystycznej dobiegały dźwięki bluesa śpiewanego przez Irmę Thomas. Z drzew pochylających się nad zatoką zwisał hiszpański mech przypominający włosy jakiejś dzikiej czarownicy. "Nie ma żadnych wątpliwości" — pomyślała Sidda. "Jestem w samym sercu Luizjany". Miała ochotę przenieść ten obrazek na scenę i powiedzieć: "Stąd pochodzę". Nie była to jednak scena, którą potrafiłaby wyreżyserować. Znajdowała się w samym środku słodkiej, chaotycznej, nieprzewidywalnej improwizacji.

Kiedy czterej gracze wypatrzyli Siddę, aż szczęki im poopadały. Sidda dobrze wiedziała, co sobie pomyśleli: "Trzymajcie się krzesła — Sidda i Vivi w tym samym stanie". Gdyby mieli przy sobie futerały na broń, wyciągnęliby rewolwery.

Sidda znała sceny, które musieli oglądać tam, w samym sercu wydarzeń: Baylor odmówił reprezentowania Vivi w sprawie przeciwko Siddzie. Listy, które Vivi przesyłała pocztą poleconą do każdego członka nawet najodleglejszej rodziny, zawiadamiając, że wydziedziczyła swą najstarszą córkę. Nagłośniona (w Thornton) sprawa zwolnienia przez Vivi wieloletniego prawnika Walkerów, dlatego że ośmielił się doradzić jej, by raz jeszcze przemyślała decyzję wykreślenia Siddy z testamentu. Trwające cały miesiąc próby Vivi dotarcia do Arthura Ochsa Sulzbergera juniora, wydawcy "The New York Timesa", by powiedzieć mu, co o nim myśli. Szalone próby Vivi, by zmusić Bibliotekę Okręgu Garnet do spalenia ich egzemplarza — mikrofilmu — "The New York Timesa" zawierającego obraźliwy artykuł. Akt rozpaczy, jakim była likwidacja karty czytelnika, gdy odmówili. I oczywiście rozkoszowanie się własną podstępnością, kiedy później założyła sobie nową kartę pod zmienionym nazwiskiem. Baylor cały czas informował o wszystkim Siddę, mając nadzieję, że rozbawi ją tym małomiasteczkowym dramatem, a tylko złamał jej osierocone serce.

Teraz, gdy patrzyła na swych czterech krewnych, nie obwiniała ich o wahanie, zanim się odezwali.

Baylor pierwszy przerwał krąg milczenia. Przeżegnał się, po czym rzucił karty na stół i powoli podszedł do Siddy. Podniósł ją do góry i zakręcił nią, udając, że chce ją wrzucić do zatoki.

— Rzucaj! — krzyknęli pozostali gracze. — Zrób to! Za długo była sucha! Przyda jej się chrzest w zatoce!

— Ani mi się waż! — wrzasnęła zachwycona Sidda.

W ostatniej chwili Baylor rozmyślił się. Postawił ją z powrotem na ziemi i uścisnął „na niedźwiedzia".

— Co to ma znaczyć, ty lisku chytrusku! Jak się dostałaś do tego gniazda rozpusty bez wiedzy wielkiego strażnika? Myślałem, że odebrali ci paszport.

— Niezła z niej cwaniara — powiedziała Vivi.

Sidda odwróciła się do Małego Shepa, który jeszcze nie wstał od stolika, i powiedziała dziecięcym szyfrem:

— Ejhej, Epshej!

— Chodź tu, siostro — odparł — i przytul się do mnie. Myśleliśmy, że już nigdy cię nie zobaczymy — powiedział, wstając i przygniatając Siddę swym niemal dwustufuntowym ciężarem.

— Boże, jakaś ty piękna! — powiedział, przyglądając się jej. Pogłaskał ją po głowie. — Te włosy, ta skóra. Jak ty to robisz, że tak świetnie wyglądasz?

— Szczęście? Miłość? — odparła Sidda. — Krótkowzroczny braciszek?

— Nie, poważnie. — Mały Shep roześmiał się. —

Tutejsze kobiety nie zachowują urody tak długo jak ty, Siddo.

— O, przepraszam bardzo — wtrąciła się Vivi.

— Nie, mamo — powiedział Mały Shep. — Miałem na myśli te w mojej grupie wiekowej.

— Lepiej przestań, zanim się zagalopujesz, synu — powiedział wujek Pete.

— Co u ciebie, Shep? — spytała Sidda.

— Nie mogę narzekać, siostrzyczko — odparł. — Gram sobie. Przepraszam, że nie odpisywałem. Wiesz, jakie jest życie, nie?

— Siddo — powiedział wujek Pete, obejmując ją. — Cieszę się, że jesteś w domu. Tyle czasu minęło.

Zaraz potem Pete opiekuńczo otoczył ramionami Vivi.

— Szanowna jubilatko — powiedział z czułością. — Jak się ma mój mały Śmierdziel?

Vivi, śmiejąc się, przyłożyła dłoń brata do swojego serca.

— Może to będą moje najbardziej udane urodziny — powiedziała. — Są tu wszyscy oprócz Lulu.

— A gdzie jest Lulu? — spytała Sidda. Jej młodsza siostra nie odzywała się do niej, a od tamtej afery z „The New York Timesem" Sidda straciła z nią wszelki kontakt.

— Tallulah jest w Paryżu — odparła Vivi. — Zostawiła partnerowi swoją firmę wystroju wnętrz i pojechała do Francji.

— A raczej pojechała za jakimś Francuzem — wtrącił Baylor.

— Jego rodzina ma gdzieś winiarnię, a on sam lada dzień dostanie rozwód — dodała Vivi.

Sidda odwróciła się do Connora, który w milczeniu patrzył na to spotkanie rodzinne, i powiedziała:

— Chciałabym wam przedstawić Connora McGilla, mojego ukochanego Jankesa. A przy okazji, to cholernie dobry gracz.

Connor głośno jęknął.

— Nie, nie — powiedział. — Wszystko jej się pomieszało. Pomyliła mnie z jakimś innym Jankesem, wszyscy wyglądamy podobnie. Nie odróżniam królowej od jopka, to znaczy od waleta.

— Jasne — powiedział Baylor, ściskając dłoń Connora. — Słyszałem o was, chłopakach z Maine. Prawdziwi mordercy. Te wasze długie zimy. Przysuń sobie krzesło, stary, i weź sobie browarek. Chętnie cię ogramy do ostatniego centa, to znaczy wprowadzimy w bezlitosny świat luizjańskiego *bourrée*. Mój starszy brat i ja nauczyliśmy się tej gry u stóp naszej matki, kiedy odstawiła nas od butelek doprawionych burbonem.

— Ty wariacie — oburzyła się Vivi, rozkoszując się każdą chwilą. — To było tabasco, a nie burbon!

Connor spytał ze śmiechem:

— Co musi zrobić obcokrajowiec, żeby dostać piwo na tym pomoście?

— Częstuj się, Connor — powiedział wujek Pete. — Zostało jeszcze trochę zimnych krewetek i smażonych żabich udek.

— Wolałbym popływać z rekinami w zatoce — odparł Connor, otwierając butelkę piwa i przysuwając sobie krzesło.

Wszyscy zaczęli się śmiać. Polubili Connora. Siddzie też się podobał. Nie mogła przestać się uśmiechać, kiedy patrzyła, jak z wykształconego w Yale scenografa teatralnego robi się równy koleś.

Connor upił duży łyk piwa, po czym wstał. Postawił butelkę na stole, podszedł do Siddy i ją objął. Potem, zupełnie jakby odprawiał jakiś rytuał wudu znad zatoki, wycisnął na jej wargach mocnego, mokrego całusa. Cała paczka od *bourrée* zaczęła pohukiwać, a Vivi przyglądała im się bacznie. Sidda była w siódmym niebie.

Vivi zaprowadziła Siddę do domu i powiedziała:
— Większość jedzenia już schowałam, ale chodź, przygotuję ci coś.

Kiedy zniknęła w kuchni, Sidda poszła na podwórko przed domem i usiadła na huśtawce. Obok stała cajuńska kuchenka i kilka stolików. *„Laissez les bons temps rouler"* — pomyślała Sidda. Urodzinowa potrawka z zębacza.

Patrzyła, jak jej matka idzie w stronę huśtawki. „Nie jest zdenerwowana" — pomyślała.

Vivi przystanęła na chwilę, gdyż ogarnęło ją wahanie graniczące z nieśmiałością. Trwało ono ułamek sekundy, potem znowu ruszyła w kierunku Siddy.

Podała córce kieliszek szampana i kopiasty talerz potrawki z zębacza, młodych ziemniaków, kaczanów kukurydzy i kromek francuskiego chleba z masłem.

— Dziękuję, mamo — powiedziała Sidda, uświadamiając sobie, jak bardzo jest głodna.

— To twój tatuś przygotował całe jedzenie — powiedziała Vivi. — Ja nawet nie kiwnęłam palcem. Przepraszam, że tak niewiele zostało. Moi goście wszystko zeżarli.

— Jest tego mnóstwo.

— Zjesz tutaj, na huśtawce, czy przejdziemy do stołu?

— Mamo, gdziekolwiek jestem, pamiętam, jak się wysysa głowy luizjańskich zębaczy.

— Masz tu kilka serwetek — powiedziała Vivi, wyciągając zza paska dwie ogromne, kwadratowe, różowe serwetki.

Sidda wetknęła sobie jedną, jak śliniaczek, za dekolt, drugą podłożyła pod talerz i zaczęła wyłuskiwać mięso zębacza.

— Przyłączysz się do mnie? — spytała, wskazując na wolne miejsce na huśtawce.

— Dziękuję, że zaprosiłaś mnie na moją własną huśtawkę — powiedziała Vivi tonem, który Sidda nie do końca zrozumiała.

Vivi usiadła, lecz nie na tyle blisko, by ich ciała się dotykały. Zapatrzyła się przed siebie; jedną rękę trzymała z tyłu. Sidda słyszała jej oddech. Po raz pierwszy uświadomiła sobie, że od przyjazdu nie widziała, żeby jej matka zapaliła choć jednego papierosa.

Bojąc się, żeby czegoś nie palnąć, Sidda milczała. Łuskała zębacza i jadła.

— Pycha.

— Dzięki Bogu mężczyźni w Luizjanie umieją gotować — powiedziała Vivi.

— Oczywiście nie ma tak wyrafinowanego smaku jak twoje *étouffée.*

— Necie pamiętała, żeby ci ją przywieźć? — spytała Vivi.

— Już zapomniałam, że jedzenie może tak wspaniale smakować — powiedziała Sidda.

— Naprawdę uważasz, że była dobra?

— Dobra?! Mamo, te *étouffée,* które przysłałaś razem z Ya-Ya, doprowadziłaby do łez samego Paula Prudhomme'a nad jego żelazną brytfanną. W porównaniu z tobą to kucharz z baru szybkiej obsługi.

— Dziękuję. Jeśli pamiętasz, słynę z tego dania. Nauczyłam się je gotować od Genevieve Whitman.

— Dziękuję, że mi je przysłałaś do Quinault, mamo.

— Jedyną rzeczą, jaką potrafiłam, to porządnie was nakarmić — powiedziała Vivi.

Coś w jej głosie uderzyło Siddę. „Mama jest tak samo zdenerwowana jak ja" — pomyślała. Odwróciła się do Vivi i powiedziała:

— Zrobiłaś więcej dobrego niż złego.

Vivi nie zareagowała. Ani matka, ani córka nie wiedziały, co powiedzieć.

— Świetnie wyglądasz, mamo. Naprawdę świetnie.

— To ty wyglądasz wspaniale. Chyba zeszczuplałaś. Sidda uśmiechnęła się. W ustach jej matki był to największy komplement.

— Ja się zaokrągliłam — dodała Vivi. — To od podnoszenia ciężarów, dodają mięśni. I od tego, że rzuciłam palenie: to dodaje snickersów.

Sidda roześmiała się.

— Jesteś niesamowita z tym podnoszeniem ciężarów. Ciągle sobie powtarzam, że też powinnam się za to wziąć, ale zawsze rezygnuję.

— Wyglądam za grubo? — spytała Vivi.

Sidda nie potrafiłaby zliczyć, ile razy matka zadawała jej to pytanie. Teraz jednak po raz pierwszy pomyślała, że usłyszała, o co tak naprawdę pyta: Czy jest mnie za dużo? Czy powinnam się dla ciebie skurczyć?

— Nie, mamo — odparła. — Nie wyglądasz grubo. Jest ciebie w sam raz. Nie za mało. Nie za dużo. Prawdę mówiąc, wyglądasz idealnie.

Vivi wciąż patrzyła prosto przed siebie, na pola słabo oświetlone światłem księżyca.

— Twój ojciec — powiedziała, powstrzymując łzy — zasiał tam trzysta akrów słoneczników. To jego drugi plon w tym roku. Nie bawełna, nie soja. Słoneczniki. Musisz je zobaczyć za dnia. Twierdzi, że mają przyciągnąć ptaki do ustrzelenia, ale nie oszuka nikogo. Nie trzeba trzystu akrów słoneczników, żeby przyciągnąć kilka gołąbków. Teraz podczas polowania na gołębie w Święto Pracy on strzela już tylko zdjęcia. — Vivi wzięła głęboki oddech, zanim podjęła wątek. — To van Gogh, Siddo. Wydaje ci się, że znasz mężczyznę, z którym wytrzymałaś prawie pięćdziesiąt lat, a potem on robi coś takiego. I to wszystko dla piękna.

Vivi zaczęła cicho płakać, ale pociągnęła nosem i przestała. Koniuszkami palców lekko poklepała skórę wokół oczu.

— Ciemne worki pod oczami. — Odwróciła się tak, by Sidda wyraźnie zobaczyła jej ciemnobrązowe oczy, nieco piegowatą, mleczną cerę i starzejący się podbródek. Potem, przesadnie rozkapryszonym głosem małej dziewczynki, powiedziała: — To moje przyjęcie i będę płakała, jeśli mam ochotę. Po czym wybuchnęła śmiechem. Sidda przyłączyła się do niej. Boże, jak było jej dobrze móc znowu śmiać się z matką!

— Dlaczego to zrobiłaś? — spytała Vivi, patrząc na Siddę. — Dlaczego wsiadłaś do samolotu i przyleciałaś tutaj taki kawał drogi?

— Dzięki Lawandzie — odparła Sidda. — Zrobiłam to dzięki Lawandzie.

Vivi odwróciła się. Przez chwilę milczała.

— Nie wyjęłaś niczego z mojego albumu, co? Niczego nie zgubiłaś? Bo on jest bezcenny. Żadna z tych pamiątek nie ma swojej ceny.

— Przywiozłam ze sobą *Boskie sekrety siostrzanego stowarzyszenia Ya-Ya*, mamo. Są w samochodzie. Pójdę po nie.

— Nie, nie wstawaj — wszystko w porządku.

Sidda jednak ruszyła już w stronę samochodu.

Kiedy Sidda otworzyła drzwi, Vivi zobaczyła zmarszczone czoło córki w świetle padającym z samochodu. „Taka piękna i taka skupiona" — pomyślała Vivi. „Zupełnie jak wtedy, gdy była mała".

Sidda wróciła do huśtawki z albumem i pudełeczkiem owiniętym w ozdobny papier, które schowała do kieszeni swego lnianego żakietu.

Podała album matce.

— Miałam go w bagażu podręcznym w samolocie. Nie chciałam, żeby coś mu się stało. „Masz mi go zwrócić w stanie nienaruszonym", tak napisałaś w liście.

Vivi spojrzała na album leżący na jej kolanach. Przesunęła dłońmi po paczce, a potem podniosła je do ust.

— Nie album miałam na myśli — szepnęła.

— Mamo — powiedziała Sidda, uśmiechając się. — W liście napisałaś dosłownie, że mnie wykreślisz z testamentu, jeżeli...

— Chciałam, żebyś to ty wróciła do mnie w stanie nienaruszonym — szepnęła Vivi.

— Och, mamo — wykrztusiła Sidda.

Położyła rękę na ramieniu matki. Czuła jej perfumy Hoveta, tę cudowną mieszaninę zapachu gruszki, fiołków, irysów i olejku wetiwerowego. Pod tym zapachem wyczuwała naturalną woń Vivi, tę, która unosiła się z jej skóry, z molekuł, jakie składały się na jej ciało. W nocnym powietrzu Luizjany znowu poczuła pierwszy zapach, jaki w siebie wchłonęła.

Lampka przyczepiona do słupa telegraficznego stojącego na skraju podjazdu dawała staroświeckie, wiejskie światło. Razem z białymi gwiazdkowymi lampkami wiszącymi na huśtawce oświetlała twarz Vivi. Sidda widziała zmarszczki na jej starzejącej się, niemal przezroczystej skórze, zmarszczki, jakie uczyniły lata skrywania strachu pod wdziękiem. Widziała odwagę matki i jej ból.

Razem z matką zapatrzyła się w mrok otulający pola, gdzie rosły setki słoneczników, i pomyślała: „Nigdy w pełni nie poznam własnej matki, nie bardziej niż ojca,

Connora czy samej siebie. Nie rozumiałam, o co chodzi. A chodzi o to, że nigdy się nie pozna drugiej osoby i że dopiero trzeba się nauczyć kochać drugą osobę. Chodzi o to: na ile czułości możemy sobie pozwolić? Ile dobrego wychowania możemy okazać, przyjmując siebie i innych do swego serca?".

Tam, na podwórku przed domem w Pecan Grove, w samym sercu Luizjany, gdzie nie chwyciły jeszcze pierwsze przymrozki, Siddalee Walker poddała się. Zrezygnowała z potrzeby dowiedzenia się i zrezygnowała z potrzeby zrozumienia. Siedziała koło swojej matki i czuła potęgę ich kruchości. Wróciła do domu bez poczucia winy.

Kiedy Vivi wyciągnęła rękę do córki, Sidda przyjęła ją. Ich ręce spoczęły na huśtawce między nimi. W tej samej chwili obie spuściły wzrok i zauważyły podobieństwo w kolorycie skóry swych dłoni, kształcie palców i żyłkach, które niosły w sobie krew Ya-Ya w ich kobiecych ciałach.

— O kurczę — westchnęła Vivi.

— O kurczę — zawtórowała jej Sidda.

Wypowiadając te dwa słowa, matka i córka odetchnęły wspólnym oddechem. Potem, bez słowa, zaczęły odpychać się stopami od ziemi, aż huśtawka łagodnie się zakołysała. Bez rozmachu, kołysała się lekko, jakby była kołyską mieszczącą w sobie matkę i córkę, dwie oddzielne i równe sobie planety pędzące przez kosmos w późnojesienną noc.

— Chcę ci coś dać — szepnęła Vivi. Sięgnęła do kieszeni w swych jedwabnych spodniach. Potem ujęła dłoń Siddy w swoje dłonie i coś w nią wsunęła.

Kiedy Sidda wyprostowała palce, ujrzała wyściełane aksamitem puzderko na biżuterię. Otworzyła wieczko, które zamocowane było na sprężynce. W środku znajdował się pierścionek z brylantem, który przed ponad pięćdziesięciu laty Vivi dostała od ojca.

— Dał mi go mój ojciec w wieczór moich szesnastych urodzin — powiedziała zwyczajnie Vivi. — Raz o mało co go nie straciłam, ale udało mi się go odzyskać.

Po czym, jak kapłanka, Vivi wyjęła pierścionek z pudełeczka i drżącą, pokrytą wątrobowymi plamami dłonią wsunęła go na palec córki. Następnie ujęła dłoń Siddy i ucałowała ją. Nie tak, jak się całuje dłoń kochanka, lecz tak, jak się całuje paluszki dziecka — dlatego, że są tak różowe, pulchniutkie i dlatego, że tak bardzo się je kocha.

Sidda poczuła łzy matki na dłoni i uniosła jej dłoń do ust, ucałowała, a potem przycisnęła sobie do policzka. Wtedy obie zaczęły płakać. Nie trzęsły się od płaczu, nie zanosiły szlochem, a ich łzy toczyły się cicho po policzkach.

— Dziękuję, mamo — szepnęła Sidda — za wszystkie boskie sekrety, którymi się ze mną podzieliłaś.

— Sekrety? — spytała Vivi między szlochnięciami.

— Och, kochana! Jeżeli mówisz o moim albumie, to jeszcze nic! Nie pamiętam nawet połowy tego, co się tu wyprawiało. Powinnaś zobaczyć pamiątki, których ci nie wysłałam. To są dopiero prawdziwe sekrety!

„Cała ona" — pomyślała Sidda.

— Mówię ci — powiedziała Vivi, ciągle jeszcze zapłakana — płacz i zgrzytanie zębów, że już nie robią Czarodziejskiej Różdżki.

— Na pewno by się przydała takim grzesznikom jak my — powiedziała Sidda. — Łamiemy „Piątą Zasadę Urody i Powabu".

— Moje zwierciadła duszy będą pozbawione blasku i matowe jak jasna cholera.

— Matowe w otoczeniu worków i opuchlizny — dodała Sidda. — Dziewczęta i tak są wystarczająco pokrzywdzone w miłości.

— Cholerna prawda — przytaknęła Vivi.

— Okej — szepnęła Sidda. — Teraz moja kolej. — Sięgnęła do kieszeni żakietu i wyjęła maleńkie pudełeczko, które przez cały czas miała przy sobie w samolocie. Zanim podała je matce, pocałowała je, a potem wsunęła Vivi do ręki.

Vivi rozdarła różowe, ręcznie ozdobione opakowanie. Bardzo ostrożnie wyjęła maleńkie szklane naczynko wielkości mniej więcej kwiatu naparstnicy. Bardzo stara fiolka zrobiona była z litego srebra i szkła, z jednym jadeitem wtopionym pośrodku maleńkiej zakrętki. Vivi z ożywieniem otworzyła buteleczkę i przytknęła do niej nos.

— To nie perfumy. To coś innego, prawda?

— Tak, mamo, to coś innego.

Vivi lekko przechyliła głowę, zastanawiając się.

— Powiedz, co to.

— To się nazywa łzawnica*. Buteleczka ze łzami. Dawno temu był to jeden z najcenniejszych podarunków. Oznaczała, że kochasz kogoś, że dzielisz się z nim smutkiem, który was łączy.

— Och, Siddo. Och, stara.

— Ta pochodzi chyba jeszcze z czasów wiktoriańskich. Znalazłam ją parę lat temu w Londynie, kiedy buszowałam po antykwariatach w poszukiwaniu rekwizytów.

— Są tu twoje łzy? — spytała Vivi, podnosząc fiolkę.

---

*Łzawnica — w starożytności: naczynie przeznaczone symbolicznie do przechowywania łez przelanych nad czyimś grobem.

— Tak, ale starczy miejsca na więcej.

Vivi spojrzała na Siddę i zamrugała oczami. Przynajmniej wyglądało to tak, jakby mrugała. Może chciała strząsnąć łzę z rzęsy, bo chwilę później przyłożyła fiolkę pod prawe oko i zaczęła potrząsać głową, próbując uronić do niej łzę.

Sidda popatrzyła na matkę i roześmiała się.

Vivi spojrzała na nią z uśmiechem.

— Z czego się śmiejesz, ty wariatko? Całe życie czekałam na ten prezent.

— Wiem — powiedziała Sidda, teraz śmiejąc się i płacząc jednocześnie. — Wiem.

Vivi podniosła się z huśtawki, wciąż trzymając buteleczkę pod okiem, i zaczęła podskakiwać. Najpierw na jednej nodze, potem na drugiej.

Kiedy Sidda zrozumiała, co matka robi, również wstała i zaczęła skakać. Najpierw skakała na prawej nodze, potem na drugiej, pochylając się nad fiolką do oczu, by i jej łzy mogły tam spłynąć. Vivi, trzymająca buteleczkę, i Sidda, z zastawionym niegdyś, a teraz odzyskanym pierścionkiem, skakały i płakały. Skakały, płakały i śmiały się, wydając z siebie dzikie wrzaski. Gdyby ktoś się na nie natknął, pomyślałby pewnie, że wykonują jakiś dziwny rytualny taniec plemienny. Rytualny Taniec Matki-Córki Niemal-Wymarłego-Lecz- -Wciąż-Potężnego Plemienia Boskich Ya-Ya. Starożytny rytuał łez i brylantów. Brylantów i łez.

32

Było po pierwszej, kiedy Sidda i Connor zameldowali się w Tante Marie House nad rzeką Cane.

— Wygląda jak wzięty żywcem z filmu — szepnął

Connor, kiedy stanęli pod frontowymi drzwiami z epoki wczesnego odrodzenia stylu cajuńsko-greckiego. Po obu stronach głębokiej werandy były kolumny, a w powietrzu unosiły się jakieś ciężkie, słodkie zapachy. Migające światło lamp gazowych rzucało cienie, które tańczyły wzdłuż okiennic i ścian z cegieł, przez co Sidda i Connor poczuli się, jakby cofnęli się do innego stulecia. Właściciel przedstawił się jako Thomas LeCompte. Zanim poprowadził Connora i Siddę przez ogród na podwórzu i po schodach do apartamentu na galerii w starych czworakach dla niewolników za domem, doszedł do wniosku, że nie tylko zna rodzinę Siddy, ale istnieją spore szanse na to, że oboje są spokrewnieni.

— Prawdę mówiąc — powiedział, wychodząc przez oszklone drzwi na galerię wyglądającą na ogród — te krzewy kamelii, Rumieniec Lady Hume, pochodzą z sadzonek, które twoja babka ze strony matki dała mojemu ojcu. Zdaje się, że nazywała się Mary Katherine Bowman Abbott, prawda? Była świetnym ogrodnikiem. Mój ojciec zresztą tez. Miał bzika na punkcie kamelii. Kiedy opadały ich kwiaty, mówił, że kamelie tracą głowy. Tatuś chybaby mnie zabił, gdyby zobaczył, jak mój ogrodnik przyciął te skarby od pani babci.

Stojąc za nim, Sidda i Connor spojrzeli w dół na ogród, na tę dziką obfitość kwitnących begonii, niecierpków i resztek wielkich, barwnych liści obrazkowca. Docierał do nich słodki zapach imbiru, jego białych kwiatów połyskujących w ciemności. Otoczony plątaniną hiszpańskiego mchu zwisającego z gigantycznych dębów, ogród był zamknięty przez mur z cegieł pokryty kilkoma kwiatami róż Montana. W odległym końcu ogrodu znajdowała się fontanna z małym brodzikiem wspierająca się z jednej strony na mydleńcu, a z drugiej — na mircie, którego liście już się pozłociły i poczerwieniały na jesień. Bujne krzewy kamelii, azalii i róż wszelkich odmian tak gęsto wypełniały przestrzeń, że posadzka z czerwonej cegły była ledwo widoczna.

Sidda spojrzała na ogromny krzew kamelii, na jego pełne, spuchnięte pąki.

— Nie wiedziałam, że Buggy — tak mówiliśmy na naszą babcię — była taką świetną ogrodniczką — powiedziała Sidda.

— Och, wie pani, to potrafią docenić tylko prawdziwi ogrodnicy — powiedział Thomas. Potem przeżegnał się i wymamrotał: — Tato, przebacz.

— Ta różnorodność kamelii jest legendarna, Siddo — wtrącił Connor. — Odmiana Rumieniec Lady Hume tych rozmiarów to jak czarna perła. Nie wiedziałem, że naprawdę istnieją.

— Puszczę was już, żebyście poszli spać — powiedział Thomas.

Connor i Sidda patrzyli, jak schodzi.

— Nie mogę uwierzyć, że jestem w Ameryce — powiedział Connor.

— Bo nie jesteś. Jesteś w Luizjanie. A noc spędzimy w przebudowanych czworakach dla niewolników, które wyglądają jak żywcem wzięte z *Życia na Południu*. Z tego powodu czuję się nieco winna. Te cztery ściany widziały tyle nieszczęścia.

Connor rozejrzał się po salonie wypełnionym antykami, pluszowymi dywanami i sztychami Audubona*.

— Tak, mnóstwo nieszczęścia. Ale i życia. Ludzie tu się kochali, rodziły się dzieci, ludzie nie tylko pła-

---

*John Audubon (1785-1851) — amerykański malarz naturalista, przedstawiający na swych obrazach ptaki Ameryki Północnej.

kali, ale i śpiewali. Te ściany były świadkiem radości i cierpienia.

Kiedy już padli na ogromne łoże z czterema kolumienkami, Sidda ujawniła przed Connorem kulisy swego pojednania z matką. Nie miała jednak ochoty rozmawiać. Kochali się krótko, intensywnie, sennie, słodko. Oboje byli wyczerpani. Potem Sidda nie mogła usnąć. Connor pogłaskał ją po plecach i zaśpiewał jej wymyśloną kołysankę. Coś o żaróweczce pod ziemią w zimie. Śpiewał cicho, aż jego głos ucichł i sam odpłynął w sen.

„Jeżeli Bóg okaże się dla mnie dobry — pomyślała Sidda — będę dzieliła łoże z tym mężczyzną, kiedy będę miała osiemdziesiąt lat".

Po paru chwilach wstała z łóżka, uważając, by nie zbudzić Connora. Naga i bosa przeszła podłogę z cyprysowych desek i zeszła do ogrodu, w ciepłą, wilgotną luizjańską noc. Stanęła przed krzakiem kamelii, który był czarną perłą jej babci. Potem podeszła do fontanny i zanurzyła ręce w brodziku. Mokrymi palcami dotknęła oczu, potem ust i piersi. Wciągając i wypuszczając powietrze, obdarowała samą siebie łaską i udzieliła sobie przebaczenia. Czasami można odzyskać utracony skarb.

Następnego dnia rano przytuliła się do pleców Connora i zaproponowała, żeby zrobili coś, czego nigdy przedtem nie zrobiła w promieniu stu mil od domu. Potem wyszeptała mu do ucha swoją decyzję. Kiedy jej wysłuchał, przyciągnął ją do siebie bez słowa i przytulił. Ucałował jej czoło, oczy, potem nos, usta i koniuszki palców.

— Przepraszam za to moje idiotyczne niezdecydowanie — powiedziała — za to, że zawisłeś na jednym włosku nad krawędzią przepaści.

— Och, moje słoneczko. — Connor przewrócił się na drugi bok, by móc spojrzeć jej prosto w oczy. — Wszyscy wisimy na jednym włosku nad krawędzią przepaści. I wszyscy się nawzajem trzymamy.

Dogłębna dobroć w jego oczach, czułość w głosie sprawiły, że przestała się wahać, czy podjęła właściwą decyzję.

Przed południem byli już w Pecan Grove i wraz z Vivi i Shepem pili mrożoną herbatę na patio za domem. Stawiła się również Willetta, która była świadkiem chwili, w której Siddalee Walker ogłosiła, że poślubi Connora McGilla dokładnie za siedem dni na polu słoneczników przed domem rodziców. Po jakichś trzydziestu minutach na podjeździe pojawiły się trzy samochody. Przyjechały Ya-Ya.

Teraz przedstawienie mogło wyruszyć w trasę.

33

Na polu słoneczników ojca, wczesnym wieczorem 25 października, ubrana w ślubną suknię matki, Siddalee Walker powiedziała „tak" Connorowi McGillowi.

W otoczeniu rodziców, braci z rodzinami, siostry Lulu (która przyleciała z Paryża), Petites Ya-Ya i ich rodzin, Willetty z rodziną, przyjaciółki May Sorenson (która w ostatniej chwili przyleciała z Turcji), a także rodziców, dziadka i dwóch sióstr Connora, Wade'a Coenena (który eskortował Hueylene i który pogłębił dekolt ślubnej sukni Vivi, tak by odsłaniała ramiona Siddy) i gromady innych przyjaciół, którzy zmienili swoje plany, by móc przyjechać do Thornton, Siddalee Walker powiedziała Connorowi McGillowi: „Kocham cię czule i najlepiej, jak potrafię".

Siedmioletnia siostrzenica Siddy, Caitlin Walker, jedna z bliźniaczek Baylora, była odpowiedzialna za to, by wszystkie dzieci (a także kilku dorosłych) założyły kostiumy na Halloween. Obcy, który natknąłby się na tę ceremonię, mógłby wziąć zgromadzonych za bogatą bandę pogan — gdyby nie fakt, że kuzyn Teensy grał na cajuńskich skrzypcach *Zdumiewającą łaskę*.

Na przyjęciu ten sam skrzypek z resztą zespołu — Aligator Gris-Gris — zagrał wiązankę melodii cajuńskich oraz stare standardy z lat czterdziestych, których musieli się nauczyć, by zarobić na życie w trasie po klubach country w południowej Luizjanie. Pod wielkim dębem, na którym Baylor rozwiesił milion maleńkich lampek na choinkę, Shep Walker nadzorował przyrządzanie *cochon de lait*, zachwycając nowojorczyków kopiastymi talerzami pieczonej wieprzowiny z ciemnym ryżem. Mąż Willetty, Chaney, stał nad ogromnym czarnym kotłem ze świeżymi krewetkami, a długie stoły zastawione świeżym francuskim chlebem, sałatkami i tysiącem luizjańskich specjalności otaczały miejsce do tańca.

Wszędzie stały słoneczniki i cynie, które ułożyła Necie, a ławy z mchu otaczały ognisko, które podsycał Mały Shep. Pogoda była idealna, panował lekki chłodek, więc wszyscy mogli tańczyć, nie pocąc się. Było to najbardziej swawolne i radosne wesele, na jakim kiedykolwiek byli.

W połowie przyjęcia, gdy wszyscy już się najedli, zespół przestał grać i akordeonista zapowiedział specjalną niespodziankę. Potem wycofał się i wprowadził cztery Ya-Ya.

Vivi Abbott Walker podeszła do mikrofonu, wzniosła

ku niebu kieliszek z szampanem, mrugnęła i powiedziała:

— Siddalee, kochana, ta piosenka jest dla ciebie.

Zdrowo łyknęła i dała znak przyjaciółkom. Wtedy cztery Ya-Ya z akompaniamentem skrzypiec, akordeonu i basu zaczęły śpiewać. Nie miały szczególnie dobrych głosów i śpiewały dość nierówno, ale kiedy otworzyły usta, popłynęła z nich ni to kołysanka, ni to pieśń miłosna, ni to błogosławieństwo.

Odkąd odeszłaś, dłużą mi się dni,
Po nocach twoja twarz mi się śni.
Najlepsza przyjaciółko,
Chyba rozumiesz mnie?
Za twoim głosem tęsknię, za dotykiem ręki,
Rozstania z tobą wciąż przeżywam męki.
Najlepsza przyjaciółko,
Zobaczyć ciebie chcę.

Zanim skończyły, Sidda pogodziła się z faktem, że na każdym zdjęciu z wesela jej twarz będzie pokryta długimi smugami rozmazanego tuszu — tak bardzo płakała. Kiedy podszedł do niej ojciec i dał jej chusteczkę, była mu bardzo wdzięczna.

— Wczoraj, kiedy poszedłem spać, twoja mama i Ya-Ya jeszcze robiły próbę — powiedział.

Sidda spojrzała na ojca i uśmiechnęła się.

— Dziękuję, że zasiałeś te słoneczniki, tatusiu.

— Wiesz, w tym roku to mój drugi plon. Nie mam pojęcia, co mi strzeliło do głowy, żeby tak późno zasiać słoneczniki. Kiedyś nabijałem się z ogrodników, bo przez całe życie uprawiałem zboże dla pieniędzy. Wtedy jednak moje życie wyglądało inaczej. Musiałem wykarmić waszą czwórkę, kupować samochody, posłać was do college'u. Teraz uprawiam rośliny z innych powodów.

W każdym razie cieszę się, że ty i Con przyjechaliście i sprawiliście, że te słoneczniki mają jakąś rację bytu. Dzięki temu nie czuję się zupełnie sflaczały. Wiesz, muszę trzymać fason.

Sidda delikatnie starła łzy z policzków ojca.

— Kocham cię, tatusiu.

— Mam nadzieję, że twoje małżeństwo będzie udane, słoneczko. Może teraz bardziej zaczniemy przypominać rodzinę, jeśli wiesz, co mam na myśli.

— Tak, tatusiu — powiedziała Sidda, biorąc ojca pod ramię. — Wiem, co masz na myśli.

— Chyba czas na taniec ojca z córką, nie uważacie? — spytała Vivi, podchodząc do nich. Pocałowała w policzek Siddę, a potem męża. — Uważam, że amerykańska rodzina potrzebuje więcej tańca, co wy na to?

Sidda najpierw spojrzała na matkę, a potem na ojca.

— Myślę, że masz rację, mamo. Myślę, że ktoś powinien wystąpić z taką interpelacją do prezydenta.

Kiedy zespół znowu zaczął grać, Vivi ujęła w dłonie twarz Siddy i jeszcze raz ją ucałowała. Potem wzięła córkę za rękę, włożyła ją w dłoń Shepa i lekko popchnęła ich na parkiet.

— Idźcie pokręcić kuperkiem, kochani! — powiedziała. — Niech polecą wióry z podłogi!

Z tymi słowy poszła szukać Ya-Ya i wkrótce cała czwórka tańczyła razem; ich suknie wirowały, a oczy lśniły.

Kiedy już zjedzono tort weselny (upieczony przez Willettę i udekorowany farbkami na Halloween przez jej córkę Pearl), wszyscy znowu ruszyli do tańca. Chociaż robiło się późno, a dzieciakom kleiły się oczy, nikomu nie chciało się opuszczać plantacji Pecan Grove. Nikt nie chciał przerywać zabawy. Wszyscy ile sił tańczyli walca, jerka*, cajuńskiego two-stepa, mashed potato, jitterbugga**, fokstrota i boogie-woogie.

Matka Boska spojrzała w dół ze swojego miejsca na sierpie księżyca i uśmiechnęła się do swych niedokonałych dzieci. Aniołowie towarzyszący jej tej nocy zapragnęli stać się ludźmi choć na parę chwil. Chcieli zatańczyć rock and rolla, chcieli doznać tego szczególnie ludzkiego uczucia przeżywania doskonałej nocy w niedoskonałym świecie. Chcieli poczuć słony smak łez, które uroniły Sidda, Vivi — a prawdę mówiąc — prawie wszyscy w ten wieczór, gdy Sidda Walker poślubiła Connora McGilla. Tak to bywa, kiedy pępowina miłości łączy ziemię z niebem. Tak to niekiedy bywa w okolicach święta Halloween w stanie Luizjana, kiedy zamazują się nieco podziały między niebem i ziemią i zewsząd schodzą się duchy. Być może tej nocy do zabawy przyłączyły się dusze brata bliźniaka Siddy, Jacka i Genevieve Whitman. Może zostały wezwane małe, nienarodzone duszki w złamanych sercach każdego z gości. Kiedy tancerze w przerwach między piosenkami, zdyszani, szczęśliwi, rozmawiali między sobą, powtarzali, że ta noc jest czarująca. Mówili, że czują się, jakby ktoś rzucił na nich urok.

Na to wszystko Matka Boska tylko mrugała. Na to wszystko mogła tylko powiedzieć: „Ci, którzy wiedzą, nie mówią, a ci, którzy mówią, nie wiedzą".

Dla Siddalee Walker potrzeba zrozumienia zniknęła, przynajmniej na chwilę. Pozostała tylko miłość i cud.

---

* Jerk — odmiana twista.
** Jitterbugg — taniec popularny w latach czterdziestych, wykonywany przy muzyce boogie-woogie i swinga.

Podziękowania

Proszę, by szczególne podziękowania zechcieli przyjąć:
Maurine Holbert-Hogaboom, moja mentorka, której miłość, akceptacja i inspiracja nauczyły mnie, jak bogate, słodkie i szalone mogą być macierzyństwo i siostrzana lojalność.

Terry Gibson, latarnia morska śląca snop światła.

Diane Reverand, mój wydawca, która z wielką intuicją i entuzjazmem utuliła Ya-Ya, kiedy książka ta była jeszcze *bébé*.

Jane Isay, nieoczekiwany anioł, który pojawił się i z wielką dobrocią pomógł nadać kształt moim myślom.

Donna Lambdin, siostra z Luizjany, i Bob Corbett, który wprowadził mnie do jeziora Quinault.

Jan Constantine, za jej hojne rady i przyjaźń.

Tom Wells, mój brat, którego kocham.

A także następujące ważne osoby:

Randy Harelson, Nancy Chambers Richards, Willie Mae Lowe, Bobby i Althea DeBlieux, Darrell Jamieson, Jennifer Miller, Lori Mitchell, Brenda Peterson, Torie Scott, Barbara Bailey, Brenda Bell i Stanley Farrar, Honi Werner, Steve Coenen, Lynne i Bob Dowdy, Linda Buck, Jane i Gene Crews, Janice Shaw, Libby Anderson, Uli Schoettle, Julia Smith, Barbara Fischer, Sherry Prowda, Colleen Byrum, Jan Short, Karen Haig,

Ken Boyn, Myra Goldberg, Bard Richmond, Jay Morris, Jerry Fulks, Lou Maxon, Meaghan Dowling, David Flora, Marshal Trow, Meryl Moss, Bainbridge Island Public Library, Bainbridge Island Arts and Humanities Council, The Seaside Institute i jego społeczność, a zwłaszcza Nancy Holmes, Robert i Daryl Davis, Sally i John Renn, Tom i Barbara Schworer i Lulu (Judy Holiday w świecie cocker-spanieli, której urocze towarzystwo tłumaczy, dlaczego *dog** czytane wspak to *God***).

I moja liczna rodzina, której miłość i ogromne poczucie humoru ukształtowały mnie. Zwłaszcza moja matka, która nauczyła mnie pływać.

---

* *Dog* (ang.) — pies.
** *God* (ang.) — Bóg.

Do czytelnika

Jestem wdzięczna Liz Huddle i Burke' owi Walkerowi, którzy podzielili się ze mną swym doświadczeniem reżyserów teatralnych, pomagając mi w ten sposób ukształtować postać Siddy Walker. Zawsze będę dziękować Adrienne Rich za jej dającą do myślenia książkę *Of Woman Born*, która inspirowała i uczyła mnie, kiedy pisałam tę powieść. Dziękuję również Diane Ackerman, której umiejętność odczuwania piękna świata fizycznego obudziła mnie. Dziękuję Denise Levertov za jej wiersz *The Annunciation*, który przywołuje Matkę Boską, kiedy księżyc jest w odpowiedniej fazie.

Jestem wdzięczna „Weavings" za wydanie *Forgiveness: The Name of Love in a Wounded World*, eseju Henriego J.M. Nouwena. Wyrazy wdzięczności dla „The Sun" za wspaniały „Sunbeams" z cytatami Mary Antin i H.L. Menckena, które wykorzystałam jako epigrafy.